鲜橙 著

上

太子妃升职记2

作家出版社

目 录

目　录

第一章

选驸马这档子事

　　阳春三月，花开得娇，叶展得嫩，又有暖风拂柳，彩蝶戏蕊，正是一片大好春光。

　　我坐在御花园的堆秀山下，心思却早已是随着那春风越过了高高的宫墙。这样的时节最应该去外面走一走的，看看青的山，绿的水，还有那泛舟湖上的娇俏少女。一山一水，一舟一人，入目之处皆是风景。

　　对面，永康郡主不紧不慢地拍打着美人扇，柔声说道："要我说右翎卫将军薛扬最好，英姿飒爽，气宇轩昂，当得上是少年英雄！你说是不是，小姑姑？"

　　我应付地点点头，"嗯，不错，不错。"

　　兴平公主闻言撇了撇嘴角，道："不过是一介武夫，我倒觉得还是新晋的翰林院学士柳文原更好，俊眉秀目，温文尔雅，那才是真正的人中龙凤，玉树兰芝。你说是不是，小姑姑？"

　　我又点头，"嗯，言之有理，有理。"

　　静乐郡主一听却又不同意了，扯着我的衣袖叫道："小姨，小姨，你别听她们两个的，这都是以貌取人的主，我爹早就说了，坐言起行，顶天立地，这样才是真正的好男儿！就比如吏部的那个范如是，虽貌不出众，却是个真正的男子汉大丈夫！"

　　我想想她说得也有道理，不由又点了点头，"嗯，倒是也对，也对。"

　　谁也不想得罪的下场就是谁都得罪了，这几个人团团围住了我，这个拽着我叫"小姑姑"，那个扯着我喊"小姨"，七嘴八舌地指责我没有立场。

兴平公主义愤填膺地说道："小姑姑，这可是给你挑驸马，你自己都没个准主意，瞅着哪个都觉得好，还叫咱们怎么帮你？"

永康郡主不计前嫌地在一旁帮腔，"小姑姑太花心了，做人不该这般三心二意！"

静乐郡主忙着点头，"就是，就是！"

刚刚还吵成一团的几个人，竟然这么快就统一战线，一致对外了！

想母亲说的果然没错，女人就是立场最不坚定的物种。

我目瞪口呆地看着这群年纪比我小不多少，辈分上却足足低了一辈的公主、郡主们，那原本就被太阳晒得有些晕乎的脑袋，更大更沉了。

锁香站在一旁给我猛使眼色。

我心领神会，忙用手摁住了自己的太阳穴，娇弱无力地叫道："哎呀，头好晕啊。"

话未说完，锁香就已经很熟练地站到了准确位置，于是我放心地一翻双眼，一下子"晕"倒在了锁香的怀里。

锁香立刻十分配合地高声急呼道："公主，公主，您这是怎么了？快来人啊，公主晕倒了，快把公主扶到阴凉处躺一躺！"

一阵慌乱之后，我被人抬进了望梅轩，安置在软榻之上。就听得锁香轻声安慰跟过来的几个公主、郡主，道："请各位公主、郡主不用惊慌，我们公主这是旧疾了，静一静、躺一躺也就好了，不要紧的。"

我继续装着晕，心中大为欣慰，暗道锁香这丫头果真是个不可多得的人才。

永康、静乐几个像是被我这模样吓住了，又低声询问了锁香几句，嘱咐她好好照看我，这才都悄无声息地退了出去。

我偷偷地睁开了眼，看锁香那里已是关上了门，忍不住长长地吐了口气，骨碌一下子从软榻上坐起身来，叫道："快给我倒杯水来喝吧，要渴死我了！"

锁香赶紧倒了杯茶水来，见我一口气喝了整整一杯，忍不住抿着嘴偷笑道："公主总是不记得改，要是叫玮元长公主看到您这样喝茶，少不得又要教育您的。"

我生生地打了个冷战，手一抖，差点没把茶杯给扔了，连忙斥责锁香道："乌鸦嘴！乌鸦嘴！小孩子快别乱说话，赶紧呸几口！"

玮元长公主不是旁人，正是我的大姐。照母亲的话说，她这个大女儿小时候也是个可爱讨喜的孩子，可自从嫁了人就大变了个样，恨不得把自己当公主道德楷模、行为准则，走到哪里都要端着公主的范儿，实在是不讨人喜欢了。

玮元长公主见了我往往都是用同一句话开头："你自小不在宫里，都被母后和父王给惯坏了，哪里还有个公主的样子……"

接下来三句话里，得有两句半是挑不是，这搁谁身上都受不了！

所以我就一直很怵这位大姐。

可没想到怕什么来什么，锁香这里还没来得及呸几口，就听得外面有人传道："玮元长公主到。"

我忍不住哀号一声，赶紧闭上眼睛又往榻上倒去装死，人才刚躺下，玮元长公主那里就已是进了房门，叫道："这到底是怎么回事？好好的怎么会晕了呢？你们这些人是怎么伺候的？都该拖出去打板子！"

我舍不得锁香她们无辜受罚，只得睁开了眼，做出十分虚弱的样子，轻声呼道："大姐，不关她们的事，是我自己在日头下坐得久了。"

玮元长公主这才缓了脸上神色，在床榻边上坐下了，又轻轻地执起我的手来，十分关切地问道："蓓儿，现在感觉怎么样了？可需要叫太医来？"

我的闺名单字一个"葩"字。

葩，花也，谓花之丽采美盛，也可以引申为华美。大夏的国姓为"齐"，而我是先朝圣武皇帝最小的公主。

所以，我叫齐葩。

我自己觉得这个名字还好，只是母亲很不喜欢，也从来不肯叫我这个名字。

母亲生我时已是三十九岁高龄，虽生产还算顺利，可毕竟年纪不饶人，诞下我之后就因劳累过度昏睡了过去。待她再醒过来时，父亲已抱了我站在床前，喜滋滋、美颠颠地与她说道："芄芄，这是咱们的小女儿葩儿，奇葩逸丽，淑质艳光，你瞧瞧她长得多俊！"

在我前面还有两个姐姐，一个叫齐葳，一个叫齐芊，都是取草木茂盛之意，到了我这里，父亲终于觉得光有茂盛的草木不够了，得有朵华美的花了。

据说母亲当时只低声念了两遍我的名字，然后双眼一翻就……又昏过去了。

母亲每每提起这事，都觉得对我不起，总是满怀愧疚地说道："女儿啊，都怨母亲，当时怎么也该等着给你起好名字再睡的，谁想到一觉醒来你这名字就已经定下了呢。你父亲为了母亲牺牲颇多，母亲实在不忍拂了他的意，所以就只能委屈你了。"

我其实不大理解母亲为什么不喜这个名字，不过我却明白母亲所说的父亲的"牺牲"。

要说起我的父亲圣武皇帝来，那也是位奇人。

父亲单名一个"晟"字，自幼丧母，少年时被立为太子，虽不得皇帝喜欢，却仍是得以顺利继位登基，然后短短几年之内，平云西，定北漠，最终一统天下。

他是一位心志坚韧、手段强悍的帝王。同时，他又是一位痴情的丈夫。他独宠母亲一人，为其散尽后宫，最后又因母亲的一句话而假死退位。

母亲说："只要你为皇帝，我为皇后，我们就不可能真正平等，我不敢，也不允许自己毫无顾忌地爱上一个帝王。"

就这样一句话，父亲便在他四十岁那年假死退位，将皇位传给了我的皇兄，然后换了一个身份回到已成了太后的母亲身边。他本想着给母亲一个惊喜，却不承想母亲给了他一个更大的"惊喜"。

这一个惊喜便是我。

母亲怀我时还是皇后，生我的时候却已经成了太后。

父亲为了她弃了皇位，抛却了万里江山，甘愿无名无分地陪着她，把自己的身家性命全数交到了她的手上。

那句话怎么说来着？

人间痴情，到此也就算是极致了吧！

他们两个的爱情终于圆满了，却给我的大皇兄带来了诸多麻烦。

身为太后非要长住阜平行宫倒也罢了，时不时地要跑出去游山玩水也可以睁一只眼闭一只眼，与父亲情深意重双宿双飞也能理解，但是……你们能不能低调一点？

要知道圣武皇帝那是已经"死"了的啊！牌位都摆进太庙去了的啊！本该寡居的太后身边竟然常年伴着一名壮年男子，同寝同食，你叫文武百官与百姓大众们情何以堪？

早些年的时候，还有言官上折子暗示太后不守妇道，应该注意点影响，大皇兄看了以后自感满肚子的苦处无处倒，赌气般地批了八个字：

孝顺孝顺，以顺为先。

自那以后，几乎全天下都知道当朝太后豢养面首这事了，甚至还有传言说我其实并不是圣武皇帝的遗腹子，而是张太后与面首私通所生。

因为这事，父亲也深感对我不起，一直将我带在身边教养，带着我住在阜平行宫，带着我游山玩水，带着我各处闲逛……直到前些日子，我已满十六岁，不得不考虑婚姻大事了，他这才带着母亲与我回了盛都，立志要给我选个最可意的驸马。

父亲一向是个言出必行、说到做到的人，他既然说要给我选个最可意的，那就一定得是个最"可意"的人才成。

可惜他却没说是选个我最"可意"的，还是选个他最"可意"的。

于是到了今日，这驸马选拔赛都已经进行了快有三月之久，眼瞅着都要搞成全国青年英才展览会了，父亲那里竟还没挑着一个最"可意"的。

简单一句话：凡是我看不上的，他也看不上；凡是我瞅上的，他更瞅不上！

据说，大皇兄愁得头发都白了几根，若不是我那几个侄儿都还实在太小，挑不起江山这副担子，大皇兄早就学父亲那样假死退位，撂挑子不干了。

我思绪飘得太远，精神头难免就有些不够用。

玮元长公主还对着我嘘寒问暖，见我听得不甚专心，便又要开始给我上公主思想品德教育课。我一看要坏事，赶紧在前头就截住了她的话，叫道："哎呀，大姐，我都差点忘了，我昨日应了母亲今天要过去陪她用午膳的，这会子怕是要晚了，我得赶紧过去。"

我一面说着，一面从榻上爬了下来，连看都不敢多看玮元长公主一眼，带着锁香紧着往外走。

玮元长公主跟在后面，恨铁不成钢地喊：“慢着点走，注意公主的仪态！”

我只装没听到，一溜小跑地往母亲宫里赶。

玮元长公主在后面追着我不放，可她讲究的是行不动裙，铁定不能追上我，于是只一眨眼的工夫，就远远落在了后面。

母亲宫中尚未传膳，赵王妃正坐在椅子上哭鼻子抹泪，对着母亲抱怨赵王为老不尊。

见我进门，赵王妃立时收了泪，一脸笑地拉着我细看，又对母亲说道：“娘娘，还是小公主相貌性子最随了您，臣妾瞧着，竟和娘娘年轻的时候有九分的像！”

母亲不以为意地笑笑，叫我坐在一边歇口气，又吩咐人给我倒些温水来喝。

赵王妃转回头去，调整了一下表情，眨眼间那眼泪就又下来了，接着刚才的话题，继续哭诉道：“他那个老东西，我不过是一晚上没叫他进门，他就找个狐狸精来气我，还说什么要纳妾！”

母亲劝她：“你和赵王这么多年夫妻，儿子孙子都一大帮了，年少时他不曾拈花惹草，到老了又怎么会纳妾呢？不过就是故意气气你罢了。”

赵王妃用帕子抹着眼泪，恨恨说道：“我看他就是想要气死了我好娶新的，哼！我偏不叫他如意。娘娘，您可要为臣妾做主啊！”

母亲一副头大模样，偷偷地给我使眼色。

我与母亲向来心有灵犀，见状忙问道：“母亲，午膳都备好了吗？刚才遇到父亲，他说一会儿要过来用膳。”

赵王妃曾是母亲的贴身侍女，不知怎的得罪过父亲，听说当年父亲还曾下旨要赐死她，多亏了母亲拼力救护，这才保住了她的性命。不过从那以后，赵王妃就十分惧怕父亲了。

果然，她一听说父亲要来，赶紧收了眼泪从椅上起身，说道："臣妾忽然记起来家里还有事，得先告辞了，改日再过来给娘娘问安。"

说完就火燎屁股一般地走了。

我瞧得惊愕，忍不住问母亲："她怎的说哭就哭，说笑就笑，哭笑之间转换得如此自然顺畅呢？"

母亲叹了口气，发自肺腑地感叹道："这是她自小的本事，现如今功力越发炉火纯青了。"

我与母亲不约而同地擦了擦额头，两个人对视一眼，不由得都笑了，母亲便又问我道："可挑着满意的人了？"

我摇了摇头，"够俊美的不够英武，够英武的不够文雅，够文雅的却又多了点酸气。唉！怎么挑都没有一个能够叫父亲瞧着顺眼的。"

母亲啧啧了两声，"这般挑剔，你父亲到底想找个什么样子的？"

说实话，我也不知道到底什么样的青年才俊才能入了父亲的眼。

我十分担忧地问母亲："母亲，我不会嫁不出去吧？"

母亲笑了笑，安慰我道："不会的，你年纪又不大，反正也不着急，就慢慢挑吧。"

正说着，有宫女进来禀报说玮元长公主到了。我吓得忙闭上了嘴，寻了个借口就往后殿走，不承想下台阶的时候太慌张了些，不小心踩到了裙子，一下子往前栽了去，然后便只觉得眼前一黑，人瞬时就失去了意识。

半梦半醒、迷离恍惚间就瞧得四周一片慌乱之象，许多的宫女、内侍进进出出地乱作一团，又见一高冠男子，走到床前与我说道："你合该有一段姻缘在此，我才提你魂魄过来，待遇到四个西去的和尚，便是那缘灭之时，你方算是了结了这段公案。"

他话说完，又倏地化作了一匹恶狼，迎面向我扑了过来。

我惊得一身冷汗，噌的一下子从床上坐起了身，几个宫女打扮的女子忙围上前来，又有人回身叫道："公主醒了，公主醒了！"

我意识到刚才只是梦境，心中稍稍安定，可没等着身上的冷汗下去，紧接着又发现不对劲了……这些宫女，竟然没有一个是我认识的，不但人长得面生，就连身上的衣裙也都有几分怪异，分明不是我朝之人！

正疑惑着，一个女官模样的女子分开众人，从后挤上前来，关切地问我道："公主总算醒了，此刻觉得如何，可是好些了？"

我暗中掐了一把自己的大腿，发现挺疼，忙又收了手，也不敢回答她的话，只安静地坐着，以不变应万变。

母亲曾说过，不管遇到了什么匪夷所思的事情，都不能慌张，越慌越乱，是一点好处都没有的。她这话我记得很清楚，所以，虽然眼下这事情远超出我的认知，我还是尽量地保持了镇定。

那女官瞧着我，眼中担忧之色越发浓了，忙着人去请国王和王后娘娘，又叫人再去请太医过来瞧瞧公主。

片刻工夫，那国王和王后娘娘以及太医便前后脚地赶到了。我仔细地瞧了瞧他二人的模样，这回才算是死了心。

完了，这一跤跌的啊，这是把我的魂魄摔到哪里来了？

那国王瞧着也就四五十岁的模样，虽长得不如父亲好，可眼中流露的舐犊之情却也着实深重，坐在床边仔细地问我感觉如何，见我总是不肯说话，面上便又挂上了忧虑之色，转头去问太医："公主这是怎么了？怎么还变成哑巴了？这可如何是好啊！"

说着说着，眼圈竟然都红了。

太医刚给我诊过了脉，见状赶紧答道："陛下莫忧，公主娘娘的身子没有大碍，只是跌倒的时候撞到了头，许是会有些迷茫懵懂之感，待养上些时日便好了。"

我一听太医给我搭台阶，也就顺着往下爬，一手抚了额头，轻呼道："我头好晕啊。"

众人听了忙又吓得慌了神，那王后娘娘连声吩咐宫女扶我躺下，眼中含着热泪，轻声埋怨道："你这丫头，性子这样倔，你父王不过是随口一说，你怎就赌这个气？快些将身体养好，父王与母后都应允你自己挑选驸马，还不成吗？"

我一听顿觉头大，怎么又是选驸马？这驸马怎么都选到这里来了？

那国王也劝慰了我几句，又交代好宫女们好好伺候着，这才带着王后与随从们走了。

我在床上躺了一会儿，回忆了一下刚才那个梦境，又理了理思路，借着嫌乱把殿内伺候的宫女们都打发了下去，只留下一个十三四岁、面相憨厚的宫女伺候，开始不露痕迹地套她的话。

套话这种事情最忌心急，慢慢来才能不引人怀疑，直到头上青肿的大包消了个干净，我才总算是搞清楚了自己眼下的身份与处境。

我现在所处的国家是宝象国，当今国王无子，只生了三位公主，自己这副身体就是国王的第三个女儿，乳名叫作百花羞。

这位三公主现今二八年华，也到了选驸马的年纪，因着驸马这事和父王耍小性子，一个不小心却跌了一跤，脑袋撞到廊柱上昏了过去，再醒过来时，就已是换成了我的魂魄了。

如此算来，那百花羞的魂魄是去了我的肉身上了？

不知父亲和母亲是否察觉，又会怎样待那一个"齐葩"？

同时，我也有些好奇，既然是磕晕了才换的魂，那若是再磕一回，是不是又能再换回去？

想这事时，我正手扶着殿外的廊柱，几次想把脑袋磕上去，可终究下不了那个狠心。好容易有一次咬了牙，还没等着脑袋碰到廊柱呢，就有官女从后面死死抱住了我的腰，放声哭求道："公主啊，您可不能想不开啊，陛下不是都答应了叫您自己挑选驸马了吗？"

我十分无语，默默站了片刻，终不想落个为了男人寻死的名声，只得缓缓松开了手。

那国王听到我这位三公主又要"寻死"的消息，吓得忙亲自带着人给我抱了一大抱国中青年才俊的画像来，一张张展开了叫我选，道："丫头，挑吧，可着心意地挑，瞧着喜欢的就都先挑出来，待过了中秋，父王把他们都召到宫中来给你相看！"

我愣怔了片刻，忽地想起梦中那人说的话来，他既说我有段姻缘在此，可是应在了这上面？想到这里，我忙仔细地把那些画像都扒拉了一遍，却也没见到有什么和尚道士之流的，便忍不住问道："父王，这里面为何没有和尚？"

国王先是愣了一愣，然后两眼一翻就晕过去了。

王后也捏着帕子哭："女儿啊，那和尚可是佛门弟子，怎么能入选这些画像呢，就是长得再好咱们也不能嫁，佛祖会怪罪的啊！"

她这里哭哭啼啼，那边的国王也悠悠醒来，叫道："女儿啊，这些里面既没有合意的，我们就再另外选些人来，只要不是和尚，怎么都好说，反正也不着急，你慢慢挑！"

我听着这话就觉得有些耳熟，那时母亲貌似也是说了这样一句话的，紧接着我就摔到这个世界里来了。

现如今听到这国王也如此说，我心里忽就有了些不祥的预感。

果然，八月十五那日晚上，国王恩旨着各宫排宴，赏玩月华，共乐清宵盛会。我这个冒牌的三公主也跟着去凑热闹，可人还没到席上，忽一阵疾风袭来，脑袋昏沉间，就觉得有个结实有力的臂膀一把揽住了我的腰，随即身子一轻，似腾云驾雾一般，恍恍惚惚地连自己身在何处都不知道了。

待再清醒过来，人已是在荒山野岭之间，面前站了个身形高大的男人，黑暗中仔细看去，就见他蓝面青发，一双金睛闪闪，正低头看我呢。

我脑子嗡地一炸，也不知道是不是吓过了劲，竟是没昏死过去，而是脱口而出道："老天爷啊，真丑！"

那男人瞅着我，像是一时也愣了。

多年之后，他还对我这一句话耿耿于怀，埋怨我道："你这女人，见我第一句话竟然是那个，真真可恨！"

彼时，我早已经修炼得皮厚心黑，瞎话张口就来，闻言想也不想地说道："我那时被吓傻了，说的不是真心话。"

他不信，又追问道："当真不是真心话？"

我信誓旦旦，"当真不是！"

我这话还真不算是骗他，因为这一次见他，我心里真想说的话是：我擦啊！这人怎么能丑成这样？

第一次见面，我被他这一副雄奇的相貌吓得傻了，就呆坐在地上，直愣愣地看他。

他也似意外于我的表现，一双吊睛大眼眨了眨，粗声粗气地说道："既然醒了，那就自己走吧！"

我手脚俱软，深呼吸了好几下，这才勉强从地上爬起身来，转头见四下里都是黑乎乎的，唯有树影幢幢，哪里还能找到路径。稍作思量之后，抬脚就往地势低的方向走，谁知脚下刚迈了两步，那人就在身后说道："错了方向了！"

我只得停了下来，可怜巴巴地望他。

他没再说话，迈开大长腿往另外一条小路上走去，待走得几步，发觉我并没有跟上，便又停了下来，淡淡说道："这林中野兽众多，你若是被它们叼了去，可别怨我。"

这威胁极为有效，我立刻消了那些逃跑的小心思，老老实实地跟在他身后，深一脚浅一脚地往前走去。走了不一会儿，前面天空便渐渐透出亮光来，我借着光线看去，这才瞧清了四周藤攀葛绕，柏翠松青，竟是身在一片松林之中。

那男人还在前面走着，他背后似是长了眼，只要我脚下稍稍一慢，他就会停下步子，也不转身，只站在原地等我。待我跟上了，他就又会继续前行。林中虽然幽暗，可渐渐地却也能看清了他的背影，甚是高大魁梧，一身淡黄色衣袍，衬着他那头青发，怎么瞧都叫人身上发冷。

待他走到光亮处的时候，我特意看了看他的脚下，倒是也有影子。

我不由得大大松了口气，只要不是黄泉路上的引路使者就好，母亲说过的，不管遇到什么事，只要人还活着，总能想出法子来的。

松林内草深路小，走着走着，不知什么时候就变了方向，竟由东折向了南，渐渐地便能听到水流之声，又行得片刻就出了林子。

此时日头已经老高，我抬眼一看，却是不由得呆住了。

眼前是一道宽约数十丈的山涧，山涧中河流跳跃欢腾，水流击在岩壁上，扬起阵阵水雾，还隔着许远，就有水汽借着风迎面扑来。山涧上横跨了一座石桥，桥上砌了白玉栏杆，隔着丈余便点了一盏长明灯，直通向山涧那侧。

过去不远，一座高峰拔地而起，直插云霄。两边侧峰杂树数千棵，郁郁葱葱，无边无际，不时有飞禽在林中或出或入，结队而飞。

真可谓是花映草梢风有影，水流云窦月无根，远观疑似三岛天堂，近看有如蓬莱胜境。

这景色本已是极盛，更妙的是那主峰似是被刀斧劈过，露出一块高有百丈的峭壁来，一座金顶宝塔镶嵌其中，塔门处正是一个山洞的入口。洞门外，竟还有走兽来往成行，悠闲自在。

我一时瞧得出神，暗想那神仙洞府所在，也不过如此吧。

"对这地方可还满意？"那男人忽地出声问道。

他停下了脚步，扭回头看我。

昨夜里虽是已和他打过了照面，可此刻真正看清了他的面容，我竟是又差点吓晕了过去。

青面獠牙也就罢了，偏两边脸颊上都是乱蓬蓬的鬃毛，鼻子也不是人鼻，好似鹦嘴一般往外拱着。再往上看，就是昨夜里已经看清楚的一双大眼，瞳孔还是金色的，日头下也能闪闪发出光来。

我的母亲大人啊！这哪里还是个人啊？这分明就是个妖怪啊！

这还不如是个鬼呢！就算是阴阳分隔，人鬼殊途，可好歹之前还算是个同类不是？多少也得有点共同语言。现如今给我整了这么一个妖怪出来，可叫我怎么和他沟通啊？而且，这到底是个什么妖？吃素的还是吃荤的？

我这里正暗自胡思乱想，叫苦不迭，那妖怪却是嘲讽地扯了扯嘴角，不冷不热地说道："你我有一世姻缘，以后就住在这里了。你先到处转上一转，看看这地方可还满意。"

我一双腿早就软得在打筛子了，哪里还能有劲去各处转，又听得他说与自己有一世姻缘，脑子里就只剩下了四个字：一世姻缘，一世姻缘……

那妖怪冷眼看了我片刻，也不管我，径自转身踏上石桥，过了山涧，往石塔里去了。

他前脚刚走，我就一屁股坐倒在地上。和这样的妖怪有一世姻缘？我这是几世未做好事，才得这般报应？

黄袍妖怪进了石塔就再没出来，我坐在石桥这头，等到腿不软手也不抖的时候，日头已是到了正头顶了。强烈的阳光总是能激发人的勇气，我抬头望了望山涧那侧的"人间仙境"，又回头看了看身后幽深昏暗的黑松林，心里开始琢磨，如果此刻偷偷逃走的话，成功的概率能有多大。

算来算去，怎么算都是自己眼下根本没能力走出那片黑松林。再想那妖怪明明可以直接把我摄入洞府，却故意在林外就丢下了我，叫我跟着他一路走过那黑漆可怖的林子，分明就是存了警示我的心。

唉！现实总是叫人心灰意冷！

我低低地叹了口气，认命地从地上爬起来，一面拍打着裙子上的灰土，一面偷偷打量山涧那侧的情形，却瞥见桥头的草丛中似有红影闪了闪。

正怀疑自己眼花时，就见一个身材窈窕的红衣少女笑嘻嘻地从草丛中站了起来，摆着腰肢上了石桥，还离着老远，就夸张地冲着我甩了一下帕子，捏着嗓子娇笑道："哎呀，公主娘娘怎么还在这儿呢，可叫奴家好找啊！"

我本是被毒日头晒得冒汗，愣被她这声笑激了一个寒战，一时也不知该如何答她，只好继续装哑巴，就站在那里直愣愣地看她。

这少女长得倒是极好，一张小巧柔和的瓜子脸，其上面皮白净，五官精致，笑靥如花，尤其是那双含笑上扬的桃花眼，眸光潋滟，顾盼生姿，天生一股风流。

眨眼工夫少女就到了眼前，她将双手叠放在身前，屈膝向我福了一福，满脸堆笑地说道："公主娘娘万福，奴家叫红袖，是大王派来专门伺候公主娘娘的。"

大王？就是刚才那黄袍妖怪？

我用手偷偷指了指石塔内，试探地问她："你家大王可是刚进里面的那位？"

红袖忙点头，"就是，就是，大王正在洞府里歇息呢，特叫奴家过来请公主。"

我听了这话，双腿就不由得颤了颤，又将这红袖上下打量了一番，稍稍犹豫了下，用手半掩住了口，小声问她道："你也是被……呃……抢来的？"

红袖怔了一怔，摇头道："不是。"

难不成还是心甘情愿的？正惊愕呢，果然就又听得红袖一本正经地继续说道："奴家是心甘情愿追随大王的。大王姿容绝世，奴家一见倾心，心甘情愿为奴为婢，只求能长伴大王身边。"

我顿时哑口无言，仔细地打量了一会儿红袖，见她不像是在做戏，便伸出两根手指在她眼前晃了一晃，问道："这是几？"

红袖面带不解地看着我，"二啊。"

很好，眼神既然没有问题，那就是审美观的问题了。

我心中暗叹了口气，转念一想，如果能知道这少女家在哪里，又是怎么来的，没准就对我日后逃走会大有好处。我略一沉吟，只得又换了个问法，"那你是怎么来到这……大王身边的？"

红袖眼睛微微上翻，似是认真回想了一番，答道："那一日奴家正趴在草丛里晒太阳……"

这样一个青春少女，竟然会趴在草丛里晒太阳？

我实在奇怪，忍不住插嘴问道："趴在草丛里？"

红袖想了一想，又改口道："哦，也算是卧吧。那一日奴家卧在草丛里晒太阳，当然顺便也想逮只兔子解解馋，正好赶上大王在旁边经过，看到奴家，就问奴家愿不愿意跟着他。奴家当时被大王的姿容所震，自然是想也没想就答应了，于是大王就叫奴家先去人间学一学做人的规矩。奴家就去了宝象国里，学了足足半个月，昨儿才回这碗子山的。"

我人虽还站着，可两条腿却已是有些止不住地颤了起来，"难道你也……不是人？"

红袖听了，娇笑着冲我甩了下香喷喷的帕子，掩嘴笑道："哎呀，公主可真是好眼力，一眼就看出奴家不是人呢，奴家是只狐狸精呢！"

我身子晃过来又晃过去，一连晃了几晃，终还是没有倒下。连自己都不得不佩服自己，我的神经可真是强悍无比啊！

红袖又问道："公主还有什么话要问吗？"

我僵硬地摇了摇头。

红袖便上前来挽住了我的胳膊，一边扶着我往石桥上走，一面笑嘻嘻地说道："公主，那咱们赶紧回洞府吧，大王还等着公主用饭呢！"

红袖脚下迈得极快，连扶带拖地把我扯进了石塔。进去石门一看，才知里面是个可容千人的大厅堂，四下里又有无数通道，也不知各自通向何处。

红袖拖着我走进了其中一条，通道幽深曲折，脚下修得倒是十分平整，头顶石壁上镶嵌着许多鸡蛋大小的夜明珠，柔和的光芒洒落下来，将洞内照得一片光明。

就这样往里走了约一炷香的工夫，转过一个弯之后，光线骤亮，眼前豁然开朗。午后的阳光慵懒地洒落下来，就见四下里郁郁葱葱，鸟语花香，亭台楼阁高低错落，小桥流水一应俱全……

我只当石洞通往的会是阴森的洞府，谁知道竟是连着这样一处世外桃源。

"公主，咱们这座山叫碗子山，洞府叫波月洞，刚才走的那石洞另有道路通向洞府内，可大王嫌洞内阴暗，平日里饮食起居都是在这谷中。"红袖一面解释着，一面扶着我上了游廊，绕至一处厅堂内，笑嘻嘻地说道，"大王一直等着公主，公主快些过去吧。"

我一抬眼，果然就见那青面獠牙的黄袍怪正坐在几案旁边自斟自饮呢！

那样一张脸，青天白日地看过去，更叫人觉得阴森恐怖。我本能地转身想跑，却被红袖拦下了。她手里不知什么时候多了份果盘出来，塞进我手里，低声说道："快些给大王送过去吧。"

我低头看看那一盘子瓜果梨桃，又看红袖，真诚地问她："这位大仙，你确定你家大王会吃这个？"

就那样的獠牙，如果不是用来啃肉的话，难道还是用来做装饰的吗？

红袖点头，"大王平日里只吃这个的！"

很好，既是个素食的妖怪，那也就说明他不会因一时恼火就生嚼了我。我一颗心往胸口落了落，往前走了两步，又忍不住倒退了回来，侧过头低声问红袖："你可是真心觉得你家大王姿容绝世？"

"真正的姿容绝世！"红袖答道。

"貌美无双？"

"绝对的貌美无双！"

就这样被红袖催眠了几句，我深深地吸了口气，面上终于堆上了微笑，一步一步地走上前去，将果盘端到了那妖怪面前。

黄袍怪没说话，只撩起眼皮淡淡瞥了我一眼。可就是这一眼，却吓得我差点把手里的盘子丢到他脸上去。

我咽了咽口水，强自镇定地说道："大王，请用些果品吧。"

黄袍怪从果盘里捡了一颗桃子出来，却没吃，只拿在手中一抛一接地玩着，状似无意地问道："你不怕我？"

我努力地把他这张脸想象成三堂兄那妖孽的模样，后来觉得难度实在太大，只得放弃了，赔着小心地答道："不怕。"

黄袍怪扯了扯唇角，露出那闪着寒光的獠牙，又追问道："果真不怕？"

我一时便有些拿不住他是个什么想法，又怕他恼我不诚实，便试探地回道："初见之下，还是有那么一点点怕的。"

黄袍怪一笑，忽地伸出手抬起了我的下巴，缓缓逼近了，轻声问："就只一点点么？"

我那颗小心脏都快要从嗓子眼里跳出来了，吓得连气都不敢喘，只用手指小心地比画着，"比一点点还多了那么一小丢丢。"

黄袍怪却是仍不满意，"嗯？"

他的面孔离我极近，已是能气息相闻，我实在是坚持不下去了，生怕自己这一口气憋不住，下一刻就会吓瘫下去，只好与他商量道："那您说……该怕多少？"

他未答，竟是忽地咧嘴嘲弄地笑笑，把那颗桃子往果盘中一丢，就这么起身走了。

这反应完全出乎我的意料，于是我傻眼了。

红袖一路追着将黄袍怪送到了廊下，也不知道两人说了什么，她回来后就对我说道："公主，大王交代了，您在谷中可随意走动，不过若是要出这波月洞，却要奴家跟着才行。"

于是，我就这样在这波月洞里住了下来，每日里三饱一个倒，除了身边伺候的人少了点外，倒是和以前的生活没太大差别。

红袖说黄袍怪也是住在这谷中的，只是轻易不肯露面。有两次我还真在山谷中远远看到过他的身影，可还不等我转身呢，他倒是先避开了。

就这样混过了几天，我心神渐定，胆子也逐渐大了起来，便开始思量着逃跑这件事来。

只是逃跑这活，实在是太难做了！

我人生的前十六年在大夏国做齐蒗公主，移魂到这宝象国之后，又做了月余的百花公主，两辈子加在一起，光学着怎么做公主了，哪里学过逃跑这事！

波月洞好出，山涧也好过，最难的却是那一眼看不到头的黑松林，且不说里面会有猛兽伤人，就是都扫清了叫我一个人走，都未必能走得出去。

思量来，思量去，身边能用的也就只有红袖一个，我虽有点怵她是只狐狸所幻，可她好歹看起来与凡人无异，面对她的时候，心里的压力也就少了许多。

母亲曾说过，要用一个人，要么能拿捏住她，要么能笼络住她。

我自认没那个道行去拿捏住一只狐狸精，能做的也就是去笼络她了。可眼下无权无势也无钱，想要笼络住一只狐狸精谈何容易啊，百般思量之后，只剩下攻心这条道了。

谁知这条道走得却是艰难无比！

我与她谈人生，她的人生只开始于见到黄袍怪的那一日。

我与她谈理想，她的理想是能够陪在黄袍怪身畔，朝朝暮暮，长长久久。

几句话之后，我终于明白了一件事情：我是人，她是狐，我们之间的代沟又宽又深，若是注上水，想必都能赛龙舟了。

还不如……放弃吧！

又过得几日，黄袍怪终于重又出现，还是那一身淡黄色衣袍，还是那一张青面獠牙。不过，许是见的次数多了，我倒是觉得不像初见时那样恐怖了，只是真心觉得他丑！

实在是太丑了！

黄袍怪瞧着像是心情不错的模样，上下打量了我一番，突然说道："过几日便是九月初九，也算是黄道吉日，咱们两人便选那一日拜堂成亲吧。"

说实话，我没想着他会来和自己说这事。我原以为自从被他抢来的那一日起身份就已经定下了，没想到他竟然还要举行这么一个婚礼仪式。

难怪之前他并不来纠缠，原来只是在等着礼成之后好名正言顺。

这倒是一个遵教守礼的妖怪！可喜可贺！

"好。"我轻轻点头，明明心如擂鼓，面上却是一派风轻云淡的模样，停了停，又问他道："可会有双方亲友前来祝贺观礼？"

许是这个问题叫黄袍怪十分意外，他就挑了挑他那又浓又黑又宽又杂乱的眉毛，金睛闪闪地看我。

挑眉毛这个动作，我那三堂兄也时常做，不过他人长得极好看，真正的剑眉星目，鼻直口正。那斜飞入鬓的剑眉微微挑起时，就好似化作了一个钩子，能将女人的魂都勾了过去。

明明是同样的一个小动作，可眼下这黄袍怪做起来……唉，我实在是无法形容自己此刻的心情。

母亲说过的，这世界上最难接受的不过就是现实。

黄袍怪仍在看着我，问："你想有亲友来观礼？"

我琢磨着如果能有亲友来，没准就能将百花公主被困在这的消息带出去。宝象国再小，保不齐会有法术高强的道人和尚之类的，然后来收了这妖怪，救我回朝。

就比如梦中那人所说的，能了我这一世姻缘的……四个和尚。

我心里一面打着小算盘，一面柔声说道："嫁人毕竟是女子一辈子的大事，如果可以，自然盼着能有父母亲友在此，祝我顺遂，愿我安好。"

黄袍怪终于放平了那双浓眉，静静地看着我，许久之后，才缓缓地点了点头，"我试试看吧，看能不能将你父母请过来观礼。"

我又惊又喜，不敢置信地看着他，若不是他还站在我面前，真想去掐一把大腿看看疼不疼。

黄袍怪淡淡地笑了笑，便转身离去了。

从这日之后，山谷里渐渐地热闹起来，似是凭空里冒出了许多仆人来，来来往往忙个不停。很快，谷中各处就有了喜庆的味道。

红袖也欢天喜地帮我准备婚礼喜服，好像要出嫁的是她一般，全无半点拈酸吃醋的意思。我看入眼中不由得更是感叹，这妖和人果真不同，别的暂且不说，只这份胸怀就叫人自叹弗如。

若是三堂兄的那些女人们都有这个胸怀，赵王府里估计得和谐不少。

古人云：婚礼者，将合二姓之好，上以事宗庙，而下以继后世也，故君子重之。这事本来讲究的是父母之命，媒妁之言，是要有"三书六礼"的。

可我是被黄袍怪抢来的，他没聘礼，我无嫁妆，于是便一切从简，只需一个热热闹闹的婚礼就够了。

九月初七那天，就觉谷中的人忽地多了起来。

我由狐狸精红袖陪着，坐在谷中最高的那个观景亭里，一面吃着瓜果梨桃，一面透过那雕花窗棂往外看热闹。

红袖指着一个穿褐色衣衫、长得有些干瘦的男子与我说道："那是个枣树精，别看他长得不济，结的枣子却可好吃了，皮薄肉厚，又大又甜，奴家以前还常去树底下捡枣子吃呢。不过后来他道行越高，就越发吝啬起来，一茬果子挂好多年，轻易不肯掉一个下来。"

红袖小嘴叭叭地讲得利索。

我看看远处那个干瘦的男子，再看看手里那颗才咬了一口的大红枣，就怎么也下不了嘴了，只得扔了手中的枣子，从盘子里换了一颗蜜桃出来。

就又听红袖叫道："哎，哎，公主，您瞧那个，溪边那个穿得粉嫩嫩的女子，她就是号称碗子山第一美女的桃花仙。"

我这里刚要去啃那桃子，听了这话将半张的嘴又缓缓合上了，犹豫了一下，将桃子也放下了。

"那边瞎忙活的细高挑水蛇腰的男人，是个柳仙，哦，其实就是条蛇精，刚渡了五百年的大劫，听说前几日那阵子雷就是劈他的，差点叫雷公给劈成了烧火棍子！桥上的那个，是个白仙。白仙，公主您知道是什么吧？就是刺猬，他性子最是死板倔强了。哎哟！那边那个算起来倒和公主您是同族……"

我心中一喜，忙问："哪个？"

红袖指向东边，一本正经地说道："就花墙下站的那位高个儿夫人，她是东边白虎岭的白骨夫人，眼下虽然是具僵尸，可几百年之前倒也是个美人的。"

我顿时哑口无言。

红袖又惊讶地"咦"了一声，"那两个是谁啊，倒是从不曾见过，也不知道是哪里的精怪。"

这里竟然还能有她也不认识的人？我颇为惊诧，顺着她指的方向看了过去，果然就见有一对中年夫妇，面上带着迷惑与诧异，十分无辜地站在群妖之间，甚是令人瞩目。

我不由得默了一默，说道："那是我的父王和母后。"

红袖既惊愕又尴尬地看我半晌，突然蹿了起来，叫道："哎呀！奴家这就去迎陛下与娘娘过来。"

她口中说着，人已是出了观景亭，不一会儿的工夫，就将宝象国的国王与王后两人带了过来。

在看到我的那一刻，夫妇俩先惊后喜，紧接着就又哭了，这个喊"我的儿"，那个叫"我的心肝"，齐齐地围上前来。

此情此景，我也赶紧做出一副亲人相见眼泪汪汪的模样。

王后抹着泪问我道："百花羞啊，你怎么会到了此处？自从那一日你突然不见了，宫里都乱了套，你父王……"

"母后，"我忙打断了她的话，"我现在很好，您和父王先不要着急，我叫红袖去给你们倒两杯热茶来，咱们坐下来慢慢说。"

那王后瞅着也是有心机的，闻言立刻不说话了，还偷偷扯了那国王一把，两人都擦着眼角坐下了。

我不动声色地支了红袖出去泡茶，待她出去了，这才回过身来，不紧不慢地问宝象国国王道："父王，您和母后是怎么到这里来的？"

宝象国国王面现迷惑之色，"我与你母后正在殿里坐着说话，只觉得一阵头晕，待再清醒过来，就到了此处。百花羞啊，这到底是个什么地方？你又怎么会在这里？"

我没有立时回答他的话，反而有意试探道："父王，您可记得那日我挑选驸马画像时的事？"

宝象国国王一愣，眼圈立刻又有些泛红，与王后两人互看了一眼，这才十分为难地问她道："百花羞啊，难道你非要寻个佛门子弟吗？菩萨会怪罪的啊！"

得！有这么一句话我就放心了，可见这两位不是妖精变幻了来骗我的。

我满怀激动，立刻上前紧握住他二人的手，小声而急切地说道："你们先听女儿说，这里是碗子山波月洞，只知道是在咱们宝象国之东，离着都城有多远就不知道了。女儿是被这洞里的妖怪使了妖法摄来的，父王与母后来此也是他的手段，想叫你们来参加女儿与他的婚礼。父王与母后不用害怕，只装作赞成我与他的婚事，事后他必然会放你们回去，到时候请父王一定要发兵前来救女儿出此妖谷！"

我一口气说了太长的话，又加上心里紧张，待说完了，别说嘴唇有些哆嗦，就连两条腿都有些发颤。

我来这波月洞半个多月，每日里与妖精朝夕相处，连自己都麻木了，都以为自己不会再害怕了，可到了此刻我才知道，我其实一直是恐惧的。

宝象国国王与王后均是一脸惊色，正欲说话呢，外面已是传来了红袖的脚步声。

要说还是王后娘娘反应快，立刻掩下了脸上的惊恐之意，转而换上欣慰之色，发自肺腑般地叹息道："女儿啊，父王和母后一直盼着你嫁个良人，不管他的身份，也不论他的出身，只要他能宠你疼你，这便足够了。现如今真遇到了这般的人物，也算是你的造化，我和你父王也就放心了。"

说着说着，竟就喜极而泣了。

宝象国国王也跟着教育我道："百花羞，以后嫁了人，再不可像在宫中时那般任性了，丈夫便是妻子的天，你要好好侍奉他才是。"

见他两人这般上道，我暗自大松了口气，含泪点了点头，应道："女儿知道了，只是以后不能常在父王母后身边侍奉，望父王母后多保重身体。"

正说着，红袖推门进来，笑嘻嘻地给他二人倒了茶捧上来，道："陛下和王后娘娘都放宽心，我们大王待公主好着呢。我们大王说了，今日里只是先把两位请来与公主见个面，一会儿就把两位送回宝象国去，待明后日再接两位过来。大王还说了，就算以后成了亲，若想见面也是极容易的，陛下和王后娘娘快别悲伤了。"

黄袍怪今日就要送宝象国国王与王后回去，然后明日再去接了过来？我略一思量，顿时明白了这其中的缘由。一国之主若是失踪几天，必然会引得国中大乱，所以他也只能不怕麻烦地把人接过来再送回去地折腾。

想通了此处，我不由得心中暗喜，便赶紧说道："父王，您和母后出来也有一阵子了，若是官人们发现您与母后都不在宫中，少不得要生乱的，不如今日早些回去，待将朝中事情安排妥当，明日再早些过来吧。"

那国王明白了我的暗示，点头道："也好，父王回去处理一下政事，待明日再与你母后过来。"

我忙又转头要红袖去找黄袍怪，请他赶紧把宝象国国王与王后送回宫去。

红袖又紧着出去了，过了一会儿便过来请国王与王后跟着她走。我送着他们出观景阁，刚下了游廊，红袖便说道："公主就在这里停步吧，奴家送陛下与王后出去。"

没法子，我只得停下了脚步，却不由自主地紧紧抓住了王后娘娘的手，红着眼圈叫了一声："母后。"

王后暗中用力握了握我的手，语带双关地说道："百花羞，你安心等着，明日母后和你父王再来。"

宝象国国王也给了我一个放心的眼神，闪出豪情万丈，仿佛只等回朝之后就点战将带大军，杀来这碗子山救公主回朝。

我控制着自己的情绪，缓缓地松了手，看着国王与王后二人的身影随着红袖渐渐远去，然后就心情忐忑、望眼欲穿地盼着。

第二日傍晚，宝象国的国王与王后果然又来了。

可惜，没有战将，没有大军。

那两人依旧是被红袖领了过来，依旧是满脸的迷惑与诧异，在看到我的那一刻，夫妇二人先惊后喜，紧接着就又哭了，这个喊"我的儿"，那个叫"我的心肝"，齐齐地围上前来。

我都看得傻愣了。这是怎么了，这都第二回见面了，怎么情绪还会如此激动？

王后抹着泪问我道："百花羞啊，你怎么会到了此处？自从那一日你突然不见了，宫里都乱了套，你父王……"

等等！这情景，还有这话都好耳熟啊。

正惊愕着，红袖把我扯到了一边，低声解释道："公主莫要奇怪，陛下与王后娘娘已经不记得昨日的事情了。"

我听得心中一惊，不由得瞪大了眼，又听得她继续说道："大王说若陛下与王后娘娘记得此间的事情，怕是不妥，不如索性就消了他们二人的这段记忆，这样既全了公主对父母的思念之情，也不会给日后惹麻烦。"

很好，很好，好一个奸诈狡猾的黄袍怪啊！

我气得一口气没提上来，差点没仰倒过去。

红袖又说道："公主和陛下与王后说说话，奴家去给你们泡茶。"

说完就很懂事地避了出去，可我却全没了说话的力气。反正不管说了什么也是记不住的，还费这个劲做什么？

那边国王与王后还眼巴巴地瞅着我，没法子，我只好强自打起精神来，把昨日里说过的话又重新说了一遍，只盼着万一黄袍怪做事不利索，能有个遗漏的一言半语被他二人记住了，也算幸事。

国王与王后两人又信誓旦旦地走了。

第二日便是九月初九，天刚一黑，他们两个又被黄袍怪施法摄了来，依旧同前两天一般模样，都是丝毫不记得之前来过这里的事情。

也亏得我知道今天是最后的机会了，白天的时候就准备好了一方手帕，又趁着红袖不在身边的时候，咬破指尖在上面写了"百花羞在东方碗子山波月洞"等十二个血字，正好写满了一方手帕，看起来甚是触目惊心，相当震撼。

我顾不上和他二人细细解释，只趁着没人注意，将手帕塞到王后的袖口里，低声嘱咐道："贴身藏好！"

话音刚落，就听得外面鼓乐齐奏，红袖带着侍女从外面进来，催促道："公主，吉时就要到了，请上轿吧。"

话音刚落，一群分不出是人是妖的侍女就围了上来，也不管宝象国国王与王后愿不愿意，簇拥着他们就出去了。紧接着，我这里就被人盖上了红盖头，扶出了门，扶上了轿。一路上吹吹打打，也不知道在这山谷中绕了多远，花轿终于停了下来，落了地。

一阵鞭炮声噼里啪啦响过之后，轿帘被人从外面缓缓掀起，一只洁白修长的手伸了进来，展开了擎在我的面前，就听得黄袍怪淡定从容的声音在轿外响起，"到了，出来吧。"

我愣怔了片刻，这才把手放在了他的手上。因着害怕，之前从未敢仔细观察过这黄袍怪，自然没细看过他的手。这会儿才意外地发现，他的手掌温暖而干燥，皮肤细腻，指节修长有力，竟是和那张脸的风格全然不同。

我稳了稳心神，弯身迈出了轿子，由他牵着往前走去。

盖头很大，几乎遮住了眼前的一切，只能透过盖头下的缝隙，看到那随着他的步伐而翻飞的红色袍角。

还好，今天总算是没再穿他那一身黄袍，不过，那脸和手是一个风格就好了。

我一路胡思乱想着，被黄袍怪领进了喜堂，随着傧相的礼赞声，四周终于缓缓地安静下来，就听得傧相高声叫道："一拜天地！"

我心中忽地慌乱起来，不管日后能不能获救，今日这场婚礼都是躲不过去的了。

想当初还在大夏朝时，父亲将满朝的青年才俊都堆在一起由着我选，那才真叫琳琅满目，眼花缭乱。后来到了这宝象国，国家小了些，候选驸马们的水平也普遍不如之前，可好歹也都是挑出来的优秀人物。

眼下可好，只有这么一个半人半妖的，选都没得选了。

唉！相亲挑驸马这事怎么竟和割韭菜一样，都是一茬不如一茬啊！

黄袍怪已是跪下了一条腿，见我站在那里没有反应，他握着我的手稍稍紧了一下。感到手上隐隐有些痛，我这才有些慌乱地跟着他跪了下去。

拜完天地便是拜高堂，这一回却是我跪下去了，黄袍怪又不肯跪了。他身姿笔直地站在那里，过了片刻才低声说道："他们两个受不得我的跪拜，你自己拜就是了。"

他这话激得我起了一肚子气，一国之君竟然受不得你一个妖怪的跪拜，倒真对得起你那张大青脸！

我没再理会黄袍怪，从他的手中抽回了手，认认真真地给座上的宝象国国王与王后磕了头。他两位是这百花羞的生身父母，不管是为了不知魂在何处的百花羞，还是为了这些时日他们对我的疼爱，这个头都理当磕。

待我起了身，傧相又是高声叫道："夫妻对拜。"

我转过身与黄袍怪相对而立，透过盖头下的缝隙，就见他一撩袍角冲着我跪了下来。我心中一动，微微侧身，不露痕迹地避过了与他正相对的方向，这才缓缓地跪了下去，膝盖还不及触地，又故意将身子往旁边一偏，顺势栽倒在地上。

因被盖头挡着，看不到堂上的情形，不过只听声音便知道四周有些混乱。我心里不由得一阵阵地发虚，不知是该自己爬起来还是继续装晕。正犹豫着呢，面上的盖头忽地被人一把撩开了，黄袍怪一张青色大脸出现在头顶上方，面无表情地问："怎么了？"

我惊得一时连装晕都忘了，只睁着眼睛怔怔地看他，脑子里想的竟然是他这脸亏得不是绿色的，不然配着这身大红的礼服，那该是多么经典的搭配啊。

黄袍怪又问："可还能行礼？"

行礼？自然是不能行了！这礼若是行了，名分上就真成了妖怪之妻了。

我避而不答，又使出自己的那手绝招，口中轻轻地嘤咛了一声，虚弱地说道："我头好晕……"

话没说完，身边的王后就接口道："定是百花羞也受不得大仙的跪拜，这才晕倒的。"

这话说得众人都是一愣，我却忍不住心中暗赞：好个王后，不愧是宫中混了这么多年的，不但有眼力、有心计，就连嘴上都不肯吃半点亏的。黄袍怪啊黄袍怪，你刚才不还说百花羞的父母受不得你的跪拜么，那我这个百花羞也是凡人一个，自然也受不得啊！

我有心点头顺着王后的口风说话，可一对上黄袍怪那双大眼，就立刻没了胆量，只好十分孬包地闭上嘴。

黄袍怪眉头微微敛起，直起身来沉默着看我。

喜堂上的气氛一时就有些尴尬。

红袖忙上前连拉带拖地将我扶了起来，嘻嘻哈哈地说道："大王和公主夫妻一体，什么受得受不得的，奴家看到了，刚才是公主不小心压到了裙角，没事，没事，快些行礼吧。"

说着连盖头也不给我盖，和旁边一个侍女架着我向着黄袍怪跪了下去。

黄袍怪面上不见喜怒，一张大嘴微微抿着，复又一撩袍角跪下来。

侯相连忙高声叫道："夫妻对拜——"

我这回没了熊胆，很识时务地磕下头去，还不及起身，突听得门外有一女子娇声喝道："且慢！"

我下意识地随着众人看去，就见一个身穿白色衣裙的年轻女子拨开观礼的人群走上前来，看也不看我一眼，只盯着黄袍怪说道："奎哥哥，你不能娶她。"

她这样一句话，说得我眼泪都要流出来了，暗道：好姑娘，你这话可是说到我心坎里去了，只是，你怎么才来啊！

黄袍怪转过身看那女子，面容清冷地问："你来做什么？"

呀，这还用问吗？这个时候这个场合能喊出这句话来的，自然是来抢婚的了。我偷偷地撇了撇嘴，垂了眼帘装木头人。谁知那女子却不肯放过我，她上前两步，纤纤玉指离我的鼻尖不过尺把远，眼睛看向的却是黄袍怪，冷然说道："她根本就不是真正的百花羞，你不能娶她！"

她这般一针见血，反而吓了我一跳。

黄袍怪没说话，只沉默地看着那个女子。

白衣女子又接着说道："当日苏合姐姐在奈何桥上苦等了三日却不见你来，伤心欲绝，说自此以后与你恩断义绝，永世不见。我亲眼看着她喝了孟婆汤，魂魄入了另外一个轮回，这个百花羞分明是不知从哪里来的孤魂野鬼！"

此言一出，众人皆惊，喜堂之上一片静寂，众人目光唰的一下子齐聚到我的身上。我眼瞧着身侧的红袖松开了手，不露痕迹地往后挪了一步。

我很惊讶，成精的狐狸难道不比孤魂野鬼更厉害吗？你还怕个什么劲呢？

黄袍怪一直沉默，不辨喜怒的目光在我脸上打了几个转，然后微微眯了眯他那双吊睛大眼，问我："你不是百花羞？"

讲实话，我内心真是矛盾啊！承认自己不是百花羞吧，不外乎两个下场：一是这黄袍怪大发善心把我给放了；二是他大发雷霆把我给生吃了。

虽说都是"大发"，不过这发的东西实在是差太多了。

而咬死了自己就是百花羞，下场倒是只有一个，那就是嫁给这黄袍怪，和他了这一世的姻缘。

这真是太难抉择了！

我这人一紧张就爱眨眼睛，不受控制地连眨了几下眼睛，这才能结结巴巴地问他道："你你……你说呢？"

黄袍怪没说话，只轻轻挑了下眉梢。这表情要是由面容俊俏的男子做起来，想来应该是极风流的，可出现在他这张大脸上，却看得我生不如死。我忍不住闭了闭眼，咬牙说道："她说的没错，我的确不是百花羞。"

死就死吧，也总比一天到头对着这样一张脸的好！

喜堂上先是一静，瞬间后就如水落油锅，炸开了花。

唯有黄袍怪面容镇定依旧，他看我两眼，又问道："那你是谁？"

这个问题着实难答，一个说不清楚，我反倒真成了那女子口中的"苏合姐姐"，因着这黄袍怪失约不至，一怒之下另投轮回，却不想十六年后却被一个多管闲事的高冠男子提了魂魄到此，来履那"一世姻缘"之约。

黄袍怪还在看着我，等着我的回答。

不只是他，整个喜堂上的人或妖都在等着我的回答。

关键时刻，我又有些怂了，再想起母亲那句"好死不如赖活着"，于是勉强地笑了笑，又小心地瞥了那不远处的白衣女子一眼，这才委屈说道："这位姑娘既说我是孤魂野鬼，那我就是孤魂野鬼吧。"

这句话一落，喜堂上众人又是一阵交头接耳，窃窃私语。

就听得那粉嫩嫩的桃花仙小声和身旁的白骨夫人说道："看看，明摆着来搅局的，不就是欺负人家公主性子柔弱嘛！换老娘早就大耳刮子抽过去了，老娘拜堂的时候你都敢来闹，活腻歪了你！"

不想白骨夫人倒是个厚道人，闻言忙低声劝道："打不得，打不得！俗话讲打人不打脸，就算真是来闹事的，直接杀了也就算了，千万别打脸，伤了和气怪不好的。"

黄袍怪浓眉微扬，又看我两眼，嘴角忽向着耳根子扯了一扯，露出一个含义不明的微笑，淡淡吩咐那傧相道："继续吧。"

"夫妻对拜"都拜完了，再继续下去也就只能是"送入洞房"了。

我头上复又被遮上了红盖头。红袖和另一个侍女从两边架住我，脚不沾地地往堂下走。要说还是母女连心，我这里眼看就要被拖出去的时候，身后的王后终于有些控制不住情绪，凄凄惨惨地喊了一嗓子出来："百花羞！"

任谁听见这么一声呼唤，也会忍不住红了眼圈。

我停下脚步，强行挣脱了红袖等人，回身往王后的方向望去，本想着嘱咐一句"如若方便别忘了替我找一找那四个西去的和尚"，可一想便是现在嘱咐了，这国王与王后也不能记住，索性还是什么都别说了，只盼着那十二字的血书能被王后带回去吧！

念头这样一转，话到嘴边我又强行咽了下去，只道："罢了，罢了。"

说完，随着红袖她们出了喜堂。

那新房离着喜堂虽不远，道路却是曲折，我这里顶着盖头被人扶着一路行来，七转八转地人都转糊涂了，这才坐到了喜床上，然后不等那晕乎劲过去呢，一直遮眼的盖头就被人揭了下去。

抬头，入目的毫不意外的是黄袍怪那张青脸，丑得真是极具特色，每每看都能看出几分新意来。

事到如今，是被生吞还是被活剥全都由不得自己了。

好好地活下去，有朝一日能逃离这里，甚至再回到父王母后身边，这便是支撑着我在这里熬下去的唯一念头。

母亲说过，既然决定要活下去，那就要好好地活下去，至于能不能活得好，呃……那个再另说。

母亲还说过，女孩子有两个时候最能打动人，要么笑得灿若春花，要么哭得梨花带雨。

瞧着眼下这光景，哭哭啼啼是不大合适的，那就只能先笑上一笑了。这样想着，我便努力扯起了嘴角，向着黄袍怪笑了一笑。

黄袍怪表情明显着愣了一下，手就停在半空之中，还扯着那顶红盖头，眼睛直愣愣地瞅着我，不言不语。

这是，没想到我会笑得如此灿烂？

他还在怔怔看我，我这唇角收也不是，放也不是，脸上笑容便不觉更僵了些。

倒是黄袍怪先恢复过来，将手中盖头随意往旁边一丢，又淡淡瞥了我一眼，竟然连句话都没说便转身出去了，自此一夜再未回来。

前半夜我是提心吊胆，后半夜这才渐渐心安，又因折腾了一日太过疲惫，不知不觉中就昏睡了过去。

第二章

悲催的婚后生活

第二日醒来时，外面天色早已大亮。

我脑子尚有些昏沉，一时未辨出自己是在哪里，习惯性地喊了一声"来人"，就瞧着眼前一道火星子蹿过，下一刻，红袖便站到了床前，笑嘻嘻地说道："哎呀，公主娘娘，您可算是醒啦，这都快到晌午了，奴家肚子都饿得直叫呢！"

我一个没忍住，问她道："你刚才在哪里？怎来得这样快？"

红袖眨了眨她那双水灵灵的桃花眼，"奴家就在您床脚那里卧着呢啊！"

"床脚那里卧着？"我问。

"是呀。"红袖点头，抬起玉手往床脚处一指，"就那里，奴家在那里做了个窝。"

我坐起身来，顺着她指的地方看过去，狐狸窝虽没见着，狐狸毛倒是瞧见了几根……我默了一默，转头看向红袖，很是真诚地与她说道："打个商量，以后做窝能稍稍换个地方吗？比如，呃……比如……床脚下，我这人睡相不大好，怕夜里再踢到了你。"

红袖以手掩口，咯咯直笑，"公主娘娘莫要嫌弃奴家，昨夜里是大王酒醉得厉害没能回来，奴家这才给您来守夜。日后，自然是大王夜夜与您同床共枕，奴家能跟您睡几回呀，公主娘娘要踢也是踢大王，踢不到奴家身上。"

我眼前闪过黄袍怪那张青脸，不由自主地打了个冷战，忙就握住了红袖的手，真心实意地与她说道："还请继续在我床脚上做窝吧，毛茸茸的小动物最可爱了。"

"奴家也愿意呢!"红袖抿着嘴直笑,又道,"那样就可以夜夜陪伴大王了。"

她一脸"少女怀春,满心向往"的模样,我这辈子头一次对自己的审美产生了怀疑,"你是真心想亲近你家大王?不是在说笑话?"

红袖敛了笑,颇有些不悦地瞪我一眼,"公主这是说的什么话?大王天神一般的人物,俊美无双,无人能比,谁人不想亲近?"

黄袍怪俊美无双,无人能比?

想我堂堂齐蓓公主,跟在母后身边一十六载,什么样的俊男美女不曾瞧见过?别的暂且不说,就我亲爹圣武皇帝,那就是大夏朝有名的美男子,更别提赵王府里我那位长得祸国殃民,走到哪里都能惹下情债的三堂兄!

就黄袍怪这模样还天神一般的人物,你当我眼瞎么?

我无意与红袖争论,只以手扶额默了一默,决定换一个话题,"呃,你家大王昨夜里一直不曾回来?"

红袖许是会错了意,闻言忙道:"公主莫怪咱家大王,昨夜里谷中宾客众多,又都是为了贺大王喜事而来,大王少不得要陪着多饮几杯,醉了也属正常。"

"喝醉了?"我又问。

"绝对都喝醉了!"红袖拍着胸口,信誓旦旦,"就咱们大王还算好的呢,您是没瞧着那些人。柳仙和白仙拼酒,逼得白仙连衫子都脱了!枣树精醉得更厉害,直抱着桃花仙喊着要与她接个枝,也好等来年结一茬大果,气得桃花仙拔剑要杀他,足足追了他大半个山谷,最后还是白骨夫人出面说和,这才了了此事!"

这都什么乱七八糟的啊！

我听得颇有些无语，想了一想，又问红袖道："那我父王和母后呢？可曾被妥善送回朝去了？"

"回去啦，回去啦！"

"谁人送的？"我又问。

红袖不在意地挥了挥手，"大王醉酒之前就送陛下和王后娘娘回去了，回来后才和人饮的酒，公主放心就好啦！"

确定宝象国国王和王后已经安全还朝，我心中这才稍定，既然如此，想必那写了血字的帕子也已被王后带了回去，待王后醒来，便是不记得昨夜之事，只瞧见那帕子，想来也会仔细查访询问的。

我得救之日可盼矣！

这般一想，顿时觉得外面天色都亮了不少！待由红袖伺候着穿好衣衫，又吃过些饭食，我便起身活动了一下手脚，与红袖说道："我吃得多了些，要出去消一消食，你可要跟着我？"

红袖眼神还盯在盘子里那只烧鸡上，可怜巴巴地说道："奴家还饿着肚子呢！"

"那我自己先出去转上一转，你吃完饭后再来寻我就是了。"

我说完便转身朝屋外走，就听得红袖在后叫道："公主可莫要出那波月洞，只在谷中转转就是了。"

"不出去，不出去！"我口中答着，脚下却不停歇，出了门胡乱寻了条路，只往谷中转去。

实话讲，我还真就打算着在这山谷里转上一转，不求别的，只求先熟悉了此处的地形，万一日后宝象国大军来救，我便是做不得内应，也能有个暂时藏身之地，省得大军还未打进来呢，我这里却先叫众妖给生吃了。

山谷内郁郁葱葱，鸟语花香，半点不显秋之萧瑟，风光倒是极好。唯一不好便是道路太绕，明明瞧着我昨日待过的那个观景台就在眼前不远处，可转悠了半天，它竟然还是在"眼前不远处"！也幸亏我早年曾跟着父王母后各处跑过，练就了一双好腿脚，这才没累趴在半道上。

只这一路行来，"惊喜"实在连连。

先是一不留意在小径上踩到了条青蛇，我这里尚未惊叫出声，那条蛇却先从地上弹了起来，再落地便变成了个青衣男子。他本向着我怒目而视，待看清我的模样，态度顿时大变，连连向我作揖赔礼，只道："不小心惊扰公主，抱歉抱歉！"

我惊得转身便跑，没几步，又一脚踢飞了个带刺的"白球"，就听得蛇妖在后面大声疾呼道："公主小心，那是醉大发了的白仙。"

我顾不上脚痛，只慌乱向那"白球"施了一礼，道歉道："意外，意外，纯属意外。"

说完，也不敢去看那仍旧原形着的白仙，匆匆择了条小路，狼狈而走。

这样一番折腾下来，等我心神稍定，早已是不知自己身在何处，那本要去的高亭连看都已看不到了。隐约听得耳边有流水之声，想来此处离溪流必然不远，又因刚才踢到了刺猬，脚尖还在隐隐作痛，我索性也不再去找什么高亭，只沿着小路往溪流处找去。

果然，走不多远便瞧见了潺潺溪水，那溪不宽，水却是极为清澈，望之可一眼见底。更妙的是溪边还散落着许多大大小小的青石，可坐可卧，倒是个戏水的好地方。

我瘸着腿脚走过去，拣了块干净平整的青石坐下来，除下鞋袜细细检查脚上伤处。也幸好今日想着要在谷中多转一转，特意穿了便于行走的软靴，比绣花鞋厚实不少，靴面虽被那刺猬的尖刺扎穿了，脚趾尖上却只落了几个小小的红点，不曾见血。

我这才放了心，干脆把另一只脚上的鞋袜也除下，两只脚都放入了溪水中。溪水微凉，激得我不禁打了个寒战，可那脚上的痛感却也消散了许多，我忍不住轻舒了口气出来，一边泡着脚，一面抬头去瞧四下里的景物。

不想这一瞧，却是又惊了我一跳。

就在离我几丈远之处，一块大如磨盘的青石上，竟是卧着一个人，远远望去，除却衣衫边角偶尔随风稍稍轻摆，那人竟是动也不动一下，好似睡死了一般。

难不成，这又是某一只醉了酒的妖怪？

我一时好奇心起，提了裙角悄悄涉水过去。刚一靠近，便闻到了浓郁的酒气，想来又是个醉倒在此处的妖怪，待到近处，瞧清那人模样，却叫我颇感意外，就见他身上只穿着白色中衣，身材颀长，面容俊美，竟是个颇有姿容的青年男子！

红袖曾说过，一般妖怪醉了酒大都会显露原形，便是道行高深的能保持人样，也多少要露出些破绽来。

我迟疑片刻，特意绕到那人身后瞧了瞧，不见尾巴，再蹑手蹑脚地走到他身前来看，一张俊面棱角分明，颇具阳刚之气，其上五官鲜明深刻，如若描画，就连两只耳朵也丝毫不见异样，瞧不出半点妖气。

如此看来，这竟是个人了，真是稀罕！

我这里正惊讶着，不想他却突然睁开了眼。

他这一睁眼，我才发觉这人长得实在是好，尤其是那修眉俊目，实难描画，便是与我那祸国殃民的三堂兄比起来，也几乎毫不逊色。我一时看得入神，竟忘了言语，直等他挑了挑眉梢，这才意识到与他距离太近，忙就往后退了半步，结结巴巴地问他道："你醒啦？"

话一出口才觉出傻，当真是句废话，他都睁开眼了，若不是醒了，难道还是梦游不成？

那人未答，撑着手臂从青石上缓缓坐起身来，微微皱了皱眉头，也不理会我，只抬了手去捏两侧额角。

"您也是昨日来谷中观礼的宾客？"我又问。

他闻言动作一顿，先转头瞥了一眼水中倒影，这才抬眼看我，目光从头一直打量到我踩在溪水中的双脚。

我暗道这人虽长得好，性子却是有些不讨喜，就他这看人的眼神，不管是有意无意，日后都少不得要挨人揍的。也亏得我现在身后没得依仗，脾气不得不好，若我还是大夏朝的公主，若我父亲母亲还在，我也非得好好教一教他怎么做人不可。

我这里正腹诽着，就见他那里略略点了点头，淡淡答道："是。"

人在屋檐下，不得不低头，哪里还敢随意去得罪人。思及此，我便朝他笑了一笑，试探着问道："您也是我家大王的道友么？昨日里在喜堂上怎不曾见到您？"

他唇角微勾，答道："昨日里我来得晚，未能赶上观礼。"

难怪，难怪，难怪没看到过这人，原来是到得晚了。

就听得他又问道："姑娘是……"

"奴家是谷中的婢女。"我忙答道。

"撒谎。"他缓缓摇头，不紧不慢地说道，"你身上有生人气，可不是这谷中的精怪。"

我心中暗惊，莫不是自己料错了，他才不是什么人，而是个道行高深的妖怪？我这里正惊疑不定，就见他又是勾唇一笑，用十分肯定的语气说道："你是随着公主来的人类侍女。"

这才正是不知怎么下房，底下就有人给搭梯子！

我怔了一怔，随即就又大喜，忙点头应道："不错，不错！奴家正是在公主身边伺候的，说自己是这谷中的婢女，也不为错。"

他略略点头，不置可否。

我又做出一副天真模样，问他道："您呢？我瞧着您和其他大仙不同呢。"

他微微扬眉，不答反问："怎的不同？"

我故意歪了头，努力眨巴着眼睛以示自己天真烂漫，一边比画着，一边答道："他们醉了酒，不是露了尾巴，就是变了耳朵，可就保持不住人形啦。可您看您，只不过脱了件外袍而已。"

他也笑笑，"也许只是我道行更深一些。"

这倒也不是不可能！我又忍不住仔细打量他，上上下下、左左右右都仔细瞧过了，也未能瞧出什么端倪来。许是因为他面貌太好，我一时也忘记了害怕，大着胆子问他道："不知您是……"我本想直接问他是个什么妖，可话到嘴边却又觉得不好，便改了口，"您是修哪一行的？"

"修哪一行？"他愣了一愣，正经答道，"我是修仙之人。"

重点落到了最后那个"人"上，如此说来还是人嘛！

这认知叫我对他顿生亲近之感，又因溪水沁凉，寒意刺骨，我索性提着裙角也爬到了那青石上，就在他身边坐下来，与他套着近乎，"不知您仙府在哪处灵山妙岛，是在这碗子山之东啊，还是之西啊？"

他转头瞥我一眼，简洁答道："之西。"

我不由得一喜，"西？那西边不就是我们宝象国嘛！想不到您还是我们宝象国人氏？"

"算不得。只是在宝象国修行而已。"

管他到底是不是宝象国人氏，只要他对这一带熟悉，那就够了！

我瞧他言语上还算随和，胆子不觉又大了些，"仙家既然在我们宝象国修行，那也算是和我们宝象国有缘呢。"

他似笑非笑，应和道："有缘。"

"奴家自幼长在京城，见识浅薄，若不是此次随我们公主前来，都不知道世间还有如此多的得道仙家！"说到此处，我有意停了停，向他不好意思地笑了一笑，这才又继续说下去，"您可莫要笑话奴家，奴家以前连这碗子山都未曾听过，便是现在，也只知这碗子山是在我们宝象国之东，都不知道距离多远呢！"

"不算远，三百余里。"他说道。

上道！这人太上道了！简直就是答到我心里去了。

我忍住欣喜，又继续问道："您可也会腾云驾雾的法术？"

他点头，"会些。"

"奴家当初也是腾云驾雾地过来的呢！不过，可惜奴家太过胆小，吓得连眼睛都不敢睁一下，不曾见识到这一路的风光。"

"风光还算不错，往西出了黑松林便是一路坦途，有官道直通宝象国京城，快马加鞭，一日便到。"他说道。

妙！妙！妙！如此说来，便是没有大军来救，只要我能设法出了那黑松林，也能回到那宝象国去！

我简直喜不自禁，若不是顾忌着眼前这人，怕是都要得意忘形。

他神色却是淡然，漫不经心地瞥我一眼，忽又问道："你出来玩耍这半天，你家公主不会寻你么？"

这话却是一下子提醒了我，我抬头看天，不知不觉中日头竟是已经有些偏西。"公主"自然不会找寻我的，怕的是，红袖前来找我。到时若被她喊破我的身份，我之前编的那些瞎话就全白费了。

我笑笑，急忙顺坡下来，"不瞒您说，奴家还真是瞒着我们公主偷偷跑出来玩耍，我这就回去，还请大仙您千万不要和人说在这里见过我，可好？"

不想这人却是极好讲话，向我淡淡一笑，应道："好。"

得他这样一句话，我多少放下些心来，急忙返身回到我之前坐的地方，拾起鞋袜胡乱套上，又向他挥了挥手作别，沿着之前来的小路往山上跑了去。才刚刚离开溪边，果就听到红袖从远处唤我，我不好应声，只循声过去。

"哎呀！公主娘娘，可是叫奴家好找。"红袖一见到我，大松了口气，一面用帕子抹着汗，一面忍不住埋怨，"您怎到这边来了？这要是有个磕磕碰碰的，大王必要责罚奴家的呀！"

我解释道："迷路了，也不知怎么就走到此处来了。"

此处离着溪边不远，我生怕红袖再与那白衣男子见面，忙就推着她往来路走，不想她却是眼尖，一眼就看到我沾湿了的裙角，惊道："您去溪边了？怎的裙子还湿了？"

"刚在溪边站了站，无事，无事。"

瞧着红袖还要再追问，我赶紧又换了个话题，问她道："刚才那烧鸡好吃吗？"

"好吃！"红袖一听这个，顿时忘了我裙角的事，眼睛都快要放出光来，连连点头道，"可比奴家之前吃的好吃多了！"

"哦？你以前怎么吃？"

"去了毛，生吃。"

"……"

倒是种有创意的吃法。

我默了一默，见红袖走得几步，还要回头去看那溪边，忙就又硬着头皮与她聊下去，"你们谷里的人都这般吃鸡吗？"

"不啊。"红袖答道，"柳仙喜欢带着毛整个吞下去。"

"……"

喜好独特！有个性！

说话间，两人已经离那溪边渐远，我心中这才渐渐放松下来，便是连脚步都轻松许多，只随着红袖绕那曲曲折折的山路，心中暗暗记着四下里的景物。又走得好一会儿，石阶小路这才渐渐宽阔平整起来，又转过一个竹林，一抬头，住所赫然就在眼前。

纵是我腿脚灵便，走了这大半日山路也少不得觉得疲乏。红袖许是也瞧出我脚步沉重，一进屋便吩咐头顶上长了撮红毛的小丫头去给我打热水来，道："公主用热水泡一泡脚吧，解乏。"

那红毛小丫头也不知是个什么妖，脚下甚是利索，片刻工夫就端了大大一盆热水来，放下之后又道："刚才红袖姐姐不在的时候，大王身边的人过来传信，说是大王晚上要宴请宾客，请红袖姐姐帮着公主好好梳妆打扮一番，大王要公主出席的。"

我这里刚要把脚放进脚盆中，闻言惊得差点一脚踹翻了那盆。

"我也要去？"我只盼着是自己听错了话，忙就又问了一遍。

"要去的。"红毛丫头答道，"大王特意交代了的，说众宾客不是谷中的臣属便是近处的友邻，公主总是要认上一认的。"

红袖听了，在一旁帮腔道："大王说得没错，公主您莫要羞涩，日后您就是咱们波月洞的女主人了，这人情来往之事都需您来操持呢，哪能个个都不认识！"

我怔怔地坐着，一颗心直往下沉去。早知如此，刚才就不该去跟那白衣人搭话，这下可好，吧啦吧啦闲扯了那么多，等晚上面对面一站，岂不是一切都要露馅？

哎呀，不知现在我装病可还来得及！

这样动着心思，面上却不敢露出分毫来，直等泡完了脚起身的时候，我才故意晃了一晃，忙用手扶额，低低地"哎哟"了一声。

红袖正指派小丫头去倒水，闻声转头向我看过来，问道："怎的了？公主？"

"头有些晕，许是刚才在山间吹了风。"我特意拿出了公主的娇柔做派，手揉着额头，身子软软地往后倒去。

红袖见状有些慌乱，忙扶了我在床上躺了，又念叨道："公主这身子也忒娇弱，吹一吹风便这样，看来还是我们这些带毛的更皮实些，谁不是在荒野里跑着长大的，莫说吹风，便是雨打也不当回事。"

"是我从小被养得娇了些，身上又没长毛。"我装得有气无力，又道，"还请劳烦你去和大王说一声，我眼下这个情形，晚上怕是无法出去应酬了。"

红袖就又叫了那个红毛丫头过来，派她去向黄袍怪请示。那丫头腿脚真是快，不过片刻工夫便回转，带回来了黄袍怪的答复：去，必须得去！便是病得爬不起身来，也要叫人抬了去！

我面上一派委屈，肚子里却在骂街。

便是红袖听了也面露微讶，许是想不到她家大王这般不知怜香惜玉。

红袖转过身来，颇有些为难地看我，"公主娘娘，您看……"

"大王既有了吩咐，那就去吧。"既然装娇弱没用，我索性也不再装了，干脆利落地从床上爬起身来，抬脚往那梳妆台前走，又道，"我得好好梳妆打扮一番，免得丢了你家大王的脸！"

红袖闻言就要上前帮忙，我忙斥退了她，"不用，我自己来。"

母亲有句话讲得好：自己动手，丰衣足食！

母亲还有一句话讲得更好：你若不要我好过，你就也别想好过了！

高绾青丝，梳一个孔雀开屏髻！

再上一个"酒晕妆"，先在面上敷一层厚厚的白粉，再往两颊抹上浓浓的胭脂，如酒晕染，尽量使面颊显得丰满圆润。

画一双桂叶眉，点一点樱桃口。

再来花钿、面靥、斜红……等我把梳妆台上有的东西样样不落地招呼到自己脸上，一张脸画下来，我回过头去，屋里的一众侍女早已经是惊得目瞪口呆，木人一般。

红袖用手托了下巴，这才能把自己嘴巴缓缓合上，迟疑道："公主娘娘，您这妆……"

"怎么？不好看吗？"我反问。

我左右打量镜中的自己，越看越是满意，眼下这个模样，便是我亲娘来了，都未必能认得出我，更别提那个只见了一面、说了几句闲话的白衣人了！

"好、好、好看，"红袖笑得很是勉强，停了一停，才又小心说道，"就是，呃……香粉厚了点，胭脂浓了点，眉毛短粗了点，嘴巴忒……啊忒……忒夸张了点。这个妆容，大王瞧到怕是会有点意外……"

岂止是会意外！

想当年，母后曾照着图册化过这样一个妆容，特意去给父亲惊喜。父亲那样一个泰山崩于前而色不变之人，初见母亲妆容，愣是吓得扔了手中茶盏。我就不信，他黄袍怪还能比我那英明神武的父亲强了！

意外？吓死你才好哩！

因存了这样的心思，我的胆气顿时壮了起来，又指挥着红袖帮我换了一身华贵无比的衣裙，不等侍女来传，便雄赳赳气昂昂地去了那大厅赴宴。

天色傍黑，时间尚早，大厅里宾客寥寥，黄袍怪到得却早，已经高坐于主位之上，正在自斟自饮，自得其乐。我本是挺胸抬头来的，可一见他那嘴脸，那獠牙，气势顿时就散了一半，只觉得双腿发软，似是连身体都要撑不住了。

恰逢黄袍怪抬头，远远地一眼就看到了我，目光落到我身上时明显一顿，片刻后，这才慢慢地放下了手中酒盏，一双金睛大眼，只盯着我看。

天作孽犹可恕，自作孽不可活……

我脑海里不知怎么地就冒出这么一句话来，后背上也随着起了一层汗，几欲转身就逃。

莫名地，黄袍怪忽地扯了下唇角，又抬起手来，向着门口勾了勾手指。

我下意识地转头看红袖。

红袖这一次倒是知情识趣，不等我问便说道："是叫您呢，没错。"

眼下这情形，不管是伸脖子还是缩脖子，怕是都躲不过这一刀了。我挺了挺腰杆，淡定从容地走上前去，直到台阶前才停下身来，向着黄袍怪微微屈膝行了一礼，"大王。"

黄袍怪默默看我几眼，沉声问道："你这是什么打扮？"

"妾这是盛装。"我答得镇定。

"盛装？"台上黄袍怪似是嗤笑了一声，又问，"是为我这宴会特意准备的盛装吧？"

我眼珠子转了一转，这才慢声细语地答道："妾以后便要依附大王而生，大王是妾的主宰，妾是大王的脸面，大王有宴，妾自然是要竭力打扮，盛装出席。"

就瞧着黄袍怪的大嘴往旁侧咧了一咧，似笑非笑地说道："那我这脸面可是够大的。"

哎哟，这话可不好接！我笑了笑，没敢言声。

黄袍怪也跟着扯扯嘴角，复又低下头去饮酒。红袖不知何时站到了我身后，用手指偷偷地杵了杵我，又向着黄袍怪那里抬抬下巴，暗示我过去侍酒。

俗话讲，听人劝，吃饱饭。

我咬咬牙，上前在黄袍怪身侧跪坐下来，执了酒壶，等他刚放下酒盏，便连忙抬手凑过去给他斟酒。

黄袍怪斜眼瞧我一眼，没说话，直接把酒盏丢到了桌案上。酒盏虽未倒，那酒却是洒了大半出来。

我就觉得吧，他这人貌似也不怎么待见我的，只是不知道为何还要把我掳来，难不成也是受那劳什子"一世姻缘"所困，也是被逼无奈不成？如若真是这般，只要我们两个好好商量，没准就能高高兴兴地"一拍两散，各自逍遥"！

这样一想，我精神头顿时提起来了，一时也顾不上黄袍怪嘴脸可怖，正要凑过去和他套一套近乎，不料还未张口，突然听得厅外有人大声叫嚷道："大王！您给咱们评个理，是这厮欺人太甚，还是我白某得理不饶人！"

　　吵嚷声很快就到了门口，就见一灰衣人揪着一青衣男子衣领，连拽带拉地把他往大厅里扯。其后，还跟了桃花仙、白骨夫人等不少人，这个嘴上喊着"白仙君快松手"，那个高声劝着"柳君莫要恼"，咋呼得虽厉害，却没一个肯上前来帮手的，只跟在后面瞧着热闹。

　　那灰衣人手上抓得死紧，愤愤控诉："他灌我酒哄我脱衣也就罢了，为何还要趁我酒醉狠踢我一脚？"

　　青衣人面上颇为无奈，只道："真不是在下踢的。"

　　"不是你还能是谁？不是你，你好好的又为何会瘸了腿？"灰衣人明明一脸怒意，偏左眼上重重一圈乌青，平添了几分滑稽，"有种你就把脚上鞋袜脱下来给大伙看看，看我到底是不是冤枉了你！"

　　听到这里，我这才明白过来，顿觉心中发虚，下意识地把脚往裙下藏了藏。不料就这么一个细微的动作，却引得了黄袍怪注意。他斜眼瞥我，淡淡问道："怎么了？"

　　"啊？"我一惊，待反应过来，忙笑道，"没事，没事。"

　　黄袍怪没说话，只挑了挑眉梢，显然不信。

　　厅上，灰衣的白仙还在揪扯着柳仙不放，嚷嚷着叫他脱鞋验一验伤处，到底是不是他踢的一看便知。而那柳仙只道自己冤枉，却也死活不肯脱下鞋袜自证清白。其余妖等，尽都笑嘻嘻地围在四周，唯恐天下不乱，你一言我一语，极尽煽风点火之能事。

　　我在妖群中仔细找了一圈，倒是不见之前在溪边见的那个"修道之人"，心中不觉稍定，谁知这心还不曾落稳，就听得白仙在台下忽地高声叫道："请大王给我主持公道！"

　　此言一出，众人的目光唰的一下子也跟着齐齐地往高台处看了过来，就听得那桃花仙失声惊叫了一声，道："哎呀妈呀！大王身边那是个什么妖怪？怎的长成——"

她后面的话戛然而止，似是被人一把捂住了嘴。我偷偷地往下瞄了一眼，果然正好瞧见白骨夫人往回收手。

就听得白骨夫人慢条斯理说道："是你自个眼花了，大王身边坐着的是昨儿刚娶的新夫人，哪里来的什么妖怪。"

"哈？"桃花仙的表情由惊讶转为僵滞，却很快又恢复了自然，娇笑道，"可不是眼花了吗！哈，我就说昨儿被你们灌太多了些，直到现在都还头晕眼花呢，看什么都能看出重影来。"说完，还装模作样地抬手扶了扶额头，嘤咛了一声，十分娇弱地往白骨夫人身上倚靠了去。

这戏演得倒是认真，可毕竟谁也不傻，场面一时很是有些尴尬。我正不知该如何是好，幸亏这会儿身旁的黄袍怪突然开了口，问那台下的白仙与柳仙道："你们两个到底是怎么回事？"

众妖这才俱都回神，借机只作刚才什么都没看到，把视线重又放到那白仙与柳仙两个身上。唯独柳仙目光多在我脸上停了片刻，最后深深地叹一口气，垂头丧气地说道："算了，算是我踢的，总行了吧？"

好个柳仙，这一番做作，明摆着是想要我知道他是在替我顶锅，要我记他个恩情！

柳仙既认下这事，事情到了这里本该是能了结了，谁知那白仙却是个难得一遇的耿直货色，愣是梗着脖子叫道："什么叫算是你踢的？是你踢的就是你踢的，不是你踢得也别冤枉你，你把鞋袜脱下来一看便知！"

有那看热闹不怕事大的枣树精，跟着在一旁帮腔道："脱了脱了，又不是大姑娘，也没叫你脱裤子，一双鞋袜有个什么大不了，脱了叫白仙君看个清楚！"

　　既有人带头，立刻便有人相应，刚才娇弱着的桃花仙眨眼就又精神了起来，竟捋了袖子要上前帮忙，嘴里笑道："来来！你们摁住了柳少君，我来扒他鞋袜！哎？他是哪一条腿瘸来着？可莫要扒错了！"

　　大厅上顿时又是一番鸡飞狗跳，热闹非常！

　　我又是心惊，又是心慌，觉得此事怕是难以善了，与其最后叫人查到我身上来，还不如提前跟黄袍怪通个气，是好是坏，也能叫他有个准备。于是，趁着下面正乱，我偷偷地扯了扯黄袍怪的衣袖，轻声说道："那个，那个……"

　　他转过头来看我，浓眉斜挑，目含微诧。

　　我干巴巴地扯了扯嘴角，先向他讨好地笑笑，这才凑近他耳边，低声道："白仙那一脚是我踢的。"

　　黄袍怪未动，只斜眼瞪着我。

　　我咬了咬牙，又道："呃……还有，还有柳仙那腿，可能也是被我踩瘸的。我先不小心踩了他一脚，心里一慌，就又把白仙给踢飞了。"

　　黄袍怪仍是动也不动，只盯着我看，那双金睛大眼似是又大了一圈。

　　我不由得更是忐忑，生怕这厮一怒之下再张开血盆大口生嚼了我，忙不动声色地往后闪了闪身体，又抬臂挡在身前，用衣袖半遮住头脸，仅露出一双眼睛小心地打量着他，轻声试探道："大王？"

　　他这才有了反应，将视线从我脸上收回去，转过头去看台下众妖，低声喝道："够了。"

　　那声音不大，不料却是极为管用，只这么两个字吐出去，刚还沸水一般的大厅仿佛一瞬间就安静了下来。黄袍怪瞥一眼那白仙与柳仙，端起桌案上的酒盏慢悠悠地饮了一口，才又不紧不慢地说道："是本王昨日醉了酒，不小心踢到了白珂，便是柳少君的脚，也是本王踩的。"

此话一出，莫说底下众妖个个面露惊讶，便是我也一时愣住了。哎哟！这是怎么了？难不成黄袍怪要替我顶缸不成？

就听得黄袍怪又问白仙道："白珂，怎样？可还须得本王向你道歉？"

白珂忙一敛之前的咄咄逼人，恭敬低头，回道："属下不敢。"

黄袍怪又转而看向青衣的柳少君，"少君，你呢？"

那叫柳少君的蛇妖倒是从容很多，微微笑了笑，敛手答道："属下亦不敢。"

黄袍怪嘴角微勾，似笑非笑，道："你们嘴上虽说着不敢，心里却未必是这样想。也罢，既然是本王的错处，补偿了你们便是。"说话间，他手掌一翻，指间便多了两粒红彤彤的丹药出来，向着白珂与柳少君弹了过去。

两人俱都抬手接了药，白珂面上还有些怔忪，那柳少君却已是笑嘻嘻地向着黄袍怪行下礼去，道："多谢大王赐药。"

黄袍怪低低地嗤笑一声，随手将酒盏往案上一掷，站起身来，也不管厅中众妖，竟就拂袖而走，直到门口处才身形稍顿，回过头淡淡地瞥了我一眼，冷声道："你过来。"

我愣了愣，这才反应过来，赶紧从座位上爬起来，一时也顾不上脚麻，提着裙子从后追了出去。等我追上时，黄袍怪已经是走上了回廊，他身高步长，我几乎是小跑着才能跟上，有心问一问这样撂下一屋子的宾客甩袖子走人是不大妥当，可终究是没胆，只好老实地闭上了嘴。

天色早已经黑透，回廊里不知何时已挂满了红灯笼，夜风拂过，那灯笼便左右轻轻地摆动起来，幽幽红光落在前面黄袍怪身上，越发显得他模样骇人。我刚才本已忘记了他的丑陋，此刻瞧到，却又不由得心惊，不自觉地便慢下了步子。

黄袍怪察觉到，皱着眉回头看我，没头没脑地问道："已感到腿麻了？"

他不问还好，这样一问，我忽觉右边这侧腿脚确实有些不大对劲，非但脚上似是没什么知觉，就连右侧整条小腿都是木木的，而且那麻滞似是还在不停地往上走着，不过才片刻的工夫，竟就已过了膝盖，连抬脚都费劲了。

我顿时有些慌了，抬头去看黄袍怪，颤声道："右边这腿好像是有点不对劲！"

黄袍怪看我两眼，忽地返身走了回来，也不说话，只弯腰两手一抄，把我从地上打横抱了起来。

我差点惊叫出声，下意识地想要推拒挣扎，却突然又反应过来他这是好意帮我，忙就把抵在他胸口的双手由"推"变成了"抓"，紧紧握住他的衣襟，掩饰地说道："小心！千万别摔了我！"

黄袍怪没说话，只闷闷地冷哼了一声，迈开大步往前行去。

两人离得太近，尤其他那张青色巨脸，几乎就在眼前，莫说嘴边的獠牙，便是那脸颊上乱糟糟的鬃毛似乎都能看得根根分明。哎呀，同样都是妖怪，人柳少君英俊潇洒，白珂端正持重，就连那枣树精都长了个精明强干的模样，怎的就他长得这般丑陋，而且还能丑得这般与众不同！

我想闭目不看，却又怕他发现后会恼羞成怒，左右思量一番，那惊惧之心终战胜了羞耻之心，索性一咬牙，只做娇怯不胜的模样，将头埋入他的胸口。

片刻后，黄袍怪的声音从我头顶处淡淡响起，"你把我衣服蹭脏了。"

我一愣，抬起头定睛瞅了瞅他身前，见我刚才埋首之处果然又是香粉又是胭脂，红红白白的蹭在他那黄衣上，甚是令人瞩目。

"这个……呃……这个……"我老脸发红，一连吭哧了半晌，这才赔笑说道："意外，纯属意外。"

黄袍怪没说什么，只嘴角微微咧了一咧，露出个也不知道是什么含义的笑来。

我就琢磨着吧，这厮估计是瞧到了我的笑话，心里不知怎么讥诮嘲弄哩。想当年母亲没少教导过我，说即便是女子也该心胸开阔，有气有量，更别说我还是一大国公主。我何必再跟他一妖怪斤斤计较，便是让他三分又能如何？

这样一劝自己，倒是也不觉得他那嘴边上的冷笑有多刺目了，待目光落到他那尖尖的獠牙上，心思不觉又有点发飘，暗道红袖说他们妖怪醉了酒多会现出原形，瞧着这黄袍怪的嘴脸，哪里还用得到醉酒，分明就是还没进化周全，留着几分原形的模样呢。

这厮到底是个什么妖怪，才会长成这样一副嘴脸？

不知怎的，之前梦境的最后一幕忽在眼前闪了一闪，想到那只向我扑来的恶狼，我心中一动，这厮莫不会是只……狼妖吧？

我一时也忘记了害怕，只暗暗打量他，想从他脸上找出几分狼的影子来。只可惜狼我真是见得少，更不曾仔细观察过它们的模样，也不知和狗长得像与不像，父亲当年喜好打猎，行宫里倒是养了不少猎犬，人不都说狼犬一家吗？许是长得有些像的地方吧。

"你看什么？"黄袍怪突然问道。

"看你到底是狼是狗。"我想得入神，全无防备，顺口就把心中所想答了出来，待话出口这才猛然惊醒，赫然发觉他不知何时已把我抱进了卧房，正低着头垂目看我。

眼瞧着黄袍怪的浓眉就缓缓竖了起来，带着额侧青筋都在隐隐跳动，一双金睛大眼先是圆瞪，随后却又慢慢眯起，目光里压着无形的怒火，稳稳落在我的脸上。

完了！这才是自作孽不可活！我只觉头皮发紧，正思量着如何进行补救，他那里却已是抬手将我往床榻上一丢，二话不说，低下身来扒我的鞋袜。我一时未反应过来，还当他是要辱我，想也不想地就抬脚往他身上踹去，怒道："一句话就翻脸，还是不是大丈夫？"

黄袍怪头也不抬，冷声回道："不是。"

这话噎得我差点仰倒过去，一时竟不知如何回他。就这么一愣神，他已是将我右脚鞋袜尽数除下，却未再有别的举动，手握着我脚踝，只盯着我脚看。我察觉到他模样有异，赶紧停了挣扎，也抬身去看我那只脚。

这一看不要紧，吓得我几乎失声惊叫。不知何时起，那只脚早已肿胀异常，青黑之色从脚尖聚起，沿着脉络直往上蔓延而去，经过了脚踝，直没入裤脚之中。

"就是踢白仙那一脚的缘故？"我颤声问道。

黄袍怪没有答我，微微抿嘴，仔细看了看我的脚尖，便抬手将我外裙往上一掀，又来撕我的裤管。

纵是知道他此刻并无恶意，可我也难免有些尴尬，连忙去挡他的手，叫道："我自己来，自己来就好！可惜了一条裤子，切莫撕破了！"

黄袍怪抬头撩我一眼，理也不理。只听得"刺啦"一声，我那裤管便直接被撕到了大腿处，几乎整条腿都光溜溜地露了出来。

这情形着实尴尬，我一时都不知道该去捂腿还是捂脸，愣愣地僵得片刻，最终觉得捂哪里都太过小家子气，还不如装得从容些，反倒能少点尴尬，于是便清了清嗓子，故作镇定地问他道："白仙的刺怎的这般厉害？我下午看时还只是几个红点呢！"

"这是妖毒。"黄袍怪冷声说道，顺手将我身上披帛扯了下来以作绳索，在我大腿上紧紧系了一圈，"白珂有千年道行，他的妖毒又怎是你这肉体凡胎可受得住的？"

"这么厉害？"我惊道，又觉奇怪，"可当时只是扎了几个血点，都不怎么痛的。"

"这便是厉害之处。"黄袍怪这才抬眼看我，又道，"妖毒会沿着血脉而行，初时无感，稍后也不过是感觉麻痹，可一旦侵入心肺，便是大罗金仙也救不了你。"

我忙又低头看一眼腿上，瞧那黑气竟是已经漫过了膝盖，直侵向大腿，且并无停住的意思，不觉更是慌了，忙问道："那怎么办？白仙那里可有解药？总不能我无意踢了他一脚，就要赔他一条性命吧？"

黄袍怪淡淡答道："用不着向他要解药，这毒我便能解。"

听他这样说，我心中顿时一松，忍不住用手拍了拍胸口，又后怕道："幸亏我人老实，早早地就向你招认了，不然一旦毒气入了心肺，就只能等死了，后悔药都没得吃。"

黄袍怪却是冷冷地哼笑了一声，道："你以为白珂与柳少君两个为何要闹这一场？"

难不成他俩还是故意为之？我正琢磨黄袍怪这话里的意思，却听得他又突然说道："闭眼！"

我闻言一愣，非但没闭上眼，反而还把眼睛睁得更大些，警惕地瞪着他："你干吗？"

黄袍怪忽从一旁扯了床薄被来，扬手把我兜头一蒙，冷声道："疗毒。"

我正往下扯头顶的被子，闻言动作一停，有意激他，嗤笑道："怎么？还看不得吗？"

黄袍怪淡淡答道："看不得。"

"为何？"我又问。

他先是一默，然后才不疾不徐地答道："因为我会现了本相。"

"就能知道是狼是狗了？"

这话实在出乎我的意料，竟叫我一时不知如何去接，心道难怪他不许我看，原来竟是这个缘故，又想如若现在与他计较，怕是只会惹他羞怒，还不如我先假作顺从，等他现了本相之后，再偷偷地瞄上一眼……

我这里念头刚这样一转，不料他那里竟似已瞧破了我的心思，又沉声说道："你若偷看，后果严重。"

"当真？"我忍不住问道。

"当真。"他答道，停了一停，又问，"怎样？你可还要偷看？"

我干笑两声，也不管他信与不信，只假笑道："你看看你，以小人之心度我君子之腹了吧？我就是顺口问问，本来也没想着要偷看的！"

黄袍怪哼笑了一声，没再说话。

因头上还蒙着被子，我也瞧不到外面的情形，心中正好奇着，忽发觉外面光芒大盛，似是他取了什么耀目的宝贝出来，便是隔着一层薄被，都隐隐有不能直视之感。

那光芒初始离得我极近，似乎就在我身前，然后才慢慢地往远处移了去，随之，我那本已麻木无感的右腿也渐渐地有了知觉，先是麻痹，后是痛痒，越往下走，那感觉越强，待那光芒移到我脚尖处时，之前被刺扎到的几处简直是痛痒难忍。

约莫过了半盏茶的工夫，外面的光芒这才倏地弱了下去，明暗忽然变化，叫我眼睛顿觉不适，唯有那脚尖上的痛痒越发清晰起来，就似有几根钢针在我脚上来回刮蹭，一阵强似一阵，直叫人痛不欲生。

我本一直咬着牙苦苦忍耐，到此刻终于忍不住闷哼出声。

"很痛？"黄袍怪忽地问我道。

"啊？"我不愿被他瞧低，吸了两口凉气，故作轻松地大笑两声，应道，"不痛，就是有点麻痒而已，哈！"

黄袍怪轻声嗤笑，又道："既然不痛，那你叫什么？"

"酥麻得痛快！"我依旧嘴硬，话音刚落，他似是用手指触了一下我那脚尖，我便再顾不上什么颜面不颜面，一面用力往后缩着脚，一面用手大力捶打着床板，号叫道，"痛痛痛！痛死我了！"

"忍着！"他道，依旧紧紧握住我的脚踝，无论我如何挣扎都不肯松开，过得好一会儿，我才觉得痛痒之感渐弱。直到这时，我才感觉出他另一只手似是一直在揉捏我的脚尖，由上而下地顺着经脉往下逼毒。

如此情形，顿叫我脑子里乱成一团，竟一时不知是羞是怕。也不知过了多久，眼前忽地一亮，头上薄被已是被黄袍怪揭了去，他手上还握着我的脚踝，正抬眼看着我，问道："耳朵聋了？"

我一愣，"呃？"

黄袍怪又问道："我问你可还觉得痛。"

我不觉有些尴尬，连忙坐直了身体，借机将脚从他掌中抽了出来，用外裙遮了腿，答他道："不痛了，一点也不痛了！"

那脚尖确是不痛了，已是完全恢复了本来颜色。

黄袍怪这才起身站定，淡淡说道："便是不痛了，也要休养两日方得痊愈。这两日你好生在屋里待着，不要乱跑。"

我哪里敢说别的，连忙点头应下。

他也未再多言，只瞧了我一眼，便转身出去了。

过得片刻，红袖从外偷偷摸摸地进来，瞧到我还坐在床上，竟似吓了一大跳的模样，几步蹿上前来，伸手便来扶我，嘴上也噼里啪啦地说个不停："哎呀呀，公主须得躺下好好歇着才好，怎的就坐起来了呢？快躺下，辛苦了这半晌，身子必然劳累得很了。"

她掀了被子就要扶我躺下，我忙伸手止住了她，坐在那里继续解之前黄袍怪缚在我大腿上的披帛，道："等一下，我先把这个解下来，不然一会儿腿就要勒麻了。"

红袖看到我身上的衣裙，又是夸张地"哎哟"了一声，笑道："怎么还把这破衣服又穿上了呢！要我说啊，您这脸皮也忒薄了些，您和大王可是名正言顺的夫妻，做点什么不是应该的啊，哪里用得到这般啊！"

我听得有些糊涂，问："你什么意思？"

红袖先是一愣，随即掏出帕子掩口而笑，抛了一个大大的媚眼给我，"哎哟，这有什么好瞒着的啊？不就是男女之间那档子事儿吗，奴家又不是没见过。再说啦，奴家是您的贴身侍女，这事瞒着谁也不该瞒着奴家呀！"

话说到这个地步，我总算是明白了些，气得差点没吐口鲜血出来。

红袖那里却还当我是羞涩，挥着帕子撩了撩我，又笑道："行啦，您快别强撑着了，大王刚才在外面都交代奴家了，叫我伺候着您好好歇下呢。"

其实吧，我倒不是一个羞涩的人，可这事总不能无中生有吧？

我忍着脾气，很是真诚地与红袖解释道："你真是误会了。刚才吧，是我腿突然麻痹了，不得行动，你家大王才抱着我进来的，顺便呢，又给我疗了疗伤。我们之间呢，什么都没有发生。"

红袖面露惊讶，好一会儿才又突然意味不明地笑了笑。

我颇为无奈，挥挥手道："算了。"

红袖脸上笑眯眯的，扶我在床上躺下了，又弯下腰来替我掖被角，继续念叨道："您说什么就是什么好了。哎，对了，您可要热水来净身？您稍等等，奴家这就叫她们烧热水。不是奴家夸口，奴家可是在你们宝象国里见识过的，知道该怎么伺候——"

我终忍耐不住脾气，高声喝道："闭嘴！"

红袖先是被吓了一跳，随即就有些不忿，道："这好好地说着话，公主娘娘怎么突然就恼了？"

对着这么一只四六不懂的狐狸精，我还真没法和她较真置气。

我叹一口气，撑起身来看她，无奈道："红袖，你就算不信任我，也得信任你们家大王的能力啊！你们大王就算真对我做了点什么，这工夫也太短了，是不是？万一以后传扬出去，你叫你家大王面子往哪里放？你也是在我们宝象国见识过的，难道还不懂这个道理？男人嘛，不管什么样的，都好面子，对吧？所以吧，这事呢，只能是我和你们家大王什么也没做，懂了？"

红袖一双水灵灵的大眼不停地眨呀眨呀，突然间恍然大悟，"哦，原来——"

"对！就是这么回事！"我忙截住她后面的话，又道，"乖！你现在出去歇着，嘴一定要闭严了，什么话也不要和别人说，万一有好事儿的人，哦不，有好事儿的妖向你打听，你就咬死说是我扭到了脚，大王这才抱我回来休息，懂？"

"懂了！"红袖用力点头。

"这事关乎你家大王的颜面，明白？"

"明白！"红袖一脸郑重。

我不觉大松了一口气，暗道还是母亲说得对，这人吧，说不应的时候就得哄，哄不转的时候就只能骗了。我正得意间，一抬眼，却见那黄袍怪不知何时又去而复返，就站在帷帐那边沉着脸看我，不知已站了多久，更不知把我那浑话听去了多少！

背地里说人坏话不叫事，背地里说人坏话却叫人一字不漏地听了去才叫事！

红袖许是发现了我面色有异，诧异地回头去看，待看到黄袍怪站在那里，也是惊了一跳，一下子从床头蹦到了床尾，失声叫道："哎呀娘啊，我的大王！"

她这一叫不要紧，黄袍怪的面色又黑了几分。

我在"装傻"和"装死"之间几次摇摆，最终还是选择了装傻，努力扯出一个干笑来，很是镇定地问他道："您这是落下什么东西了？"

黄袍怪未答，忽扬手往我这里扔了个东西过来，我下意识地抬手去接，待接到手里才发现是个小小的荷包，端口处已用丝绦系死，里面鼓鼓囊囊的，也不知都装了些什么东西。就听得黄袍怪冷声说道："日后再在谷里乱跑，莫忘了把这个带在身上，省得再不知中了什么毒回来。"他说完，再不看我一眼，直接转身走了。

红袖好事儿，赶紧凑过来看那荷包，又拿过去仔细瞧了瞧，笑道："哎哟，这可是个宝贝，大王真是有心！"

"怎么说？"我奇道。

红袖笑道："这上面有大王的气息，您只要把这个佩戴在身上，日后再在谷中行走的时候，莫说寻常的虎豹狼虫不敢近您的身，便是有些道行的，都会惧着大王的威势，对您忌惮几分呢。"

想不到这么一个不起眼的荷包竟有这般用处，我有些惊讶，也拿过它来仔细翻看，"真这般有用？"

"那是当然！"红袖一脸骄傲，似是生怕我不信，又道，"公主您长在深宫，自然不懂这些。这都是我们山里的论道。说简单了，就跟撒几泡尿圈个地盘一个道理。"

我刚把那荷包放到鼻下，正想着闻一闻黄袍怪到底是什么气息，听到红袖这话，想也不想就把那荷包丢了出去。

红袖一愣，赶紧捡了回来，有些埋怨地说道："您这是干吗？"

"一时手滑，没拿住。"我干笑了笑，瞧着红袖面露疑惑，又赶紧补充道，"这是大王所赠，须得好好保管，你先替我收起来，等我需要的时候咱们再拿出来。"

要说红袖到底单纯些，竟就真信了我这话，特意寻了个锦盒出来，把那荷包珍之重之地放了进去。

我终于大松了口气，仰倒在床上，可人刚躺下，却不由得心中一动，便又要红袖去把那荷包拿出来，道："我琢磨着，既是大王赠的，还是时刻挂在身上更好些，你说呢？"

红袖毫不怀疑，忙就点头，"正是，正是。"

她便又欢天喜地地将那荷包给我取了过来，小心翼翼地给我佩在了腰间。

此后一连两日，黄袍怪都未出现，而我没敢出门乱跑，只老老实实地待在房中，遵着他的吩咐好好休养，直到第三日头上，这才敢又去谷中转悠。

红袖那里早就憋得疯了，刚出宅院便跑没了踪影。过不一会儿，我就见一只火红的狐狸叼着只兔子从前头跑了来。那狐狸直到我近前才停下，将口中兔子一丢，翻身在地上打了个滚，化作一个少女从地上爬了起来，不是红袖是谁！

我瞧得目瞪口呆，红袖那里却是一派自然，先侧头往一旁连"呸"了几口，吐了几撮兔毛出来，这才从地上拾起了死兔，拎到我的面前，笑嘻嘻地与我说道："公主，咱们晚上吃兔子吧，这会儿兔子正肥呢！"

我迟疑了一下，小心地问她："这不会是什么兔仙吧？"

红袖愣了愣，随即大笑，道："公主您真会说笑话，哪里就那么容易都成仙啊，奴家修了三百多年，也才学会些幻术，能变个人模样出来！"

我了然地点了点头，走得几步，又忍不住问她道："你家大王修了多少年了？"

"哎哟！这可不知道！"红袖漫不经心地回答，她把手中的兔子提高，左右打量着，吞了吐口水，这才继续说道，"只知道咱们大王道行深不可测，别的暂且不说，就白仙白珂，他道行都满了千年了，见了咱们大王都是服服帖帖的呢。"

说来也是凑巧，这边刚说到白仙，那边就在山腰凉亭中瞧到了他，他与青衣柳仙两人相对而坐，像是正在对弈。白珂先瞧到了我们，弹了颗棋子到柳少君身上，柳少君这才回头，连忙也跟着白珂站起身来，远远地向着我行了个礼。

我回了礼，却不敢上前，只扯了红袖往另一条路上去了，直到走出去老远，这才敢问她道："怎的他们两个还在谷里？"

红袖奇道："为何他们两个要不在谷里？"

"他们两个不是前来观礼的宾客吗？这婚礼都结束了，为何不走？"我又问。

"哦，是这么回事！白仙和柳仙两个呢，本就是住在这谷中的……"

　　红袖是个话痨，只要开了闸口就会说个不停。不大会儿工夫，我便从她嘴里知道了众妖的来历：白骨夫人是东边白虎岭的，那桃花仙就住在谷外南坡上，枣树精离她不远，也是长在碗子山的，至于其他什么别的妖啊怪的，也都是远远近近附近山头河涧里的。

　　我不由得又想起了那个醉倒在溪边青石上的修仙之人，便试探着问红袖道："你可记得婚礼当日有个来晚的，呃……白衣仙人？"

　　红袖眨了眨大眼睛，点头应道："记得。"

　　我迟疑了一下，又问："他是从哪里来的？"

　　"呃……"红袖说话突然吞吞吐吐起来，又斜着眼瞄了瞄我，这才摇头道，"奴家也不知道。"

　　我就瞧着这丫头说的不像是实话，可这事却不好追问，否则怕是要引起她的怀疑。我想了一想，只得又换了个问法，问道："那他现在可还在谷中？"

　　"不在啦，不在啦！"红袖忙道，又似怕我不信，补充道，"公主放心，咱们大王不喜她，一早就叫她走了，奴家亲眼看到的！"

　　虽不知道红袖为何说要我放心，不过听说那人已走，我却是真松了口气。管他是个什么人物，只要已不在谷中，那便少了好多麻烦，起码不用再怕与他碰面，被他识穿了我的身份去。

　　我终能放下心来，只等着能偷个机会，偷偷溜出这山谷，出波月洞，过那黑松林，然后再找到官道，一路快马加鞭地逃回宝象国去。每每想到这个，我都难耐激动，手不由自主地去摸那佩在腰间的荷包。

　　待我与红袖在谷中一连厮混了几日，我终将谷中地形摸了个大概，红袖也逮了不少的野鸡和兔子之后，这天夜里，我趁着红袖熟睡，小心翼翼地下了床榻，穿了轻便的衣裳与软底皮靴，蹑手蹑脚地出了屋，一路避着人，直往波月洞而去。

因是第一次做这般的事，难免处处小心，脚下就慢了些，待好容易穿过波月洞，外面天色已是蒙蒙亮了。我回头看一眼洞口，又下意识地摁了摁腰间的荷包，撒腿便往那石桥跑，不料还未到跟前，却一眼看到石桥正中竟立了一人。

我惊了一跳，忙就刹住了脚步，再仔细瞧那人两眼，顿时吓得差点魂飞魄散。就见那人穿一身淡黄色衣袍，膀大腰圆，青面獠牙，不是黄袍怪是谁！

他就站在桥上，负手淡定地看我。

我已是吓得脑袋发蒙，四肢发软，唯独心脏跳得极其有劲，只怕一张嘴就能从嗓子眼里蹦了出来。

这会子，就是装梦游也晚了！

我强笑了笑，一面装模作样地活动着四肢，一面上前与他打招呼道："早啊，您这也是起来晨练？"

就瞧着黄袍怪的表情似是僵了一僵，反问道："公主这是出来晨练？"

"嗯，晨练，晨练！"我忙道，又抬起条腿搭上桥栏，用力往下压了压，"你看好久都不活动了，身子就都僵住了！"

黄袍怪瞧了我几眼，轻声嗤笑，道："公主起得真够早的。"

我硬着头皮，干巴巴地扯了扯嘴角，"一天之计在于晨嘛！"

"还要再练一会儿？"黄袍怪又问。

"不了，不了！"我忙从桥栏上撤下了腿，"这都跑了一身的汗了，该回去洗洗吃早饭了！"

黄袍怪看看我，扯了扯嘴角，没说话，只提步往洞口走了去。

我也垂了头，老老实实地跟在他身后，又回了山谷。

待回到住处，红袖那里才刚刚睡醒，睁眼瞧见我从外面进来，很是吓了一跳，忙从床脚上跳了下来，道："哎哟，我的公主娘娘，您这一大早的是做什么去了？瞧瞧这一头的汗，这是……累的？"

有三分是累的，有七分却是吓出来的。

我瞥她一眼，懒得与她周旋，只换下了衣服爬回到床上去补觉，也不由得暗暗寻思，到底是哪一处出了纰漏，怎的就在石桥上遇到了黄袍怪？

母亲曾说过，不论做什么事都要有毅力，屡败屡战方显精神！

一次出逃不成，我很是老实了几天，然后，就又尝试了一次。

这一次，我跑得更远了些，不仅出了波月洞，过了白玉桥，更是累死累活穿过了整个黑松林，看到了林子外宽阔的驿道，还有那依旧一身黄袍的黄袍怪！

他这一回是站在道边，依旧是一脸淡定，不紧不慢问我道："公主还是出来晨练么？"

若再说是出来晨练，这未免跑得有点太远了点。

我干笑了笑，答道："晨练时看到林子里有蘑菇，就想采些回去，不料却走迷了路，不知不觉竟就走到这里来了。多亏了能遇见大王，不然妾身都不知该如何是好了！"

黄袍怪笑笑，未说什么，只又把我领了回去。

这一次许是因为跑得太远，足足累得我两日爬不起床来。待到第三日头上，我起床之后第一件事就是把那荷包从腰间扯下来，狠狠地砸进了箱子底，从此彻底绝了自己逃走的心，只盼着宝象国那边能派人前来搭救我出去。

谁知这一盼便是月余过去，竟是没有半点消息传来。莫说不曾等到大军，便是不小心走迷了路落入谷中的行人都不曾见着一个！

头些时日，我还劝自己说要有耐心，这里离宝象国好歹三百多里，又不是什么名山大川，便是朝中着人打听，一时半刻打听不到也是有可能的，就是打听到了，调兵遣将也需要个工夫不是？

就这样自己开解着自己，等到天气渐寒，还是听不到半点动静时，我终于有些坐不住了。

唯一值得安慰的，就是这些时日黄袍怪都不曾前来纠缠过我，莫说同寝，便是见面都少，有时在谷中不小心遇到了，他也会远远就避开，与婚前并无两样。

再后来，便是遇都遇不着了。

据红袖说，她家大王已闭关修炼去了，要有些日子才能出来。她说这话的时候，一直小心观察我的面色，似是怕我有所不喜。她哪里知道我这里高兴得都想去拜佛，只求佛祖保佑黄袍怪能闭上三五年的关，也好叫我得以顺利逃脱。

第三章

墙内墙外的风景

十月底的时候，天空飘下了第一片雪花，那雪越下越大，竟足足落了两日才肯停歇，谷中各处已尽是白茫茫一片。

待天色放晴，我照旧去谷中转悠，发现谷里的各种小妖突然少了许多，就连日日在亭中下棋的白珂与柳少君两个都不见了踪影。我心生诧异，问身边红袖道："白仙与柳仙怎么不见了？难不成还去冬眠了？"

"这回您还真猜对了！"红袖倒是神采奕奕，在雪地里来回地撒着欢，笑嘻嘻地答道，"这是天性，便是修再多年，真修成了天上的神仙，怕是也改不掉的。"

说完，见前头有只兔子跑过，红袖便再顾不上理我，只去追那兔子去了。

还真是天性难改！我不由得摇头感叹，忽地心中一动，暗道这个时候黄袍怪在闭关，谷中大半妖怪都去冬眠，如若朝中大军此刻能乘虚而入，倒是可以事半功倍。

可惜啊，可惜！

我当时不过随意一想，不料还真有与我想到一处去的，就在当天夜里，谷中突然生变！我被红袖从睡梦中摇醒，人还糊涂着就被套上了衣裙，她拽着我往外跑，从后门而出，径直钻入了屋后的那片竹林。

夜空中黑云翻滚，鬼哭狼嚎，我瞧得心惊胆战，颤声问红袖道："怎么了这是？闹天了？是要刮风还是下雨？"

"有对头来寻仇了！大王不在眼前，咱们得先找个地方躲一躲。"红袖面色凝重，左右看了又看，这才又拉着我往竹林深处跑。

我一听有敌来犯，只道是宝象国的救兵终于到了，心中不觉大喜，哪里还肯跟她逃走，忙假作脚下一软，口中惊叫了一声，人就势往地上摔去。

红袖忙回头来看我，急声问道："怎么了？"

我以手抚腿，可怜巴巴地答道："脚崴到了。"

红袖闻言面色更急，"这可怎么办？那老妖抓到了公主，一定会生吞了你的，我到时候可如何向大王交代啊！"

我听得一怔，忙问道："什么老妖？"

红袖遥指半空中翻滚的黑云，答道："就是来的这位啊，当初可是咱们大王把他从碗子山赶跑的，他带人回来便是寻仇，公主是大王新娶的夫人，他一定不会轻易饶过，一口生吞了您都是好的！哎哟！这可如何是好？"

我去！原来这来的根本不是宝象国的人，而是那黄袍怪的死对头！

我顿时急了，再顾不得装脚痛，赶紧从地上爬了起来，"那还不赶紧逃命！"

红袖倒是听话，也不怀疑我那脚为何突然就又没事了，只一把扯了我，拽着就往山中跑，一边跑一边还不忘给我补这老妖的来历。

原来，这老妖才是这碗子山的旧主，残暴蛮横，霸道异常，不管是山精还是妖怪，俱都受他奴役欺压。还是多亏了黄袍怪将老妖打败赶跑，众妖这才得以脱离苦海，也是因此，白珂与柳少君等妖俱都感念黄袍怪大恩，心甘情愿地奉他为主。

当初那老妖带伤逃去了别处，蛰伏许久之后，终于寻了这么个机会，趁着黄袍怪闭关，卷土重来，杀入谷中。

红袖话痨病又犯了，嘴上吧啦吧啦说个不停。

我这里累得实在是跑不动了，只得一把扯住红袖，气喘吁吁地问她道："咱们两个这是往哪里逃？你家大王去哪里闭关了？仇人都寻上门了，他还不出关吗？"

红袖用力拽起我，说道："大王就在这附近闭关，柳少君已经去报信了，只是一来一回怕是还要有些工夫，以白珂的功力，根本就挡不住那老妖多大一会儿，咱们得先出谷躲一躲，也好等大王来救。"

我咬了咬牙，跟着她继续前行，小路换小路，也不知荆棘丛中转了几个来回，竟就出了那山谷，到了黑松林中。直到这时，红袖才放开了我，一屁股坐倒在地上，道："这里应是安全了，老妖便是来找咱们，一时也找不到这里来。"

我扶着树身只顾倒气，好一会儿才顾得上回头去看来处，见谷中已是火光冲天，喊杀声响成一片，不觉也是心惊后怕，"这到底是个什么妖怪？怎的如此厉害？"

"不知。"红袖摇头，脸上也是有惊惧之色，又道，"从没有人知道这老妖的来路，都说他有数千年的道行，这片黑松林便是他当初所植。之前他在碗子山的时候，每逢初一十五都要吃人，咱们被逼得没办法，不得不受他驱遣，下山去捉那活人回来给他享用。"

我打了个寒战，吓得立刻松了手，再不敢去扶身旁那树。

红袖瞧了，便安慰我道："公主莫怕，他再厉害，也不是咱们大王的敌手。"

"真的？"我不禁问道。

红袖答道："那是自然，当初就是咱们大王把他打跑的，这老妖到了咱们大王手下，就只有求死的份！"

"未必见得。"我却仍提心吊胆，疑道，"如你所说，这老妖作恶多端，死不足惜，那你家大王当时为何不直接把他打死，只是赶跑了他？可见并不像你说得那样简单，你家大王便是敌得过那老妖，怕是也不会轻松。而且……"

而且这次老妖还是寻了许多帮手，有备而来，心中必有几分的把握才会这般打杀回来。

红袖一听这个，似是被人踩到了尾巴，立刻从地上跳了起来，叫道："那是大王宅心仁厚！"

我不愿与她争执，索性就闭了嘴，暗道如若真如你所说，你家大王对着个无恶不作的老妖宅心仁厚，那他不是傻就是蠢了！

红袖也不再话痨，只抬头盯着山谷的方向看。

也不知过了多久，那喊杀声非但不见减小，反而越发大了起来。我难抑心慌，忍不住叫了红袖一声，道："这情形不大对劲，你家大王早该出了关了，怎么形势还未扭转？莫不是生了什么变故？"

话音未落，但见谷中突然冲起一颗刺目的光球，伴随着刺耳的尖利呼啸，径直往东方蹿去。

"不好，那是白珂，他这是往白虎岭去了，不是求救就是逃命！"红袖惊道，似是又突然想到了什么，赶紧把身体伏倒在地上，耳朵贴着地面去听了一听，面色倏地大变，抬头与我说道，"有追兵找过来了！"

她拉了我继续往密林中钻去，跑不一会儿，却又松开了我，急声道："这样不是办法，公主你先往前跑，寻个地方躲起来，我在这里等一等，想法引开他们。"说完便往前用力推了我一把，喝道，"快跑！"

我稍一迟疑，看红袖一眼，心里道了一句"对不住了"，撩起裙角拼命地往前跑。谁知才刚跑出几步，就听得红袖又在后面叫道："公主先等一等！"

她几步追上来，双手捧着我的脸细看，又道："平日里不曾仔细瞧过，也不知公主长得什么模样，我得仔细瞧一瞧，才好变作您的模样糊弄糊弄他们！"

我闻言差点仰倒，不可思议地问她道："你每日里都和我在一起，竟不记得我的模样？"

红袖一脸理所当然，答道："哎呀，公主，难道你认我们狐狸就能那样容易？看哪个不是一身毛？这不是一个道理嘛，你们人类在我们狐狸眼中，长得也都差不多一个样子的！"

我无语，只得站在那里叫她打量。她认真看了看我的模样，又比了比身高，这才掐了个诀，摇身一变幻作了我的模样。

可惜到底是道行浅点，那狐狸尾巴一时没能藏好，就在裙角下露了出来。

红袖扯了裙子去遮尾巴，几次都没能盖好，索性也不再遮掩了，只道："哎呀，算了，就先这样吧！公主你赶紧逃命吧，我去引开追兵！"

瞧她这般为我，我不觉也有些动容，上前大力抱了抱她，叮嘱道："你多保重！"

后面追兵已是隐约可见，再不能有片刻耽搁，更何况都到这个时候了，时间就是生命，千万别再"你你我我"地客气来客气去了，还是能跑一个是一个吧！

我放开红袖，正欲转身继续往前跑，不想我这里尚未迈步，红袖却先撒开脚丫子往旁侧跑了，一边跑一边向着后面挥舞着手中的帕子，高声叫道："公主在这边，快来追呀！"

我脚下一软，差点再次栽倒在地上。

就瞅着后来追来的十多个小妖似是顿了一顿，然后当头的胳膊两侧一挥，追兵立刻分作了两队，只三两个向着红袖追去，更多的反倒是冲着我这边来了。我叫苦不迭，再顾不上什么，急忙转身向着林子深处逃命。

再往前走，黑松林内树高林密，藤攀葛绕，步步难行，我才不过挣了三五十步出去，已是摔倒了两回，身上衣裙也因被树枝勾拽牵扯，多有破损。而后面追兵却是越追越近，眼瞅着就要到了身后。

越是惊慌，越是腿软，我这里才刚刚爬起来，就再一次被一根藤蔓绊倒在了地上。这一回，竟是连起身的力气都没有了。

慌乱中，就听得小妖的声音几乎就在我身后响起，"这个有生人味，一定就是那个公主了！"

我回头，眼见着七八个长得各具特色的小妖从后追上来，将我团团围住。当头的那个看嘴脸许是个虎妖，白森森的四颗钢牙就杵在嘴外，恶狠狠地盯我一眼，点头确认道："这个就该是了！小的们，拿了她回去向老君请功！"

有小妖应声就要上前来抓我，我急中生智，忙就叫道："你们抓错了！我只是公主身边的侍女，不是公主！"

小妖们一愣，俱都回头去看那虎妖。

虎妖上前来细看了看我，粗声问道："你不是公主？那为何腰间带着那怪的法宝？"

我听得一愣，忙低头看去，待看到腰间系着的荷包，顿时气得差点没晕死过去。我勒个大擦，就刚才那般情况紧急，红袖竟还能不忘了把这荷包从箱底翻出来，给我系上，也是个难得的人才！

那虎妖还在盯着我，逼问道："你到底是不是公主？"

"真不是！"我瞎话想也不用想，张口就来，又故意哭哭啼啼做出惊恐失措的模样，道，"是红袖姐姐硬要我戴的，说是要掩护公主逃走，红袖姐姐拉着我往这边跑，故意吸引你们的注意，那边早有人护着公主往反处逃了。"

我这话说得真切，众妖显然是信了，就有小妖问那虎妖道："看来是真追错了，大哥，怎么办？"

虎妖用手摩挲着下巴，神色也是有些为难，骂道："真他娘的背运，就这么弄个假的回去，非但不能向老君请功，怕是还要被人说咱们兄弟无能。"

"就是，就是！"我忙应和，又道，"诸位大仙还是把我给放了吧！我们公主脚小腿软，跑不远，诸位大仙这会子回头再去抓我们公主，没准还来得及。"

虎妖缓缓点头，"说得有理。"

旁边一小妖瞅瞅我，又问道："那这个怎么办？放了？"

我一颗心都提了起来，可怜巴巴地看着那虎妖，只盼着他大手一挥把我放了。就眼瞧那虎妖瞥我一眼，大手果然挥了一挥，十分爽快地说道："放什么放啊，瞅着也是细皮嫩肉的，兄弟们分着吃了吧！"

有小妖却是迟疑，"她身上有那怪的法宝。"

"不妨事！"虎妖指着我腰间的荷包，又与那些小妖解释道，"这荷包上虽有那怪的法力加持，可你们瞅它此刻色泽这般暗淡，足见那怪已是自身难保，这东西眼下没什么作用，也就能吓一吓那些寻常的虎豹虫蛇，奈何咱们不得！"

我听到这里，再顾不上许多，猛地向那小妖扬了一把泥土，爬起来就往前跑去。脚下才刚迈出去两步，就听得身后有劲风袭来，下一刻就是刀剑入肉发出的钝响，我本能地闭眼，双腿一软就往地上栽了过去。

完了！这回可是真完了！我暗叹，辛苦熬了这许久，怎么也想不到自己竟会落得这么个下场，早知如此，还不如当初一头撞死在宝象国的廊柱上呢，没准此刻反而回了父母身边，也不用受这些罪。

我趴在地上哀怨悔恨，等得片刻不觉身上疼痛，反而听到小妖们频频发出惨叫，这才觉得有些不对，偷偷地睁开了条眼缝往身后瞄去，就见黄袍怪不知何时竟是到了，正挥舞着一柄钢刀，把那几个小妖杀得毫无还手之力。

我又惊又喜，一时竟觉得黄袍怪简直如同天神下凡，金光笼罩，威风凛凛，便是平日望而生畏的那张青脸，此刻看来也不觉有丝毫丑陋，反而瞧出粗犷与英武的味道来！

小妖们到了黄袍怪手下，个个不堪一击，只不过片刻工夫，便又有三四个小妖倒了下去。

虎妖瞧出势头不对，忙往后跳了一跳，躲在众妖之后振臂高呼道："兄弟们，大伙立功的时候到了！只要打杀了这妖王，回去老君必有重赏！大伙上啊！"这般喊着，自己却是不露痕迹地往后撤去，趁着众人不备，转身就溜。

我正好瞧到，忙向着黄袍怪喊道："有人要跑！"

黄袍怪刚刚砍杀了最后一个小妖，闻言瞥了一眼虎妖逃窜的方向，却没追击，只提着刀立在那里，动也不动一下。我正瞧得奇怪，就见黄袍怪忽地喷出一口血来，然后身子晃了两晃，直直地往后砸了去。

我这才意识到不对劲，忙连滚带爬地跑过去，见他双目紧闭面如金纸，一时也是吓得慌了，急声叫他道："黄袍怪！黄袍怪！你怎么了？"

好一会儿，黄袍怪才缓缓睁开了眼睛，冷冷地看向我，问道："你叫我什么？"

我一怔，反应过来，忙就改口道："黄袍郎！我叫你黄袍郎！"看着他面色依旧不好看，便又向他讨好地笑了笑，描补道，"总觉得叫大王怪生分的，您说是不是？"

黄袍怪低低地冷哼了一声，没搭理我，只用手撑着地，试图站起身来。

我瞧他起得费力，忙上前去扶他，又忍不住问道："你受伤了？"

黄袍怪未答，默了一默，却是低声说道："这里很不安全，你先随我离开这里。"

眼下这个时候，不知哪里又会冒出些妖兵妖将来，我要想活命，还真是要先依仗着他。我也没说废话，只用力扶住他，问道："咱们要去哪里？"

"此处往北，有一深涧。"黄袍怪回答，"那里位置隐蔽，又有雾气笼罩，可以藏住我的气息，暂时不叫仇敌寻到。"

我点点头表示明白，扶着他深一脚浅一脚地往北走，瞧他似是受伤颇重，又忍不住问道："你打不过那老妖？"

"那不是什么老妖，千年前也算是个修仙问道之人，却因心志不坚而坠入了邪道，在此成魔，刚才已被我打死了。"他淡淡说道。

我听了却是奇怪，"既然死了，我们为何还要躲？"

黄袍怪脚下顿了顿，颇为无奈地看我一眼，"他这次还带了许多爪牙过来，我此刻身上有伤，无法护得你周全。"

这话叫人听着实感动，可转念一想，若不是他将我掳来此处，我又怎么会受这些苦楚？我嘴唇动了动，就又紧紧闭上了，暗道虽然眼下不得不与他同舟共济，但却万万不能被他的一点小恩小惠哄了去！

两人再未说话，只相互扶持着一同往北。

黑松林内林密难行，走起来已是十分吃力，谁知出了黑松林却又是些崎岖山路，脚下尽是碎石杂草，更为艰难。初时，黄袍怪只需我搀扶着即可，可走到后面，不知是力气耗尽还是伤势复发，他竟是将大半身体都倚靠在了我的身上。

又行得片刻，我脚下不小心踩到一块碎石，双腿一软，人一下子就跪倒在了地上。黄袍怪之前全靠着我来支撑，我既倒下，他自然也站立不住，山一般的身躯向我砸过来，把我顿时就拍平在了地上。

我被他砸得闷哼了一声，一时连呼吸都是困难，苦中作乐道："泰山之重，不过如此。"

身后的黄袍怪默了一默，竟然也闷笑出声。他以手撑地，奋力从我背上翻了下去，却也是无力起身，只仰面躺在那里，静得片刻，忽地说道："你自己逃吧，从这里一直往西去，就能找到去宝象国的道路。"

这真是个不错的建议，我一时颇为心动，下意识地伸手去摸腰间荷包。黄袍怪既伤，此物虽已不能震慑众妖，可有它在，起码可以不惧林中的毒虫猛兽。只要运气好，逃回宝象国也并非不可能。

可将他一个重伤濒死之人留给后面追来的仇敌，我又有那么一些不忍心，更别说他刚刚还救了我。我坐到那里真是犹豫了许久，这才抿了抿唇，自己先从地上爬了起来，又伸手去拽黄袍怪，道："别说废话了，还是省点力气逃命吧！"

他似是有些意外，颇为惊讶地看向我，问道："你不走？"

我没理会他，使出了吃奶的力气，这才将他从地上拖起，重又架上肩头，一步一挪地往北而去。

又行一段，总算是能听到淙淙水声，想来离那山涧已是不远了。

我早已是累得苦不堪言，强撑着走了一段路，便再无力气，只得暂停了下来，将黄袍怪安置在涧边一块山石上，自己也一屁股坐倒在旁，试探着与他商量道："你看看，咱们也算是共经生死，不算是外人了，对吧？我看你伤得也挺重，维持着这般模样必定辛苦，不如就先现出本相来，你说可好？"

黄袍怪不言，只微侧着头斜睨我。

我干巴巴地笑了笑，忙又解释道："没别的意思，绝对没别的意思。"

他那里却是明摆着不信，仍是拿眼斜我。

我实在是累得很了，索性破罐子破摔起来，道："实说了吧，我实在是没得力气拖你了，你要不要变回本相试试，看看分量会不会变轻一点，也许我就能背得动你。不然，山崖这般陡峭，咱们怕是爬不下去的。"

黄袍怪怔了怔，竟问我道："你想要背我下去？"

这话问得奇怪，就他现在这模样，我还有别的选择吗？

我忍不住瞪他，道："你现在法术尽失，既腾不得云又驾不得雾，我不背着你下去，难不成要同你一起跳下去？"

许是他此刻模样太过虚弱，不像往日那般可怖，我胆气不知不觉中就壮了不少，又瞧他只望着我不说话，便有些不耐烦起来，道："你本相到底是什么，就这般见不得人？"

他那里却仍是不语，静静看我片刻，却是忽地轻笑起来。

我这里被他笑得莫名其妙，心中又有些恼，便伸出脚去踢了踢他的腿，没好气地问道："哎？你笑什么？给句痛快话，变还是不变吧？"

黄袍怪笑而不答，直到我这里快要恼了，他这才止住笑，说道："不能变。不过，却也不用你背我，你且等我缓一缓力气，我自有办法下去。"

他这般说完，便不再看我，只盘膝坐在那里，闭目调息。

我默默坐了一会儿，瞧他仍不理我，干脆自己爬起来去附近察看地形，只想着找一处和缓处爬下山崖。谁知那山崖壁立千仞，处处陡峭，莫说背着黄袍怪，便是我自己一个人也不可能爬下去。

正想着再往远处转转，就听得黄袍怪在后面淡淡说道："回来，那边危险。"

我犹豫了下，乖乖地走了回来。他已从山石上站起身来，看模样似是恢复了不少。

黄袍怪看我一眼，径直往崖边走去，拨开长在崖边的两丛茂密杂草，纵身跃了下去，我瞧得一惊，不禁惊呼失声，忙奔到崖边去看，就见那山涧间烟雾笼罩，深不见底，哪里还能看得到黄袍怪身影！

难道这就是他下去的办法？若无法力在身，这般跳下去与寻死何异？难不成我之前料得错了，那黄袍怪压根不是什么狼妖或者狗怪，而是长着翅膀的什么动物？可这嘴脸着实不像啊！

我正惊疑不定，就听得黄袍怪的声音忽从崖下不远处响起，"百花羞，你也跳下来。"

我一愣，忙抓紧了崖边杂草，探身往下看去，就见距崖边三两丈的地方，斜刺里长了株山枣树出来，其根部所在竟有一处凹陷深入岩壁，竟似是个山洞的洞口。洞口外侧仅仅露出尺余宽的边缘，其上又长有杂草，若不细瞧，还真看不出其内另有乾坤。

黄袍怪就站在那里，手扶着山枣树，微微向外仰着身，仰起头看我，另一只手擎高了伸向我，道："下来，我接着你。"

瞧他好端端地活着，我不觉又惊又喜，一时竟不知是哭是笑，愣愣瞅了他片刻，这才笑了起来，又忍不住怒道："我还以为你长了翅膀飞走了呢！"

黄袍怪闻言，眉头微微皱了下。

我一看他那模样，不觉有些心虚，忙就岔开话题，问他道："我就这样跳下去吗？你接不住我怎么办？"

他从容答道："跳吧，我能接住你。"

"真的？"我仍是有些迟疑，又问道，"你身上不是有伤吗？万一失了手，那我岂不是要跌下崖去摔个粉身碎骨？"

"我接得住你，你才有多少分量。"他道。

"确定吗？"我又问。

他终不耐烦起来，竟收回了手，只望着我，冷声问道："你到底跳不跳？你若不跳，我就自己走了。"

"跳跳跳！"我忙道，用力深吸了几口气壮胆，可才抬了只脚起来，一眼瞄到那深不见底的涧底，好容易积攒起来的胆气就又泄了，忙又放下了脚，可怜巴巴地看着黄袍怪，"我还是不敢。"

黄袍怪闻言，说道："那你就在上面待着吧，一会儿被他们寻到这里，可莫要再说自己是什么公主的婢女，千万要实话实说，自认了公主。"

我不由得奇怪，问道："为何？"

黄袍怪轻扯嘴角，向我笑了一笑，答道："若认了公主，必然会被他们带回谷中交差，说不定能多活一会儿。再者，随那魔头前来的鹿妖是个爱讲究的，吃人之前必要先将其洗涮干净，再抹上细盐，上屉蒸熟了才肯食用。"

他话说得不紧不慢，分明是有意吓我，偏我听了还真的打了个寒战，起了满满一身鸡皮疙瘩。"你骗人！"我忙叫道，"鹿难道不该是吃素的吗？"

"既成精怪，饮食全凭口味，哪里还管什么荤素。"他神色淡淡，又道，"你莫忘了，红袖还是只狐狸呢，不也照常吃瓜果梨桃？"

此言却是不虚，红袖至今还念念不忘枣树精结的又大又甜的红枣呢！这般看来，鹿妖喜食人肉，也不足为奇了。不管是被生吃还是蒸煮，若真是落得个这样下场，还不如直接跳下崖去，便是摔死了，也能落得个干净利索。

这样想着，我咬了咬牙，再不犹豫，大喊一声"我跳啦"，然后闭目往黄袍怪身上跳了下去。耳边有疾风刮过，不过就是眨眼的工夫，觉得双肋下一紧，我再睁眼时，人已是落入他的怀中。

黄袍怪重伤未愈，被我撞得往后退了一步，一脚踏到了树根上，这才稳住了身形。我瞄一眼深不见底的山涧，已是吓得魂飞魄散，双臂死死搂住他的脖颈，惊声叫道："别松手！英雄！千万别松手！"

他倒是没有松手，单臂扣住我的腰肢，另一只手扶了扶旁侧的山枣树，拖抱着我进入崖壁的石洞内。待脚踏上坚实的地面，我这颗心才落回原处，忙从黄袍怪怀里挣脱出来，手直抚胸口，心有余悸地说道："吓死我了，差点小命就没了。"

黄袍怪许是刚才用过了力气，此刻瞧着神色有些萎靡，轻靠在石壁上，淡淡瞥我一眼，问道："你这般怕死？"

"世人谁不怕死？"我反问他道，又因刚刚经历过惊险，心神难免懈怠，话不经心便出了口，"我若不怕死，被你掳来那天便直接自尽了，哪里还会活到现在！"

黄袍怪沉默下来，我这才觉察到自己失言，想要解释，却又不知能说些什么，只得低下了头，也跟着默了下来。

过了片刻，就听得黄袍怪淡淡说道："走吧。"

言毕，他率先转身往山洞里走去。

那山洞斜着往下，黑黢黢的不知通向何处，我哪里敢一个人落在外面，忙就在后追了过去，紧紧跟在黄袍怪身后，恨不得能拉住他的衣角才觉安心。前面一段路还有些许从洞口照进来的微弱光线，越往深处去，那光线越暗，待再转过一个弯，四下里就一下子陷入了漆黑之中，再看不到半点事物。

我本能地停住了脚，伸手去划拉旁侧的岩壁，试图寻些安慰，谁知手还未摸到岩壁，却被另一只手给握住了。我怔了一怔，才意识到这是黄袍怪的手，就听得他淡淡说道："我牵着你。"

有他牵引着，自然是比我自己划拉着岩壁往前摸的强。我不知该说些什么，便只"嗯"了一声，顿了顿，又补充了一句"谢谢"。

黄袍怪没有应答，只牵着我不疾不徐地往前走去，待又走了二三十步，这才又出声提醒道："前面有石阶，小心脚下。"

我忙伸出脚尖往前探了探，果然就在前面触到了平整的石阶，一级级的盘旋着往下而去，走得许久也不见到头，竟似一直往地心里去了。我越走越觉惊讶，忍不住问道："这是你着人凿出来的吗？"

"不是。"黄袍怪答道，"我来之时便有这条暗道，直通往山涧底部。"

我不禁感叹道："也不知是何方的神圣，竟能凿出这样一条路来，也是能耐。不过，还是做得有些不足，你说对吧？"

黄袍怪漫不经心地应我一声，又问我道："哪里不足？"

"没得光亮啊。"我伸了另一只手去摸身侧石壁，又道："若是要做到最好，就该在这石壁上嵌些夜明珠，也好给路人照个光亮，就跟那波月洞里的石道一般。"

不想黄袍怪却是说道："能造出这样一条石阶的人，又何须什么光亮照路。"

"难道他们都能夜间视物？"我不禁问道。

"不然你以为呢？"黄袍怪反问我，又道，"你以为我现在也是如你一般摸着石壁走路的？"

我被他说得面色一红，讪讪地把另一只手放了下来，解释道："我母亲曾经教过我，若是在山洞中迷了路，就用手摸着同一侧石壁，绝不要离开，就这样一直往前走，最后定能走得出来。"

"还有这种说法？"黄袍怪问道。

"有！当然有！我母亲懂得很多的。"我忙道。

黄袍怪那里似是默然笑了笑，没再说话。

周围突然又一下子静了下来。黑暗之中，视觉受限，听觉与触觉反而异常灵敏起来，尤其是与黄袍怪交握的那只手。说来奇怪，我明明记得婚礼当日他将我从轿中牵出时，那手修长有力，绝不是此刻这般粗糙模样，而且，貌似他手背上还长了毛……

我不自觉地去摸他的手背，想要再次确认一下，就觉得黄袍怪手掌似是僵了一下，然后问我道："你做什么？"

这般被人抓个正着，情形实在尴尬，我轻咳了两声，忙解释道："掌心有汗，差点滑脱了手。"说完不等他反应，又赶紧没话找话地问他，"你说你之前来过这里？"

黄袍怪简直惜字如金，只答了一个字出来，"是。"

"什么时候？"我又问，"瞧着刚才那洞口的杂草，不像是有人来过的啊。"

黄袍怪默了片刻，这才淡淡答道："十六年前。"

我愣了愣，更是奇怪，"十六年前？"

"是。"黄袍怪停了一停，又重复道，"就是十六年前。"

"十六年前我还是个小婴孩呢！要说这世事也是奇妙，十六年对于你们来说不过是弹指一挥间，而于我却都是小半辈子了。"我笑道，又好奇他为何十六年前会来此处，忍不住又问道，"听红袖说你来这碗子山没多久啊，怎么十六年前会来此处？"

黄袍怪不答，只是沉默。

我这才察觉到他似是不想谈论此事，不觉有些尴尬，只好又换过了一个话题，"这石阶还要走多久？"

"养伤。"黄袍怪突然没头没脑地说道，顿了顿，又道，"我来此处养伤。"

我愣了下，这才明白过来他回答的是我上一个问题。

十六年前来这里竟是养伤？难怪之前他在黑松林里说此处能够隐藏他的气息，原来是他之前就曾来过这里。现在想来，他当年应该也是受伤颇重，又有强敌追击，这才寻了这么个可以隐藏自己气息的地方养伤。

我暗自琢磨着这些，也不再去寻黄袍怪闲聊，两人就这样默默走着，也不知走了多久，我只觉得两腿酸软难行之际，就听得他忽地轻声说道："到了。"

果然，待再转过一个弯，前面石阶上就渐渐有了光亮。又行得几步，石阶终于到头，逆着光线往前看去，隐约可见山洞出口。在黑暗中摸索了这半天，突然见到光亮，我不觉又惊又喜，忙就松开了黄袍怪，往前跑了几步去看外面情形。

洞口也是开在一个极隐蔽处，往下走不了几步便是崖底，湍急的河水就在不远处流过，水声阵阵，雾气缭绕。抬头往上看，山涧间云遮雾绕，只从上淡淡透过些光亮来，却望不见崖上半点风光。

只要能解决了吃用问题，这里倒真是个极佳的藏身之所！

我回头去看黄袍怪，问道："你在这里养伤，吃些什么？"

他并未随我下到崖底来，仍立在洞口处，手扶着崖壁，缓缓打量着四处景物，听闻我问，这才似是回神，答道："水里有鱼虾，崖壁两侧也长着些野果。"

"就吃这些？"我惊道。这些东西吃上两三日尚可，若是吃久了，岂不是要变成了野人？再者说了，如若长久无盐，人岂不是都要失了力气？

黄袍怪似猜到了我的想法，道："旁边石室里储藏的有粮食，还有些日常用品。"

刚才只顾着往洞外跑，倒是没注意里面还有石室。我忙又跑进了山洞里，果然就见靠近洞口的地方另有通道连接着别处，走进去，是相通着的几个石室，有大有小，各有所用，又各自有通气口通往石洞外面，甚为精巧。

我越看越是惊叹，待到最后，不禁回头问黄袍怪道："你不会在这里住了很久吧？"

"不算很久，十五年而已。"他淡淡答道。

我听得惊住，十五年？那得是多重的伤才需要养这多年！忽然间，我就想明白了之前的疑问，当初黄袍怪只是将那魔头打伤赶走，却未斩草除根，恐怕就是由于这个缘故，不是他不想，而是不能。

"十五年，你就一个人住在这里？"我又问道。

黄袍怪看我一眼，像是突然没了与我谈话的兴致，只转身扶着墙往那最里面的一间石室走，简短交代道："我伤势颇重，须得闭关疗伤，这几日你自己老实待在外面，只许在这附近转悠，不得走远了。"

我一听他这是几日都不打算管我了，忙就追在后面问道："附近是指多远？可有个范围？还有，这崖底可有什么凶禽猛兽？我须得防备些什么？"

黄袍怪在石室门口停下，回过身来默默看我，突然问我道："你不怕我了？"

我愣了一愣，这才猛然意识到自己对他确是没了恐惧之心。脸还是那张青脸，獠牙还是森森的獠牙，明明他相貌没有半点变化，但看入我眼中却已觉得稀松平常，全无之前的厌恶畏惧。

他那里还在安静看我，等着我的答复。

我不由得讪讪而笑，掩饰道："你看看你说的，我以前也不曾怕你啊。"

黄袍怪大嘴微勾，露出些许讥诮来，反问我道："真的？"

"呃，实话说，之前是有那么一点点怕的。"我秉承着母亲曾教导的"大事上要说小瞎话，小事上要说大瞎话"的原则，又伸出手来掐着个指尖比画给黄袍怪看，道，"就这么一点点，当初也是这样和你说的嘛。"

黄袍怪笑笑不语，转身进了石室。也不知他启动了什么机关，门上突然轰隆隆落下一块石板来，将那门口封得严严实实。

好嘛，白问了那么多，他竟一句也没答我。

我有些不甘心，真有心上去踹上那石门两脚解气，却又觉得这行径太过小家子气，便强行忍住了，只恨恨地瞪了石门一眼，转身出了石洞。

山涧中终年雾气笼罩，见不到阳光，也不知此刻是个什么时辰，只凭着腹中饥饿的程度判断，此时应早已过了午时。我自昨夜里被红袖从睡梦中摇醒，几乎一直在逃命，此前担着惊、受着怕，尚不觉如何，待到此时精神稍松，顿觉出饥寒交迫来。

我忙去了那个放置炊具米粮的石室，把碍事的裙角塞入腰间，两只衣袖俱都高高挽起，找了火镰出来生灶火，又用瓦罐从河边打来清水，将锅灶碗筷等都一一洗过了，这才开始给自己淘米做饭。

想当初，我也是跟着父亲母亲各处跑过的，虽平日里十指不沾阳春水，可遇到个什么情况，烧火做饭也是会的，只不过，有些技艺不精罢了。生火我会，可惜灶火烧不大好，淘米做饭也懂得步骤，这火候却掌握得不大好，生熟全凭嘴尝。

就这样在灶前忙活了许久，一锅白米粥才煮好，只可惜水添得多了些，粥有些稀。不过这也不算事，粥稀了，那就捞干的吃嘛！

等我把那一碗白米粥端到桌上，眼泪都差点掉下来了，正想端起碗来吃，却忽又想到了那关在石室里的黄袍怪来。

之前也没问个清楚，他闭关是否还需要吃喝……

又想，不管他到底是个什么精怪，受了这样严重的伤，都需要吃些东西来补充体力的吧？

我犹豫了一下，还是将粥碗端了起来，小心翼翼地走到黄袍怪闭关的石室外，侧耳贴在门上听了一听，见里面没得半点动静，心里不觉也有些打鼓，举手轻轻地叩了叩那石门，小心地问道："你要吃些东西吗？"

石室内一片寂静，没得半点反应，我又怕高声叫嚷会打扰到黄袍怪，想了想，便将那粥碗放到了门外地上，这才离开。

第二日，我再过去看时，那碗还在地上，似是动也不曾被动过。我将那碗拿走，换了新煮的粥放到那里，想了想，又在旁边添了碗白水。如此这般，每日更换，待到第十日头上，我放的饮食仍是不曾被他动过，料想着他这些日子都会是不吃不喝了。

倒是曾经听人说过，修仙的人修到一定境界，是可以不用吃喝了的，想来黄袍怪已是到了这个境界了。方便倒是方便，只是没得美食享用，这人生得少了多少乐趣啊!

想这些事时,我正端着碗倚靠在灶台旁,吸溜着碗里寡淡无味的白粥,偶尔,伸出筷子去沾一沾碟子里的咸盐提味。不是不想吃菜,是没得菜吃,连个咸菜都没有,更别提其他了。河里倒是有鱼有虾,可惜天寒水凉根本下不得水,我也就有站在河边瞅两眼解解馋的本事,哪里还抓得到鱼虾!

时节已经入冬,在山谷中住着时还不觉如何,到此处才觉出寒冷来。充作卧房的石室根本无法住人,躺在那石床上跟躺在冰上没什么区别。无奈之下,我索性就住在了这灶台旁,学着红袖的习惯,用柴草和被褥在灶台旁做了个窝……

唉!这辈子,我都没过得这样委屈过!

就这样混了月余,眼瞅着就要熬不下去的时候,这日早上醒来,却发现黄袍怪闭关的那间石室的门竟然被打开了,就连我前一天放在他门外的白粥与清水也都不见了!

我几乎喜极而泣,忙冲进石室去找黄袍怪,没发现他,便又转身往洞外跑。前几日刚下过了一场雪,洞外早已是天寒地冻,我跑得匆忙,下洞口的时候都滑了个跟头,也顾不上疼痛,只赶紧爬起来去寻黄袍怪。

不想,左右都已经找遍,却仍找不见他的身影。我先是觉得失望,待到后面却又隐隐不安起来,那厮莫不是抛下我一个人走掉了吧?如若真是这样,他也太不讲究了,亏我还在这里苦熬了这么久等他!

我念念叨叨地继续往前找,不知不觉就走得远了,待绕过一处石壁之后,忽就瞅到了河边竟站着一人!就见那人身穿红衣,背影挺拔修长,一头黑发散落在身后,红的衣,黑的发,再配上天地间皑皑白雪,一眼看去,仿若画作。

　　独居多日，猛地见着个大活人，我不觉大喜，忙往河边跑了过去，待到近处，却又猛地醒悟过来，恨不得立刻抽自己一个耳光。这般的背影，绝不是那个高大粗壮、青面獠牙的黄袍怪能有的啊！

　　这山涧幽深隐蔽，两侧山崖壁立千仞，湿滑难行，除非是从那条暗道中下来，否则一般人等绝无法下到此处。此人是谁，为何会在此处，怎的又穿成这般模样？

　　此人，是敌是友？

　　我用力眨了眨眼睛，瞧着那人还在，并不是我眼花产生的幻觉，忙屏住了呼吸，小心翼翼地往后退去。谁知，我这里才刚刚退了一步，却似惊动了他，他竟就回头向我看了过来。这一照面，我不觉怔住，万万想不到此人竟是当初去谷中观礼的宾客，我曾在溪边见过的那个"修道之人"！

　　他立在那里静静看我，目光在我脸上、身上打了个转，唇角微微勾了下，露出些许笑意来。

　　不用问我也知道他在笑些什么，换谁窝在灶台边上睡个把月，那模样都不会好了。我抬手顺了顺鬓边的乱发，不出意外地择下一根干草来。

　　那人唇边的笑意就更深了些。

　　这似笑非笑的模样着实可恨，白瞎了他这副好模样！就这般恨恨想着，我面上却是带了微笑，整了整衣裙走上前去，客客气气地与他行了一礼，细声慢语地问道："不知仙君为何在此，可有看到我家大王？"

　　他又看我两眼，这才答道："他已经走了，留我在这里照看你几日。"

　　我不觉惊讶，失口道："走了？什么时候？"

　　"就你窝在灶边睡觉的时候。"他停了停，才又继续说道，"说是看你睡得香甜，便没有叫醒你。"

他唇边带笑，言谈举止中分明带了几分调侃之意。

上一次见他时，我还信誓旦旦地称自己是公主身边的小侍女，这一回再见，我就成了那被掳来的公主，黄袍怪的夫人了！

还偏偏是眼下这般狼狈模样！

这事着实叫人尴尬，也怨不得他笑了。我清了清嗓子，决定换个严肃点的话题，"不知仙君怎么称呼？"

他似是想了想，这才答道："我姓李，单字一个雄字，公主唤我李雄即可。"

李雄？这名字配黄袍怪那样的糙汉倒是不错，与这人却有些不搭。

我点了点头，却也没直接称呼他的姓名，只客气地叫了他一声李仙君，又问道："您可知道我家大王做什么去了？又要留我在此处住多久？"

李雄答道："那魔头虽然被打死了，但还有些爪牙落在谷中，他回去清扫了。待谷中事务处理完毕，许是就会来接公主回去了。"

我不想黄袍怪竟是这样心急，又有些担心他身上伤势，也不知是否已经痊愈，想当初我可是亲眼看到他口吐鲜血栽倒在地上，连个小小虎妖都不敢去追的。

正思量间，不知那李雄何时竟走到了我的近前，低声问我道："公主很担心他？"

我被吓了一跳，下意识地反问道："谁？"

"黄袍大王。"他垂目看我，又重复道，"你很担心那怪物吗？"

虽不知他问这话的目的，可只从他对黄袍怪的称呼来看，这事里透着古怪！我瞧出有几分不对，心中起疑，便强自笑了笑，道："您这话问得奇怪，我是他娶来的妻子，怎会不担心他的安危？"

李雄轻扯了扯唇角，露出几分讥诮，"可据我所知，公主可是他从宝象国抢来的，就这般心甘情愿地与他一个鄙陋妖怪配成夫妻？"

他能说出这样的话来，若不是有意试探我，那便是与黄袍怪有仇了。

我下意识地裹了裹身上披风，这才问道："不知仙君这些话……是什么意思？"

他未答，转身缓步往石洞方向走去。我一时猜不透他的用意，犹豫了下，只得在后跟了过去。待转过前面那处石壁，寒风一下子就小了许多，又走得一段，石洞口已经在望，他忽地说道："你之前不是一心想要回宝象国去吗？"

我心中警铃大作，不动声色地看着他，问道："仙君何以见得？"

李雄回身看我，淡淡道："你那日在溪边骗我说是公主身边的侍女，又打听去宝象国的道路，难道不是想要逃走？"

这种事被抓了现行都还要狡辩几分呢，岂能轻易认下！

我忙道："仙君误会了，那日隐瞒身份只是因我当时形容狼狈，怕得仙君笑话，这才撒了个小谎。至于仙君所说什么打听去宝象国的道路，更是无稽之谈，明明是听到仙君也是宝象国人，以为见到了同乡，一时欢喜，说多了几句，不想却惹了仙君误会。"

李雄扯了扯唇角，手掌一翻，不知从哪里变了张帕子出来，又问道："那这帕子如何解释？"

我一怔，定睛一瞧，待看到帕子上的血字，顿时惊得差点没晕死过去。那不是别物，正是大婚那日，我偷塞在宝象国王后袖中的十二字血书。难怪宝象国那边一直没有发兵来救，原来这帕子竟是没能被王后带回去！

可又怎么会落到了这人手中？

我心中惊疑不定，一时只瞧着他，不敢言语。

　　"那日黄袍大王有事，托在下送令尊令堂回朝。此物从令堂袖中落出，想来该是公主写的吧？"李雄淡淡解释，指尖轻轻一捻，那掌心突然腾了火苗出来，片刻工夫便将那帕子焚烧干净。他抬眼，仍看向我，再一次问道，"公主真的不想逃走？"

　　事到如今，我若再硬撑着说"不想"，怕是他绝不肯信的。可你既是黄袍怪的朋友，我怎敢和你说这实话！而且我就算说"想"，你就能送我回去吗？

　　我略一沉吟，抬脸向他笑了笑，道："不瞒仙君，写这血帕之时，确是一心想要逃走的。那时突然离家，自然是极想念父母，若说不想回去，那是违心之言。只是……"

　　他眉梢轻挑，又问："可是有什么顾虑？"

　　我故意低头默了片刻，然后抬头向他浅浅一笑，这才继续说道："我虽是被黄袍郎掳至谷中，但这些时日以来，他对我也算尊重，从不曾有过什么冒犯。这一次更是多亏了他相救我才得活命。俗话讲'知恩图报'，我虽不能报答他什么，可他带伤回谷，我免不得要心存挂念，怎么也要再见他一面，确定他平安无事，才好再说回乡之事。"

　　不管是好人还是坏人，大都还是喜欢和有情有义的人打交道。我这一番话说出来，不管李雄到底存了什么心思，怕是都不好寻到我的破绽。

　　果然，他微微动容，深深看了我两眼，这才说道："我本来想如果公主决意离开，我便相助一二。可既然公主如此挂念黄袍大王，那我就陪着公主在此等着他回来，只望公主莫要后悔才是。"

　　我真没料到他会说要助我离开，顿时怔了一怔。

　　他见状，便又轻轻地皱了皱眉头，问道："怎么？公主现在就后悔了？"

　　后悔！绝对是后悔了！

可瞧到他这副模样，我却又不想承认，也怕他是故意拿话来试探我，便眨了眨眼睛，道："倒不是反悔，只是突然想起一件要紧事来，须得问一问仙君。"

"什么事？"他问道。

我十分严肃地看着他，郑重问道："咱们晚上吃些什么？"

就瞧着李雄的表情微微僵了一下，似是深吸了口气，这才心平气和地问我道："公主想吃些什么？"

想吃些什么？在吃了一个月的盐水拌饭之后，这世上就没有我不想吃的东西！

"吃什么都能有吗？"我试探着问。

李雄淡淡一笑，答道："凤肝龙胆有些难找，其余的倒都好说，便是你想吃人肉，我也能出去给你抓个鲜嫩的来。"

"不用，不用，哪里敢吃这些东西！"我忙摆手，向他讨好地笑了笑，十分客气地与他商量道，"随便能有些菜肴吃吃就好，我自己吃盐拌饭也就算了，怎好叫仙人您也跟着吃这个呢，您说是不是？"

他似是怔了怔，突然问道："你一直在吃盐拌饭？"

这不是废话么！我倒是想吃别的，可也得能吃得到啊！我心里明明在骂街，面上却是做出可怜兮兮的模样，小声道："也不都是盐拌饭，有的时候，也喝稀粥就盐水的。"

李雄没再说什么，只微微垂目，手上掐了个指诀向着地面轻叩了两下，就瞧着他点的那处地面似已变成了水面一般，竟荡起圈圈波纹来。紧接着，一个二尺来高的灰衣小人从波纹中心慢慢爬了出来，向着李雄跪倒叩拜。

我吓得一跳，又见那小人长得尖头小脑细眉豆目，忍不住问李雄道：

"这是什么？耗子精吗？"

不想那小人竟似能听懂人言，面上顿现恼怒之色，立刻从地上蹦了起来，向着我怒目而视，"吱吱"尖叫了几声，与跳脚骂街一般无二。

李雄面色微沉，手掌向下隔空虚压了压，那小人马上就又跪倒在地上，低垂了头，露出十分惶恐的模样，连连向着李雄磕头。李雄脸色这才稍缓，收回了手，吩咐那小人去寻些菜蔬和鱼肉来给我。

那小人"吱吱"叫了两声，又向他磕了个头，然后便跳进土中不见了。

我在一旁看得惊奇，上前用脚尖轻轻探了探小人消失的地面，瞧着与别处并无两样，不由得回头问李雄道："这到底是个什么东西？难不成是此处的土地公公吗？"

李雄摇头，解释道："此物叫地精，乃是山间土地灵气聚集而成，对本地风土最为熟悉，只要这山间有的东西，你管它要，它必能替你寻到。"

我这才明白了些，又忍不住好奇刚才那地精的反应，问道："这地精不会人语？"

"听得懂，却不会说。"李雄答道。

"那刚才他向我蹦脚尖叫，又是那般神情，可是在骂我？"我又问。

李雄斜了我一眼，反问道："怎么？你还想知道它在骂你什么不成？"

许是因为他长得实在是好，言行举止与凡人无异，又从不曾对我露出凶恶嘴脸，我对他的畏惧之心也就少得有些可怜，闻言便答道："不过有些好奇罢了，而且只有知道它都说了些什么，下次见它我才好骂回去呀。"

"你竟还想骂回去？"李雄愕然瞪我片刻，转身便又往山洞口走。

我瞧出他似是有些生气了，不敢再多言，只默默在后跟着。山洞前有个斜坡，因前几日下了雪，积雪又冻成冰，走起来颇有些湿滑，眼瞧着李雄气呼呼地往前走，我忙好心提醒道："坡道很滑，仙君小心别摔了，我都在那里摔了好几个跟头了。"

他已是踏上了那斜坡，闻言身形一顿，在那里站了一站，却慢慢转过身，向我伸出手来。

我愣了一愣，这才明白他是要牵我上坡，暗道这样瞧着他心地倒是也不坏，与黄袍怪比起来，两人面貌虽然一个天上一个地下，脾气却是有些像的，也算是稀奇。

因我自小跟在母亲身边长大，言行举止受她影响颇大，又从不曾被宫中那些教导嬷嬷们"茶毒"过，对男女之防便也不像他人那般看重，见李雄好意来牵我，忙道了一声谢，把手搭了上去。

他没说话，只牵住了我的手，转过身一步步慢慢往坡上走。

我琢磨着日后怕是要有求于他，有意与他缓和关系，便没话找话地说道："其实就是你不告诉我，就看那地精的表情，它能骂我些什么，我猜都能猜得到。"

"嗯？"李雄漫不经心地应了一声，回头看我。

我又道："能骂什么啊？无非就是：你才是耗子精呢！你们全家都是耗子精！"

后面两句我故意捏细了嗓音，又学着那地精的模样，在地上跺了跺脚，然后笑着问李雄道："对吧？我没猜错吧？换我，我也这样骂。"

李雄瞪大了眼，直愣愣地看我，片刻后才突然甩开了我的手，冷哼一声，拂袖便走。

我也没料到他竟会是这样反应，一时也是有些发傻，站了片刻才回过神来，也不由得暗骂了一声，心道这人和黄袍怪还真是有些像，一言不合就甩袖而走，风度气度全不讲究。幼稚！真是幼稚！

平时我自己上下坡道时，都是撑着根木棍来防滑的，可刚才他伸手拉我，我也就忘了木棍这事，此刻他甩手走了，把我自个撂半道上，这上不着天下不着地的，叫我如何办？

我站在原处不敢动弹，大叫道："仙君，您倒是先拉我上去啊！"

李雄已经走进了山洞，声音从洞内冷冷飘了出来，"你这般本事，还是自己爬上来吧！"

我暗自咬牙，试探着往上迈了一步，脚底一滑，差点就趴在了那里。我吓得忙就停住，左右想了一想，索性转身坐倒在地上，顺着那斜坡滑了下去。之前用作拐棍的两根木棍就在坡底放着，我俱都拾了起来，小心翼翼地撑着，这才费劲地爬上了那斜坡。

李雄已是占了最大的那间石室，我在门口偷偷往内瞧了一眼，见他已在石床上闭目打坐，便没敢出声，只蹑手蹑脚地绕过门口，往深处黄袍怪闭关疗伤的那间石室走去。

我总觉得此事哪里透着些古怪，黄袍怪走得奇怪，而李雄又来得太突然，更别提李雄言语间对黄袍怪的不屑与轻视，这实不像是对待朋友的态度。

那石室内还是我之前来过的模样，只是刚才忙着找黄袍怪，只匆匆转了一圈便出去了，不曾仔细看过。我就想着，如果黄袍怪真的遭了什么不测，此处应会留下些痕迹的，比如溅到隐蔽处的血点，又或是留在某一处打斗过的痕迹。

石室不大，里面摆设极为简单，不过一床，一桌，一凳，除此之外再不见任何物件。我爬上爬下仔细找了半天，倒是在石床上找到了几处血迹，不过那血迹颜色沉暗，瞧着有些时日了，绝不是新近才有。

许是黄袍怪在此打坐疗伤时自己吐出来的。

我见寻不到什么可疑之处，又怕被那李雄发觉，不敢久留，忙就又悄默默地出去了。人刚到山洞口处，正好迎面撞到那地精从外进来，它一手抱着些新鲜果蔬，另一只手里竟还拎着一条肥嫩的河鱼！

说来惭愧，我一瞧到这些吃食，顿时将黄袍怪的安危抛到了九霄之外，只上前去接那地精手里东西，笑道："多谢了！这个时节还能寻到这些果蔬，也算是你的能耐！"

那地精对我还有些记仇，表情不大友善，嘴里也哼哼唧唧的，朝天翻了一个老大的白眼，这才把东西交到我的手里。它自己则跳到了别处，看着像若无其事的模样，却用眼角余光一直偷偷瞄我。

这会儿我还真没心思搭理它，只提着那些东西往那间充作厨房的石室走，一心想给自己做顿可口的饭菜出来，也好打一打牙祭。

可惜，想法很好，实现起来却是不大妙。

烧火煮白饭已是我最高的厨艺水平，若是再叫我炒菜烧鱼，那真是有点为难我了。我这里忙活了许久，也就只把那果蔬择好洗净，等再面对那条还活蹦乱跳的鱼时，真就作了难，不知该从何下手了！

那地精一直没走，就躲在门口偷偷瞧着我，看到我的窘态，竟还捂着嘴"吱吱"偷笑了两声。它这一笑倒是提醒了我，我忙回身，向它招了招手，和颜悦色地叫道："哎！你过来！"

那地精闻言却往后退了一大步，满脸戒备地看着我。

我冲它友善地笑笑，哄它道："乖，过来。你帮我把这鱼收拾了，咱们一起做饭给李仙君吃，好不好？他可正饿着肚子等着吃饭呢！"

那地精歪着头看了看我，又犹豫了片刻，这才贴着墙边蹭了过来，从水盆里提了鱼出来，转身就往外跑。过不一会儿，它便又提着那鱼跑了回来，竟是已在河边把那鱼宰杀洗净。我不觉大喜，索性再接再厉，又柔声与它说道："你可会烧菜？不如你来烧菜，我来给你烧火啊！"

那地精傲娇地别过头去，冷哼了一声。

我笑笑，转身过去作势在灶前忙活，又状似无意地说道："也不怪你不会，你这般山野中长大的，又怎会做这些人间的饭食。"

话音未落，那地精就蹿了过来，从我手上夺去了锅铲，径直跳上灶台，指着那灶下向我"吱吱"了两声。

"你要我烧火，你来烧菜？"我问。

它鼻孔朝天，傲慢地点了点头。

我肚中暗笑，赶紧就在灶前蹲下去，老老实实地做个烧火丫头。那地精就站在灶台上掌灶，双手握着锅铲，动作大开大合，把锅铲挥舞得那叫一个气势非凡！

两个人这般通力合作，忙碌了好半晌，终于整了一桌有菜有鱼的饭食出来。我忙又盛了两碗剩饭出来往桌上一摆，自己坐在桌边长舒了口气，叹道："吃吧！"

谁知那地精却不上桌，从灶台上跳下来之后，迈着两条短腿就往外跑。我愣了一愣，这才突然想起来旁边石室里还有个李雄呢，竟是把他忘得死死的了！果不其然，片刻工夫，那地精就扯着李雄的衣角，将他拽了过来，蹦跳着冲着他比画，又一个劲地把他往桌边推。

幸亏我反应快，赶紧就从桌边站起来，低眉顺目地说道："仙君快请上座，就等着您开饭呢。"

李雄扫了一眼桌上饭菜，又瞥我一眼，这才在对面坐下了，端起饭碗来。

我又去看那站在桌边的，一脸谄媚地看着李雄的地精，琢磨着是不是要再给它添上一碗饭。可惜剩饭不大够了，给人家端个半碗上来貌似不大好。要不，我吃半碗，把整碗的让给那地精？正犹豫着，就听得对面李雄忽然淡淡说道："坐下吃吧，地精以天地灵气为食，不吃这些饭食的。"

我一听大喜，再也按捺不住，立刻把自己的饭碗也端起来了，嘴里虽还客气着，手上却是老实不客气地从面前菜碟中夹了一大筷菜蔬放入自己碗中，闷头吃了起来。等我这里吃了一通，停下来喘口气的工夫，才见李雄仍还端着碗动也不动，不觉愣了一愣，忽地反应过来，"哦，您吃素，对吧？"

我忙把面前的菜碟和他前头的鱼盘换了一换，十分爽快地说道："那您吃菜，我吃鱼，我不忌口。"说着就给自己夹了一大筷鱼肉。

不想李雄那里还是不肯下筷，静静看我片刻，忽地弯唇轻笑起来。

我被他笑得摸不到头脑，奇道："又怎么了？"

李雄微笑着摇了摇头，只轻声说道："没事，吃吧。"

我琢磨了一下，觉得他应该是在笑我吃相难看。

吃了一个多月的白饭拌咸盐，乍一见蔬菜荤腥，我这吃相的确是太过急切，失了仪态。不过，他这般明晃晃地嘲笑人，却也不算君子所为。

我抿了抿唇角，垂下眼去，默默地端起饭碗来吃饭。谁知还未曾下筷，就听得那地精在一旁"吱吱"低叫了几声。待我瞧过去，正好接到它的两颗白眼，见我瞧它，竟还伸出手指在自己脸颊上刮了两下，又吐了吐舌头，向我做了个鬼脸。

我本就被李雄笑得一肚子火气，此刻又被地精挑衅，那火气不免就直往脑门子蹿。可因着这个就翻脸实在有点太小气，我便笑了笑，用筷子指着那地精，问李雄道："仙君说它是天地间灵气凝聚所成？"

李雄瞥我一眼，点头道："是。"

旁边的地精闻言，也随之骄傲地挺起了胸膛。

"就跟长成形的人参一般，取天地之灵气，吸日月之精华？"我问得仔细。

李雄目露狐疑，不过还是点了点头，应道："是。"

那地精的胸脯便又挺高了两分。

我笑笑，又天真无邪地问道："哎呀，那它可不可以吃？怎么吃？好不好吃？"

李雄闻言一愣，下意识地转头去看地精。

那地精也怔了怔，下一刻，便嗖的一下子往后蹿了三尺出去，躲在门外，手扒着门框，脸上满是惊恐与戒备，防贼一样地看看我，然后又可怜巴巴地去瞅李雄。

李雄不觉轻笑，向那地精招了招手示意它回来，又向我说道："你现在是肉体凡胎，吃不得它。"

我本来也没打算吃这个小东西，只不过是瞧它狗仗人势的模样，拿它逗乐子罢了。我笑了笑没说话，只又低下头去默默吃饭。突然间，一双筷子夹了块鱼腹肉放到了我的碗中，我愣了一愣，有些惊愕地抬头，看向对面的李雄。

李雄那里刚刚收回筷子，看神情似是也有些尴尬，低垂下眼帘，默默地往嘴里扒着白饭。

母亲曾经说过，男人都是极现实的动物，他肯对你示好，必然是有缘由的。

这李雄屡次三番向我示好，又是为什么？我们两个论交情算不上有，论恩情就更别提，他却先是冒着得罪黄袍怪的风险说可以助我回宝象国，现在，又这般暧昧地给我夹菜。

无事献殷勤，非奸即盗！

我心生疑虑，对他顿生戒备之心，时不时地就要偷瞥他一眼。而他却恰恰与我相反，自从给我夹了那一筷子鱼肉之后，就一直垂着眼帘，都没撩起眼皮看过我一眼。这顿饭吃完，两个人再没说话，连桌边的地精都没再聒噪，安静得出奇。

饭后，李雄也没再和我说什么话，只起身回了石室去打坐。

这一去，便是一整夜毫无声息。我曾偷偷跑到他门口巴望了一眼，瞧他盘膝坐在石床上动也不动一下，也不知道是在打坐，还是就那样睡着了。更令人奇怪的是，灯火下看来，他面上竟有些苍白虚弱之态，瞧着也跟黄袍怪那般有伤在身。

当然，与黄袍怪的情况也不尽相同，黄袍怪那张青脸上是看不出来苍白不苍白的，顶多是青色深点还是浅点的区别。

此后一连十余日，除了偶尔在饭桌上能见到李雄之外，其余时间，他都是在石室内打坐，若不是他长相与黄袍怪一个天上一个地下，纵使灯光再昏暗，我再眼花，也无法把这两个认成一个，否则，我真怀疑这厮就是黄袍怪所变。

那地精倒是每日里按时给我送来新鲜的果蔬，或是河里的鱼虾，有时候还有不知道从哪里摸来的鸟蛋。慢慢的，我俩倒是混熟了，他的厨艺日渐精进，而我烧火的本事也越发纯熟，两人在灶台前配合得一天比一天默契。

天气更加寒冷，我没得李雄穿着单衣睡石床的本事，依旧是窝在灶台旁安身。灶台前有我用碳条划下的日期记号，就在腊月初七那天，从早上直到过了午间，李雄都不曾出现过一次。

　　地精先去找的他，过了一会儿就低垂着头跑回来了，一脸的失落与沮丧。我心生奇怪，忍不住也跑去石室看了一眼，却见那里已经是人去室空。

第四章

眼瞎？那就瞎吧

竟是不知道这人是什么时候走掉的！

我深吸了口气，把到了嘴边的粗话强行压回去，换成了唇边一个大大的微笑，赞道："不错，真是有个性！"

也就在当天下午，久别的红袖突然出现在崖底。

我当时正站在河边全神贯注地盯着那地精如何破冰捉鱼，红袖尖叫着从洞口直冲下来，一下子扑到我的身上，扳过我来上上下下、左左右右地仔细打量，然后冒出一句话来："哎呀，公主娘娘！您可是胖了不少！"

久别重逢的喜悦就被她一句话砸了个粉碎，我默默地看着红袖，心里盘算着要用多大的力气，才能将她一脚踢进地精凿出的冰窟窿里去！

不料红袖却一眼瞧见了冰面上的地精，面容先是一怔，随即便是大喜，惊呼道："妈呀！地精！"她嘴里这般喊着，推开我就往冰面上冲。得亏我眼疾手快，从后一把揪住了她的衣领，问道："你做什么？"

那地精也已看到红袖，愣了一愣之后也是面色骤变，赶紧跳起来想要遁地而逃，待一头撞到冰面上，这才反应过来自己还在河上，忙就又撒开了小短腿往对面岸上跑。

"地精啊！那是地精啊！是活生生的地精啊！"红袖见地精要跑，急得词不达意，狐狸尾巴都显露出来了，连连跺脚，"公主你快松手！千万莫要让它跑了！"

我就是死死揪着她不肯松手，道："我知道那是地精，我问你捉它做什么？"

"当然是吃啊！"红袖大叫，使劲地往河面上挣，"那东西大补！"

就这么一会儿的耽搁，地精已是跑到了河对岸，钻入地下不见了。

"啊啊啊！跑掉了！跑掉了！"红袖急得捶胸顿足，愣愣地看了片刻，这才不得不死心，回过身来欲哭无泪地看我，控诉道，"公主娘娘，你把地精放跑了！那是地精啊，吃了可以长百年功力，是可遇不可求的大机缘啊！"

我笑笑，伸出手去摸了摸红袖头顶，安抚道："既是机缘，那等下次有缘再遇好了。"

"不可能！"红袖蹲坐在了地上，满脸的沮丧，嘟囔道，"那东西滑头得很，偏又胆小如鼠，又天生对妖气敏感，轻易不会在咱们这些人近前露面，怎么可能再遇到！"

听她这样一说，貌似我还真有点对不起她。

可若是对得起她了，那就又有点对不起地精了。

我也是左右为难，站在那里默默看得红袖片刻，便也在她身边蹲下了，换了个话题问她道："你怎么到这里来了？"

红袖闻言，却似是突然想起了什么，猛地从地上蹿了起来，叫道："哎呀！光顾着吃了，差点把要紧事忘记了，大王派奴家来接公主娘娘回谷呢！"

"回谷？谷中安全了？"我问。

"安全了，安全了。"红袖伸手将我从地上拉了起来，扶着我往回走，又细细说道，"那日夜里，咱们大王就把那老妖杀掉了，只剩下了鹿妖那帮子虾兵蟹将在咱们谷里，趁着大王不在逞一逞威风。等到大王归来，鹿妖他们连打都不敢打，就吓得四散逃跑了。现如今，谷中已是清扫完毕，大王特命奴家来接您回去呢！"

　　我一直安静地听着，直等红袖把话讲完，这才突然问她道："你们大王是哪一天回谷里的？"

　　红袖松开了我，掰着手指头开始数数，数了半天，面上却是露出了羞赧之色，吭吭哧哧地与我商量道："奴家不怎么记日子，大王回去总有那么十来天了吧，要不，您自己算算是哪一天？"

　　这回答叫我颇为无语。

　　不过，这般算来黄袍怪应是从这里离开后就直接回了谷中，那李雄倒是没有说谎。可他今日又为何不告而别？难道是提前知道了黄袍怪今日要接我回谷，这才一早悄悄走掉，特意避开红袖？

　　这黄袍怪与李雄到底又是个什么关系？

　　我心中许多疑惑寻不到答案，暗暗思量了片刻，又问红袖道："你可知道你家大王朋友里有没有一个叫李雄的人？"

　　"人？"红袖惊奇地瞪大了眼睛。

　　"嗯，人。"我点头，待话说出来，自己又没信心，便又改口道，"应该是人。"

　　"男人？"红袖又问。

　　"应该是男人。"我答。

　　红袖瞪大了眼，"长得好看吗？"

　　我觉得人不能昧着良心说话，便点了点头，答她道："很好看。"

　　红袖一时不言，只斜着眼睛睃我，过得片刻，忽然向我甩了下帕子，一脸夸张地叫道："哎呀，公主，您现在可是有夫之妇，怎能还打听别的男人呢？这若传扬出去，您的名声可就毁了啊！名声啊！女人的名声比命还重要啊！"

　　我惊住了，愣愣看着红袖，一时竟不知能说些什么。我到底做什么了，我名声就全毁了？

再说了，你一个狐狸精，你还讲究什么名声？

红袖那里又甩了甩帕子，十分好心地安慰我道："不过您放心，奴家不会和人说的。"说着，还特意凑近了我，神秘兮兮地说道，"谁也不告诉，就是大王那里，也不告诉！"

"先等等！"我忙叫道，先深吸了口气，这才又继续说道，"我只问你，你知道李雄这个人吗？"

红袖满脸的懵懂，摇了摇头，"不认识。"

我心里忍不住爆粗。你都不认识，你还和我说这么多！

我盯了红袖半晌，这才把那口到了嗓子眼的心头血又咽了下去，只心平气和地与她说道："算了，当我没问。"说罢再不理会红袖，独自进了山洞。

红袖似是也察觉到我有点恼了她，忙从后追了进来，小心翼翼地说道："您要是实在想找那李雄，奴家就帮您打听打听……"

"快打住吧！"我忙道，"好意心领了，实在劳烦不起您。"

红袖不说话，只眨着那双水灵灵的大眼，可怜兮兮地看我。瞧她这般模样，我又不觉心软，再想起那夜她变作我的模样去引开追兵，心里那点火气不知不觉也就散了，反而问她道："还没问你，那夜你如何逃脱的？"

说到这个，红袖精神一振，忙就给我讲起那天夜里的事来。

原来，那日她高声喊了一句"公主在这边"之后撒腿就跑，足跑了十来里地出去，才发现自己身后只两个追兵，竟还是兔子精和野雉精。红袖先是有点发愣，紧接着就又感到深深的侮辱。

兔子和鸡啊，那都是狐狸日常捕食的猎物啊，她堂堂一狐狸精，竟然被这俩小妖追了这老远……

红袖顿时恼羞了，想也不想地转过身，向着那兔子精和野雉精扑了过去。

那两个小妖本来追红袖追得热血沸腾激情澎湃，瞧见此情形，先是一愣，然后突然明白过来，转身就跑！

就这样，"追"与"逃"的双方换了角色，开始了新一轮的逃亡与追击。

我听得无语，又忍不住问红袖道："最后呢？"

红袖意犹未尽地舔了舔唇瓣，眼中流露出怀念之色，答道："最后兔子跑赢了。"

我愣了一愣，这才明白了过来，不由得替那倒霉的野雉精默了一默。

两人这般闲谈着，一起爬那似是总也爬不到头的暗道石阶。我体力算好，也在中间歇了好几次，累得要死要活，最后简直就是红袖拖着我在爬。最后一次歇脚的时候，我问身边同样气喘吁吁的红袖："你好歹也是个修炼了几百年的，身上又没伤，怎就不能施个法术，叫咱俩直接从崖底飞上去？"

红袖正用帕子抹着额头上的汗，闻言有气无力地挥了挥帕子，道："唉，公主您不知道，这山涧甚是古怪，像是被人设了结界，若非天界的神君仙人，纵你修得万年道行，摔下去也是个死，更别说飞上来了。想也甭想！"

她叹一口气，又过来扶我，"我一小妖，您一凡人，咱们两个还是老老实实地爬这石阶吧，白珂和柳少君两个，还在崖上等着咱们呢！"

我也没得办法，只能认命地站起身来，咬着牙继续往上爬。

白珂与柳少君两个果真就在崖边等着，许是因为冬天还没过去，两人瞧着都有些懒洋洋的，先用绳索将我从山洞口提了上去，又请我上了一顶轿子。也不知他两个施了什么法术，我坐在轿内，只觉得轿子飘飘摇摇，如同顺风而行一般，直往前飞去。再落地时，人已是到了谷中。

红袖先扶我回了住所，指挥着一众小妖精给我洗了个痛痛快快的热水澡，这便架着我往外走，道："公主快些，大王还在庆功宴上等着您呢！"

估计妖精们也讲究个雅兴，这一次庆功宴没设在室内，而是在半山腰的那块露天平台上，四下里梅林环绕，暗香浮动，甚是雅致。我人离着还老远，便瞧着那边灯火通明，热闹非凡。待走到近处一瞧，好么，真真见识到了什么叫群妖乱舞。

许多小妖已是喝得半醉，莫说耳朵尾巴，连嘴脸都现出来了。

那几位大妖怪倒是还好些，最起码人形还在。

娇滴滴的桃花仙一脚踏在案上，两侧袖子直挽到肩头，正与旁边的枣树精划拳喝酒，争得是脸红脖子粗。还是白骨夫人庄重些，不知是累了还是醉了，就安静地坐在位子上，若不细看那只变成了枯骨的手，倒是与常人无异。

再抬头往上看，就见黄袍怪斜靠在高高的石座上，依旧是那身黄袍，依旧是那张靛青脸庞和白森森的獠牙。他单手擎着酒盏，正面无表情地看着我，目光深沉，那双金晶大眼里，露不出丝毫的喜怒来。

母亲说的没错，人总是习惯性地去美化记忆里的人和事。许是因为之前他曾在妖兵手下救我性命，再加上这许多时日都不曾见着他，在我的记忆里，黄袍怪的面貌也就被美化了不少，现如今再一见，才发觉他仍是一如既往的丑……

哎呀呀，记忆果然是会骗人的！

红袖在前给我开道，不时地拨开挡道的小妖，嘱咐我："公主小心点，千万别磕了碰了。啊！抬脚，快抬脚！蝎子精在那儿趴着呢！"

我忙听话地抬高了脚，小心翼翼地迈过那只巴掌大小的蝎子，走得是提心吊胆，步步小心，好容易这才走到黄袍怪近前，正要抬脚上台阶，却又被人从后一把拖住了。

香气扑鼻而来，桃花仙醉醺醺地从后贴过来，一手揽住我的肩，另一只手举了酒杯往我嘴边凑，嘻嘻笑道："小枣树不顶事，来，公主，还是咱们两个喝吧。"

我努力回头，果然见枣树精已经被桃花仙放倒了，正趴在桌案上呼呼大睡，就在这寒冬腊月天里，后背上竟神奇般地冒了绿芽出来。

红袖惊了一跳，忙上前来将桃花仙从我身上扒了下去，又哄她道："仙子，仙子，我们家公主也不顶事，还是咱们两个喝吧！"

桃花仙醉眼迷离，紧贴到红袖面前瞅了瞅，这才认出她来，娇笑道："哎哟，是我们可爱的小狐狸。"她说着打了个酒嗝，神态一转，瞬间又豪爽起来，把酒杯往红袖手里一塞，叫道，"来！咱们不醉不休！谁耍赖谁就是个王八！"

话音刚落，就听得角落里有人含混叫道："谁在叫我？"

我一怔，循声去看，却找不见人影，正纳闷呢，红袖那里一面应承着桃花仙，一面抽出空来拍了拍我肩膀，很是淡定地说道："公主莫找了，那是桌案底下的王八精。"

她又挥了挥手，示意我快走，"大王还等着您呢。"

我抬头，见黄袍怪果然正静静看我，目光里竟是带了难掩的笑意。

不知怎的，我忽觉面上有些发烫，低头掩饰了一下，提着裙子几步蹿上了台阶。高台上只有一张石座，甚是宽大，黄袍怪往一旁挪了挪，让了半拉出来给我，又递给我一杯酒，这才淡淡问我道："不曾见过这样场面？"

纵我做了十六年大夏朝的公主，这般群魔乱舞的场面也是不曾见过的。我点了点头，实话实说道："真没见过这许多妖怪凑在一起。"

黄袍怪笑笑，独自饮了口酒，看向台下闹成一团的各式妖精们，轻声说道："他们不过是更随性洒脱一些罢了。"

"与人相比？"我问。

黄袍怪瞥我一眼，意味深长地说道："不止人。"

不止人？那还有什么？我诧异地转头去看他，黄袍怪的目光却只落在底下的群妖身上，面容平和。

我突然有种很怪异的感觉，就越觉得他这副凶恶丑陋的面貌下似是藏着另外一个骄傲敏感的灵魂，与他接触越多，这种感觉就越强烈。

"在看什么？"他头也不回，淡淡问道。

只有极为矫情的人，才会问出这般明知故问的问题。

想当年父亲也常这般矫情，母亲的回答则全凭心情。她若高兴，便会说"看你长得好呀"，父亲每每听了，面虽然还冷着，可那唇角上弯的弧度却会泄露他的心情。而万一碰上母亲心情不好的时候，她就会直接回答："我在看猪。"

我左右思量了一下，这两个回答貌似都不好与黄袍怪说，若回答前一个，他必然觉得我在拿他取笑，而回答后一个，怕是他会揍我……

再者想起父亲母亲，思乡之情不觉骤浓，我低头沉吟了一下，正经与他说道："不知您什么时候方便，我有些事情想与您说一说。"

黄袍怪手上捏着酒杯，漫不经心地把玩着，垂眼默了一下，这才问我道："什么事情？"

我答道："有关那一世姻缘的事情。"

他动作似是顿了一下，抬眼看向我，淡淡问道："一世姻缘？"

我肯与红袖回谷，便已是存了孤注一掷的心，到了此刻更无退缩之理。我郑重点头，"确是一世姻缘之事。当初您将我从宝象国带出时，便听你说到过这'一世姻缘'，不知——"

话未说完，桃花仙忽从台下高声喊了一声"大王"，飞身就往我这里扑了过来。我吓得一跳，下意识地往黄袍怪身后躲，黄袍怪反手掩住我，另一只手抬起往外轻轻一挥，那桃花仙未及近身，便又顺着原路飞了回去，正正地砸在了红袖身上。

近前的几人都被这变故惊得呆住，反倒是那飞来又飞去的桃花仙最为从容，一把抱住了红袖，咪咪笑着，含混叫道："大王，奴家倾慕您呢！"

红袖那里许是也醉得大了，将桃花仙紧紧拥住，十分动情地回应道："大王，奴家也倾慕您！"

在场的妖精，凡是还没醉倒的，闻言都抬头去看黄袍怪，目光古怪。黄袍怪却在看我，面上难掩尴尬之色。

我绷着面孔，轻咳了两声，道："她们两个都喝醉了，大王莫要在意。"说完，瞧着黄袍怪还在看我，想了一想，便又加了一句，"我们都相信您是清白的。"

底下不知是谁先"扑哧"一声笑了出来，紧接着，众人再也忍耐不住，齐齐哄笑起来。除却红袖与桃花仙两个还在相拥着互诉衷肠，底下已是笑成了一片。黄袍怪恼也不是，怒也不是，那张青脸上，神情甚是尴尬，最后也只挥了挥手，示意众人作罢，继续喝酒。

这一打岔，倒把我之前要说的事打断了。我这里酝酿了一下情绪，正欲再说，不想黄袍怪那里却是突然从石座上站起，也没说什么，只慢慢地往台阶下走去。

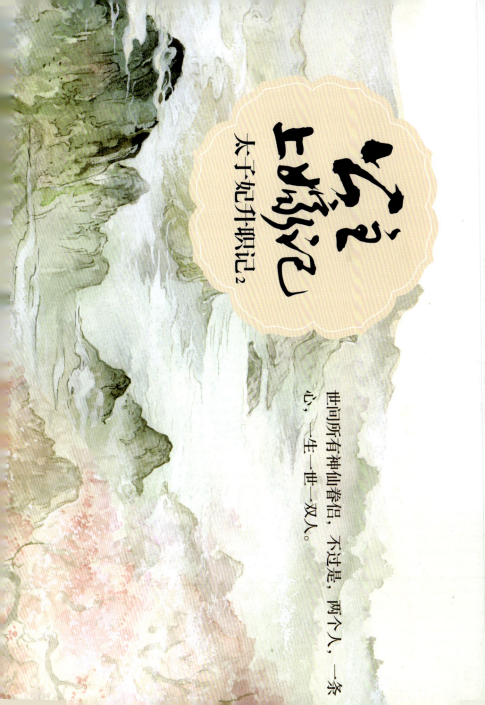

东宫

太子妃升职记2

世间所有神仙眷侣，不过是，两个人，一条心，一生一世一双人。

他这是要走，还是要去茅厕方便一下？

我一时很是矛盾，不知自己是否要跟上。正迟疑着，却见黄袍怪在台阶下停了一停，回身瞧了我一眼。我这才顿时明了，忙就也跟着下了台阶，从后追了过去。

他也不说话，只在前默然而行，踏着雪一步步往梅林深处而去，直走出去老远，身后的喧闹声俱都要听不见了，这才停住步子，负手站在一棵梅树下，静静地望着眼前的梅花出神。

此处月明风清，又有暗香浮动，确是个吟诗作赋的好地方。我这里都做好他下一句就要出口成诗的准备了，不料他却突然没头没脑地说道："我与你前世有'一世姻缘'之约，所以才会将你从宝象国摄到此处，履这'一世之约'。"

这种前尘往事最是瓣扯不清，谁知道他说的是真是假？与其追究那个，不如另辟蹊径。

我笑了笑，装模作样地说道："君子重诺，固然是好事，可若困守承诺，不知变通，则过于迂腐了，您说是不是？再者，人既肯重生，喝那孟婆汤，过那奈何桥，便表示着愿与前世一刀两断，不论恩怨情仇，都该齐齐抛却才是。若人人还念前世之因，求前世之果，这世道岂不是要大乱？"

黄袍怪回过头默默看我，好一会儿，才淡淡说道："说重点。"

我噎了一噎，索性豁了出去，直言道："这'一世之约'哪怕真有，也不过就是上辈子的一个约定。约定嘛，还不能改了？"

这一回估计黄袍怪是听懂了，低垂了眼帘，轻声问道："你是说要我毁约？"

"这话说得不对！"我忙道，瞧着黄袍怪抬眼看我，忙就又向他讨好地笑了笑，解释道，"若是你单方面不守承诺，那是叫毁约，可若是咱们两个当事人好说好商量，最后达成了一致意见，那叫解约。"

黄袍怪扯了扯唇角，轻声嗤笑，嘲道："你是没了前世记忆，才会这般说话，就怕日后你记起往事，又会怨我不守约定了。"

"不会！绝对不会！"我生怕他不信，赶紧又举起手来，发誓道，"我以人格作保，日后便是想起前尘往事，也绝不会怨你失信。你想想呀，你已经来找我履那'一世之约'了，是我自己拒绝的，就算日后我什么都想起来了，也只能埋怨自己，没得嘴去说你呀！对吧？"

黄袍怪不语，只定定看我，就在我被他看得发毛的时候，他忽然笑了一笑，问我道："你可已有心上之人？"

我被他问得一愣，下意识地摇了摇头，活在两朝，选了两拨驸马了，不论是在大夏还是宝象国，都没挑着一个心上之人呢！

他笑笑，又问："既无心上人，为何不愿嫁我？我现在虽在山野，可只要我想，不论是高位厚禄还是富贵荣华，都是唾手可得，易如反掌。不论在哪里，你跟着我都不会受委屈，又为何不肯与我做成夫妻，只是因为我面貌丑陋？"

哎呀！果然是怕什么来什么！

讲实话，我真的是嫌你长得太丑啊！可这话就是再借我几个胆子，我也不敢当着他的面说出来，只得以攻为守，对他的话避而不答，反问他道："您觉得自己面貌丑陋？"

这句话果然是把黄袍怪给问住了，他只轻轻一哂，没有作答。

我再接再厉，壮胆说道："今日既已把话说到这里，不如你我皆摒除成见，坦诚相待。你说我不肯与你做夫妻是嫌弃你面貌丑陋，而你呢？你把我掳至谷中已百日有余，你我二人连堂都拜过了，你却从不与我同室而居，便是日常也是能避则避，这又是因何缘故？你是嫌弃我面貌丑陋不堪入眼，还是说……你压根也对我无感，甚至有些厌烦，与我成亲不过是信守承诺，不得不为？"

黄袍怪唇角缓缓放平，默默看我片刻，忽地问我道："你这可是在埋怨我婚后不曾亲近于你？"

我愣了一愣，差点没当场骂出脏话来，这都什么和什么啊？真听不懂人话吗？

我这里正气得不知说什么好，不料他那里却是忽又迈步上前，欺身往我这里凑了过来。我一惊，下意识地往后退去，谁知身后却正好有梅枝阻挡，我脚下一个踉跄，人就往后仰了过去。

他长臂一伸，一把揽住我的腰肢，不等我挣扎，另一只手已是遮住了我的眼，问道："我若长得好，你是不是就不会是这般了？"

我挣脱不得，不得不镇定面对，从容答道："这和长得好坏没关系。"

"真的？"他低问，"你真是这般想的？"

那声音极近，简直就要贴到了我的面上，呼吸间，彼此气息可闻。说来也是邪门，也不知为何，我的慌乱竟多于恼怒，一颗心更是怦怦乱跳，似是都要从嗓子眼里蹦出来。

"如若我长得这般呢？"他又问。

遮我眼的那只手突然拿开了，我抬眼看去，就见面前哪里还有那青面獠牙的黄袍怪，眼前站的，分明是那个剑眉朗目俊美无匹的李雄啊！

这反差实在太大，我一时都惊得傻住了，愣愣地看着眼前人，眼睁睁地看着他微微侧头，眯了眼，慢慢地往我眼前欺压了过来，越贴越近……我想也未想，抬手就往他脸颊上抽了过去。就听得啪的一声脆响，他的脸被我扇得偏向了一侧，愣了愣后，脸顿时有些黑了。

讲实话，我自己也有点蒙，瞧他这般，忙就干笑了两声，道："失手！真的是失手了！我本来只是想把你推开，一紧张，动作就有些变形了，还望原谅。"瞧着他面色依旧不好，我思量了一思量，便又与他商量道，"你若不信，要不，咱们重来一遍？"

眼前这"李雄"低低地冷哼了一声，手臂放开了我的腰肢，又往后退了一步，道："当初若我以这副模样掳你过来，你是否——"

我直接打断了他的话，干脆答道："都一样！"

没错，我见着长得好看的是喜欢多瞧两眼，但有些事情是原则问题，不能说你只要长得好，犯法就不是犯法了！哦，我被你莫名其妙掳到这山中，合着只要看到你容貌俊美，就能欢天喜地跟你过日子了？

我是贪好美色了点，但不是缺心眼，好吗？

"李雄"斜睨我，看神情明摆着是不信我的话。

我觉得他可能是在山里待久了，理解能力有些差，于是给他举了个例子，问他道："刚才我打你的那一巴掌，疼吗？"

提到刚才那一巴掌，"李雄"面色不善，默然不语。

我又笑了笑，道："按你的道理应该不疼，毕竟，我长得也挺好看的。对吧？"

他听了似是有些惊讶，若有所思地看了我片刻，转身往来路走去。瞧他竟然要走，我忙又追上前去，叫道："哎？话还没说完呢！"

"什么话？"他头也不回地问我。

我一面紧追着他的步伐，一面答道："咱们那一世姻缘啊！你看，反正咱们两个谁也不待见谁，不如好说好商量，就此一拍两散，如何？你送我回宝象国重新择婿，你呢，也另觅佳偶，我们两个各自去找自己的姻缘！"说着，又拿身边现有的实例来劝他，道，"你看看啊，远的暂且不提，只说这近处的，不论是桃花仙还是红袖，都是要模样有模样，要性子有性子，她们又都对你这般倾慕，你娶哪个不比娶我强？就是平日里说话，也有个共同语言，是不是？"

他不理我，只是大步向前。

我追得气喘吁吁，不觉有些恼了，抢上前两步拦在了他的面前，道："是大丈夫吗？是大丈夫就给个痛快话，到底是行还是不行？"

"不行。"他也答得爽快，顿了一顿，又道，"纵然我们互不喜欢，这一世之约也解不得。"

我却有些不懂，"为何？"

他又看我两眼，这才答道："因为我有誓言在先，这一世如若违约，将受天雷之罚。"

"天雷之罚？"我忽记起红袖之前说的柳仙前阵子刚过了五百年大劫，挨了一个天雷，差点被劈成了烧火棍子。也不知这"李雄"说的天雷，和柳仙受的天雷是否一样，又要挨上几个。

我不禁又问他道："这惩罚很重？"

待话说出了，才觉得自己此问是多此一举，这惩罚既然能拿来立誓，受起来必然不会轻松。

果然，"李雄"闻言只是笑笑，反问我道："七七四十九道天雷，道道劈顶，你说呢？"

事情确实有些难办，纵我再心黑皮厚，也不好对他说出"为了我的终身幸福，你就咬咬牙，受了这天雷之罚吧"这话。

我盯着他，他也看着我，两人默然相对片刻，不知怎的，竟不约而同地移开了视线。他不再说话，重又迈步往回走，只这一次步子却慢了不少。

我默默跟在他的身侧，只觉脑子里乱糟糟一片。我核算了这许多时日，甚至都放弃了趁乱逃走，不过是想借着与黄袍怪的患难之情，两人能好说好商量地把这婚姻解除，也好免除后患。谁知白白算计半天，却落得个这样结果，一时也是无言。

就这样走得片刻，我瞧黄袍怪依旧维持着"李雄"模样，心里忽有些烦躁，没好气地说道："行了，快变回来吧。"

黄袍怪微微一愣，斜眼瞄我，"嗯？"

许是已经见过他重伤虚弱的模样，不知不觉中我对他竟没了畏惧，道："变回你原来的模样吧，这模样再好，也是别人长的。而且，这大晚上的叫人瞧到了也不好，不知道的，还以为我和他有什么私情呢！"

黄袍怪默了一默，忽地问道："你不喜欢我这个模样？"

"有什么喜欢不喜欢的，和我也没关系。"我不在意地挥了挥手，有心讨好于他，又道，"再说了，就他那模样，一看便是处处留情的风流种子。我瞧着，还不如你的长相顺眼呢，起码丑得叫人踏实！"

黄袍怪闻言，神色一时颇有些古怪，问我道："你真这样认为？"

我昧着良心，郑重地点了点头。

人都道"千穿万穿，马屁不穿"，此话果然没错，黄袍怪盯得我片刻，突然哑然失笑。那笑意先从他唇边泛起，一路向上蔓延，直深入到深不见底的眼眸中去，恍若春光乍泄，一时压得身后梅花都失去了颜色。

我脑子里忽又冒出他刚才问我的那句话：当初若我以这副模样掳你过来，你是否……

我是否会被他美色所惑，一时头脑发热没了原则？

没准，真没准！

这念头起得怪异，把我自己都吓了一跳，忙摇了摇头把这荒谬的答案抛出脑外，再次与他说道："你赶紧变回去吧！"

黄袍怪没说什么，只又看了我两眼，转身默默往前走去。仿佛就是一眨眼间，等他再回首看我时，已是恢复成那个青面獠牙的黄袍怪了。我暗暗松了口气，心跳也觉平稳很多，在后跟了过去。

走不得一会儿，我却又忍不住问他道："你和那李雄是什么关系？"

他两个虽相貌有天壤之别，性格脾气却有几分相似，加之李雄能知道黄袍怪的藏身之地，按理说两人应该算是挚友。不过，两人对待彼此的态度，瞧着好像又没那么亲近。他两个的关系，一时还真叫我疑惑。

黄袍怪默了片刻，不咸不淡地答道："朋友。"

"好朋友？"我又问，瞧他回头瞥我，生怕他又起疑，忙就撇清道，"随便问问，你不想说咱就不说。"

黄袍怪用实际行动表达了态度，他没再说话。

我不觉也沉默下来，随着他从梅林中缓步穿过，待回到宴上，才发现这宴席比之前我们离开时更热闹了几分。

红袖也被桃花仙灌醉，两人正相对着互叙衷肠，枣树精背后发的枝芽长势喜人，已是蹿了有一人来高，眼瞅着再长下去就能开花结果了。还是白骨夫人那里安静如昔，只不过此刻除了脑袋还留着人样，身躯都已变成了枯骨，骨感异常。

幸好白珂与柳少君来得晚，酒也喝得比旁人少许多，眼下还保持着三分清醒，正指挥着一众小妖往外抬人，时不时地，还要掀开桌案在犄角旮旯里找上一找，生怕再落下了哪个。

我与黄袍怪不约而同地在场边停下，两人默默站得片刻，黄袍怪便转头与我说道："我送你回去。"

红袖那里眼瞅着是指望不上了，我只得点头，转身随着他离了那宴席，往山下的住所走。山间道路崎岖，虽有灯火照明，走起来却依旧有些不便，再加上我白天刚爬了一个高高的山崖，早已经是筋疲力尽，生生扛到此时，身体便有些受不住了。

下一处颇为陡峭的台阶时，黄袍怪在前走得几步，瞧我没能跟上，停下来回身看我两眼，忽就又返身回来，在我身前站定，淡淡说道："上来。"

我愣了一愣，这才明白过来他的意思，忙推辞道："不用，不用！我自己能走！"

他不动地方，只又重复道："上来，我背你。"

我怎好意思叫他背我，见他挡在那里不动，忙伸了手去推他，不想却被他一把抓住了手腕。我尚来不及反应，他反手就势向上一提，已将我整个人轻松拎起，负到了背后。

这般情形，若是再挣扎，怕是反而会更加尴尬，我索性用双手攀住他的肩头，笑道："恭敬不如从命，那我就偷一偷懒，辛苦你一趟了。"

黄袍怪未说话，只背了我，默默行路。

他身形极为高大健壮，便是负起我也不见有何负担。我前头还有些担心那台阶太过陡峭，怕他再摔了我，后来见他走路甚稳，那颗心便也放了下去。这精神稍一松弛，那股子困乏劲却是上来了，不知不觉中，人就趴在了他的背上，昏昏欲睡。

"别睡。"他突然说道。

我含混地"嗯"了一声，却觉得脑袋似是又沉了几分，仿佛脖子都要撑不住了，只得靠在了他的肩头。

就又听得他问道："说说，你现在想什么呢？"

我脑子已是有些转不动，听得他问，便下意识地答道："想家。"

他步子似是顿了一顿，轻声问道："很想家？"

"嗯。"我点点头，眼皮子也越来越沉，又喃喃说道，"想我父亲和母亲，我突然就这么不见了，他们一定会找我的。可惜……怕是怎么找也找不到。黄袍怪，我和你说实话吧，其实我不是百花羞，我叫齐葩，奇葩逸丽，淑质艳光，我是大夏朝圣武皇帝最小的公主……"

恍恍惚惚间，连自己也不知道又念叨了些什么，就听得黄袍怪轻声说道："我帮你去找。"

我也不清楚他要帮我找什么，可听了这话，心里只觉得欢喜无限，将头脸在他肩上蹭了一蹭，正欲找个更舒适的位置继续睡时，却忽听得身下的黄袍怪冷喝道："出来！"

这一声顿时把我从昏沉中惊醒过来，睁开眼，就见前面草木丛中蓝光一闪，紧接着，一条黑影从那里蹿了出来，在地上翻滚了几圈后，竟变成了一只斑斓花猫，乖乖地趴伏在地上，喵喵叫着，瞧着甚是可怜。

"是只小猫！"我忍不住叫道，"先别伤它！"

黄袍怪却低低冷笑了一声，问我道："你看它，不觉得有些眼熟吗？"

我睡意全无，闻言从他背后挣脱下来，正要走到近前去细看，却又被他一把拦住，掩在了身后。

他向我微微摇头，道："不要过去，就在这里看吧。"

我便缩在他的身后，只探了头出去细看那地上的花猫。那花猫体型不大，身上有斑斓虎纹，瞧着胖头胖脑的，就蹲坐在那里，不时地向我喵喵叫上几声，又抬起爪来去舔自己的爪子，憨态可掬，极为喜人。

来了这谷中这许多日子，各式小妖丑的俊的我基本上见齐全了，还真没见过这样一只可爱的大花猫。

"不曾见过啊。"我有些诧异，抬头去看黄袍怪，又问道，"这是咱们谷里的吗？"

黄袍怪垂目看我，唇边却是泛起些笑意，道："不记得了？他可是吵着要生吃了你呢！"

吵着要生吃了我的？我愣了一下，转头再去看那花猫，它也正在看我，双目圆瞪，竟是露出了十分紧张的模样。我心中忽地灵光一闪，指着它失声叫道："啊！它它它……就是那只虎妖！"

话音一落，那花猫面色倏地大变，转身就逃。就见黄袍怪指尖似是弹了个什么东西出去，一道亮光正正地钉在了那猫尾巴上，花猫惨叫一声，挣扎了几下不得逃脱，忙就又转回身来跪伏在地上，向着我们连连磕头，口中竟是发出人声来："大王饶命！大王饶命！"

听声音，竟真的是那夜里追杀我的"虎妖"！

我有些纳闷，问黄袍怪道："它到底是只什么？之前不是虎妖吗？怎么现在又变成一只大花猫了？"

黄袍怪还未回答，那花猫自己先抢着答道："不是老虎，不是老虎，小的就是只小花猫！因皮毛长得与老虎有几分相似，这才假作老虎虚张声势，不过是怕被人欺负罢了。求公主饶我性命！"

想之前他做追兵大哥时那般威风凛凛，此刻却又如此可怜巴巴，我不禁失笑，抬眼去看黄袍怪，问他道："怎么办？"

黄袍怪答得寻常，道："应是白珂他们清扫谷中时遗漏下的，叫白珂过来清理了便是。"

那猫妖闻言又是一声惨叫，涕泪横流地哭求道："小的是受那老妖胁迫，这才进谷的啊，也就是跟着咋呼咋呼，不曾犯过半点杀孽呀，求大王开恩，就饶过小的这一回吧。小的家中上有八十岁老母，下有三岁幼崽，全都指着小的活命啊！"

我听他这般胡喊，既觉好笑，又有几分不忍，轻轻拽了一下黄袍怪的衣袖，低声道："它也没真伤了我，不如就饶过它这一回吧。你看看，不过是只小猫，在这山中挣扎活命，也挺可怜的。"

黄袍怪面色微沉，漠然不语。

我瞧他这般，便使出了对付皇兄他们的必杀之技，扯着他衣袖轻轻摇了两摇，软声求道："嗯？好不好嘛？"

黄袍怪低头看我，眼中竟似有些不自在，又低声问我道："你喜欢这猫？"

他这话问得有歧义，我若只简单回答"喜欢"，没准就叫他误会了。我想了一想，这才笑道："说不上喜欢不喜欢，不过我以前家中也养有这样一只花猫，眼下瞧见它，倒叫我想起之前那只来。"

黄袍怪又看我两眼，道："既然这样，就在谷中也养一只算了。"

他说着，抬手向那花猫随意一挥，金光过处，那花猫脖颈处便多了一个金色项圈与铃铛。

那猫妖大惊，忙抬爪去扯那项圈，不料那项圈却是越扯越紧，片刻后已是勒得它白眼直翻，喘不过气来。那妖急忙重又趴伏到地上，向着黄袍怪连连叩首，口中喵喵而叫，已是无法发出人声来。

我瞧得目瞪口呆，愣愣问道："这是怎么个意思？"

黄袍怪却是咧嘴一笑，"杀它你不忍心，放了它又太过轻饶，不如就将它养在你身边。你若闷了，也可以逗一逗它，解解闷子。"

我把一只猫妖养在身边解闷逗乐子？我这心得多大，才能做出这般事来！我不觉愕然，看着黄袍怪说不出话来，他却是望着我轻笑，似是猜到我的心思，又道："放心，只要这项圈铃铛在，它就与普通花猫无异。"

我默了一默，提醒他道："它是只公猫，又通人性，养在我身边怕是不大方便吧？"

黄袍怪也是一怔，浓眉挑了一挑，与我商量道："要不，就先给它去了势？"

我还未答，那花猫却是先发出嗷的一声惨叫，泪眼汪汪地看我，喵喵叫个不停。我一时颇觉无语，见黄袍怪不似与我开玩笑，只得说道："还是算了吧，就先把它养在谷中，没事捉个老鼠之类的，也就够了。"

黄袍怪唇角微勾，似笑非笑，"好。"

我松了口气，再去看那花猫，瞧它竟也是抬爪护胸，一副劫后余生的模样，不禁失笑。抬眼间，却见黄袍怪正含笑看我，不知怎的，我忽觉面上有些发烫，颇有些不自在地移过了视线，解释道："这花猫瞧着挺逗乐的。"

黄袍怪也应和道："是。"

此处离我住所已是不远，他未再说背我，只负手在前缓步慢行，直把我送至寝处廊外，这才停下脚步，道："你自己早些歇着吧。"

我点了点头，正欲转身进房，却又被他唤住。

他看我两眼，这才说道："把我之前给你的那个荷包带在身上。"

我犹记得红袖说过的撒尿圈地盘那事，心里颇有些阴影，听他要我佩戴那荷包，尴尬地笑了一笑，道："不，不用吧。"

"带上。"他神色却是郑重，又道，"谷中虽已是清扫过了，但不免会再有刚才之事发生，若是你一人遇到，会有危险。"

他所言不差，今晚若是我一人遇到那猫妖，确是会有危险。他这般好意，我实在不好拒绝，纵是有些不情愿，也只得点头应下："好。"

黄袍怪这才满意离去。

红袖醉酒未归，卧房里只两个看守屋子的小妖，我也不用她们帮忙，自己简单洗漱之后，便爬上了床榻。多日不睡温床软榻，这一躺下去只觉骨软筋酥，四肢通泰，叫人忍不住叹息出声，世间俗事皆被抛至脑后，不过片刻工夫，便沉入了梦乡。

这一觉睡得甚是香甜，再醒来时，外面竟已是金乌西坠，彩霞满天。

屋外廊下，红袖正指挥着小妖们往屋里收被子，一派忙乱景象。正热闹间，院中忽又传来一声尖利的猫叫，紧接着，就听得红袖拔高了声调训人，"一撮毛你消停点，你去踩那猫尾巴干吗？"

"是这死猫先来惹我！"那叫作一撮毛的十分委屈地给自己辩解，"红袖姐姐你瞅瞅，它把我裙子都给挠破了。"

"活该！谁叫你是只老鼠精！"红袖笑骂，又道，"它闻到你身上的老鼠味了，不去挠你挠谁？"

院子里其余小妖也嘻嘻哈哈笑了起来，也不知是哪个叫道："一撮毛你也就是欺负欺负这猫，柳少君每次见了你都还直眼，恨不能一口吞了你呢，咋不见你敢去踩他？"

一撮毛恨恨"呸"了一声，伶牙俐齿地反击道："说得好像柳少君不想吃你一样！你不就是比我多长了俩翅膀吗？你等着，等我哪天把你毛都拔了，光溜溜地送给柳少君去享用，也好圆了你的心愿。"

众妖又是哄笑。

那长翅膀的小妖不知是被众人笑臊了，还是被一撮毛说恼了，满院子地追打一撮毛，一时间，真真是鸡飞狗跳。

我就静静地躺在床上，体味着这份喧闹，心中竟也不觉厌烦，反倒听得津津有味。忽又想"习惯成自然"这话真是可怕，我来这谷中尚不足四个月，竟已经对这里各式的妖怪见惯不怪，竟开始觉得黄袍怪的嘴脸不过是粗糙了些，也算普通。

吓！真是可怕！

红袖不知何时进了屋，瞧见我睡醒了，忙就扭腰摆胯地走上前来，夸张地叫道："哎哟，公主娘娘您可是醒了！您若再不醒，咱们就得遵着大王的嘱咐，去外头寻个郎中来给您瞧瞧了。"

我愣了一愣，问道："你们大王来过？"

"岂止是来过，都来过好几趟呢！"红袖掩着嘴笑，又道，"瞧着您睡得香甜，都没许奴家喊您。对了，大王还说您今日醒了怕是会腿疼，特意嘱咐奴家给您好好揉一揉，再扶您下床走动走动呢。"

昨日爬了那么多台阶，我现在岂止是腿疼，简直就是浑身酸痛，动一动都觉得困难。要不然怎会醒了还一直躺在床上？不是不想动，是真心动不了啊！

红袖遵着黄袍怪的嘱咐，上前来给我按摩揉捏。我咬紧了牙，这才忍下了痛叫。不料红袖那里听我没出动静，还当是自己按得不到位，手上就又加了两分力气，又询问我道："公主觉得这劲道可还受用？若是嫌奴家手劲小，您说话。"

我死死地咬着被褥不敢松口，只怕自己这一张嘴，出来的那就得是惨叫连连！

好容易挨过了那第一遭酸痛，红袖活动了一下手腕，又要从头按起，吓得我忙反手一把抓住了她的胳膊，高声叫道："慢着！"

红袖被我惊了一跳，"怎么了？公主！瞧您这一脑门子汗！这是热的？"

我深吸了好几口凉气，这才能勉强说道："没事，你辛苦了，不用再按了，扶我起来走一走吧。"

"奴家不累。"红袖道，似是生怕我不信，又强调道，"奴家一点也不累，您要不信，奴家还能再加三分手劲呢。"

她一说这话，吓得我双手抱住了她胳膊，"不用，真不用了！扶我起来走走，溜达溜达就好了。"

红袖将信将疑，把我从床上扶了下来，瞧我动作僵硬迟缓，又笑道："您现在这个样子，倒是和白骨夫人醉酒时有几分相似，不怪是同类哩。"

"是吗？"我早已习惯了她这般口无遮拦，闻言只应承地点了点头，又随口问道，"白骨夫人他们酒都醒了？"

"早醒了！今儿一早就各自回了洞府了。"红袖答道。

我不由得有些惊讶，"都回去了？竟这般着急？"

红袖道："他们在咱们谷里也待了有些日子了，谁家里还没点事啊！枣树精三舅母家的小儿子要聘闺女，一直催着他回去呢。前几天雪大，白骨夫人洞府后门都被大雪给埋了，须得找人清理。还有桃花仙，随身带的胭脂水粉早用完了，又嫌咱们谷里的不合心意……"

红袖说起闲话来就没个完，我只得伸手拍了拍她的手臂，打断她的话，问道："哎，你们大王之前送我的那个荷包呢？"

一说这个，红袖顿时忘了柳少君隔壁家二大妈的大侄子正在闹休妻这事，颠颠地把那装荷包的锦盒抱了出来，从中取出荷包小心翼翼地给我系在了腰间，又道："瞅瞅奴家这猪脑子，差点就把这要紧事给忘了！大王临出谷前还嘱咐过奴家，要盯着您戴上这荷包呢。"

我不由得一怔，奇道："你家大王出谷了？可知是做什么去？"

"倒没说去做什么，只说要有些日子才能回来，还交代白珂他们要好生守着山门呢。"红袖答道。

我心中不免诧异，暗道这黄袍怪倒还挺忙，也不知有什么要事，非得赶在这时节出门，甚至连归期都不能确定，瞧起来真是有几分奇怪。

黄袍怪不在，谷中全靠白珂与柳少君两个操持日常，不巧他两个都有冬眠的习性，每日里昏昏沉沉的，常常和人说着话就能睡了过去。

红袖去寻他们问年里的安排，回来就向我抱怨道："不是奴家说，大王不在谷中，这谷里的事务就该公主接过来管才是，白珂与柳少君那两个，实在不是管事的料，这都眼瞅着就要过年了，给各处洞府的年礼都还没准备呢！"

我听了也是惊奇，不禁问道："你们妖怪之间也要送年礼吗？"

"妖怪怎么了？妖怪也有个亲朋好友，有个人情往来啊！"红袖很是不满，又道，"您没听说过那句老话吗？"

"哪句老话？"我问道。

"黄鼠狼给鸡拜年，没安好心！"

我默了一默，竟是无言以对。

红袖又絮絮叨叨地抱怨白珂与柳少君两个不成事，正说着呢，一撮毛却是满面喜色地从外面跑了进来，气喘吁吁地叫道："公主，公主，大王回谷了，正往咱们这边来呢！"

"真的？"红袖惊喜问道，又回头看我，催道："公主快些起来，咱们赶紧去门口迎着大王呀！"

许是受她们两个影响，我心里竟也觉得有些喜悦，被红袖从床上拽了下来，胡乱裹了个斗篷便往门外跑。两人刚到院门处，果然就见黄袍怪从路那头匆匆过来，抬头看到我，神情先是一怔，随即那嘴角便往上扯开了去。

他直走到我面前才停下，站在那里也不说话，只瞧着我微笑。

我本就有点不自在，再被他这样笑着，莫名有些恼，不禁横了他一眼，没好气地说道："快别笑了，那嘴角都要扯到耳朵根去了！"

红袖在后扑哧一声便笑出了声来。

黄袍怪面上顿时有些不自在，又看了看我，便移开了视线，淡淡说道："外面冷，进屋去吧。"

我还未说话，红袖那里已是爽快地应了一声，回身就往院子里跑，早早地打起了帘子候着，待把我两个让进屋后，又道："公主与大王先坐着，奴家去看着她们煮茶！"

说完，便一去不复返了。

我与黄袍怪相对默坐了半晌，那茶都没能等来，我觉得实在尴尬，正想着起身出去看看，不料却被黄袍怪叫住了。他抬眼看向我，正色道："你坐下，我有事要与你说。"

他神色郑重，瞧得我心里颇有些忐忑，重又坐好了，问道："什么事？"

黄袍怪问道："你那夜伏在我肩上，曾说你不是百花羞，而是大夏圣武皇帝的小公主，可还记得？"

天啊！我还说过这话？我不觉心中一突，"什么？"

他定睛看我，沉声道："你说你叫奇葩，奇葩逸丽，淑质艳光的奇葩，是被人摄魂到宝象国，成了百花羞。"

听闻他说出这个来，我便知道这真是从我自己嘴里说出来的梦话了。他还默然看我，我抬眼瞥瞥他，一时也猜不透他究竟怀着什么心思，是因为我不是百花羞而就此放了我，还是会因错抓了人恼羞而……

我勉强笑笑，道："梦里说的话，哪里能作数。"

他看我两眼，默了一默，才道："我去找过了，四大部洲，哪处都没有一个大夏国，也无在位的圣武皇帝。"

"你去各处都找过了？"我一时也忘记了所有顾虑，只又追问道，"都没有一个大夏？"

"没有。"黄袍怪缓缓摇头，又道，"我找了十余日，当今世界四大部洲，东胜神州、西牛贺州、南赡部洲与北俱芦洲各有国家无数，却都无大夏，与你所说风土相近的在南赡部洲倒是有着一个，国号却为大唐，也无什么圣武皇帝，更无公主齐葩。"

若是这世上都无一个大夏朝，那我又是从何而来？若无公主齐葩，那我又是谁？我的父母手足、至亲好友，之前的十六年的日日夜夜，点点滴滴，难不成都是虚幻？我怔怔而坐，半晌不得回神。

"百花羞。"黄袍怪轻声唤我。

我抬眼，心中尚存一丝奢望，又道："这个世界没有，那其他世界呢？你法术这般高强，不过十余日就能转过了四大部洲无数国家，可能去其他世界？佛家不是还有什么三千世界之说？也许我大夏就是在其他世界呢！"

"佛家确有三千大千世界之说，此世界外另有无数世界，也各有四大部洲、九山八海，也许其中一处便有你说的国家。不过……"黄袍怪声音平和，隐含歉意，又道，"彼非我能力所及之处。"

"可有人能做到？"我急切追问。

他想了一想，道："许是要佛陀之力才可达成。"

心中那仅存的一点光亮终于熄灭，我无力地跌坐在榻上，喃喃道："真的再也回不去了么？"

以前在宝象国的时候，是"我总能找到法子回家去"这个念头支持着我在那里撑下去。待到后来，我被黄袍怪摄到此处，那念头便又变成了"我要想法逃到宝象国去，然后再想法子回家"，所以不管多么艰难，我都要熬下去。

现如今却才发现，那个"家"我可能是永远都回不去了。

"抱歉。"黄袍怪说道。

他能为我的一句梦呓找遍这世界的四大部洲，已是我万万没想到之事，又哪里对我有半点亏欠？纵是我再蛮横无理，也不能拿此事怨他。我抬头，勉强向他笑笑，"这又不干你的事，你说什么抱歉，应是我向你说谢谢才是。"

黄袍怪不语，只是静静看我。

我微笑着强撑片刻，终觉太过辛苦，索性也不再讲什么仪态，只扑倒在桌案上，将头埋在臂间，闷声说道："你先出去吧，我想自己待一会儿。"

须臾，便听得衣料摩擦之声，黄袍怪未发一言，只起身出去了。

我趴在桌上，越想越是绝望，待到后来，终控制不住哭了起来。我幼时性格刚强，最不喜流泪哭泣，凡事宁可流血，也不流泪。也是因此，母亲唯恐我刚强易折，自小教导我说人既内刚就要外柔，把我教的是撒娇使软无一不会，那眼泪更是说来就来，毫不含糊。

可像今日这般绝望大哭，却还是头一遭。

那眼泪一波波地，哭一阵，歇一阵，我也不知哭了多久，直到双目干涩难耐了，这才坐起身来给自己倒水喝。待咕噜咕噜灌了一大杯温水下去，不想一抬头，却见黄袍怪就负手站在门外廊下，静静地望着院内的一树梅花出神，也不知在那里站了多久。

我怔了一怔，忽觉得有些羞惭，生怕他回过身来看到我此刻眼红鼻肿的模样，忙就抬袖遮住了头脸，闷声问道："你怎么还没走？"

他并未回头，只答道："你刚才只要我出去，并不曾叫我离开。"

我不想他竟会和我抠这字眼，忍不住有些恼羞，"那我现在叫你走，可以了吗？"

他默了一默，再未说什么，迈步下了台阶，竟就这么头也不回地走掉了。

自始至终，他都不曾回头看我一眼。

我瞧得愣愣的，真是半点摸不到这人的心思，不觉又想起母亲说的那句话来——撒娇使软最怕遇到那种凡事较真的人，你这里不过是对他说两句狠话，耍一耍小脾气，他那里竟然就当真了。

比如，你说："你去死吧！"

然后一转头，就见他真吊死在你家房后面了……

黄袍怪这里都走得不见影了，那去沏茶的红袖才端着个茶盘急匆匆地跑了过来，痛心疾首地叫道："哎呀！公主怎把大王留住？"紧接着，她又看到我的模样，惊得差点把手中茶盘都扔了，失声叫道，"哎哟！奴家那个亲娘老子哦！公主您这嘴脸……这是打成这样的？！"

我真想弄死这只饶舌的狐狸精！

此后一连几天，黄袍怪再未出现，而我因受打击太大，也一直无精打采，每日里只趴在窗前的软榻上昏昏欲睡。

红袖初时以为是我与黄袍怪闹气的缘故，捏着帕子很是耐心地劝了我几句，后来瞧我依旧提不起精神，觉越睡越多，便又担忧起来，道："公主莫不是被白珂他们传染了，也要冬眠？可您这冬眠得有点晚啊！而且，白珂他们冬眠都不吃东西的，我看您这一日三餐都没落下过啊！"

我趴在榻上，有气无力地纠正她："我们人类没有冬眠之说，那叫猫冬。"

"那您这就叫猫冬了？"她有问。

我连翻她白眼的力气都懒得使，只淡淡说道："我也不是猫冬，我这是心情烦闷。"

红袖瞪大了眼睛，"心烦？"

"嗯，不仅心烦，还觉得活着了无生趣。"我道。

红袖闻言撇了撇嘴角，很是瞧不上地说道："要奴家说啊，你们人类就是矫情，累死了也就活个百八十年，一眨眼就过去了，还烦，您哪来那么多烦心事啊？只要想开了，什么不是身外事啊？先好好活着呗，人可是活一天少一天，走了青春没少年的！"

她这一番话说得颇有道理，叫我一时犹如醍醐灌顶。我此刻虽人在异乡，可毕竟身体康健，衣食无忧，便是此生都不能再见父母亲人，权当自己和亲远嫁了也就是了，何必又要在此自怨自艾，郁郁不乐？

若是父母知道我此时模样，定要骂我软弱无用，不是齐家儿女！

心念至此，我不由得感叹道："你说的没错，我确该珍惜时光，不能辜负了这青春韶华！"

"可不是嘛！"红袖点头，又道，"您眼下正青春貌美，又嫁了大王这般丰神俊朗气宇轩昂的男子，若都还觉得了无生趣，等以后满脸褶子，没人疼没人爱了，那还不得去寻死啊？您哪，就是爱矫情——"

"等等，先等等。"我打断她的话，认真说道，"你给你家大王用个'气宇轩昂'也就算了，'丰神俊朗'这个词吧，和你家大王实在不搭……"

话音未落，不想那边黄袍怪却已是进了门。

背后说人坏话，却被人听个正着，这情景实在要不得！

我打了个磕巴，赶紧把话又往回转，只作尚未看到黄袍怪的模样，继续盯着红袖,十分严肃地与她讨论道:"还是'丰神飘洒'用在大王身上比较合适,你说呢? 丰神俊朗被人用得太多了,俗!"

红袖迟疑,问:"丰神飘洒?"

"不错!"我郑重点头,"丰神飘洒,气宇轩昂,唯有这般才能形容出你家大王风姿。"

红袖咂摸了一咂摸,抚掌笑道:"果然还是公主会夸人,妙极!妙极!"

我笑笑,自谦道:"主要还是你家大王人才出众。"

我这般称赞黄袍怪,红袖似是受用无比,用帕子掩着口笑得花枝乱颤,又投桃报李地捧我道:"要说还是公主您有福气,能嫁咱们大王这神仙般的人物,您是不知,这碗子山上上下下有多少人羡慕您呢!"

我有心再和她一唱一和地说下去,可脸皮毕竟还不足够厚实,几次张口,也没能再说出什么来,只得一抬眼,装作刚刚发现黄袍怪的模样,以手掩口,失声惊道:"大王?"

红袖回头看到黄袍怪,也是惊了一跳,赶紧从榻前圆凳上站了起来,低头敛目,小心地瞥瞥我,又去偷瞄黄袍怪,小声说道:"奴家去沏茶。"说完,便一溜烟地跑掉了。

按红袖以往的风格,估摸着只要黄袍怪不走,她这茶怕是沏不回来了。

我从软榻上下来,向前迎了黄袍怪几步,屈膝行了一礼,一时却又不知该说些什么,只得偷偷打量他的面色。

他神色如常,也瞧不出什么喜怒来,只看我一眼,淡淡说道:"别整日闷在房里,出去和我走走。"

他特意来寻我竟是为着这个? 我不免稍觉意外,转念一想自己刚才下了决心要坦然面对新的人生，那不论是回宝象国，还是就留在这谷中，可都不能与他搞僵了关系。

我点点头，爽快应道："好！你等我换件衣服！"

他闻言转身出门，就立在外面等我，我简单穿戴了一番，裹了斗篷出去，向他笑道："走吧！"

屋外雪后初霁，阳光甚好，偶尔有微风吹过，拂下树梢的星星浮雪，落到人脸上，沁凉清爽。住所附近的积雪皆已被打扫干净，再往远处走，待绕过院落，山间蜿蜒的石径上却仍是盖着厚厚的积雪。

我跟着黄袍怪踏雪而行，初时还觉得有趣，走了一会儿，却觉出辛苦来，脚下不知不觉就慢了下来。

他停下身来，回头看我，默默把手向我递了过来。

我忙就摆了摆手，笑道："不用，我自己能行。"

他却不言，只伸手过来握住了我的手，回过身去，拉扯着我继续向上。既已这般，若是再强行挣脱，未免显得太过小家子气，我笑了一笑，索性回握住他的大掌，真的借上了几分力气。

两人又行得一会儿，便到了山腰一处平台，他忽唤了我一声"百花羞"，没头没脑地说道："留在这谷中吧。"

"嗯？"我听得一怔，抬眼看他。

他头也不回，只又淡淡说道："你既无法回去原来世界，不如就留在此间，我与你守过这一世，也不算是违了誓言。"

哎哟，这人好生傲娇！明明是他瞧上了我，想要留下我共度一生，却摆出如此姿态，说得好似自己多么委屈，不得不妥协一般。我暗自冷哼一声，面上却是做出迟疑之色，瞧了瞧他，道："可万一我并不是与你相约之人，岂不是要害你毁约，日后受那天雷之苦？"

黄袍怪默然，过得片刻，才又说道："我已守约前来，也找到了公主百花羞，至于这百花羞到底是不是本尊，其内灵魂又是哪一个，我又不是司命，如何辨得清楚？怎能算我毁约呢？"

真是看不出，他这样一个模样老实的糙汉子，竟也能说出这般奸诈狡猾的话来！果真是人不可貌相！

许是久得不到我的回复，黄袍怪回头淡淡瞥我。我愣愣看着他那张粗犷朴实、豪放不羁的脸，半晌不得言声。

"嗯？"他轻轻扬眉，又问道，"可好？"

也不知是中了邪，还是自己眼花，我竟然从他那粗眉大眼中看出了几分风流之意，比那李雄更甚，比我那三堂兄还要勾人心魄，于是鬼使神差般地点了点头，应他道："好。"

他向我笑了一笑，这才又转了身，牵着我往山下走。

我一直魂不守舍，直到又走出二里地去，这才猛地醒过神来，意识到自己刚才应了他什么。

天爷啊！我到底是怎么说出来那一个"好"字的？

他是一个妖怪啊！纵然他妖品还算不错，对我又有救命之恩，还曾为我一句梦话就不辞辛苦地跑遍四大部洲去寻那个大夏国……纵他有千般万般的好，可他也是一个妖怪啊，而且还是一个丑得如此与众不同的妖怪！

我是鬼迷了心窍了吗，竟然应了他与他相守一世？别的暂且不说，万一日后两人生下孩儿来，哪怕只随得他一分半毫，那也得丑成什么模样啊！

我停住脚步，怔怔叫他道："黄袍怪……"

"嗯？"他闻声回头，问，"怎么了？"

　　"我眼瞎了。"我伸出手去，在面前虚虚划拉了两下，又道，"瞎得彻底。"

　　黄袍怪先是微怔，随即却又莞尔，轻声道："没事，我牵着你。"

第五章

哟！『正主』来了

他就真的牵着我的手，一直把我送回到了住所之外。他未再进去，只在院门外便停下了脚步，又看我两眼，这才说道："你进去吧，一会儿天色暗下来，外面就该冷了。"

我心里还有些乱糟糟的，闻言只点了点头，便转身进了院门。这才走了没有几步，眼前红影一闪，红袖已是扑到我的面前，紧紧抓住我的胳膊，恨铁不成钢地叫道："哎呀！公主您怎的就这么把大王给放走了？"

这天都黑了，不放走他，难不成还要让进来吃晚饭不成？

果然就听得红袖又说道："便是不能留大王在此吃饭，也要好好告个别才是，哪能就这样一句话不说，扭头就走啊！"

我颇为无语，问她道："你刚才在哪里藏着呢？"

"就门后。"红袖随手指了指院门后，然后就又说道，"哎呀，公主别打岔，奴家在哪儿藏着不是重点，重点是公主您今儿这事做得不对，不合规矩。俗话讲得好，送客到门外，情要留三分，身要软，声要娇，手中帕子摇一摇。"

她一边说着，一边给我亲身示范，从腰里抽了帕子出来，半倚着廊柱，向着门外虚挥了挥，娇滴滴地喊道："大王，您慢走，明儿再来啊……"语调颇有几分一唱三叹。

我不知黄袍怪看到我若如红袖这般会是什么反应，不过，我瞧着红袖这样，却是差点吐血，真想掐着她的脖子问一句："红袖，你这规矩到底是从宝象国什么地方学来的？！"

我不想理会她，只大步往里走。

红袖又过来拦我，叫道："哎！公主，要不咱们明儿寻个借口，把大王再请过来吧，比如，您装个小病，奴家就去请大王前来探病。奴家再给准备些美酒，您劝着大王喝了，喝到正好的时候，您两个就……"

我忙抬手，止住她后面的话，"不用费心了。"

"怎么能叫费心呢？这是奴家的分内事呀！"红袖一脸"你太见外了"的表情，随即又笑了，向我虚甩了下帕子，"您别害臊，男女那档子事儿嘛！"

"真不用！"我赶紧说道，又怕红袖不听，忙道，"不用你这般忙活，你家大王明儿自己就会来。"

红袖揉着帕子，问我："真的？"

"真的。"我答。

果然，第二天上午，日头还未上多高，黄袍怪就又来了。

天气更暖，我正坐在廊下，看几个小妖拿着根孔雀翎子逗那叫"虎大王"的花猫，一撮毛跟被流氓撵一般从外面跑了进来，语无伦次地叫道："来了，公主，来了，公主！"

我还未反应过来，身边红袖却是从地上蹦了起来，问道："哎呀！可是大王过来了？"

"对对对！"一撮毛紧着点头，"就是大王，大王往咱们这边来了！"

"快走，快走！"红袖叫道，紧着催那几个小妖，"大家快走，咱们给大王和公主腾地儿！"

话音一落，眼见着那几个小妖就化作了几道火光，刺溜刺溜地四散奔逃，不过眨眼工夫，廊下就剩下我与那虎大王面面相觑了。

那虎大王不是别个，就是那晚被黄袍怪抓住并用项圈铃铛困住妖力的花猫，只因着长了一身老虎般的皮毛，额头上又有一个大大的"王"

字，便被人起了个"虎大王"的名，当作普通花猫养了起来。

我不由得感叹："万万想不到，你倒是个与她们不一样的。走吧，咱们两个去迎接那黄袍怪！"

话才说完，虎大王目露惊悚地往后退了两步，一转身，毫不迟疑地蹿上了房顶，往屋后跑了。

廊下，终于只剩下我一个了。

那边黄袍怪的身影已经进了院门，我不得不自己起身迎了过去，先与他打了个招呼，又客气问道："咱们是出去走走，还是您进屋坐坐？"

黄袍怪看我两眼，答道："进去坐坐吧。"说完，便自己率先进了屋。

我落后几步，从后跟了进去，见他已在案前坐了，只得在他对面坐下来，直接提了案上温着的水壶给他倒了杯白水，实话实说道："茶是不要指望了，便是叫了红袖去沏茶，怕是也要等到晌午才能喝到，您将就一下，喝点白水吧。"

黄袍怪没说什么，拿了水杯起来，不紧不慢地饮了口白水，然后就把杯子放下了，微微垂了眼，依旧沉默。

两个人这般沉默相对，偏又是这样的关系，实在是叫人尴尬。我左右看了一看，忽看到摆在窗前用来解闷的棋盘，忙建议道："这样坐着也是无趣，不如对弈一局？"

待话出口，我却顿又后悔：哎呀，黄袍怪这般粗糙的妖怪，怕是只会舞枪弄棒，不会下什么围棋的！这般问到他的短处，实在不好！

不料，他抬眼瞥了瞥我，却是淡淡应道："好。"

难不成，还是我看走了眼？

我颇有些意外，随着黄袍怪起身换到窗前去下棋。初时，我心有疑虑，又见他布局平平，不免有些束手束脚，生怕赢得太过叫他难堪，等后来再察觉出此人是深藏不露，绵里藏针，想要再放开拳脚时，已是晚了。

他抬眼看我，似笑非笑，问道："可要再来一局？"

我不是那被人言词一激便火上房之人，闻言只向他咧嘴笑了一笑，"不了，已是甘拜下风。"

他笑笑，不紧不慢地收整着棋盘，又似闲谈般问我道："你平日里都喜欢做些什么？"

"最近还是以前？"我随口问道。

他答道："以前。"

以前的我长在官外，也算是母亲一手带大的，许多脾性都随了她，闺中女子喜好的那些文雅玩意儿多半不会，倒是上树掏鸟下河捉鱼的事情没少做，也难怪大姐玮元公主每次见了我都忍不住摇头叹气，恨不得将我关在房中从头教起。

记起以前的事，我不觉微笑，道："以前最喜出去游山玩水。"

黄袍怪默了一默，这才说道："此世间甚乱，我又不方便各处行走，陪你出去游山玩水怕是不大可能。不过，近处也有不少游玩之地，待年后春暖花开，我倒是可以带你去看看。"

他别的话我没大往心里去，倒是注意到他说自己不方便各处行走，忍不住问道："你的伤还未好利索？"

他垂了垂眼帘，道："伤已无碍。"

既然伤已无碍，那就是还有别的事不方便他去各处了。可之前他不是才刚跑遍了四大部洲吗？难不成只是蒙我？

他似猜到了我的心思，淡淡一笑，解释道："并不曾欺瞒你，我独自出门与携你出游，大有不同。"

我闻言更是诧异，正欲再问，那自黄袍怪一来便不见踪影的红袖却是突然从外面进来了，规规矩矩地向着黄袍怪行了一礼，恭声说道："大王，柳少君来了，说是有要事禀报大王。"

黄袍怪吩咐道："叫他进来吧。"

不想红袖却是不动地方，迟疑了一下，才又说道："他说自己有些不方便进来，还请大王移步。"

莫说是我，便是黄袍怪也轻轻挑了下眉毛，似是有些惊讶，先转头看了看我，这才起身出门。等他前脚一走，我忙招手示意红袖过来，低声问她道："柳少君是怎么了？为何说不方便进来？"

不想红袖也是一脸奇怪，摇头道："奴家也不清楚，瞧着他也不像是被人打过的模样，不知为何就是不肯进来，非要请大王出去说话。也不知有什么话，非得要背着人说！"

听红袖这般说，我心里更是好奇，抬眼瞧了瞧红袖，低声问道："你胆子可大？"

红袖一听这个就笑了，道："瞧您问的，奴家可是野地里长的玩意儿，荒坟岗子里滚大的！"

"那好。"我满意点头，又伸手拍了拍她的肩膀，道，"你去偷偷跟着你家大王，看看柳少君跟他说些什么事！"

红袖一怔，随即就又换了副嘴脸，十分真诚地说道："公主，奴家虽是野地里长的玩意儿，可天生胆小！"

我愣了一愣，差点没仰倒过去，看红袖半晌，也真心实意地与她说道："红袖，回头我把虎大王脖子里的项圈解下来，送给你吧。"

红袖讪讪笑了下，"奴家哪用得着那个啊，是吧？"

正说着，一撮毛却是从外面跑了进来，一迭声地叫道："红袖姐姐，我看到了，看到了！"

"看到什么了？"我忙问。

一撮毛听我问起，赶紧答道："刚红袖姐姐叫我偷偷溜去白珂那里看看情况，我刚看到了！就是上次来闹事的那个白衣女子，这回身边还带着一个更标致的小娘子，比桃花仙还娇，天仙一般的人物！我亲眼瞧着白珂领着那两个人往大王住处去了！"

红袖紧着给一撮毛打眼色，可那一撮毛却没觉察到，小嘴噼里啪啦地，直待一口气把话都说出来了，这才发现红袖那里一个劲地挤着眼睛，愣了一愣后，问道："红袖姐姐，你眼皮怎么了？抽筋了啊？"

"我抽你奶奶的嘴！"红袖气得破口大骂，"你这嘴怎恁快？回头我非叫织娘给你缝起来不可！"

一撮毛被吓得傻了，怯怯地看看我，又去看红袖，眼泪汪汪的，一时连话都不敢说了。

我忙安抚地拍拍她，柔声道："没事，你红袖姐姐眼皮抽筋正难受呢，你莫惹她，先出去玩吧。"

一撮毛一步三回头地走了，屋中只剩下我与红袖两个，红袖立刻就又变了脸，甩了甩手中的帕子，堆着笑与我说道："奴家也是跟一撮毛闹着玩呢，公主千万莫多想，您坐着等等，奴家先偷偷去大王那里探听个消息，回来再跟您禀报。"

我淡淡一笑，道："不用了，你这天生胆小的。"

红袖笑得讪讪，"天生胆是小些，不过后来荒山野岭地跑多了，胆子自然也就越来越大了。"

我问她道："可是那个在喜堂上说我不是百花羞的姑娘又来了？"

上次拜堂时，我光顾着害怕黄袍怪了，倒是没怎么注意那个女子，只记得她是叫黄袍怪"奎哥哥"的，瞧着倒像是旧相识。

"这听着一撮毛的意思，就是那女人来了！"红袖说着，偷偷瞥我一眼，又道，"公主娘娘您放心，咱家大王上次既把那女人随意打发了，这次必定也不会听她那些闲言碎语，她别说带个小娘来，她就是把她老娘都带来，也不顶用！"

别说，我还真好奇她这次带个小娘子过来做什么！

她上次可是来喜堂上拦婚的，就指着我的鼻子尖，信誓旦旦地与黄袍怪说我不知是哪里来的孤魂野鬼，根本就不是百花羞！她还说什么来着？说她那苏合姐姐在奈何桥上苦等黄袍怪三日不到，一气之下另投了别的轮回。

这么说来，黄袍怪口中那与他有"一世之约"的女子是叫苏合了？

我打量了红袖几眼，这才慢悠悠地说道："我猜着吧，她这回带来的小娘子，许就是她上次说的那个苏合姐姐的转世之人。"

"不能吧？"红袖明显怔了一下，忙道，"公主快别瞎猜了，您和咱们大王才是天造地设的一对呢！您二人天地也拜过了，洞房也入过了，那女人再说什么也晚啦！"

我笑而不语，这事可不像红袖说得这般简单！

黄袍怪能在那山涧中一住十五年，除了疗伤，怕是还有要等那苏合转世的"百花羞"长大成人的缘故。他与那苏合也不知道有个什么牵扯，才会许下这"一世之约"，黄袍怪更是因此立下重誓。若那白衣女子真的带了"苏合"找来，别说我与他现在还只是有名无实的夫妻，便是我已为他生儿育女，怕也不足为绊。

幸好，幸好！幸好我与那黄袍怪还是有名无实！

虽这般想着，不知为何，我心里却总有些不痛快。他这里刚说了要我与他相守一世，转头便与别人相亲相爱去了，实在是叫人恼火。想来也是奇怪，他都丑成这般模样了，竟还有人对他念念不忘，倒也算是神奇。

一时间，我心思百转，只立在那里沉默不语。

红袖那里竟是罕见的正经，好声劝我道："公主千万莫多想，有什么疑问，等过会儿大王回来，您直接问他便是，不管有什么事，说开了也就好了。"

她所言倒也不差，有些事还是须得向黄袍怪问明白，说开了才好。若白衣女子带来的真是那"苏合"转世，他两个自去守那一世之约，而我则回宝象国继续做我的"百花羞"，选我的驸马。

这般一想，我倒是舒心了许多，也不再要红袖去偷听什么壁角，只等着黄袍怪回来。不料，这一等就等了三天，黄袍怪那里莫说回来，便是连一言半语都不曾叫人捎来。

纵是我性子再好，此刻也不觉有些恼了。

红袖许是瞧出了我面色不佳，忙上前来劝，道："公主，稳住！一定要稳住！便是那小妖精攀上大王，那也得有个先来后到，您是大，她是小，您是正室，她是侧室。累死她，也越不过您去！"

狗屁的正室侧室啊！我好好一个公主，为何要和人共夫争大小？再者说了，若黄袍怪长得跟李雄那般，我便是豁出脸皮去争上一争，好歹也算是有个图头，可就黄袍怪这模样，你说我犯得着和人去争吗？

别的公主嫁人那叫下嫁，我嫁黄袍怪那就得叫跳崖！

气到深处，我反倒是笑了，慢声细语地与红袖说道："你家大王许是一时忙忘了，又或是被别的事情绊住了。"

红袖紧着点头，应和道："就是，就是。"

我不急不忙地站起身来，慢步往外走，"既然这般，不如咱们就去瞧瞧他去，顺便也看看那白衣女子到底是谁，又带了什么人过来。"

黄袍怪住得离我并不算太远，我虽未去过，却也是早就打探清楚了的，出了院门先往缓坡下走，过一条阔而浅的清溪后，再沿着石径蜿蜒往上，待再绕过一道石壁，便可瞧到坐落在半山腰上的一方小院，那便是黄袍怪日常起居之处。

与我的居处相比，此院不免显得有些简陋，不过胜在环境雅致。据红袖说这院前院后种的都是花木果树，一年四季都见花开。这话倒是不假，沿着山路一道行来，光是梅林我就看到了两处。此时正值隆冬，梅花开得正盛，红袖每次遇到，都想着将我拉进去赏一赏梅。

待她再一次在前面拦下我，我不得不与她说道："你不用这般拦我，我又不是去找你家大王吵架。再说一撮毛腿脚最是利索，这会子怕早就赶到你家大王那里通了风、报了信了，咱们真没必要再在此地浪费时间。"

红袖掩饰地甩了甩帕子，讪讪笑道："瞧公主说的这叫什么话！奴家是真心实意想要您去瞧一瞧那树梅花。您不知道，自从那梅花精跟人私奔了之后，那梅树都枯了好多年了，不想今年却又盛开，真是稀罕呢。"

我笑笑，不理会她，从她身边绕过了，继续往山上走。

红袖忙又从后追了上来，却不敢再拦我，只在旁不停念叨："公主凡事要看开点，咱们大王这样的人物，早晚免不得有这些花啊草啊猫啊狗啊缠上来。您看着顺眼呢，就多瞧几眼，要是不喜呢，就别去搭理，您可是大王明媒正娶的正房夫人，得有容人之量，您说是不是？再说了，姐妹多了，凑在一块儿也热闹嘛！要奴婢说啊，就是桃花仙和白骨夫人她们，也可以一起招过来嘛，别的不说，就桃花仙每年结的桃子，那叫一个水灵蜜甜！"

我不禁停下步子，问她："那枣树精咱们还招不招？你不是说他结的枣子又大又甜吗？"

红袖脸上顿现矛盾之色，手上将帕子好一番撕扯，这才道："那得看大王的喜好了。奴家瞅着，大王不像是个好男风的，您瞅瞅柳少君那模样可不差，小腰又细又软，可也没见着大王对他另眼相待。"

正说着，就远远瞧见柳少君从院门外迎了过来，整衣向我行礼，笑模笑样地说道："这大冷天的，公主怎么过来了？"

我向着他欠身还礼，不动声色地笑道："红袖说这附近的梅花开得最好，非要拉着我过来赏梅，刚转到前面那片林子的时候，远远瞧到这院子，忽又想起几日未见着你家大王了，就顺便过来看看他。"

柳少君闻言，便拿眼去瞄我身后的红袖。

红袖立刻就从后面跳了起来，叫道："我的公主娘娘！奴家什么时候——"

"你刚才说的呀。"我截断她的话，笑了一笑，又道，"自从梅花精跟人私奔之后，前面那片梅树都枯了好多年了，今年才忽又大开，也是稀罕呢！"

红袖愣了一愣，问我道："奴家真这么说的？"

我点头，"确是这般说的。"

红袖偷偷瞥了一眼柳少君，"嘿嘿"干笑了两声，才道："是挺稀罕的，哈？"

柳少君微笑点头，又与我说道："公主初来谷中尚有所不知，咱们这里稀罕的地方多了，何止这梅林一处，就在这附近不远，还有几处人间难见的好景，不如在下陪着公主过去瞧上一瞧，可好？"

红袖忙着应道："好呀，好呀！公主，咱们去瞧瞧吧！"

　　见他们两个这般拦我，我越发肯定黄袍怪那里确有不想叫我知道的事情。我耐心耗尽，已是懒得再与他们两个作戏，索性直言道："我不想看什么好景，让开，我要见黄袍怪。"

　　柳少君与红袖两个都怔了下，红袖那里先"哎哟"了一声，惊声叫道："公主，您叫咱们大王什么？"

　　"黄袍怪，我叫你家大王黄袍怪。"我答，又反问她，"怎么？你们还想吃了我？"

　　"公主说笑了。"柳少君许是看出我已动怒，忙伸手拉了红袖一把，又解释道，"不是在下拦着不让您见大王，而是大王这几日出谷办事，此前刚刚回来，一路风尘，难免疲惫，不如您先回去，待大王稍作休息之后，再前去探望您，可好？"

　　"不好。"我答得干脆，又冷哼一声，道，"他既旅途疲惫，才更该我去看他。"

　　说完，我再也不理会他们两个，只径直往那院内走。

　　那柳少君欲拦我，却又不好自己上手，忙就给红袖打眼色。红袖略一迟疑，赶紧从后抱住了我的腰，劝道："公主，冷静！冷静！"

　　她虽看着瘦弱，可那力气实在不小，就这般从后拖着我，竟叫我往前再迈不得一步。这般一闹，我那骨子里的狠劲也上来了，反手环住红袖腰腹，自己身子往下一压，使了个巧劲把她往上掀去。

　　红袖只顾得上"哎哟"了一声，人就被我从背上掀翻了过去，四脚朝天地拍到了地上。

　　柳少君在一旁看得目瞪口呆，瞅瞅我，再去看看红袖，然后再抬头瞅瞅我，半张着嘴，说不出话来。

　　我拍拍手掌，恨恨道："老虎不发威，真当我是病猫了！我倒看看谁还敢拦我！"

红袖刚要爬起来，闻言就又立刻躺倒在地上，"哎哟哎哟"叫个不停，又喊："哎哟，奴家的小腰一定摔断了，可是爬不起来了！"一面喊着，一面还向我挤了挤眼睛，朝着门内歪了歪嘴。

好姑娘，算你还有点眼力！

我也向她笑笑，抬腿直接从她身上迈过去，冲过院门，一路横冲直撞了进去。那院子不大，却处处设景，我没能在前院找见人，便又直往后面而去，待刚绕到小石桥前，还未瞧见黄袍怪，却一眼瞅到了立在桥上的年轻女子。

那女子身形瘦削高挑，外罩一件大红披风，也不知是何织就，光辉夺目，更衬得那面庞如雪似玉，其上修眉俊目，清冽纯净，别有一股风流。她就俏生生地立在那里，不发一言，未动一步，却已是极为引人瞩目，叫人一眼看去，再不忍移开目光。

她似是已被我的脚步惊扰，美目轻抬，秋水般的眸子往我这里望了一望，面上神色却无甚变化，只微微低头，向着桥栏退了一步，让开了桥面。

美人，绝对的美人！纵是我随着母亲各处行走多年，也算见遍了各式的美人尤物，可这等样的人才，却也是罕见。也难怪黄袍怪三日不见踪影，便换作是我，对着这样的美人，怕是也要多瞅上几日的。

柳少君他们不知何时从后追了上来，红袖瞧到那女子模样，一时也是呆了，怔怔道："毁大发了！这是从哪里找了这么个祸国殃民的玩意儿来啊？这换谁都得稀罕，便是咱们大王，这回怕是也要着了她们的道了！"

她说着，又伸手过来拉我，"公主，听奴家一句劝，敌人太过强大，与之正面交锋实属不智，不若先回去，待从长计议！"

　　我本也是看得出神，闻言颇有些哭笑不得，一把甩开了红袖的手，一步一步地慢慢往桥上走。待到那女子身边时，我便有些迈不动步子了，索性停了下来，仔仔细细地把她打量了一遍，叹道："你长得可真好！"

　　她闻言一怔，这才抬眼看我，目含诧异。

　　我又忍不住问道："你可就是他们口中所说的苏合？"

　　她又看我两眼，垂下眼去，轻声道："奴原叫海棠，半月前被素衣仙子买下，给奴更名为苏合。"

　　"不是更名，是姐姐原本就该叫苏合！"女子清丽的声音从远处传来。

　　我循声看去，就见之前那大闹喜堂的白衣女子从那边屋檐下走出，快步往这边而来。就在她身后，黄袍怪也缓步下了台阶，抬眼看了看我，从后跟了过来。

　　那叫素衣的女子步伐极快，眨眼间就到了桥上，把海棠往身后一拦，横眉怒目地对着我，娇声喝道："你们敢欺负我苏合姐姐？"

　　我怔了下，身后的红袖却已是从后面跳了起来，掐着腰骂道："放你娘的屁！你哪只眼睛看到我们公主欺负你苏合姐姐了？"

　　那边，黄袍怪也已到了桥头，正在拿眼瞥我，目光沉沉，看不出个喜怒来。

　　我忙一把摁住了红袖，顺势又往后退了一小步，手扶上桥栏，娇怯怯地问素衣道："姑娘这是哪里话？我瞧着你这苏合姐姐人才出众，心生欢喜，这才凑上前来说了两句话，怎能说'欺负'二字？若是姑娘说这也叫欺负，那我向苏合姐姐道歉便是了。"

　　我一边说着，一边努力酝酿情绪，待到话说完，眼里总算是蕴上了点泪，这才抬眼往黄袍怪身上瞧了一瞧，委委屈屈地喊了一声"大王"，然后便垂目不语了。

"你！你！"素衣那点功力显然连红袖都比不上，被我这样一出戏气得连话都说不利索了，怒极之下，只回头对着黄袍怪叫道，"奎哥哥！此刻人都在眼前，咱们索性就把话都说开了吧！苏合姐姐我费尽千辛万苦才找到。你不肯信我，自己也亲自去查过了，知道我所言并无半点虚假，也该知道苏合姐姐为你吃了多少苦。你现在便当着苏合姐姐的面说一句，你可还要与她守那一世之约？"

这话一出，众人的视线便都落到了黄袍怪身上。

黄袍怪默然不语，看了看那海棠，又来看我。

那素衣的目光也随之落到了我的身上，面色一时更冷，又逼问黄袍怪道："怎么？你要为了这个不知哪里来的孤魂野鬼，弃苏合姐姐于不顾吗？奎哥哥！你都忘了当初苏合姐姐都为你做过什么，而你又应了她什么吗？"

黄袍怪缓缓垂目，依旧不言。

他这般态度，实在叫我心寒，一颗心慢慢沉了下去。我强自压下心中不快，弯唇笑了一笑，道："误会了。我这次来，不是——"

"公主莫怕！"红袖忽地大声打断我的话，从后挺身而出，直面着素衣的怒气，丝毫不让，"可不是咱们大王不守一世之约，是你这苏合姐姐先行毁约，另投了其他轮回，这才害得咱们大王误把公主寻来。这堂也拜了，亲也成了，生米都熬成黏糊饭了，还能怎样？你还想怎样？"

那素衣一时被红袖噎住，气得俏脸发白，又指着红袖连声道："你！你！你！"

就见红袖那里深吸了口气，突然间又变了脸，挥着帕子轻轻地打了一下素衣，满脸堆笑地说道："所以要奴家说啊，大伙都别着急，有事好商量嘛！这一世之约呢，大王自然不会辜负苏合姑娘，可我们公主呢，也不能就此抛了，对吧？谷中这样大，有多少人住不下呢？姐姐妹妹地凑在一起才热闹。放心！我们公主是个大度人，莫说苏合姑娘，就是素衣仙子您，她也容得下的。"

我实在忍不住了，只得在后伸手去扒拉红袖，叫她道："哎？红袖，红袖？"

红袖抽空回头瞅我，笑道："公主别着急，奴家瞧着素衣仙子也是个明白人，咱们把话说开了也就是了。"

她说着，又转头回去握起素衣与那海棠两人的手，继续哄道："要奴家说还论什么大小啊，只要脾气合得来，姐姐妹妹地混着叫呗。"

海棠秀眉微蹙，紧抿着唇瓣没有言声。

素衣那里却已是傻眼，就这样呆愣愣地瞅着红袖，一张脸上时红时白，也不知是恼是羞。

我瞄一眼黄袍怪那黑得如同锅底一般的大脸，又好心地去拽红袖，提醒她道："红袖，你先停一停，听听你家大王怎么说。"

红袖听到我提黄袍怪，这才停住了嘴，抬头瞅了黄袍怪一眼，吓得顿时扔开了素衣的手，嗖的一下子就躲到了我的身后，紧紧地抱住了我的腰，小声央求道："公主救我，奴家可是一心一意为了公主。"

她是不是一心一意为我，我已无心追究，只想着快刀斩乱麻，尽早了结这场闹剧。

我拍拍红袖的手，先叫了柳少君带她下去，这才又抬眼去看黄袍怪，正色道："我今日前来，并非要闹事，而是听闻苏合姑娘已经找到，特意来问一问黄袍大王，何时可送我回朝？"

此话一出，那几人俱是一愣，黄袍怪只是抬眼定定看我，素衣那里却已是忍不住问道："你竟肯离开？"

我不由得笑了一笑，道："素衣仙子，我本就是宝象国公主，若不是被黄袍大王误当作苏合姑娘摄到这里来，此刻怕是早已在国内选好了驸马，下嫁成婚了。不瞒姑娘说，我在这谷中待了四月有余，一心想要还家，便是黄袍大王，也是因着那一世之约才留我在这谷中，我们虽有夫妻之名，却无夫妻之实。"

素衣似是仍有些不信，歪头打量了我两眼，又回头去看黄袍怪，问道："奎哥哥，她说的可是真话？你们果真是有名无实？"

黄袍怪未答，只是默默看我，半晌之后，才问我道："你想回去？"

我向他笑了一笑，应道："是。"

黄袍怪又道："可你之前已应了我，要与我在此厮守。"

"那是你我皆误会我便是苏合姑娘转世。"我答得从容，转眼看了看那俏立在旁的海棠，又与黄袍怪继续说道，"既然这是误会，那所说所应的自然不能再作数。"

"不再作数……"黄袍怪低声重复，面上神色难辨，过得许久，才忽地扯着嘴角笑了一笑，道，"公主所言有理。"

我能瞧出来他心里不高兴，其实我自己也不大痛快，可与他有约的苏合既来，我若是再多作纠缠，又或是表露恋恋不舍之态，未免叫人瞧低。

此事本就无解，要么，他负了苏合之约，要么，他就与我一拍两散，总不能真如红袖所说，我与那苏合皆留下，让黄袍怪坐享齐人之福。且不说人家苏合愿不愿意，就是我这里也万万行不通。

我抬眼直视黄袍怪，问道："不知大王何时可以送我返家？"

黄袍怪垂了眼帘，淡淡答道："公主先回去，待我把此处的事情处理完毕，便送公主返家。"

话已至此，多说无益，我便只应了一声"好"，转身离开。

柳少君与红袖皆立在门外等候，正不知在谈些什么，瞧我出了院门，红袖忙迎上前来，急切问道："怎样？可是定下大小了？"

我愣了一愣，这才明白红袖的话，差点仰倒过去，道："哪来什么大小！之前是你家大王认错了人，眼下既然搞清了，当然是哪来的往哪里去，我自回我的宝象国，那苏合留下来与你家大王做夫人。"

红袖瞪大了眼愕然看我，又忍不住痛声埋怨："哎哟，我的公主，您怎么这般没用啊！奴家也是瞧错了人，竟还觉得您是个厉害的，没想到竟然是个银样镴枪头，中看不中用！怎就不能忍一时之气啊？她现正在风头上，您让一让她也就是了，何必争这一时的长短！"

我颇为哭笑不得，也与她说不通此事，只裹了裹披风，抬脚往回走。

红袖"哎"了一声，还要再追，不料却被柳少君一把拽住，也不知他施了什么法术，就瞧着他往红袖头上一拍，红袖便往一旁滚倒，待几个跟头过后，竟是现了本相，变成了一只红毛狐狸。

那狐狸向着柳少君伏低了身躯，龇牙低吼，显然是极为恼怒，片刻后，瞧着恐吓不见作用，便又换嘴脸，蹿上前去四肢紧紧抱住柳少君裤脚，连那一丛尾巴都缠了上来，就是不肯松开。

我瞧着不禁失笑，摇了摇头，正欲继续往山下走，却听得柳少君出声唤我，又道："公主请缓步！"

母亲曾教导过我，但凡不到生死关头，人情都要留上一线。这柳少君虽是个蛇妖，可毕竟与我无冤无仇，纵是心里再不欢喜，也犯不着对着人家甩脸子。我闻言停住脚步，回身看他，客气问道："柳君还有何事？"

柳少君腿上犹带着已变作狐狸的红袖，一瘸一拐地追了过来，道：

"大王这几日没有去见公主，只因不在谷中，并非陪着海棠姑娘。"他迟疑了一下，才又继续说道，"不瞒公主，那日素衣仙子带着海棠姑娘忽至谷中，称她才是苏合转世，大王独坐一夜，第二日便带着属下一同去了海棠姑娘家乡查访此事，今日方回。"

我听得好奇心起，不由得问道："素衣仙子凭什么断定海棠姑娘就是苏合转世，她可有何凭证？"

柳少君答道："据素衣仙子所说，苏合当日在奈何桥上等待大王，曾摘了桥边几朵彼岸花拿在手中把玩，并与素衣仙子玩笑说投胎时也该带朵彼岸花在身上，也好方便日后相认。这海棠姑娘，掌心便有一朵红色胎记，正是彼岸花模样。"

他说着，又停了一停，才继续说道："而且，若属下没有猜错的话，海棠姑娘与苏合面貌应是极为相似。"

我愣了一愣，难怪黄袍怪见到海棠后会独坐一夜，想是内心也是极为震惊的。不过，我却还有些不解，又问道："既然已确定海棠便是苏合转世，那为何还要去她家乡查访？你们又查了些什么？"

"一是大王对素衣仙子所言仍有怀疑，二是……"柳少君看我两眼，才又说道，"据素衣仙子所说，苏合这一世活得极苦。海棠自幼丧母，与父亲两人相依为命，十三岁时其父又病逝，族人非但不肯伸手相帮，还抢夺了海棠父亲仅留下来的一点薄产，并把海棠卖入了娼家。"

我听得愕然，"竟还有这样的族人？"

柳少君点头，继续说道："那娼家养了海棠三年，只为卖个高价，若不是素衣仙子及时寻到，已是将海棠卖给高官做妾了。此事皆由素衣仙子所说，大王一时并不肯信，这才带着属下前去查访。"

"结果如何？"我忍不住问道。

"句句属实。"柳少君轻声答道，看了看我，才又小心问道，"不知公主是否知道？那苏合与大王定下了姻缘之约，而大王因事耽误，令其误会大王失约，一怒之下转投他世，经历种种苦难。"

这事素衣曾在喜堂上提及过，虽是只言片语，却也能叫人猜到个大概。

我缓缓点头，就听柳少君又继续说道："大王虽从不肯说，可属下也能看出他对海棠的遭遇心存内疚，所以，纵是大王对海棠并无半点爱恋，此时此刻，怕是也无法对她说出违约之言，还请公主体谅。"

事情至此，不过是造化弄人。

我垂目沉默，直到红袖伸爪扯我披风，这才回神，便向着柳少君笑了一笑，道："此事我已明了，多谢柳君直言相告。"

我与他告别，自回了住所，独自于窗前默默而坐。待到晚间，红袖才出现，端了大盘的饭食过来给我，一反平日里的嘻哈无状，只柔声劝我道："公主过来吃些东西，不管怎样，自个身体都是最重要的。"

这话却是叫我想起母亲，当年她便是经常这般对我说，又道不论是何难事，只要人活着，总有解决之法。我大大地伸了一个懒腰，换到桌前去吃饭，待从红袖手中接过碗来，才惊觉她已是恢复了人形，不由得笑问她道："柳少君撤了法术了？"

红袖愤愤冷哼一声，"他敢不撤！他再不撤法术，我就把他柜中的衣服件件咬破，叫他过年都没衣服穿。"

"也不怕累着牙！"我失笑，又忍不住出言指点她，"你别自己去，叫一撮毛偷偷去，还省得她磨牙了呢。也不要件件都咬，只捡那好的，他过年会穿的，寻着不起眼的地方嗑几个窟窿。"

红袖听得先瞪大了眼，又用帕子掩着口偷笑，道："哎呀，公主，您真是太坏了。"

这般与她说笑着，胃口不知不觉中就好了许多，待我再把碗递给她帮我添饭时，红袖却是没动，只看着我，道："哎呀，公主，奴家一个没注意到，您怎的这么能吃？"

我愣了一愣，问道："怎的了？"

红袖揉着帕子，满腹的纠结，"不是奴家说，这个时候，您便是装，也要装出几分茶饭不思的模样来啊。您自己想想，大王若是知道您晚饭一口没吃，心里多少会内疚怜惜。可若是他知道了您这里回来吃喝不落，一碗碗的白饭吃起来没够，他又该怎么想？"

我不觉愣了，奇道："咦？你这丫头，刚才不是你劝我说自个身体最重要吗？"

"那劝人不都那么劝嘛！奴家劝您，那是尽本分，您也不能一劝就吃这么多啊。"红袖一脸的恨铁不成钢，看了看旁边温着的白饭，又看看桌上摆着的菜碟，咬了咬牙，非但没给我添饭，还把菜碟一一往食盒中收，道，"行了！您吃得也不少了，就这样吧！"

我一瞧她把饭菜都收起来了，不由得也急了，"哎？我这还没吃饱呢！"

"吃什么饱啊！大晚上的少吃点吧，反正也饿不死！"红袖说着，毫不留情地收起了最后一碟糕点，起身拎着食盒出去了。

若是平日里，晚上少吃些也无妨，可我今日里又是过沟又是爬山的，来回折腾这么一趟，肚子里早就是饿透了的，才半碗饭，怎么可能顶过漫漫长夜！果然，前半夜的时候睡不着，待到后半夜好容易有些迷糊了，却又被饿精神了。

红袖窝在我床脚处睡得正香，不过她那里正一心等着我绝食来惹黄袍怪怜惜呢，指望着她去给我拿吃的是不大可能了。求人不如求己，我索性自己爬了起来，把屋子都翻遍了，这才从橱柜里翻出半匣子剩点心来。

我这里刚拿了一块点心，就听得红袖在床脚处含混问道："公主，怎的起来了？"

"起夜，我起夜！你睡你的！"我忙道，生怕再惊动了红袖，忙抱着点心匣子蹑手蹑脚地出了内室，摸黑来到外间，盘腿坐到了临窗的软榻上，一口温水就一口点心，偷偷地吃了起来。

正吃得高兴，忽听得窗外隐约有箫声响起，我暗暗吃了一惊，一时好奇心起，忍不住将那窗子偷偷开了个缝隙，小心往外看去。此刻天上月色颇明，又有地上积雪相映，四下里皆清晰可见，就远远瞧着院角那梅花树下站了个人影，一身红衣，修长挺拔，不是别个，正是那神龙见首不见尾的李雄。

那箫声清幽缥缈，隐含哀愁，我不过听得片刻，便平添了几分伤感，索性将窗子推开，将手中半块栗子糕用力向他掷了过去。栗子糕离他还差老远便落到了地上，不过那动静却已是惊动了他，他停下吹奏，抬眼朝我这边看了过来。

我向他招了招手，示意他过来。

他迟疑了片刻，这才走了过来，在我窗前站定，却不说话，只垂目看我。

不管怎么说，毕竟是在崖底同住了那么多日子，虽朝夕相对时对他百般防备，此时再见，却只觉亲切。我手扒着窗台，身子探了大半出去，仔仔细细地将他打量了一番，这才压低了声音问道："李仙君，您这大半夜的不睡觉，却跑到我的院子里来吹箫，是何用意？"

李雄默了片刻，方道："听闻你——"

"嘘！嘘！"他声音虽不算大，却也并未刻意压低，在这静夜中听来便颇为惊人，吓得我忙伸手去掩他的口，又低声叫道，"小声点！小声点说话！红袖就在屋里睡着呢，千万莫要惊动了她！"

他先是怔了一怔，随即便失笑，将我手从他唇上拿开，轻声问道："你怕什么？"

吓！你说我怕什么？你是真不知道，还是装傻？

他既对我装傻，我便也不与他说正经话，咧嘴笑了一笑，答道："我不怕什么，只是红袖睡眠不好，这好容易才睡着了，咱们就不要再吵她了，你说是不是？"

李雄扬了扬眉梢，这才应道："好。"

我又问道："你刚才说听闻我什么了？"

李雄敛了脸上笑意，看我两眼，轻声道："听闻你要离开。"

哟！他整日不见踪影，不想耳目倒是挺灵。

我颇有些意外，瞧他正打量我，忙故作轻松地点了点头，道："没错，不是谣言，我是要离开此处了，估计也就是这一两天的事情吧。"

"为何？"他问。

我笑了一笑，反问道："你都听闻我要离开了，难道不曾听闻那真的苏合转世寻来了？"

"便是那苏合转世寻来了，你也一样可以留在谷中，只要……"他说着顿了下，垂了垂眼帘，才又继续说道，"只要那黄袍怪是真心喜欢你。"

黄袍怪是不是真心我不敢确定，不过，他既能邀我与他在此间相守一世，想必的确是有些喜欢我的。

我闻言也不觉沉默下来，想了一想，才答李雄道："这事一言半语难以说清，总之是苏合转世寻来了，黄袍怪不能对她失信，我呢，则不想留在此处掺和这事，索性就与黄袍怪一拍两散，各寻欢喜去！"

"各寻欢喜……"李雄喃喃，忽地问我道，"你对他可有半分情谊？"

他这话问得我愣怔，一时竟不知如何作答，同时又觉此人真是奇怪，大半夜的跑来我这里吹箫，竟是询问我与黄袍怪的八卦事。我笑了笑，对他的问题避而不答，只嘲道："真看不出来，你这人倒是个热心肠，没准与红袖能成知己。"

许是没听出我话里的嘲讽之意，他只盯着我，再一次问道："你对他可是有情？哪怕只得半分。"

他对这个问题如此执着，实在惹我生疑，我忽想起那夜黄袍怪也曾变作他的模样来试探我，心中顿生警惕，问道："你不会就是黄袍怪变的吧？"

李雄被我问得愣了一愣，这才摇头道："不是。"

"真不是？"我仔细打量他，试图从他脸上瞧出些破绽来，"那你大半夜的跑到这里来，只问我与他的事情？"

他忽地笑笑，反问我道："难道他曾假扮过我？"

这话把我问住，黄袍怪的确是假扮过他，可那情景实在不好向人描述，总不能与李雄说当时黄袍怪变作你的样子来诱惑我。李雄仍在看我，我心中忽地灵机一动，想起一个辨别真假的法子来，便与他说道："你可还记得我俩住在崖底时，第一顿饭吃的什么？"

"一些果蔬、河鱼，还有一碗白饭。"他弯唇轻笑，顿了一顿，又补充道，"剩的，你本是盛了给地精吃的，瞧我过去，这才假意让给了我。"

那白饭的确是前一顿剩下的，而且还不大够，我老脸微热，又道："你既然说起地精，不如就召它出来给我瞧瞧，怎样？"

　　李雄转过身去，面朝着廊外，手上掐了个诀，向着地上轻叩两下。就见如在崖底那次一般，他所点的那处地面荡出圈圈波纹来，紧接着，一个二尺来高的灰衣小人从波纹中心慢慢爬了出来，正是那在崖底与我烧火做饭的地精！

　　地精先是向着李雄跪倒叩拜，抬眼间看到我，却是愣了一愣，立刻从地上蹦了起来，指着我"吱吱"乱叫。

　　我笑眯眯地看它，又向它挥手打着招呼。

　　地精蹦了两下，忽地用力吸了吸鼻子，似是嗅到了什么气味，面色一变，立刻就钻入土中不见了。

　　我看得愕然，问李雄道："它怎么跑了？"

　　"此间妖气过重，它怕被妖物捉到。"李雄淡淡答道，又回身看我，问，"这回可是信我不是黄袍怪所变了？"

　　我笑笑，点头，"信了。"

　　"那你可能告诉我，你对他是否也有些喜欢了？"他又问。

　　我真是被他的执着打倒，无奈问道："你真这么想知道？"

　　他缓缓点头，"想知道。"

　　我虽不明白他为何这般关心我与黄袍怪的事情，不过，他身份特殊，既不算这谷中的人，也不是外面凡人，再加上又经常消失不见，倒是个聊天的好对象。我回头看了看内室方向，见红袖那边并无动静，这才与李雄说道："行，你等着我，我出去与你说！"

　　我回身去穿了外衣，想悄悄出门，却又怕开门声惊动红袖，索性就又回了窗前，直接越窗而出。李雄看得愣怔，直到我出声叫他，这才赶紧伸手来接我，又问道："冷不冷？"

　　我内里穿得单薄，乍一出来，颇觉寒冷，忙在地上蹦了两下，这才笑道："不冷。"

他看我两眼，却把自己身上的斗篷解了下来，"披上。"

"不用！"我忙推辞，不想他态度却强硬，直接将那斗篷裹到了我的肩上。我只得笑着道谢，又道，"走，离这里远一点，我们慢慢聊，正好，我也有些事情想要问你。"

雪夜清凉，两人缓步下了台阶，我四下里看了一看，瞧到了院角那几树梅花，旁边有桌有凳，倒是个聊天的好去处，不由得笑道："就去你刚才站的地方吧。"

李雄未言，只默默陪着我往那边走。

我想了一想，道："上次你走得匆忙，也没顾得上问你，你与那黄袍怪到底是什么关系？至交好友，还是沾亲带故？"

李雄默了片刻，反问我道："你觉得呢？"

我算是发现了一个规律，凡是他不想回答的问题，他都会再把问题丢还给我。我笑笑，有意说道："叫我说，你们既非好友，又非亲戚，说是仇敌，反而更像些。"

他微微挑眉，看我两眼，也不觉失笑，道："虽不是亲友，却也不是仇敌，如果非要定下一个，那便是故人吧。"

"故人……"我轻声重复了一遍，不由得笑道，"这倒是个好称呼，既可有仇，也可有恩。"

李雄也是微笑，点头道："不错。"

我顺着他这"故人"二字，直接问出了心中疑惑，道："既是故人，那你可知他与苏合到底有何纠缠？又因何许下一世姻缘之约？"

不想李雄却是警觉，闻言瞥我一眼，反问道："你想知道？"

瞧瞧，他这反应就说明他不想答我这个问题。可越是这般，我心中反而越是好奇他们几人前世的纠缠，索性大方点头，答道："很想知道。"

说话间，两人已走到梅树旁，我随便选了一个石凳坐下，抬头看他，见他仍是立在那里垂目不语，便直言道："虽不知你为何深夜至此，又为何关注我与黄袍怪的事情，不过，你既然想他人与你实话实说，那就须得自己先敞开心扉才行。"

他抬眼看我，默然不语。

我想了一想，又与他讨价还价道："不如这样，你答我一题，便可问我一句，只要你无虚言，我也必定句句实话，可好？"

李雄又看我两眼，这才淡淡说道："苏合曾与黄袍怪有恩，为着报恩，黄袍怪应下了她的'一世之约'，却在赴约之时因事耽搁，误了约期。待他再赶到奈何桥，苏合已是投胎，追之不及。无奈之下，他只得占了此山，将苏合的转世之人摄来此处，以圆盟约。"

我忽地说道："他不是因事耽搁，而是当时身受重伤，无法赴约。"

李雄闻言惊讶，诧异看我。

我笑了一笑，又道："那崖底便是黄袍怪养伤之处，他十六年前到此，正是苏合投胎之时，又在崖底一住十五年，除了伤重难愈之外，怕更是为了等苏合转世成人。"

李雄默了一默，才低声叹道："你竟都猜到了。"

只要把前因后果略一联系，这事并不难猜，我只是不懂那苏合到底对黄袍怪有何恩情，能叫他许下一世之约。我还当一谈报恩便喜好以身相许的只有俗世女子，又或是那瞧中书生美貌的女鬼狐女，不想黄袍怪一个大妖怪竟也有这般爱好，倒是难得！

没准，他也是瞧中了人家苏合美貌，却打着报恩的旗号，又做出种种姿态，好似人家姑娘求着他一般。真个脸大！也得亏长了那么一副丑模样，但凡他再长得好些，还不知要多祸害多少好女子！

思及此处，我心中竟有无名火生，低低冷哼了一声，道："果然是丑人多作怪！明明是占便宜的事情，却非说是报恩，好不要脸！"

李雄那里面色一时颇有些古怪，讷讷道："他其实并不喜苏合，何来占便宜之说？"

"不占便宜，只为着报恩嘛！"我冷笑，又道，"那报恩的法子多了去了，怎的就非要以身相报？"

李雄看我，似是犹豫了一下，才道："是那苏合提出来的。"

"苏合提出来的？"我不觉惊讶，万万想不到竟是这般情形，不禁又问道，"竟是苏合挟恩求报，要黄袍怪以身相许？她竟也眼瞎么？"

李雄噎了一噎，似是颇有些无语，道："许是吧。"

过得片刻，他忽又问我道："你呢？"

"我什么？"我反问。

他淡淡横了我一眼，"你问我的话，我已答了，可我问你的话，你却还未回答。"

他几次三番问我对黄袍怪是否有情，越是这般，我越不愿答他，于是笑了一笑，瞎话张口就来，"就黄袍怪长得那个模样，但凡长点眼睛的人，都瞧不上他，我好歹也是个公主——"

"实话！"他忽地打断我，定定地看着我的眼睛，又道，"我未与你说半句假话，也不想听什么假话，你若骗我，不如不答。"

他就那般盯着我看，眸光中有难言的执拗，只又重复道："我想要听实话。"

我默了一默，叹一口气，答他道："我也眼瞎。"

他仍怔怔看我，过得片刻，才有笑意从那眼中缓缓荡开来，一刹那间，万树花开。

我好久才能回神，颇觉有些尴尬，忙就又问他："你这是为黄袍怪打探消息来了？"

否则，为何非要问我这个问题，我对黄袍怪是否有情，与他何干？

不料他却是摇头，含笑道："不是。"

我不觉挑眉，真的是糊涂了，瞧他并无解释的意思，只得嘲弄地笑了笑，又道："看来你也是如红袖一般，天生的热心肠！"

他那里仍是微笑不语，我却被他笑得有几分恼羞起来，便激他道："你高兴个什么劲？我又不是对你有情！瞧瞧你这长相，比黄袍怪好了不知多少倍，又与我同住崖底多日，对我也算照顾有加，偏我对那青面獠牙的黄袍怪生了情愫。你自己不觉失败吗？我若是你，才没得闲心管别人闲事，早就寻块豆腐去撞死了。"

李雄竟丝毫不恼，只笑着问我道："你喜欢他什么？"

我喜欢黄袍怪什么？说来我自己竟也没有答案，坐在那里苦思冥想了半晌，却也只能恨恨答道："什么也不喜欢，只怨自己眼瞎。"

李雄依旧笑而不语，我自己却忽生烦恼，从那石凳上站了起来，气道："不聊了，回去睡觉！你也早些走吧，小心被人看到，还以为你我二人有什么私情，到时跳进黄河也洗不清了！"

正说着话，不料院墙那边忽传来一阵喧闹声。我循声看去，就见一鼠一猫，一前一后，从墙东头直追到墙西头，那灰鼠慌乱之中一头撞到了墙根，眼见着无路可逃，在地上连滚几圈，化作了个人形，直往我们这边奔了过来。

我认出那只老鼠是小丫鬟一撮毛，正欲上前替她去拦后面追来的虎大王，不料她却径直从我身边跑过，直扑向李雄脚边，口中仓皇大叫道：

"大王救命！"

我闻声不由得一怔，面前刚急急刹住脚步的虎大王也是面上一惊，往我身后瞧了一眼，猫脸顿时大变，喵的一声惊叫，再顾不上去追一撮毛，只夹着尾巴，转身就跑。

我这才愣愣回身，看一眼那僵立在原处的李雄，又去看伏在他脚边的一撮毛，问她道："你刚才叫他什么？"

一撮毛还双手护头，有些瑟瑟发抖，闻言先探出头来看了看我身后，瞧着虎大王已走，这才长吐了口气，以手拍胸，一副心有余悸的模样，道："吓死了，出来上个茅厕，竟就遇到了死对头，也是倒霉！"

她嘟囔着，抬眼看我，许是瞧我面色实在难看，又是一惊，忙就叫道："哎哟，公主！"

说来也是稀奇，在我这院子里，从红袖算起，就没几个小妖是正常的，一撮毛这般一惊一乍的都得算是个好的，对她这反应，我早已习以为常，只是盯着她问道："你刚才叫谁救命？"

"百花羞，"李雄突然出声叫我，"你刚听错了——"

"你闭嘴！"我喝断他的话，"又没问你！"

一撮毛似是真被吓着了，立刻远离了李雄脚边，抬头看看我，又去偷瞄李雄的脸色。

"说话啊。"我又低头看她，继续逼问道，"你刚才喊的什么？大王救命是吗？"

一撮毛看看李雄，又来看我，吓得眼里都含上了泪，怯怯答道："公……公主，我刚被虎大王吓麻爪了，早不记得自己喊了什么。"

正说着，却听得远处房门响，就见红袖披着衣服从内出来，一面打着哈欠，一面埋怨道："这大晚上的不睡觉，谁在这儿折腾呢？也不怕惊扰了公主。哎哟！大王！您怎么来了？"

她这一声"大王"叫出来，李雄面色不觉又是一黑，却也叫我终于能确定这"李雄"的身份，难怪他这般在意我是否对黄袍怪有情，原来他竟就是那黄袍怪所变！我"嘿嘿"冷笑两声，道："你家大王梦游，一不小心就走到咱们这院子里来了，千万莫要叫醒他，省得吓破了胆！"

我说着，提步便往回走，待走过黄袍怪身边，才记起自己身上还披着他的斗篷，便解了下来，用力掷还给他，恨恨道："还你！"

黄袍怪一把拽住我手腕，叫道："百花羞。"

我一想被他戏弄了这么久，便一肚子火气，忍不住愤怒地叫道："放手！"

黄袍怪那里却不肯松手，只道："百花羞，你再听我几句话。"

"我听你什么话？"我回过头去，抬眼看他，冷笑道，"等着你再多骗我一会儿？亏我之前还纳闷，一个黄袍怪闭关进去，怎的出来就变成了李雄，原来竟是我自己傻，把你的话句句当真！"

我用力拽回胳膊，刚一转身，却差点和赶过来的红袖迎面撞在一起。红袖"哎哟"了一声，忙就扶住我，装模作样地叫道："公主您小心，您这一天都没吃东西了，身子骨正虚着，若要再撞一下，可是受不住！"

老子才不会为了这人一天不吃东西！老子想得开，一顿饭都没落下过！

我此刻正在气头上，连红袖也不由得迁怒，怒道："亏我还这般信任你，你竟与你家大王一起来骗我！他到底是哪一日回谷的？你是真算不清数，还是故意欺骗我？"

想当初我已是怀疑了李雄的身份，全因红袖说黄袍怪回到谷中的时间比李雄离开之日早了十多天，我这才没去深究，否则怕是早就已辨出黄袍怪与李雄乃是一个人所变，不会再受他今日的戏弄！

红袖被我问得一时愣住，结巴道："公、公主，这是说的哪和哪？奴家怎听不明白？"

我嘿嘿冷笑两声，一把推开她，只沉着脸往前走，径直回我卧房。紧接着，便听得身后门响，有脚步声从外而入，我回头，见果然是黄袍怪从后跟了进来。我不理会他，甩掉脚上鞋子，径直迈到了床上，这才在脸上挤了笑出来，不阴不阳地与黄袍怪道："大王，妾身这里困乏了，要睡觉，还劳烦您出去！"

他立在那里不动，只是看我。

我越发恼怒，自小的骄纵脾气上来，一时不管不顾，直接用被子蒙了头，闷声道："滚出去！"

不料他非但没滚，还走上前来，在我床边坐下了。过得片刻，他轻轻拽了拽我的被子，低声道："百花羞，我不是故意骗你。"

我蒙着被子装死，他停了停，便又继续说了下去。

"你该还记得，我第一次以此面貌见你是在溪边，那是醉酒后法术失控，这才一时露了本貌。第二次是在崖底，我伤重体弱，加之须得使用分身之术回谷中清扫仇敌，无法长时间维持黄袍怪的面貌，都非故意变化相貌戏弄于你。"

他顿了一顿，又解释道："红袖也并非与我合伙骗你，在众人眼中，我确是早已回谷，你不曾察觉，只因我留了肉身在崖底假作打坐。"

难怪那"李雄"也要日日打坐，原来竟是这般缘故！

我却又听出不对劲来，忍不住一把掀了被子，问他道："合着你这模样才是你本来相貌？"

黄袍怪怔了一怔，点头道："是。"

"你那青面獠牙的模样是自己有意变化出来的？"我又问，觉得此人简直不可理喻，忽又记起红袖她们可是一直觉得自家大王是俊美不凡的，心中忽地一动，不禁又问道，"你那模样是不是特意给我看的？红袖他们看见的，一直是你这副嘴脸？"

黄袍怪面露尴尬，瞧我两眼，这才又点头，"是，我只对你施了个障眼法。"

"你有病吧？"我实在忍不住，说了刻薄话出来，"还是觉得吓唬我特有成就感？难怪她们一直说你相貌好，我还当是她们美丑不分呢，原来竟只我一个人是睁眼瞎！"

我怒气冲顶，怕是再多看他一眼就要忍不住扑过去咬他几口，于是又去拿被子蒙头。不想那被子却被黄袍怪一把拽住，就听他说道："你先莫气，听我说几句。"

"好啊，你说，我洗耳恭听！"

他又看看我，这才说道："我并不是故意以那副嘴脸吓你，而是，我之前误以为你是苏合转世。"

"这么说来，是有意吓人家苏合了？"我冷笑问道。

"也不是吓她。"黄袍怪摇头，轻轻抿了抿唇角，方淡淡说道，"当初，她便是贪我相貌，这才逼我许下一世姻缘与她。我虽来赴约，却是心有不甘，这才故意以那相貌见她。不承想，这其中竟有了许多变故，与你生了误会。"

我听得怔住，一时也忘记了生气，坐起身来，只问他道："苏合贪你美色？"

许是我问得太过直接，黄袍怪面色微赧，抿唇不语。他本就长得好，又露出这般模样，瞧着竟甚是诱人，叫我也不觉看得失神，直到他伸手弹了我脑门一下，我才"哎哟"一声，回过神来。

我下意识地伸手去摸额头，一时讪讪无言。

他也似略有恼羞，垂目沉默不语。

两人这般默对片刻，还是我先出声打破了静寂，问他道："那苏合到底对你有什么恩情，须得你要以身相报？"

黄袍怪默了一默，这才答道："过去之事，我不想再言。只是告诉你，我虽应下她一世之约，却没打算以身相报，只想着大不了在这谷中守她一世罢了，也不能算我违誓。"

难怪他对我使障眼法，叫我看他那般丑陋，原来竟是一早存着这样的心思。

他又瞥我，似是瞧破我的心思，唇角微勾，又道："不想却遇见个眼瞎的，竟不嫌我丑。"

"谁说我不嫌你丑？"我反问他，气得拿眼横他，又道，"只不过没得法子，打又打不过，逃又逃不掉，还得时刻担心被你吃了，不得不做睁眼瞎罢了！"

黄袍怪却仍是微笑，又不紧不慢地问我道："那日我旧伤复发，你又为何不逃？你当时身上带着荷包，根本不惧寻常猛兽，只需把我往山里一丢，自己逃走便是，为何又不辞辛苦地把我往山涧拖？"

我立刻反驳道："我那是怕自己跑迷了路，在山里丢了性命！这荒山野岭的，我娇滴滴的一个女子，不傍着你些，哪里活得下去！"

黄袍怪又问："那你在崖底为何日日与我送饭送水？就摆在我的门外，当我不知吗？"

我被他问得噎了一噎，觉得这事得与他掰扯清楚，我是有些喜欢他没错，却是在他不辞辛苦为我跑遍四大部洲之后，而不是之前。我瞪大眼睛认真看他，道："做人别这么自信成么？我与你送饭送水，那是我心地善良，当然也是怕你万一死在崖底，我独自一人无法上去，怎就成了我喜欢你的凭证了？"

黄袍怪笑笑，"那后来呢？我假作李雄，说送你离开，你为何不走？"

"那是我怕其中有诈！我心思缜密，天生警醒！"

"既这样警醒，为何会安心在我背上睡着？"

"我，我累的！"

"我离开十余日，你为何跑到门口迎我？"

"那是我……我愿意！"

我终被他问住，不由得恼羞起来，恨恨问他道："还有完没完？这般婆婆妈妈，可是大丈夫？"

黄袍怪闻言只是微笑，轻声道："百花羞，你喜欢我。"

我喜欢你个头啊！

我怒得差点从床上蹦起来，正想扑过去咬他几口解恨，可待看到他眉目含笑的模样，却忽又怔住，不知怎的就想到了苏合，她想必也是爱极他这容貌的，这才会挟恩求他一世姻缘，不惧艰辛，转世投胎。

突然之间，我心中涌起了莫名悲凉，说不清道不明的，愣愣看得他片刻，没头没脑地说道："苏合也喜欢你。"

黄袍怪怔了一怔，脸上的笑意也随之缓缓散去了。

苏合不仅喜欢他，还对他有恩，与他定下了姻缘之约，并且找了来……我一想起这些来就觉得头大如斗，捎带瞧着黄袍怪都不顺眼，又重新躺回到床上，用被子蒙了头，挥手示意他离开，有气无力地说道："走吧，走吧，现在说什么也是自寻烦恼，不如就此撒手，反倒都好受些。"

黄袍怪不语，却也不肯离开，过得好久，才突然说道："我受了那天雷便是了。"

他曾与苏合立下誓言，如若违约，将受天雷之罚。我这人世世良善，没遭过雷劈，不知道这天雷劈顶起来是个什么罪过，却知这于妖精们来说便是天劫，柳少君修了足足五百年，只挨了一道雷，就差点丢了性命。

黄袍怪却要受七七四十九道天雷，道道劈顶。

又没真到情深不渝、生死不悔的地步，何必受这罪呢？

我蒙着脸，无声苦笑，却道："没得必要。我自小从不肯与人争东西，是我的便是我的，不是我的，我绝不强求。你既然与苏合许下了约定，就该守约，言而无信，不是大丈夫作为。"

黄袍怪那里默然不语。

我便又深吸了口气，轻松说道："苏合貌美，你与她朝夕相对，自可日久生情。而我虽回不去家乡，这宝象国公主的身份，却也能保我衣食无忧。莫多想了，等过了年，便送我回去吧！"

黄袍怪沉默良久，才轻声说道："可我二人已经拜堂成亲。"

"成亲也可以和离嘛！更别说我们这有名无实的。"我强笑道，顿了一顿，才又继续说下去，"一别两宽，各生欢喜，瞧瞧，说得多好！"

黄袍怪再无他言。

过得许久，我闷得头昏脑涨，不得不撩开被子透气，才发觉他已不知什么时候走了。

也不知他走时是否与红袖交代了什么，红袖竟没进来聒噪，只悄摸地走进房内，窝在我床脚上重新睡了。便是到了第二日，红袖与一撮毛两个都绝口不提黄袍怪，仿佛昨夜种种经历不过是我的梦一场。

实在稀奇，实在难得！

第六章

套路，都是套路

黄袍怪再没来过，只是叫柳少君捎了话过来，说是年底事务繁忙，须得过了年才好送我离开。

一撮毛传这话时，红袖刚从后山上摘了几枝梅花回来，正立在窗前摆弄着，闻言忙道："可不是忙，我刚才去摘花，瞧着谷里比往日热闹了许多，好些冬眠的都醒了，正沿着路扎彩灯呢！"红袖偷瞥我一眼，又道，"听说过年这几日，除了白骨夫人和桃花仙她们要过来，就连远处几个洞府的洞主也要来拜访咱们大王，个个都说要奉咱们大王为主呢！公主，您说到那时候，咱们大王岂不是和人间的皇帝一般了？您可就成了皇后了！"

我仍趴在软榻上抻我的懒筋，淡淡道："你当做皇帝真跟戏台上演的那般，三五大臣便是文武百官，七八散兵成就雄兵十万么？就你们大王这样的，离着皇帝还远着呢，顶多，呃……算个山匪头子吧！还皇后，别说我和你家大王不是夫妻，纵是夫妻，撑死了也就是个压寨夫人！"

红袖听得嘿嘿直笑，又道："压寨夫人也挺好啊，逍遥自在！"

我点头，因把身体压得太低，说话都有些气喘，"山匪婆子嘛，当然是自由自在。"

正说着话，一撮毛却又从外面跑了进来，叫道："公主，公主，白骨夫人与桃花仙一块儿来看您了。"

她们两个与我并无多大交情，却突然来看我做什么？

我闻言一怔，虽百般不解，却也只得从榻上爬了起来，紧着招呼红袖帮我梳妆，谁知衣服还没穿整齐呢，就听一撮毛在门口叫道："哎呀！

她们已经进院门了！"

我忙往门外去迎着，人才刚出了门口，就只觉得眼前一花，那桃花仙已是裹着一阵香气扑到了我的身前，一把将我紧紧抱住了，扯着长音叫道："我苦命的公主啊！"说着，语气忽又一转，恨恨道，"公主莫怕，有我在呢！我这就把那小贱人一刀宰了，叫她到阴曹地府寻她的一世之约去！"

我一时傻住，说话都有些不利索，"仙、仙……仙子，这是哪里话？"

白骨夫人倒依旧是惯常的温婉平和，忙从后把桃花仙扯开，柔声劝道："你这火爆脾气，说了多少遍都不改，一怎样就提刀喊打喊杀，嚷嚷得满天下的人都知道，做人哪能这样野蛮粗暴？是不是？"

"就是，就是！"我忙应和，"不要野蛮，拒绝粗暴。"

"对嘛！"白骨夫人轻移莲步走上前来，伸出纤纤玉手替我理了理有些乱的衣襟，又赞道，"瞧瞧，还是公主明白，纵是心里再恨，这面上啊也不能露出半分来。不就是个娼家养大的小蹄子嘛，随便使点毒也就解决了，何必非得见血呢！"

能得她两个这般"厚爱"，我真是受宠若惊，一时竟不知该说些什么好，只得讪讪道："这样……不大好吧？毕竟海棠姑娘也并无错处，实在无辜。"

"无辜？她无辜？"桃花仙柳眉倒竖，怒气罩面，"她无辜还长成了那么个模样？一看就不是个好东西，一准是个狐狸精！"

我闻言一愣，下意识地转头去看红袖，果然就见她立刻从地上蹦了起来，叫道："仙子可别冤枉我们狐狸精！狐狸精怎么了？我们既长不出她那模样，也做不出她那事！"

我生怕红袖再惹恼了桃花仙，忙就伸手安抚她，"莫急，莫急，大家都知道你不是那样的人。"

白骨夫人也来做和事佬，道："红袖说得有理，有理！"

"就是嘛！"红袖十分不满地甩了甩帕子，愤愤道，"我要是能长成她那模样，早就跑去凡世间兴风作浪了，还钻这穷山沟子做什么？"

我默了一默，竟觉红袖说得也有那么几分道理！

那边，桃花仙却似找到了知己，与红袖越说越近乎，不过眨眼工夫，两人便尽弃前嫌，携手进了屋里。一撮毛还在门口尽职尽责地撩着门帘，我看一眼身边的白骨夫人，只得也与她客气道："夫人请屋里坐吧。"

白骨夫人便"爱怜"地执起我的手来，一面温声安慰着，一面同我往屋里走。

屋内，红袖已经让着桃花仙坐下了，手脚麻溜地端了茶上来，小嘴也是利索，一刻不得闲地说道："仙子莫心慌，她长得好又能怎样？咱们大王还不是不喜欢她！奴家早打听到了，大王自把她在梨花苑安置下后，就没踩过她那门槛！一趟都没去过！晾着她呢！"

许是这个消息实在是好，桃花仙那里终于收了泼辣，又恢复了娇憨模样，一手端着茶，另一只手半捏着茶杯盖，轻侧着头看红袖，奇道："真的？大王一次都没去过？"

"没有！一次都没有！"红袖摇头，坚定无比。

"这可是稀奇，那小贱人长了那么个好模样，大王瞧着竟丝毫没动心？"桃花仙又问。

红袖摇头，答道："奴家也不知为何，反正咱们大王是不喜欢！"

白骨夫人慢慢抿了口茶，不急不忙地插嘴："你们还是年轻，见识少。我和你们说，这人啊，越是自己有什么，反而越不在乎什么了。那有钱的，从不在意别人有没有钱，这有貌的，自然也不着重别人有没有貌了！"

你们大王自己长得就好，所以也就不觉得那海棠有什么稀罕，反而更容易喜欢相貌不咋样的！"

"哦——"红袖与桃花仙两个恍然大悟，齐齐点头，"原来竟是这般！"

红袖领悟力似是更强些，很快便融会贯通了，与桃花仙说道："难怪大王只喜欢我们公主！"

桃花仙点头，应和道："难怪对我们不假辞色，原来竟不是咱们长得不好！"

我本一直在旁安静陪坐，听到这话，怎么咂摸都有点不对劲，忍不住出声打断她们，问道："我长得也没那么难看吧？"

纵这百花羞相貌算不得倾国倾城，可好歹也是眉清目秀，唇红齿白，鲜鲜嫩嫩的小美人一个，怎的就成"相貌不咋样的"了？

我这般一问，那几人才觉出自己话说得不大好，面上多少都有些尴尬，桃花仙那里快人快语，紧着解释道："公主莫多心，咱们可没那个意思，您长得也挺好的。"

"的确挺好的！"红袖又忙补充。

我颇为无语，也懒得再与几个妖怪计较美丑问题，只得换了个话题，问道："不知夫人和仙子来我这里有何贵干啊？"

"来看看你！"桃花仙应付地接了一句，便又转过头去与红袖说话。

还是白骨夫人那里更稳重些，客客气气地与我说道："咱们是听说了海棠那事，借着来谷中过年的由头，过来瞧瞧公主，也是想劝您两句。这人啊，得往开里看，她海棠便是长得再好，百年之后也是一具红粉骷髅，并不会比您多出两块骨头来！"

呵呵！白骨夫人不愧是白骨夫人，真会劝人！

我强自笑了笑，道："劳您二位惦念了，我挺好的，也已与大王说定了，等过了年，他就送我回宝象国。"

这话终于惊动了桃花仙，她忽地转过头来，问我道："您要去宝象国？"

我点头，"嗯，年后就走！"

"宝象国都城？"她又问。

"是。"我答。

"哎哟！那得求您件事！"桃花仙顿时来了精神头，眼睛快要放出光来，特意凑近了我，兴奋地说道，"我听人说了，芳香斋的胭脂最好，买水粉却要去美人坊。您受受累，多替我捎些回来！"

我默默无语，看着她那张娇滴滴吹弹可破的桃花脸，愣了好一会儿，这才把胸口翻腾的血气强压了回去，呵呵笑道："好，如若可能，我定叫人给你多送些来！"

"若是方便，也帮我捎些来。"白骨夫人似是还有点不好意思，顿了一顿，又立刻补充道，"银钱我回头就叫人给公主送来，我长得白，水粉用不大着，倒是胭脂使得多些。"

我强咧了咧嘴角，应道："好。"

白骨夫人与桃花仙两个又坐了好一阵，眼瞅着太阳都上了头顶，再不走我就得留饭了，这才又劝了我几句，施施然走了。我带着红袖把她们送出院门，瞧着都走远了，这才回头与红袖感叹道："你们活了这么多年都没被人打死，也算稀奇！"

不料红袖却是瞪大了眼睛，道："谁说没被人打死过？你当白骨夫人为何现在这般好脾气，还不是被生活磋磨的，这都不知被人打死多少回了！"

"吓！"我听得惊奇，不禁问道，"被打死了怎么办？"

"埋土里重新活呗！"红袖说得很是轻松，又道，"反正不过是枯骨一具，再死也死不到哪里去。白虎岭又是个好地方，灵气重，在土里埋个百八十年，也就能再爬出来了。"

我愣愣看着她，久久说不出话来。

本以为忙乱了这么一上午，下午许是就能消停了，谁知我这里才刚睡过了午觉，一撮毛就又从外跑了进来，脸上神情比上午时还要兴奋几分，只一迭声地叫道："来了！来了！来了！"

难不成是黄袍怪来了？

我这里正猜着，就听得红袖也又惊又喜地问道："大王来了？"

不料一撮毛却紧着摇头，"不不不是！不是大王！是苏、苏合，哦，不不，是梨花院的海棠姑娘！"

此话一出，莫说是红袖明显一愣，便是我也有些怔住了。

红袖那里又问道："她是同那素衣仙子一同来的？"

"没，就她一个人！"一撮毛忙道，"素衣仙子上午刚走了，说是要去办什么公差。"

红袖一听这个，立刻就精神了，挽着袖子就往外走，道："敢情好了，就她一个还怕什么！大爷的，一个人还敢上门来耀武扬威，这是过来找撕呢吧？"

瞧她摩拳擦掌一副要去打架的模样，慌得我一把拽住了她，劝道："冷静，冷静！有话好好说，人家都上了门，咱们更该以礼相待才好！"

一撮毛在旁边生怕不够乱，也跟着凑热闹道："对！公主说得对，咱们对她先礼后兵！"

"还礼什么礼啊，打不过才跟她礼呢，这会子素衣仙子又不在，海棠一介凡人，怕她作甚？就是不打杀了她，也得先好好磋磨她一顿！"

红袖恨恨道。

"千万别！"我忙道，瞧着劝说不管用，只得另辟蹊径，随口胡诌道，"你们不曾在人间生活过，不知人心险恶。还是白骨夫人说得对，你便是心里再恨，面上也千万不要带出分毫来！眼下你虽瞧着海棠是一个人来的，可谁知她是不是故意这般，还留着后手呢？没准一会儿大王也就到了，到时正好看到你欺负海棠，大王会怎么看你，又怎么想你？"

"真的？"红袖将信将疑。

我赶紧点头，"真得不能再真了，你想想我是哪里长大，这样的手段，我在宫里见得多了！"

就这样连哄带骗，总算把她两个说住，那边，海棠已是到了院中，却未进门，只扬声道："梨花苑海棠求见公主。"

我正要起身出去迎，不想却又被红袖一把摁了回去。

红袖从鼻腔里发出一声冷哼，低声道："她是个什么玩意儿，也要公主去迎？公主且安坐，待奴家先去会一会她！"

"要冷静！千万莫要给人寻了把柄去！"我忙嘱咐，生怕不管用，又拎出黄袍怪来用，警告道，"还有你家大王，这会儿正不知在哪里偷看着呢，越是到这个时候，越要做出个姿态来给人瞧！可明白？"

红袖冷哼一声，手中帕子一甩，扭着小腰就出去了。

片刻后，就听得门外传来她夸张的娇笑声，"哎哟，是海棠姑娘啊！这是哪阵龙卷风把您刮这儿来了？难怪昨晚上夜猫子在这院子里叫了半宿呢，原来是应在您这儿了。稀客，稀客，快请进来，快请！"

门帘一掀，红袖让着海棠进了门，又道："我们公主昨夜里没睡好，晌午补了一觉，这会子刚起身，您来得正是时候！"

海棠今儿穿了身天青色衣裙，外面披着件银鼠皮的斗篷，整个人似一根嫩葱，水灵灵的喜人。我忙起身让着她坐下，又打发了红袖去上茶，捎带着把一撮毛也支了出去，这才与海棠说道："这谷里的小妖都这样脾气，嘴坏人不坏，你莫要在意，日子待久了，慢慢也就习惯了。"

海棠闻言看我两眼，这才柔声道："多谢公主教诲，海棠记下了。"

我微怔了下，心道这"教诲"二字用得可不大对。

许是太久没见过真正的人类，便是海棠，我瞧了也倍感亲切，又笑道："其实，我刚来这谷中时，也和你一般，瞧了什么都觉得心惊胆战。不过住的时间长了，就发觉这妖精和人也差不到哪去，心思反而更单纯些。"

这边话还未说完，红袖那边便端着茶进了门，笑着接道："那是因为公主您人善，才会瞧着谁都是好的，有的人哪，可未必！"

她这般话里带刺，我听了都觉得尴尬，忙又想支红袖出去，"你去厨房里看一看，我要的那些点心可是有了，若有就拿些过来，给海棠姑娘尝尝。"

红袖横了我一眼，甩了甩帕子，百般不情愿地出去了。

我向海棠干巴巴地笑笑，解释道："红袖就是这个脾气，刀子嘴豆腐心，对着谁都一样，你莫和她一般见识。"

海棠也是抿嘴而笑，"公主的确心善，不论是对奴婢，还是对旁人。"

我倒真算不上心善，只是觉着自己马上要拍屁股走人了，不管日后是否会再相见，人情总是留一线的好，没得必要再去得罪任何人，包括红袖、白骨夫人她们，甚至眼前的海棠，人家和我又没仇没怨的。

我淡淡一笑，没言声。

海棠那里又抬眼看我，似是犹豫了一番，才又问我道："妾听人说公主要回宝象国了，可是真的？"

她这般开门见山，我也不好与她兜圈子，便直言道："年后就走。"

"再不回来了么？"海棠又问。

"再不回来。"

海棠不言，只眨着眼睛打量我，直待我被她看得都有些不自在了，才突然又问道："可是因为妾身？"

这话就有点明知故问了。

我心里有点不大喜欢，反问她道："海棠姑娘以为呢？"

海棠却道："若是只因妾身，公主大可不必如此。"

我不觉有些意外，正思量她是何用意，就又听得她继续说道："公主可曾想过，您与大王感情甚笃，妾身一来，便逼得您孤身离去，于众人眼中，该如何看待妾身？"

我不动声色，道："你与大王有约在前，何必在意他人的看法？"

"那大王呢，大王的想法，妾身也可不顾吗？"海棠向我浅浅一笑，又道，"实不瞒公主，前世之事，妾身已经尽忘，而这一世，妾身是个苦出身，全得素衣仙子相救，这才脱离火海。此生能得一处容身，妾已是感激不尽，又怎能因一个莫须有的约定而坏大王与公主的姻缘？"

她说得真诚，纵是我心有提防，也不觉有些动容。

红袖那里正端着点心盘子进门，正好把话听了大半去，立刻就扑了过来，应和道："海棠姑娘说得对呀！公主既能与大王拜堂成亲，可见这一世也是有姻缘的，怎能随意就散了呢？"

"红袖姐姐所言极是！"海棠那里突然起身，整衣向我拜倒下去，又道，"妾本卑贱，不堪与大王匹配，求公主长留谷中与大王相守，妾愿为奴为婢，伺候大王与公主，还望公主成全！"

我愣了一愣，终于反应过来，心道：来了！久违的宫斗终于来了！

这般品貌的人，肯屈居人下已是难得，竟然还自愿为奴为婢……纵观往事，凡是说过这话的，十个里面有九个非但没有为奴为婢，反而都掀了旧主，自己翻身做了主子。

血淋淋的教训都摆在那里，我若再上当，那真就是个棒槌了！

海棠仍伏在地上，姿态压得极低。

母亲曾说过：人有所求，才会伏低姿态，所求越多，姿态越低。

我突然觉得有些可惜，她那般清冽出众的身姿相貌，该一直挺胸昂头桀骜不屈的才是，实不该做出如此之态来。

许是久久等不到我的反应，海棠小心抬眼看我，又央求道："求公主留下，切莫伤了大王一片痴心。"

红袖在旁一个劲地冲我挤眼，又往海棠那边努嘴，暗示我上前去扶。

我没动，皱眉看向跪在脚下的海棠，道："你起来说话。"

海棠却道："公主若不应海棠，海棠便长跪不起。"

我挺反感这种动辄拿下跪、寻死来要挟人的，可想到海棠身世，却又有些心软，便真心实意地与她说道："海棠，我既说要走，便是真心想走，绝非拿此要挟大王。而大王也是明理之人，不会把此事错怪到你的身上。你大可不必委屈自己来做此事，既叫我为难，也让自己难堪。"

海棠愣了一愣，似是迟疑了一下，却仍是俯下身去，道："海棠一来，公主便走，海棠便成了坏公主与大王姻缘的恶人，海棠不敢，只求公主留下。"

她仍这般执拗，终惹得我不耐起来，反问她道："我若不留呢？"

海棠抬头看我，问道："公主执意要走，可是因为妾身？"

"不错。"我点头，故意说道，"你现在话说得好听，谁知日后会不会变卦？你与大王本有姻缘之约，又如此美貌，只要稍弄手段，许是就将大王笼络了去。到时我被大王冷落，在这谷中无亲无友，又无人相帮，岂不是叫天天不应叫地地不灵，哭诉无门？"

海棠面色苍白，微微抿唇思量片刻，方咬牙说道："公主若不信妾身，妾身愿以死明志。"

"哎哟，公主！"红袖沉不住气，先从旁跳了出来，急道，"海棠姑娘一片忠心，您就信了她吧！"说完，又转去劝海棠，"海棠姑娘也是，什么话不能好好说，非要闹死闹活的，咱们公主心软，可受不得这个。"

她说着，便要过去扶海棠。

我一把拉住红袖，只盯着海棠看，问道："你要以死明志？"

海棠朗声答道："只要公主能与大王相亲相爱，海棠愿以死明志。"

若说她因没了前世记忆，对黄袍怪已不在意，我还有几分相信，可若说她能为了黄袍怪甘心赴死，这话我却不信。

这非亲非故的，谁吃饱了撑的愿为他人牺牲性命？

海棠来我这里说这些话，做这些事，无非是想要讨黄袍怪欢心，搏一个深明大义的好名声。俗话讲，人不为己，天诛地灭。为自己算计，纵是耍些手段也无可厚非。这些人情世故我都明白，能配合的我也配合。只是，你这般过来坑我就有些不对了。

你既然要拿我垫脚，就别怪我对你也不客气了。

我笑了一笑，道："你若要我安心，倒是用不着以死明志，只要自愿离开这里，或是另嫁他人，便成了。"

就见海棠身子微微颤了一颤，好一会儿，才涩声说道："海棠父母双亡，早已是无亲无故，无处可去，还求公主发发善心，别赶海棠离开。"

"哟！瞧着也怪可怜的！"红袖感叹，眼圈一时都红了。

"不是赶你离开，而是帮你安排个去处。"我顿了一顿，又补充道，

"另寻个地方，保你一生衣食无忧。"

海棠垂泪，再一次磕下头去，道："若公主非要赶海棠离开，那海棠只有一死！"

听听，本来是我要走，被她三绕两绕，便成了我非要赶她离开了。

"公主！"红袖那里不知不觉就已上当，忙凑到我耳边劝道，"公主，还是白骨夫人说得对，您看她不顺眼，想个什么法子不能要了她的性命，反正那素衣仙子又不在，没人护她，干吗非得落个刻薄的名声？冷静，公主，千万要冷静！忘了您刚才怎么劝我的？大王不知正在哪里偷看呢！"

我手上仍抓着红袖不放，只似笑非笑地看着海棠。

四下里一片寂静，海棠跪在地上抖了一会儿，缓缓地站起身来，轻声道："海棠本就是一条贱命，若无素衣仙子相救，早已是枯骨一具，能活到此刻已是幸运，还有什么好放不下的？只求公主言而有信，待妾身死后能与大王相亲相爱，白头到老。"

等等！我应了她什么，她便叫我"言而有信"？

海棠那里却凄楚一笑，猛地一头往旁边的柱子上撞了过去。

"亲娘啊！"红袖惊呼一声，化作一道红光便冲了过去。

红袖快，却还有人比她更快，赶在她之前，门口方向忽射了一道金光来，赶在那红光之前拦在了柱子前面。海棠这般闷头撞过去，似是撞到了一个无形的屏障，随即就又被弹了回来，一下子跌坐到了地上。

就连红袖那赶去拦人的，也被那金光屏障弹了出去，直往后飞了老远才落地，一抬头正好看到门口的黄袍怪，惊声叫道："大王？"

海棠闻声也忙转头往门口看去，待见来人确是黄袍怪，连忙也挣扎着从地上起身，却不知是刚才摔得狠了，还是心神慌乱，一时竟是无法爬起身来。

黄袍怪并不理会那两人，只是默默看我。

我就坐在那里任他瞧着，不冷不热地问道："大王在那儿站了多久了？这场戏可是都看全了？"

黄袍怪默然不语，又瞧我两眼，却是走上前来把海棠从地上拉起，拽着她就往外走。海棠怔了一怔，忙回头看看我，又去看黄袍怪，一面跟跄着随他往外走，一面急声说道："大王，您误会公主了，公主从不曾迫我，您听我解释。"

黄袍怪不发一言，只是大步往外走，海棠那里就一直叫道："您听我解释，听我解释……"

她就这般不停地说着"解释"，直到被黄袍怪扯出了屋子，一路走远，却也未能从她嘴里听到只言片语的解释。

红袖仍傻愣愣地坐在地上，瞅瞅我，又去瞅那两人离开的方向，然后再回过头来瞅我，似是还有些发蒙，道："公主，咱们这是……被坑了？"

瞧她这般模样，我却不觉笑了，往门外抬了抬下巴，道："这回知道什么叫后手了吧？你也学着点，别整天甩着个帕子冒傻气，白白坠了你狐狸精的名头。你瞧瞧人家，这才叫手段。"

红袖竟是少见地没有跳脚，只摇头叹道："奴家可比不过，奴家去宝象国青楼里才学了半个月规矩，她可是在娼家养了三年，给奴家当个师父都绰绰有余。唉……还是奴家太幼稚，竟真以为她是个烈性女子，要以死明志呢！她奶奶个嘴的，竟就被她给骗了！"

她说着，又来看我，问道："公主早就知道大王在外面呢？"

"知道啊。"我以手托腮，漫不经心地点头，"一撮毛那么好事的丫头，竟能忍住不在窗外偷看，可见是有厉害人物在外面的。"

红袖一下子从地上蹦了起来，急道："那公主为何还要上那小贱人的圈套，叫大王瞧到她撞柱子这一幕？"

我笑笑，答道："不试上一试，怎么知道你家大王是不是和你一样蠢？"

红袖没了话，好一会儿，才讪讪笑道："男人嘛，有几个不蠢的，是吧？"她从地上爬起身来，想了一想，又道，"公主您放心，我这就去找大王，非得把今天这事儿说清楚了不可，绝不能叫您受这委屈！"

"你最好别去。"我道，瞧她面露不解，就又说道，"若我没猜错，你家大王这会儿正送海棠姑娘回梨花苑。这一路上，海棠定会把此间发生的事情一五一十地告诉你家大王，你找去再说一遍，不过是印证她所言不虚罢了。"

红袖更奇怪了，道："公主这话奴家就不明白了，若海棠真能实话实说，不是更好了吗？"

"是啊，实话实说。"我咧嘴笑了一笑，"可同样是实话，不同的嘴说出来，那味道可就差远了。"

红袖那里还似不明白，我只得又说道："红袖，你且记着，只两个女人是斗不起来的，这中间非得加上个蠢男人，这才能成局。"

红袖似懂非懂，歪头琢磨了一会儿，又问我道："那咱们要怎么和海棠斗？"

"还斗什么斗啊！"我仰倒在软榻上，轻轻地叹了口气，"我是要回宝象国的人了，和谁也斗不着。至于你嘛，我劝你还是死了这份雄心吧，别说你，便是再加上桃花仙，你们俩抱个团也斗不过海棠的，不如省省。这谷中的男人不少啊，这个不行就换一个嘛！我瞧着柳少君人就不错，你早些下手，没准能成良缘呢。"

"公主也觉得柳少君不错？"红袖倒是把我这话听了进去，站在那里思量了颇久，面上却又露出为难之色，道，"柳少君好是好，就是人滑头了些，不如白珂老成持重。"

"那就白珂！"我道。

红袖仍是苦恼，又道："白珂呢，好像又有点太闷了，而且浑身长刺，这哪天一激动再现了本相，非得扎我个满脸花不可。"

她那里左右为难，瞅着一时半会儿都拿不了主意。

就在这时，一撮毛却又从外跑了进来，气喘吁吁地叫道："公主，公主，大王送那海棠姑娘回梨花苑了！"

红袖愣了一愣，立刻转头来看我，道："公主，还真叫您给料着了！"

我笑笑，"人之常情嘛。"

红袖忍不住又来问我："那您猜着，接下来会怎样？"

接下来？我不觉微微眯眼，回忆着以前看过的各式话本，又去想三堂兄府上发生过的热闹，沉吟道："按照套路发展，海棠姑娘就此会成为你家大王的红颜知己，温柔体贴，解人心意。而你家大王呢，对海棠姑娘八成也会怜惜有加。两人交往日密，情愫暗生，等哪一日再对月小酌，喝点小酒，诉些心事，然后郎有情妹有意，一床大被罩了下去……"

许是我讲得太生动，莫说红袖，便是一撮毛都听得入神了，两人都凑在我榻前，眼巴巴地盯着我，催促道："后来呢？后来怎样？公主快说，大被子罩下去之后就怎样了？"

我瞥她们两眼，忽地咧嘴笑了一笑，故意逗她们两个道："罩下去之后就少儿不宜了，不能讲给你们听。"

红袖不满地甩了甩帕子，冷哼一声，"奴家今年都三百二十一岁了，早不小了！"

一撮毛也紧着说道："我一百七十九，也不小！"

我掐指算了一算，惊道："哎哟！你两个真都不小了，加起来正好五百岁，两个二百五呢！"

"是，是！"一撮毛紧着点头，红袖那里却是听了出来，忙推了一撮毛一把，气哼哼地骂道，"蠢货，公主这是绕着圈子骂咱们俩呢，你还跟着是是是！"

一撮毛满脸疑惑，掰着手指头又算半天，争道："可加起来的确是五百岁，两个二百五啊。"

红袖白了她一眼，又转过头来对我使激将法，道："公主刚才那话是胡乱编了糊弄我们的，是吧？"

我又笑笑，只道："是不是糊弄你们，你们且等着瞧就好了。"

第二日，一撮毛便探听了消息来，黄袍怪又去了一趟梨花苑，回来后还嫌那里烟气大，特意命人去给梨花苑里换了银骨炭。

第三日，海棠过来我这里求见。我懒得与她周旋，直接命红袖把她挡在了院外。听闻海棠在院门外站了足足小一个时辰，这才含泪离去。当天下午，黄袍怪就又去了梨花苑，直坐到天黑才走。

再一日，海棠又独自来寻我，不料才到半路却失足滑落沟中，连脚都扭到了，若非白珂遇到，怕就要冻死在外面。黄袍怪得了消息，不仅亲自去看了一回，回头又命柳少君送了灵丹妙药去梨花苑，还特别派了两个聪明伶俐的小妖给海棠做丫鬟使。

总之，一连几日，海棠就没消停过一天。

红袖听了一撮毛打听来的消息，气得直哼哼，恨声道："怎么就那么巧，竟就摔进了雪沟里，偏又被白珂瞧到！也是老天不开眼，既这么巧，又怎么没能一跤摔死她！"

"淡定，淡定。"我忙安抚她，"套路，都是套路！"

红袖那里仍是不忿，"假摔也就假摔吧，偏还要说是为着来寻您，这不明摆着往您头上扣屎盆子吗？"

我倒是不在意，反而去劝红袖，道："若不这样，怎能得你家大王怜惜？又没真把咱们怎样，她把自己都豁出去了，下得这般狠心，也怪不容易的，何必跟她一般见识。"

红袖恨恨地瞪我一眼，一甩帕子赌气出了屋子。

翌日便是除夕，黄袍怪在波月洞里设了大宴，除了白骨夫人与桃花仙等旧识，附近各路妖怪也都来参拜，狼虫虎豹等不多不少正好凑了三十六之数，皆尊黄袍怪为首。

波月洞里群妖荟萃，热闹非凡，自然引得谷中小妖心动，不说别处，便是我这院里也有许多小妖偷偷跑去玩耍。待到夜间，我身边除了虎大王，竟就只剩下红袖与一撮毛，并一个叫作织娘的小妖。

红袖拎着小鱼心不在焉地喂着虎大王，叹道："果然叫公主猜对了，大王不但叫海棠去了宴上，还叫她坐了上座。"

"还喝酒了，喝酒了！"一撮毛刚又跑去看了，忙着补充道，"我亲眼瞧到咱们大王和海棠对饮了，接下来，就该一床大被了吧？"

红袖闻言，忙把手中小鱼砸向了一撮毛，怒道："你脑子被猫吃了啊？"

一撮毛却是委屈，小声说道："可照公主讲的，喝完酒就该罩大被了啊！"

红袖还要伸手再打一撮毛，我忙出声拦住了，笑道："她一个小孩子，你跟她置什么气？"

红袖这才作罢，却是小心看我一眼，道："公主，您莫多想，咱家大王不是那样的人。不说桃花仙，就这谷里长得好看的也不少，可也没见着大王去沾哪个了。照你们的话来说，咱们大王是个君子，坐怀不乱的。"

我原本也是这样认为的，可惜……竟是看走了眼。

果然是眼瞎得厉害，我自嘲地笑了一笑，没得兴趣再与她们坐下去守夜，只起身去卧房睡觉，又与她们几个笑道："你们也不用在这里守着我，都去那宴上凑凑热闹，谁知里面有没有青年才俊，许是就看对了眼呢！"

红袖她们都正值青春年少，听我这般一说，颇为意动，相互看了看，却又都来看我，吭哧道："留公主一人在家，不太好吧？"

"没事没事！"我摆手，又嘱咐她们，"走的时候关好了院门，小心别招了贼。"

她几个味味笑了几声，便相携着离去了。我独自进了卧房躺下，待屋内静下来，却也觉出几分害怕来，一时想也不知那几人记得锁院门没有，一时却又想这谷里都是妖怪，便是锁了院门怕是也没用。

就这般胡乱寻思着，直到夜深，我才有了几分困意，正昏昏欲睡时却忽又感觉到异样，猛地睁开眼，赫然发现床前竟就站了个人！

这深更半夜，黑灯瞎火的，换谁床前突然冒了个人出来，怕是都要吓死过去。纵是我这般被母亲说成蔫大胆的，也骇得猛地坐起身来，正欲张口惊叫，不料来人却是快了一步，上前一把掩住我的口，低声道："是我。"

我三魂七魄吓走了大半，反应难免迟钝些，好一会儿才辨出这人竟然是理应在大宴上搂着新欢意气风发的黄袍怪！

许是瞧出我终于认出了他，黄袍怪撒了手，又道："莫怕。"

这种情形，谁能不怕！

我气极了，反而意外地平静，只真心实意地与他商量道："大王，您下次来还是先去院角里吹箫吧，好吗？这要吓死了我，便是我做鬼也不怨您，您自己心里也会过意不去，是不是？"

房内光线实在是太暗，我看不清黄袍怪的神情，也不知他是个什么反应，只见他在那里默默站了片刻，竟就在我床边坐下了。

我下意识地往床内挪了挪，戒备地盯着他，问道："您来这儿……有事？"

黄袍怪也不说话，只坐在那里瞧我。

我迟疑了下，就又试探道："那您来这儿只是随意……坐坐？"

他仍不说话，我等得片刻，终于没了耐心，忍不住伸出脚去轻轻踢他，道："哎？说句话啊，总不能是来这儿梦游的吧？"

黄袍怪依旧不言，却一把抓住了我的脚。

我吓了一跳，想也不想地往回抽腿，不料他却不肯松手，也不知是酒后坐得不稳，还是有意为之，整个人竟就随着我那力道倒过来，直直地压向了我。我慌忙抬了另一只腿去挡，一脚撑住他胸膛，将将把他挡在一尺开外，怒道："借酒装疯，非大丈夫作为！"

黄袍怪不为所动，哑声接道："不喝酒，接下来怎好同罩大被？"

我怔了下，这才明白他说的是什么，一时尴尬至极，忙干笑了两声，才道："玩笑话，都是胡诌了来逗小姑娘的玩笑话！"瞧着黄袍怪没反应，又赶紧正色说道，"你别乱来，你也知我的脾气，万一惹恼了我……"

"惹恼了你又能怎样？"黄袍怪突然反问道。

我一噎，默默看他，光线依旧昏暗，可眼睛却已渐渐适应，又离得他这般近，他的五官非但清晰可见，便是眼中神色也能辨出一二分来。

我抿了抿唇，答道："我确不能怎样了你，便是再恼再恨，也不过是一辈子不理你罢了。"

黄袍怪似是僵了一僵，又默默看我两眼，手上松开了我的脚踝，翻身往我旁边躺倒下去，先长长地吐了口气出来，这才轻声问道："真不能留下来吗？"

我刚才全凭一脚之力撑着他的重量，脚踝早已压得生疼，闻言一面活动着脚踝，一面转头看他，奇道："咦？你这几日和海棠姑娘不是相处得很不错吗？我还以为你们已经情愫暗生了呢。"

普普通通一句话，不知黄袍怪为何突然又恼了，一把握住了我的胳膊，将我扯到他身前，恨声道："你再敢胡诌，我就——"话至此处戛然而止，他也未说出他就怎样，只又低低地冷哼了一声，便松开了手。

他这般喜怒不定，叫我很是摸不到头脑，一时也不敢惹他，只不露痕迹地往远处挪了挪，道："我不说话便是。"

两人一坐一卧，都不再说话，只片刻工夫，屋中便沉寂了下来，呼吸可闻。尴尬于无声中悄然而生，也不知是谁的气息先乱了节奏，捎带着，连心跳也乱了起来。我只觉莫名紧张，想着寻个话题打破这气氛，便问他道："你什么时候送我离开？"

黄袍怪默了一默，答道："你若想走，明日便可。"

"真的？"我有些意外，不禁又问，"明日大年初一，你有空闲？"

黄袍怪却是轻轻嗤笑，道："不过是个妖怪，既不需当值，又无人管束，是忙还是空闲还不是全凭己定。"

我原本也是这样觉得，闻言不由得笑了，"我就料着你之前说事务繁忙不过是个借口。"

黄袍怪转过头看我，也是淡淡一笑，应和道："是啊，只是借口。"

我被他看得有些不自在，忙就移开了视线，过得片刻，才与他说道："你我相处一场，也算是共过患难。我既要走了，也有几句话想交代你，你若不嫌我聒噪，便听一听。"

黄袍怪说道："你说吧，我听着便是。"

我稍稍沉吟，组织了一下语言，这才说道："海棠虽美，心术却不大正，你日后纵是爱她，也须防她几分。"话说到这里，我却不由得停住，默得片刻，自己忍不住先笑了，摆手道，"不说了，再说下去反倒像是故意离间你们。你们既成夫妻，好坏都是你二人的事，何容我一个外人来多管闲事！"

黄袍怪听着，忽撑起身来，一把握住我的手，问道："你既知海棠心术不正，又那样陷害你，为何还对她心存怜悯，将我拱手让与她？"

我一时噎住，不知如何作答，强自笑了一笑，才道："这是哪里话，她本就与你有约在先，我这后来之人理应退出，怎能算是我让人家。"

"可却是你我生情在前！"他倾身慢慢压近，又逼问道，"你无辜被我掳来，未曾与我同甘，却先共苦，好容易生得情分，却因一个与你毫无干系的海棠，便要你退出，将我拱手相让……你就丝毫不怨，丝毫不恨吗？"

我怎能不怨？可怨又怎样？又能怨谁？我压住心中苦涩，咬牙道："不过是造化弄人，我不怨，不恨！"

"好一个不怨不恨！"黄袍怪冷笑，又道，"我知你敬苏合痴情，怜海棠孤苦，可苏合挟恩迫我在前，海棠倚弱害你在后。此人前世狡黠多计，后世歹毒阴险，你就将我让与这样一个人，便真的心甘情愿吗？"

苏合是否狡黠多计我无从得知，不过这海棠瞧着的确非良善之辈。

未想到黄袍怪竟是已瞧出海棠真性，更不知一向沉默寡言的他会有这般好口才，能将我心中的不甘一一点破。我不觉苦笑，反问他道："心不甘情不愿，却又能怎样？叫你失信苏合，去受那天雷之罚吗？海棠虽与我毫无干系，可你呢？也毫无干系？"

黄袍怪抬手轻轻抚上我脸颊，怔怔看我，柔声道："可还记得？你曾说过，人活一世，待喝了孟婆汤，过了奈何桥，便与这前世一刀两断，前尘往事俱都抛却。这一世后，你去入你的轮回，而我失信于人，自去领我的惩罚，又与你何干？"

是啊，他自去领他的惩罚，七七四十九道天雷，道道轰顶，魂飞魄散。

而我，却再记不起他，独入轮回，生生世世。

不知什么时候起，眼里已是一片湿热，我咬唇忍得片刻，松开了齿关，故作轻松地笑道："不想你倒是个好说客！可即便你说破了天，我也是要走。先不说你自己是个妖怪，非我族类，就你这谷里，也是妖怪遍地，我一个凡人活在此处，怎比人间轻松惬意？"

黄袍怪默得良久，这才轻声问道："你不悔？"

我咬了咬牙，答他道："不悔。"

黄袍怪瞧着我不语，好一会儿，才叹出一口气来，翻身仰倒在一旁，缓缓说道："你既不悔，那依你便是。待明日天一亮，我便送你回宝象国，从今以后，你我二人再无瓜葛。"

得他这样一句话，我心中倏地一空，也说不清到底是个什么感觉，待转头看他片刻，心中却忽生了一个疯狂的念头，想也不想地与他说道："你刚才说了那半天，却叫我想起一事来。"

黄袍怪问我："何事？"

我道："海棠找来，我原本想着自己离开也就算了，却不料好心做了驴肝肺，她竟这般阴我。她既然不仁，那也就别怪我不义了。"

　　"你要如何不义？"黄袍怪又问我，声线微紧，"不走了么？"

　　"走还是要走的！"我脸颊明明滚烫，却仍硬撑着直视他，发狠道，"不过要先睡了你，再走！"

　　就觉得黄袍怪的身体似是僵了一僵，他定在那里，直直看我。

　　我只觉得全身的血液都往头脸上冲了过来，恨不得扭头狼狈而逃，可骨子里的那股执拗劲，却叫我不甘示弱，便胡乱说道："你这般美貌的人，找遍了天下也不见得能有几个，睡你一夜，也不枉我来此间一趟！"

　　他弯唇一笑，轻声应道："好啊。"

　　我咬了牙，扑过去撕扯他的衣裳。虽是寒冬，他身上穿得并不厚，可不知为何，我扯了半天却不得要领，只露了他半个胸膛出来。便是如此，我也已是羞得难以自制，指尖抖个不停，再没了力气扯下去。

　　他忽抬手，握住我的手，低问："怕了？"

　　我强笑了笑，给自己的胆怯寻找借口，"不是怕了，你这模样好看是好看，可我看着却有些不惯，想当初与我拜堂成亲的是那青面獠牙的黄袍怪，现在我却要和另一个人同罩大被，就觉得有点对不住黄袍怪，好像在给他戴绿帽一般。"

　　黄袍怪闻言笑笑，道："那你闭一下眼。"

　　我依言闭了闭眼睛，再睁开时，身下压的那人便又成了青面獠牙的模样。

　　他大嘴微扯，又问我道："这样可看着习惯了？"

　　我呆愣愣地点了点头，"还成。"

　　他又笑了笑，直盯着我，手上缓缓加力，拉着我向他伏低下去，自己却微微侧了头，慢慢迎上前来。

我能猜到他的意图，也未挣扎，眼看着与他面庞越来越近，却又不自觉地停了下来。

他颇有些无奈地看我，低声问道："又怎么了？"

倒是没怎么，就是他这样一张丑脸，我实在是亲不下去……我瞅着他，欲哭无泪，吭哧了半天，才小声说道："青面獠牙，无处下嘴……"

他愣了一愣，顿时有些哭笑不得。

老话说得好，一鼓作气，再而衰，三而竭。刚才还雄心万丈、色胆包天的我，这会儿突然就没了勇气，只得临阵退缩，耍赖道："算了，还是不要睡了！"说着，慌忙从他身上往下爬，不想却突然被他一把抓住，掀翻过去。我尚来不及反应，他已是欺身压上，抬手罩住了我的眼，下一秒，便有温热的唇瓣贴上了我的。

我身体倏地僵住，脑子里冒出的第一个念头竟是这样软的唇，想来不是青面獠牙，无须担心扎了嘴，或是被他咬着了。紧接着，这才觉出羞来，再不敢动弹半分，只心跳又急又快，咚咚之声，如同擂鼓。

不知过了多久，他才抬头稍稍离开，哑声叫我："百花羞。"

"嗯？"我颤声应他，不敢睁眼。

他没再说话，只随手从床内扯了被子过来，兜头将两人齐齐罩住了。一床大被遮住了天与地，隔住了外面的寒冬凛冽，只剩下春意盎然。我晕头晕脑，正不知身处何地之时，却忽然感到黄袍怪身体似是一顿，猛地定住了。

紧接着，红袖的声音从外响起，"公主？公主？"

我下意识地张嘴想要应她，却猛地反应过来，吓得赶紧捂住了自己的嘴，心里顿时大慌，冷汗唰的一下子就下来了。不过是一时冲动，竟就这样被人捉奸在床了！

"公主？"红袖又轻唤了两声，见不得我应声，便又自言自语道，"看来是睡熟了，倒也真是心大，也不等我回来说说宴上的情形。"

她就这般小声嘟囔着，往我床边走，看情形是要像往常那般窝到床脚上来睡觉。

我不由得大骇，正慌得不知如何是好，不料黄袍怪那里却突然发了声，冷冷喝道："滚出去！"

我惊得一僵，床前的红袖却似是吓得蹿了老高，失声喊道："哎呀娘啊！谁在那里？"

事情败露，我只觉尴尬至极，不免又恨又恼，又怨黄袍怪坏事，气得一口咬上他肩头。黄袍怪被我咬得闷哼了一声，方冷声答红袖道："我。"

"大王？"红袖惊问，似是傻了片刻，这才连滚带爬地往外跑，"奴家这就滚，这就滚！"

就听得外面一阵丁零当啷，也不知红袖都撞到了什么，紧接着又听着门响，慌乱的脚步声由近及远，直至消失。屋里终静下来。黄袍怪掀开了被子，低头看我，道："没事，她走远了。"

我羞得不知如何是好，忙就推开了他，一面摸黑套着自己衣裙，一面急声与他说道："你快施个法术将我变到别处，一会儿就跟红袖说你从宴上喝得醉了，不小心走到了此处，迷迷糊糊就上床睡。而我从外面进来，做出刚刚回来的模样就好！"

黄袍怪却是不动，直等我急了，伸手去推他，他这才轻声而笑，道："红袖又不是个傻子。"

我羞愧交加，低头默了片刻，道："要不，你连夜送我走吧。"

"你我都这般了，你还要往哪里走？"他轻声问我，停了一停，才又继续说道，"百花羞，我今夜既来，原本就没打算着放你走。"

我愣了一愣，抬眼怔怔看他，问道："那海棠怎么办？"

他浅浅笑了一笑，答道："之前与她周旋，不过是想拿她气你，今夜之事后，纵是你执意离开，我也不会再与她怎样。我已失约于她，那天雷之罚是受定了的，你走不走都无关系。只盼着你能看在我这份痴心上，肯与我在此相守一世。"

"这一世后呢？"我又问。

"这一世后？"他轻笑，一字一句地答我道，"你不悔，我不怨，我们各听天命。"

他一个要受天雷的，都能说出这话来，我还有什么好悔，有什么好怨？

我沉声应道："好，不管下一世如何，这一世，我陪你。"

他只静静看我，良久之后，粲然而笑。

这一夜，我睡得极不踏实，初始是因为身边突然多了个人，有些不大习惯，待到后来，好容易睡了，却又迷迷糊糊做起梦来，竟又看到了那之前摄我魂来的高冠男子。

他至我身前，伸出手指点我的额头，恨铁不成钢地说道："你怎的这般没用？随随便便来个人占你姻缘，你竟连青红皂白都不问问，就要将姻缘拱手相让。亏得我还让张芃芃养了你十六年，别说心计手段，就连她的泼皮无赖你都没能学到，只贪好美色这点，倒是得了真传，学了个十成十！"

我听他提到母亲闺名，不由得大奇，问道："你到底是何方神圣，竟也认识我母亲？"

不想他面上竟露出些许不自在，忙道："都是些陈年旧事，不提也罢。现在只说你，一个海棠找来，你便如此，日后若再有个牡丹、翠莲的，你难不成次次都要把自己的姻缘让出去？"

　　我听到了"姻缘"二字，不禁问道："我的姻缘？"

　　"废话！"他翻白眼横我，"若不是你自己千方百计求来的姻缘，我提你到此作甚？苏合啊苏合，以前瞧你还算是个机灵的，怎的叫张芃芃养了十几年，反倒养傻了？"

　　"我竟是苏合？竟是我贪好黄袍怪美色，挟恩迫他许下一世姻缘？"我很是意外，更有些接受不能，又问道，"我若是苏合转世，那海棠又是谁？怎的会掌有彼岸花，又长得与苏合一般模样？"

　　"谁与你说这转世与前世会长得一般模样？你转世的时候把脑子扔奈何桥下了吗？"那人颇有些无语，又伸手过来杵我额头，我忙闪过了，道："你好生说话，动手动脚做什么？"

　　他愣了一愣，叫道："哎哟，这脾气倒是挺随张芃芃。杵你两下怎么了？怎么？你也要拿镜子拍我啊？"

　　我手边是没镜子，若是有，怕是也要拍到他那张讨人嫌的脸上。我一时忍了气，又一次问他道："那海棠既不是苏合，为何会与苏合长成一般模样？"

　　那人答道："这海棠虽是个女鬼，却也有些来历。当日你在奈何桥上拈花而立，恰逢海棠也去投胎，因羡你风姿，在你身边盘桓良久，又听了几句你的玩笑话，偷偷握了朵彼岸花在掌心，这才在掌心留了块红色胎记，又长成了与你相仿的模样。"

　　凡事说得有鼻子有眼，倒叫人一时寻不到破绽，辨不出真假。我听得将信将疑，又去打量面前这人，问道："你又是什么人，怎的对这些事情知道得这样清楚？还要插手来管此事？苏合与那黄袍怪成不成姻缘，与你何干？"

"这个，这个……天机不可泄露。"那人顾左右而言他，与我胡乱扯得两句，忽似察觉到什么动静，探头瞧了我身后一眼，面色微变，忙道，"他要醒，我得快走，有话日后再说！"

他说完，转身便走。

"别走！"我大急，忙伸手去拉他，不料却扑了个空。

我骇了一跳，猛然睁眼，却见黄袍怪就在眼前，正一手紧握住我的手，关切问道："怎了？可是做了什么梦？"

我一时仍有些回不过神来，只怔怔看他，问道："你可曾想过，也许海棠并非苏合转世？这世上许就有那长得极为相似的人，恰恰掌心也有红色花印，所有一切不过尽是巧合，皆做不得凭证！"

我忽谈海棠，黄袍怪面露几分惊讶，不过还是说道："其实，我也怀疑海棠并非苏合转世。"

"你因何怀疑？"我不由得问道。

黄袍怪抿了抿唇角，这才答道："那苏合心性狡黠，乃是贪慕富贵、耽于享乐之人，纵是我当日未能如约而至，她怒而转去他处投胎，纵不是皇家内院，也该是富贵之所，不会选择海棠这般的身世。"

听到他也怀疑海棠身世，我本还有些高兴，可再听到他对苏合的评价，却是心中一凉。好嘛，原来在他眼中，苏合竟是此等品性，也难为他如此厌恶苏合，却也能守约前来寻她，真是太不容易了！

我一时甚是矛盾，不知是否将梦中之事告知与他。俗话讲，日有所思，夜有所梦。那梦境之事不过是无稽之谈，我自己尚不能全信，又怎么能拿来说事？

黄袍怪伸手来抚我额头，柔声问道："梦到什么了，怎么听你喊'别走'？是谁要走？"

"没什么。"我忙摇头，怕他不信，又道，"发了个梦，说是你要走，一时着急，便喊了出来。"

黄袍怪闻言轻笑，道："莫急，你只记着，这一世，我不会走。"

他这般温存体贴，叫我越发不敢把梦境与他言说，又坐片刻，才与他说道："你昨夜里曾说，不管前世，不论往生，只这一世你我相守，待这一世过，我无悔，你无怨，我们各听天命。这话可还作数？"

"至死不渝。"他答道。

听他这话，我终下了决定，将刚才那梦尽数瞒下，管我前世是谁，反正自己也不记得，何必再去自寻烦恼？若我真的就是那苏合，这一世后，黄袍怪不用去受那天雷之罚，岂不算是件好事？

"百花羞？"黄袍怪又唤我。

我回过神来，有意岔开话题，便与他说道："你换个名字叫我可好？我曾与你说过，我本是大夏国公主，闺名齐葩，兄姐都唤我葩儿。你叫我百花羞，我总是有些不惯。"

"葩儿，葩儿……"黄袍怪低声念了几遍，却是莞尔，道，"你不觉你这名字与百花羞很是有缘？葩者，花之丽采美盛，乃花中极品，而百花羞则是艳冠群芳，令百花低头，两个名字不过是大同小异。"

他这样一说，我也觉得这两个名字相差不大，那"百花羞"念起来反倒比"奇葩"更顺意些。

"那就随便你叫好了，左右不过是个代号，我不是还叫你黄袍怪呢嘛！"我笑笑，忽又想起一事，便问他道，"你到底是叫什么名字？在崖底时你说你叫李雄，我怎记得素衣可是叫你奎哥哥的？"

黄袍怪默了一默，方道："不是我要与你隐瞒身份，而是这身份你知道了有害无益。你也说名字不过是个代号，既然这样，又何必在意我叫什么？你既叫我黄袍怪，那便一直叫下去就是。"

"真的要一直叫你黄袍怪？"我又问。

黄袍怪瞧我两眼，商量道："黄袍郎可好？"

我又问："哪个郎？郎君的郎，还是野狼的狼？"

"自然是郎君的——"黄袍怪答到一半，才发觉我是在戏弄他，伸手一推我额头，将我推倒在床上，道，"你这丫头着实可恨，这点口舌便宜也要来占。"

两人正笑闹着，忽听得红袖的声音从门外响起，恭声问道："大王可是起身了？白珂有事求见。"

我愣了一愣，这才记起昨夜里红袖曾撞破我与黄袍怪的情事，现听到她的声音，顿觉羞臊难当，忙就扯过被子捂住了头脸，闷声问道："你能不能施个法术，叫红袖忘了昨夜之事？"

黄袍怪闻言却只是笑，"白珂都找到这里来了，只施法消了红袖记忆怕是不够。"说着，又来扯我被子，调笑道，"你昨夜里推倒我那气势呢？总不能一觉睡没了吧？"

我听他越说越是离谱，忙就挥手赶他，"快走，快走！白珂能找到这里来，定是有要紧事，你还不快去！"

黄袍怪笑笑，这才起身穿衣离去。

他这里前脚走，红袖那里就进了房门，却也不说话，只用帕子捂着嘴咻咻而笑，瞧我没什么反应，这才一甩帕子走上前来，笑道："哟！公主，您这才叫真人不露相。亏得奴家还替您操心，原来您自个有算计着呢！"

就昨夜那事，解释是解释不清了，多说了不过是越描越黑，我索性厚了脸皮，与红袖应承道："过奖，过奖！"

红袖上前来伺候我洗漱，又念叨："那海棠长得标致又能怎样？大王还不是抛下了她过来寻您。您是没见着昨夜里她那模样，小脸雪白雪白的，难怪会大半夜的往外跑，一准是气的。活该！要是走迷了路，被山里的虎豹吃了才好呢！"

我听得一怔，"海棠跑了？"

"说是昨日半夜里不见了！"一说这个，红袖顿时来了精神，简直要眉飞色舞，"听白珂说已是派人找了好一阵了，不见影踪，这才来报大王知道。奴家觉得吧，海棠肉体凡胎一个，没准真的已经被野兽吃了呢！该！真是活该！"

她那里说得幸灾乐祸，我却隐隐觉出不对来，问她道："你昨夜里见着海棠往外跑了？"

"不是奴家，是一撮毛。"红袖答道，"那丫头正好撞到海棠从宴上出来，海棠还叫她过去说了几句话。"

我略一思量，忙又问道："说话时可还有别人在场？"

"哎哟，这可不知道了，奴家只听一撮毛说了几句，没细问。"红袖瞧我神色郑重，还有些不解，问道，"怎了，公主？可是有什么不对的地方？"

岂止是不对，这里面的问题大了！

我赶紧叫红袖找了一撮毛进来，与她说道："你把昨夜里遇到海棠的事情，细细与我说来。你何时见到的她，是在哪里看到的，当时身边可还有什么人，你们又说了些什么，一一给我说清楚。"

一撮毛不知事情严重，还当我是跟红袖一般好事，笑嘻嘻地说道："这事说来话长。昨晚上您不是叫咱们几个去大宴上瞅瞅热闹吗？我本来是想和红袖姐姐他们一起去的，谁知晚上却吃坏了肚子，临出门的时候突然觉得肚子痛，急着要跑茅厕。我去茅厕之前，还跟红袖姐姐说，叫她等我……"

这都扯了半天了，竟然连院门还没出！

我瞅着她这架势，许是连怎么去茅厕都要与我细细说来，不得不出声打断她，道："只说要紧的事，跑茅厕的事情就先不要说了。"

"跑茅厕这事就挺要紧！"一撮毛道，绿豆小眼眨巴了几眨巴，认真说道，"公主您是不知道，当时我要是再慢一步，差点就拉裤子里了。"

我噎了一噎，才道："不是说这事不要紧，而是这事不是重点，咱们先拣重要的事说。"

一撮毛叫道："可红袖姐姐说过，人活着，就没什么能比吃喝拉撒这事重要了啊。"

我无语，转头去看红袖。

"没错！"红袖向我认真点头，道，"这话的确是奴家说的，怎么？公主觉得不对吗？"

我一时噎住，竟是无言以对，只觉得胸口气血翻涌，气得岂止是要吐血，简直就要七窍流血！

一撮毛那里还眼巴巴地看着我，道："那公主给咱们说说，到底什么才是最重要的！"

我深吸了口气，这才能压下火气，只问一撮毛道："先不说你那吃喝拉撒的事，我只问你，昨夜里你见到海棠的时候，她身边可还有旁人？"

"没有。"一撮毛摇头，"她就一个人。"

"你们都说了些什么？"我又问。

一撮毛想了想，答道："也没说什么要紧话，她就问了我几句公主的情况，问您睡下了没，为什么没去宴上，红袖姐姐提前有过交代，不管谁打听咱们院子里的事情都不能说，我就什么也没告诉她。"

"对，奴家交代过，"红袖紧着在一旁补充，"嘴一定要严实！"

这样听来倒是没什么特别之处，我不由得疑惑，难不成真的是我以小人之心度君子之腹，把海棠想得太坏了？我这里正思量着，红袖与一撮毛已是闲扯到了别处，就又听到红袖问一撮毛道："说起来也是，你昨晚上一泡屎怎拉得那么久，我和织娘等你好一会儿，你都没瞧到好戏，桃花仙子又喝高啦！"

一撮毛道："我拉屎没多久，还不是因为遇到了海棠，她要去什么观景亭，却又不认识路，央我带着她去，我一时没拉下脸来，就带着她跑了一趟。"

我听得一怔，忙问道："你带她去了观景亭？"

"是啊！"一撮毛点头，又道，"她那样可怜巴巴的，我就寻思着我腿脚快，也耽误不了多少工夫，就领着她跑了一趟。不过半路上她瞧见那观景亭，知道路怎么走了，我就赶紧回来了！"

听到此处，我顿时明白了问题所在，不由得叹一声"坏了"，道："问题就出在这里了。"

红袖与一撮毛两个俱都一怔，红袖先反应过来，伸手就扇了一撮毛脑袋一巴掌，骂道："你个蠢货，那海棠害咱们公主，你还给她跑腿，你是傻还是缺心眼啊？她问你观景亭你就领她去啊？你不会说你也不认识路啊！"

一撮毛双手捂着脑袋，委屈说道："可我明明认识路啊！"

红袖瞪了眼，还欲再打一撮毛，我忙伸手拦下了，道："你现在打她也没用。"

"也是哈！"红袖冲我笑笑，许是怕我怪罪一撮毛，又道，"公主别和一撮毛生气，她就是这少心眼的玩意儿，下次海棠再问，她都不会领海棠去了，您放心好了！咱们院子里的人，自然都是和公主一条心的，绝不会给他人使唤！"

听了这半晌，我才发现红袖现在也还糊涂着，根本不知道这事的关键所在。

我一时也不知怎么和这两个小妖精讲人心的险恶，"关键不是她给海棠使唤，而是，她被海棠利用了。"

红袖与一撮毛俱都露出不解之色。

无奈之下，我只得又与她们把这事掰扯开了说："你们想想，昨夜里海棠一个人跟着一撮毛从宴上走了，然后，海棠就不见了。这事查起来，会落个什么结果？"

"不是海棠跟着我走的啊，是海棠叫我领她去观景亭！"一撮毛那里赶紧纠正。

我反问她道："谁能给你做证？"

一撮毛顿时被问住了，红袖那里才觉出事情严重来，问道："公主，这么说来，咱们还得盼着海棠别被虎豹吃了，不然，这事就要怪到咱们一撮毛头上了？"

"这个倒是可以放心，海棠是不会被虎豹吃掉的，顶多是吃些苦头罢了。"我不由得笑了笑，又道，"你们且等着，若我没有猜错，很快就该有人来问一撮毛了。"

一撮毛那里已经吓得变了脸色，忙道："那我怎么办？就说没见过海棠好了！"

"你个蠢货！"红袖气得又伸手去拍她脑袋，"你说没见过就是没见过吗，谁知道当时还有没有人看到你与海棠说话！再说，日后那海棠自己回来，若咬死了说是你哄她过去的，谁会信你个耗子精？"红袖说着说着，忽地停了下来，愣了那么三五息的工夫，似是恍然大悟一般，叫道，"哎呀！奴家明白了，海棠这小贱人不是要坑一撮毛这傻货，她是要坑公主您啊！"

她总算能想到这点，也真是怪不容易的！

我颇为无语，反问她道："不然你以为呢？"

红袖气得直扭帕子，恨恨道："想不到她竟是一肚子坏水，屡次三番地来陷害咱们，真是白瞎了她那模样！她就盼着吧，千万别落我手里，不然我一口咬死她！"

我赶紧伸手轻拍红袖手臂，安抚她道："套路，都是套路。"

不想红袖瞅我一眼，反而又来开解我："公主且放宽了心，大王才在咱们这里睡了一宿，正拿您当心头好呢！到时不论海棠那小贱人怎么说，您就只喊冤枉，反正也是口说无凭的事，难不成她说是一撮毛哄她去的，大王就一定能信？"

我不由得默了一默，心道：姑娘，与人斗，你还是太嫩了点，海棠冒险做出这套，可不是为着来与咱们打口舌官司的！

一撮毛那里还急着呢，看看红袖，又来看我，急声问道："我怎么办？我怎么办？万一当时有人看到我领海棠离开了，白珂来问我要人，我怎么说？"

这不是万一，而是一定，一定会有人亲眼看到一撮毛领海棠离开！

我想了一想，道："这事越瞒越错，你便实话实说吧。"

果不其然，才到下午时候，白珂便把一撮毛叫走了问话，据说是昨晚宴席过半的时候，有个宾客出来方便，亲眼看到一个头顶红毛的小丫头带走了海棠。

这山谷里小妖无数，却只有一撮毛头顶上长着红毛，自娘胎里带出来的，想藏都藏不住，不消问，只说头顶红毛，大家就都知道那小丫头一定是她了！

白珂从一撮毛嘴里问出了"观景亭"，忙带了人去那里找，却不想把前后左右、上上下下方圆几里都翻遍了，却依旧不见海棠影踪。说来也是凑巧，当天夜里，天上忽又飘起了大雪，气温骤降，这人若再找不到，就是不被野兽吃掉，怕是也要冻死。

翌日，白珂来报此事时，黄袍怪正在我这里，闻言垂目默了片刻，这才抬眼看我，道："不管怎样，海棠毕竟是苏合转世，不能就此死在谷中。再者，她人不该走远了，白珂他们找寻不到，必有缘由，须得我去看上一看。"

这事不能拦，也拦不住。

我笑笑，道："你理应去找，纵是不念旧情，只说素衣仙子那里，她把人留在此处，你总要给她一个交代。"

黄袍怪面上便有些不自在，道："我与苏合并无旧情。"

"是啊，我信。"我点头，故意与他装傻，"所以才说不念旧情，只说现在。"

黄袍怪颇有些无奈，瞧了瞧我，才又说道："你安心等我，不论别人怎么说，我心里自有数。"

他能说出这话，显然是听到了什么议论，十有八九，已是有人怀疑海棠失踪是我使的手段。对于黄袍怪，我倒是还有几分把握，信他不会因几句闲言碎语就猜忌我。只是，两人相处时日尚短，纵是此刻情热，对彼此心性却算不上十分了解，若海棠有心算计，再加上众口铄金，便是此次无事，也少不得要埋下祸根。

海棠既然先来算计我，也就别怪我也给她挖坑了。

"不瞒你说，我长在深宫，什么心机手段不曾见过？我不使，并非不会，而是不屑。只说这回的事……"我笑了一笑，方又说道，"我把话先给你撂这儿，别看确是一撮毛领海棠去的观景亭，但你寻到海棠，她只会说是自己不小心走迷了路，绝口不提一撮毛。不信你就瞧着。"

黄袍怪挑了挑眉，痛快说道："我信你。"

"既有你这句话，再多余的话我一句不说。"我瞧一眼外面天色，见云层压得极低，便又说道，"这雪一会儿怕是还要大些。白珂他们顶风冒雪都找了一大整天了，真是怪受累的。你快点去吧，早点找到人，也能叫大伙都消停些。"

黄袍怪张了张嘴，似是还想再说什么，却又停下了，只转身出了屋。

第七章

是谁的一世姻缘

红袖在外面冻得嘶哈嘶哈地进来，小跑着凑到火炉边取暖，又从怀里掏了一把栗子与两个地瓜出来，放到炉火里烤着，不解道："公主，您说这事也真是奇了，海棠一个凡人，就那么两条腿，她能跑到哪里去？难不成真是被野兽吃干净了？要不白珂他们怎么就找不到？"

那炉火烧得极旺，只片刻工夫就把栗子烧爆了皮，透出香气来。

我一时没忍住诱惑，也凑到炉边去等栗子吃，一边用铁筷子拨弄着栗子，一边答红袖道："白珂找不到，那是因为他是白珂。等你们大王亲自出马，这人啊，很快就能找到了。"

"真的？不能吧？"红袖还有点不信我这话，又嘀咕道，"咱们大王的确法力高强，可白珂也不是废物啊，好歹有千年修行呢。"

我笑了一笑，也不与她争辩，只道："不信你就等着。"

果然，才刚过晌午，一撮毛就从外面带来了消息，说黄袍怪已是寻到了海棠，送她回梨花苑去了！

海棠是在一处断崖下的雪窝里找到的，据说被发现时人已经昏迷了，只手里紧握着素衣仙子留给她的一块玉璧，也亏得有这块玉璧保护，否则她怕是早就叫野兽啃食干净了。不过，也正是因为此物庇护，白珂他们几次从崖上找过都没能发现她，直至黄袍怪亲自出马。

一撮毛不知从哪里探听来的消息，与我们连说带比画，讲得绘声绘色，"哎哟，听说衣服上都是血，也不知摔断了几根骨头，那叫一个惨啊！更惊险的是，那雪窝子四周都是野兽脚印，若不是有那灵通玉，人早就被吃了，骨头都剩不下！"

"竟这般惨？"我惊讶地问道。

一撮毛忙点头，感叹道："惨啊惨！听说直到回了梨花苑人都还没醒呢，伺候她的两个丫头一边哭一边给她换衣，说人冷得都跟冰坨子一样了，就心口还有点热气！这叫一个可怜！"

红袖气得又要伸手去扇一撮毛，骂道："你个傻货！你倒还有闲心可怜她呢，你都不想想她下了这么大本钱，要在谁身上讨回来！"

一撮毛愣了一愣，这才想起来此事和她还有关系呢，顿时就慌了神，忙又问我道："公主，海棠不会说是我把她推悬崖下边去的吧？我可真只领她去了观景亭，绝没去断崖那边，这两地虽在一个方向，可离着还老远呢！"

"傻货，你说这个谁肯信！"红袖骂了一句，又转头来看我，严肃说道，"公主，您放心，万一这事咱们洗不干净，海棠那贱人非得把黑锅往您头上扣，奴家就去给您顶锅！"

我不想她竟说这话，很是吃了一惊，"你？"

红袖郑重点头，"对！就是奴家！"

母亲常说"人心换人心"，我自己并未对这些小妖们付出什么真心，自然也从未想过她们回报我忠心，今儿能得红袖这样一句话，真是叫我受宠若惊，愣一愣后，忙客气道："不用，不用，这怪不好意思的！"

"这是理所应当！"红袖一脸严肃，又道，"奴家是谁？奴家是您的侍女，理应为公主赴汤蹈火。"

旁边的一撮毛也紧着表忠心，忙道："我，我也是！"

话音刚落，就听得院中突传来一声娇喝："贱人！你给我滚出来！"

这一嗓子喊出来，不只我被吓了一跳，红袖与一撮毛两个也俱都从凳子上蹦了起来。

红袖愣了一愣，立刻怒气罩面，卷着袖子就往外走，气哼哼地骂道："老娘倒要去看看，是谁吃了熊心豹子胆，竟然敢往咱们这里来闹事！"

一撮毛腿脚快，先蹿到了窗口去看情况，失声叫道："哎呀，是素衣仙子来了！她，她，她……"

就瞧着红袖脚下顿了一顿，眨眼间，那满面的怒气立刻变作了笑颜。她又从腰间抽了帕子出来，几步蹿到门口，殷勤地打起门帘来，娇笑道："哎哟，素衣仙子怎么往咱们这里来了？您这是——"

话到一半，红袖猛地停住，放下门帘就往屋里跑，口中叫道："公主快跑，她手里竟拿着斩妖剑呢！"

我愣了一愣，还未反应过来，红袖与一撮毛便已化作两道火星，从我身边蹿了过去，直奔后窗。然后，就在我的目瞪口呆中，两人齐心协力撞开窗子，十分利索地穿窗而出，消失不见。

"哎？哎？"我叫了两声，红袖才又从窗外露了头出来，急声催促道："公主快点跑啊！大王不在眼前，又没人护得咱们，还等在这里做什么？好汉子还不吃眼前亏呢！奴家去找大王来救您！"说完，便又消失不见了。

刚说好的愿为我赴汤蹈火呢？刚表的忠心呢？

那边厢，就听得哐当一声巨响，别说门帘，连房门都被素衣挥剑砍成了两截。素衣那里还一身行装打扮，手提三尺青锋，杀气冲冲地踏进门来，喝道："妖女好大胆！竟然敢害我苏合姐姐，我今儿就杀了你，替我苏合姐姐报仇！"

实话讲，她要杀我与海棠报仇我能理解，只是她叫我妖女，我却有些不懂了。就这院子里，她叫谁妖女，都不该叫我妖女，我正正经经一个凡人。

　　眼下这光景，跑是跑不了了，与其狼狈逃窜，被她从背后砍上一剑，不如咬牙面对，为自己搏一个生机！

　　我就坐在原处没动，直盯着素衣，冷声问道："怎么？觉得无理可讲就要动手了吗？这是欺我没得法术，不会武功？"

　　"呸！"素衣啐了我一口，恨恨骂道，"你这两面三刀的卑鄙小人，人前装得好嘴脸，还说什么一心想要还家，与我奎哥哥有名无实，不想暗地里却厚颜无耻，行那见不得人的勾当，还欺我苏合姐姐柔善，迫她自尽不成，又使人害她！今儿我便一剑杀了你，以解心头之恨！"

　　她说得凶狠，我心中却是一松，不管是叱责还是叫骂，只要肯说话就成，总比那不发一言，闷着头上前就来杀人的强！至少，可以拖延点时间！

　　我冷笑，立刻接道："你这人好不讲道理！明明是你那苏合姐姐为着彰显大度，来我此处以死相逼，非要我留在谷中。我不肯应她，她便闹着要在我这里撞柱子，怎的就成了我迫她自尽？"

　　"胡说！"素衣一时中计，提剑站在那里，与我辩道，"妖女莫欺我不在当场！分明是苏合姐姐好心留你在谷中，你却妒她美貌，怕日后奎哥哥痴心爱她，这才要她以死明志！"

　　我不给她留空，马上又道："你也知自己不在当场，所闻所见不过都是他人转述，均为一面之词，以此作凭，何以服人？不如便将当时在场之人皆都叫齐，咱们当场对质，看看到底是她来逼我，还是我去迫她！"

　　"呸！"素衣又啐我一口，道，"你少狡辩，当时在场之人都是你的心腹，自然是向着你的，我苏合姐姐孤苦一人，又不善言辞，怎会是你的对手？"

　　她说着，提着剑又要上前。

我赶紧又道："好，既然此事你说辩扯不清，那我们暂且不论，只说我使人害她之事。这事可不是发生在我的院子里，我能只手遮天，我且问你，你说是我使人害她，可有人证，可有物证？"

"哪里还要什么凭证！不是你使人害她，还能有谁？"素衣愤而问道。

"还能有谁？"我反问，故意停了一停，冷笑了两声，才又继续说下去，"你也知你那奎哥哥风流，处处拈花惹草，别处不知道，只说在这谷中，那桃花仙子，那白骨夫人，便是我身边的丫头红袖，哪个不对你的奎哥哥存着心思？哪个不比我有权有势有手段？"

这些话说出来着实有些冤枉了黄袍怪，他虽长得好，为人却一直是正正经经的，对那些女妖从不沾惹。而桃花仙与红袖虽然倾慕黄袍怪，却也没什么过火的举动，至于白骨夫人那里，更是无辜受了牵连。

对不住，为了保命，此刻我只能继续冤枉他们几个了！

我又道："海棠此次落崖，你怎就能确定是我所为，而不是另有其人？你这般不论青红皂白便来对我喊打喊杀，可知这世上还有'鹬蚌相争，渔翁得利'这句话？那真正的幕后黑手，此刻正不知躲在哪里偷笑呢！"

素衣一怔，面上终现迟疑之色，问道："真不是你所为？那为何是你院中的丫头出面害人？"

瞧她这般，我忙调整面部表情，十分真诚地说道："真不是我作为！仙子好好想一想，若真是我作为，我怎会用我院中的丫头，偏偏又用其中特征最明显的一个，这是生怕别人疑不到我身上么？"

素衣听得将信将疑，手中宝剑却是缓缓放下了。

我心中刚刚一松，不及呼出口气去，忽听得院中传来一声凄楚婉转的喊声，"素衣——"

我抬头，通过那破碎的房门，就见着穿一身惨白衣裙的海棠由白珂扶持着，踉踉跄跄地从外奔来，口中疾呼道："素衣千万不要伤了公主！公主从不曾迫我半点，便是我落崖受伤，也都是我咎由自取，与公主毫无干系！"

这话一出，素衣面上怒气再起，抖一抖手中宝剑，回身怒道："姐姐好心软，明明是这毒妇迫你害你！"

得，就这么眨眼的工夫我就升了级，又从"妖女"变成"毒妇"了！

那边白珂瞧见素衣手中宝剑，面上也是大惊，忙道："仙子冷静！"

白珂说着，便要松了海棠上前来救我。偏偏也是凑巧，他才刚一松手，那海棠忽惊呼一声，似是脚下被门槛绊了一下，人重重地往地上摔了过去。白珂听得她惊呼，忙又回身将她扶住，急声问道："你没事吧？"

她能有什么事！她就是想拖着你，不要你上前来救我罢了！我心中又气又急，面上却不敢露出分毫来，只强作镇定地坐在原处。

果然，就见海棠牢牢抓住了白珂胳膊，人却仍是往地上瘫软下去，涩声与素衣说道："香儿，你一心为姐姐不平，姐姐感激不尽。可你想过没有，你就这般把公主杀了，大王那里如何交代？公主此时正是大王的心头肉，动不得啊。还不快快放下宝剑，与公主赔罪！"

她说着，又看向我。

我心中顿生不祥之感，暗道一声：坏了！

就见海棠手上仍拽着白珂不放，却是向我连连磕头下去，哭着央求道："求公主念香儿年幼无知，饶她不敬之罪。全是奴婢一人过错，是奴婢痴心妄想，竟想留在大王身边伺候，是奴婢有眼无珠，不知公主尊贵，冒犯了公主，奴婢这就离开，再不回来……"

"姐姐！"素衣厉喝一声，杀气暴涨，眼睛都似红了，"你有何错？你与奎哥哥有约在先，是这恶妇鸠占鹊巢！"她举剑直冲着我扑来，口中叫道，"恶妇，我这就杀了你，大不了将我这条命再赔给奎哥哥！"

剑未到，剑气却先到了，将我牢牢压制在座椅之上，竟是连动一下都难，只能眼睁睁地看着剑锋向着我心口刺了过来。

刹那间，脑中闪过念头无数。

他大爷的！白费了半天口舌，竟然还落得个如此下场，早知道就不说了！

素衣你个蠢货，被人当枪使犹不自知！

白珂你个傻球，魂都被海棠勾走了吗？离着这么近都不知道过来拦一下？

黄袍怪，你个浑蛋死哪里去了？

唉！谁也别怪，只怪自己妇人之仁，又自大轻敌，竟阴沟里翻了船，也是活该！

念头转过无数，最终却也只能闭目等死。

也不知这死后能否记起前世，若我才是真的苏合，便是做鬼，也要狠狠抽素衣这丫头几个大耳光解气。我正这般胡思乱想，却忽觉得有疾风紧贴着我擦过，紧接着便又听得素衣惊呼了一声，失声叫道："奎哥哥！"

我睁眼，就见黄袍怪不知何时来到，就挡在我的身前，用手握住了素衣刺过来的剑锋。他背对着我，我看不到他的神情，只看到有鲜血从他掌心滴落下来，点点猩红。他手掌一震，将那宝剑从中间折断，另一只手却以掌做刀，带着万道金光，直往素衣身前斩了过去！

素衣面色大变，忙回剑抵挡，却仍被那金光击飞出去，摔落到地上，爬不起身来。她唇边带血，死死地盯着黄袍怪，嘶声道："奎哥哥，你我自结义以来，情若兄妹，你竟为了这个恶妇伤我元神？"

黄袍怪声音冰寒，一字一句说道："为了她，我自受天雷之罚，甘愿魂飞魄散，何惜他人的元神？"

素衣愣得片刻，忽地仰天大笑，连声道："好，好，好！好一个痴情郎！是我苏合姐姐瞎了眼，竟为你自损寿元，甘落轮回！"

她一提苏合，顿时把众人目光引到了海棠那里。

白珂愣了一愣，才急急跪倒在地，不露痕迹地将海棠掩在身后，叫道："大王！海棠姑娘无辜，她从梨花苑追到此处，一心想拦下素衣仙子，无奈体弱，又无法力，实在拦不住素衣仙子，求大王明鉴！"

他说出这话，顿时把我给惊住了。修了千年出来，竟然修成了这么个睁眼瞎，也是不容易！

倒是海棠那里更狡猾些，赶紧拦下了白珂的话，又重重一个头磕下去，哭求道："千错万错，都是海棠的罪过。不论大王如何责罚，海棠都愿一人承担，只求大王饶过素衣仙子与白仙君！"

"姐姐！"素衣那里感动得快要痛哭流涕，便是白珂也面露感动与怜惜，犹豫了一下，竟也随着海棠磕下头去，道："白珂阻拦不力，求大王责罚。"

好嘛，他三人倒成了受苦受难的可怜人，我这个挨打的，却成了罪大恶极的大坏人。

黄袍怪一直背对着我，我无法看到他的面容，只从他僵直的脊背来看，他心里也极为矛盾。素衣于他是义妹，虽可惩罚，却打杀不得。海棠于他有恩，便是知她心肠歹毒，却也不好恩将仇报。至于白珂那里，若放过素衣与海棠，却拿他来开刀，那就真成了替罪羔羊，空惹人笑了。

黄袍怪一直不语，默然而站。

我想了想，出声唤他："黄袍郎。"

他这才回身看我，眼中俱是愧疚之色，低声道："百花羞，我……"

我笑笑，截住了他后面的话，"让他们都走吧。不过是误会一场，我既无事，何必再动干戈？今儿又是年节里，新年伊始，应以和为贵，大家都乐呵呵的，这才是好。"我顿了一顿，视线从他仍滴血的手上滑过，伸手执起他的手掌来，用手帕紧紧捂住了那血洞，低声道："我才不在意他们怎样，我只在意你。"

黄袍怪先是诧异，随即便又感动，反手紧紧握住我的手掌，回我道："我明白。"

他未回身，只又冷声与素衣等人说道："你们都走吧，别等我后悔。"

素衣恨恨地瞪我一眼，这才吃力地爬起身来，走到海棠身边去扶她，道："苏合姐姐，这般寡情薄幸之人，不值得你再落一滴泪，你跟我走！"

不想那海棠看看素衣，又看黄袍怪，含泪与素衣说道："我不能走，我若就这么走了，他日后便要受那天雷之罚，魂飞魄散。"

"姐姐！"素衣痛声叫道，又是恼恨又是怜惜，"他这般对你，你还管他死活做什么！"

海棠不语，只是默默流泪，好一会儿才低声叹道："我自愿入这轮回，受这苦楚，不就是为着他么……"言罢，便又伏下了身去，虽不闻哭声，却见其肩膀隐隐抖动，身姿柔弱，可怜至极。

她这一番表演，真是有声有色，说出的话更是句句感人肺腑，闻者落泪。便是我，都差点被她带入了戏中，更别说素衣与那白珂了。

真想不到她竟是这般人才，以前还真是小瞧了她！我瞧得目瞪口呆，又抬眼去看黄袍怪，见他神色间果然已有了些触动。

他大爷的！演戏谁不会啊？怎么着？要拼演技了吗？

我抬手扯了扯黄袍怪衣襟，道："叫海棠先回梨花苑吧，她身子骨本就弱，又带着伤，怕是经不起折腾，不如先叫她养好伤，再说其他的事情。"

黄袍怪默了默，这才冷声吩咐道："白珂，你先送她回梨花苑。"

"属下遵命！"白珂正等着这句话，闻言忙就应下，又低声与素衣说道，"仙子搭把手，帮在下扶海棠姑娘回去。她身子太弱，须得卧床休养。"

素衣面上虽还有不甘，却仍是帮着白珂把海棠从地上扶了起来，两人一左一右扶着海棠，转身出了屋门。屋里很快便剩下我与黄袍怪两个，他在我身前蹲下身来，抬眼愧疚看我，问道："可有哪里受了伤？"

母亲曾经说过：对于男人这物种，你便是再爱他，再信他，该骗的也要骗，该哄的也要哄，该贤惠大度时就要贤惠大度，可该着撒娇使软的时候，你就得撒娇使软！没办法，他们就吃这套！

我便抬手捂了心口，轻声道："别处倒没什么，只这心口不知为何却有些疼痛。"

黄袍怪闻言面色一变，忙伸手过来给我切脉。

我瞧他手法像是个懂行的，生怕被他识破我在装病，忙就又补充道："按理说不该有事，素衣那剑并不曾落在我的身上，许是我刚才吓了一跳，自己心里臆想的吧。"

"剑有剑气，伤人更是无形。"他说道，到底是仔细把了半晌，这才又抬眼看我，道，"内息倒是无大事，你觉得怎个疼痛法？"

"也不是很痛，时有时无的。"我含混说道。

黄袍怪想了一想，却道："我有颗宝贝，只要在你疼处滚上一滚，便没事了。此处不方便，也不能再住，你随我来吧。"

他说着，弯腰将我从椅上打横抱起，径直往外而去。

"去哪里？"我忙问。

他淡淡答道："还能去哪里，自然是去我的住处，日后，我在何处你便在何处，再不会放你一人独处，更不会让你再受今日之险。"

他说得认真，我不觉有些感动，笑了一笑，应他道："好啊。"

黄袍怪走得几步，却突然低声说道："对不起，"他停了一停，方又继续说下去，"海棠这般害你，我却无法给你报仇。"

听闻他说这话，我不由得也沉默，过得许久才问他道："你心里可是觉得愧对苏合？"

黄袍怪微微抿唇，沉默不语。

纵然他不言，我也能猜到他几分心思。不管怎样，苏合前世都对他有恩，他虽说不喜苏合，却也不是忘恩负义之人，否则，他就不会身负重伤也赶来赴约，不会在那崖底一待十五年，只为着等"百花羞"长大成人。

我心中一时很是矛盾。

跟他说我就是苏合转世吧，他偏不喜苏合，说了对我俩的关系有害无益；瞒着他吧，他内心却又对苏合存着愧疚之心，时时受那折磨。

我左右思量了一阵，还是觉得人该坦诚点，于是伸手掰过他面庞，认真说道："我告诉你，海棠与苏合毫无关系，我才是苏合转世，是我瞧中了你的美色，挟恩逼你来与我成就姻缘。你从不曾失信于我，待这一世后，不管你对我是恨是爱，我都毫无怨言。"

黄袍怪诧异地看我，看着看着，却忽地笑了，轻声道："我看你贪我美色才是真。"

我愣得一愣，顿时明白他根本不信我这话。好嘛，好容易坦诚一回，人家却还不信，又白说了！

黄袍怪仍住在山间那方小院，离着虽不算远，可那日我好歹也是过沟爬坡地折腾了好一会儿才到，不想这次却是快，我只觉得耳侧呼呼风响，不过片刻工夫，便到了他那院外。我瞧着那院门处有人，忙往下挣了挣，低声道："你快放我下来，让人瞧到怪不好的。"

不想黄袍怪却是不肯放手，只道："没事。"

柳少君就在院外候着，见着我们忙迎上前来，关切问道："公主可是受伤了？"

"还好。"黄袍怪淡淡回答，又吩咐道，"你去把静室备好，亲自在外守着，谁也不许打扰。"他说到此处顿了一顿，又补充，"即便白珂也不可以。"

听到黄袍怪单把白珂提出来说，柳少君面上闪过惊讶之色，不过很快却又恢复，只恭声应诺。黄袍怪便抱了我继续往院内走，过那院门时，我却一眼瞧到红袖与一撮毛两个正安静地跪在门边处，连头都没敢抬一下。

我迟疑了一下，方道："她两个……"

"你莫管。"黄袍怪打断我的话，淡漠道，"她们自有少君处理。"

说是"处理"，想必是要惩处一番的。我默了一默，有心替红袖她们求一求情，可想起之前她两个弃我去时跑得那个快，心里也是有些恼，稍一犹豫后，索性就闭上了嘴，不再干涉此事。

黄袍怪径直往院子深处走，直进了一处静室，这才将我放下来，安置在榻上，又道："你躺好，我取内丹出来给你疗伤。"

他说着也在榻前坐好，双手结印于丹田处缓缓往上迫来，片刻后，竟就从口中吐了一颗鸽卵般大小灿烂灼目的珠子来。那珠子光芒极盛，照得人都睁不开眼，我忙眯了眼，往旁侧头避着它的光芒，却又忍不住心中好奇，问他道："这可是那日你给我逼妖毒时用的宝贝？"

黄袍怪将那珠子小心翼翼地擎在掌心，道："这是舍利子玲珑内丹。"

他说着，掌心缓缓翻转，那珠子便凌空往我心口处飘了过来，却并未触及我身，只在身前悬浮着，随着他的手掌慢慢地打着圈子。与那日情形很是相似，我心口处除却有些发暖，倒也没有其他感觉。

我忽又想起上次他取这内丹时，还曾往我头上罩了床大棉被，忽悠我说他会露了本相，不许我看。我抬眼笑着看他，又问道："你不是说你会露了本相吗？还说什么看了后果严重，原来只是蒙我。"

"你这人可真是记仇！"他眉梢微挑，含笑看我，调笑道，"我取这内丹，虽不会露了本相，却是再无法维持那张凶恶嘴脸。说那话倒不是故意蒙你，而是怕你瞧到我这副相貌，对我心生爱慕，纠缠不休。"

"呸！"我笑着啐了他一口，"我瞧着你这副嘴脸倒是比之前那副还要大上几分！"

黄袍怪只是笑笑，忽又叹道："那夜被你识破身份，我只怕你就此会恼了我，不想你却这样大度，竟不再与我计较。"

被他这样一赞，我不免有些脸红，"也不是不恼，只不过……"

"只不过怎样？"他忙问。

这实话说出来有些难为情，我吭哧了半晌，这才答道："只不过人之常情，用馒头换那窝头，总是比拿窝头去换馒头更容易些。"

黄袍怪愣了一愣，待明白了我的暗示，不由得失笑，道："你为人倒诚实，怎不骗骗我，说你从不在意这些相貌，不论我是丑是俊都一样爱我？"

"我这样说，可也得有人信啊！"我不由得叫屈道，"我总不能把你当傻子一样糊弄吧？"

他闻言微微扬眉，"嗯？"

我又解释道："若是彼此不相干的两个人，自然是不能全凭相貌取人，可既是同一个人，同样的性情脾气，谁还嫌自家男人长得好啊？你长得越好，我才越高兴哩，别的不说，便是带出去也有面子啊！"

"你喜欢我长得好？"他又问。

这可真是句废话！我审美又没问题，不喜欢你长得好，难不成还对你的丑情有独钟？

话虽然能这样想，却不能这样说，我笑了笑，答他道："你是不知道，我家里兄弟姐妹个个长得极好，有位三堂兄尤其出众，他那人也高调，常自称是天下无双，跟只骄傲的小孔雀一般。咱们是没法回去，若是能回去，我必然要带着你去他面前好好地晃上一晃，也叫他知道什么叫人外有人，天外有天！"

也不知哪句话得了黄袍怪欢喜，他面上虽还淡定着，唇角却控制不住地往上翘了去，那笑意想藏都藏不住。

我瞧得分明，不由得暗笑，暗道母亲说得果然没错，这好话人人爱听，只要你手法得当，再烈的烈马也能被你拍得温顺听话。又想之前黄袍怪瞧着那样冷硬孤傲，原来也不过是装出来唬人的假象，实际上却心思敏感多情，是个实打实的闷骚之人。

这等人相处着虽然要耗费些心思，不过，倒也有个好处，那便是调戏起来也格外有趣。

正胡思乱想着，就听得黄袍怪那里语带无奈地说道："心口疼还要动歪心思，也真是难为你了。"

我老脸一红，忙辩道："我哪有！"

黄袍怪却只是笑笑，柔声道："你闭目歇一歇，我再给你治一会儿，心口便没事了。"

被素衣闹这一场，我虽未受伤，却着实受了些惊吓，精神上确有些疲乏了，现听他这样说，便依言闭上了眼，本来是想着休养精神，不料却昏沉沉睡了过去。

这一觉睡得极沉，也不知睡了多久，待再睁眼，窗外又是阳光明媚，竟似全新的一天。许是睡得太久，我脑子一时还有些转不动，好一会儿才辨出自己仍在黄袍怪的静室之中。黄袍怪却不在身边，不知去了何处。

又隐约听得外面有人说话，我坐起身来，侧耳听了一听，辨出那是柳少君与我院中丫鬟织娘的声音。织娘音量压得极低，说什么内容听不大清，只从那语调听，似是在向柳少君哀求着什么事。

我心中觉得奇怪，下了榻缓步往外走，待近门口，外面说话声才渐渐清晰起来，就听到织娘苦声央求道："柳仙君，求求您发发慈悲，就叫奴见我家公主一面吧，织娘这里给您磕头了。"

果然就听得有咚咚的磕头声响起，而柳少君的声音却依旧平稳沉静，只说道："非柳某不通情理，而是大王有过嘱咐，不许任何人进去打扰公主休息。我若叫你进去了，便是违了大王的令，也要受罚的。你也不要再在此纠缠，万一惊扰了公主，大王怪罪下来，你我都要受罚。"

我将门偷偷开了条缝隙，往外看去，见果然是织娘跪在院中，而柳少君就拦在她的身前，正正地挡住了道路。

织娘面带悲苦，却也不敢大声言语，只又哀求道："奴知此事为难仙君，可奴实在是无法可想。仙君也是修行之人，知咱们这些浑噩之物能修得几分灵气，得了这人形有多么不易。危急之刻，红袖与一撮毛弃主而逃确是大罪，可就此被毁了数百年的修行，也是可怜。奴与她们姐妹一场，纵然做不到同生共死，可无论如何也要尽一份心力。公主是心软之人，若得知她们两个受此大罚，未必忍心，就求仙君放奴进去，为姐妹求一份生机。"

我听了半晌，这才有几分明白。

之前黄袍怪抱我进门时，我曾瞧到红袖与一撮毛两个跪在路边，也料到了她们要受责罚，此刻再听织娘的话，那责罚想必是极重了。红袖与一撮毛两个不过才二三百年的功力，若都被毁去，那就真得重新做回狐狸和老鼠，这与直接杀了她们两个，也没多大的分别了。

这……未免有点太过。

我犹豫了一下，将那房门打开，唤道："织娘，你过来。"

织娘听闻我唤她，先是一怔，随即面上就又大喜，忙绕过柳少君，连滚带爬地扑将过来，就跪伏在台阶之下，央求道："求公主开恩，救一救红袖与一撮毛两个。"

那边柳少君也忙回身走了过来，就站在织娘身侧，敛袖向我行礼道："属下无能，叫织娘惊扰了公主，还请公主责罚。"

他这人可比白珂狡猾得多，若是真心要拦织娘，完全可以把她拦在远处，不叫我听到声音。他既放织娘进来，可见也是有意帮一帮红袖她们的。我瞧柳少君一眼，并未理他，只问织娘道："红袖与一撮毛是怎么回事？你仔细说给我听。"

织娘忙道："昨日里她两个弃公主而逃，大王震怒，要毁她两个灵根，将她们打回原形。"她说着，又向我磕下头来，泣道，"红袖两个罪该万死，可求公主看在她们日常伺候也算精心的分上，饶她们这一回。公主有所不知，素衣仙子所提宝剑乃是斩妖剑，极为霸道，我们这等小妖沾之即死。红袖她们这才如此畏惧，慌慌逃走向大王求救。不是她们不想护您，而是根本就护不住。"

素衣提的那把宝剑有这般厉害？我心中不觉诧异，她到底是何方神圣，手中竟有把斩妖剑，而这剑，却又能被黄袍怪轻易折断？

我抬眼看向柳少君，问他道："大王呢？"

柳少君略一迟疑，这才回答："大王去了梨花苑。"

我不禁皱眉，那柳少君瞧到，忙又解释："公主勿多想，大王去那里也只是为了寻素衣仙子解决昨日之事。"

虽信黄袍怪不会与海棠再有什么，可听他去了梨花苑，我心里还是有些硌硬。只这事此时却不好多说，我略一沉吟，与织娘说道："你放心，等大王回来，我便与他说红袖之事，必不会叫她们受此大难。"

织娘闻言悲喜交加，又向着我连连磕头，急声道："公主娘娘大恩大德，织娘永生不忘，只是红袖与一撮毛已被白珂仙君带走了，怕是等不到大王回来就要行刑，还求公主救她二人性命！"

黄袍怪竟然会命白珂前去行刑？我不觉更是惊讶，一时颇有些拿不准黄袍怪这般所为有何深意。织娘还跪在台阶下苦苦相求，我又瞧了瞧她，心道既然是要做好人，不如就将这好人做到底，也能哄些人缘。

我低头，将一直系在腰间的荷包解下，命织娘上前接了，吩咐道："此是大王信物，你拿着它赶紧去找白珂，假借大王之令命他停手，先保下红袖她们。我这里马上就去寻大王，求他免了红袖与一撮毛的责罚。"

织娘闻言用力点头，忙转身跑了。

我这才又转头去看柳少君，道："还要劳烦柳仙君，陪我去那梨花苑跑一趟吧。"

柳少君并未推辞，恭声应诺。

待走得两步，我却又停了下来，向他确认道："你家大王此刻确在梨花苑，对吧？"

柳少君愣了一愣，顿时明白我的意思，不觉微笑，点头道："公主放心，大王此刻确在梨花苑。"

他这样一笑，倒叫我有些不好意思，便坦言道："那素衣仙子性子实在火爆，只那一次，我是真怕了。"

柳少君人极活络，闻言笑着应和："不怪公主害怕，属下见了她也是要躲的。她若只是泼也就罢了，偏还是个有法术的泼妇，真是叫人招惹不得。"

我也不由得失笑，"也不知你家大王怎么会认了这样一个义妹，也是稀奇。"

柳少君点头，接道："幸亏不是亲妹。"

他这话倒是有理，若真是亲妹，打断骨头还连着筋，总不能真叫黄袍怪为了我与她断绝关系。我深有同感，不由得叹道："小姑子，大舅子，这世上最叫人无奈的存在，既惹不起，也躲不过，唉！"

那梨花苑离黄袍怪的住处颇有些距离，我与那柳少君这般边走边聊，直走了许久，这才到了那里。院外无人守候，柳少君领了我径直进了院门，口中解释道："素衣仙子就住在后院，大王此刻应该就在她那里。"

说实话，纵是此刻有柳少君陪在身边，我不觉还是有些害怕，忙伸手扯了柳少君一把，轻声说道："咱们怕是有些鲁莽了，就这样贸然进来，若万一大王不在，那素衣仙子却又发起疯来，怎么办？虽然都有两条腿，我可是跑不过你。"

柳少君愣了一愣，笑道："那斩妖剑已被大王折断，素衣仙子元神又受损，便是想发疯也难。公主放心吧。"

"当真？"我又问。

柳少君忍了笑，答我："千真万确！不然属下哪里敢把公主带到此处。"

他这样说，我才放下心来，只随了他沿着游廊往后院走。不想刚进后院，却见游廊一侧的美人靠上倚坐了一人，身姿楚楚，俏脸苍白，不是海棠是谁！

只顾着怕素衣了，倒是把她给忘记了！

我一时颇为无语，站在那里看她两眼，方与柳少君小声说道："你去把大王叫出来吧，我就不过去了。"

柳少君也瞧到了不远处的海棠，又看看我，低声问道："公主一人待在这里，可能行？"

我打量了一下海棠柔弱的身姿，想了一想，认真答他道："若只海棠一个，我自信还是能打得过的。"

柳少君愣了一愣，忍俊不禁，笑出声来。

那边海棠听到动静，转头看来，瞧见是我们两个，面露微讶，稍稍犹豫了一下，这才吃力地站起身来，垂首道："不知公主与柳仙君驾到，海棠有失远迎，还请见谅。"

说实话，我也真挺佩服她的，都到了这般地步了，她竟还能忍下性子与我周旋，也是难得！我先挥手示意柳少君赶紧去叫黄袍怪，这才又去打量海棠，瞧着她站在那里腿都发颤，便说道："别强撑着了，还是坐下吧。"

她犹疑了片刻，这才侧身坐了下来，低头不语。我也懒得再去理她，只转过身去，瞧那廊外风景。就这样静默了片刻，忽听得海棠问道："公主这是自觉得胜，来此处耀武扬威了吗？"

我转头看她，瞧她也正在看我，目光极为凌厉狠毒，再无一丝一毫柔弱之态。

这是装不下去了？还是四下里无人，不屑再装了？

我暗暗称奇，不由得笑了一笑，反问她道："我从未把你当作过敌手，何来得胜一说？"

"不曾把我当作敌手？"海棠低语，进而冷笑，又道，"你抢我夫君，夺我姻缘，竟还有脸说从未把我当作敌手！"

"你的夫君？你的姻缘？可有凭证？只因你长得与苏合相像？"我连连问她，又道，"你为何这般信素衣的话？若我说你根本就不是苏合转世，只不过是一介女鬼，因在奈何桥上遇到过苏合，艳羡她的相貌，这才学了她，你可信？"

"你胡说！"海棠怒声叱道，面色煞白，显然已是气极。

瞧她这般模样，我还真怕再把她气出个好歹来，又觉与她在此做这口舌之争毫无益处，于是笑了笑，道："你说胡说便是胡说吧，只要你高兴就好。"

不料她反而更加恼怒，竟就扶着廊柱站起身来，抬了手指着我咒道："百花羞！你这般不知廉耻，心思歹毒，早晚要得报应！"

大爷的，这才是贼喊捉贼了！她屡屡设计害我，竟然还有脸说我歹毒？

与人吵架我是从不惧的，只是觉得两个女人为着个男人争吵，实在不是个光彩的事情。可不料我步步忍让，却换来她这般咒骂，纵是我脾气再好，也有些烦了。我抬眼看她，似笑非笑地说道："这男人我便是抢了，你又能如何？我再怎样歹毒，也未曾因为一个男人就去害人性命！"

海棠一噎，随即就又恨恨说道："只恨素衣慢了一步，没能一剑刺死了你！"

我笑笑，应她道："是啊，好可惜。"

这和人吵架最怕是一拳打在棉花包上，有去无回，足足可以把人气死。我这般笑脸相对，不急不躁，果然把海棠气得无话，只颤颤巍巍地立在那里，恨恨地瞪我。

黄袍怪那里不知是不是有事耽搁住了，这半晌也不见人来，我待得无趣，便又逗海棠道："海棠姑娘，你既然非要把我当成与你争男人的敌手，那我就勉强认了吧。不过，你可知自己为何争不过我，又错在何处？"

海棠冷声道："我自是没有你卑鄙无耻，阴险狡诈。"

"过奖，过奖。"我不以为意，笑了一笑，又道，"你最大的错处是认错了敌手。男女之事，敌手从来只有彼此，再无第三人。你若是把对付我的心思，都放到对付黄袍怪身上去，怕是早已事半功倍了。"

海棠闻言愣了一愣，一时陷入沉思，默然不语。

她那模样长得实在是好，只要不惊不怒，便是一幅极美的画，叫人瞧着都觉喜欢。这样的人物，又担着苏合转世之名，杀是杀不得，留也留不得，最好的办法就是能叫她远走，了却后患。

我心中一动，便先叹了口气，又道："我也是不明白，你长成这般模样，去做那惑乱天下的妖姬都足够了，什么样的男人找寻不到，怎的就非黄袍怪不可了？且不说你不是什么苏合转世，便你真的是她，既无前世的记忆，那什么'一世之约'不过就是句虚话！再说那黄袍怪，他除了长得比旁人好看些，还有什么？纵是称王称霸，也是在这山野，怎比得上外间的荣华富贵？"

海棠微微垂目，瞧着心思也似有些松动。

我忙就又添柴加火，推心置腹地与她说道："不瞒你说，我是已经失身于他，不得不留，可你不一样啊！你年轻貌美，又有心机头脑，去哪里博不到一个好前程，何必耗在此处呢？若我是你呀，我早就……"

话未说完，忽听得黄袍怪从背后凉凉问道："若你是她，你早就怎样了？"

我惊了一跳，差点真就从那栏杆上跳了起来，回头一看，见黄袍怪竟不知何时到了身后，正目光沉沉地看我呢！

这个时候，答什么都是不合适的，得赶紧岔开话题！

我忙抬手抚着心口，娇嗔道："你真是要吓死人家了，心口都觉得疼了！哪里有你这样走路没半点动静的？"

黄袍怪面色微变，忙问道："又觉得心口疼？"

心口自然是不疼的，不过装一装娇弱总是没坏处的。

"还好，疼一阵儿也就过去了。"我答着，瞧了眼跟在他身后的柳少君，又嗔怪道，"少君这是往哪里去找你了，怎的才把你叫来？快点快点，别处还有人等着你救命呢！"

我一面说着，一面上前去挽黄袍怪的手臂，扯着他往外走。

黄袍怪脚下略顿了顿，面上虽还有些不快，脚下却是随着我一起走了。待到院外，他这才又问我道："心口可是没事了？"

"没事了，没事了。"我忙答。

他又斜睨我，"你还没说，若你是她，你就怎么样。"

我早有防备，闻言横他一眼，以攻为守，没好气地说道："哄她的话，你也要信？我不这样说，还要怎么说？和她说我的黄袍郎就是天下第一好，不仅人长得好，还神通广大，错过去了就再寻不到一个，你千万可不要放手，死活也要留在这谷中？"

黄袍怪不说话，可那唇角却已不受控制地往上弯去。

"哼！"我冷哼，再接再厉，质问他道，"你是不是巴不得海棠姑娘留下来，好给你做个红颜知己？"

"浑说！"黄袍怪低斥，瞥我一眼，又解释道，"我今天来寻素衣，就是要她带海棠离开，再不许回来。"

"真的？"我问。

他站定了，转过身认真看我，道："我什么时候哄过你？"

他说这话，却叫我想起他之前故意变出丑恶嘴脸来吓我这事，便故意抬了手去摸他的脸，叹道："哎哟，这青脸，这獠牙，长得可真好看，哈？"

黄袍怪愣了一愣，随即就反应过来，一把抓住了我的手，作势要咬，恼羞说道："这獠牙长着就是用来吃你的！"

我手被他呵得极痒，急忙往回抽手，他却死死拽住，不肯松开。

两人笑闹一会儿，他忽然又肃了面色，沉声道："百花羞，昨日之事，以后再不会发生了。"

我刚要感动，却猛地想起红袖她们来，忙又与他商量道："别的话先不着急说，只说红袖那里，虽说她们昨儿跑得是快了点，须得惩戒一番，可也不至于就要废了她们百年修行，对吧？我于她们又无什么恩情，人家当时做不到以死相报也是正常，可以理解的。"

黄袍怪垂目不语，过得片刻，才淡淡说道："是我之前思虑不周。"

他能这般坦陈错误，实在是叫我意外，我愣了一愣，干笑道："人嘛，哪有不犯错的？知错了就赶紧改呗，还不快点把红袖她们放回来！"

"不是这个。"他抬眼看了看我，方道，"是我之前思虑不周，才会出现叫你独自一人面对危险的局面。"

我这才反应过来，他还在为昨日之事自责，并非觉得对红袖她们惩罚过重。知道自责是好事，不过总是自责不休，却也不大好。我笑了笑，开解他道："谁都想不到的事情，既然没产生什么不可挽回的后果，过去也就过去了，哪里能总抓着过去的事不放？我都放下了，你也别总念着了。还是说红袖吧，你就饶了她们两个吧，也叫我做个人情。"

黄袍怪淡淡一笑，点了点头，"好。"言毕，便把一直远远跟在后面的柳少君唤上前来，道，"你去找白珂，把红袖她们领回来。"

柳少君忙应下，赶紧去了。

我不想黄袍怪竟能这般好说话，一时颇有些惊讶，诧异地瞅了瞅他，不禁问道："就这么简单？不能吧？我这还准备了老多好话，都没用上呢！"

黄袍怪笑笑，道："本也没真打算废了她们两个，不过是想给你做个人情用。"

我愣了一愣，顿时明了，难怪是要白珂去行刑，难怪柳少君那样容易地叫织娘闯到我面前，难怪我刚一说情他便应下……原来，他竟是早有打算，黑了白珂一把，却送了我与柳少君两个人情。

"狡猾，真是狡猾！"我感叹道。

他又笑笑，携了我的手，也不知使了个什么法术，我只觉得脚下呼呼生风，只不过才跟着他走得了几步，竟就到了他的住所。

又等得一会儿，柳少君才把红袖与一撮毛带了来，跪在了屋前。我重又裹了斗篷跟在黄袍怪身后出去，就见不过才一天工夫，这俩丫头形容就狼狈了许多，可怜巴巴地跪在那里，缩成小小一团，叫人瞧着真怪不忍心的。

我不禁从后偷偷扯了扯黄袍怪衣角，小声道："就算了吧，赶紧放她们两个回去吧。"

黄袍怪却是低低地冷哼一声，沉面不语。

柳少君人机灵，见状便问红袖她们道："你二人可已知错？"

红袖与一撮毛忙磕头认错，红袖又泣道："奴婢已知错了，下次再不敢弃主而逃。"说着，又转而向我来磕头，"谢公主宽容，饶奴婢们不死。"

听听，"奴家"都成"奴婢"了，可见红袖是真吓着了。

我忙摆了摆手，道："算了，算了，下次别这样就是了。"

红袖一听，忙又磕头下去，"奴婢再不跑了，再不跑了！"

"一个也不跑也是不对的，总得有个去通风报信的，是不是？"我出言安慰她们，话未说完，却就被黄袍怪止住了，他先横了我一眼，这才又去看底下跪着的红袖等人，冷声说道："你们之前虽伺候公主，却从未认她为主，也是我的疏忽。"

我不想他对着红袖她们也要开展自我批评，正惊讶呢，却见他忽地抓起了我的手来，将我食指含入了口中。我脸一红，还未反应过来，只觉得那指尖微微一痛，竟已是被他咬破了。滚圆的血滴从指尖上冒了出来，他伸了另一只手过来，接了两滴置于掌心，又冷声命令红袖两个道："把内丹逼出来。"

红袖与一撮毛哪敢不听，忙就各自吐了颗闪闪发光的小珠出来。黄袍怪抬手虚虚一抓，那两粒珠子便落入了他的手中，在他掌心滴溜溜地转了片刻，与我那两滴血渐渐融在了一起。

黄袍怪将那两粒内丹还了回去，瞧着红袖与一撮毛分别吞下了，方道："公主自此就住在这里了，你们两个也留在此处伺候吧。"

红袖与一撮毛郑重地磕头下去，恭声应诺。

黄袍怪这才叫柳少君带着她们两个下去，待安排好了住所再来伺候。

等那几个人俱都走了，我实在忍不住好奇心，问他道："你刚才施的那是什么法术？可有什么讲究？"

黄袍怪仍把玩着我的手指，漫不经心地答道："不过是个小手段，从此以后，她们两个的性命便与你拴在了一起。你平安，则她们无事，你若遇险，她们也将魂飞魄散。"

呵！这可好生厉害！

我听得咋舌，愣了好一会儿，才迟疑道："这个……是不是有点过了？我一介凡人，好吃好喝地养着也不过是百年寿命，到时，岂不是害了她们两个？"

黄袍怪斜睨我，不悦道："你这心也太软了些。"

我干笑两声，"也不是心软，这做人，总得讲点道理，对吧？人家两个好容易修成个人形，日后混好了没准还能成仙呢，你叫人家为奴做仆地伺候我几十年也就够了，哪里好再绝了人家以后的指望？"

黄袍怪微微皱眉，问我："不妥？"

我真诚答道："实在是不妥。我母亲曾说过，手握强权，却不以强权欺人，方为真正的大丈夫！"

他又想了想，却道："你母亲倒是位奇人。"

我总算知道，这谷里的人听话抓不到重点是从谁那里学来的了。我抬眼瞧黄袍怪，认真说道："我们在说红袖与一撮毛的事情。"

黄袍怪笑笑，道："这个简单，日后我传一个口诀，待你临终之时，便念那口诀，解了与她们的束缚便是。"

好嘛，若真到了那一日，我这里老态龙钟地等着咽气，红袖与一撮毛两个扑在床边，口中却是哭喊："公主，快念口诀！快念口诀啊！"

便是我为人宽厚，不等临终便要放红袖她们自由，可人老了少不得要牙齿掉落，说话漏气，吐字不清，我再把那口诀念不利索，那岂不是要害了人家后半辈子？

"这个……不大好吧？"我迟疑，想了一想，又道，"不如……"

不想黄袍怪那里却是异常坚定，打断我道："多说无益，你为人太过心软，现在我是不会把那口诀告诉你的。"

瞧他这般，我也只得暂时作罢，不过，心里却总觉得有些对不住红袖与一撮毛两个。

待到晚间，红袖进来伺候我洗漱，神色里还带着凄凄之色，我以为她也在为白天那事忧心，便安慰她道："你放心，我一向身体康健，虽不敢说一定长寿，但再活个几十年还是不成问题的。等过些年，大王那口气消了，我这里也学会了那口诀，临死前必定先解了与你们两个的束缚。"

红袖抬眼看我，却是说道："奴婢不是因着那事烦恼。"

还有什么事能比生死更重要？

我不觉奇怪，问她道："那你为何事？"

红袖叹了口气，答道："奴婢以前一直觉得柳少君那人轻浮风流，而白珂老实稳重，不想通过这次事才看出来，原来白珂那人才是靠不住的。咱们谷中统共就那么仨瓜俩枣，能入眼的也就白珂与柳少君两个，这一役，竟是损失了半壁江山！"

我怔了一怔，竟是无言以对。

红袖念叨着，面色忽地一转，又恨恨道："那海棠果然是个狐狸精！这才几日，竟就把白珂的魂都给勾了去！"

我默了默，好心提醒红袖："这个……红袖，好像你才是那个……真正的狐狸精。"

红袖闻言微怔，忽掏出帕子来捂住了脸，自责道："这才是叫奴婢最愧疚的，身为狐狸精，竟然连个凡人都争不过，真真是坠了我们狐狸精的名头！奴家以后便是死了，也无脸去见列祖列宗啊！"

我一时噎住，觉得再无话说。

许是这事打击太大，红袖一连几日都情绪低落，帕子只塞腰间，再也瞧不见她甩来甩去。便是称呼，也从"奴家"改成了"奴婢"，让我一时很是不惯。

不知怎的，素衣提了斩妖剑要打杀我这事，传得很开，除夕宴后就回了洞府的白骨夫人和桃花仙也听到了信，提了各色礼品前来探望。既已决定要在这妖怪窝里过一辈子，这样的人情往来必少不了，我只得强打精神应酬她们两个。

桃花仙还是一如既往的娇俏直爽，上来便兴致勃勃地问道："公主，公主，听闻当时素衣提了斩妖剑直扑你那院子，先把你院中侍女杀了个干净，又一剑砍坏了大半个屋子，可是真的？那斩妖剑真有那般威力？"

这话果然是越传越邪乎，我忙摆手道："不至于，不至于，素衣并未打杀我院中侍女。"

"真的？"桃花仙一脸诧异，一迭声地问道，"素衣竟这般好脾气？不是说她爆炭一样的脾气吗？竟未伤你院中一个侍女？这是提着剑去装样子去了？"

"她也不是好脾气。"我噎了一噎，一时竟不知该如何回答。

不想这样一说更是惹人好奇，不说桃花仙，就连白骨夫人都来了兴趣，问道："不是她脾气好，那是为何？"

我还未回答，旁边的红袖却是嘴快，愤愤答道："哪里是她脾气好，还不是因为咱们跑得快！她刚一进院子，院外的姐妹就都四散跑了，我和一撮毛被堵屋里，亏得机灵，从后窗逃了。"

桃花仙与白骨夫人听了对视一眼，这才又都来看我，"那公主？"

我默了一默，只得诚实答道："我跑得慢些……"

于是，就一个人被素衣堵屋里了。

白骨夫人愣得一愣，伸手过来轻拍了拍我手臂，安慰道："慢有慢的好处。"

她二人许是也觉得这话题继续谈下去有些尴尬，忙就岔开了话题。桃花仙又问道："还听说大王丝毫不惧那斩妖剑，一掌就把剑给劈断了，可是真的？"

这倒是真的。黄袍怪掌心虽被剑戳了个血窟窿，不过却不算有多严重，这几天都好得差不多了。我点头，"真的。"

白骨夫人面上也露出惊讶之色，道："大王道行真是深不可测，想那斩妖剑，莫说一般的小妖沾之即死，便是有上千年道行的，被那剑刺一下也要元气大伤，大王却能一掌劈断那剑，可见这道行岂不是要上万年了？"

桃花仙惊道："上万年？那不早该成仙了么？大王怎还在凡间做着妖呢？"

我对妖精这物种不大熟悉，闻言忍不住插嘴道："修万年就能成仙？"

桃花仙嘴快，噼里啪啦地答我道："公主你不是我们这一行的，有所不知，这世间万物不论高低贵贱皆有灵性，若能吸得日月精华，潜心修炼，再得些机缘，必能脱得混沌，修出灵根。不过呢，这物种不同，灵性也各有不同。有那聪慧些的，修得几百年便可得了人形，再修个几千年，熬过了那天劫，就可位列仙班。"

听到此处，我不由得转头去看红袖，她才修了三百余年便得了人形，这样说来竟还是个天降奇才了？

红袖面上露出自得之色，口中却是谦虚，"哎呀，奴家可不行，奴家全靠了大王点拨才能得了这人身。"说完，似是又想到了什么，忙又道，"一撮毛也不成，她比奴家还不如，全靠了大王法力加持这才能变幻成人，夜里睡着了都还要变回原形的，不然也不会这样怕虎大王。"

桃花仙那里又继续说道："既有那聪慧的，就也有那愚笨的，听说啊，有那修了许多年也修不成个人形的呢。"

"你们年轻，见识少些，这个我可是听人说过的。"白骨夫人插言，说得煞有介事，"自此西去不知几千几万里，有一处大河，河里有个老鳖，修了不知几千年，才刚刚会说人语，连本壳都脱不了，得了不了人身呢！"

"真有此事？竟还有这样愚笨的？"红袖从一旁问道，满脸惊奇，"修得数千年都得不了人身？"

白骨夫人点头，叹道："当然，世间万物，什么样的没有？修行这事，也是看造化！"

这话一出，桃花仙与红袖两个也不由得跟着感怀，三人你一言我一语，只片刻工夫，便扯得远了，全忘了之前还在说黄袍怪有万年道行这事。我心中却还记挂着，待送了桃花仙与白骨夫人离开，忍不住问红袖道："你说你家大王到底是个什么妖？"

红袖正收拾桌上的茶盏，闻言回道："哎哟，这个奴婢可真不知道，咱们大王藏得深呢！不过，公主放心好啦，总不是修了千年都不得脱壳的老鳖！"

我瞧她说得肯定，不由得奇道："怎生见得？"

红袖笑了一笑，"瞅瞅那模样就不像啊，咱家大王长得多俊啊！"

我觉得她说得也有几分道理，纵是黄袍怪那张凶恶丑陋的面孔，瞧起来也像是山里跑的，不像是水里养的精怪。不过，虽这样想，我心里多少还是有些阴影，待晚间他回来时，便忍不住多瞅了他几眼。

不想黄袍怪却是机警，拿眼瞥了瞥我，问道："你看什么？"

我暗暗咬了咬牙，与他商量道："你再变回原来那张丑脸给我瞧瞧。"

黄袍怪闻言稍露诧异，微微挑了挑眉，又倾身凑近了我，低声调笑道："做什么？难不成这张脸看得腻烦了，又想我那张嘴脸了不成？我若真变回去，怕是你又要说无处下嘴了。"

他分明是有意取笑，也幸亏我脸皮厚实，并不觉得如何羞臊，只用手拽着他的胳膊，撒娇道："变吧，变回去给我看看！"

黄袍怪被我缠得无法，这才抬袖遮住了脸，待那袖子再落下来时，便又变成了最初的模样，青面獠牙，金睛闪闪。

想当时黑松林内初见，我曾被这副嘴脸吓得腿软，不想此刻再见，却也觉得寻常。我生怕他再变换回去，忙用手捧住了他脸，定眼细看了半晌，才不由得慢慢摇头，自言自语道："不像，真的不像。"

"不像什么？"黄袍怪奇道。

"不像——"我话一出口，便觉不对，忙就打住了，松开手向他笑了一笑，遮掩道，"没什么，你快把嘴脸变回去吧，小心红袖她们进来看到，还以为我背着你偷人呢！"

黄袍怪虽变回了原本模样，却是不肯依饶，见我要走，一把抓住了，问道："少糊弄人，你刚才那般仔细瞅我，到底在看些什么？快说，今儿到底遇到了什么事？你若不说，待我找红袖问出来，看我放不放过你。"

他一说这话，倒是叫我有些恼了，反问他道："你能怎么不放过我？怎么？还要吃了我不成？"

黄袍怪却不急，只似笑非笑地看我，道："少倒打一耙，你快些说，省得我使手段。"

我瞧着撒娇使泼都躲不过去了，瞅了瞅他，只得先与他讨价还价，"说了你不恼？"

"不恼。"他笑着应我。

我又看了他两眼，这才小心翼翼地说道："白天时候桃花仙她们来过……"

"嗯。"他轻轻应了一声，又问，"这我知道，然后呢？"

"她们说你道行深，怕是已有万年，可是真的？"

黄袍怪不置可否，仍问："然后呢？"

我本想着岔开话题，把刚才那事遮掩过去，不想他却不肯上当，只得半真半假地说道："后来还说到修仙这事，说是修了万年的一般早就成仙了，只有那些愚笨的，怕是才仍做着妖。所以，我才想再看看你之前那张嘴脸，瞧一瞧你到底是聪明的，还是那愚笨的。"

黄袍怪听得微微眯眼，"怕是还有下话吧？"

我抬眼怯怯看他，不敢再说下去。

"你们还说什么了？"他又问。

我觉得这事怕是要瞒不住，他只要把红袖叫进来一问，红袖那小嘴叭叭的，非但会竹筒倒豆子倒个干净，还要给我多倒出二两来！既然这般，不如先博个坦白从宽，死道友不死贫道了！

我先向他讨好地笑了一笑，不露痕迹地往后退了退身子，这才小心说道："白骨夫人说，西边有条大河，河里有个老鳖修了数千年，只才会说人言，连壳都脱不下呢，怕就是个极愚笨的……"

就瞧着黄袍怪的脸似是越来越黑，他盯着我，额头青筋都隐隐直跳，唇角上却是带了笑，似笑非笑地问我道："所以你瞧着，我与那老鳖长得到底像与不像？"

"瞧您这话说的！"我干笑，忙答道，"自然是不像的！"

"哦？当真？"他又问。

"一千个真，一万个真，千真万确！"我忙举手发誓，一面说着，一面转身便往外跑，不料却仍是慢了半步，被黄袍怪从后一把扯住了。

许是这妖和人有着通性，不论是人还是妖，都不大愿意被人说成是王八的，哪怕是成精的也不成。

第八章

大家都是『颜控』

黄袍怪很生气，后果很是严重。

那天晚上的大被子，也就罩得格外热烈些。情到浓时，他与我额头相抵，低声喃喃："百花羞，我不是这地上的妖……"

彼时我正头昏脑涨，话虽听入了耳中，却没钻进脑子，心里仍是一片糊涂，暗忖这既不是地上的妖，难不成还真是水里的怪，又或是那天上飞的？也不知长没长翅膀……这般胡乱寻思着，手上便不由自主地往他腰背上摸了去。

不想这一摸却摸出了事来！

也不知道怎的，他那情绪突然就又高涨了许多，抓着我又是一番狠命揉搓，翻过来覆过去，直折腾到后半夜，我实在熬不住了，向他讨饶多次，这才算罢了休。

第二日，我便睡过了头，醒来时，身边的黄袍怪早已没了人影。

红袖进来伺候我洗漱，脸上一反前几日的颓废，美滋滋的难掩喜色。我瞧着奇怪，不禁问她道："怎么这般高兴？可是有什么好事？"

红袖甩着帕子笑了一笑，答我道："公主您不知道，刚梨花苑那边送了信来，说海棠伤已养好，素衣仙子要带着她走呢！"

我愣了一愣，"真要走了？"

"真要走！"红袖点头，又凑过来，神秘兮兮地说道，"一撮毛已跑去瞧过了，行装都理好了，瞧着是真心实意要走。这不，咱们大王都过去送了！"

难怪黄袍怪不打招呼就走了，原来竟是因为这事。只盼着那海棠是真心实意要走，千万莫要再生事端了！

我坐在那里默然不语，正寻思着呢，红袖就又凑了过来，道："奴家已经叫一撮毛再去盯着了，万一有什么变故，赶紧来报。不过，奴家觉得您亲去一趟才好呢，一是显得您大度，二呢，也防那海棠再出么蛾子，您说呢？"

我赶紧摆手，道："不去！快消停些吧！"

就我与那两人的关系，若装模作样地去送上一送，一不会显得我有多大度，二也防不住海棠出么蛾子，唯独可以气一气素衣与海棠倒是真的。就是黄袍怪那里，他也不傻，未必瞧不出我前去相送的小心思来。

人家这都要走了，何必呢！

红袖不免露出些失望之色，低声感叹道："可惜了，多好的机会！"

嗯，多好的气死她们的机会。

快近晌午时，一撮毛一溜烟地从外面跑了回来，扒着门框就叫道："走了！全都走了！"

红袖正给我梳头，闻言手下一紧，差点薅了我一把头发下来，只问道："真的就这样走了？没再作妖？"

我痛得龇牙咧嘴，忙叫道："松手，有话先松了手再说。"

红袖愣了一愣，这才赶紧松开了手，又与我赔了半天罪，这才又把一撮毛叫到近前来，吩咐道："快来给公主说说，公主一直等着消息呢！"

一撮毛不光腿脚利索，嘴巴也不慢，噼里啪啦地讲道："是真的走了！大王亲自送她们出了波月洞，过了白玉桥了！素衣仙子还哭了呢，拉着咱们大王的手不知说了些什么。奴婢离得远，没听到，只瞧着咱们大王摇了摇头，没应她。"

"公主瞅瞅，奴家就说她们还得出么蛾子吧！这一准是求咱们大王把海棠留下呢！"红袖愤愤说道，又去问一撮毛，"后来呢？后来怎样了？"

一撮毛答道："后来她们就走了。哦！对了，白珂白仙君也随着她们一同走了！"

此话一说，莫说红袖，就是我也极为意外，不由得问道："白珂竟也跟着走了？"

"走了！"一撮毛用力点头，又补充道，"临走还给大王磕了三个响头呢！"

白珂对待海棠不一般，这从那日素衣提剑闯我院子时就能瞧出几分来，只是怎么也想不到，他竟会为了海棠离开此处！要知道，这妖怪不论道行如何，只要混入人世，多半落不得好下场。

红袖那里咬着牙，用力揪扯手中的帕子，好一会儿，这才恨恨说道："真看不出啊，白珂倒也是个痴情种子！且等着吧，那海棠早晚有一日会卖了他！"

实话讲，海棠日后会不会卖了白珂，又会卖个什么价钱，我倒是不怎么关心，我关心的却是另外一件事情。海棠可是知道我身份的，她那人又不是个胸怀宽大之人，若素衣带她去了宝象国，她怕是要生事端的。

待午间黄袍怪回来，我便开门见山地问他道："听说素衣带着海棠走了？"

黄袍怪神色平淡，瞧不出个喜怒来，只答我道："是。"

我又问："那你可知素衣会把海棠带往哪里？往东还是往西了？"

黄袍怪不过微微一愣，便明白了我的意思，反问道："你可是怕素衣会把海棠带去宝象国，说出你在此间？"

"是。"我点头，心中颇有几分不满，又道："你既然会那使人失忆的法术，为何不像当初对待我父王母后一般，也消了她在此间的记忆？"

黄袍怪默了一默，方道："我已对她失信，怎好再去强行消她记忆？你放心，她已是向我立誓，绝不会对人说出谷中的任何事情。"

他既这样说，我心里虽仍觉隐隐不安，却也不好再说别的，只能盼着那海棠守信，自去过她的快活日子，千万莫再执着于此间的恩怨。

外面天大地大，哪里找不到一桩好姻缘呢！

素衣与海棠既走，谷中生活复又恢复了平静。待到二月里，谷中山溪旁的那一株老杏树最先开了花，紧接着，不过几日的光景，整个山谷里便花红柳绿起来了。

万物发情，啊不，万物复苏的春天，终是到了。

柳少君人抖擞了不少，再加上白珂已走，他便成了这谷中排名头一号的未婚男青年，甚得各式女妖青睐，那荷包、帕子也不知收了多少，一时间煞是风光。

初时，他还有几分春风得意，待后来被人拉扯的次数多了，便也就有些怕，远远地看见人影就躲，只怕再被那厉害的缠住了，霸王硬上了弓。有一次，他不知怎的却被一位前来拜山的女洞主给堵住了，柳少君无处可逃，竟就变回了本相，死死地缠着一棵松树，任那女洞主如何拉扯，就是不放松。那女洞主也是力气大，差点就把柳少君扯成了两段，多亏了枣树精遇到，这才替柳少君解了围。

待柳少君再变回人身，眼瞅着那小腰就又细了几分。

一撮毛来和我说这事，我笑得一口茶喷出去，直咳得昏天暗地，连嗓子都咳哑了，好半天才缓过劲来，忍不住问一撮毛道："到底是个什么样的女洞主，力气怎这般大？"

"吓！"一撮毛表情夸张，连说带比画着，"那女洞主身高八尺，腰足足有三尺宽，走路地动，说话山摇，听说是只黑熊修炼成精，本就是金刚一般的人物，您说她力气能小了吗？"

我听得惊讶，又替柳少君担忧，"后来怎样了？那女洞主后来可是又去寻柳少君了？"

一撮毛那里还未回答，红袖却是抱着几枝山桃花从外面进来了，闻言先"哎哟"了一声，叫道："公主，您心也是真大，这会子还有心管柳少君怎样呢！您都不想想咱们大王？柳少君都有这么多人盯着，咱们大王天神一般的人物，还不知被多少人觊觎呢！"

我瞅她怀里的桃花一眼，不禁问道："桃花仙又来了？"

"又来了！这不，专门给大王和您送桃花来了嘛！"红袖说着，把那桃枝往桌上一丢，气呼呼地说道，"好像咱们谷里就没长桃树一样，用得着她这样巴巴地亲自往里送吗？"

桃花仙爱慕黄袍怪，这是整个碗子山都知道的事情。之前吧，她还能自我约束着几分，可最近不知是不是因为春天到了，她便有些自我约束不住了，每日里都要寻个借口进谷一趟。不过，人桃花仙有一样好处，那就是只冲着黄袍怪下手，不像海棠那般，光冲着我来。

既然如此，我就也没怎么往心里去，反正好坏都有黄袍怪那里担着呢，我操心也是瞎操心，没用处。

红袖那里仍旧愤愤不平，我便安慰她道："没事，人家不是也没把你家大王怎样嘛。"

"哎哟！"红袖甩了甩帕子，道，"公主，这只有千日做贼的，可没千日防贼的！桃花仙虽没那海棠长得貌美，您也不能掉以轻心！纵是大王没这个心，可万一哪天松懈，着了她的道可怎么是好？咱们大王又是个实诚人，若沾了身必定是要负责的，到时，您可真要多个姐妹了！"

她这话说得也算有理，我一时也觉得有些不爽，自个嫁个妖怪也就罢了，偏偏嫁个妖怪还不得安生，前脚刚走了个海棠，后脚就来了个桃花仙，还有那数不清的这妖那仙的，不知有多少对黄袍怪芳心暗许呢。

便是眼前的红袖，不也一直倾慕着自家大王，只求常伴身边吗？

待黄袍怪晚间回来，我便瞧着他有些不顺眼，他倒乖觉，很快便察觉到了，出言问道："怎么了？"

我低低地冷哼了一声，酸溜溜地说道："你之前只知用张丑脸去吓我，自己却顶着这张脸招摇撞骗，现在得了这许多人倾慕，感觉十分的好吧？"

黄袍怪愣了一愣，道："我今日并未见桃花仙。"

我拿眼横他，"今日没见，那明日、后日呢？今日没见桃花仙，还有那杏花仙、梨花仙呢？你都个个不见么？"

"只不过一个桃花仙，哪里来的什么杏花仙、梨花仙！"黄袍怪不觉失笑，又道，"你若不喜，不管是什么仙，我一概都不见便是了，也没什么大不了的。"

"真的？"我问。

黄袍怪倒是好脾气，点头笑道："真的，我本来也不喜欢应酬这些，无非是身在山中，不得不做些场面罢了。你既然不喜，那咱们就紧闭山门，只过自己的清静日子，谁也不理便是了。"

我也是个不喜热闹的，听他这样说，心里便舒坦了许多，不过也知道，人在江湖，身不由己，并非你想过清静日子便能过的。

我想了一想，坦言道："倒不是要你闭门绝户，与人不相往来，只是这么多女妖惦记着你，实在惹我心烦。也并不是说不信你，而是癞蛤蟆跳到脚背上，不咬人它硌硬人！这人最怕换位思考，你想，若是咱家院墙外面整日里守着几个登徒子对我言语调戏，你恼是不恼？"

黄袍怪面上这才敛了笑意，正经起来，思忖片刻，方道："你莫烦恼，我自有法子。"

他说得甚有把握，倒叫我也好奇起来，问他却又不说，只叫我耐心等上几日。

没过两日，黄袍怪便宣布要闭关修炼，因着这一次修炼十分紧要，他不仅命柳少君带人在外守护，还特意请了白骨夫人与枣树精等人前来谷中坐镇。那密室之门紧闭了九日，待九日后屋门一开，不想却吓坏了门外守候的柳少君等人。

黄袍怪进去时还是个剑眉星目的美男子，再出关时，已变成了一个青面獠牙的丑八怪。

据说，柳少君愣愣地瞅了他好一会儿，才敢试探着叫道："可是……大王？"

黄袍怪应了一声，众人方才敢信了。

白骨夫人那般淡定从容的人，也不由得晃了晃身形，喃喃叹道："好好的一副相貌，怎的就变成了这般模样？"

枣树精不由得上前问道："大王修炼时可是出了什么纰漏？"

黄袍怪低头看了看自己钵盂一般的大手，却是浑不在意，只大笑道："神功既成，还管他变成什么嘴脸？大丈夫立世，又不靠头脸吃饭！"说着，又吩咐柳少君，"传令下去，今晚大摆宴席，邀三十六洞主前来，共庆本王神功大成！"

他既这般说，众人谁也不敢再说什么，有那惋惜的，却也有那暗喜的，各怀心思，纷纷散去。

一撮毛当时就守在密室外面，见状火急火燎地跑回来，把当时情形细细报与我知道。我还未说什么，身边红袖却是先跳了起来，失声叫道："大王变了模样？"

"变了，全变了！"一撮毛不知是害怕还是激动，话音里都带着颤，连说带比画道，"那一张青靛脸，那满口白獠牙，大嘴一张能咬下半个人头来！对了，嘴边上还长着鬃毛，竟然，竟然还是胭脂色的！鼻子往外拱着，这样的！眼睛这么大，闪闪发光！还有那拳头，有钵盂那么大！还有那脚，蓝的！"

我越听越是惊奇，这不就是黄袍怪当初摄我来时幻作的模样么，怎的忽又拿这副嘴脸出来吓人了？

红袖那边瞧我，见我不说话，许是以为我吓呆了，忙就安慰我道："一撮毛说话向来夸张，公主先莫慌，待奴婢去瞧一瞧再说！"

她说着，便匆匆出了门，过不一会儿，却是脸色煞白，失魂落魄地回来，进门后愣愣瞅了我半晌，上前一把抱住了我，耍着花腔地哭道："我苦命的公主，怎就偏偏要咱们遇到了这样的事？奴婢远远地望了一眼，大王那模样……真变了！再看不出以前的半点影子，那叫一个丑陋！"

正说着这话，一撮毛从外急急来报，道："公主，公主，大王回来了！"

红袖一怔，立刻就止了哭，胡乱地用帕子抹了抹眼角，忙劝我道："公主万万要忍住，不论看到什么情形，都切莫露出惊慌模样，省得惹恼了大王。俗话讲得好，嫁鸡随鸡，嫁狗随狗。这男人嘛，不论什么丑俊，只看本事。就是再丑，吹了灯也是一样的！"

我一时颇为无语，只得默默点头。

说话间，那边黄袍怪已是进了房门，红袖低着头与他行了个礼，连看都没敢看他一眼，只说了一句她去倒茶，便一去不复返了。

我抬眼打量黄袍怪，瞧他眼下这模样，竟比之前用来吓我的那副嘴脸还要丑了几分。我不由得扶额，问他道："好端端的，怎么又变成了这副嘴脸，这是又要去吓谁？"

黄袍怪大嘴一扯，却是轻笑，道："变成这般，你岂不是就可以放心，不用再怕什么桃花仙、梨花仙往我身上扑了！"

我愣了一愣，这才明白了他的用意。难怪他之前说他自有法子，不想却是这么个法子。

黄袍怪随意地往软榻上一坐，抬眼看我，又笑道："毕竟，这世上眼瞎的也就那么一个，能不嫌弃我的丑陋，真心爱我。"

他为了安我心，竟使出这般手段！

我不觉又是好笑又是感动，横他一眼，嗔道："你这张大脸倒是真大，谁说我就不嫌你的丑陋了？我也是没得法子，这才不得不忍下罢了。"我说着，走到近前细看他脸，又不由得啧啧称奇，"你也算是本事，我原本以为你之前那张嘴脸已是丑到了极致，不想你竟然还能让自己再丑几分，都丑出新意来了！"

黄袍怪笑笑，却不知又想到了什么，忽伸臂将我揽入怀中，牢牢禁锢住了，问道："说起来，你当初见我第一句话说的是什么，你可还记得？"

我愣了一愣，一时还真记不起当初见他第一句话说的什么。

他冷哼一声，道："你当时便说，天啊，真丑！"

"我说的这个？"我问。

黄袍怪手上加了几分力气，将我腰肢钳得更紧，恨恨道："你这女人，其实也是个贪颜好色的主儿，真真可恨！"

我忙辩道："我那是被吓傻了，说的可不是我的真心话。"

黄袍怪闻言撩起眼皮瞥我，又问："当真不是真心话？"

"一万个真，万万个真！"我忙回道，生怕他不信，忙又举手发誓，"绝对不是真心话！"

黄袍怪却是一把扯下了我的手，不悦道："夫妻两人不过是说几句玩笑话，你便是真说了，我也不会恼你，好端端的发什么誓！这誓也是能胡乱发的？"

我讪讪一笑，心道我这誓言还真不是胡乱发的，想当初见他第一面，我心里真正想说的话并不是什么"天啊，好丑"，而是"我擦啊，这人怎么能丑成这样"！

现在想来，竟是我当初见识浅薄了，不知他竟然还能丑出新的高度来。

我低头瞧他，不禁问道："你这是真变成了这副模样，还是对大伙使了障眼法？"

"真变成了这副模样。"黄袍怪答道。

我听得一惊，又问："一直这样了？"

黄袍怪不答，只斜睨我，"怎的？你也嫌弃我了？"

这话着实难答，说我嫌弃吧，有点对不住他这一片苦心，可若说不嫌弃，就太过对不起我的良心了。黄袍怪仍还在瞄着我，等着我的回答。我下意识地抬手去摸心口，脸上却做出恼色，嗔怪他道："你怎还问出这样的话？我究竟嫌不嫌弃你，你自己还不知道么？"

黄袍怪瞧我两眼，却是骄傲地笑了，道："我就知道你不嫌我丑。"

我手抚心口，暗念了一声阿弥陀佛，佛祖在上，这话可不是从我口中说出的，算不得我昧着良心说了假话！

说了这半晌的话，红袖那茶也未能端上来，黄袍怪又坐片刻，外面就有人来报，说是已有洞主受邀前来参加晚宴了。他只得起身出去应酬，临走时却又不忘嘱咐我道："晚上你也去，记得装扮一下，莫叫人瞧出马脚来。"

我点头应下，送他出门，待再转回身来，才见红袖不知从哪里冒了出来，一副心惊模样，只抚着胸口叫道："哎呀，可是吓死奴婢了！大王进门的时候，奴婢就这么偷偷瞥了一眼，吓得差点叫出声来，便是现在，两条腿都发颤呢！还是公主刚强，竟能与大王像往常一般谈笑风生，真是佩服死奴婢了！"

我不觉失笑，逗她道："我可是记得清清楚楚，你当初说过对大王一见倾心，心甘情愿为奴为婢，只求能长伴大王身侧，朝朝暮暮，长长久久呢！"

红袖惊得用帕子掩了口，叫道："公主！奴家年幼无知时说的玩笑话，怎能当真！您又不是不知，奴家早已对柳少君倾心，只盼着能嫁他呢！再者说了，您之前不也说过柳少君人不错，要奴家早点下手，成就良缘么？"

我噎了一噎，竟是无言以对，好一会儿，方才低声感叹道："真希望桃花仙也能如你一般现实，那便好了。"

不想，桃花仙竟是比红袖还现实几分，连晚上的大宴都没参加，连夜出谷回了洞府。

白骨夫人面上也有几分歉意，替桃花仙解释道："她身子骨弱，不知怎的就吹了风，头疼得厉害，本想着亲自向大王与公主请辞的，却又怕过了病气给公主，便托我向您二位告个罪，恕她不辞而别了。"

黄袍怪沉着脸不说话，我只得出面说道："不碍事，今儿谷里的风是有些大，你叫桃花仙子回去好生休养，待大王得了空，我便与大王一起去探望她。"

"不用，不用！"白骨夫人忙摆手，又干巴巴地笑道，"哪里敢叫您与大王去看她，她受不起呢！"

说话间，不时有小妖来报，不是这位女洞主有事不能前来赴宴，便是那位女仙因病爬不起身来。那往日里跑谷中跑得甚欢的女妖，林林总总的，竟有一大半因故缺了席，便是那位扯着柳少君不松手的黑熊洞主，都遣人来说自己扭了腰，出不得洞府。

我闻言很是惊奇，黑熊洞主竟然也有腰！

更叫人意想不到的是，竟还有几个男妖也跟着凑热闹，只来大宴上露了个脸，便寻着借口先行离席了。那理应坐得满满当当的上百席位，此夜竟连一半都没坐满！我原本还以为众妖是畏黄袍怪厉害，这才臣服，此刻看来，有那少一半竟是贪着他的美色！

我忍笑忍得辛苦，连面部表情都有些僵硬，不过倒也应景，瞧入外人眼中，一准认定我也是被黄袍怪这副雄奇的嘴脸吓的，才会这般花容失色。身边黄袍怪脸色却是越来越黑，待到后来，竟就冷哼了一声，从宴上拂袖而走。

他既走，席上众妖的视线便都往我身上落了来，当中的同情再不掩饰。

枣树精迟疑了一下，竟是端着一杯酒走上前来，轻声劝我道："公主，这世间事本就无常，凡事都要看开些才好，切莫太过悲伤。"

黄袍怪早就有过交代，不许我露出马脚，我便赶紧低了头，酝酿了一番情绪，这才低声叹道："不过都是命，我早已是认了。"

那白骨夫人不知何时到了我身边，闻言伸手来轻拍了拍我的手臂，又温声宽慰我："公主能这般想最好，凡事都往好处想想，大王模样虽不比以前，可法术却更高强了，而且，而且……"她一连说了几个"而且"，都没能再寻出个好处来，最后只得说道，"这样也好，不论是扔在家里，还是走到外面，都叫人放心！"

我生怕自己露了馅，连头都不敢抬，只闷声应和道："夫人说的是。"

白骨夫人与那枣树精对视一眼，皆叹息着摇了摇头，转身离去了。

他们刚走，就另有妖精补了过来。就这样，不过一会儿工夫，凡是与我熟识些的这妖那仙，都一一上前来安慰了我一番。我低头装了大半晚的鹌鹑，待后来实在有些装不下去了，忙也寻了个身体不适的借口，扶着红袖走了。

我控制着情绪，直到回到黄袍怪的院子，进了屋，把红袖与一撮毛也都打发了出去，这才扑倒在床榻上，捶着床板狂笑起来。黄袍怪正在那边窗前看书，闻声走上前来，立在床边看我，闷声问道："这回可是满意了？"

"满意，太满意了！"我好容易止住了笑，抬头看他一眼，却又忍不住笑了起来，问他道，"你说桃花仙她们不来也就罢了，那熊洞主为何也不敢来？难不成她瞧中的不是那柳少君，而是大王你？"

黄袍怪浓眉微皱，眼睖着就要恼。

我忙就爬起身来，伸臂圈了他的脖颈，哄他道："莫恼，莫恼，人家今天是真心高兴呢！以后再不用担心有人来与我争你，连睡觉都觉安心几分呢！"

他面色这才稍缓，轻轻冷哼一声，问道："当真？"

"千真万确！"我信誓旦旦，又小心看他，商量道，"不过，夜里只你我两个人时，你可不可以再变回原来模样？哦，你别多心，我可不是嫌弃你丑，而是这大晚上的，万一你不小心看到镜中自己，别再吓着了……"

我话到一半便不敢再说了，只眨着眼睛，可怜巴巴地看他，撒娇道："也是怕你咬着人家嘛！"

黄袍怪额头青筋隐隐直跳，嘿嘿冷笑了几声，道："放心，我有分寸，咬不着你。你若不信，咱们便试上一试。"说着，便向我缓缓低头欺压过来。

他分明就是有意试探，这个关键时候，万万不能后退！我也豁出去了，忙屏住了呼吸，暗暗咬了牙，瞪大眼睛，静候着他亲下来。不想他却在半路上突然顿住了，垂目看得我片刻，才低声道："闭眼。"

我愣了一愣，忙依言闭眼，下一刻，便感觉到了他温热柔软的唇。

黄袍怪既丑，这谷内谷外的女妖们又失去了一个指望，柳少君身上的担子便更重了几分。他原本是个见着人未语先笑的温润君子，可为躲这桃花朵朵，也只能学黄袍怪的样子，变成了沉默寡言的冷面郎君。

不想，这等性情却更得那女妖们喜欢，不但在路上堵他的人更多了，还有那大胆的，寻着借口就往他住所跑。

传闻，有一天夜里柳少君回家睡觉，一掀被子，发现里面竟躺了个光溜溜的女身，骇得他脸色都变了，慌里慌张地往外逃，迈门槛的时候还跌了一跤，额头撞到了门扇上，青肿了老大一片，许多时日都消不下去。

从那以后，柳少君就再没敢回过自己住处。他和黄袍怪打了个请示，直接住进了我们后院的一间小房里。他这样搬进来，有人欢喜有人愁，外面的女妖虽不方便纠缠了，却给我院子里的小妖精们创造了有利条件。

按理说柳少君搬过来，我身为女主人该是去操持一番的，可许是到了春困的时候，我一连几日都懒洋洋的打不起精神，便将这事托给了红袖，又好意提醒她道："俗话讲得好，近水楼台先得月。这台子我是给你搭好了，能不能够到这月亮，就全看你自己了。"

不想红袖那里却是兴趣乏乏，甩了甩帕子，道："公主叫奴家去，还不如派织娘过去呢，许是还能成！"

"织娘？织娘能成？"我听得一愣，那织娘是只山雀精，平日里不显山不露水，最是安静本分的，怎的比红袖这个狐狸精还有本事了？

自打黄袍怪使用秘术将红袖与一撮毛的内丹与我血魂系在一起之后，红袖对我尊重了许多，已是很少给我抛白眼，闻言也就叹了口气，道："我的公主娘娘，得亏咱们大王丑了，不会有人再惦记着。不然啊，就您这心眼粗的，怕是外面孩子都生下来了，抱到您眼前，您这里才知道！"

我越听越是惊奇，不由得问道："这话怎么讲？"

"织娘与柳少君早就暗中有了勾连，不然您以为柳少君为何非要往咱们院子里搬？人家才是为了近水楼台呢！"红袖又叹一口气，颇有些不甘地说道，"若是别人也就罢了，偏偏是织娘，自家的姐妹。这天下男人就是死绝了，也没有对着自己姐妹男人下手的道理。唉！柳少君这块肥肉，奴家是不用惦记了！"

红袖竟这般有原则，真是叫我高看了她几分！瞧她情绪低落，我正想着出言安慰几句，不料她自己却先笑了，道："其实这样也好，柳少君与织娘虽然一个是天上飞的，一个是地上爬的，可都是那蛋生的物种，他俩在一起，想来日后还是要生蛋的，倒是不用怕生了孩子不会养了！"

我听得一愣，"这是个什么论道？"

红袖眨了眨眼睛，"这有什么不好理解的？就拿奴家来说，奴家可是胎生的，就算真跟那柳少君配成了夫妻，日后还不知生个什么玩意儿出来呢，这要万一要生蛋，奴家便是能生出来，可也不会孵呢！"

"你们妖精也要生孩子的？"我忙又问。

"多新鲜啊！"红袖撇了撇嘴，面上颇有些不悦，"我们妖精怎么就不能生孩子了？大伙好容易都修成了人身，不用再受种族限制，若嫁得外族，可不得努力生上几个。人可都说了，这越是混血的孩子越是聪明伶俐，往往能兼得父母两族所长！您说就这样的孩子，是不是得多生上几个才好？"

她一张小嘴噼里啪啦说得利索，我却是听得怔怔的，好一会儿才迟疑道："这么说来，我与你家大王也要生孩子的？"

"那一定得生啊！"红袖语气肯定，不知又想到了什么，突然从地上蹿了起来，失声叫道，"哎哟，我的公主娘娘，若您不提，奴家还真给忘了，您这个月的月事已晚了好多日了吧？莫不是已经怀上了？"

我坐在那里掰着手指头数了一数，也不由得惊出一身冷汗。我月事竟已是迟了二十余日，再加上这些时日又一直觉得困乏无力，莫非并不是因为春困，而是已经有了身孕？

只一想，我便不觉有些心惊肉跳，忙抬眼去看红袖，问道："这谷里可有郎中？"

红袖想了一想，答道："以前是没有的，不过前阵子海棠落崖受伤，白珂倒是从外面抓了个人类郎中回来，也不知道现在还在不在。若是没被他们吃了，想来这会子应该还在梨花苑呢。"

我强自镇定着，吩咐道："你去找一找，若那郎中还在，赶紧把他给我带过来！你亲自去，别叫人看到了。"

红袖瞧我说得郑重，也跟着紧张起来，忙压低了声音，小心问道：

"可是什么人都不许看到？"

倒是不必如此小心，搞得如同做贼一般。只是这是不是怀孕还两说着呢，最好还是低调行事，不要外人知晓的好。我抿了抿唇角，正思量着要怎么和红袖说，不想她那里却是会错了意，不等我开口，便用力点了下头，低声道："您放心，奴家这就去，谁都不叫发现！"

说完，她把帕子往腰间一塞，便匆匆出了屋门。

红袖去得快，来得也快，不一会儿的工夫，便背了老大一个麻袋进了门，"公主，给您带回来了！"她说着，把那麻袋往地上重重一丢，解开那扎口，露出一个须发皆白的老头来，喜滋滋地与我说道，"瞧瞧，可是活的！"

那老头身上被捆了个结实，又被堵了嘴，许是被吓傻了，呆愣愣地坐在地上，没有半点反应。红袖瞧了两眼，奇道："咦？刚还活蹦乱跳的呢，这会子怎么就不动了？"

她说着，便要伸手去戳那老头脑袋。

我忙喝住她，又紧着吩咐道："快松了绑，叫你去请郎中，你怎么把人给绑来了？"

红袖依言给那老头松了绑，又弯腰看了那老头两眼，回身与我说道："公主放心，人还活着呢！"

人自然是还活着，只不过是被红袖吓得半晌缓不过劲来罢了。

我叫红袖给他让了座，上了茶，又好言抚慰了几句，瞧着他抖得不那么厉害了，这才把自己手腕伸了过去，客客气气地与他说道："老先生替我把把脉，看看我是否有了身孕，可成？"

那老头一个劲地点头，哆嗦道："可成可成，小老儿全凭女神仙吩咐！"

他颤颤巍巍地伸手过来替我切脉，另一只手却哆哆嗦嗦地去捋胡须。也不知过了多久，这老头才收了手，先长松了口气来，这才慢条斯理地开了口，"女神仙请放心……"我闻言心中一松，喜色还没来得及上脸，就又听得他继续说道，"您身孕已快有两个月，脉象甚稳，无须担心。"

我一时僵住，竟不知该如何反应。

红袖那里却是从地上蹦了起来，喜道："您瞅瞅，这才叫说什么来什么，刚一说生孩子，不想您这先就有了，也真是巧！"

可不是真巧么，巧得我都不知如何是好了！

我愣了片刻，一把抓住了红袖，颤声问她道："你说你家大王是胎生还是卵生？我不会也要生只蛋出来孵吧？"

红袖愣了一愣，摇头道："这奴家可不知道了。咱们大王藏得深，竟是谁也不知道他到底是个什么东西成精。要奴家说啊，这事您不能瞒着他，还是要告诉他，这日后孩子怎么个怀法，又是怎么个生法，心里也好有个谱！"

怀孕生子这事，我纵是瞒谁，也不能瞒黄袍怪啊！红袖脑子里的筋一向搭不对，我早已是习以为常，也懒得与她掰扯，只吩咐她先拿些钱财给那郎中，再将人家好生送回家去，切莫叫大小妖怪们伤了吃了。

红袖应下，带着那郎中往外走，走得两步却又回过身来，问道："可要去请大王回来？"

西部压龙山的一位狐大仙嫁女，特邀了黄袍怪前去吃喜酒，因着那位大仙与黄袍怪有过几分面子情，黄袍怪不好拒绝，只得前去。他本想带着我一同去的，只是我近来实在懒得动，他这才一个人去了，说好了晚上便归。

此刻若是专门派人把他叫回来，倒是显得有些不好。

我忙摆手，道："不用，等他回来即可。"

红袖这才走了，留我自个在屋里坐着，一时心中甚是杂乱。

实话讲，我虽早已决心与黄袍怪在此共度一生，却还从未想过与他生子。一来，他是妖怪我是人，本就不该相配；二来，又有着前世的恩怨纠葛，这一世终了，还不知下一世如何。若只两个人，无牵无挂的也就罢了，一旦有了孩子，那麻烦事就多了，还真不知是好是坏。可再一想到两人骨血能就此融在一起，生个像我或是像他的孩子出来，眼看着一点点长大，心中却又隐隐欢喜。

我就这样胡乱寻思着，心中一时喜一时忧，也说不清到底是个什么滋味。

直到夜深，黄袍怪才带着酒气从外回来。他许是以为我已经睡下，便没出动静，自个去洗漱过了，轻手轻脚地走到床边来脱衣，待回身看到我双目圆瞪，似是被吓了一跳，失笑道："今儿怎的这么精神？一直等着我呢？"

我瞅着他，半晌没说话。

黄袍怪早已是变回了本来模样，剑眉微挑，问我道："怎么了？"

他应是喝了不少的酒，纵是洗漱过了，气息里还是带着浓郁的酒气，便是眉眼间，也露了几分的醉意出来。

我就想着怀孕这事毕竟不小，怎么也得挑个他清醒的时候与他说才好，不然眼下说了，他第二日醒来却没记住，又或是干脆当成做了一场梦，那事情就有些尴尬了。想到这里，我就向他扯着嘴角，笑了一笑，道："没事，快睡吧。"

不想他却是不依，拽着我的胳膊不肯松手，只道："若真没事，此刻你早睡得死猪一般了，哪会等我到现在？你可不是这么贤惠的人。"

他倒真是极懂我！

我看看他，索性从床上坐起身来，伸了两只手指出来竖到他眼前，问道："这是几？"

他不觉失笑，伸手压下我的手指，顺势将我拉入他的怀中，笑道："不用试，我没醉，清醒着呢。"

"当真？"我问。

"当真。"他答，又问我道，"可是恼我回来晚了？本是想早点回来的，不想却在宴上遇到了两个故人，叙了几句旧，又多饮了几杯，这才回来晚了些。"

他那里与我解释晚归的缘由，我却在合计如何与他开口，左右思量半晌，也不得一个好法，索性就单刀直入，直接与他说道："我有孕了。"

黄袍怪面容一怔，也不知是没听清我的话，还是怀疑自己的耳朵，又问我道："你说什么？"

他这般反应，叫我心里不觉一沉。我看他几眼，伸出双手捧住了他的脸，盯着他，一字一顿地答道："我说，我有孕了。"

他面上表情傻了许久，这才从眼底泛出点点的狂喜来，再一次问我道："当真？"

"当真。"我答，顿了一顿，又补充道，"已是寻郎中来看过了，眼下已快两个月了，据说这胎坐得还挺结实的。"

他又愣愣瞅我半晌，猛地挣脱了我的手，起身便向外走。

我吓了一跳，忙起身去拽他，惊道："大半夜的，你想干吗？"

他回首看我，喜不自禁，"我叫人去把那郎中喊来，我要亲自问他。"

我从未想过自己怀孕会令他如此高兴，现在见他这般模样，心中疑虑尽消，既觉好笑又觉欢喜，忙压低声音说道："你快别发疯了，有什么事明天再说，成不？"

"不成。"他回道，径直便往外走。

我瞧着他连模样都忘记变了，忙就从后提醒他道："嘴脸，嘴脸！"

他愣了一愣，这才反应过来，忙又变成了那副青面獠牙的模样，开了屋门，吩咐刚刚赶到门外的红袖道："快去，把郎中给我寻来。"

可怜红袖，刚刚把那郎中好生生地送了家去，大半夜的又得再去把人寻回来。也可怜那郎中，被妖怪摄走一个多月，这好容易死里逃生回到家中，不想屁股还没坐热，就又被妖怪摄了回来。

老郎中说的话与之前并无两样，只那手哆嗦得更厉害了些，抬手摸了半晌，竟是连自己的胡子都没摸到。黄袍怪也不知是真懂还是装懂，又详细地问了郎中许多专业问题，这才叫红袖把人送走。

深更半夜，来回这样一折腾，不仅苦了红袖与那老郎中，我身怀有孕这事，也顺着夜风传遍了全院，第二日，整个山谷里便人人皆知了。

第四天头上，白骨夫人与桃花仙不知从哪里也听到了信，特意带了许多补品前来看望我。

人家不是空手来的，我也不好太过小气，一杯清茶就打发了人家，于是命红袖在后院的花厅设了宴，准备了些点心花茶，款待白骨夫人与桃花仙两个，顺便，也听她们两个扯一扯谷里谷外的八卦，解一解闷子。

自从黄袍怪闭关修了张丑陋无比的大青脸出来，桃花仙子这还是第一次来谷中，整个人打扮得极为素净，说话走路也都没了以往的娇态，真真成了端庄娴雅的淑女！若说之前她对我还有几分艳羡，此刻就只剩下了同情，瞧着四下里除了红袖并无他人在跟前，便试探着问我道："公主可还能……习惯？"

我愣了一愣，这才明白她问的是什么，垂了垂眼皮，装模作样地答道："看多了，也便能习惯了。"

桃花仙轻轻地叹出口气来，默了一默，似是忽又想起什么事来，忙好意提醒我道："道理虽是这般，不过，公主现在有孕在身，能少看还是尽量少看两眼。我可是听人说过，这女子怀孕，看得谁多了，将来生下的孩儿便会像谁！"

我听得一愣。

红袖那里却已是不由自主地惊呼出声，失声问道："真的？"

还是旁边的白骨夫人最会来事，忙就抢着说道："公主怀着身孕呢，快莫提这么恐怖的事情，不如说些喜庆的！"

一边说着，一边给桃花仙使眼色。

桃花仙这才反应过来，讪讪一笑，"哦，对，说喜庆的，喜庆的！"

最近最喜庆的事，除了我有孕，那便是隔壁山头嫁女儿了。说起来，那办事的主家与红袖还沾着点亲，也是狐狸成精，不过却是九尾狐族，生来九条尾巴，比旁的狐类更多几分灵性，长得也好看，男俊女美，所以向来婚嫁不愁。

说起这类八卦，桃花仙的端庄模样便有些端不住了，掩口娇笑了几声，道："公主您是没去，没见着那一洞大小狐狸，不拘男女，个顶个的水灵。便是他家狐阿七大王，虽胡子都老长了，可那张白脸却也好看得紧呢！"

狐狸精嘛，应该都是长不差的，我身边红袖不过才是只普通的红狐，已是极为秀美，那长了九条尾巴的，想来更要好看一些了。

桃花仙说着，忽撇下了我，又去问白骨夫人："对了，这次喜宴上，姐姐你可有看到有两个好汉，听着人叫金角大王、银角大王的，也不知是从哪里来的，瞧着和咱们大王倒似是旧识，三人聚在一起说了不少的话哩！"

　　她一说这个，倒也勾起了我的兴趣，黄袍怪的确说过他在喜宴上见到了两个故人，还因此多饮了几杯。我不由得也看向白骨夫人，等着她的回答。

　　白骨夫人显然知道得更多些，先饮了一口茶，这才慢条斯理地说道："看到了，那不是旁人，乃是狐阿七大王的外甥，压龙大仙的两个儿子。"

　　桃花仙听得惊讶，奇道："压龙大仙？可是压龙山的老姑奶奶，狐阿七那位嫁去黑林子里的长姐？"

　　"正是。"白骨夫人点头，又老气横秋地感慨道，"你们毕竟年轻，许多事都不晓得，说起那位压龙大仙来，却也是位奇人，年轻时因为貌美，很是风光了一阵子，前来求娶的各路英雄豪杰无数。她也是怪，谁都看不上，偏偏瞧中了个穷书生，自带嫁妆地嫁了过去，做了贤妻。不想才恩爱了三五年，那书生赴京赶考，竟就高中了状元，又听得些闲言碎语，便要休了压龙大仙，改娶那丞相之女。"

　　"呀！陈世美！"桃花仙失声骂道。

　　红袖也啐道："呸！没良心！"

　　我毕竟话本子看得还多些，这类才子佳人的也不外乎那几个固有的套路，因此听了倒不觉怎样惊讶，只问白骨夫人道："后来呢？"

　　"后来？"白骨夫人淡淡地笑了一笑，"没什么后来了，压龙大仙可不是俗世柔弱女子，一朝被那负心男子欺负了，只知哭哭啼啼，就是那性子刚烈的，也不过是或投死，或与丈夫一刀两断。压龙大仙可不一样，她肯做贤妻，那是她愿意，既然这贤妻他不要，那她也不用再做了。"

　　"难不成就这样了了？"桃花仙问，又愤愤道，"不曾打骂一番，至少也要搅乱了那负心人与丞相之女的婚事啊！"

白骨夫人笑道："打骂什么啊！撕破脸皮怪难看的，压龙夫人是个文雅人，怎可能做那样的事？她就直接把那负心男子吃了了事。"

我听完愣了好久，暗道这压龙夫人果真是个文雅人。

桃花仙与红袖两个也都感叹了一番，桃花仙又问道："没听着那位老姑奶奶再嫁啊？这哪里又冒出来这么两个儿子来了？况且，那老姑奶奶我在席上见着了，相貌与这两个儿子全然不像啊！"

"这认回来的义子，相貌自然是不像的！"白骨夫人又饮了口茶润嗓，把从宴席上听来的八卦细细道来。

原来，这金角、银角两位大王，也是不知从何而来的妖怪，前一阵子刚在平顶山落脚，占了莲花洞为王。俗话说得好，强龙不压地头蛇。这两位大王虽法力高强，但到底是外来的，若要在此称王称霸，免不得要在近处寻个帮衬，结果就找到了压龙大仙那里，认了母亲。

据说，认亲那天很是热闹了一番，两人不仅大摆筵席，还献了根什么金绳给压龙大仙，哄得那压龙大仙十分欢喜。这不，等到娘家嫁女办喜事，这位老姑奶奶便将这刚认来的两个儿子也一并带回去了。

白骨夫人是个不慌不忙的慢性子，中间直叫红袖添了两回茶，才把这些八卦都讲完了。

桃花仙啧啧称奇，又道："这样说来，那两位大王也不是普通人物了。只可惜模样长得稍逊些，比不过咱们大王以前，不然啊……"

她话未说完，白骨夫人已是插嘴道："不然啊，你也别想！"

"姐姐，您这是哪里话。"桃花仙娇嗔，面上一红，很是有些娇羞，转而又来看我，撒娇道，"公主给评评理，我正当思春的年华，想一想这事，不也理所应当吗？"

我向来最怕在女子争嘴中站队，稍有不慎，就会把所有人都得罪了。正不知怎么答话的时候，身边红袖却是开口了，道："桃花仙子说得对，这男未婚女未嫁的，别说想一想，就是做一做，也不碍事嘛。"

白骨夫人闻言嗤笑了一声，摇着美人扇，慢悠悠开口道："要不怎么说你们还是年轻呢？见得少。这男女婚配啊，可不是只两个人看对了眼就成的。俗话说，买猪看圈，这嫁人啊，也一般道理。那家里兄弟姐妹众多的，千万莫嫁！这大姑子、小姑子个个赛婆婆，那大伯子、小叔子，也是不遑多让，嫁过去了，都是气哩！"

这一番理论，莫说未婚的红袖与桃花仙两个，便是我，也听得有些目瞪口呆。

桃花仙那里眨了眨眼睛，还似有些不死心，又道："可人金角、银角两位大王不过才兄弟两个，压龙大仙虽是母亲，却也是个认来的，算不得正经婆婆，又不在一处居住，不用每日伺候的。"

"啧啧！"白骨夫人用美人扇轻拍桃花仙的头顶，道，"你这傻丫头，兄弟只两个怎么了？那扛不住人感情好啊，没见着么，人两个形影不离，时刻不分呢。你不论嫁了哪一个，都得排在另一个的后头，时日久了，你恼不恼？认来的母亲怎么了？家里势大，表姐表妹的那样众多，还个个貌美，哪一日这母亲提出来要亲上做亲，要几个自家侄女过来给儿子做二房三房，你恨不恨？"

桃花仙听得怔住，我却忍不住插嘴道："按理说不会这般，这表姐表妹上赶着来做妾，那是话本子里胡编来，故意惹看客气愤的。好好的人家，断没有把女儿许人做妾的道理，亲戚更是不成！"

"公主说的，是你们人世里的道理。这做妖精的，可没那么多规矩讲究。"白骨夫人抿嘴一笑，又去劝桃花仙，"和你说过多少回了，这做人的，切莫以貌取人。要我说啊，枣树精怎么了？相貌虽是普通了些，可他老实呀！这样的实诚人，可不多了呢。"

我与红袖不由得对视了一眼，心道难怪前面讲了金角、银角的这许多不好，原来是在这里等着呢！

桃花仙那里果然没了主意，迟疑着问我道："公主也觉得枣树精好？"

我与她不过是个面子情分，这些事情是不宜乱出主意的，闻言也只是笑了一笑，低头饮茶。白骨夫人那里却是答得肯定，道："那是一定的！上无父母，下无兄妹，家里又有薄产，嫁过去省心啊！"

她又说了枣树精许多好话，桃花仙听到后面，终于有些意动。

正说着，一撮毛那里便传了话来，说黄袍怪问晚上在哪里开饭。我这里正要留白骨夫人与桃花仙，不料桃花仙却已是极为干脆地站了起来，道："天色已晚，我们就不叨扰大王与公主了，就此先告辞，待日后再聚。不用送，不用送！"说完，便真的不让送，拉着白骨夫人匆匆起身往外走，一眨眼的工夫便没了影。

红袖一边收拾碗碟，一边偷笑，道："看来那枣树精是下了狠本了，也不知送了白骨夫人多少东西，才叫她肯为他说这许多好话。"

我却觉得白骨夫人说的话也有几分道理，比起那不知底细的金角、银角大王来，知根知底的枣树精确实要更好一些，便说道："桃花仙若能与枣树精结成良缘，倒也不错，起码都是树木，这生活习性有几分相似，共同语言也比旁人多些。"

"喊——"红袖那里确却是撇嘴，"就枣树精那抠门，桃花仙若真嫁了他，咱们以后别说枣子吃不到，便是连桃子，也要难吃到了。"

这我倒不觉得有什么，反正他们两个纵是不结亲，那树上结的枣子与桃子我也是不敢吃的。

晚间时候，黄袍怪过来吃饭，我与他闲谈起压龙山的事来，提到金角、银角两位大王，不禁问道："这两位可就是你说的故人？"

黄袍怪点一点头，答道："往日曾与他家主公有往来，与他们两个也算是有些面子情分。"

我听得奇怪，"他家主公？怎么，他两个背后还有主人？"

黄袍怪似是察觉到自己失言，向我笑了一笑，道："都是不相干的人，前生往事，说他们作甚？你近日身子觉得如何？若是无碍，我明日便领你出去四处走走，你不是曾说自己最喜游山玩水吗？远处不方便去，近处还是可以转上一转的。"

他这般明摆着不愿提起旧事，我也不好再追问，只得暂时压下心中好奇，顺着他的话往下说出去游玩之事。

第二日，他果然便带我出了波月洞，弃了西方不去，只往东方而来。

暮春时节，风光正好，这一路行来，赏山玩水，昼游夜宿，倒是也极为有趣。我这里只顾着玩耍，不免劳累了些，待到第三天上，便觉得腹部有些隐隐作痛。与黄袍怪一说，可是吓坏了他，立时就停了行程，寻了一处繁华市镇落脚，着柳少君去请郎中。

这镇上坐馆的郎中共有三个，都被请了过来与我诊脉，医术高低虽有不同，但所言却是相差不大，无非是叫我好好静养安胎，日后再不可这般劳累。

黄袍怪把这些话当作圣旨一般，守着我在镇上小住了几日，待我身子好转，立刻就提着我回了谷中，严加看管起来。就这般直过了中元节，我肚子已是明显地凸了出来，他这才稍稍放松了些，许我出院在谷中转上一转。

八月十六的时候，桃花仙与枣树精喜结良缘，终了修成了正果。黄袍怪受邀前去主婚，我本也想跟着去凑一凑热闹，却被他严词拒绝，我拗不过他，只好叫红袖捎去了贺礼，祝桃花仙与枣树精两个能百年好合，早结贵果。

红袖吃了酒席回来，和我说枣树精少见地大方了一回，把不知存了多少年的枣子都拿了出来，叫大伙可着劲地吃了一顿。我问红袖吃得如何，她一面打着饱嗝，一面摆手，说这辈子都不想再吃枣子了。

八月底的时候，压龙山狐狸洞使人送了个稳婆过来照应我生产，说是自家用了许多年的，经验丰富。可黄袍怪嫌她毕竟是给狐狸接生的，依旧不大放心，便又叫柳少君出谷去城镇里寻访良医名婆，最后不知从哪里寻到了两个郎中并三个稳婆，一股脑地都摄入了谷中，预备着我生产时使用。

瞧着那吓得面无人色的郎中与稳婆，我心里很是过意不去，特命织娘前去好言安抚了一番，不但许下重金，还向其保证说只待我生产完便会送他们回家。不过，从后来的反馈来看，那几个人似是不怎么相信，每日里仍是哭哭啼啼的。

红袖有些恼了，亲自去了一趟，自她去过，那郎中与稳婆就再不哭了。

我很是惊奇，问红袖是怎么安抚的。红袖却是撇嘴，甩了甩帕子，道："安抚什么呀！奴家只说了一句话：哭，再哭就把你们都吃了！"

我闻言不由得默了一默，心道这简单粗暴虽然不好，但是不得不承认，有时候还真是好用！

一进九月，我那肚子便一天大似一天，渐渐地，就跟扣了个锅一般了。黄袍怪听了稳婆的话，每日里都要拉着我在院子里溜达几趟，很是认真负责。我手捧着肚子，心里也不觉忐忑，时不时地就要问他一句，"你确定我不会生个蛋出来？"

"不会，绝对不会！"他答我，信誓旦旦。

我又紧握他的手，十分真诚地看他，道："你我眼看着孩子都要生了，还有什么需要瞒的？你就和我说句实话，你到底是个什么妖？"

黄袍怪闻言失笑，也十分认真地看我，"我不是妖。"

你不是妖，你是妖他大爷！我恨恨地甩开他的手，一连几日都不许他进我的房门。

重阳节的时候，谷里设宴，白骨夫人与桃花仙她们竟都来了，一时十分热闹。我瞅着桃花仙面色不大好，还以为她与枣树精闹了矛盾，不想一问却是洞府里耗子成了精，嗑坏了她两大箱衣裳，叫她十分头疼。

我听了这话下意识去瞥身后的一撮毛，不想一撮毛却是面色严肃，道："公主别看人家，这耗子与耗子也差别大了，人家可是田地里的耗子，从不祸害家里物件的。"

红袖那里脑子活络，便给桃花仙出主意道："仙子不如去找柳少君，他可是惯会捉老鼠的，若能请得他去府上住上一段时日，您就再不会烦恼了。"

此话一出，白骨夫人那里却是掩口轻笑，"柳少君一去，桃花是不用烦恼了，那就该换了枣树精烦恼了。"

柳少君风流名声在外，纵是近来已改邪归正，只怕那枣树精也是不放心的。许是枣树精也想到了此处，却不便明说，忙就摆了摆手，道："柳君现为大王左膀右臂，我这点小事哪敢劳他费力，不好不好！"

一撮毛却忽从后面插嘴道："要捉老鼠，哪里用得到柳少君出马，我们院子里不是还养了只猫呢吗，要它去岂不是正好？"

她这一说，大家才想起我院子里还养着一只大花猫呢，便是白骨夫人与桃花仙，也都见过的。于是，桃花仙便从我这里把虎大王借了去。虎大王临走的时候很是不情不愿，便是红袖也有些不舍，唯独一撮毛十分高兴，哼着小曲把虎大王强行塞进了桃花仙的乾坤袋里。

也难怪，毕竟不管什么老鼠，都是有些怕猫的。

待日子一进十月，上自黄袍怪，下至灶房里烧火的小妖，几乎谷里所有的人都有些紧张起来，开始严阵以待。不想直"待"过了预产期三五天，我那肚子却仍是毫无动静。郎中诊脉却个个都说脉象平稳，胎儿康健，并无丝毫异样。

于是乎，那稳婆便怀疑是我记错了日子。

我掰着手指头数了好几遍，又叫黄袍怪也数了几遍，怎么算，这日子都没有错。确是已足十月，该生了。

倒是那狐狸洞来的胡婆子见多识广，显得更从容些，道："这生孩子的事最是急不得，莫说各族孕期不同，便都是人，这长短也都还不一定呢。普通人是怀胎十月，可大凡圣人，都要在娘胎里多待一待。远处不说，只说道祖老君，那可是在娘胎里怀了八十年的！大王非凡人，这孩儿自然也非同一般，便是在娘胎里多待几年，也是自然的。"

这人会说话，黄袍怪的脸色就松缓了许多，问道："当真？"

"千真万确。"那胡婆子笑了一笑，又道，"大王且放宽了心，耐心等着吧。"

这话一出，旁边另几个稳婆不禁都抹起了泪，当中那个胆最大的，出头说道："还请大王开恩，能与咱们几个捎个口信回家中，几年不归家，千万莫叫家人以为咱们几个死在外面了。"

我这里也是叫苦不迭，这么大的肚子，别说等几年，便是再长上几个月，也是要撑破了肚皮的!

幸好，孩子虽不肯落地，这肚子倒也没有继续再长，我便挺着肚子从十月熬到了十一月，又进了腊月寒冬，直至过了大年。待到正月十五那天晚上，红袖才把元宵给我端上来，我刚刚吃了一个下肚，却突然觉到了腹痛。

这怀了足足一年又一月的孩子，终于要生了!

鲜橙 著

下

太子妃升职记2

作家出版社

目录

第九章

谁家都有熊孩子

幸好万事都是准备了的，屋内稳婆围着，外面名医坐镇，又有黄袍怪在窗外守着，我除了一心一意肚痛，再无别的心忧。就这样从天黑痛到了天明，又从天亮折腾到天黑，直到翌日清晨，这个孩子才呱呱落地。

稳婆欢喜地冲着窗外喊道："是个公子，是个白胖的小公子！"

窗外静默了片刻，这才听得黄袍怪哑声问道："夫人如何？"

只这一句话，却问得我眼圈不觉发红，强自提了精神答他道："我还好。"

我其实已经疲惫至极，眼睛刚一合上，人便昏死了过去。也不知睡了多久，待再醒过来时窗外已是彩霞满天。屋内并无旁人，只黄袍怪抱着孩子坐在我的床前，瞧我醒来，忙把孩子放到了一旁，凑上前来看我，柔声问道："现在觉得可好些了？"

我缓缓点头，让他扶着我坐起身来，忙道："快把孩子抱给我看看，瞧瞧身上长没长毛，长没长尾巴！"

黄袍怪一愣，颇有些哭笑不得，伸了手过来要弹我脑门，却终究是没落实，只轻轻揉了揉我的发顶，回身把那襁褓抱过来小心放入我怀中，又失笑道："难不成你还盼着自己生个长毛的？"

我哪里是盼，分明是怕。我低头去看那孩子，倒真是个白白胖胖的小婴孩，丝毫瞧不出什么妖怪模样来。待再解开襁褓细看，身上也是光滑无毛，没长什么乱七八糟的东西。我这才长松了口气，叹道："幸好，幸好！"

这一番折腾，那本睡得香甜的小娃娃却是醒了，眼睛也不张，便先咧开嘴大哭起来。我这里慌得手足无措，黄袍怪却是镇定，从我怀里把小娃娃抱了过去，又道："你先吃些东西，缓上一缓，再给他喂奶。"

"可是他正在哭啊！"我叫道。

他那里却是不甚在意，"婆子说了，小娃娃哭一会儿不碍事，嗓子更亮些。"

他说完，便抱了小娃娃出去，换了红袖进来。

红袖给我端了碗鸡汤细面进来，一边喂着我吃，一边喜滋滋地表功道："公主，这鸡可是奴婢抓来的，一只活了好几十年的老母鸡，眼瞅着都要成精了！胡婆子说了，这老母鸡熬的汤，最是补人催奶！"

我本正吃得有滋有味，一听这话，顿时觉得有些食难下咽，忍不住抬头看红袖，问她道："这是成了精的母鸡？"

"没，还没成精呢！"红袖答道，十分天真地眨了眨眼睛，又问我，"怎么？公主想要吃成了精的母鸡？那奴家可不行，得要咱们大王去捉才行。"

我吓得忙一把抓住了她，道："不，不用！普通的母鸡就行！"

红袖又舀了勺鸡汤递到我嘴边，抿嘴笑道："公主，您和大王是至亲的夫妻，可千万别客气。您是不知道咱们大王今儿有多高兴，自那小公子落了地，就一直亲自抱着不肯撒手，只瞧得胡婆子偷笑呢，说是大王这样的丈夫少见呢！"

我不由得笑了一笑，心中也有几分甜蜜。

就又听得红袖感叹道："白骨夫人毕竟活得久，说的话还真有几分道理。这嫁男人啊，不能只看他的长相，若是不懂得疼你，便是有潘安的貌也不过是外人瞅着花哨，苦不苦只有自己心里知道。可遇到那真知道心疼你的，这丑啊俊的，也就没那么重要了。你瞅瞅咱们大王现在，还不是个例子吗！"

我哑摸了一哑摸，觉得红袖这是真心在夸黄袍怪，于是也便真心实意地替他向红袖说了一声"谢谢"。

一碗鸡汤面下肚，我那精神头便又好了几分。胡婆子因着在我生产的时候镇定指挥，算是立了功，俨然已成为稳婆头子，特进来指导我如何给小娃娃喂奶。我初为人母，难免手足失措，又觉得在人前袒胸露乳实在尴尬，很是有些扭捏。

胡婆子看了我一眼，便回头毫不客气地与黄袍怪说道："大王还请先出去，待夫人给小公子喂过了奶，您再进来！"

黄袍怪闻言愣了一愣，大青脸上竟也露出几分不自在，忙就起身避出去了。

胡婆子这才又来看我，瞧我仍不肯解襟，便笑道："夫人莫害臊，这俗话说得好，金奶子银奶子，生了娃便是狗奶子，不惧人看的！您瞅瞅小公子，可是饿得急了，您忍心叫他等着吗？"

我低头看那小娃娃，果然见他正闭着眼睛在我怀里乱拱呢，拱了几下不得奶吃，便又吭吭唧唧的要哭起来。说来也是奇怪，他在我腹中时我尚不觉得如何，此刻见了他的面，才觉出母子连心来，一时什么也顾不上，只依着那胡婆子所教的给小娃娃喂奶。

不知是不是那快要成精的老母鸡的功劳，我奶水竟是充足，小娃娃大吃了一顿，待奶足饭饱，一转头便睡了过去。

胡婆子瞧了，轻声笑道："夫人和小公子都是有福的呢！"

这婆子已是在我谷中住了快有半年，对我照料得很是精心，眼下小娃娃虽生了，我却有心多留她一段日子，便与她说道："这番生产多亏了妈妈操持，我与大王都对您十分感谢，眼下我身子不便，还请您多留些时日，待我身子好些了，再与妈妈办酒谢您。"

几句话说得那婆子眉开眼笑，忙道："夫人这话折杀老婆子了，能伺候您和小公子，这是我修来的福分。您尽管放心，我定将小公子照顾得好好的。"

正说着话，一撮毛却是在门口探头，道："大王在外面问呢，问小公子的奶吃完没有。"

此话一出，胡婆子与红袖都不觉笑了起来。

红袖那里口无遮拦，竟就笑道："瞧瞧咱们大王心急的，不知道的，还以为他也等着吃奶呢！"

胡婆子闻言生怕我恼，忙就轻拍了红袖一下，低声骂道："你这丫头胡说些什么，就该把嘴缝上！"

红袖才觉自己失言，向我扯着嘴角讪讪一笑，道："公主莫怪，莫怪！回去我就找织娘，叫她把嘴给我缝上半个。"说完，又赶紧回头对一撮毛说道，"快去告诉大王，说已给小公子喂完奶了，请他进来吧。"

一撮毛缩回头去传话，不过片刻工夫，黄袍怪便又进了屋，先瞧了瞧小娃娃，见他睡得安稳，这才又与胡婆子说道："还请妈妈在谷中多留几日，压龙山那边我自会派人去传话，与阿七兄说明缘故。"

胡婆子自然满口应下，又笑道："大王与夫人两个果然是恩爱夫妻，心有灵犀，这话夫人才刚说过呢！"

都说狐狸伶俐，九尾狐狸更是其中翘楚，这婆子真是会说话，只两句话便又说得黄袍怪喜笑颜开，含笑瞅了我一眼，这才命胡婆子与红袖暂且退下。

我却又想起那几个郎中和稳婆来，忙又叮嘱红袖道："他们在谷中多日，也不容易，你备些钱财，好生送他们回去，千万莫再吓唬人家！"

红袖应了，搀着胡婆子出了门。

屋里就又剩下了我与黄袍怪，他瞧瞧我，又瞅瞅睡在床里的小娃娃，眉目含笑，伸手来绾我的发丝，轻声道："我也活了这许多年，此时才真正知道，纵是千万年，也不如与你相对这短短数十载来得欢喜。"

我不由得笑了一笑，道："以前一直不知你到底是什么成精，此刻却是明白了。"

"嗯？"他也轻笑，反问我道，"你明白了什么？"

我答道："你定是那蜜蜂成精，不然，嘴怎会这样甜呢？"

他闻言愣得一愣，却是也笑了起来，笑得一会儿，又去看那睡得香甜的小娃娃，忽地低声说道："就取个'臻'字吧，黄臻。"

我愣了一愣，这才反应过来他说的是小娃娃的名字，咂摸了一下这个"臻"，觉得确实不错，便点了点头，却忽又想起一事来，不觉抬眼看他，问道："怎的姓黄？不是该姓李么？我可记得清清楚楚，在崖底时，你说自己叫李雄的。"

黄袍怪闻言笑笑，道："那是很久之前的名字了，当初只是用来哄你，叫人知道了并无好处，还不如就取我眼下的姓。"

眼下，他对外是自称"黄袍"的，这般说来，孩子的确是该姓黄。

姓名不过是个符号，叫什么都不打紧的。我在这些事上很随母亲，一向都不甚在意，闻言也就点了点头，道："随你。"

他那里又思量，道："至于小名嘛，人都说起个粗些的好养活，不如就叫元宵好了，生在正月十五，你又是吃了个元宵才生下的他，对，就叫小元宵！"

第三日上，胡婆子给小元宵主持了"洗三"礼，虽来的只是白骨夫人与桃花仙等平日里走得亲近的，谷中却依旧热闹非凡。

白骨夫人与桃花仙先去看过了小元宵，又来内室看我。桃花仙瞧着很是兴奋，见了我就说道："哎哟，真想不到，小公子竟长得这样俊，眉眼里很是有几分大王之前的模样。这长大了还得了，不知得招回多少小妖精来呢！只恨我已是嫁了人，不然定要等着他长大！"

有人夸你儿子长得好是一码事，而有人惦记着你儿子却是另外一码事了。我闻言略有些尴尬，也不知该说个什么，只得向桃花仙咧嘴笑了一笑。

还是白骨夫人更稳重些，用美人扇柄杵了杵桃花仙，笑道："你个不知羞的，你和小公子差着一辈呢，快莫说这些疯话。"

"这不是玩笑话嘛，又做不得！"桃花仙娇滴滴地笑了笑，又似想起了什么，忙转过脸来看我，说道，"公主可记着些，千万莫叫小公子学大王一样的法术，省得最后也如同大王这般，虽然练成了神功，却毁了一张好脸，得不偿失！"

她说得郑重其事，又是一片好心，我只得应道："知道，知道。"

白骨夫人那里却是笑了笑，岔开了话，道："公主身子还虚着，我们也不多扰了。我瞧着大王那里喜得贵子欢喜得很，待到满月酒必要大操大办的，公主好生养着，到时候咱们再过来陪您说话。"

要说还是白骨夫人瞧人眼光准，说得竟是分毫不差。

黄袍怪那里兴奋了一个月都没能过去那劲，待到小元宵满月，果真就在谷里设了一场满月酒，不仅请了白骨夫人这等近邻与三十六洞洞主，便是那稍远些的平顶山与压龙山都派人送去了请帖。久闻其名的金角、银角两位大王俱都来了，并且，还带来了压龙洞的狐阿七大王，与一个叫作胡念念的表妹。

念念姑娘很是美貌，桃花仙与红袖她们就瞧着人家很是有些不顺眼。

桃花仙更是趁着近前没人的时候，小声提醒我道："公主防着点，那胡念念可不是好来的，她这是黄鼠狼给鸡拜年，没安好心呢！"

我听得一愣，奇道："怎么讲？"

桃花仙翻了翻她那双水灵灵的桃花眼，冷哼了一声，道："您是没去宴上，没看到她那德行，给咱们大王一连敬了好几杯酒，还摸着脸说自己不胜酒力。啊，呸！不胜酒力你别喝啊！这装模作样的，心里一准算计着咱们大王呢！您可小心点，千万莫要让她逮住空子勾了大王去！"

我一时颇为无语，暗道黄袍怪都长成这模样了，连熊洞主都躲着他走，若那念念姑娘还能瞧上他的话，要么就是独具慧眼，要么就真的是眼瞎了！

正说着话，一撮毛却是来禀报说念念姑娘来了。

她是初来的远客，又是金角、银角的表妹，我忙与众人说了一声，起身亲自到门外去迎。

念念姑娘长了一双吊梢眼，性格很是活泼，大老远见着我就甜甜地叫了一声"姐姐"，紧走几步上前扶住了我的手，笑道："姐姐身子还弱着，怎的出门来迎小妹？快进去，进去，又不是外人！"

我虽然不知道她这"里外"是按什么算的，不过对她这般自来熟的本事，却是有些佩服的。

念念姑娘又不露痕迹地解释自己迟来的原因，道："刚就想进来和姐姐说话，偏父亲非要带着我认亲，就一直耽搁到了现在，姐姐莫怪。"

我这里还没来得及客气两句以表现一下大度，念念姑娘便又自顾自地说了下去，"这不，大王与父亲和两位表哥喝酒，我便赶紧偷溜了出来，过来找您来了！"

从门外走到屋内，她噼里啪啦说了一路，竟是没容我插上一句话。

真也是位人才了。

红袖那边上了茶，我忙趁着念念喝茶的空，把她介绍给白骨夫人与桃花仙等人。

白骨夫人一向是稳重平和的，与念念姑娘微笑点头示意。桃花仙那里就有些不大友好了，只向着念念皮笑肉不笑地扯了扯唇角。念念姑娘却不在意，仍是狠狠夸赞了桃花仙一番，从相貌到穿衣打扮，简直处处都好，到后来，终于把桃花仙一张俏脸说开了花。

众人临走的时候，白骨夫人故意慢了一步，以扇掩口，轻笑道："这姑娘可不简单，公主不得不防。"

"就是，就是！"红袖那里听了，也忙说道，"俗话讲得好，害人之心不可有，防人之心不可无，公主还是防一防吧。"

既然大家都说要防，我便也存了些警惕。不料，这念念姑娘竟是个推陈出新的，根本不按套路出牌，人家可不像海棠那般只向着我下手，而是直接冲了黄袍怪去，目标准确，且果断干脆，很是有些将帅之风！

当天夜里，念念姑娘就十分本事地爬上了黄袍怪的床。

黄袍怪原本一直与我同睡，纵是月子里也没和我分过房，就这么一晚上，因着与那金角、银角两位多喝了几杯，怕酒气熏到了我与孩子，这才没回卧房，只在前院的书房歇下了。也就这么一夜，偏就被念念姑娘抓住了机会。

据说，只能是据说，因为我离得实在是远，未得幸亲瞧了那场面，待再得到消息，已是黄花菜都凉了。据说，黄袍怪夜里睡得昏沉，半夜里渴醒过来下床找水喝，待喝完水转身回来的时候，才发现床内竟是多了个人，而且还是个妙龄女子，衣不盖体……

待事情过去后很久，红袖得着机会还屡屡与我感叹，道："大王真非凡人也！"

我听到，往往都会真心实意地应和："是挺有个性的。"

因为在发现自己床上突然多了个美貌少女后，黄袍怪既未色令智昏，也未惊愕恼怒，而是很冷静地站在床前，冷冷瞅了那少女片刻，然后，施了个定身咒将少女定住，不顾少女眼中的惊惧，胡乱用被单子一裹，手提着跃出了后窗，直接丢进了院后的池塘里。

念念姑娘敢半夜去爬人床，必然还存了后招。

黄袍怪这里才回到房中，忽听得外面吵嚷，刚一出门，就迎面遇到了前来"捉奸"的人。胡阿七大王并金角、银角兄弟两个，由念念姑娘的侍女领着，从外匆匆而来，见着黄袍怪就问道："大王，可有看到念念？"

院后池塘里水纹估计还没散尽，黄袍怪面上却是镇定异常，淡淡答道："不曾。"

念念姑娘的侍女忙抢着说道："我家姑娘瞧着月色好，便出来赏月，却不知是不是走迷了路，直到此刻未归，大王真的不曾见过吗？"

一面说着，还一面拿眼去瞄黄袍怪的书房。

黄袍怪只冷冷扫了她一眼，连理睬也未理睬，只把众人让进了书房，又着人寻了柳少君过去，吩咐道："狐阿七大王家的念念姑娘在咱们谷里走丢了，你带人好生找上一找，不论死活，都要找到。"

这压龙山的人在书房里没能见着念念已是纳闷不已，再听到这"不论死活"四个字，俱都惊了一跳，脸上齐齐变了颜色。柳少君那里，却是满头雾水，忙抬眼瞧了瞧黄袍怪，见他并无别的吩咐，这才恭声应道："属下领命。"

那银角大王不明所以，又没得什么眼力，见状还笑了一笑，道："哪用得着这般兴师动众！念念那丫头是个调皮的，胆子又大，这是不知跑去哪里玩耍了。要我说不用找，等明日她自己便会出来了。"

黄袍怪听了却是勾唇冷笑，不冷不热地说道："还是好好找一找吧。我这谷中危险众多，不知哪一处便会要人性命。万一那念念姑娘有个什么闪失，狐兄怕是要怪到我的身上来。谁让我是主人，照顾不周呢！"

那狐阿七面上一阵红一阵白，讪讪说道："不会，不会。"

金角却比弟弟精明许多，隐约瞧出些端倪来，便出面打圆场道："还是听李兄的，找上一找吧。不过，舅父年事已高，就不必跟着劳累了，不如先回去，等我和二弟的消息。"

狐阿七得了这么个台阶下，赶紧点头应下，又与黄袍怪客套了两句，便先行回去了。那金角有意落在后面，低声与黄袍怪告罪道："念念莽撞无知，舅父又年老昏聩，如有什么得罪之处，还请李兄看在我们兄弟的面上，宽恕一二。"

黄袍怪笑了一笑，道："倒用不着我宽恕什么，只是兄台那'九转还魂丹'，怕是要破费一粒了。"

金角听得一愣，片刻后才苦苦一笑，"晓得了。"

果然，待到翌日天明的时候，念念姑娘才被柳少君从池塘里找到了，捞上来时，莫说气息全无，就连人都早就凉透了。亏得金角大王随身带着能起死回生的灵丹，小心翼翼地取了一粒出来给念念姑娘灌了下去，又过了许久，念念姑娘才幽幽地吐出了口气来。

我身边的一撮毛是个最好事的，当时就在现场，回来和我们转述当时情景，兴致勃勃地说那念念姑娘被捞起来的时候，原形都现了，屁股后面老大一蓬尾巴，她还认真数了数，真是九条！

织娘也讲了从柳少君那里听来的后续，说是念念姑娘醒来后还惊惧不已，那银角大王只问了一句她为何会落水，念念姑娘本就还青白着的脸色，立刻就又白了几分，一个字都说不出来。她身边的侍女张了嘴刚要答话，不料却被金角大王给厉声喝住了，然后只怪她没有看好主人，连申辩的机会都没给她，就直接一掌打死了。

"我也看到了，看到了！"一撮毛忙叫，又补充道，"那侍女是只红毛狐狸呢，只一条尾巴，长得和红袖姐姐很是有些相像。"

就因为这一句话，红袖满院子追着一撮毛打，差点又闹出了人命。

有一撮毛的一手消息，再加上织娘从柳少君听来的二手消息，以及红袖不知从哪里打听来的小道消息，我隐约把事情猜出了个大概，却仍忍不住私底下问了问当事人黄袍怪，道："对着那样一个青春貌美的少女，又是深更半夜，四处无人的，你内心深处就真的没起点小涟漪？"

黄袍怪还逗弄着小娃娃，闻言只是用眼角余光斜了我一眼，"你想要我怎样？"

我想了半天，也没想出一个既不伤人又不误己的好方法来，只得说道："不管怎样，直接把人往水里丢，总是简单粗暴了些。"

黄袍怪勾唇冷笑，反问我道："不直接丢，难不成还要我给她穿上衣裳？我没当场打死她，不过是怕脏了我的床铺，直接丢进水里，已是便宜了她。"

那占了"便宜"的念念姑娘，第二日就跟着父亲狐阿七回了压龙山，自那以后，再没来过我们波月洞，听说纵是路过，也要绕过碗子山的。

我就想着，这溺水给人带来的心理阴影真是不小啊！

当然，这些都是后话。

我当时只是纳闷不已，按理说黄袍怪都丑成这样了，应该是安全的，怎就还有人口味这样重，竟然会去爬他的床！和黄袍怪一说，他却是冷笑，道："自然是有人泄露了些什么给她。"

自那时起，他便断了与压龙山的来往，连平顶山的金角、银角两位大王，也慢慢地疏远了。他之前相貌突然变丑，本来就影响我们谷里的人气，再添上念念姑娘这祸事，肯与我们谷里走动的便更少了。

一向热闹的碗子山波月洞，渐渐地也就过了气。

不过，黄袍怪貌似不怎么在意，每日里只陪着我与孩子厮混，连那日常修炼都懒怠了许多，很是有些应付差事的意思。

日子在不知不觉中过去，待到翌年六月里，我便又被诊出了身孕来。

比起前头在我腹中待了足足一年的小元宵，这个孩子似是更要"出息"些，直到次年的八月十三，这才肯出了娘胎。因着又是个男孩，黄袍怪瞧着虽不算失望，却也远没第一个孩子出生时那么激动，起名也有点不怎么精心，只顺着老大的名字起了个"善"字，小名"月饼"。

我很是有些不满，老大叫元宵我也就认了，谁叫他赶得巧呢！可老二生在了八月十三，离着十五还差两天呢，我这里一口月饼渣都还没吃到，为什么就要叫月饼？这以后儿子问起我来，我又该如何答他？

再说了，两个儿子，一个叫元宵，一个叫月饼，若我日后再生个老三，万一再赶在了端午前后，难道就要叫粽子吗？我这里气咻咻的，黄袍怪那里却是微笑，慢条斯理地答我道："这也要看老三生在什么时候，若是再早一些，叫青团也是可以的。"

我闻言一噎，气得差点没有仰倒过去。

小元宵三岁那年夏天，谷里又办了场喜事，柳少君与织娘结成了良缘。

晚上的喜宴上，红袖与一撮毛喝了许多的酒，大醉而归。虽然她们谁都不肯承认，我却知道，她们两个或多或少都对柳少君生过些心思的，只可惜男女这事最是无法言说，柳少君偏偏对闷葫芦一样的织娘情有独钟。

而织娘，却又是她们的姐妹，有过救命之恩。

醉大发了的红袖一手掐腰，一手甩着手绢，豪气万千地发表演说："男人，我所欲也，姐妹，亦我所欲，二者不可兼得，舍男人而取姐妹者也！情爱，我所欲也，道义，亦我所欲也，二者不可兼得，舍情爱而取道义者也！懂么？一撮毛？这才叫有道德、有理想、有原则、有底线的狐狸精！"

一撮毛坐在地上，振臂相应，"做有理想、有道德、有原则、有底线的狐狸精！"

我看得哭笑不得，先叫人拖走了一撮毛，又亲自过来扶红袖，"别再说了，明儿一早起来就该撞墙了，还是快回去睡下吧！"

红袖回身醉眼迷离地看我，待辨出了我来，却是一把抱住了我，大哭道："公主娘娘，奴家命苦啊！倾慕大王吧，大王变了个模样，瞧上柳少君吧，柳少君娶了姐妹。奴家这是情路坎坷，天妒红颜啊！奴家怎么了？奴家做错了什么？不就是长得比别人好点么？"

"是，是，是。"我应和，好说歹说，总算才把这遭天"妒"的红颜给劝进了屋，安顿着睡下了。

待红袖这一觉醒来，就突然失了忆，全不记得自己前一天里的所言所行。

院里众人说什么的都有，有那机灵的，就说修行嘛，难免不出岔子，这失忆就失忆吧，不碍吃不碍喝的，没事！还有那实诚些的，说这不是修行的缘故，是因前日里喝太多，"断片"了，忘了就忘吧，正常！

唯独一撮毛是个最耿直的，一心想要唤起红袖的记忆，专门跑到红袖面前，十分认真地启发她："红袖姐姐，你昨儿还说要做有理想、有道德、有原则、有底线的狐狸精，难道都忘了么？你还说……"

最后，一撮毛有没有唤起红袖的记忆，大伙不知道，只瞧着红袖又追着一撮毛打，差点把一撮毛打成了失忆。

黄袍怪正在手把手地教小元宵写大字，我抱着小月饼凑到窗前去瞧着外面的热闹，正看到乐呵处，忽听得黄袍怪低低地冷哼了一声，表情很是不屑，道："都是你惯得她们，没有半点规矩，若我日后有了女儿，绝不能纵她如此。"

这话我听着不大顺耳，拿眼斜了斜他，却也并未与他理论，只走过去把小月饼往那桌案上一放，笑道："怎么管女儿，大王眼下用不着操心，还是先把儿子管好吧！"

小月饼本就一直瞧着那桌案上的东西好玩，我才一撒手，他便飞快地爬了过去，先是一巴掌打翻了砚台，紧接着又用沾了墨汁的小手去拍小元宵写大字的宣纸，待发现一巴掌能留下一个黑手印，顿时又惊又喜，拍得更加卖力起来，直把自己逗得哈哈直笑。

小元宵先是瞧傻了眼，待回过神来，立刻回头去看黄袍怪，只委屈地喊了一声"父亲"出来，嘴巴一撇，就哇哇大哭起来。黄袍怪忙伸了手把小儿子从桌上拎了下来，还未来得及去哄大儿子，小儿子那里就已张开大嘴干号起来。

老大抱着他的大腿哭，老二坐地上搂着他的小腿哭。黄袍怪这里刚哄老大两句，老二那里就号得更高声了些，他再弯腰看一看老二，老大便又哭得委屈了几分。一时间，两个孩子的哭声此起彼伏，竟把院子里的热闹都盖了下去。

黄袍怪分身乏术，只得抬眼看我，十分恳切地说道："娘子，为夫错了。"

我却是笑，非但没有上前帮忙，还学着红袖的模样甩了甩帕子，"哎哟，大王可没错，大王好好地给儿子们立一立规矩吧，妾身呢，也不闲着，我出去给丫鬟们立规矩去。"她说完撇下这父子三人，转身出了屋子，招呼了红袖与一撮毛，带着她们去东边白虎岭串了串门子，拜访了一下白骨夫人。

待我再回谷，黄袍怪就再也不提"立规矩"这事了。

山中无岁月，仿佛就一眨眼的工夫，小元宵便知道嫌弃自己名字了，闹死闹活地要改名字，自己还把中意的字写了满满一大张纸，特意寻我与黄袍怪来看。黄袍怪只扫了一眼那张纸，直接把"小元宵"改成了"阿元"，道："你是我与你娘亲的第一个孩子，叫此字最是合适。"

小元宵对这个小名仍不太满意，不想黄袍怪那里却是态度强硬，只又说道："小元宵与阿元，你选一个。"

小元宵十分爽快地选了"阿元"，自此，谷里便没了小元宵，多了一个阿元。

大儿子改了名字，小儿子虽还不大懂事，却也要跟着凑热闹。

阿元很是积极，抢着说道："你这个也好说，也直接取一个字，就叫阿饼吧！"

"阿饼"虽还小，却也知这名字不好听，咧开嘴就哭了，一边哭一边控诉："哥哥坏，哥哥坏！"

他哭了一场，名字这才又由"阿饼"换成了"阿月"。

时光过得太快，我与黄袍怪还没来得及做准备，阿元就到了猫嫌狗厌的年纪，然后不待我俩适应过来，阿月那里便也紧跟着哥哥的脚步，时时刻刻惹人嫌。两个孩子日日做事，处处闯祸，不是今儿提水灌了东家的洞穴，就是明儿拔了西家孩子的羽毛，前来告状的络绎不绝，赶上人多的时候，大家还得排个队，分个先来后到。

黄袍怪气得狠了，真是下手狠揍过两个儿子，可惜却不大管用，不过也就消停了三五天，那告状的人便又开始登门了。他私底下也向我感叹，道："小时候只觉活泼可爱，长大了怎就能淘气成这个样子呢？唉！总不能真打死了他们吧？"

唉！自己亲生的儿子，总不能真打死……

我上面虽有几位兄长，可年纪都与我相差颇大，待我懂事时，他们早已经大了，还真不知道他们幼时是否也这般调皮捣蛋，而父亲母亲那里又是怎么管教他们的。我也别无他法，只能拍拍黄袍怪的手臂，好言安慰道："好歹也只是调皮捣蛋，没作什么大妖。且熬着吧，总有个长大懂事的时候。"

话虽这么说，两个人却都有些惘了，原本还想着再生个女儿，可又怕再生个混世魔王出来，只得暂时消了这个心。也是同年，谷中一个花豹头领得了两个女儿，都是既漂亮又乖巧，叫人瞧着都心痒痒。

小娃娃满月那天，黄袍怪还亲自去抱了抱那两个小女娃，待再回家来，就越发瞅着自己的两个儿子不顺眼，晚上临睡时，竟一脸不甘地与我抱怨道："人家怎么就能一举得女？要是能换一换孩子就好了，哪怕两个换一个回来也是赚的！"

"就咱们这两个儿子，你满山谷里问问去，就算白送谁肯要？别说一个，半个也换不来的，快别发梦了，赶紧睡吧！"我劝着他，自己却也忍不住叹了口气，"唉，都是命！"

黄袍怪也跟着叹气，躺下了却又伸手来拉我，低低笑道："我听他们那话里的意思，生女也是有偏方的，却也不知是真是假，若是真的便好了，咱们也学上一学，看能不能生个女儿出来。"

十多年夫妻做下来，便是有这个好处，纵是再说什么私密话，也不会觉得难为情。我闻言忙撑起身来看他，问道："真有偏方？"

他唇角微弯，展眉轻笑，把我拉低了，凑过来耳语道："他就这么含糊说了一句，我又不好多问，不过，听着那话里的意思，似是要你们女子辛苦些。"

我听得似懂非懂，"怎么个辛苦法？"

他勾唇笑了一笑，双手忽地钳住我的腰肢，将我提到他的身上，然后，抬身向我吻了过来，低语道："你来……"

呃……这确实是挺辛苦的，纵然有他"扶持提携"，我仍累得腰酸腿软，第二日就有些爬不起床来。如此几次之后，我便开始耍熊，再不肯如此"辛苦"了。

也是这年夏天，气候很是反常。先是一场倒春寒伤了桃花仙等一众花木精怪，待入了夏，天气却又意外炎热起来，酷暑难耐，别说红袖与一撮毛她们日子难熬，便是我也有些受不住了。

谷内谷外，竟只有波月洞里还凉爽些。黄袍怪原本不喜洞内阴暗，现在为着图这几分凉爽，也只得命大家暂时搬了进来，以避酷暑。

这波月洞有万般好，却有一点不好，太过幽深曲折，错综万千。搬进去第二天，阿元便领着弟弟钻进洞内深处迷了路。黄袍怪亲自带人寻了大半晚上，直到快天明时才找到了这对兄弟，见着面二话没说，便撸起袖子来狠揍了兄弟俩一顿。

教育孩子是对的，可是这般简单粗暴我却有些不喜，再瞧着那被打得皮开肉绽的两个孩子，心里更是又痛又气，冷着脸也不搭理黄袍怪，只命一撮毛去白虎岭寻白骨夫人去讨伤药。黄袍怪瞧我这般，似是也有些后悔自己下手重了，慢慢蹭过来，讪讪说道："还去什么白虎岭，待我取出内丹来，给他两个治一治也就是了。"

"哎哟！可劳驾大王不起！"我拿眼斜他，冷哼了一声，又道，"您打人也怪受累的，哪里敢再去借您的内丹，还是算了吧！一撮毛，你还等什么呢？还不快去！"

一撮毛小心翼翼瞥一眼黄袍怪，低低地应了一声，这才一溜烟地跑了。

那白虎岭就在碗子山东北，不过才百余里的距离，一撮毛腿脚又快，很快便回来了，却是空手而归，气喘吁吁地说道："白骨夫人不在家，说是出门访友去了！我回来时顺道还去南坡桃花仙那里找了找，家里也是没人，说是同白骨夫人一起走的。哎呀妈呀，对了！桃花仙竟把虎大王的铃铛解了，吓死我了！"

虎大王早年被桃花仙借去捉耗子，一直就留在了那里，算起来已十来年了。桃花仙看来是十分喜爱这猫，不然也不会把他脖铃给解了。我倒并未在意这个，只是有些好奇白骨夫人与桃花仙她们去了哪里，一时也顾不上与黄袍怪赌气，只转头问他道："她们近处还有什么亲友？怎没听说过呢？"

黄袍怪正在灯下看书，闻言略一思量，却是微微冷笑，答道："往东乃是万寿山，那是镇元子的地界，她们两个怕是不敢去。这般看来，应是往西去了，不是平顶山莲花洞，便是压龙山的狐狸洞。除此之外，大约不会再有别的去处。"

万寿山我是听说过的，就在白虎岭东边不远，那里不仅灵气浓郁，乃是先天福地，更有一株开天辟地时留下的灵根，名曰人参果树，万年才结一次果，吃一个便能活万年。桃花仙她们每每提起来，都是眼馋无比，只可惜那万寿山之主镇元子术法极为高强，又把人参果树看得如同眼珠子一般，大伙纵是再馋，也无人敢去偷盗。

东边既然不会去，南边与北边又无什么成气候的妖精，那能去的也只能是西边了。可桃花仙一向不喜欢狐狸洞的人，逢年过节都不大走动的，这前后不靠的时节，怎的还跑去那里走亲访友了？

我不由得更是意外，奇道："她们和狐狸洞还有往来？"

黄袍怪点头，淡淡道："听柳少君说这几年是有些往来的，只是知道咱们与那边关系不佳，从不在咱们面前提罢了。"

我本有些不明白，可转念想了一想，又觉可以理解。

我们和狐狸洞交恶是因为念念姑娘那件事，虽捂着没说开，却也算是生死之仇了。而桃花仙不喜欢狐狸洞，不过是因为那里的姑娘长得太漂亮了些，没得什么深仇大恨，而狐狸洞里，又不只女狐狸精，不是还有男狐狸精吗？

可以理解，真是可以理解。

黄袍怪那里丢了书，起身过来问我道："伤药既没讨来，可要我去给孩子们治一治？"

我还有些气未消，闻言只是低低冷哼了一声，不肯理他。他却是轻笑，伸手拉了我起来，又低笑道："便是我错了，也不该拿孩子来和我怄气，他们躺在那里啼哭，你做娘的不心疼么？"

我瞪他一眼，"你把孩子打成那样，倒成了我拿孩子来与你怄气了？"

黄袍怪只是赔笑，道："娘子，是为夫错了。"

他教育孩子本也没错，我只不过是恼他下手太重，现他给我搭了台阶，便也就顺阶下了，随着他往两个孩子的住所走。不想过去了，却没在床上找见人影，再问屋里伺候的小妖，竟是说我刚一走，那两个孩子便止了啼哭，爬下床又跑去山谷里玩了。

当天傍晚，山溪里的王八精便告上门来，说是两位公子跑去山溪戏水，一脚踩塌了他家屋顶不算，还把他家几个小儿子拎到了溪边青石上，个个都给翻过了壳来，一溜排开了晒太阳，美其名曰补钙。

我怔怔坐着，好一会儿才顺出胸口那口气来，只转头与黄袍怪道："是我错怪你了，看来还真是打轻了，下一回逮住了给我往死里揍，我绝不拦着！"

黄袍怪却是用眼斜我，不紧不慢地说道："娘子这话说得不对，教育孩子怎能这般简单粗暴？"

我噎了一噎，又差点仰倒过去，却也无话可说，只恨恨问他道："这般小肚鸡肠，可是大丈夫？"

黄袍怪只笑了一笑，并未理我。

没过两日，白骨夫人与桃花仙走亲访友回来，第一件事便是来波月洞串门子，却是未来寻我，而是先去见了黄袍怪。红袖听到了消息，回来报与我听，也是十分诧异，道："自从咱们大王变了嘴脸，桃花仙轻易不肯与大王打交道了。这次来了，怎的先巴巴地去寻大王了呢？"

我正跟着织娘学针线，闻言也未上心，只随口应道："许是寻大王有事吧。"

"瞧着那模样，不像是好事。"红袖仍有些犯嘀咕，又去瞧织娘，道，"哎，织娘，你回去问问你们家柳少君，他跟在大王身边，必定知道些事情。"

织娘却有些犹疑，先看了看我，这才说道："我从不打听这些事情，怕是问了，少君也不肯说的。"

"哎呀！得看你什么时候问，又怎么来问！"红袖颇有些嫌弃地甩了甩帕子，又教育织娘道，"放心，这男人的嘴再紧，到了床上，你只要能哄得他高兴了，也是问什么说什么，说什么应什么的！"

织娘闻言，顿时羞了个大红脸，低了头不再说话。

旁边的一撮毛却是好事，忙问道："真的吗？真的吗？"

"千真万确，不信你问问公主，公主可是过来人！"红袖提了我出来，又转头求证道，"是吧，公主？"

一撮毛与织娘两个齐刷刷地向我看过来，眼神里颇多崇拜。

我十分真诚地看红袖，问她道："我怎么就是过来人了？你家大王应我什么了，你举个例子给我看看？"

红袖忙用帕子掩了口，嘿嘿直笑。

我们这里正说着话，外面却是有人禀报白骨夫人与桃花仙来了，我把针线都交给了织娘收起来，起身去门外迎客，红袖那里紧跟在我身边，压低声音提醒道："公主可别忘了套套话，看看她们寻大王做什么！"

话音未落，白骨夫人与桃花仙已是进了门。只才远远一照面，桃花仙便已是娇声笑了起来，道："有些时日没见着公主了，还真怪想念的！"

一向傲娇的桃花仙子竟也能这般热情……这是被念念姑娘附体了？

不想身边的红袖却是与我想到了一处，就听得她"哎哟"了一声，小声嘀咕道："这不会是去了趟狐狸洞，被胡念念给附体了？"

这会子工夫，白骨夫人与桃花仙已是走到了近前，桃花仙几步过来执了我的手，热络说道："又不是外人，公主还出来迎什么！"说着，忽又仔细打量我的面庞，脸上露出惊讶之色，失声叫道，"哎哟，公主！您可是有些显老了！"

说来我到这碗子山已有十三载，眼瞅着就要三十的人了，纵然保养得再好，自然也不比刚来的时候水灵。只不过乍听这话，心里多少也有些不舒坦，便对着桃花仙笑了一笑，道："岁月不饶人，倒是仙子仍还与我刚来时一般无二，还是那么娇憨直爽，快人快语。"

桃花仙子许是以为我是真心实意地夸她，脸上便露出了娇憨的笑容来。

还是白骨夫人更灵透几分，伸出美人扇轻轻拍打了一下桃花仙，转而向我轻笑道："阿桃一向是这样口无遮拦，公主莫怪。"

我笑笑，与她两个让了座。

白骨夫人又道："前日压龙大仙过寿，我们两个闲来无事，便去凑了凑热闹，一回来便听说公主曾着人去我们那里寻过药，忙就过来看一看谷里可是出了什么事。刚从大王那边过来，听闻两位公子已是没事了？"

我一听人家是为这事跑来的，忙先谢了几句，又道："都是皮糙肉厚的，早就没事了，不知又跑去哪里疯去了！"

红袖上了茶来，桃花仙端起茶盏抿了口茶，又抬眼看向我，忽地问道："公主今年多大了？"

我闻言不觉皱眉，却仍是耐着性子答道："眼看就要三十了。"

"果真是人生短暂，红颜易老。"桃花仙那里面露惋惜，啧啧有声，又问我道，"大王神通广大，公主就没求大王替您寻个长生之法？"

人生不过短短百年，生老病死乃是规律，长生虽好，却岂是能随便能求来的？

黄袍怪也曾说过要为我去偷人参果来延寿，那时，我们正在万寿山下闲逛，我伸手去扯他衣袖，笑道："快省省心吧，纵是那东西再好，既不是自己的，也不该做贼去偷。我可不想日后要和孩子讲他们父亲是个贼头。"

黄袍怪笑笑，抬手来抚我鬓角，道："你放心，我不去便是。"他想了一想，又轻声叹道，"那草还丹虽然极能延寿，可你我只这一世的缘分，长短并不由己，而是在那海棠。她一朝身死，魂归原位，见我失信必然不肯善罢甘休。到时留你一人在这世间，纵是能活千秋万载，又能如何？还不如重入轮回，忘却此世种种，也省了孤苦烦恼。"

我闻言先是愣怔，却又不由得失笑，道："其实也有法子，既然去偷，那不如就多偷几个来，偷偷喂给海棠一个，叫她也活个千秋万载！"

黄袍怪听了却是微笑，"你当镇元大仙是纸糊的么？他乃地仙之祖，草还丹又是他观中异宝，岂容你随便偷取？偷一个已是不易，你竟还想要上三五个，到时怕是草还丹未偷到，我却被人抓了，连这一世也无法与你相守，到时你就带着孩子找地哭去吧。"

他说着停下来，只定定看我，敛了唇边笑意，认真与我说道："人生百年，虽是短暂，却也正因这短暂，才更显时光弥足珍贵。百花羞，你既不能长生，我便同你终老，不论怎样，我陪着你便是。"

因他这话讲得实在是好，叫我很是感动了一些时日，直待后来发现他那张丑脸实在看不出个嫩老来，这才觉得自己有点上当。

当然，这都是好几年前的老皇历，回忆起来很是有些费脑。

不只桃花仙，就连白骨夫人也在看我，似是等着我的回答。我忙回了回神，笑道："这长生岂是那么容易求来的？大王若是有法，不须我去求，他便会许我；若他也是无法，我纵是去求，也不过是空惹他烦扰罢了。"

桃花仙张了张嘴，正欲再说，白骨夫人却赶在前面轻咳了一声，笑道："公主果然通透，难怪深得大王敬重和宠爱。"

"可是——"桃花仙还欲再言，却又被白骨夫人打断，白骨夫人用美人扇轻轻拍打她，笑道："可是什么呀，你啊，一张嘴净说那些有的没的，这么大年岁了，也不知个深浅，也亏得公主不是外人，不与你一般计较。"她说着，又转头来看我，"公主莫理她，她是在压龙洞瞧见了念念姑娘依旧年轻貌美，受了刺激，这才回来说胡话的。"

白骨夫人向来是不说废话的，我一时猜不透她为何又提念念姑娘，因此也不敢接这个茬，只玩笑道："仙子何必艳羡他人，自己不一样也青春年少么？不只仙子，夫人也是一般，你们莫要再守着我说韶华老去了，我听了才会伤心呢。"

"我们这些也是不成的。"白骨夫人笑了笑，又道，"别看整日里养精练气，不知费多少工夫，吃多少辛苦，到头来却也不过比常人多活上千八百年，一样要经历生老病死，远不比人家那些吃口灵丹妙药便能长生不老的！"

我还未答言，身边红袖却是忍不住问道："真有那吃了可以长生不老的灵丹妙药？"

"真有！"桃花仙总算是逮到了机会开口，忙道，"吃一口，不只是长生，还能不老！想一想，青春永驻，寿与天齐，是何等的美妙！前几年的时候我曾听狐狸洞的人含混提过几句，这次去，却得了确切的消息！"

正讲到关键处，白骨夫人赶紧又咳嗽了几声，止住了桃花仙下面的话，又扯了几句别的闲话，便拉着桃花仙起身告辞。

红袖那里还等着听有什么灵丹妙药可叫人长生不老，见她两个要走很是有些失望，正想着替我留一留客，却被我用眼神止住了，只得老实地跟在我后面送客出门。

待再转回身来，红袖却就忍不住了，追着我问道："公主怎么没套套话？桃花仙嘴巴松得很，略微往外勾上一勾，一准就能知道她们从狐狸洞里听到了什么消息！"

若去勾上一勾，那才是上了白骨夫人的当呢！我笑笑，反问红袖道：

"这长生不老真有这么大吸引力吗？你也不想想，好端端的，她们来寻咱们透这个消息做什么！"

"做什么？"红袖不解，又问，"难不成不是桃花仙放不住话，一不小心说漏了嘴？奴婢瞧着，白骨夫人一心想瞒呢。"

白骨夫人若真想瞒，便不会让桃花仙去起这个头，她拦着桃花仙不叫说，不过是故作的姿态，有意勾起我们好奇罢了。

我心情不错，便耐着性子与红袖解释道："她们两个呀，这是从狐狸洞压龙大仙那里听到了什么消息，想去寻那长生不老的灵丹，却又怕自己没得本事，这才巴巴地来寻你们大王相助。不想呢，却在你们大王那里碰了壁，无奈之下，只能转向我这里，想着勾起我的兴趣来，好去给你们大王吹一吹枕边风。"

红袖听了，还有些不信，惊道："真的？"

"十有八九。"我笑笑，不再理会红袖，又叫了织娘过来，学那裁剪制衣之法，只想着学出了师给黄袍怪亲手缝件外袍，也好换下他日常穿的那几件黄袍。虽然是叫黄袍大王，可也不能一年四季只穿这一个颜色，我瞧都瞧得腻了！

红袖自己琢磨了一会儿，又凑过来建议道："要不问一问大王，瞧瞧她们两个到底和大王说了些什么？"

"不能问，只要一问，便上了白骨夫人的当了。"我摇头，一个不留意，那丝线便结成了疙瘩，不觉有些不耐，忙就挥手赶红袖，"快别在这添乱了，你若不信我的话，不如就叫织娘去柳少君那里探探话，一准和我猜得不差。"

红袖忙又转去看织娘，还未说话，织娘的脸便红了个透，低垂了头，小声说道："我晚上回去试试……"

织娘晚上如何试的,无人知道,不过貌似颇有成效,第二日,她便把从柳少君那里问出来的话说与了我们听。

"少君说白骨夫人与桃花仙来寻大王,确是为了长生不老之事,只是少君未在近前侍候,听不太真切,只零散着听到了几句,说什么'金蝉子''十世修行'之类的。他说大王听了白骨夫人的话似是有些不喜,还叫她们少与压龙山那边往来。"

如此听来,倒是与我所料相差不大。

红袖很是有些失望,小声嘀咕道:"大王也是,若是真有那长生不老的法子,又为何不去寻一寻?纵是不为自己考虑,也该为公主考虑考虑。"

我闻言抬眼看她,淡淡说道:"你放心,我死之前,一定会先让大王解了你与我的血魂牵制,绝不会误了你的性命。"

红袖那里愣了一愣,瞬间急红了脸,辩道:"公主这是哪里话?奴婢盼着您能长生不老,不过是想看着您能与大王长长久久下去,可不是自己贪生怕死,怎么就得了您这话?"

她许是真委屈,赌气地甩了甩帕子,起身便走了!

织娘一向胆小,见状都变了脸色,小心地看了看我,小声替红袖解释道:"她就是这个狗脾气,公主千万莫和她计较。我们跟了公主这些年,您待我们如何,我们心里都明白,是真心实意地愿意长跟着您。就是红袖和一撮毛她们两个,也是一般想法。"

十多年处下来,大家是个什么脾气,也都摸了个差不多了。红袖与一撮毛两个,虽有各式各样的小毛病,内里却真心不错,也正是因为这个,我不想她们去招惹不该招惹的麻烦,给自己招来杀身之祸。

织娘那里仍小心翼翼地看我,我便向她笑了一笑,安抚道:"没事,我又不是不知红袖的脾气,怎会与她计较?不过,你得了机会也要提醒她，白骨夫人与桃花仙那两个人，虽瞧着一个娇俏直爽，一个温和宽厚，却实在不是那般好相与的，叫红袖与她们少些往来，莫要吃了亏。"

织娘忙点头应下。

我重又拿起针线来缝衣，不知怎的，却总有些心不在焉，出错连连，只得停下手来，默了一默，低声叹道："福祸无门，唯人自招。"

黄袍怪从未与我提起白骨夫人与桃花仙来寻他共谋长生不老之事，我也未问半句，只怕我但凡一问，便叫他误会了我有长生之意。我仍记得他说的那句话：人生苦短，可也正是因为苦短，才更显人生弥足珍贵。珍身边事，惜身边人，莫将时光错付，已是足矣。

白骨夫人与桃花仙与我们的往来更少了些。往年一进八月，桃花仙总是会派人送几筐蜜桃到谷里来，纵是与枣树精成亲之后，数量上有所减少，却也不曾断了，不想今年，这桃子却就断了踪影。

红袖每年里吃惯了桃子，这猛一下子吃不到了，难免抱怨，道："原还以为桃花仙是个大方的，不想竟也这般小家子气，不过就是没应她去寻什么长生不老之法，又没在别处得罪过她，竟就突然和咱们断了道，绝了十几年的情谊。"

我听了却不甚在意，道不同不相为谋，断了反而干净，因此闻言也只是劝红袖道："谷里又不是没得桃子给你吃，年纪轻轻的，哪来这许多抱怨？有这闲工夫，做些什么不好？你瞧瞧人家一撮毛，愣是下了苦功，把头上的那撮红毛染成了黑色，这几日正琢磨着改名字呢！"

正说着一撮毛，一撮毛却是从外面急慌慌地跑了过来，叫道："公主，公主！大王在外面和人打起来了！"

我听得一愣，只怀疑是自己耳朵出了毛病，问一撮毛道："你说什么？谁和谁打起来了？"

一撮毛跑得上气不接下气，只道："是大王，咱们家大王，在山门外面和两个野和尚打起来了。两个和尚一个长嘴大耳朵，长得猪猡一般；另一个五大三粗，脸上不黑不青的，也是凶神恶煞，此刻正围着咱们大王，两个打一个呢！"

若说是两个孩子与人打了起来，我倒不觉意外，可黄袍怪那样的人，怎会轻易与人动手？这近处又有什么人会是他的敌手？我越听越是糊涂，忍不住转头问红袖道："这是谷里来了旧敌？你可知道这两个和尚是什么人物？"

不想红袖那里也是糊里糊涂，一头雾水，只摇头道："没有这样的旧敌啊，连听都不曾听说过这么两个丑和尚。"

我只得又去问一撮毛："这是哪里来的两个和尚，好端端的又怎么会打起来？"

一撮毛也是摇头说不知，又道："只听着那两个和尚直喊大王放了他们师父。"

竟还有个师父？这和尚的师父，岂不也是和尚？

我越听越是心惊，不知怎的，忽想起很久以前做的那个梦来，直到此刻，梦中那高冠男子说的话我还记得清清楚楚。他说："你合该有一段姻缘在此，我才提你魂魄过来，待遇到四个西去的和尚，便是那缘灭之时，你方算是了结了这段公案。"

我忙又问一撮毛："外面几个和尚？"

"两个！"她答。

"可有说是几个师父？"我又问。

一撮毛还未答，红袖那里却是插嘴道："公主糊涂了，这师父还能有几个啊？当然只能有一个，不过，师娘倒是可以多几个的！"

我没得心思听她胡说，只抬手止住了她的话，略一思量，便疾步往外走去，道："快走！咱们出去瞧一瞧。"

红袖与一撮毛两个都爽快地应了一声，却是齐齐转身往洞里跑。

我一怔，忙喝住了她们，问道："干什么去？"

红袖乐颠颠地说："去给您拿些瓜子糖果，一会儿吃用啊！"

一撮毛兴冲冲地答："我去给您搬凳子，拎蒲扇！"

我又愣了愣，这才反应过来她俩要做什么，气得脑门青筋直蹦，恨声道："又不是去看戏，还要什么凳子蒲扇，瓜子糖果！"

"不是去看热闹？"红袖奇道。

一撮毛也道："公主不用着急，那两个野和尚不是咱们大王对手呢！我瞧着，就是再来二十个，也不用怕呢！"

不用再来二十个，只再多上一个，凑够了那四个之数，我就怕了！

我一时与她两个说不清楚，索性不再理会她们，只独自往洞门外走。不料才刚出了卧室不远，却就迎面碰到了柳少君。他面上颇多喜气，先停住脚步与我行了个礼，这才笑道："公主莫慌，大王无事，特命属下来与公主说一声，叫公主安心在房中待着，不用担心他。"

闻此言，我心中略松了松，却仍是有些放心不下，便又问柳少君道："少君可知到底是怎么回事，大王为何要抓人家师父？"

柳少君面露迟疑，很是犹豫了一会儿，这才答我道："倒不是咱们抓他们师父，完全是他们师父自己送上门来的。大王说这也算是机缘，上天既送了来，咱们也不好往外推，只得接着。"

我听得更加糊涂，问道："这抓人还讲什么机缘不机缘？难道以前与他有仇么？"

柳少君摇头，"无仇。"

"那有恨？"我又问。

柳少君依旧是摇头，答："也无恨。"

"可是欠了你们钱财？"

"不曾。"柳少君又答。

我奇道："既无仇又无恨，也不欠你们钱财，那好端端的抓了人家不放是什么缘故？莫说是人家自己送上门来，便是直送到你屋里床上去，只要是无心之举，该放了人家啊！再又说了，你们强留个和尚做什么？难不成还要在谷里给他建座寺庙，每日里听他讲经诵法？"

柳少君面上神色颇为古怪，一时却是答不出来，好半晌才讪讪说道："这个……属下也不知，公主不如待大王回来，亲自去问。"

他这般模样，却不像是那不知道，而是不能说。我越发觉得此事古怪，便又问柳少君道："大王什么时候能回？"

柳少君答道："门外那两个和尚远非大王敌手，不过说来也是奇怪，像是有什么暗中相助他们，大王怕是也要费些工夫才能拿下他们，所以特命属下来和公主说一声，要公主切莫担心，安心等着便是。"

我略略点头，又问道："那被抓的师父？徒弟都这般厉害，那师父岂不是更要了得？怎就轻易抓住了他，又关在了何处，可是妥当？"

柳少君闻言却是轻笑，答道："师父却是个无用的，只知啼哭，现如今正绑在刑堂内抹眼泪呢。大王早有交代，待抓了那一双徒弟，再做打算。"

竟是这样一个没出息的大和尚？那更不像是能得罪黄袍怪的样子了，黄袍怪非要抓人家师徒，到底是个什么打算？我越想越是不懂，却又不能立刻寻了黄袍怪来问，心中再多疑惑，也只能等他回来再解。

我叹了口气，吩咐柳少君道："我心里还是有些放心不下，你再出去看看，大王与那两个和尚战况如何，要他务必多加小心，切莫受了伤。哦，对了！还有阿元和阿月，不知又跑去哪里玩去了，你也带人去寻一寻，莫叫他们贪看热闹，再受了波及。"

柳少君不疑有他，应下后匆匆去了。

红袖与一撮毛已是从后追了来，见我就这样把柳少君打发走了，面上很是有些失望。红袖更是直接问我道："公主，咱们真不去瞧一瞧热闹么？都说咱们大王法术高强，神功盖世，奴婢却还从未见过他与人动手呢！"

一撮毛也紧着在旁边添油加醋，"我刚才看到了，打得甚是好看呢！都腾云驾雾，上了云霄了！"

竟还打上了云霄？我闻言也是好奇。众人都说黄袍怪神通广大，可他在我面前却从未显露过什么神通。我也只见他与人打过一次架，还是在十多年前，对阵的不过十来个小妖，加之他当时身受重伤，虽瞧着威武，却是外强中干，只勉强打杀了那些小妖，却连个"虎大王"都无法追赶。

红袖与一撮毛两个还在眼巴巴地瞅着我，直央求道："去吧，去吧，公主带咱们去瞧瞧热闹去！"

我倒是有心也去瞧一瞧热闹，只自己实在不济，如若万一出了什么事故，连个自保的能力都没有，只能与人添麻烦。更别说黄袍怪还在与人对阵，柳少君虽说那两个和尚明显不是黄袍怪的对手，可事有万一，还是小心为好。

黄袍怪既叫我在洞里安心等着，我便安心等着就是了。

我说道："你两个去吧，我回去等着你们。"

红袖与一撮毛两个明明恨不得立刻便跑出去瞧热闹，听我这样说却还有些拿样，红袖更是揪扯着帕子，十分扭捏着说道："留下公主一个人，怕是……不大好吧。"

我不由得失笑，没再多说，只向她两个挥了挥手，示意她们快走。

红袖与一撮毛对望一眼，匆匆说了一句"谢谢公主"，便一溜烟地往外跑去了。

我原地又站了片刻，转过了身，独自一人又往回走，边走边思量黄袍怪到底为何非要抓一个不相干的和尚，正疑惑着，阿元与阿月两个却不知从哪个洞口钻了出来，声声喊着娘亲，直往我怀里扑了过来。

他两个不知又跑去哪里疯玩，脸上又是土又是汗，搞得花脸猫一般，我瞧得又气又笑，忙掏出帕子来给他们擦脸，又问道："你们这是跑去哪里胡闹了？见着柳叔叔没有？他正要带人去寻你们呢！"

阿元只笑嘻嘻地摇头，答道："不曾见着。"

阿月也忙跟着哥哥摇头，又来拽我袖子，忽地问道："娘亲，咱们捉了唐僧，是真的要吃他的肉么？唐僧肉怎么吃，好吃么？"

我听得一愣，阿元那里却是赶紧扇了弟弟后脑勺一下，急声喝道："胡说什么呢！"

阿月很是委屈，用手揉着后脑勺，眼里都噙上了泪，瘪着嘴说道："我没胡说，爹爹抓那唐僧，不就是要吃唐僧肉么？我听爹爹和柳叔叔说了——"

"你闭嘴！"阿元抬手又要去打弟弟，我忙一把挡住了，冷声喝道："你旁边给我站着去！"说完，又蹲下身来哄小儿子，柔声道："乖，跟娘亲说说，你都听到爹爹和柳叔叔说什么了？"

阿月瞧着我护着他，很是得意地瞥了哥哥一眼，这才又来看我，乖巧地答道："爹爹和柳叔叔说唐僧是什么金蝉转世，吃了唐僧肉就可以长生不老，那唐僧既然自己送上门来，便是大家的机缘。"

原来，柳少君口中所说的"机缘"竟是这么个机缘！原来，这就是桃花仙她们所说的长生不老之法了！彼"金蝉"竟然是此"金蝉"，那所谓的灵丹妙药竟就是一个活生生的人！

我身子不由得晃了一晃，一时间只觉得眼前阵阵发黑，竟是连站立都有些困难。明明还是酷暑时节，却有凉意从心底直泛上来，瞬间便席卷了全身。

来到这碗子山十三年，嫁了黄袍怪，与他朝夕相对，生儿育女，又和各式妖精日日相处，亦仆亦友……日子过得久了，便也就忘记了他们是妖，只当他们与我一般无二。直到这一刻，我才想起来他们都是妖，而妖，是会吃人的。

不只妖会吃人，我自己生下的两个孩儿，现如今也视吃人为正常，也在谈论这人肉好不好吃！

阿元毕竟大得两岁，见状忙就上前扶住了我，笑着说道："娘亲莫怕，我听小妖们说了，这人肉和别的什么肉没大区别，反而更显鲜嫩，整治得好了，一样吃的！"

我闻言心头颤了一颤，想也不想地抬手去打他脸，可待看到他那张天真无邪的脸，手却僵在了半空中，只定定看着他，嘶声道："黄臻！你娘亲我也是人，你可也要尝一尝我的肉是个什么滋味？"

我极少这般声色俱厉，两个孩子一时俱被我吓住，大的只愣怔怔地看我，小的却已是吓得哭了出来。我用力闭了闭眼，平息了一下自己的怒火，只对着阿元说道："你带着弟弟留在房中，哪里都不许去！我一会儿便回来，若是发现你两个不在，一准打断你们的腿！"

阿元被我吓住了，乖乖地点了点头，应道："孩儿知道了。"

我赶了他们两个回房，这才独自又往外走，直往那刑堂而去。

第十章

四个西去的和尚

因着今夏炎热，为着避暑，谷中许多妖精都像我与黄袍怪一般，暂时弃了谷中的居所，搬入了洞里居住。这偌大的一个波月洞，便被分成了若干区域用于众人起居使用，那刑堂说是刑堂，其实不过就是个颇为空旷的厅堂，位于洞内深处，离着山谷颇近。

许是外面打得实在好看，小妖们都跑去了瞧热闹，不只这一路走来不曾遇到什么人，便是那刑堂外面，竟也无人看守。厅内石柱上果然绑着一个和尚，三十多岁年纪，长了一副白净面皮，此刻正抬头怔怔望着前方，嘴里也不知在小声嘀咕着什么，没过一会儿，竟就落下泪来。

我左右看了看，确定四下里无人看守，这才迈步进去，出声问他道："这位长老，不知你从何而来，又要往哪里去，为何会被他们捆在此处？"

那和尚闻声先是一惊，惧怕地瞄我一眼，忙就又垂了眼帘，苦声叹道："女菩萨，不消问了。我此命该绝，这才落到你家里来，你们要吃便吃吧，还问这许多有的没的做什么？难不成吃前还要问一问出身，访一访来历？"

我不过是想确定一下他的身份，不想却得了他这样一番话，一时颇为无语，解释道："你先莫怕，我不但不是吃人的妖怪，许是还能救你性命。我问你，你可就是唐僧？来这里做什么，又是怎么被抓的？"

"阿弥陀佛！"他念了声佛号，又道，"贫僧乃是大唐皇帝差往西天取经者，不斯闲步，误撞在此。如今要拿住我两个徒弟，一齐吃呢！"

我默了一默，道："好好说话。"

那和尚抬眼，忙道："就是唐僧，被大唐皇帝派公差前去西天取经，路过此地想讨碗饭吃，不想却撞进了妖怪洞府，惊动了黄袍妖魔，被他拿住了捆在此处，说是等抓了我两个徒弟，再一起吃！"他急急说完，又觉不对，忙又补充道，"呃……一起被吃！"

瞧瞧，这样说话多清楚！不过，他竟是往西去的和尚？

我忙又问道："你这一行几人？除了这两个徒弟，可还有别人？"

不想那和尚又是垂泪，先长长地叹了口气，这才答我道："只这两个徒弟，一行共三人。"

三个没关系，只要不是四个就好！

我略松了口气，点了点头表示明了，略一思量，又问他道："他们说你是金蝉子转世，十世修行的好人，吃了你的肉便可长生不老，可是真的？"

那和尚愣了一愣，面上很是无奈，道："大姐，这种话你也信？若说我长得比别人白胖，肉质上嫩了几分，我也就认了。可说吃了我就能长生不老，这真是糊弄人！谁又没吃过的肉，怎就知道吃了能长生不老？唉！也不知得罪了谁，竟然传出这种话来，这真是要把我往死里坑啊！"

咦，听他这样说，倒是也有几分道理，从无人吃过他的肉，又怎能确定吃他的肉便可长生不老？

那和尚又看我，问道："大姐，你看你问了我这许多话，我都一一答了。你刚才说能救我性命，可是当真？"

人我定是要救的，一时却有些犹豫是就这样偷偷放跑了他，还是寻了黄袍怪来与他辩扯清楚，再光明正大地放人！他若敢吃上一口人肉，敢叫我两个孩儿吃上一口人肉，这日子，我也就不用和他过了！

我正思量着，那和尚许是误会我反悔了，眼圈不觉又红了，只道："女菩萨，做人可要讲诚信！"

我想了想，道："你安心在这里等着，我去寻那黄袍大王，叫他放你。"

"你是何人，那黄袍大王竟肯听你的话？"和尚惊声问道。

我答道："应该是会听的，我不是旁人，乃是他结发的妻子。"

和尚闻言惊了一惊，又问："你不刚还说自己不是妖怪呢吗？"

"的确不是妖怪。"我答，想了一想，又道，"我乃是西方宝象国人氏，因缘际会，与这黄袍大王结为夫妻，十几年来生儿育女，也算和睦。你放心，不论是好言相劝，还是撒泼使赖，我定会叫他放了你！"

我说着，转身要走，不想那和尚又在后面急声叫我，又道："女菩萨请留步！"

"还有何事？"我停下步子，回身问道。

"阿弥陀佛！"他低头诵了声佛号，这才又耐心劝我，道，"夫妻之间，还要和睦相处，万不可因贫僧伤了你们夫妻情分。你寻到他，定要好言相劝，他若听从了最好，纵然他不肯依从，也切莫使那上吊撒泼、寻死寻活的手段。"

"那怎么办？"我问他，心中也是奇怪，不禁又问道，"若是他不肯听从，我该如何？就叫他吃了你？"

和尚噎了一噎，讪讪说道："他若是不听，你便再好言劝上一劝，再劝一劝嘛。"

我嗤笑一声，不再与他废话，转身便走，谁知他竟又在后面急声叫道："女菩萨留步！"

他这般唠叨，我已是有些不耐，强忍着性子停下身来，"又怎么了？"

和尚一脸苦相，可怜巴巴地看我，道："大姐，你就这样走了，怕是等不得你来我便被妖魔吃了！即便是那黄袍大王肯听从你，可他手下众妖呢？一听自家大王要放我走，都紧着来啃我两口肉吃一吃，贫僧怎受得住？"

他不提，我倒是忘了这个！这碗子山各式妖怪没有一千也有八百，便是黄袍怪肯听我的，不碰这唐僧肉，未必别人就肯。远处不说，只说那柳少君，他那喜气洋洋的模样，定是也想着吃了唐僧肉好长生不老呢，又怎会善罢甘休？

"那怎么办？"我一时也有些为难。

和尚想了想，给我出主意道："大姐！不如你先放了我吧！你既与那黄袍大王感情甚好，不如就给他个先斩后奏！"

我略一思量，觉得这"先斩后奏"倒也是个不错的法子。他们既然都瞒着我要吃唐僧肉这事，不如就将计就计，只作自己不知情，一不小心放走了唐僧！这般一想，我便咬了咬牙，急忙上前解了这和尚的绳索，又道："你说的对，先放了再说！"

和尚连声道谢，慌慌张张就往外走，我忙一把扯住了他，问道："你哪里去？"

"逃命去啊！"他答我，抬头四下里望望，奇道，"走错路了？不应该啊，我记得就是从这条道上来的啊！"

他选的恰好是那往前门去的通道，可见这记性真是不错，被人一路绑了来，竟也能记住路径！

"路没错，不过前门你却去不得，黄袍大王正在门外与你的两个徒弟厮杀，满山洞的妖精们都在外面瞧热闹，你若出去，一定会被他们发现，这条路你不能走。"我说着，把随身携带的荷包解下来递与他，又道，"你拿好了这个，先往后门去，那边虽是通向山谷内，却有密道可以出谷。"

不想这和尚却是不肯接我的荷包，连连摆手道："使不得，使不得，男女授受不亲，贫僧更是出家人，如何能要女菩萨这贴身的东西？"

我愣了一愣，很是有些无语，"这是黄袍大王与我的。"

"那便是定情信物，贫僧更不能要了！"和尚忙道。

我深吸了口气，才能压下脾气，耐心与他说道："这是他给我的法宝，带在身上不仅可遮住你身上的生人气味，还可以驱虎避狼，叫你平安出得那黑松林！给个痛快话，你到底是要，还是不要？"

和尚再未犹豫，伸手接过荷包，麻溜地揣入了自己怀中，"那就多谢大姐了！"

我又嘱咐道："你一路小心，只要避过小妖的面，便可安全出去。我去前面寻黄袍大王，哄他放了你们师徒西去。他若答应，那自然是一切好说，我会叫你的两个徒弟往黑松林里去寻你，你带着他们继续西去。若是他不答应，你就自己多保重，自己往西跑吧，能跑多快跑多快，能跑多远跑多远。"

"明白了。"和尚听了重重点头，"也就是说不论情况怎样，贫僧只管往西跑就是了。"

"聪明！"我点头，又给他指了通往后门的通道，挥挥手示意他快走。

他却是站在那里不动，只拿眼看我，欲言又止，"女菩萨你……"

我还当他是担心我的安危，便笑了一笑，安慰他道："放心，他不会把我怎样的。"

和尚面现焦急，跺了跺脚，欲哭无泪地说道："大姐，那出谷的密道你还没有告诉我怎么走……"

我愣了一愣，这才反应过来他急什么，想了一想，忙按照黄袍怪教我的法子掐诀念咒，将那地精从地下召唤了出来。那和尚瞧得一惊，立刻闪身躲到了我的身后，失声叫道："哎呀！妖怪！"

地精正要向我行礼呢，闻言立时怒了，气得从地上蹿了起来，在那里又蹦又跳，口中"吱吱"叫个不停。

我一时颇觉无语，将那和尚从我身后拉了出来，与他解释道："这不是妖怪，它是地精，乃山中灵气所化，最是惧怕妖怪的。你跟着他走，非但可以出谷，还能远远避开妖怪。"

和尚将信将疑，"真的？"

"千真万确。"我答。

"不会吃了贫僧？"和尚又问。

"只要你不吃它就成。"

和尚这才敢偷眼去看地精，瞧它还在那里蹦个不停，便又小声问我道："它在说些什么？"

虽然这许多年来，我已是能熟练地召唤地精，可这地精的语言，却仍是不大通。我想了一想，遵着这地精的一贯风格，估摸着说道："许是在说你才是妖怪，你们一家子都是妖怪。"

这和尚听了，道："这却是错怪贫僧了，待贫僧上前与它说道说道。"

我瞧他竟真要上前与那地精理论，忙一把拉住了他，"你快省省吧！逃命要紧，逃命要紧！"说完，又转头去看那地精，又道，"你也别蹦了，快些带这和尚从密道出谷，待回来，我再谢你。"

地精闻言冷哼了一声，傲娇地扭过头去，不理我。

我只得又威胁它道："你若不去，我回头便将你送给红袖，她正一心想捉了你熬汤，养颜美容呢！"

地精这才肯听命，嘟着个嘴，老大不情愿地领着那和尚往后门去了。

我站在那里，直待他们消失不见，这才自己往前面去寻黄袍怪。

洞外，黄袍怪与那和尚的两个徒弟各施法术，于半空中打得正是热闹，整个山洞的小妖都聚到了山门外，有助威的，有叫好的，还有纯属嗑着瓜子看热闹的……各处都吵吵嚷嚷，妖满为患，我一路行来步步艰难，甚是不易。

妖群之中，红袖一个回头瞥见了我，忙举高了手臂向我示意，又用力把身边的一撮毛推开了，拍着那费力腾出来的空当，叫道："公主！这边有地，坐这边，角度好！"

我费力地挤过去，在红袖身边坐下，也随着众人仰头往天上看去，只见半空中雾绕云迷，隐约看得到几个身影在其中穿梭搏斗，伴随着隆隆轰鸣之声，不是这边山头少了一块，就是那边沙岭缺了个口，时时都有误伤。

我看得心惊，忙问红袖道："情况怎样？"

红袖目不转睛地盯着空中，兴奋地答道："精彩！"

这性命相搏的事情，又是以一敌二，竟然也能用"精彩"来形容？我闻言默了一默，才又问道："大王可有凶险？"

"没有，没有！"红袖忙摆手，又一脸骄傲地说道："那两个尿包加一起都不是咱们大王的对手，若不是大王想生擒他们两个，早就一刀砍成两半了！瞧着吧，再多几个回合，大王定就要把他们两个捉回来了！"

一个放走已是不易，可别再往回捉了！

我灵机一动，忽地用手捂住了胸口，低低地"哎哟"了一声。不想身边红袖看热闹看得太过专注，竟是没搭理我。我只得侧身往她身上栽倒过去，手捂着胸口，低声呻吟不停。红袖这才察觉到了，转头看我一眼，急声问道："这是怎么了，公主？"

我只做出痛苦难耐的模样，困难说道："心痛病突然犯了，快叫大王回来！"

自那年素衣手提斩妖剑闯院，我被她剑气所伤，便落下了个"心痛"的毛病，时不时地就要发作一场。红袖一听，顿时慌了手脚，一面扶住了我，一面吩咐另一侧的一撮毛，叫道："快，快！叫大王回来，公主又犯病了！"

一撮毛忙跳到了高处，扯开了嗓子大声喊道："大王，大王！公主又犯病了！"

这下可好，不只那半空中的黄袍怪听到了，满山满谷的妖怪也都听到了，齐刷刷地往一撮毛那里看了过去。一撮毛愣了一愣，忙就用手指向我，于是，那千万道目光便又汇集到了我的身上。

事到如今，我也只能装死，倚靠在红袖怀中，低声呻吟。片刻之后，只闻得阵阵惊呼，黄袍怪竟就弃了那两个和尚，按落云头直落到我近前，将我从红袖怀中拉出，一把抱起，疾步往洞内走去。

我生怕露馅，赶紧将头埋入他怀中，不敢言声，就听得桃花仙的声音突然从一旁响起，急声问道："大王，眼看就要捉住那两个和尚了，您突然就这样回来，岂不是前功尽费？若是叫他们两个跑了怎么办？"

我一怔，抬头看去，见桃花仙竟不知何时来了，就正正拦在路前，不肯让开。

黄袍怪冷声喝道："让开！"

桃花仙咬了牙，却是不肯让开，又道："公主这病已是旧疾，一时半会儿也不碍事。可那猪八戒与沙和尚若是逃了，却是大事！大王不如先把公主交给妾身照料，待捉了那两人回来，再来与公主治病！"

我闻言心中一紧，下意识地抓紧了黄袍怪的衣襟。

他垂目扫我一眼，复又抬头去看桃花仙，寒声道："让开！你若想抓那两人，自去抓便是！与我何干？"他说着，又高声唤柳少君，吩咐道，"守好山门，莫叫那两个和尚趁乱混进洞中！"

柳少君恭声应诺，桃花仙却是梗着脖子不肯让路，又道："大王！三思！"

黄袍怪冷着脸，未再说话，只一个法术将桃花仙弹到了一旁，抱着我疾步进了洞中。就听得桃花仙在后嘶声喊道："大王！白骨夫人的仇便不报了么？"

黄袍怪身形微顿了下，随即就又大步往前走去。

我心中诧异，忍不住问他道："她什么意思？报什么仇？白骨夫人怎样了？"

黄袍怪淡淡答我道："白骨夫人被这和尚的徒弟给打杀了。"

我听得心中一惊，失声道："打杀了？什么时候的事？"

"昨日的事情。"黄袍怪面无波澜，又低头看我，却是问道，"好好的，心痛病怎么又发了？你现在觉得怎样？不是叫你在洞中等着么，怎么也跟着出来凑热闹？"说话间，他已是将我抱入了洞中密室，放置在床榻之上，"你忍一下，我马上取内丹出来给你疗伤。"

我一直震惊于白骨夫人被杀之事，此刻才得回神，忙一把抓住了他的手，盯着他问道："可是也因为想吃唐僧肉的缘故？"

黄袍怪面上一怔，随即便反应过来，沉目看我，问道："你心痛病没犯？"

"没犯！"我坦然承认，只盯着他，"我叫你回来，就是想问一问你，这唐僧肉是怎么回事？你也要同他们一样，要吃唐僧肉以求长生不老，是吗？"

黄袍怪不答，只垂下了视线。

我心中沁凉，不觉苦涩地笑了笑，又问他道："你还记得你对我说过的话吗？'你既无法长生，我便同你终老，不论如何，我陪着你便是。'还记得这些话吗？还是因为时日久了，你便都忘记了？"

他抬眼看我，沉声答道："我没忘，百花羞，我没忘。"

"那为何你也要抓唐僧？"我质问，"不是为吃他的肉，你好端端的抓他做什么？难道是要为白骨夫人报仇？可她有何仇好报？若她无缘无故便被那和尚的徒弟打死了，纵是我们与她没有来往，也该出面替她求一个公道。可她是因何死的？她要吃唐僧肉，这才被人家徒弟打死了，又怨得了谁！"

黄袍怪微微抿唇，片刻后才说道："我从不求长生，捉唐僧并不是为自己。"

"既不是为了自己，那就是为这谷中的妖怪们谋福利了？"我反问，眼中不自觉地含了泪，涩声道，"你刚才问我为何不在洞中安心待着，为何要出去跟着凑热闹。因为，因为我听到我两个孩子在商量这唐僧肉要怎么吃，他们问我人肉好不好吃。"

黄袍怪听得愣住，怔怔看我。

我努力扯了扯嘴角，苦苦一笑，又继续说道："我从未在意过你是人是妖，你既愿为我去受那天雷之罚，我便甘心与你为妻，生儿育女，相守一世。可是，黄袍郎，我是人，我是人哪！我的孩儿来问我人肉好不好吃，你叫我如何答他们？来，你来告诉我，人肉到底好不好吃？"

黄袍怪不言，却伸手揽我入怀，轻抚我的发顶，低声解释道："唐僧是自己撞进门来的，并非我存意去抓。桃花仙随即追到，少君他们皆已知吃唐僧肉可以长生不老，我这才想着顺水做个人情。本想瞒住了你，既然你已经知道了，我不再管此事便是。"

他叹一口气，又道："两个孩子那里你也放心，我不会叫他们去碰唐僧肉。"

我闻言心中略松，却从他怀中挣脱出来，抬目看他，问道："我曾与你说过，我本是大夏国的公主，并非这宝象国的百花羞，梦中被人提了魂魄到此。你可还记得？"

黄袍怪微笑点头，"记得。我还曾为了你这句话找遍了四大部洲，却也未找到什么大夏国。你老实告诉我，那不会只是你做的长梦，也如庄生梦蝶那般，分不清真假，又拿来糊弄我的吧？"

"不是糊弄你。"我摇头，又道，"梦中那人还曾与我说了一句话，因着你与苏合有'一世之约'的缘故，我便没告诉你，怕你更误会我那梦是自己胡诌了来骗你。"

"什么话？和苏合又有什么关系？"黄袍怪奇道。

我抿了抿唇，这才答他道："梦中人说我有一世姻缘在此，这才提我魂魄前来，待遇到四个西去的和尚，便是这缘分终了之时。"

黄袍怪眉头皱起，"此话当真？"

我点头，又道："唐僧加上他那两个徒弟已是三个，万一再招来一个，这可就凑齐四个之数了，你我这一世的缘分，怕是也要尽了。"

"胡说！"黄袍怪冷声喝道，凝目看我片刻，却忽又笑了笑，安慰道，"不过是个梦，做不得真，俗话说日有所思夜有所梦，你定是当时选驸马选得多了，才会做出这样的梦来。不过，你也别急，不管怎样，我放了那唐僧与他徒弟就是。"

"真的？"我忙问道。

"我什么时候骗过你？"黄袍怪许是打斗得有几分累了，自己也在床边坐下，颇有些不满地看我一眼，又道，"以后不许再拿自己身体说谎，有话你说便是，好好地咒自己做什么？白白害我心惊。"

"好，我以后再不会咒自己。"我忙点头应下，又问他道，"你怎么放唐僧与他徒弟？先不说柳少君他们，只桃花仙那里，如何交代？"

黄袍怪闻言扯了扯唇角，露出几分不屑，道："这有什么难的？就说唐僧逃了，我不吃唐僧肉，懒得再去捉就是了。至于桃花仙那里，我何须向她交代什么？她若有本事，自去捉拿唐僧，与我何干？你放心，她不是那猪八戒与沙和尚的对手，否则也不会一路跟到碗子山来了。"

他说着，便站起身来欲往外走。

我忙一把拉住了他，问道："你做什么去？"

他笑笑，道："还能去做什么？叫人去偷偷放了那唐僧，交与他两个徒弟手上。"

我盯着他，"若是这事，那倒不用了，我已经将那和尚偷偷放了。你只需叫人去外面告诉他那两个徒弟一声，叫他们去黑松林里接人就够了。"

"已经放了？"黄袍怪微微挑眉，看我两眼，这才叹了口气，笑道，"罢了，罢了，也是那唐僧命不该绝，这才叫你知道了此事。既然这样，便一切依你，哄你高兴吧！"

他出声唤了红袖进来，吩咐道："你出去叫柳少君告诉那猪八戒，他师父已从后门逃了，叫他自去后边黑松林里去寻，莫再来寻咱们吵闹，否则，定不轻饶。"

红袖却是惊讶，奇道："跑啦？什么时候跑的？"

黄袍怪笑笑，只转头来看我。

我忙沉了脸，呵斥红袖道："你管这么多做什么？还不赶紧出去传话！"

红袖这才忙应了一声，转身出去了。

密室中只剩下了我与黄袍怪两人，我生怕他出去再暗做手脚，只寻了这样那样的闲事来问他，又缠着他与我下棋，就是不肯放他离开。直到一会儿红袖回来复命，说那猪八戒与沙和尚已经往后山去寻师父了，我方松了口气，将面前棋盘一推，道："不玩了。"

黄袍怪倒也不恼，慢条斯理地收着棋子，笑问我道："放心了？你这才是'用着人靠前，用不到靠后'呢！就不怕我再追出去，把那师徒三人再偷偷捉回来么？"

他这样一说，我还真有点不放心，为着万全，便又伸手拉了他，撒娇道："自然怕，所以才不能撒手。走，陪我去看看两个孩子，我之前刚训过他们，这会子该去哄一哄了。"

黄袍怪笑笑，就势随我起了身，陪我一起往外走。

两人刚走出密室不远，忽闻通道前面传来一阵吵闹之声，就听得桃花仙冷声喝道："柳少君你让开！我今天必须见到大王，问一问那唐僧好端端地怎么就会逃了，他又为何不着人去抓唐僧，反而告诉那猪八戒与沙和尚去寻师父！"

柳少君似是不肯让，只压低声音劝着桃花仙。

"柳少君！"桃花仙的声音便又拔高了几分，愤然道，"我原本还以为你比那白珂出息几分，现在看来，却也不过是个只知唯唯诺诺之辈！那唐僧是什么人物？咱们能遇上，那是难求的大机缘！只需吃上他一口肉，便可长生不老，再不需苦修苦炼！你纵是不为自己，难道也不为你的妻子考虑？五百年大劫，你都险些丢了性命才勉强熬过，那织娘呢？

她法术低微，又该怎么过？"

柳少君没有应答，却听得枣树精在旁好声劝桃花仙道："阿桃，你冷静些，少君也是迫于无奈，你为难他做什么？"

"你闭嘴，你既帮不得我，就不要再来拖我的后腿！"桃花仙厉声喝住了丈夫，转而又继续逼问柳少君，道，"柳少君，我只再问你一句：你甘心么？你就真的甘心么？"

此话过后，前面久久没有声音传来。

静默之中，我不由自主地抓紧了黄袍怪的手，他转头看我，弯唇向我笑了一笑，轻声说道："没事，我信少君。"

果然，就听得柳少君温文尔雅的声音从容响起，"我甘心。仙子既然也说这是难得的大机缘，那便是得之我幸，失之吾命。至于我的妻子，织娘她也自有机缘，非我所能强求。"

"柳少君！"桃花仙失声叫道，声音里满是不敢置信。

柳少君又道："仙子也知道，五百年大劫，是大王救了我一命，我既奉他为主，自是要听从他的命令，这是我心甘情愿，并非如枣树兄所言的迫于无奈。在这里，我也劝仙子一句，大王虽性情宽厚，却也不是毫无脾气，你若惹恼了他，怕是也落不得好处。"

红袖一直站在我身后不远处，此刻终于忍不住了，蹑手蹑脚走上前来，凑到我耳边低声说道："公主听听，这柳少君多会说话啊！他不会知道您和大王在这里偷听呢吧？"

瞧瞧，无论到什么时候，这世上都有那唯恐天下不乱的！我转头横她一眼，压低声音说道："你快消停一会儿，少拿你那点小心眼子去想人家柳少君。"

红袖撇了撇嘴角，低头退到了一边。

"就是，就是。"枣树精在那边也连声应和，又道，"阿桃，听我一句话，回去吧！白骨夫人的尸骨还在洞中放着呢，我们不如快些回去，在白虎岭寻块风水宝地将她埋了，也好叫她早日返生，与你再做姐妹！"

桃花仙沉默了片刻，却仍是咬牙说道："你们都要做缩头乌龟，那由我去出头好了！我今天非要寻到大王，问个清楚不可！柳少君你让开，否则就别怪我不客气了！"

我还真怕柳少君与桃花仙再打了起来，忙就拉了拉黄袍怪手掌，低声道："你还等什么呢，真要看着他们打起来不成？"

他向我笑笑，这才拉着我继续往前走去，高声道："不用寻了。"

此言一出，立时惊动了前面的柳少君等人，众人齐齐转头看过来，待看到黄袍怪，面色均是一变。柳少君最先反应过来，敛手垂目，恭敬地叫了一声"大王"，紧接着，枣树精那里也赶紧低首行礼，唯独桃花仙站立不动，僵硬地叫道："大王。"

黄袍怪淡淡问道："你要问什么问个清楚？问唐僧怎么逃的么？"

桃花仙梗了梗脖子，答道："是。"

"阿桃！"枣树精疾声喝她，又忙向黄袍怪赔罪，"她这是一时热糊涂了，请大王千万莫与她计较。"

黄袍怪淡淡一笑，并未理会枣树精，只看着桃花仙，从容说道："这是在我的洞府，唐僧也是我捉的，莫说他还是自己逃的，便是我放了他，也与你没有半点关系。你有何资格前来质问我？人是你捉的么？还是说我应了你要把唐僧交给你？"

桃花仙被他问得哑口无言，脸上时红时白，"可是——"

"可是什么？"黄袍怪反问她，唇边露出一丝讥诮，又道，"我曾提醒过你与白骨夫人，少与压龙山狐狸洞往来。那金蝉子转世之说，不过尽是传言，你们两个却不肯听，只一心要吃唐僧肉，为此连我这大王都不肯认了。"

"没有！我们没有！"桃花仙连忙辩解道。

黄袍怪又继续说道："你们也不想想，东土大唐距此何止万里，那唐僧一路行来，路上不知遇到过多少艰难险阻，他的肉若是那么容易得，又怎会平安到了这里？白骨夫人之死，不过是咎由自取，怨得了谁么？"

"大王说得对，唐僧肉岂是那么好吃的？"枣树精忙道，又去伸手拉桃花仙，"阿桃，咱们赶紧回去吧！"

不想桃花仙却是奋力甩开了枣树精的手，眼睛盯着黄袍怪，不甘道："大王！可你已经得了那唐僧，他那徒弟也不是你的对手，为何又……"

"为何又放了唐僧？"黄袍怪笑了一笑，答道，"因为我乐意。"

我闻言一愣，暗道这种吵架法最是可恨，真是能把人气死。

果然，就见着桃花仙的面容愈加难看，却又说不出什么来，只站在那里气得直哆嗦。我瞧她这般，生怕她再被气出个好歹来，就想要上前去劝她两句，谁知黄袍怪那里却是握紧了我的手不肯松开。

我抬头看他，低声道："别这样，都乡里乡亲的，有话好好说嘛。"

黄袍怪微微摇头，转而又去看桃花仙，沉下面色，冷声说道："唐僧我已是放了，你若还想吃唐僧肉，自己去捉他便是，我不拦着。只一句话告诉你了，日后休得再来我波月洞，否则，莫怪我不念旧情。"他说完，便拉着我往前走去，又道，"少君，送客！"

柳少君十分听话，马上就与桃花仙说道："仙子，请吧。"

我心里老大过意不去，毕竟也认识了十多年，虽然从不曾深交，但多少也有些面子情分在，就这般赶她出去，还真有些不落忍。我挣不脱黄袍怪的手掌，只能回头去看桃花仙，正想着说两句温和话打一打圆场，不料一对上她的目光，却是不由得打了个冷战。

她也正在看我，目光里全是怨毒，像是全然变了一个人，再不是以前那个娇憨俏丽的桃花仙子。

我心中凛然一惊，那到了嘴边的话就又硬生生地憋了回去。她这般看我，想来是已经知道唐僧是我放走的。只是，这许多的恨意，是源自不能为白骨夫人报仇，还只是因为她无法吃唐僧肉，求不得长生？

黄袍怪拉着我前行，过得片刻，却是忽地问我道："怎么了？"

我这才回神，默了一默，忍不住问他道："我偷偷放走唐僧，害大家失了长生的机会，是不是做得错了？"

黄袍怪闻言停下脚步，回过身看我，弯唇笑了一笑，道："确是妇人之仁。不过，这样也好。若你听闻吃了唐僧肉可以长生不老，也同她们一般兴冲冲地闹着要吃，我反而会心存害怕，想那日夜与我相对的女子，究竟长了一副什么心肠！"

我想了想，又道："我是人，自然看不得你们吃人。不过，从桃花仙与白骨夫人那里考虑，吃了这人肉还有可能长生不老，桃花仙所作所为也情有可原，你不该与她这般计较，连门也不许她进了，倒显得是我们小气。"

黄袍怪失笑摇头，叹道："有时瞧着你极聪明，有时却又觉得你蠢笨得难救。"

我诧异地眨了眨眼睛，忽地明白过来，不禁问道："你不许她登门，可是为我？"

"你以为呢？"黄袍怪反问，看我两眼，又说道，"你也不想想，你害了回心痛病，那唐僧就跑掉了，她岂会猜不到这里面的关联？若是还叫她像之前那般登门，万一她对你心存恶意，便是十个你也不是她的对手。一旦出事，便是事后我能与你报仇，又有何用？"

不得不承认，他考虑要比我周全许多。

我心中渐定，便向他笑了一笑，奉承他道："多亏有你。说什么金蝉子是十世修行的好人，我觉着，我才是那十世修行的好人呢。"

黄袍怪轻挑眉梢，"嗯？为何？"

我一本正经地答道："不然，哪能得你这样好的夫君？"

人道是千穿万穿马屁不穿，果然如此。就见黄袍怪轻轻扯了扯唇角，虽未说话，面上的神情却是颇有几分自得。他复又拉了我的手，漫步往前走去，口中不紧不慢地说道："你知道就好。"

"知道，当然知道。"我应和他，又严肃说道，"一直记心里呢！"

他那唇边的笑意便又深了几分。

桃花仙自走了，一连几日都无消息，也不知是回去埋白骨夫人了，还是跟着唐僧师徒继续西行了。再往西，过了宝象国就是平顶山莲花洞，据说那金角、银角两位大王十分厉害，不仅打遍周围无敌手，还能把山神、土地都拘为奴仆使用，真是霸道无比。

想这八卦还是白骨夫人与桃花仙与我说的，不过才短短数月，她两个却是一死一走，红颜不再。我一时想起，心里也颇觉不是滋味，便问黄袍怪道："白骨夫人埋土里便能重生么？要多久？"

黄袍怪不知从哪里淘换了本棋谱来，正独自对着棋盘研究，闻言漫不经心地答道："她本就是僵尸成精，无所谓生死，将尸首埋入地下受上几十年的日夜精华，自然便可重生，倒是不用为她思虑。"

既然要几十年才得重生，我这辈子怕是再见不到了。

我不觉有些惆怅，又问道："那桃花仙呢？不会真去了平顶山，寻那金角银角去谋唐僧肉吧？"

黄袍怪轻轻嗤笑，答道："她若是真去了，才是糊涂。她乃是草木成精，脱不得本体，离得越远，法力越微。之前她因属我波月洞所辖，身边又常有白骨夫人相伴，众人这才不敢欺她，现如今情况却是大不相同，再去那莲花洞不过是自取其辱，最后落得结果，怕是连白骨夫人都不如。"

他这样一说，我反倒有些同情桃花仙，默了一默，道："她其实心眼不算坏，若是能劝得她回转，便好了。"

黄袍怪闻言笑了一笑，"已是走火入魔的人，你如何劝得她回转？还是省省这份心吧。"

正说着，一撮毛却是慌慌张张地从外跑来，将守在门口的红袖差点撞了个趔趄，却顾不上理会，只急声叫道："大王，大王，不好了！那个长嘴大耳的和尚，与那个晦气脸的和尚，又打上门来了，还把咱们山门都给凿破了！"

此话一出，莫说黄袍怪听得一怔，便是我也愣了，奇道："好端端的，怎么又回来了？"

一撮毛猜道："难不成是落下了什么东西，又回来寻了？"

"放屁！"红袖忍不住骂了一句，又道，"这落下什么东西回来寻，也没说上来就把人家大门打破的，这两个和尚明摆着是上门闹事的！"

我忽想到了一种可能，忙转头去看黄袍怪，还不及问，却是被他猜到了心思。他向我缓缓摇头，"便是少君，也不是他两个的对手，不可能私下里去捉了唐僧回来。他们回来，必有缘故。"他说着，便站起身来，又与我说道，"你在此处安心待着，我出去看看。"

他说完，却仍似有些不放心，人都到了门口了，又回身交代红袖道："看好了你主子，不许她出去。"

红袖闻言，先小心地看了看我，这才应了下来。

黄袍怪叫我安心待着，我哪里又真能安心待得下去，可刚一起身往门口走，红袖就拦到了身前，正经劝我道："公主就听大王的吧，他还能害您不成？再者说了，那两个和尚根本就不是咱们大王的对手，您就安心在这里待着吧。"

我自知黄袍怪不会害我，也知那两个和尚不是他的敌手，可不知为何，心里却仍是莫名不安，在原地打了几个圈子之后，忙与一撮毛说道："你再出去瞧瞧，看那两个和尚为何又去而复返！"

一撮毛正等着我说这句话，赶紧应了一声好，撒丫子就往外跑了去。

房中就只剩下了我与红袖两个，我等得片刻，颇有些心神不定，忍不住与她说道："红袖，我心里总有不祥之感，那猪八戒与沙和尚，不是好来的。"

"公主快别自己吓唬自己了。"红袖笑道，甩了甩帕子，又安慰我道，"有咱们大王在，就那两个孬货，还能翻了天去啊？不过是上门找顿揍罢了，您快别瞎寻思了！"

我心里略松了松，道："许是真是我多想了。"

"可不就是嘛！"红袖应和，又感叹道，"您最近这心思啊，真是沉了些。可别操这多心了，老得快呢！"

这话刚说完，一撮毛便跑了回来，进门就叫道："坏了，公主，那两个和尚是为您来的！"

我听得一惊，"为我？"

"就是，为您！"一撮毛跑得太急，说话都有些接不上趟，又扶着桌子倒了好一会儿气，直急得红袖都要拿脚踢她了，这才又继续说下去，"我刚到山门外，正好赶上那猪八戒喊话，说是大王把宝象国三公主骗来洞里，倚强霸占为妻十三载，他们奉了国王的旨意，特来擒大王，救公主还朝！"

"哎哟！好大的口气，也不怕闪了舌头！"红袖骂道，又问一撮毛，"然后呢？"

一撮毛答道："然后？然后大王就跟他们打起来了啊！"

红袖转头又来看我，却是吓了一跳的模样，失声叫道："哎哟！我的公主娘娘，您这是怎么了，脸色怎变得这么难看？"

突然惹出了这样一锅事，我脸色若能好看才是怪了呢！想我都在这波月洞住了十三年了，宝象国的人马早不来晚不来，偏偏是在我放走唐僧之后才来，而且来的还是他两个徒弟，这不明摆着是我自己给自己惹的祸么！

说来也是奇怪，我与那唐僧不过只见了一面，又不曾告知我的身份，他是如何知道我是宝象国公主，又不知天高地厚地派了两个徒弟回来救我呢？还说是奉了国王旨意，这么说，宝象国国王也已是知道了？

此事古怪！

我再坐不住，不顾红袖阻拦，起身便往外走，还未出得山门，却见有小妖三三两两从外回来，个个脸上带着几分兴奋，边走边议论个不休。就听得有人低声讨论道："大王真是厉害，只几个回合就拿住了那和尚，可见前几日那次是戏耍着他们玩，并未使出真力。"

旁边有人应道："大王这是恼了，那猪脸的和尚说话太难听，说咱们夫人是宝象国的三公主，是被大王骗来强占的，大王岂能不恼？"

立刻有人压低了声音，接道："哎？这许就是真的呢，没听柳仙君还有红袖姐姐她们都是叫夫人为公主的么？这离咱们碗子山最近的可不就是宝象国么，不是那里的公主，还能是哪里的？"

"难不成真的是被大王骗来强占的？"又有人问道。

这话一出，红袖再听不下去，撸着袖子就迎了上去，高声骂道："放你奶奶的狗臭屁！竟敢在背后嚼舌根，我看你们都是皮痒了！"

那几个小妖闻声抬眼，看到红袖先是一惊，待再看到后面的我，更是慌了，忙都跪下了与我赔礼，口中叫道："夫人恕罪，夫人恕罪。"

红袖那里仍是气不消，带着一撮毛上前去打那几个小妖。我忙喝住了，向他们问道："大王回来了？"

当中有那机灵的，忙答道："回来了。那个猪脸的和尚跑了，大王捉住了那个晦气脸的和尚，已是带去刑堂了！"

我闻言，顾不上再理会他们几个，撇了红袖与一撮毛，只转了方向又往刑堂去。待到刑堂，果然就见黄袍怪在此，又见堂正中石柱上绑了个人高马大的和尚，面相甚是凶恶，正是唐僧那个叫作沙和尚的徒弟。

我疾步过去，扯了扯黄袍怪衣袖，低声问他道："怎么回事？"

黄袍怪看我一眼，却未回答，只问道："你当初放唐僧之时，可有告诉过他你是宝象国公主？"

"没有。"我忙摇头，又道，"我再糊涂，也不至于跟他说这个。我当时只说了是你的妻子，别的没说什么啊。他怎么会知道我是宝象国公主？"

黄袍怪面沉如水，踱步到沙和尚身前，寒声问道："说，你师父是如何知道我这妻子是宝象国公主的？可是有人……"

"没有！"那沙和尚倒是有几分硬气，立刻梗着脖子叫道，"没人说！公主也没什么书信传回！"

很好，这人真是够实在，审都不用审，就自己先招了。

我与黄袍怪对望一眼，交换了一下眼神，黄袍怪便返身回来，伸手抓住我的胳膊，将我一路拉扯到沙和尚面前，恶声恶气地逼问道："你这女人，好没良心！难怪你背着我私放那唐僧出去，原来竟是叫他与你传信！你到底传了什么消息出去？这两个和尚怎的又打上门来，还说要救你还朝？说！"

不想沙和尚还未吭着，却是吓到了刚刚赶来的红袖，她闻言扑通一声便给黄袍怪跪下了，急声求道："大王快别错怪公主，她与您生儿育女，恩爱多年，怎会做出这样的事情来？定是这野和尚受人指使，故意说了这话来离间你们的！"

被她这样横插一杠，我与黄袍怪俱都愣住，一时竟不知这戏该怎么继续演下去。

红袖这位群演却是极为入戏，膝行过来，哭道："公主莫与大王赌气，快为自己辩上一辩，别叫大王错怪了您！"

我忙就坡下驴，做出惊恐之色来，颤声辩解道："大王冤枉妾身了，妾身哪里有什么书信传回？"说着，又去看那沙和尚，央求道，"这位长老，还请快说了实话，千万莫要害我受冤，无辜丢了性命。"

沙和尚看看我，又去看黄袍怪，咬了咬牙，却是说道："你这妖怪休要错怪公主！是我师父在洞中见过公主模样，待到宝象国，倒换关文时，那皇帝拿了公主的画像询问，问我师父沿途可曾见到。我师父这才知道你这妻子竟是宝象国公主，与那皇帝说了，那皇帝便托我们前来拿你，救他这公主还朝！哪里有什么书信！"

这话听起来合情合理，可仔细一琢磨，却又漏洞百出。

首先，那宝象国画师的水平，我当年可是见识过的，上百位驸马候选人的画像，被他画得也就能分出个高矮胖瘦，眼大眼小，除此之外，就再瞧不出什么来了。若真想拿着画像去寻人，那是想也别想！

其次，也是那最不合情理之处，纵是那画师能将我的图像画得惟妙惟肖，唐僧怎就能凭着一副十几年前的画像，这般认定我就是宝象国公主，连问都不来问一声，直接就叫徒弟打上了门来？

还有，那沙和尚最初所言的公主书信，分明是一时失口说出来的，若无此事，他绝不会失口说出此话来。

我正猜疑着，红袖那里却是信了，简直是又惊又喜，忙与黄袍怪说道："大王，您听，真不关公主的事呢！"

我抬眼去看黄袍怪，就见他微微抿了抿唇角，面色大大缓和，伸了双手将我扶起，又温柔说道："是为夫一时鲁莽，错怪你了。千万莫怪，莫怪。走，我扶你先回房去，好生回去歇上一歇。"

依我对这厮的了解，他绝不会轻易被人糊弄，这般做作定是又有了别的打算。我只得配合着，随他一同出了刑堂，待到外面，这才一把反握住他的胳膊，低声问道："你可信他那番话？"

黄袍怪轻声嗤笑，微微摇头，"那话一听便是假的。"

我看着他，又问道："那你可信我？我绝不曾叫唐僧给我捎什么书信回去！"

黄袍怪低头看我，眼中略有些嗔怪之意，道："你我夫妻十三载，一起生儿育女，我当你懂我心，怎的还会问出这样的话来？我若连你都不信，还能去信谁？"

"确认一下，只是确认一下。"我干笑，想了一想，又正色与他说道，"此事古怪，绝非一张画像引起的。这书信之说空穴来风，定是当中有什么事情咱们还不知道！这样，你在这里等着，不要露面，我回去诈一诈这沙和尚，看看到底是怎么一回事。"

黄袍怪面色微沉，抿唇不语。

红袖那里早已是听得傻了，看看黄袍怪，又来看我，诧异道："公主……"

我抬手示意她闭嘴，只有与黄袍怪说道："你放心，他捆得结实，我又不与他松绑，不会有事。"

黄袍怪这才肯应允，却又嘱咐我道："沙和尚不比唐僧，他有些功夫，又十分凶恶，你须得小心，千万不要给他松绑。"

我点点头表示明了，叫了红袖随我一同返回刑堂。

红袖那里仍还糊涂着，一边走一边追问道："公主，奴婢真是糊涂了，这到底是怎么回事？"

我此刻没空给她解答，只道："回头再与你细说，你现在什么也别问，只去把刑堂外面的几个小妖哄走，就说大王设宴与我压惊，叫他们几个都过去领壶酒喝。"

"还哄什么哄啊？"红袖更是不解，奇道，"直接吩咐他们几个走了不就得了？"

"不行，必须要用哄骗的。"我转头看她，正色交代道，"而且，还得要那里面的沙和尚听到。"

红袖眼珠子转了一转，明白过来，"是要演戏给那和尚看？"

我点头，"正是。"

"那好说，您瞧好吧！"她说完，甩了甩帕子，扭腰摆胯地往那刑堂门口走了过去，还离着老远呢，便先娇笑了起来，高声道，"哎哟，几位兄弟辛苦了！"

我忙闪身藏了起来，直等那几个守门的小妖俱都跟着红袖走了，这才出来，悄悄进了刑堂。沙和尚仍在石柱上捆着，见到我进去也是一怔，我忙给他比了一个噤声的手势，又左右看了看，这才走上前去，急声问道："这位长老，您可还好？没受什么伤吧？"

沙和尚摇头，答道："失手被那妖怪捉住，倒不曾受伤。"

我忙又道："他已是疑我，我此刻不敢放你，待夜里他睡熟了，再来救你。"

沙和尚听了顿时感动，忙道："公主自己小心，切莫叫那妖怪伤了你。"

我摆手，示意他不用担心，只又问道："唐长老可还好？可是已经见到了我那父王母后？沙长老快与我说说，当时是什么情形。"

那沙和尚不疑有他，闻言便说道："已是见到了。我师父倒换关文之后，便将您的书信呈给了陛下，陛下读了书信，满眼垂泪，特托我与师兄前来救你回朝。却不想我两个无用，非但没能救了公主，却还给公主惹了祸事。"

果然是有书信的！只是却不知那书信是从何而来，为何又说是我给的？

我心中暗惊，面上却不敢露出丝毫，只又问他道："那书信已是呈给了我父王？"

"呈给了陛下。"沙和尚回答，又道，"我师父亲手将书信呈给了陛下，陛下因着太过伤神，一时手软都拆不开书信，还是殿前的大学士读的那信，不只文武官员，连三宫娘娘、后宫嫔妃也都听到了，齐齐伤心。"

这人聚得也太齐全了些，就像是大家一早就得了通知，都等着听我那封书信一般！若说无人暗中操纵，才真是见鬼了！

我越发心惊，表面上却是松了口气，又套他话道："书信传到了就好。因事发突然，之前又不及准备，我只怕半路上遇到困难险阻，书信到不了唐长老手上，又或是唐长老怕招祸上身，虽收了我的信，却暗中丢弃，不肯替我传。”

“公主说这话就有些不对了。”沙和尚似是有些不悦，又道，“我师父既答应了你，怎会失信？那信自您派人送到驿馆，师父他一直小心存放，不曾片刻离身，直至亲呈陛下手中。”

听到此处，我终有几分明白，原来那书信是有人冒着我的名字送到了宝象国驿馆，又托唐僧呈交给宝象国国王的！也难怪唐僧师徒明明走脱了，却又转回来“救”我，这其中竟还有这般缘故！

我这里正暗自思量，想从这和尚嘴里问出到底是谁到驿馆冒我传信，不料这沙和尚却是个厚道人，只怕我被人发现，又道："公主快些离开此地吧，莫被那妖怪发现，丢了性命。我师兄已逃，定是回去搬救兵去了，你且安心等待，早晚必来救你。"

他已这般说，我若是再追问究竟是何人前往驿馆送信，怕就要露馅，想了一想，便暂时安抚他道："长老先暂且忍耐，我先回去哄一哄那大王，看看能不能寻了机会与你说情，好叫他放了你回去。"

“公主千万小心！”沙和尚不忘嘱咐我道。

我点头，这才离了刑堂，刚到外面，发现黄袍怪也不知何时回转了，就默立在门外等我。我怕被那沙和尚听见动静，忙拉了他往远处走了几步，这才敢出声问道："你可听到我与那和尚的对话了？"

黄袍怪略略点头，道："听见了。"

我又问他道："你觉得会是谁去做这‘好事’，冒我之名送信给那唐僧，引得这宝象国派人来救？"

黄袍怪垂目看我，却是说道："你心中明明已猜到是谁，却又来问我做什么？"

　　我心中的确已有怀疑的对象，只是有些不敢相信，现听他这样说，不觉叹了口气，道："猜是猜到了，却有些不敢相信，总觉得与她没这么大的仇恨，能叫她做出这般损人不利己的事情来！"

　　"怎就说损人不利己？"黄袍怪反问，唇边泛起些嘲讽之意，又道，"先不说此举会给你我带来多少麻烦，只借此事绊住唐僧，对她来说便是大大的好处，只要再能哄得唐僧两个徒弟离开，那唐僧便唾手可得。"

　　我细一琢磨，还真是这般，桃花仙此举哪里是损人不利己，明明是损人又利己，乃是一箭双雕之计，高明得很！

　　我不由得又叹道："真看不出，桃花仙竟也有这般的心计，倒是我一直错瞧了她。"

　　黄袍怪沉默不语，过得片刻，却是突然说道："我须得趁唐僧还在，去一趟宝象国。"

　　我闻言一怔，奇道："你做什么去？"

　　"自是前去认亲。"黄袍怪笑道，瞧我不解，又道，"你既是宝象国的三公主，我便是宝象国的三驸马，自然须得去朝中认一认老丈人。"

　　我只当他是说笑，不禁嗔道："这都什么时候了，你还有心思说笑话！"

　　"不是笑话。"黄袍怪却是敛了笑意，正色与我说道，"你被妖魔摄在此间的事已是满朝尽知，今天能来两个和尚救你，明天许就能来几个道士，此类事将无休无止，你我再过不得安生日子。不如就趁着那唐僧还在，我赶去辩上一辩，叫众人改了观感，以除后患。"

　　他说的确有道理，总这样等着人打上门不是办法。

　　我又问他道："你要怎么去辩？"

　　黄袍怪笑了一笑，答道："这个我自有算计，无须你操心。你只需在家守好山门，看好两个孩子。我把柳少君留给你使唤，万一有事，千万不要与之硬碰，只叫少君带你和孩子前往涧底躲藏，我回来后自会去那里寻你们。"

我心中却仍是有些放心不下，追问道："你到底有什么算计？"

黄袍怪并未答我，而是忽地变回了原本相貌，这才又问我道："你说若是这样的一个青年才俊于十三年前救了公主，并与之婚配，生儿育女，你那父王会如何处置？可会硬把你夺回去，另配他人？"

这些年来，为防桃花沾身，他白日里多是以青面獠牙示人，极少变回本貌，此刻突然变来，倒看得我有些愣怔，想了一想，才明白他的打算，便说道："这样也好，你去朝中认亲，我呢，赶紧着人把谷里打理一番，尽快搬回去住。就算日后朝中有人来看，也只当你是隐居谷中的百姓，不作他想。只是，这一谷的妖精要事先交代好了，切莫露出马脚。"

黄袍怪莞尔一笑，道："此事交给少君去办便好。"

我亲自送了他出去，临分别前，不知为何，却又心生惶惶之感，忍不住自责道："都是怪我，滥发好心放了那唐僧，这才惹出这许多事来。早知如此，还不如就把那唐僧送给了桃花仙，既做了人情，又省了麻烦。"

黄袍怪抬手来抚了抚我脸庞，低声笑道："滥发好心是有点，不过，这些麻烦却不尽是你惹的。事到如今，再说这些也已无用，你也莫多想了。宝象国距此不过三百里，我来去眨眼工夫，不管事情如何，待到入夜，我必赶回来。你放心就是。"

我又点了点头，应他道："我等你回来，你自己多加小心，快去快回。"

他深深看我两眼，又转身交代了柳少君几句，这才腾云走了。

我在山门外怔怔立了许久，直到红袖出声催我，这才回神，转身回了波月洞。柳少君一直在后跟随，许是瞧出我心情低落，先好言劝了我几句，才又问道："公主可还有什么要吩咐属下的？"

我摆了摆手，道："我这里没什么事，你自去忙你的，不用管我。对了，别忘了派人看好那沙和尚，千万莫叫他逃脱了。"

柳少君应下，领命去了。

我自带了红袖与一撮毛回了住处，又叫人把两个孩子早早寻了回来，几个人聚在一起，只等着黄袍怪回来。

不想他却是一夜未回。

我彻夜未睡，待到天亮，终于按捺不住了，叫一撮毛把柳少君寻了来，道："大王说了入夜便回，可直到此刻却也不见回转，我心中实在放心不下，还请少君辛苦一下，去一趟宝象国，看一看他可是遇到了什么事情。"

柳少君却道："大王法术高强，纵是遇到些变故也可应对。倒是咱们这里，属下若走，便只剩下公主等人，没得强手护卫。而那沙和尚还捆在洞中，那猪八戒却逃了，万一他再回来救人，怕是无人可以挡。"

他说得有理，可不知为何，我就是忍不住地心惊肉跳，只觉有事似要发生。

红袖忽在一旁没头没脑地感叹道："也都怪奴婢几个没用，若是白珂还在就好了，起码不会像现在这般，人手都不够用。"

她突然提到白珂，却是叫人意外。我想柳少君与白珂之前也算交好，没准就知道白珂下落，忍不住问他道："这都十多年了，也没白珂的消息，不知他随着海棠去了何处，现在可好？"

柳少君默了一默，答道："前些年属下去宝象国办事，倒是曾在那里见过他一面。"

红袖奇道："真跟海棠在一起了？"

柳少君却是摇头，道："不像是在一起的样子，我问了两句，看他不愿多说，就没有多问。"

红袖嗤笑一声，"我早就说那海棠对他只是哄骗利用，绝不会真的与他在一起。他没被海棠卖了，就认便宜吧！"

我瞧她越说越远，忙就打断了她，"过去的事，就不要再提了。"说完，又去看柳少君，与他说道，"少君日后再能看到白珂，瞧他若是有心回来，便邀他一邀，此处本就是他的家乡，与你们也是自小相熟了的，何必孤身一人在外漂泊。"

柳少君点头应下，想了一想，又来劝我："大王那里想来不会有事，许是被什么事情绊住了，一时不得空回来，公主还请放宽心等待。"

事到如今，我除了等待也无别法，只得苦笑道："也只能等着了。"

这一等就又是大半天，待午饭过后，黄袍怪那里却仍是没有消息传来。红袖知我已是一个昼夜不曾合眼，便劝我去床上躺一会儿，又道："您这阵子又总闹疲乏，再这么耗下去，非得耗出病来不可。到时大王回来，免不得要心疼，怕是就要问奴婢们照顾不周之罪了。"

我也心知自己这样干着急不起半点作用，便听了红袖的劝，和衣躺去了床上，又嘱咐红袖道："你叫一撮毛把阿元他们看好，只哄着他们在自己房里玩耍，不许出去。"

红袖应下了，展了薄被给我盖好，"您快放心吧，奴婢早就交代好了的。"

我这才略松了松心，闭上了眼小憩。许是这阵子精力实在不济，过不得一会儿，竟真的迷迷糊糊睡了过去，却也睡不踏实，梦里不知会了多少的人，遭了多少的事儿，正烦扰之时，忽听得天外有人急声叫道：

"公主，公主，不好了！"

我猛然惊醒，睁眼就瞧一撮毛满面惊色地从外撞了进来，慌张叫道："公，公主！外面来了个不知什么人，把两位公子抢走了！"

我只觉眼前一黑，几乎又栽倒下去。红袖正好在床边，忙一把扶住了我，又转头呵斥一撮毛道："你好生说话，到底来了个什么样的人，又怎么把两位公子抢去了？两位公子不是在自己卧房玩耍么？"

一撮毛哭哭啼啼答道："他两个睡过午觉，非要出去玩，我拦不住，又不敢过来惊扰了公主，就想着带他们出去透透气就回来，也不远走，就在洞门外转上一圈，不想突然来了个人，二话不说就把两位公子抢去了。"

我再听不下去，从床上挣下来，踉跄着就往外奔，却被红袖从后一把死死拉住，急声道："公主莫慌，若是那寻仇的来，你去了又有何用？不如赶紧去寻柳少君，或去救人，或去宝象国传信，这才是正法！"

她说着，又转头去呵斥一撮毛道："还有空哭！还不快去刑堂找柳少君，他正看着那沙和尚呢！"

我不知哪里来的力气，竟挣脱了红袖拉扯，撒腿就往外跑。待到洞外，一眼看到对面高崖上站了个人，手里提着阿元和阿月，正作势要往下掼！我一时骇极，忙就惊声叫道："快住手！我与你无冤无仇，你拿我两个孩子做什么？便是真有冤仇，你只管冲着大人来，欺负小孩子，算什么好汉！"

那人嘿嘿笑了两声，扬声答道："你不认得我，我是唐僧的大徒弟孙悟空。我师弟沙和尚正在你洞中，你去放他出来，我便放了你儿子。这般两个换一个，还是你占了便宜了呢！"

唐僧的大徒弟？那大徒弟不是猪八戒么，怎的又冒出这么个猴脸的来？我正惊疑间，旁边红袖却是眼尖，偷偷扯了扯衣袖，低声道："公主往上看，那猪八戒就藏在空中呢，这定是他请来的救兵！"

我匆匆扫了一眼，果然见半空中浮着朵云彩，想必就是那猪八戒驾的云头。

那自称孙悟空的猴子又高声笑道："怎样？你换是不换？若不换你就说一声，我也把你这孩子扔了算了，提了这半晌，手都有些酸了呢。"

"换！换！你等我一等！"我慌忙应道，急忙转身又往洞内跑。

未跑多远，却迎面撞上闻讯赶来的柳少君，他一把扶住我，急声问道："公主，到底是怎么回事？"

我跑得太急，已是喘得说不出话来，还是身边红袖替我答道："外面猪八戒找来个师兄，叫作孙悟空的，拿住了两位公子要挟，要咱们拿沙和尚去换！"

柳少君闻言惊怒，立刻道："公主莫慌，属下出去会一会这孙悟空！"

他说着便要往外去，我忙一把拉住了，"别去！"

柳少君不解地看我，"为何？"

我好容易将胸口那气喘平了些，强自镇定了情绪，这才能往下说，"既然是猪八戒搬来的救兵，必然要比他与沙和尚厉害，那猪八戒与沙和尚联手，都能与黄袍怪打个平手，你便是去了，又能顶什么用处？"

柳少君眉头紧皱，还未说话，旁边红袖却是又失声叫道："哎呀，公主，你叫咱们大王什么？便是大王变得丑陋了，也不好叫他黄袍怪啊，听了多伤人心！"

我僵了一僵，气得几欲吐血。

这都什么时候了，你听话到底能不能抓住重点？

柳少君见状，忙反手扶住了我，"公主莫理会她，此刻救人要紧！"

我点头，甩脱柳少君手掌，僵硬说道："去给我放了沙和尚，换阿元与阿月回来！"

不想柳少君却是不肯松手，我一愣，回头盯着他，一字一句地问道："怎么？你也要不听我话了么？还是说黄袍怪不在，我便指使不动你了？"

柳少君忙道："公主误会，您先冷静一下，想一想就这般放了沙和尚出去，那孙悟空万一不肯放回两位公子怎么办？"

我一怔，"是他说的拿人换人。"

"可他未必守信！"柳少君又道，"这世间并非个个都是守信君子，沙和尚在咱们手上，他们多少还有点忌惮，可一旦放了沙和尚，咱们又不是他们对手，岂不成了任人宰割的鱼肉？咱们之前抓他师父，捆他师弟，这是结了仇的，那孙悟空怎肯善罢甘休？到时莫说两位公子，便是公主怕也要遇险。"

黄袍怪不在，满山里没有一个人会是这些和尚的敌手，若那孙悟空有心报复，怕是真要血洗这碗子山了。白骨夫人怎样？论起法术来尚在柳少君之上，不也是被打死，此刻正在土里埋着呢么？等这些和尚动起手来，这碗子山里的妖妖怪怪，又有几个能够逃脱？

不怨柳少君不肯放那沙和尚。

可若是不放沙和尚，我两个孩子都在那孙悟空手上，他只要伤了一个，便等于要了我的性命。

我缓缓闭目，好一会儿才又睁眼，嘶声说道："你所虑有理。这样吧，你叫大伙都散了，各自逃命去吧。我自己去拿那沙和尚去换人，若那孙悟空守信，一切都罢，若他失信，不肯把孩子换给我，我便陪着两个孩子一同去，也省得相互牵挂。"

柳少君闻言色变，立刻一撩袍角与我跪下了，"公主此话，可是要
羞辱我等？我柳少君岂是那弃主的不忠不义之人？公主若再出此言，少
君便立刻出去找那孙悟空死战，以证清白！"

旁边红袖拉着一撮毛也跪了下来，道："公主别说这伤人心的话，
咱们两个性命与公主可是绑在一处的，您叫我们往哪里逃？"

我不由得苦笑，道："我不是拿话激你们，是真觉得无法可想了。
你们大王与我说入夜即回，可直到现在也不见踪影。剩下咱们这些，没
一个是外面那两人的对手。既然这样，不如你们先逃，留我一人在这里
与他们周旋。不论死伤，只再添我一个就够了。"

柳少君仍是摇头，"公主莫要再说，无论如何，属下不会离开。"

这会子的工夫，我心里却也渐渐冷静下来，不再像之前那般惶然无
措。全听那孙悟空的不行，与之硬抗更是不行。我略一思量，沉声问柳
少君道："若只那猪八戒一个，你可能与他斗上一斗？"

柳少君抿了抿唇，答道："可以一试。"

我点头，吩咐道："这样，你们都听我安排。我先哄那孙悟空进洞
来，想法绊住他，少君趁机去外面寻那猪八戒，不管是哄是骗，先把阿
元和阿月救下再说。救人后，也不要再往洞里来，直接躲去涧底，等着
大王归来。"

柳少君张口还欲再说，我不等他开口，便截住了他，又道："你
听我的，叫上织娘、红袖与一撮毛，你们都去！"

红袖忙道："奴婢不去，奴婢陪着公主，与您同生共死！"

"我不用你陪！你既帮不得我，也助不得我。"我厉声喝断她的话，
瞧她面露委屈，心里也觉得难受，又缓和了语气，与她说道，"我是人，
你们是妖，有你们在旁，反而会引那些和尚生疑，不若就我一个，反而

更好行事。"

　　时间已经浪费不少，再不出去，怕是那孙悟空便要起疑。我不敢再与他们多说，只又沉冷声说道："你们若还都认我这个夫人，那就都听我的，大伙分头开来，各尽其力。若上天见怜，必能平安渡过此劫。"

　　还是柳少君更果断几分，毅然起身，敛手与我说道："少君定不负公主之托。"

　　红袖与一撮毛却又给我磕头，泣道："公主……"

　　"快走！"我喝道，"你们先躲起来，叫大伙也都散了，切莫出现。瞧着我引着那孙悟空进来了，再出去救人！"

　　他几个这才起身，闪去了别处躲藏。

第十一章

十二载姻缘一朝尽

　　我深吸了口气，有意将发丝扯乱，这才做出惊慌之状，返身又往洞外跑去，急声唤那孙悟空道："孙长老，孙长老！"

　　那孙悟空仍在崖上，见我跑出，便问道："怎了？我师弟呢？"

　　我含泪答道："你师弟仍在洞中，我有心相救，只是那看守的小妖乃是黄袍怪亲信，不肯听从我言，这可如何是好？"

　　孙悟空笑了一笑，道："公主，你是哄老孙哩！"

　　"我两个孩子都在你手上，怎敢骗你？"我忙道，瞧见阿元两个嗓子俱已哭哑，也忍不住放声大哭，又哭求道，"若有半句假话，天打雷劈！这位长老，我实在是没得办法，望你可怜可怜我这为母之心，先放了我的孩子，我再带着你去救你的师弟，可好？"

　　孙悟空看我两眼，招了空中的猪八戒下去，把阿元与阿月俱都交由其手，又低声交代了几句，也不知都说了些什么，就听得那猪八戒高声叫嚷道："哥哥，你又哄人替你背锅，这事若做了，你是一身干净，那怪却要恨我……"

　　孙悟空忙伸手去捂他嘴，叫道："你这呆子！"

　　他先瞥我一眼，又凑到猪八戒耳边，不知嘀咕了些什么，才说得那猪八戒点头，应道："那行，我等一等沙兄弟，等他出来了，我两个一同去，也好有个照应！"

　　"也好。"孙悟空说完，这才跃下崖来，直落到山门之前，笑道，"公主，走，我先与你去救我师弟去。"

　　我忙问道："那我的孩子呢？"

孙悟空笑笑，道："孩子先放在猪八戒那里，等老孙救出沙和尚来，再把孩子还你。"

我瞧他说话不像真心，却也不敢戳破，只转身带着他往山洞内走，又故意央求他道："长老，你要说话算话才行。"

"算话，算话！"他应承道。

波月洞本就曲折幽深，错综复杂，那刑堂又处在深处，我领着孙悟空一路往里走，左绕又绕，走了半晌不到地方，那孙悟空便生了警觉，突然停住脚步，嘿嘿笑道："公主，你这是带老孙兜圈子呢吧？"

我心中暗惊，面上却是装傻，怯怯道："长老何出此言？"

孙悟空问道："走了这许久，怎么还不见人？"

我忙替自己辩解，道："那黄袍怪怕沙长老逃脱，将其关在了最深处，自然难以速到。"

孙悟空却是嘿嘿冷笑，"可刚才公主一去一回，也没用了这半晌的工夫。"

"刚才我是跑着去跑着回的，自然要快些。孙长老莫疑我，咱们这也就要到了。"我说完，不敢再领他绕圈子，直取了近道往那刑堂疾走，也幸亏已是离得不远，不过又转了两个弯，便看到了刑堂门口。

看守的几个小妖早就得了柳少君吩咐，见我领着孙悟空前来，作势来挡，却不敢真的上前，只等那孙悟空一靠近，便一哄而散了。我趁着机会，赶紧走了进去，亲自解了沙和尚的绳子，又道："沙长老，你是我的恩人，我也有心救你，只是一直不得机会。这下好了，你师兄孙悟空亲自来了。还请你再发发慈心，帮我向你师兄求个情，放了我两个孩子。"

那沙和尚一听孙悟空之名，双眼快要冒光，理也不理我后面的话，只翘首往外巴望，喜道："大师兄来了？他在哪里？"

那边孙悟空已跟进门来，笑着应道："老孙在这呢！"

沙和尚忙上前见礼，他兄弟两个自去寒暄，却将我抛了一旁不理。我这里不知柳少君在外面是否已经得手，心焦不已，又听得那孙悟空与沙和尚说道："八戒在外面等着，你快出去，先与他去宝象国。"

那沙和尚应了一声，这就往外走。我忙要跟他一同出去，却又被那孙悟空拦下，他笑嘻嘻说道："公主留步，你这是往哪里去？"

"去领我的孩子。"我答。

他又笑笑，"还是莫去了。"

这已是明摆着不肯放我的孩子，我心里虽早有准备，真到了这一刻，却仍是气得浑身发颤，怒道："你这和尚，全无信义，你说只要放了你师弟，便把孩子还我，现如今你师弟已是放了，你却要把我孩子扣着不还么？"

孙悟空赔着笑，道："公主莫怪，你来的日子久了，我叫师弟带令郎去认他外公去呢！"

我强自忍耐怒火，冷声道："用不着！我夫君已是去宝象国认亲，等他回来了，定会带我们母子回去，无须劳烦诸位长老。你还是快把孩子还我，别做那无信无义之人。"

那孙悟空闻言顿时有些恼了，嘿嘿哼笑两声，却道："你夫君？你夫君此刻正在宝象国里饮酒作乐，不知什么时候才能回来哩！"

我听得一怔，却又立刻骂道："你少胡说八道，挑拨离间！"

孙悟空冷笑道："公主，你先别骂老孙。我且问你，你父母养你一场，你却不思回报，留在此间陪伴妖精，可是大不孝？若不是看在你曾救我师父一命，管你是什么公主，老孙定要一棍打杀了你。"

他手执金棒，已是露了凶相。我心中一惊，哪里还敢再说，忙就做出羞惭模样，低头抹泪，又顺着他的话为自己辩道："他是妖魔，法术高强，我不过是个弱女子，不委曲求全，还有何法？纵是死了，父母也不得知，不若苟延残喘，还等得一线希望，日后得以与家人相见。"

他听了我这话，面色稍缓，又道："如真这般，你不必哭了，老孙既来了，定会与你拿下妖怪，救你回朝，另寻个佳偶，侍奉双亲到老。你可愿意？"

他虽是商量的口气，可我若是说个不愿，怕是他当场就会打死了我。

我不怕死，却要死得其所，因此便套他话道："这位长老，你莫要说大话，你那两个师弟那样厉害，却也打不过黄袍怪，你有什么本事，敢说这话？"

这孙悟空又嘿嘿笑了两声，却不肯与我细说，"这就无须你管了，你只需寻个地方藏好，待我捉了那妖怪，再带你回朝。"他左右看了看，又道，"不挑地方，就这里吧。"说完，忽伸手将我往刑堂内一推，也不知念了个什么咒，便有一片金光罩来，将我团团困住，四下里走动不得。

他又笑道："这样正好，别的小妖既无法伤你，你也不能随意走动，坏了我的事情。"

他说完，便不再理会我，只转身往外去了。

我心中惊慌，一心要冲破那屏障逃出，不想左突右撞，直把自己折腾得筋疲力尽，头脑发昏，也未能成功。最后，我也只能颓然坐倒在地上，喃喃道："黄袍怪啊黄袍怪，你到底去了哪里，怎么就一去不回了？"

这样念叨了几遍，忽悲从心来，便再控制不住自己情绪，忍不住捶地大哭起来。正哭着，就见柳少君匆匆从外奔入，我不觉大喜，忙扑到屏障之前，急声问道："怎么样？阿元他们如何？"

柳少君额头尽汗，颇显狼狈，答道："公主放心，两位公子救下来了，已叫织娘带着他们避往涧底。"

"真的？"我只怕自己听错，忙又问了一句，待瞧见柳少君点头确认，一颗心才真正落回了原处，一时也顾不上问他是如何救下的人，只喜极而泣道，"这就好，这就好，只要他们两个平安就好。"

柳少君又道："属下特回来救公主。你这是被那孙悟空困在了此处？"他说着，伸手试探着来触那屏障，不想刚一碰到，人就被那无形的屏障反弹了出去，狠狠跌落到地上。他惊得变色，忙从腰间抽出宝剑，迈步走上前来，"公主后退，莫要伤到了您。"

那屏障只罩了不大的空间，我忙抽身后退，尽量把自己缩成一团，又用手臂抱住了头脸。

柳少君双手握住剑柄，奋力向那屏障劈下，那剑锋落在屏障之上，铿锵有声，火星四溅。柳少君却闷哼一声，人再一次被那反力击飞，跌得更重，这一次，唇角竟就流了鲜血出来。

他挣扎着起身，又一次提剑上前。

"算了！不要再试了。"我忙喝住他，又故作轻松地笑了一笑，道，"这东西如此结实，也不全是坏处，起码也没得外来之物伤我。你赶紧走，去涧底陪着织娘和阿元他们，我这里不用你管。"

他却犹豫，"公主……"

"快走！去涧底，把阿元他们看好，我便已是感激不尽！"我说完，又向他跪拜下去，郑重说道，"少君，我夫妻遭逢此难，生死难料。阿元和阿月两个孩子只能托付给你照料，只望少君看在以往的情分上，能抚养他们兄弟二人长大，不求显达，只望平安。我在这里，先给你磕头了。"

柳少君早已跪倒，以头触地，落泪道："公主，你折杀少君了！您放心，纵是我死，也要护得两位公子周全。"

能得他这样一句话，我终放下些心来，忙催促他道："快走吧！莫要被那孙悟空看到了。"

柳少君又给我磕了三个响头，这才毅然起身离去。

我脱力地坐倒在地上，只觉身心俱疲，半晌不得动弹。

又过得一会儿，也不知为何，我心跳猛地漏了两拍，红袖与一撮毛的面孔突然从脑海中一闪而过，她二人脸上俱是惊恐绝望之色，惊叫声仿佛就响在我的耳边，尖利刺耳，瞬息过后，便又戛然而止。

我惶惶然不知所措，眼泪不受控制地流了满面。

直到后来，我才知道，这是她两个停留在这世上的最后一瞬间。

原来，便是猪八戒一个，只有五百年功力的柳少君也是打不过的，他是变作了沙和尚的模样，从猪八戒手中骗出了阿元与阿月。那猪八戒很快察觉，从后追赶不放，危急时刻，红袖与一撮毛两个挺身而出，变作阿元与阿月的模样引开了猪八戒，这才换得柳少君与两个孩子的生路。

那猪八戒捉回红袖与一撮毛，与后面赶到的沙和尚一同去了宝象国，为了引黄袍怪出来，就在那宫城之上，将她两个从空中重重掼下，摔死在白玉阶前，鲜血迸流，骨骼粉碎。

我一直忘不掉初见红袖的情形，她一手叉腰，一手挥帕，娇笑着喊我"公主娘娘"。

我还记起一撮毛其实早已不叫一撮毛，她循着红袖的名字，给自己起了个名字叫作"添香"。

这两个小妖，一个嘴滑，一个脚快，无事时总是信誓旦旦，要与我同生共死，可但凡遇到点事，她两个便见风使舵，溜得比谁都快。唯独这一次，她们没有跑，替我的两个孩子死在了宝象国皇宫的白玉阶前。

而我，却被困在波月洞中，除了哭泣，别无他法。

还记得幼年时母亲曾给我讲过一个故事，她说每个年轻姑娘心中都有一个英雄梦，想她的意中人是个大英雄，于她危难无助之时，身披金甲圣衣，脚踏七色云彩，从天而降……

可惜我一直等到天黑，也没能等来我的英雄。

从天而降的是唐僧的大徒弟孙悟空。他与我说黄袍怪已回了天庭，还说黄袍怪本就是天上的神将，乃斗牛宫外二十八宿之一，西方白虎七宿之首的奎宿星君。他可不叫什么黄袍怪，他是奎木狼。

难怪素衣仙子一直都叫他"奎哥哥"，难怪他一直说自己不是妖，原来竟是这般缘故……

他，足足瞒了我一十三年。

孙悟空又道："公主也不是凡人，乃是披香殿侍香的玉女，和那奎星有了首尾，这才相约私逃下界，配成了这一十三年夫妻。所有种种，都是前世前缘，该有这些姻眷。"

我听得怔怔，好半晌才能哑声问道："我前世是那侍香的玉女？"

"司命星君的话，怎会有错？"孙悟空笑笑，又道，"一饮一啄，莫非前定。如今姻缘既了，也就各归各位了。"

"怎么个各归各位？"我又呆呆问道。

孙悟空笑道："奎星人缘着实不错，许多星君神将与他说情，又有司命老儿给他作保，玉帝便也没有怎么罚他，叫他仍去做他的星君了。至于公主嘛，你回那宝象国，继续做你的公主。"

好一个各归各位！

我凄然而笑，"就这般？"

孙悟空不答反问："不这般，公主还想哪般？"

我又问道："奎木狼就这样应了么？"

"应了应了。"孙悟空颇有些不耐烦了，又道，"非但应了，还谢玉帝恩情呢！"

正说着，那猪八戒与沙和尚两个举着兵器冲进洞来，高声问道："师兄，有妖精留几个给我们打打！"

孙悟空回头看了一眼，笑道："满洞的小妖早已被我老孙打绝，老妖也回了天庭，你两个来得晚了。"他说完，又施法撤了我面前屏障，道，"公主，这过去的事就莫多想了。走吧，我们兄弟带你回朝，叫你与父母团聚。你闭上眼，我好使个缩地法。"

我却未闭眼，恍恍惚惚间，有无数光影从眼前一闪而过，先是波月洞内外的尸横遍野，血流成河，然后便是高山峻岭，田野村落，待宝象国的繁华都城也闪过之后，景象终于停在了那官城之内。

十三年前，我被那黄袍怪从宝象国摄来碗子山，惊慌恐惧之余，唯一的念头便是要活下去，只有活下去，才有可能回到大夏，再见父亲母亲。

十三年后，我又被这孙悟空从碗子山带回宝象国，万念俱灰之下，仅存的念头也是要活下去，只有活下去，才能重返碗子山，寻回我的两个孩子。

还是母亲那句话说得对，不论到了什么时候，只有活着，才有改变的希望。

金銮殿上，除了宝象国国王和王后，一众文武大臣并后宫嫔妃也尽数都在，瞧见我跟着孙悟空他们现身，众人一时表现各异，怜悯者有之，惧怕者有之，还有那么几个，眼中难掩厌恶与不屑之色。

那国王与王后瞅了我半晌，这才双双走上前来。王后毕竟是百花羞的生身之母，面上只见痛惜与怜悯，一把将我搂入怀中，泣道："我苦命的百花羞，怎就叫你受这般的苦？"

那国王站在一旁也是抹泪，又转身去谢孙悟空。

却有那好事的问孙悟空道："不知那黄袍怪是何妖怪？"

孙悟空笑了一笑，把前话重又说了一遍，待说明黄袍怪并非妖怪，而是天上奎星，而我也为玉女转世之后，殿上众人神色这才转好。那王后反应最是迅速，忙就双手合十，朝天拜谢道："谢天谢地，不想那驸马竟是天上的星君神将，倒是也不算辱没了我的女儿。"

后宫那些嫔妃更是一拥而上将我团团围住，或抹泪，或欢喜，一个个对着我嘘寒问暖起来。也不怨大家势利，毕竟在世人眼中，这星君的弃妇与妖怪的老婆相比，前者要光彩了许多。

我这里被后宫众人围住了抒情叙旧，孙悟空与两个师弟却跟着众官去朝房里解救师父。

据说黄袍怪昨日确是入朝认亲了，他相貌英俊，仪表堂堂，只言自己乃是碗子山波月庄庄主，十三年前救百花羞公主于虎口之下，反诬唐僧是修炼成精的虎精，然后用半盏净水把那唐僧变作了猛虎，锁在了朝房铁笼内。

孙悟空法力高强，又用一钵盂清水把猛虎变回了师父。

待他师徒四人重回殿上，后宫的端妃刚刚对着我抹完眼泪，把位置让给了挤上来的徐昭仪，后面还排着丽嫔、兰嫔等等一众嫔妃，许多美人年纪看着比我还小，见都不曾见过，看来是后来才入宫的。

我踮起脚尖，于人群深处挥了挥手，高声叫道："唐长老！"

唐僧这才发现了我，也踮着脚看过来，扬声问我："公主有何事？"

我奋力拨开人群，挤到他的面前，伸手向他讨道："我那荷包呢？还我。"

那是黄袍怪送我的荷包，可以驱狼避虎，我日后若想逃出皇宫，再回碗子山，那东西至关重要，不可缺少。

唐僧愣了一愣，忙垂目念了一声佛号，苦口婆心地劝我道："公主，前缘既了，这睹物思人之举不过是空惹烦扰，最最要不得！何必还要再执着于那等俗物？不如尽数抛下，只身向前，方得喜乐！"

我手就摊在半空中，动也不动。

唐僧面露几分尴尬，小心地看了看左右，这才又小声说道："大姐，你要那荷包也没用，瞧见了空惹心烦，不如就送给了贫僧，日后行走野外，也算个防身护体之物。哈？"

"还我。"我仍是坚持。

他这才磨磨叽叽地从怀里掏出那荷包来，颇为不舍地放入我手，又念一声佛号，低叹道："孽缘，孽缘。"

我未理会他，只把那荷包小心放好。

王后从一旁过来，扯了扯我的衣袖，小声埋怨道："是个什么要紧物件，还非得硬讨了回来？既然那唐长老喜欢，何不就送了他，也好做个人情！"她说完，又转而去看那唐僧，满面堆笑，道，"高僧千万莫与我这小女计较，若是喜欢荷包，本宫这里有的是，回头送一些给您就是！"

唐僧吓得忙摆手，"使不得，使不得！"

"使得，使得！"宝象国国王一旁应道，又命小内侍传令下去，整饬素筵，大开东阁，以谢唐僧师徒之恩。

那王后则独拉了我往后殿走，待到无人处，这才停下脚步，低声叹道："我的傻孩子，你好容易才得回来，怎敢与那些和尚计较？若惹恼了他们，说了实话出来，你要如何自处？要知道这世上人言可畏，舌头底下压死人啊！"她说着说着，眼圈就又红了，双手来抚我脸，怜惜道，"我可怜的女儿，怎就落入妖怪之手，被他磋磨了这十三年，真是要心疼死母后了。"

瞧她这反应，许是还以为黄袍怪真是妖怪。

我想了一想，便与她解释道："母后，他不是妖怪，而是天上的奎星。"

王后却是抹泪，埋怨道："你这孩子，对着母后还说这些假话做什么？他若真是什么奎星，又怎会吃人？"

我听得一愣，"吃人？吃什么人？"

王后面上难掩惊恐之色，道："昨天他入朝认亲，你父王瞧他仪表非凡，真把他认作了驸马，特命他留宿银安殿，又安排了筵席与他。不想他夜里醉酒后却变了嘴脸，殿内十八个侍候的宫女只逃出十七个来，有一个就死在了里面，被他吃得干净，只留了一片血迹！"

我一时怔住，颇有些反应不过来。

黄袍怪滞留宫城不归已是叫我百般不解，不想这后面发生的事，听起来更是叫人匪夷所思。昨天夜里，到底发生了什么变故，叫他一反常态，在那银安殿内饮酒吃人，宿醉不醒？

那王后还当我是被吓住了，忙又来哄道："好了，过去的事都莫再想了，从今以后，你还是我和你父王掌中的宝贝，这宝象国的三公主。不过，你且记着，日后不论后宫那帮碎嘴子怎么问，你只咬定了那怪是奎星下凡，千万莫说漏了嘴。我也叫你父王早早打发那几个和尚西去，省得再出什么纰漏。"

　　王后就是王后，论起心计比那国王可能还要多上几分，也不知她到底做了些什么，第二日一早，那唐僧师徒四人便坚持辞王西去，不肯再多留一天。国王亲率了大臣送到城外，几次洒泪，告别场面那叫一个感人。

　　作为被解救人员，不管我心里对这师徒四个有多少怨恨不满，也只能一路陪同相送，故作不舍之态。

　　临分别时，我特意把唐僧叫到一旁，小声嘱咐他道："唐长老，您那大徒弟本领虽大，却是个心肠狠硬之人，稍有不如意，便会对人喊打喊杀，没得半点慈悲心。您须得多提防，以免他惹祸。"

　　唐僧垂目念佛，小心瞥一眼远处的孙悟空，压低声音回我道："贫僧心里清楚，不过这猴子本领大，取经还得指着他出力呢！"

　　既说了孙悟空的坏话，还要再说说那猪八戒的好话，如此这般，才能离间他们师徒几个。我又道："您那二徒弟，瞧着却是个老实忠厚的，您凡事不如多和他商量商量，听一听他的意见。"

　　"晓得，晓得。"唐僧竟是点头，顿时把我当作了知己，真心实意地说道，"八戒虽懒馋些，却是个实诚人，又厚道。"

　　他既然这般想，我也就放心了。

　　我就站在城门之外，眼看着那师徒四人的身影渐行渐远，终都变作小小的黑点，消失不见。十三年前，那梦中之人所言果然分毫不差，我与黄袍怪的姻缘，终了结在了这"四个西去的和尚"手上。

　　只可惜姻缘虽了，事却未了。

　　很久以前，母亲曾百般交代过我：在这世上，人最可靠的只有自己，至于他人，你可以利用，却不可倚靠，更不可依赖，无论这人是谁，无论这人曾对你说过什么，又曾许诺过你什么。

我当时年少，并不能懂此话的深意，直到此刻，方才真正明了。

时已入秋，天气似是在一夜之间就凉了下来。宫女从后为我披上披风，恭声禀道："公主，大公主与二公主都到了，王后娘娘请您回去与姐妹相见。"

我点点头，转身进了城。

待回到后宫，三宫六院的嫔妃已是到了个齐全，百花羞两位早已出嫁的姐姐也都进了宫，一左一右地拉住了我，又是一番感慨，几番抹泪。我虽与她们姐妹情分不深，可看到这个，心里也不觉有些难受，跟着掉了几个泪珠。

后宫众妃嫔纷纷上前来劝，好容易消停下来，又听得有人奇道："咦？义安公主怎么还没到？"

我听得一愣，正想这义安公主是个什么人时，王后已是解释道："那是你父王从宫外认回的义女。十二年前在千佛寺外，她曾救过你父王性命。当时你父王与我百般寻你不到，正是心伤，瞧见她不由得想到了你，便认了她做义女，封了义安公主。"

徐昭仪那里不由得赞了一声，道："要说陛下认回的这位义女，可真是好人才！不论是相貌还是才情那都是一等一的好，偏偏为人还怜贫惜弱，仗义执言，那年救驾之事就先不提了，便是公主这次得救回朝，也得多谢她呢！"

我听得心中一动，不动声色地问道："此话怎讲？"

徐昭仪抿嘴笑得一笑，正要开口，不想她身边的丽嫔却是嘴快，抢着说道："唐长老这次入朝，本是见不着陛下的，恰逢义安公主侍奉在旁，劝了陛下一句，说唐长老乃是上邦圣僧，不好不见，陛下这才宣了唐长老上殿，又因此得见了唐长老捎来的公主家书。公主您说，是不是得多谢义安公主？"

正说着，那边有小内侍过来传话，说义安公主到了。

这位公主看来很有人缘，一听说她到了，不只那些低级的嫔妃都自动起身迎接，便是我那二姐都探头往门口望去。我一时好奇，也不由得跟着众人看了过去，可待看清楚刚刚进殿的丽人模样，却是一下子愣住了。

十多年过去，海棠姑娘却依旧年轻貌美，楚楚动人，穿一身水绿色衣裙，一眼瞧去，仍嫩得跟棵水葱一般！

她眉眼温婉，朱唇含笑，先与王后行过了礼，这才转来看我，柔声问道："这便是三姐姐吧？义安早闻姐姐之名，只可惜一直无缘相见，亏得那四位高僧救姐姐还朝，才叫义安得见姐姐，实乃义安之幸。"她说着，又上前来执我的手，一派天真地问道，"姐姐为何不说话？可是怨义安这些年占了父王母后的宠爱，所以不喜义安？"

我一直以为是桃花仙在宝象国捣鬼，这才叫那唐僧师徒去而复返，本想着得了机会一定要去趟南坡桃林，亲手刨了她那棵老桃树，不想，却是错怪了桃花仙，这兴风作浪的却是另有其人。

很好，很好，不等我寻，你竟自己找上门来了。

我笑着摇头，反手将海棠的双手死死攥住，一字一句地答她道："我怎么会不喜你？我喜欢你得很。"

海棠忍痛微笑，反问我道："姐姐没哄我吧？"

"没哄你。"我点头，又笑着问道，"姐姐只是好奇，你十二年前救驾，想来今年也得小三十了，这张面皮到底是如何保养的，怎么就这么水灵呢？"

说到保养，后宫的女人最是关注，那丽嫔立刻便接口道："就是，就是，义安公主快和咱们大伙说说，到底有什么保养秘法，这些年来，还真是没见你怎么变！"

海棠干巴巴地笑了笑，借机将手强行抽了回去，回身与丽嫔笑道："三姐姐拿我寻开心，丽嫔娘娘还真信。我哪里有什么保养秘法？真有保养秘法的是王后娘娘。想我初见母后，差点把她喊成了姐姐，这还是当年，若换到现在，怕是连姐姐都不敢喊了。"

王后脸上笑开了花，笑骂道："你这丫头，就是嘴甜，哄死人不偿命。"

后宫众人都忙着赔笑，唯独我那位大姐，是位性情耿直的，低低地冷哼了一声，与我小声说道："瞧瞧，不知哪里飞来的野鸡，插上几根凤翎，就真把自己当凤凰了！"

我听得此话，颇为惊讶地看她。

大公主扬眉回视，问："怎的？说得不对吗？"

我想了一想，答道："真知灼见！"

大公主这才笑了，特意把凳子往我身边挪了挪，又道："果真还是你明白，二妹是个傻的，也把那贱人当好人呢！"

我转头一看，果不其然，二公主正与王后一起，正被那海棠姑娘哄得傻笑呢。

这女人之间，有个共同的敌人，比有共同的朋友，更叫人觉得亲密些。大公主与我年纪相差颇大，十三年前我初来这宝象国时，她便已是出嫁，此刻再见，反倒比之前更亲近了几分。

海棠在那边哄着王后与众妃，大公主就在这里与我扒她的过往，不过才一盏茶的工夫，便把这位义安公主的出身、来历扒了个底朝天。

据说，她出身贫微，父亲不过是一介秀才，还早早地就死了，留她一人孤苦无依，只得变卖了家财前来京城投亲。不想那亲戚却全家迁走了，无奈之下，她只得在城外租赁了一方小院，独自过活。

呃，这话倒是半真半假，不全是糊弄人的。

又据说，十二年前，我那父王前往城外佛寺进香，不想却在后山遇到了猛虎，身边跟随的两位护卫与一个小内侍皆都遇害，危急时刻，是从那路过的海棠姑娘凭着一己之力喝退了猛虎，救下了国王的性命。

呃，这个就有些夸张了，名寺后山突然现了猛虎本就蹊跷，这咬死两位武功高强的侍卫并一个小内侍的猛虎，却被一位娇滴滴的大姑娘几句言辞喝退，也太过神奇了。

还据说，这海棠姑娘救下国王之后便翩然而去，未曾求半点恩赏，还是王后听得此事之后，派人四处寻访，这才找到了海棠姑娘，并将其认为义女，赐名义安。

呃，听到了这里，我才觉出有些不对劲来。

果然，就听得大公主冷笑一声，又道："不过是母后用的一计，省得父王再给咱们寻个庶母回来。她还真当自己能顶了你的位置，得父王母后疼爱呢！倒也不想想，这未曾生过养过，哪里来的这许多的疼爱？不过就是面子情分罢了！百花羞，你莫要惧她，不论是父王还是母后，心里必然还是向着你的。"

我点头，轻声说道："我知道的。"

正说着，外面又有小内侍来报，说那宝象国国王已是从前朝回来，进了宫门。王后赶紧起身率众人往外面去迎，我起身慢了一步，就被落在了后面。

不想我慢，却还有比我更慢的，海棠姑娘竟然从后面贴了上来，轻笑着与我说道："三姐姐，听闻那弃了你的夫君乃是天上奎星下凡，可是真的？"

四下里并无他人，我回头看她，认真问道："装模作样的累不累？有话直说不行么？"

她一愣，我就又说道："不管真的假的，你好歹也是个公主了，安安生生地过富贵日子多好！多大仇多大怨，非要这般折腾？那素衣说你是苏合转世，你就真的是了？她若说你是天仙，你就真的能长出翅膀来上天么？"

我说完，再不理会她，直接转身往外走。

"呵！好一个大度无争的公主娘娘！"海棠反应过来，从后紧追不舍，冷声问道，"怎么，公主娘娘就不想知道，那唐僧师徒为何又返回碗子山捉妖么？"

无非就是她捣鬼罢了！

我冷冷一笑，头也不回，继续往前走。

她就又问道："可知你那黄袍郎为何彻夜不归，醉卧银安殿？"

这也正是我想不通的，现听她提到，脚下不由得慢了一慢，就听得海棠又笑道："奎郎本来确是要走的，是我苦苦挽留，提出以'一世'换'一夜'，他这才肯留下陪我，以慰我的痴情。说起来，奎郎还真是温柔多情呢。"

反正黄袍怪那厮已经上了天，弃我于不顾，他睡没睡这贱人，跟我又有什么关系！更何况，她此刻与我说这些，不过就是故意气我。我若理会了，才是中了她的圈套！

我这般劝着自己，咬紧了牙不去理她。

海棠笑得一笑，叹道："真是个冷心冷情的公主，难怪红袖与一撮毛被那猪八戒从天上掼下来摔了个粉碎，你也能毫不在意呢！可怜可怜，好歹她们也跟了你一场呢。"

我闻言一怔，顿时僵在了那里。

海棠瞧我这般，语气里更添了几分快意，"哎哟，说起来姐姐你还要谢我。当时红袖被那猪八戒抓来，吓得露了狐狸尾巴，猪八戒发觉自己上当，本已撇了她们，要回去再抓你儿子的。恰好赶上我从银安殿出来，忙拦下了，又叫白珂抓回了红袖与一撮毛，哄着那猪八戒将错就错，用她们两个替了你的儿子。"她装模作样叹一口气，又道，"只是对不住红袖她们了，听官人说两个都摔得没了形，也瞧不出是个什么畜生，只看着是一大一小，又带毛又有尾的。唉，也怪可怜的！"

红袖与一撮毛临死前惊恐的面容再一次从我眼前闪过，她们的惊叫声就响在耳旁……

我再听不下去，想也不想地回过身去，抡圆了胳膊，狠狠地扇了海棠一个耳光。

啪的一声脆响，不只惊住了海棠，更是吓呆了那刚刚迎了国王回来的王后及后宫诸妃，众人一时傻住，都愣愣地看向我与海棠。

一阵死寂过后，还是王后娘娘最先反应过来，忙高声斥责我道："你这孩子，打蚊子哪有这种打法的？都吓着你义安妹妹了！"

此话一出，莫说海棠捂着脸傻在了当地，便是我也一时有些愣了。

王后那里却是神色自若，又转头去看身侧的国王，笑道："你瞅瞅百花羞，这些年都没长大，行事还是这般鲁莽。"

那国王忙点头，"小孩子，还是小孩子呢！"

大公主跟着接道："也不能全怨三妹，她是好心，是那蚊子叮得不是地方。"

二公主："……"

众嫔妃："……"

王后又上前拉了海棠的手，怜惜地看她那脸蛋，睁着眼说瞎话道："瞧瞧，都被蚊子叮红了，快叫你二姐姐带你下去抹些药，千万莫要留了伤痕，这女人的脸啊，最是娇贵了！"

二公主瞧着跟海棠关系不错，忙过来拉了海棠的手，柔声道："走，快跟我去吧。"

海棠没说话，只垂了眼帘，默默跟着二公主下去了，当天晚上，再未回宴上来。

王后逮着无人的机会，冷着脸训我，道："你这刚回官，怎就和她闹起来了？母后以前是怎么教你的，你全都忘了不成？这不管有什么事，也不能在面上露出来，当面扇人这种不留情面的事情，更是做不得，身为公主，怎能连这点教养都没有？"

我低下头诚心认错，"是女儿一时气糊涂了。"

王后却是不肯轻饶我，只又问道："说吧，到底是因着什么事和她闹翻的？百花羞，你不是那生性刻薄的人，不会无端端地打人耳光。"

我犹豫了一下，试探着问她道："母后，您肯不肯信我？"

王后横我一眼，却是说道："你是我生的女儿，我不信你，还能信谁？"

听得此言，我颇有些感动，便与她说道："母后，你认的这位义安公主，我早前曾见过。"

王后柳眉微挑，"在哪里？"

"就在那碗子山波月洞，黄袍怪的洞府内！"我停得一停，暗暗打量了一下王后的神色，才又半真半假地说了下去，"她本名叫作海棠，是那黄袍怪的表妹，父亲虽是个秀才，可母亲却不是常人，也是那成了精的妖怪。"

王后最惧妖怪，闻言一惊，脸色立刻就白了，"她竟然也是妖怪？"

"只能算是半妖吧。"我点头，又怕一下子把王后吓住了，忙又补充道，"自小跟着秀才爹长大，自身并不会什么妖术。"

王后这才松了口气，用手顺着胸口，又道："你不会认错吧？她这十多年来，瞧着也算安生，不曾兴风作浪呀。"

"那是父王英明，母后聪慧，没容她逮到兴风作浪的机会！"我先给王后戴上了一顶高帽，才又继续说道，"母后想想，只她这面容，十二年来可有一点变化？母后乃是丽质天生，又贵为一国之母，也难敌岁月留痕，为何偏她十余年来相貌不变？"

王后听得缓缓点头，"的确不像是常人。"

挖坑埋人这事，我之前不是不会，而是不屑，现如今海棠如此欺我，不仅害我夫离子散，又害红袖与一撮毛两个殒命，这仇大了去了，不得不报！

我又道："当年海棠与黄袍怪颇有些情分，黄袍怪抢了女儿去，那海棠十分吃醋，几次想害女儿性命。后来那黄袍怪瞧着留她不住，这才命人带她离开。不想她却是来了咱们宝象国，设计占了女儿的公主之位。母亲想想，若她真是一名弱女，怎能从虎口救下父王？"

那王后眉头紧皱，沉吟道："当年那事确实蹊跷，我只当是有人背后故意安排，要设计你父皇，这才抢在前面认了她做义女，定下名分，不想她竟是另有所图。"

我忙又趁热打铁，"那猛虎根本就不是真虎，而是她身边随从所变！母亲派人去查一查，她身边可是有个姓白的，那人可不是常人，乃刺猬成精，是黄袍怪派了跟随她的！"

王后听得面色微变，道："当真？"

我想了一想，决定冒个风险，便又说道："不瞒母亲，我叫那唐朝和尚捎家书给您与父王，不过是想叫您二老知道女儿还活着，从此不再记挂，却未曾在那信中写救我还朝之事，甚至，连女儿在哪里都未敢说。不是女儿不想，而是不敢！想那黄袍怪法力高强，就唐僧那两个徒弟，根本不是对手。我若求父王救我还朝，岂不是徒增父王与母后烦忧？"

王后疑惑道："你的意思是……"

"是有人从中捣鬼，换了我那封只是报平安的家书，却央父王去救，也亏得唐僧那后来的大徒弟法术高强，否则，父王纵是派去千军万马也未必敌得过那黄袍怪，不过落得个两败俱伤的下场。到时，怕是就要有人坐享渔翁之利了……"

话不能说得太满，得留下空当容人去脑补。

果然，王后思忖片刻，神色忽地转厉，恨声道："此女可恨！"

我又适时提醒道："母后可私下派人去查，看她近日来可与什么可疑人物来往。她在国中十二年，为何突然会利用唐僧作乱？可见她私底下与碗子山必有来往，是有人通了她消息，她才会知道唐僧身上捎有我的家书。只是，此女狡诈狠辣，万事都要小心谨慎，千万莫要给她察觉。"

王后缓缓点头，应道："孩儿放心。"

这王后能执掌后宫三十多年，且一直与国王夫妻情深，可见也是个极有心计手段的，她既说叫我放心，那就真没要我操半点心，不过短短几日，就有消息传了回来。

义安公主身边虽没什么姓白的家仆，却有一位白姓的表哥，此人姓白名珂，年不过三十，早年曾在义安公主府上住过一段时间，后来不知去了哪里，前两年才突然又在京城出现，后经义安公主安排进入了禁卫军中，现已是一名禁军校尉。

而就在那唐朝和尚到来前，曾有名面生的美貌女子出入义安公主府，唐朝和尚离开后，那名女子也随之不见了。

最最蹊跷的一点，就在黄袍怪前来认亲的当天夜里，曾有宫人在银安殿附近看到过义安公主，而当日，并无义安公主奉诏入宫的记录。

王后特意把我寻了去，紧张问道："她那姓白的表哥，可就是你说的那个白妖？"

"就是他了！"我点头，想了一想，又问那报信人道："那出入公主府的美貌女子大概多大年纪，做什么打扮，有何特征？"

那报信人年纪不大，神色从容，答话更是有条有理，清晰明了，"据义安公主身边侍女回忆说，此女约二十许，中等身量，穿一身粉色衣裳，面容娇美，倒无什么打眼的特征。不过，此女怀里抱了一只虎纹花猫，倒是有些与众不同，颇具灵性。"

听到此处，我终于解了心中疑惑，不由得低叹："就是她了。"

就是桃花仙追着唐僧到了此处，不知怎的与海棠勾结在了一起，这才有了那一封惹祸的"家书"，又在海棠的推波助澜之下，唐僧得以面见国王，呈上家书，这才又有了后面的诸多事端……

王后奇道："是谁？"

我先叫那报信人退下了，这才答王后道："此女也不是人，而是桃树成精，她怀里的花猫乃为猫妖，此二人均是碗子山的妖物，一心想吃那唐僧肉长生不老。女儿私放唐僧之后，那桃树精便记恨在心，一路跟着唐僧到了京城。"

王后听得面上变色，"京中竟有这许多的妖怪？"

我忙安抚她，道："妖怪多生在荒山野岭人迹罕至之地，极少到这繁华的人世间来。那桃花妖与猫妖俱是想吃唐僧肉，这才追到此处的，此刻怕是又跟着唐僧往西走了。母后莫怕。"

王后这才大松了口气，却很快就又紧张起来，"可那白珂怎么办？可是要多寻些捉妖的法师来，捉了他？"

那白珂有着千年功力，比柳少君都要强上许多，寻常的法师根本不是他的对手。我闻言摇头，道："白珂此妖颇有些本领，绝非寻常的法师可以捉拿。此事不可贸然行事，还需从长计议。"

王后想得一想，道："不如派人快马加鞭追那唐僧师徒回来，替咱们捉拿了这妖怪！"

这倒也是条法子，只凭那孙悟空的本事，捉个刺猬精那是手到擒来的事情。而且，这两帮人都可算是和我有仇，他们相争，不论伤了哪个，死了哪个，对我来说都是好事。

我点头，应道："也好。"

王后忙私下派了心腹往西去追那唐僧师徒，约莫过了半月时间，那心腹才独自回转，没能请回那师徒四人，只捎来了口信。

据说，唐僧话讲得挺委婉客气，说什么有心回来捉妖，无奈西去已远，这一折一返，定要花费许多时间。他们行程紧迫，已是过了与大唐皇帝约定的时限，再耽误下去，便是取回真经，也无法与皇帝交代。不如，等他们取了真经回来，再顺道来宝象国降妖。

总之一句话，他们现在实在回不来。

那唐僧还给我捎回一封私信来，上面只寥寥数字：大姐，贫僧是取经的，不是捉妖的！

王后那里越发愁了起来，道："都寻不到人捉妖，这可如何是好？"

此事确是难办，只要有白珂在海棠身边，这海棠就轻易动不得。

我抿唇思量了片刻，才又问王后道："可有办法将那白珂调离京城？白珂不在，海棠便失了爪牙。"

"若想将那白珂调离京城并不难，不过……"王后说到此处停了一停，抬眼看我，道，"他不可能一直在外，若是知晓了我们动了妖女，怕是会恼恨报复，到时反成大患。当下之计，应是先除白妖，再除妖女。"

确是要先除白珂，才能再除海棠。这在程序上并无错处，我提出调白珂离开，心中是有别的打算。

我向王后解释道："女儿想调开白妖，并非急着要对妖女下手，而是想趁着这个机会，去寻访那除妖之法。那碗子山中，还留有不少妖怪，也有一些是良善之辈，我想回去寻他们问一问，那白妖的弱点是什么。"

"你还要重返碗子山妖怪洞？"王后听得大惊，忙着摆手，道，"不可，不可！好容易才回来了，怎能再又回那虎狼之地？若是再落入妖怪之手，可怎生是好？"

碗子山我是必须要回去的，阿元和阿月两个还藏在涧底，若不回去，母子如何得见？那桃花仙如此害我，若不趁她元神远走平顶山，去南坡刨了她的老树根，这仇又如何得报？更别说，我还要去寻柳少君问一问白珂的弱点，与他商量如何除了白珂，也好能向海棠寻仇。至于黄袍怪，我是摸不到他，否则也绝不能让他好过。

有句话是怎么说的来着？

欠了我的，一一都要给我还回来！

"母后放心，我身上有能驱狼避虎的法宝。"我把从唐僧那里要回的荷包掏出来给王后看，又哄她道，"有此物护身，寻常小妖害我不得，母后只需派上几名侍卫保护我，女儿便可重返碗子山。"

王后抿唇不语，凝目看我片刻，忽地问道："那日黄袍怪前来朝中认亲，母后曾躲在屏风后瞧了几眼，看模样观言行确是人中俊杰，不怪你父王上当，真把他当了好人。后来他夜宿银安殿醉酒变了嘴脸，咱们也只是听那逃出的宫女口述，都不曾亲眼瞧着模样。你与他过活了这些年，他到底是个什么样的人物？"

王后这没头没脑的话问得我一愣，一时竟不知该如何回答。

见我如此，那王后就又笑了笑，道："他平日里是丑是俊？是母后见到的那副模样，还是宫女所说的青面獠牙？"

这话问得着实奇怪，刚还在说如何除去白珂，怎么一眨眼的工夫说到了黄袍怪的相貌上去了？纵是女子皆爱八卦，也没这个跳跃法啊。我颇有些不解，待细看了看王后神色，这才忽地反应过来。

她这是……怕我对黄袍怪还余情未了？

果然，就又听得她问道："我儿在那妖山待的这一十三年过得可好？那黄袍怪待你如何？"

我忙调整了一下面部表情，做出凄楚之色，垂了眼帘，低声答道："他一妖怪，能待我如何？面貌丑陋也就不说了，性子还喜怒无常，每日里非打即骂，这十三年来，不过是熬日子罢了。女儿能活下来，已是幸运。"

"哦，我可怜的女儿。"王后低声痛呼，又将我揽入怀中，柔声安抚道，"过去的事情莫要再想，既回来了，母后便是拼了性命也要护得你周全。你放心，母后定要为你重选驸马，嫁得良人！"

我僵得一僵，惊道："重选驸马？"

"选！必须要选！还得选好的！"王后一脸坚决，就差拍着胸口保证了，又道，"这事包在母后身上，绝不叫我女儿受屈！"

王后是个雷厉风行的人，说完这话便唤外面的侍女去请国王。我反应就慢了那么一点点，待再反应过来，那侍女已是一溜小跑地去得远了。然后，不及片刻工夫，那国王就跟着侍女过来了。夫妻两人屏退了侍女，头对着头开始商量与我选驸马之事，煞是热情专注。

我几次试图插话都没能插进去，不得不从后拽了拽王后凤袍，道："母后，捉妖的事更要紧。"

"吓！乱说！"王后却是回头瞪我，教训道，"什么事也比不上婚姻大事要紧。"

国王也在一旁应和道："你母后说得对。"

说得对什么对啊！

刚才不是这个画风好吗？刚才我们还在一本正经地谈怎么除去海棠和白珂好吗？这怎么一眨眼的工夫，就扯到为我选驸马的事儿上来了？

王后一反之前的谨慎凝重，情绪那叫一个高涨，掰着手指头数各大世家望族里的适婚男性，谁好谁不好，谁个高谁个矮，谁胖谁瘦，谁家父母什么脾气，兄弟姐妹又是个什么性格，一一分析了个全面。

"母后，母后。"我出言打断她，试图把话题重新拉回正轨，"婚姻大事，不可着急，需从长计议。"

"怎么能不着急？你这眼瞅着就要三十了！"王后表情夸张，比刚才得知白珂乃是妖怪时还要惊悚几分，又道，"母后跟你这般大时，你大姐都快嫁了！你已是晚了一大步，万万不可再耽误了！"

国王神色也是极为严肃，应和道："你母后说得是！"

我噎了一噎，问："那海棠与白珂那里怎么办？他们可是心腹大患！"

国王与王后对视一眼，这才又转头来看我。

国王沉吟道："此事需从长计议，叫你母后先稳住海棠，至于白珂那里，我想个由头先将他调离禁军，再做打算。"

王后点头称是，又出主意道："白妖那里要明升暗降，能叫他远远地离开京城最好！"

国王道："此事不得着急，需要慢慢图谋，免得引起他们疑心。"

"不错！"王后应和，"先为百花羞选驸马，既可以了我们心事，又可迷惑那妖女，一举两得！"

好一个"一举两得"，竟是叫我无言以对。

外面又有小内侍来报，说是北疆派了信使回来，有要事禀报陛下。

国王听了，顾不上多说什么，忙匆匆就走了。王后许是怕我挑理，赶紧解释道："这阵子北疆一直不太平，你父王近来也苦恼得很，你莫要怪他。选驸马这事，有母后为你做主，你就放心吧。"

我看着王后，真心实意地说道："母后，我真的无心再嫁了。"

"为何？"王后顿时面露警惕，又问道，"可是还念着那黄袍怪？"

我愣得一愣，忙道："不是，女儿是怕那妖女生事。"

"那妖女已在京城待了十二年，不也没翻出什么风浪来吗？"王后盯着我，停了一停，又道，"百花羞，你是母后亲生的女儿，母后不与你说虚言。你若真想回那妖山，必须选了驸马，配了良偶，母后才放心叫你去！"

原来竟是有着这般思量！

我不由得沉默，良久之后问王后道："必须要嫁？"

王后答我："必须要嫁？"

我咬了咬牙，道："那就嫁吧！"

为人做事都要灵活，就是嫁了人，也可以再跑嘛！

王后得了我这句话，终于满足了。

于是，在时隔十三年之后，宝象国里又一次开展了轰轰烈烈的选驸马活动。只这一次，情形就有些尴尬了。

十三年前，百花羞乃是青春少女，驸马人选也个个都为少年英雄、青年才俊。而现今，百花羞公主却已是年近三十的再嫁之妇，而且还与那妖怪，哦不，是与那天上的奎星，有着一段不能说的过往。

这纵是有那条件合适的适龄栋梁，人家自己也得思量思量，要不要娶我这公主。

王后很热情，可再多热情也抵不过现实，直到年底，她也未能在京都的权贵圈里给我挑出一个合适的驸马来。于是，王后情绪上就有些低落，捎带着，就连国王那里也有些提不精神来。

我一心要回碗子山寻子，却被王后困在宫中，急得都要火上房了，却又不得不耐着性子安慰王后，道："婚姻之事尽是缘分，急不得，也强求不得。母后与父王要有平常心。"

王后白了我一眼，没搭理我，只转身命宫女去太师府请自己的娘家嫂子进宫，看样子是想把捞驸马的网撒得更大一些，跳出京城这个小圈子，放眼于外面的大世界。

她又与国王说道："陛下，您也留意一下各方军镇，看谁家里有合适的人选，这虽然离得咱们远一些，可眼下也无须计较这么多了，只要人好就行。"

国王这些时日一直被北疆的战事烦扰，头发都不知白了多少，闻言道："北边几家军镇里倒是也有些好的，不过都是些武夫粗人，怕是会委屈了咱们女儿。而且，那边也正乱着，这个时候把百花羞嫁过去，难免被人误会。"

我已回朝三个多月，对于北疆之事多少也有些耳闻。

那边有叛军作乱，朝廷忙调集了几路大军过去镇压，不想那闹事的还有几分本事，再加上这几个平叛的也各怀心思，战局一时竟僵持下来，直到现在也没能分出个胜负来。

国王提到北疆战事，我却忽地心中一动，忙问道："可否把白珂也调去平叛？如若这般，不就是远远地打发了他么？"

因着怕打草惊蛇，前阵子并未敢轻易动那白珂，只王后那里对海棠多施恩宠，瞧着倒像是暂时稳住了她，可这样下去终究不是长法。国王闻言点头，道："此举可行。不过，还须得寻个契机。"

这里刚说了契机，不想那契机就来了。

腊月十一日，北疆又传来战报，叛军趁着大雪天寒，竟然偷袭我军营地，不仅重创我军兵马，还一把火烧了我军粮草，害我大军不得不南退数百里，困守边城，等待援兵。国王终于顾不上给我选什么驸马，只想选几名猛将出来，好领援兵北上，去解那边城之围。

这可是个遣白珂出京的好机会！更叫人惊喜的是，不等我们这里运作，白珂自己竟报了名，主动要求北上参战。王后得知了消息，回来与我说道："这下可以放心了，只要他肯走，一时半会儿是回不来了。"

我听得大喜，忙道："待白珂一走，母后就寻个借口狠狠斥责女儿一番，打发女儿去城外别院思过，女儿也好躲过海棠耳目，暗中去那碗子山，寻个除妖之法来！"

王后却是有些迟疑，道："可是你还未嫁……"

这都什么时候了，还要在意嫁不嫁！

"不是女儿不肯嫁，是您和父王没挑着合适的人选啊！"我尽量保持心平气和，与这王后讲着道理，"有好多人选，女儿可是觉得很好，是您和父王不满意，这才没成。您看看这样成不成，女儿先去一趟碗子山，待回来后咱们再继续选驸马，绝对要您挑个满意的，成么？"

王后沉吟了片刻，态度似是有些松动，又抬眼看我，再一次问道："你真的不是为了回去寻那黄袍怪？"

寻什么寻，又能去哪里寻？他早就抛下我们母子三人上天逍遥快活去了！

我举起手来，郑重向王后说道："女儿发誓，此去碗子山，绝不是为了寻那黄袍怪，如有虚言，天打雷劈！"

王后变了脸色，忙就拉下我手来，气道："你这孩子，这誓言也是胡乱发的？母亲为着什么？还不是怕你日后吃苦，想要你有个好日子过！"说完，又双手合十连连拜天，嘴里念叨不止，"诸佛菩萨，天上神仙，千万别和小孩子一般见识，她那是胡说八道，算不得数的。"

瞧她这般，我心中也不由有些感动，第一次发自肺腑地叫了她一声"母后"，又道："等我回来，除了那海棠与白珂，就哪也不去了，只陪着您和父王。"

王后欣慰点头，应道："好！"

这事上既然达成了一致，接下来便是商量如何赶我出京才不会叫那海棠起疑。只要不提选驸马，王后的头脑立刻便清醒了许多，论起心计手段，那是大杀四方，后宫无敌。

她略一思量，沉声道："白妖一走，那妖女失了爪牙，必然更加警惕，怕是稍有风吹草动便要引她疑心。所以，你不能等白妖北上之后再走，你要赶在他之前出京，先去别院里住着。"

这话说得有理，我点头道："不错。"

王后瞧我，目光中又露迟疑，道："不行，若是提前赶你去别院，万一那妖女对你心存不轨，派那白妖前去加害，怎么办？此法不可，母亲不放心。"

依海棠的性子，过去折辱我一番是必须的，但是杀我，却未必会。她若想杀我泄愤，根本无须等到现在。我忙又把那荷包掏出来给王后看，"母后放心，有这个在我身上，便是那白妖也伤不到我。这一点，母亲不用担心！"

"真的？"王后郑重问道。

"真的！"我忙点头，又道，"我不会拿自己的性命来开玩笑！"

王后这才信了，略一沉吟后，"那好，后面的事情皆由母后来安排，你先回去，只耐心等着便是！"

得了她这句话，我终松了口气，辞了王后，回去自己宫中耐心等待。

第十二章

你既无情我便休

没过两天，后宫里就起了波澜。

先是国王因北疆战事不顺，为着一点芝麻小事就当众斥责王后，王后面上不搁，一个没忍住回了句嘴，不想竟就激怒了国王。国王拂袖而去，一连数日未踏进王后宫中一步，只夜夜宿在那新晋的丽嫔宫中。

大公主听得消息，进宫探望母亲，不知怎的却在御花园和丽嫔起了冲突。

国王以为她是受王后指使，不仅将大公主斥责了一番，捎带着还恼上了王后，竟下令命王后闭门思过。王后自与国王结发以来，横行后宫三十多年，还从未遭受过如此打击，一时便有些受不住，气得病倒在了床上。

温柔贤淑的二公主马上进宫侍疾，不仅替王后寻医问药，还不知从哪里寻出个神婆来，算出王后连走背字是有原因的。而这个原因，恰好就是我这个被解救回朝的三公主。

而那神婆，貌似还是以前义安公主推荐给二公主的。

这一番折腾下来，最后的结果是王后挥泪遣我出宫，送去别院休养，直至她那背运过去。

王后不愧是王后，几十年的宫斗老手，一切做得都毫无痕迹，我深感佩服。

我离宫那天，正是大雪初晴，车驾出宫门时，好巧不巧地，竟就碰上了白珂。他许是还未接到军中调令，仍旧穿着禁卫军的服饰，依稀还是之前面容，就策马立在道边，恭声与我说道："白珂送公主一程。"

这还是自十三年前一别之后，我第一次见他。我未言声，只淡淡地放下了车帘。

那皇家别院就在京城外不远，出了城过两条河，再翻半座山坡便到了。马车停在别院大门外，我由侍女扶着下了车，回头见白珂仍跟在后面，不由得冷笑，问他道："白将军什么意思？这是连等到天黑的耐性都没有，光天化日之下，就要对我下手了么？"

"公主误会了！"白珂忙道，默了一默，才又轻声说道，"海棠她也是一时入了魔障，才会这般行事。她，她本质其实并不坏，您别怨恨她。"

"不怨恨她？"我冷笑，回身从车厢内抱出那随身携带的小瓷罐，问白珂道，"你可知这里面装的是什么？"

白珂面露不解之色，默默看我。

我又道："这是红袖她们的骨灰！我辛苦寻了许久，也不过寻回了这小半罐来，其余的，尽都被风吹散了。白仙君还记得她们两个吗？听说还是你把她们两个抓回，交到了那猪八戒手中的呢！不知当时，她们可曾向你哀求，求你念一念旧情，放她们一条生路？"

白珂神色微变，说不出话来。

我冷冷笑了一笑，又问道："你可知谷中死去的又有多少？有多少是你昔日旧友，又有多少曾恭声唤你一声白仙君？这都是你那海棠姑娘造的罪孽，她偏执成狂，你却为虎作伥，害得好好一个碗子山尸横遍野，血流成河！你竟然还说她本质不坏？我看你分明是眼瞎心盲！"

白珂面色已是十分难看，大汗淋漓，讪讪无语。

"回去告诉你那海棠姑娘，我既已落魄至此，要杀要剐随她方便，请她大胆上门便是，我候着她！"我撂下一句场面话，说完再未理会白珂，只拂袖进了院门。

不想当天夜里，那海棠竟就真的上了门。

呃，这不免也太听话了些吧？

我瞧了瞧她身后，见并无白珂跟随，这样看来……竟不是来杀我的？

海棠似是看出我的心思，讥诮地笑了一笑，道："你用不着害怕，我若想杀你不会等到现在。我这次来，只是来瞧瞧你。"

"那现在瞧到了么？"我问，又说道，"既瞧到了就回去吧，大年下的，又山高路远，天气也不好，我就不留你了。"

海棠冷笑道："你不用急着赶我，我也不想见你。"

我很是奇怪，"既不想见我，那你来做什么？"

她哑了一下，随即就又冷笑，转身往院中走了几步，抬头望向西方夜空，过得片刻，忽没头没脑地问我道："你说他是哪颗星？"

他？黄袍怪么？我抬头瞧了一眼，诚实地摇头，"不知道。"

海棠回头看得我两眼，唇边露出一抹嘲讽，又问道："他到底看上了你什么？容貌？脾性？还是才情？你到底有哪里比我强？"

讲实话，这事我也不大清楚，于是又是老实摇头，道："不太清楚，这事你最好上天去问一问他。"

海棠轻轻一哂，嘲道："你不过是比我占了个'早'字罢了！"

我摸了摸鼻尖，好脾气地答道："也许吧。"

许是因为我态度太好，海棠觉得有些不过瘾，便换了种方式，又回身仰头去看西方夜空，默了一会儿，忽地说道："我第一次见他，也是在这样的雪天，素衣带我入谷，说要领我去见那个与我有一世之约的负心人。原本，我是不想去的，你既无情我便休，男女之事，不过如此。直到亲眼见了他，我才忽地明白了苏合为何会对他舍不下抛不掉，不过一眼……"

我听她说起十三年前的事情，显然是要进入回忆模式，忙就打断她道："你等等！我去去就回！"

海棠一怔，诧异看我。

我忙转身回了屋内，寻了件厚厚的斗篷给自己裹上，顺手又从桌上端了盘瓜子抱在怀里，匆匆出得屋来，往那屋前台阶上坐好，这才抬头看向海棠，与她说道："你别急，慢慢说。"

海棠面色有些发黑，看怪物一般地看我。

我朝她笑笑，又道："我自小就看话本子，听人讲故事，你莫要在意，只说自己的就行。刚说哪里了？对了，说到'不过一眼'，不过一眼就误了终身了么？然后呢？"

海棠拿手指我，指尖都直哆嗦，恨声道："百花羞！你，你，你！"

她一连"你"了几遍，也没能说出我到底怎样来，可见真是气得狠了。我坐在台阶上，无辜看她，又问道："你还往下说吗？不说我可就回去睡觉了，这地上也挺凉的。"

海棠忽地上前两步，居高临下地看我，怒道："百花羞，你故意气我呢吧？"

"你才看出来么？"我反问她，看她两眼，站起身来，不急不忙地拍了拍身后的尘土，平静地回道，"我大晚上的不睡觉，却要来听你讲你那少女怀春的故事，我不故意气你，难不成我有病么？"

海棠目光怨毒至极，瞪得我片刻，却忽地又笑了，问我道："你知道为什么我明明杀你易如反掌，却不动你，只冷眼瞧着你那一对蠢爹妈给你重选驸马么？"

她唇边带着笑，眼中却是冷意森森，"我就是想看看，日后他若知道你又另嫁了人，会是个什么反应。他为之甘愿魂飞魄散的人，在他离开之后不过数日，便一心想着另配佳偶，琵琶别抱……他知道了，可是会恨自己眼瞎？"

难怪王后给我选驸马，海棠没有从中捣鬼，原来，竟是存着这样的心思？

我看着她，问道："你这些年来一直不嫁，并不是因为没挑着合适的，而是一心在为黄袍怪守贞，是吗？"

她微微一笑，傲然答道："我乃天女转世，这些凡夫俗子，如何配得上我？"

"那白珂呢？"我又问，"他十几年来痴守在你的身边，又算是什么？"

海棠愣得一愣，这才冷笑道："他不过是个修炼成妖的畜生，竟然也敢宵想我！他肯守在我身边，不过是他存着痴心妄想，所作所为，又不是我求来的，干我何事？"

"是啊，不是你求来的。"我低声感叹，笑了一笑，又道，"但是，起码你可以拒绝。"

海棠一时怔住。

我抬头看了看那西方夜空，雪夜清朗，夜空也显得异常干净，颗颗亮星闪烁其中，却辨不出到底哪里才是那奎宿所在。

"你觉得我另择佳偶就是对不起奎木狼，是吗？"我问海棠。

海棠冷声反问："难道不是？"

我笑了笑，道："他既已弃我而去，我为何不能另择佳偶？你刚也说了，男女之事，最好不过就是'你既无情我便休'。我非但要另择佳偶，我还要风光大嫁，快快乐乐地过我的后半生。我不是你，我不会为了别人的几句话，为了一个莫须有的约定就偏执成狂，害人害己。"

海棠面色涨红，尽是愤怒之色，"他真是瞎了眼！"

"是吗？"我笑，又道，"那他就怨自己眼瞎好了。"

海棠又愤愤看我片刻，许是觉得与我再无话可说，怒而转身，拂袖而去。

我想，我一定是让她失望了。

你瞧瞧，黄袍怪走了之后，我竟然没有整日里哭天抹泪、寻死觅活，竟然还依着王后给我重选驸马，而没有以死抗争，我竟然还能吃得下、睡得着，竟然还能……活得像个正常人！

这在海棠眼里，甚至在知道几分内情的世人眼中，都是不可饶恕的罪过吧。

毕竟，黄袍怪曾那样地"痴情"于我，而我，此刻却这般地"无情"于他。

这一年的除夕过得格外平淡，海棠自那次走后，再未来过。

我想可能是没能从我身上得到什么乐趣的缘故。你想想，便是落井下石，也要砸着井下的人，听着她惨叫连连才得乐趣，像我这样坐井底抬头朝上喊"再扔两块下来"的，那井上的人估计也会觉得无趣。

王后偷偷派了心腹过来，叫我耐心等待，说国王那里已是下了诏令，救援大军由朝中名将龙啸北率领，于年后出发北上去解边城之围，白珂就列其中。只要白珂一走，王后便会暗中控制海棠，断了他们两个的通讯，到那时我便可以去碗子山了。

事已至此，我唯有耐心等待。

正月十六，大军出了京城北上。又过了十多日，估摸着大军已经走远，王后亲派的一队精锐侍卫才趁着夜色到了别院。我早已等待多时，整了行装上马，扬鞭直往东而去。三百里道路，昼夜奔驰之下，第二日傍晚时分，我便到了那黑松林外。

旧地重返，不过才短短数月时间，却已是恍如隔世。

那带队的侍卫队长不是别人，正是之前的那位报信人，他下得马来，恭声与我商量道："公主，此处山路崎岖，松林丛簇，夜路实在难行，不若先在林外休整一晚，明日一早再进林内。"

我明明心急如焚，却只能强作镇定，答他道："也好，你着人扎营，我自己去林内查看一番，探一探道路。"

不想那侍卫队长却是闪身挡在我面前，劝阻道："来之前，王后娘娘曾万般嘱咐卑职，一定要保证公主安全，万不可放公主独自去冒险。您奔驰整整一日也定然累了，不如先入帐休息，卑职安排他人前去探路。"

哪里是不放心我独自去冒险，明摆着，王后是对我仍有戒心，生怕我偷偷跑了。

我笑笑，只得应了下来，坐在一旁树下，看着那些侍卫寻了个避风的地方安营扎寨，准备饮食。冬季天短，待吃过些饭食，天色便已是黑透，我自去营帐休息，留那些侍卫在外守夜警卫。

直熬到夜半时分，我才又偷偷出帐，不想还未走出营地便又被那侍卫队长截下了。他神态从容，不卑不亢，只恭声问道："公主要去做什么？"

我噎了一噎，答道："呃……赏月。"

侍卫队长抬头看了看天，默了一默，才又问我道："月亮在哪里？"

我忙抬头望天，找了好半天，莫说看不到什么皓月当空，就连个月钩都没找见，这才想起今日正值月末，乃是不折不扣的晦日，没得月亮。我干巴巴地笑了一笑，"既没有月亮，那我也不赏了，我回去休息，休息。"

我又折回了营帐，睁着眼睛生生熬到了天亮。

第二日一早，那侍卫队长才命人拔营，护卫着我进了那黑松林。林内一如从前，藤攀葛绕，草深路窄，虽有兵士在前挥刀开路，却仍是难行。就这般走走停停，直到正午时分，才到了那波月洞前。

过了石桥，波月洞前已是一片荒凉，瞧不出半点生机。我不死心，到底进洞去看了一番，没寻到半个人影，这才退了出来，领着众人转向那北侧山涧。路更难行，很多地方都骑不得马，只能下来牵马步行，又走了足足有小半日，方隐隐听到了山涧水响。

我命众人原地等候，只带了那侍卫队长一人继续往前，又走了一段，待绕过了一道石壁，这才真正来到崖边。

上一次来这里时还是十三年前，我随黄袍怪来此避难，此次再来，我很是找了一会儿，这才寻到那下崖之处。果然，拨开长在崖边的两丛杂草，小心探身往下看去，在距崖边三两丈的地方，就看到了那棵斜刺里长出来的山枣树。

那侍卫队长受王后之命，生怕我有个好歹，一直紧跟在我的身旁，他瞧了瞧那山枣树，问我道："就是从这里下去？"

我点头，答道："枣树根所在的位置便是洞口，只要能跳到那树上，便可沿着树身爬过去。"

侍卫队长想了一想，道："公主在崖上等着吧，卑职先下去看看。"

"不行！"我忙一把拉住他，瞧他不解地看我，又解释道，"你不知底下情况，贸然下去反而会遇危险，不如你在崖上等我，放我下去。"

那侍卫队长却是说道:"既有危险,那卑职更不能让公主一人下去。"

我笑了笑,"有些事情,你遇着是危险,我遇到了,却未必是。这洞底不会有人,若有,也只会有妖怪,我都认识他们,不会有事,而你是生人,纵是武功高强,也未必敌得过妖怪的邪术。你这般贸然下去,若是被妖怪吃了,岂不可惜?"

那侍卫队长也算是个豪杰,听了这话也是面不改色,想了一想,道:"既然这般,那卑职陪公主一同下去。"

我瞧他那模样,是绝不肯放我一人下去的,无奈之下也只得应道:"那好。"

两人身上带的都有绳索,先从崖边寻了块坚实稳固的大石头做柱,用绳子牢牢绑定,然后才把绳子顺着崖壁垂了下来,直落到那棵老树上。那侍卫队长试了试那绳索,与我说道:"卑职先下去,然后再接应您。"

我点头,嘱咐他道:"小心。"

他也有些本领,双手抓了那绳索往下一跃,正正地踩到了斜伸出的树身上,又沿着树身往山洞方向走了几步,仔细看了看情形,这才仰身与我说道:"确有个洞口,您把绳索系在腰上,慢慢往下滑,卑职接着您。"

我照他所说,顺着崖壁小心翼翼地滑了下来,待脚踩到洞内实地,已是吓出了一身的冷汗。

此时天色已晚,洞内光线更显昏暗,那侍卫队长点燃了火把,小心翼翼地向洞内探去,待看到那盘旋而下的石阶,又回头问我道:"公主可来过此处?就是这条道么?"

我点头,从他手中拿过火把,在前走了下去。

那台阶盘旋着直通洞底,走起来甚长,转了许久都不见底,待走到后面，我双腿已是有些僵硬。那侍卫队长是个细心之人，见状便建议道："公主，这瞧着先到不了底，咱们不如停下暂作休息，可好？"

我满心焦急，哪里还能停下休息，闻言只是摇头，"不用，这就快到了。"

不想刚说了这话，那侍卫队长猛地一把扯住我用力往后拉去，口中疾呼道："小心！"

我脚跟被那台阶一绊，人顿时往后坐倒下去，就觉得几道疾风从面前贴着鼻尖擦过，紧接着叮叮当当一阵乱响，弩箭似雨一般落在了右侧石壁上，好一会儿才消停了下来。

我被那侍卫队长罩在身下，僵在那里半晌没得反应。

过得好一会儿，那侍卫队长才站起身来，生怕我受了伤，慌忙问我道："公主，可有受伤？"

我摇了摇头，道："这里原来没有机关。"

那侍卫队长上下打量了我一番，确定我真的没事，这才执了火把上前去查看那些弩箭，回头与我说道："这机关不只是用来拦截敌人，还有示警之用，想来崖底之人很快就会知道我们来了。"

话音刚落，就听得有脚步声从下响起，紧接着柳少君的声音从台阶下方传来，惊讶道："公主？"

那侍卫队长忙闪身挡在我的身前，向着柳少君厉声喝道："停下！来者何人？"

"没事。"我忙从台阶上站起身来，又伸手了拨那侍卫队长，示意他让开，又解释道，"他是我朋友，不会伤我。"

侍卫队长回头看了看我，又去打量柳少君，过得片刻，这才让到了一旁。

　　柳少君忙上前来，问我道："刚才可有伤到？您怎么来了？"

　　我顾不上答他，甚至连身旁的侍卫队长都顾不上避讳，只急声问道："阿元与阿月在哪里？他们可还好？"就瞧着柳少君明显怔了一下，我心中顿是一沉，不禁又慌又怕，慌乱问道，"他们怎么了？你告诉我，他们到底怎么了？他们现在在哪里？"

　　柳少君面露诧异，反问我道："他们已被大王派来的神使接走了，怎么，公主竟不知道么？"

　　我一愣，"什么神使？哪里来的神使？"

　　"您不知道这事？"柳少君也被我问怔了，瞧了瞧一旁的侍卫队长，又问我道，"公主这是从何处来？"

　　此时此刻，我哪里顾得上理会他这些，只上前去揪住了柳少君衣襟，颤声问道："我问你，我的阿元与阿月呢？到底是谁接走了他们？什么神使？谁派来的神使？"

　　"公主莫急。"柳少君忙道。

　　"我能不急吗？我的孩子呢？"我怒吼，只觉脑门一阵阵发蒙，竟似有些站立不住，"我把他们两个托付给你，你到底把人给了谁？"

　　织娘不知何时从下面跑了过来，上前来扶我，口中答道："是大王派来的神使，手上有大王的亲笔书信。少君仔细核对过了的，确是大王手书，这才把两位公子交给了神使带走，说是要带去天庭的。"

　　"不错，"柳少君忙接道，又解释道，"当初那孙悟空大闹咱们碗子山时，大王曾找到此处，知晓两位公子在此。后来，有天庭星君唤他上界，他临走时，交代了属下好好照顾两位公子，他会尽快派人来领两位公子。属下瞧着事情都对得上，这才将两位公子交由神使带走，为保安全，还特意跟着他们到了南天门外，眼瞧着那神使带着两位公子进了南天门，这才回转。"

织娘奇道："公主竟不知道这事么？奴婢曾问过那位神使，他可是说大王已知您的下落，自会去寻您啊！"

寻个屁！他非但没去寻过我，就连带走阿元与阿月，都不曾去与我说过，若非我自己千方百计找来，怕是这一生都不会知晓了。十三年夫妻，多少次花前月下、海誓山盟，说什么一生一世，说什么陪我终老，到头来竟不过尽是虚妄！

奎木狼，好一个奎木狼！

我身形晃了一晃，只觉得喉间一片腥甜。

"公主？公主？"

我隐约听得耳边有人急声唤我，那声音却似离我远去，越来越远，渐渐模糊，终于，一切归于静寂。我竭尽了全力，才能开口，缓缓说道："没事，我缓一缓就好。"

不想自己身体却是不争气，才说完这话，就觉得眼前一黑，人便昏死了过去。再次醒来时，已是在涧底石室之中，石桌上点着烛台，织娘独自守在床前，正默默地抹着眼泪，瞧我睁眼忙探身来看，轻声叫道："公主？"

我强撑着坐起身来，四下里看了看，见这石室里布置得很是温馨，不由得问道："你和少君在这里生活？"

织娘点头，"事情过后，我和少君曾回过洞府，那里是住不得人了，而谷里虽还算好，可又忍不住叫人睹物思人。我们两个商量了一下，说不如就在涧底安家，清静，也安全。"

一场突来的祸事，谷中居民死伤无数，就是幸存的那些，也怕是走的走、逃的逃，早已物是人非了。我不由得沉默，好一会儿才轻声道：

"都是我的不好，一时乱发善心放走了那唐僧，给大家惹了这一场弥天祸事来。"

"这怎能怨您？"织娘忙道，"若不是您放走了唐僧，真叫大伙吃了唐僧肉，那才是作了大祸。就凭那孙悟空的本事和性情，定要平了咱们碗子山的，那时才是一个也偷活不得。"

我垂头，沉默不语。

织娘又上前来握我双手，柔声道："真的，公主，咱们谁都不曾怨过您。"

活着的人不怨，可那些死去了的呢？

我双手掩面，终忍不住流下泪来，涩声道："可是死了那么多的人，红袖和一撮毛都死了！她们两个都死了！"

织娘叹了口气，将我揽入怀中，安慰道："奴婢知道，当初少君带着两位公子回来的时候，就说红袖她们可能回不来了，他怕您难过，没敢和您说。他心里也一直不好受，觉得是自己无能，才不得不出此下策，用红袖和一撮毛去换两位公子。"她停了一停，又继续说道，"当时，奴婢就和他说，这不是他的错，不是任何人的错，一切，不过都是定数罢了。红袖与一撮毛两个，既然肯去做这事，她们自己心中也是无悔的。"

我得她几句安慰，心中总算好受了些，忙从她怀里挣了出来，擦了擦眼泪，自嘲道："许久没有这样哭过了，哭这么一场，倒是痛快。"

织娘静静看着我，忧心道："公主……"

我忙又摆手，强自笑道："没事，真的没事了。"

织娘犹豫了一下，才又迟疑道："公主，有件事情奴婢不知该不该问。"

我几乎已经猜到了她想要问什么，忙就说道："别问，什么也别问了，过去的事情就让它过去吧。咱们都往前看，往前走！"

不想这话说了却是白说，织娘那里仍是问道："大王为什么没去找您，只单单派人接走了两位公子？他明明和您那样恩爱，想当初在涧底得知您被那孙悟空困在刑堂，他带着伤就要上去救您，少君都拦不住。若不是大王本部星君寻到此处，拿他上界，大王定会回去和那孙悟空拼命的。公主，这中间……是不是生了什么误会？"

我闻言不觉苦笑，默了片刻，答道："据我猜着，许是恼我骗了他吧。"

奎木狼与苏合许下那一世之约便是心不甘情不愿，前来赴约也不过是为了守信。而我，之前因着一心想要逃走，不敢承认自己就是苏合转世，待海棠到来之后，我再说出此话，他也只当我是安慰他的戏言，不肯相信。

想奎木狼回到天庭，得知我就是那苏合转世，心里会是个什么想法？他原本就觉得苏合奸诈狡猾，再经由此事，怕是更加认定我这个"苏合转世"是有意欺骗他的感情了。

这算是有误会么？也许算吧。

不过，十三年朝夕相对，他竟然认不清我到底是个什么样的人，这才是最叫人心寒的。

织娘还欲再问，我却是不想再说，只道："别的都不提了，阿元与阿月那里既然是被他接走的，我也可以放心了。我这次来，除了寻人，还带回了红袖与一撮毛的骨灰，想寻个好地方将她们两个葬了。"

说到这里，我才忽想起一事来，问道："跟我来的那个侍卫呢？"

织娘答道："那侍卫说还有同伴等在崖上，须得上去安排一下他们，少君不放心，跟着他一同去了。"

正说着，柳少君与那侍卫队长却是一同回来了。

那侍卫队长名叫萧山，乃是个极干练的人，不仅将崖上那队侍卫俱都安置妥当，还给我带来了红袖与一撮毛的骨灰坛子。

我抱着那坛子，问柳少君与织娘道："我想把她们葬回谷中，可好？"

织娘那里已是忍不住哭出声来，柳少君伸手来抚那坛子，眼圈也是微红，哽了一哽，方道："好。"

第二日一早，柳少君和织娘同我一起出了涧底，去谷中安葬红袖与一撮毛。天气晴朗，山南坡的积雪已经开始消融，我们在半山腰上选了处风景秀美的地方，给红袖和一撮毛造了座合葬墓。

不是不想分开，而是已经分不开来。当初她两个惨死在宝象国皇宫的白玉阶前，都现了原形，宫人们又惊又怕，铲走尸首胡乱烧了。待我寻到时，也只得了这么一捧骨灰，哪里还分得出谁是谁。

织娘抱着墓碑放声痛哭，许久都爬不起身来。我默默站在墓前，眼眶湿了又干，干了又湿，心底一片惘然。柳少君先上前去扶起了织娘，这才回身来看我，问道："公主日后有何打算？"

我望一眼避在远处的萧山及其手下们，平静地答道："报仇。"

织娘拧了秀眉，咬牙道："我跟您一起！"

柳少君闻言想了一想，道："桃花仙那里不难处置，她元神至今未归，只要寻到她的本体，刨开树根放一把火烧了便是！枣树精纵是要拦，有属下在，也不用惧他。"

我点头，抬眼看向柳少君，问他道："你可知白珂的弱点？"

柳少君微怔，一时没有答我。

织娘那里却是罕见地发了火，一把推开了他，怒道："怎么？都到这个时候了，你还要顾及什么兄弟情分不成？他与那海棠设计陷害公主时，可有顾及过大王的恩情，可有顾及过你的生死？"

柳少君微微抿唇，凝眉不语。

我忙上前去劝织娘，道："织娘，你莫要这样，少君有少君的难处。"

"难处？他能有什么难处？"织娘愤愤反问，冷哼一声，又道，"不过就是自认与那白珂是兄弟，不肯说罢了！"

柳少君看了看织娘，却是向我解释道："白珂已修炼千年，法力比属下高深许多，非属下可敌。"

这话不知真假，也许是他真的敌不过那白珂，也有可能如织娘所说，他是还记挂着与白珂的情分。而此刻，我只能点点头表示理解，道："此事以后再说，先去南坡寻桃花仙吧。"

桃花仙的居所就在碗子山南坡的那片桃林之中，往年我也曾去过几次，绕出山谷沿着山坡一路上行，至顶处便可看到几间石屋，屋后长了株老桃树，枝繁叶茂，四季常青，那就是桃花仙的本体。

我们赶到时，石屋后竟也在办着丧事。

除了枣树精，那化成人形的猫妖虎大王也在，两人正蹲在老桃树前烧纸，枣树精一边烧纸一边抹泪，嘴里不停念叨道："阿桃啊阿桃，我那般劝你，你都不听，非要吃什么唐僧肉求长生，现在可好，非但没求来长生，反倒丢了性命，何苦来哉？"

我抬眼看去，只见那株老桃树枝叶枯败，竟已现死态。

那猫妖最先发现我们，惊得立时从地上蹿了起来，差点都踢翻了面前火盆，他撒腿想逃，却被萧山持剑从后挡住了去路，几次突围都不得逃脱，最后只得死心，回过身向我跪倒，连声央求道："公主饶命，公主饶命！"

　　枣树精面上倒是平静，默默擦干了眼泪，起身与我和柳少君行过了礼，这才说道："诸位来晚了一步，阿桃已是死了。"

　　"怎么死的？"织娘追问道。

　　枣树精又不觉泪流，却是不答，只转头看向那跪在地上的猫妖，道："还是你说吧。"

　　猫妖忙道："仙子是被压龙山狐狸洞的那些人害了性命。"

　　原来，桃花仙对唐僧肉一直念念不忘，那唐僧师徒一离开宝象国，她立刻就带着猫妖从后追了过去。无奈孙悟空实在厉害，他们连靠近尚且不敢，更别提得机会杀那唐僧了。就这样跟了几百里，桃花仙觉得再跟下去也不是办法，索性就超过了那师徒四人，赶去前面的平顶山莲花洞报信，想着借那金角、银角之力除去唐僧的徒弟。

　　早之前，奎木狼还是黄袍怪时就曾说过，桃花仙若真是去平顶山与那金角、银角等人共谋唐僧肉才是糊涂。

　　不想竟被他说中了。

　　失去了波月洞的庇护，又没得白骨夫人相伴，不过是草木成精的桃花仙，又是那样骄蛮的性子，纵是那金角、银角两个不会与她计较，可压龙山那窝狐狸，却是容不下她的。

　　最后落的结果，竟是连白骨夫人都不如。

　　猫妖悲道："那胡念念几次借机欺辱仙子，仙子忍气不下，就与她起了争执。金角、银角两个大王却拉偏手，眼睁睁看着胡念念把仙子打伤。压龙大仙那个老狐狸更是恶毒，说是把仙子接去压龙洞养伤，却对仙子百般折磨，仙子熬受不过，没几日就死在了压龙洞里。小的千辛万苦，这才逃了条性命回来报信。"

　　枣树精那里又是抹泪，感叹道："若是大王还在，他们哪里敢这般欺辱阿桃！"

"呸！"织娘啐了他一口，"你们还有脸提大王，若不是她忘恩负义，勾结外敌，我碗子山何至于到此地步！"

那猫妖闻言忙看我，又是连连磕头，解释道："当初我们追唐僧到宝象国，遇到海棠与白珂，本只想着借白珂之力捉住唐僧，是那海棠哄骗着仙子往驿馆里送的信，说是一则可以离间大王与公主夫妻之情，二则也是可以绊住唐僧，好方便白珂趁机下手。仙子一时糊涂，这才做下了错事，实不料后面会发生这许多的事情！仙子自己也是十分后悔，每每想起，都自责不已。"

那封所谓家书我曾亲眼见过，其言辞文采确不像出自桃花仙之手。这猫妖话里许是也有几分是真的。不过其余的，却就不见得了。

我抿唇不语，抬头望那老桃树片刻，淡淡吩咐萧山道："刨树。"

枣树精一惊，忙上前来拦，却被柳少君施法制住，丝毫动弹不得，只能慌张叫道："公主手下留情！手下留情！"

"留情？"我反问他，"她既已死了，空留着枯树也是没用，不如刨倒了，一把火烧了，也叫她免受风吹日晒之苦，岂不是更好？"

枣树精噎了一噎，说不上话来。

那猫妖反应就要快了许多，连忙说道："刨树之事怎敢劳公主动手，由小的来做就好了。"

"不用我动手，我带了人来。"我说道，又看萧山，吩咐道："叫大家动手吧。"

萧山闻言点头，应道："是。"

"动手。"他转身下令，那些跟来的侍卫俱都围将上来，各自挥起斧头刀铲等物，齐齐冲着那株老桃树招呼了下去，不及片刻工夫，就听得有人惊呼道："有血！"

果然，就见那刀斧所砍之处，有殷红的鲜血冒了出来。

织娘上前看了，回身与我说道："公主！桃花仙乃是假死，他们骗人！"

枣树精与猫妖听了，俱显惊慌，苦于挣不脱柳少君控制，只得跪了下来，连连磕头道："求公主饶阿桃一命，她已是知错了！"

桃树前，桃花仙已是缓缓显出形来。

她虚脱无力地倚树而坐，面如金纸，唇角带血，眼望着我，哑声说道："我被那长生不老所诱，先受海棠哄骗做下了糊涂事，已是后悔不已，后又在那狐狸洞屡遭欺辱，落得个半死不活。事到如今，我早就是活够了。公主若杀我，那便杀吧。"

"阿桃！"枣树精嘶声叫道。

桃花仙这才去看他，眼圈也是红了一红，轻声道，"这辈子我对你不住，欠你的情分，下辈子还你。只还一件事要劳烦你，我死之后，请你将我骨灰送去白虎岭，我想去和白姐姐做个伴。"说完，又抬眼看向我，涩然一笑，"动手吧。"

她面庞憔悴，笑容凄婉，再无了从前的娇憨耿直。

我静静看她，不知怎的，却忽想到了初见她时的情形。她站在溪边，穿一身粉色衣衫，红袖远远指着她，与我说道："公主快看，那就是号称咱们碗子山第一美女的桃花仙！"

那样娇滴滴的一个人，不想却是个粗直脾气。她曾在喜堂上为我打抱不平，曾捋起袖子和众妖大碗拼酒，曾在醉酒后把红袖误认为黄袍怪，放声大喊："大王，奴家钦慕你。"

她还曾夸我的阿元长得漂亮，一心等着阿元长大，为此得了白骨夫人许多嘲笑……

我不由得缓缓闭目，仰头半晌，才将眼中那股热意压了下去。

"公主？"萧山等人还在等着我下令。

我未应声，只转了身，默默往山下走去。

"公主？"织娘也从后唤我，却被人打断，就听柳少君轻声叹道："算了吧。"

身后似是默了一默，突传来桃花仙的失声痛哭，又听得枣树精砰砰磕头，连声道："谢公主不杀之恩，谢公主不杀之恩。"

我没回头，只独自往前走，也不知过了多久，柳少君从后追上来与我并行，走得片刻，忽地说道："公主是心软之人。"

我自嘲地笑笑，轻声道："是啊，太心软，老毛病了。"

若不心软，怎会叫自己沦落至此？

母亲曾说我太过心软，早晚要在这上面吃亏，当时我还不信，眼下看来，竟是被她说中，非但吃了亏，还吃了大亏。

柳少君沉默一会儿，又道："属下同您回宝象国。"

我闻言停步，转过身看他。

他却回首去看落在后面的织娘，笑了一笑，方道："织娘说得没错，属下不是不知白珂弱点，只是顾及与他的兄弟情分，不忍心罢了。"

"白珂有什么弱点？"我问道。

柳少君垂了眼帘，神色平静，淡淡答道："他嗜酒，大醉后放入百年老獴，可杀之。"

二月初，我带着柳少君与织娘回到宝象国都城，偷偷进宫去见王后。

王后瞧我平安归来，先是大松了口气，可待听闻柳少君与织娘都是妖精，却又是心惊，忙把我拉到一旁，低声问道："我的儿，这好不容易把一个妖怪暂时打发走了，你怎么又带回了两个来？"

我笑了一笑，安抚她道："他两个与白珂不同，都是好的，请他们来，是为了帮咱们捉妖。"

"妖怪也分好坏？"王后奇道。

我点头，"和人一般，也有好坏。"

王后又问："不吃人么？"

这吃不吃人的我还真不敢保证，不过，自我认识他们两个以来，是没见着他们吃过人。我忙摆手，十分肯定地说道："不吃人，绝不吃人。"

"那就好，那就好！"王后这才算是放了心，命人带柳少君与织娘夫妻两个下去，于宫外好生安置，切不可叫义安公主知晓。待他两个出去，王后才又问我道，"可是寻了那除妖之法回来？"

我点头，应道："已是寻到。"

王后还有些不放心，"可有把握？"

要白珂喝醉并不困难，只那百年老獾有些不太好寻。我想了一想，答道："别的都还好说，只还差一物须得去找。萧侍卫已是带人去山里寻了，想来应该能够找到。"

那萧山乃是王后心腹，最得王后信任。

果然，就听得王后说道："萧山做事，最是妥当，咱们只耐心等待便是。"她停了一停，又来抬眼看我，却是说道，"等着也是等着，不如咱们接着选驸马吧？一则可以名正言顺地将你接回宫来，二则，也可迷惑那妖女。"

若是之前，我必会设法拒绝王后好意。可现如今，奎木狼已真的弃我而去，我就该也忘了他，另选驸马，开始新的生活，绝不能苦哈哈地过自己的下半辈子，空留笑话！

有道是一别两宽，各自欢喜！

我点头应王后道："一切听从母后安排。"

王后闻言大喜，立刻去寻国王商量，两人不知私底下都说了些什么，尽弃了之前选驸马的套路，竟出了新的点子，要给我比武招亲。

堂堂一国公主，竟然搞比武招亲，这生活，果真如同话本子一样精彩！

王后大张旗鼓地将我这位三公主从城外别院接回，喜滋滋地来与我说那比武的具体安排，又道："我和你父王商议过了，咱们不限对方的家世，只要人好有才即可报名。"

原来，虽说是比武招亲，却要过三轮甄选。

这第一轮要先过面试，瞧得顺眼的方可入围；第二轮才是比武，却不要他们对打，只对阵国内三大高手，这样也方便给人放水，省得叫那不顺心的中选；至于第三轮嘛，名为文试，实则考验人品，酒色财气，都要扛得住才行！

我听得愣怔，讷讷道："这……太夸张了吧？"

"哪里夸张？"王后秀眉一挑，又道，"父王母后可是一心为你好，这般选驸马，就如同那广撒网，多逮鱼。这选出的青年才俊，纵然不是出身名门也没关系，眼下北疆正在打仗，只要把他往战场上一送，由人扶持着打两个胜仗，镀一镀金再回来，到时你父王封他个大将军，这面子里子不就都有了？"

不得不说，王后说的也有她的道理。

我却仍然有些迟疑，"母后，我已三十，又是二婚再嫁，万一人那青年才俊都不肯来，岂不丢人？"

"瞎说！"王后面露不满，音调不自觉地拔高，斥责道，"不许妄自菲薄！你是谁？你是我的亲生女儿，是这宝象国的金枝玉叶，莫说是再嫁，就是再再嫁，也会有万人来求！"

我愣了一愣，还欲再说，王后已是截断我的话，只道："这事你不用管了，交给母后便是！"

她说完就打发了我出去。

织娘得了消息，特意进宫来瞧我，小心问我道："公主，您真要再嫁？"

我被她问得一愣，奇道："怎了？"

织娘咬了咬下唇，犹豫了片刻，才又说道："那大王怎么办？"

大王？奎木狼么？

我想了想，抬手指了指天，道："他在天上，与我何干？"

"可是，可是……"织娘又是咬唇，小声道，"不管怎样，大王还是公主的夫君啊，您若再嫁，他那里怎么办？"

我抬眼看织娘，认真说道："听你这么一说，我倒是想起件要紧事来。他弃我归天，连封休书都未曾给我，我若就这样嫁了，确是有些不妥。不如我们择个好日子，焚香拜月，烧封休书给奎木狼，也算有个了结，可好？"

织娘张着樱桃小口，呆呆看我，好半晌都没说出话来。

既起了这个心，我便还真惦记上了，特意寻了那翰林院的学士，求了封文采斐然的休书来。然后，又找了个风清月明的好日子，于殿后设了香案，将那休书郑重其事地烧了，顺便又求了求我的新姻缘。

织娘在旁不言不语，一直默默抹泪。

我实在看不过去，只得拍了拍她的肩头，安慰道："夫妻本是同林鸟，大难临头各自飞。这不过是人之常情，还是看开一些吧。男人么，这世上多得是，走了一个，就再另找一个么，多简单的事儿！"

不想这样一劝，织娘哭得更凶了几分，泣不成声地说道："公主，奴婢知道您心里苦。可奴婢总觉得，大王不会这般绝情，他这般做，定是有什么苦衷的。"

我不由得默了一默，苦笑道："许是有什么苦衷吧。"

织娘美目微瞪，问道："那您为何还要比武招亲，另嫁他人？难道是与大王赌气不成？纵是大王一时想不明白，与您赌气，您也不该与他赌啊。"

"不是赌气，真不是赌气。"我摇头，想了一想，又道，"织娘，你知道这天上只一日，地上却要一年吧？"

织娘抹着泪点头，"奴婢知道。"

"嗯，你都知道，想必你家大王也应是知道的。他在天上轻轻松松几十天，我却要在这人世间苦哈哈熬上几十年。他与我赌气，便是这般来赌的么？他都不知怜我惜我，我为何还要为他苦守？"

织娘张了张嘴，却是没答上话来。

我笑笑，打发了织娘回去陪柳少君，自己转身回了殿内。

没过两天，那十几年不曾见过的高冠男子便又入了我梦。我正睡得半梦半醒，突觉床前多了个大男人，难免被吓了一跳，顿时惊坐而起，尖叫一声，想也不想地就把枕头往他身上扔了过去。

他忙闪身躲过，又道："别叫，快别叫，这只是个梦！你若把自己叫醒了，我就得换了真身前来，太过麻烦！"

我惊疑不定，又多看了两眼才认出他来，喝问道："你到底是什么人？为何总是入我梦来？"

那人咧嘴笑了一笑，"按理说不该告诉你我的身份，只是这事你早晚要知道，再瞒你也没什么意义。"他说着，清咳了两声，负手而立，拿腔作势地说道，"实不相瞒，本君乃是司命星君，专管……"

他话未说完，我就已是弯腰拾了鞋子，往他身上砸了过去。

那司命星君被吓了一跳，忙往旁边闪身躲避，又叫道："你这丫头，怎么还是以前那个臭脾气，说翻脸就翻脸，说动手就动手，就不能温柔和婉点，好好说话么？"

"跟你没法好好说话！"我还想再抓东西去砸他，手边上一时却又摸不到，只恨恨地捶了捶床板，怒道，"我且问你，不管我到底是不是那苏合，我既已另投他处，你为何非要提我魂魄至此，了什么一世姻缘？既是来了这一世姻缘，你为何不能叫我顺顺当当过完这一世，偏又寻那四个臭和尚来搅和我？我和你到底有多大仇，你竟这般戏耍我？"

"没仇，真的没仇！"他忙摆手，又解释道，"一切不过都是定数。"

"定你个头！你不就是司命么？定数还不都是你给定的？"

那司命讪讪而笑，"此事说来话长……"

我冷声道："那就长话短说！"

司命星君噎了一噎，又朝我干巴巴地笑了一笑，"你先别急，我和你慢慢说。"他走上前来，就要坐在床边给我细说，不想那屁股刚一着床板，却又立刻站了起来，道，"不可，这般说话不可，那奎星太爱吃醋，又小肚鸡肠，惹他不得。"

他这般自己念叨着，就又起身往外走，道："我去门外等你，你穿好衣服出来，咱们慢慢说。"

待我再反应过来，他已是出了屋门。

我暗暗骂了一句，生怕他跑了，忙胡乱披了件衣服追了出去。那厮倒是没走，就坐在殿前台阶上等我。我瞅一眼殿外守夜的宫女，正想着寻个由头打发走她，司命那厮已是向我招手，笑道："这是梦，她瞧不到咱们，不用管她。"

我将信将疑，从那宫女身边走过时故意停了一停，瞧她仍还专心致志地打着瞌睡，这才放下心来。

司命那厮拍了拍自己身侧的石阶，道："坐这里。"

我走过去坐下，冷声道："说吧。"

那厮却是抬头望天，半天不语。

我瞧得奇怪，便也顺着他看的方向望了一望，奇道："你看什么？"

他缓缓说道："我理一理思路，此事说来话长，还须得从头慢慢说起。"

我强自忍了忍，这才没把巴掌招呼到他脑袋上去，只安静坐在那里，耐着性子听司命那厮从头说起这桩从天上闹到地上，又跨越前世今生的恩怨情仇，爱恨纠葛……

他说从头慢慢说起，还真是从头慢慢说起。

苏合名为披香殿侍香的玉女，其实并不是。

她本是西王母身边的女仙，自幼长在王母身边，甚得宠爱，几乎能当那瑶池一半的家。瑶池中另有七位仙女，素衣便是其中之一。奎木狼早年曾救过素衣性命，素衣感其恩情，拜其为兄，两人也算有些来往。

按照套路发展，这本该是素衣与奎木狼发生点什么你情我愿，又或是你情我不愿的故事，却不想这素衣没和奎木狼怎样，倒是苏合与他生了爱恨纠葛。

事情说起来也有些曲折。

这奎木狼长得好，在天庭上也算是挂了号的，而苏合美貌之名，也颇为远扬。素衣是个热心肠，一心想要撮合他们两个，因此常在苏合面前说我奎哥哥如何如何好，又跑去奎木狼那里说我苏合姐姐怎样怎样妙。

素衣的本意是叫他两个相互爱慕，不想这说得太多了，表达方式又有些问题，这爱慕没出来，俱都心高气傲的两人却凭空生出几分厌恶来。

若是能一直这样相互厌恶下去也就罢了，反正天庭自有法度，两人又轻易见不到面，大不了老死不相往来。不想造化弄人，待到后面，他两人之间偏偏又生了别的变故。

奎木狼有次奉命下界除妖，那妖物很是有几分本事，奎木狼最后虽斩杀了那妖物，自己却也受了重伤，一时陷入险境。说来也是凑巧，恰逢苏合为王母往那蓬莱仙岛去送帖子，路过时瞧见，出手救下了奎木狼。

奎木狼重伤昏迷，时睡时醒，苏合不忍离开，亲自照顾了他三天三夜。

听到此处，我已是能猜出来几分后续，不由得感叹道："孤男寡女，这个照顾法，怕是要出事的……"

司命那厮点头应和："的确是出了事。"

他又继续讲下去。

果然，奎木狼醒来后先做了自我介绍，紧接着便问苏合的来处，以便日后报答。

苏合一听自己日夜照顾的竟是奎木狼那厮，顿时有些傻眼，若就此说出自己是苏合，那就情形难免尴尬。她正左右为难，忽记起之前在路上曾遇到过几个披香殿的玉女，顺口就扯了个谎，声称自己乃是披香殿玉女。

奎木狼没怀疑，他真信了。

一个谎言，总是需要无数谎言来圆。

苏合与奎木狼几次来往，情愫渐生，为着圆最初那个谎，她只得时不时地跑一趟披香殿，兼职做一做侍女。可就在奎木狼也慢慢对她生了点情意，眼看着就要郎有情妾有意时，这个谎，却不小心露馅了。

奎木狼是个骄傲自负的性子，只当苏合故意戏弄于他，一气之下，再不肯理会她。而那苏合也不是个善茬子，见他这般翻脸无情，便挟着自己对奎木狼的救命之恩，要他以"一世"相报。

这便有了后来的种种，种种……

我忽地有几分明白，黄袍怪为何从不肯与我细说他与苏合的前缘，为何对苏合转世的海棠多次纵容，甚至，为她夜宿银安殿，用什么一夜还一世。说到底，他与苏合之间绝非他自己说的那般清白。

司命星君讲得很是投入。

那来龙去脉，那你来我往，那奎木狼说了什么，那苏合又回了什么……竟比那话本子都还要精彩几分，待到后面，他竟讲得口干舌燥，向我要水喝，"麻烦，茶水给端碗来，解一解渴。"

"做梦呢，还喝什么水！"我应付他，想了一想，奇道，"这种种前事，都是发生在苏合与奎木狼之间，你这个局外人，怎知道得这样清楚？"

司命那厮噎了一噎，讪讪笑道："八卦嘛，就得允许合理的推测与适当的想象，这样说起来才精彩好听。"

我默了一默，十分想要脱下鞋抽他。

他忙闪身，叫道："好好说话，别动手！"

"那好，不抽你。"我忍了忍，又道，"你既别推测，也别想象，只说苏合与奎木狼的前世到底是怎样。"

"苏合就是你，你就是苏合！"司命郑重说道。

他忽又嘿嘿笑了两声，道："大概就是我说的那样吧，忽略细节，只看主线。你若真想知道前情如何，回头自己找根绳往房梁上一吊，又或是拿把刀抹一抹脖子即可。只要百花羞一死，你便立刻能够恢复苏合的记忆，你与奎木狼之前到底发生过什么，自然就都能想起来了。"

我转头看他，心中真的十分想打死他。

司命忙又笑笑，"玩笑话，只是玩笑话。"他说完，赶紧绷了面皮，一脸严肃地与我说道，"好了，前世的事情都说完了，后面的，不用我说，你也都知道了。"

我略略点头，思量片刻，忍不住问道："我放着好端端的女仙不做，却要下凡投胎，难道真是图与奎木狼的一世姻缘？"

不像啊，这可不像我会做出来的事情。

果然，就听得司命星君说道："哪啊，哪是为他啊！你是原该下凡历劫，有没有奎木狼，你都得下凡过这一世。你叫奎木狼以一世相报，不过就是故意给他出难题罢了。"

难怪！我就说嘛，我不是个为着男人要死要活之人。

我忽又想起素衣曾说的"我"曾在奈何桥上等奎木狼三日，候他不到，这才怒投别处。既然不是为着奎木狼才下凡投胎，却又为何会做出这般痴情怨女一般的举动？

思及此，我又问司命那厮道："我果真是为了等奎木狼才在奈何桥上等了三日？"

"快拉倒吧！"司命忙摆手，又神秘兮兮地凑过来，与我小声说道，

"说起这事，我最清楚。你要下凡历劫，却又怕吃苦受累，就托我给你安排个好去处。我看在咱俩关系一直不错的分上，给你选了宝象国的皇宫内院。不想你这丫头看了一眼那宝象国，嫌它国小民寡，非要我给换上一换，我这才不得不给你再另寻去处！苏合，不是我向你买好，你可知我给你换去那大夏国，费了多少力气？"

"谢了，谢了。"我应付，又问道，"不过，这和我在奈何桥上等了三日有何关系？"

司命那厮不好意思地笑笑，道："临时换地，难免出些差错，这预产期一个没算对，就劳你在奈何桥上多等了三日。"

我愣了一愣，很是无语，"原来如此。这般说来，素衣是想错了。"

司命给我走后门这事，估计也不能和别人言说，素衣瞧苏合在奈何桥上多等了三日，难免会误会，以为她是在等奎木狼一同投胎。

说了这半天，总算是把前世之事说了个差不多。

我转头看那司命，问道："前面的事我知道得差不多了，咱们接下来就说一说，你既然走了后门，为何又强行把我魂魄提回的事吧！"

司命那厮小心看我，一时没有答话，却是把屁股往一旁挪了一挪，离得我又远了一些。

他道："此事说来，话更长了……"

我抬头看看天色，"没事，离天亮还早，你慢慢说。"

司命忙道："说实话，我本来是不想折腾你的，我也知道你的脾气不好惹。不过，事情赶凑巧了，也只能这样了。说到根底，这事还要说到那唐僧取经身上去。"

"唐僧取经？"我奇道。

司命难得地正经，郑重点头，道："正是唐僧取经。"

据他的话说来，原本，苏合下凡历劫，另投别处，与奎木狼的一世之约已断，本来是没了牵扯的。后面的这些牵扯，来得纯属意外。

某日，司命这厮因事去寻南海观世音菩萨，恰逢菩萨刚从西天佛祖那里领了金旨回来，要菩萨向东土寻取经之人，并为其在路上设置九九八十一难，验其心性。

菩萨一时很是烦愁，道："这取经人好寻，只这九九八十一难实在不好设置啊。"

司命正好赶上，奇道："不过才九九之数，随便凑一凑也就够了，这有何难的？"

菩萨却说佛祖有命，这八十一难须种类繁多，不得重样才好，只寻些野生野长的妖怪出来拦在路上，未免单调。

司命便建议说除了野生的，还可以放些家养的下去嘛，天上这许多的神仙，谁还没几个仙童，没个坐骑啊什么的。只要他们松一松看管，放那么一些下去为妖为怪，足够给取经人更换口味的了。

菩萨点头应是，却仍是有些不甚满意，又道："若再能寻一两个仙家下去，才是最好！"

司命星君听得直嗑牙花，道："这野生的妖怪好找，不论打死打伤，都没人管。这天上放下去的也好说，不论自个愿不愿意，都得听命于主子。唯独这仙家不好找哇。"

菩萨自然也能想到此处，又问司命道："可知有哪位仙家脾气好，方便说话的？"

司命摇头，答道："这脾气再好也不行，毕竟是给人去当托的，还得变成个妖怪挨打，丢份，太过丢份。"他说着，心中一动，又与菩萨说道，"眼下倒是有一个现成的，虽说脾气不好，却可以用上。"

他说的不是别人，正是为应约而私自下凡的奎木狼。

司命星君很是抱歉地看我，道："你瞧瞧，也是凑巧，提了奎木狼，难免就要追到你身上，我就琢磨着这也不算什么坏事，待做成了，至少能为你在菩萨面前买个好，叫他承你几分情不是？"

"所以，便又将我魂魄提了回来，在这宝象国给唐僧师徒设难？"我问。

司命干巴巴地笑了一笑，"一举两得的事情，对吧？"

好一个一举两得！强行把别人拉入编好的话本子里，决定人的生死，操控人的喜怒哀乐，逼人照着那既定的套路演绎爱恨情仇……这写戏的人写得尽兴，看戏的看得高兴，可有谁曾想过，那演戏的愿不愿意？

我冷笑，起身看这司命星君，道："明白了。合着是西天佛祖想要看场大戏，观音菩萨受命写了个好本子，为捧那唐僧师徒，各色妖怪粉墨登场，而我与那奎木狼不过是友情出演，客串了一把，对吧？"

司命星君的笑容里更多了几分尴尬，也跟着我站起身来，讪讪道："瞧你这话说的……"

我打断他，径直问道："那金角、银角两个又是什么来历？"

"是太上老君两个看炉子的童子。"

"哦，原来如此。"我恍然大悟，不觉点头，"难怪奎木狼说是旧故，这般看来，该是南海菩萨从太上老君那里借的人了？而那吃了唐僧肉可长生不老的说法，也是有意从天上传出来的吧？"

司命星君不答，只讪讪而笑。

我不由得感叹，"那唐僧师徒几个，这一路上经灾历难，时时挨坑，处处遭难，也够倒霉的，哈？"

司命星君仍是赔笑，道："菩萨也是为了考验他们，看他们师徒是否真心往西去。"

"那师徒四个，竟然都识不穿？"我又问。

司命想了一想，道："估计那孙悟空是瞧出些端倪来的，不过，他是个明白人。"

我冷冷笑了一笑，又问道："你这回来寻我，又是为着何事？我这都下了台的人了，难不成还要再去给你跑个龙套？"

"不是，不是！"他忙摆手。

我奇道："那你来做什么？只是为了与我解惑？"

"这个，这个……"司命那厮小心看我两眼，迟疑了片刻，方又小声说道，"是剧情有些跑偏了，我不得不过来给你讲讲戏。"

原来，按照剧本发展，我得知奎木狼私自将两个孩儿接回天庭之后，该是愤而自尽的。百花羞一生就此结束，而苏合元神归位，回升天庭。不想我这人太过皮实，非但没有自尽，竟然还回这宝象国继续选起驸马来了。

这个，这个……就叫那写本子的人有些不满了。

我听得愣怔，半晌之后却不禁失笑，道："如此说来，你是来劝我自尽的？"

"说话不要这么难听嘛！"司命那厮嘿嘿笑了两声，道，"我这是来劝你顺应天命的。"

"那真是谢谢了。"我嗤笑一声，又继续说道，"只可惜我公主做得舒坦，这世间荣华又未享够，一时还不想回归天庭，只想着在这人世间吃好玩好，再选个称心如意的驸马，夫妻恩爱，白头到老！"

司命星君有点傻眼，问道："不想回去？"

我回道："对，不想回去。"

司命默默看我片刻，方才问道："你就这么不听劝？"

我笑了一笑，没再理他，只转身往殿内走。司命那厮忙在后面急声唤我，我不耐烦再听他唠叨，索性抱住了那廊柱，将头用力往上磕了过去。就觉得脑门子一痛，再睁眼时，人已是躺在床上，出了梦境。

殿门关得严严实实，我那双绣鞋也端端正正地摆在脚榻上，与睡前模样一般无二。

窗外已是能见朦胧亮光，这天眼看着就要亮了！

我去王后宫中请安，不想却是冤家路窄，正好赶上海棠刚从王后宫中出来，与她走了个面对面。

海棠唇角微微向上勾了一勾，露出几分轻蔑之意，阴阳怪气地说道："恭喜三姐姐，刚才听闻王后娘娘说，三姐姐的招婿榜文一出，就有无数英雄豪杰争相报名。这般看来，三姐姐很快就要觅得良婿呢！可喜可贺！"

我脸皮一向厚实，闻言只与她客套道："同喜同喜。你也别着急，若是能看到合适的，大胆向母后说便是。"

海棠冷冷一笑，凑近了我，讥诮道："我可不是你，没得男人便活不了。"

"活得了！没男人当然也能活得很好。"我一本正经纠正她，又道，"不过呢，这有个好男人陪着，能活得更好！"

海棠被我噎得没话说，恨恨地瞪我一眼，拂袖走了。

王后娘娘耳目众多，我这里还未进殿，她那里便已经知晓了我与海棠狭路相逢的事，见面便教育我道："她不过是只秋后的蚂蚱，都蹦跶不了几下了，你何必还跟她做口舌之争？"

我听她这话里有话，忙就问道："母后，可是有什么好消息了？"

就瞧着王后娘娘脸上浮起些得意，道："不错，萧山传回信来，那百年老獾已是寻到，不日就能到京了。"

我听得一喜，赞道："太好了！"

"还有一个更好的消息！"王后娘娘面上的得意又多了几分，故意顿了一顿，才又继续说道，"比武招亲的榜文一贴出，不过短短三日，已是有两千四百一十八人报名！"

这消息实在是太"好"，惊得我半天都说不上话来。

第十三章

前妻？跟人跑啦

　　三月初五，萧山携百年老獾秘密返京，为安全起见，并未进入都城，只在城外别院悄悄住下。柳少君与织娘两个都有些惧怕此物，不敢随我同去，我只得一个人偷偷前往城外别院去见萧山。

　　萧山领我去瞧了那百年老獾，又将如何寻找此物的经过简略与我讲了一讲，待送我出门的时候，忽没头没脑地问道：“臣听闻陛下在张榜选才，要为公主比武招亲，可有此事？”

　　这刚刚回来，连城门都没进过的人都知道我在比武招亲，可见这事搞得声势实在是大。我尴尬笑了一笑，解释道：“也是想趁机为北疆那边选些将才，不光是为我。”

　　萧山看我一眼，问：“可有什么要求？”

　　我更觉尴尬，忙摆手道：“哪有什么要求？只要是品行端正、四肢健全就行。”

　　萧山又问道：“那卑职这样的可能行？”

　　我怔了一怔，颇有些反应不过来，“你这样的？”

　　“是。”萧山淡淡一笑，应道，“卑职也想去试试。”

　　他是个言出必行之人，第二日，我便在那报名表的尾端看到了“萧山”二字。

　　我直怀疑是自己看花了眼，又把这人的信息详细地看了一看，这才终于确定此萧山就是彼萧山了。我忙拿了那报名表去给王后看，含蓄地说道：“这个……不太好吧？母后不是定了由他来考校参试者的武艺么？”

不想王后看到报名表却是又惊又喜，叫道："哎哟！萧山也报名了？"

我忙提醒道："他可是国内排名第二的高手。"

本来是国内三大高手考校报名者的武艺，该淘汰的淘汰，该放水的放水，这排名第二的突然上去参赛算是怎么回事？不论是打赢还是打输，怕是都要有人讲论。

"吓！"王后表情夸张，道，"萧山可不是排名第二的高手！"

不是第二？我一怔，难道是我消息有误？

王后得意一笑，又继续说道："昨儿那排名第一的才送了信来，说是练功时岔了气，功力大损，怕是不能前来考校参赛者武艺了。这般说来，萧山眼下排名得算是第一！"

那还比个毛的比啊？直接叫他进入第三轮得了！

我愣愣看着王后，一时竟不知说些什么好。

王后那里却是极为高兴，立刻派人去请国王，瞧那意思竟是要直接着手安排考验萧山品性了，吓得我忙劝她，道："母后，母后，这事急不得，便是要暗箱操作，也要遵着程序来，这第一轮面试还没结束呢！咱们先把这事放一放，说一说如何除白珂的事。"

百年老貜已是寻到，接下来就该调白珂回京，设套杀他了。

王后总算是冷静了下来，道："不错，此事要紧！"

我与王后正商量着，那宝象国国王就来了，听了我两个的话，却是正色说道："眼下不能调白珂回京，更不能杀他。"

王后奇道："这是为何？"

国王没回答，只把那刚刚收到的军报拿来给我与王后看。

原来，那大元帅龙啸北刚刚率领北征军解了边城之围，此一战中，白珂立功最大，甚得军心。龙啸北已是派他带兵北进，直抄叛军后路，若是现在突然把他调回，不仅要打乱整个作战计划，更有损军队士气。

国王感叹道："这白珂是个将才。"

"将才也是个妖怪啊！"王后心存顾虑，又道，"非我族类，其心必异。"

国王默了一默，又道："此刻，当以大局为重。"

王后是个明事理顾大局的女子，闻言也沉默下来，过得片刻，才又说道："陛下说得对，当下应以北疆战局为重。只是……"她说着又来看我，歉意道，"接下来这段时日，百花羞怕是要受些委屈了。"

白珂若是在战场上屡立战功，京中的海棠也必然愈加嚣张，于我来说，必然是要受些影响的。不过，北疆之战事关宝象国生死存亡，这个时候，莫说我一个公主，便是君王受了委屈都要忍着。

争不过的事情，不如在开头就表现得大度些。

我闻言笑了一笑，道："有父王母后护着，我能受什么委屈？至多不过是再回别院住些日子罢了。母后不用顾虑我。"

果然，这般一说，国王与王后夫妻两个面上都显露出感动之色。

一个说："我儿不用担心，凡事有父王给你做主。"

另一个说："就容那妖女再蹦跶几天，咱们不理会她，只专心给你选驸马。母后瞧着，那萧山实在不错！"

话题绕了一大圈，终又回到了萧山身上。

萧山这人实在不错，可越是这半生不熟的人，提起来越是叫人尴尬。我忙寻了个借口，从王后宫中狼狈而逃。

因着北疆战事，诛杀白珂之事只能暂时后延。我把情况与柳少君与织娘两个一说，柳少君垂目不语，织娘那里却是气愤难当，道："公主，不如咱们先杀了那海棠解恨，反正白珂人在北疆也不知晓。”

“不可。”我忙道，与织娘解释道，“白珂在北疆受到重用，一旦有了变故，便是大患。为了私怨，不能拿国家存亡、百姓生死做赌。”

柳少君闻言抬眼看我，赞道："公主能有此胸怀，少君佩服。"

我笑笑，摆手道："也是无奈。"

织娘又问道："那咱们接下来怎么办？只能干巴巴地等着，等那北疆战了，白珂得胜归来么？"

“呃……”我想了一想，认真答她道，“趁着空闲，你们还可以为我把一把关，选个驸马出来。”

两千多报名参赛者，只第一轮就进行了十余日，这才筛出近三百人来进入了第二轮的武试。

王后特意把我叫了去，道："这个你得自己亲自去看，合不合心意，合不合眼缘，旁人可替不了你。你若瞧到那顺心的，偷偷把人记下来，也好在第三轮里着重考察。"

国王也道："事关我儿终身大事，切莫害羞。"

在这事上，我还真没打算害羞，况且整日憋在宫里也是没事，干脆就换了装扮，带了柳少君与织娘去那比武场上瞧热闹。

虽只三百来人进入第二轮比试，可扛不住看热闹的人多，偌大的一个校场上竟是人山人海，比那庙会还热闹了几分，有卖瓜子糖果的，有卖豆浆茶饮的，竟然还有那卖跌打损伤膏的，也是会做生意！

比武擂台分作了三个，其上各有一名武功高手在上坐镇守擂，那参试的抽签上台，只要赢那高手一招半式，得其说一个“过”字，就算是通过了这一轮测试，顺利进入了下一轮。柳少君眼睛毒，不过片刻工夫就瞧出了门道，压低声音与我说道：“这些比试者都不是那守擂的对手，所谓赢的一招半式，乃是守擂人故意放水。"

我拿眼瞥他，低声回道："废话，这坐镇守擂的乃是国内排名三、四、五的高手，岂能随便叫人打败？"

织娘闻言却是诧异，奇道："那排名第一的和第二的呢？他们为什么不来坐镇守擂？"

"呃，排名第一的练功岔了气，已是告了病假。"我回答，又停了一停，才又继续说道，"这排名第二的自己报名参了赛，自然也没法再上台守擂。"

织娘惊讶道："谁？谁排名第二？"

柳少君目光望着远处，凉凉答道："萧山。"

我一怔，顺着柳少君看的方向望过去，果然，远处那座擂台上，萧山刚刚上了擂台，正在与那守擂的高手相互行礼。

柳少君与织娘两个都转头来看我，眼神里颇有些说不清道不明的意味。

我忙摆手，解释道："没得私情，绝对没私情。我和他也不大熟，不知道他为什么也要报名来参赛，许是来凑热闹的。"

从柳少君与织娘的眼神来看，两人似是不怎么相信我的话。

我正欲再与这两人解释几句，却忽听得身后传来一声清晰的冷哼。

那声音甚是熟悉，竟与黄袍怪有几分相似，我心头不觉一震，忙回头望去，就见身后不知何时多了个黑衣男人，也如我一般戴了个大大的帷帽，皂纱直垂下来，将头脸遮了个严实。

这校场上，做如此打扮的人实在不多，男子更是稀少。

我一个没忍不住，就多瞧了他两眼，不想这行为却是惹恼了他，竟冷声问我道："你看什么？"

那声音甚是喑哑粗粝，绝不是黄袍怪的声音。

我淡淡一笑，并不理会他的找碴，客客气气地答他道："看阁下这顶帷帽样式实在是别致，不知是从哪里买的？"

那男人许是没料到我会说这个，明显着僵了一僵，然后又冷哼了一声，竟就转身走了。不知为何，我瞧着他那背影，总觉得有几分熟悉之感。

织娘在我身边小声问道："这人有病吧？"

我十分肯定地点了点头，"一定有病！"

就瞧着那人的背影似是又僵了一僵，却是没有回头，只没入了人群之中。

这么一会儿的耽误，那边擂台上已是比试完毕，也不知萧山表现如何，只见守擂的师父给了他一个大大的"过"字，把他客客气气地送下了擂台。

接下来的比试都规规矩矩的，偶尔有那么一两个表现出众些，却也没能打赢那守擂的高手。我瞧到后面便觉得有些无聊，又惧日头高晒，索性带着柳少君与织娘出了校场，寻了个茶水铺子坐下来喝茶。

不想竟又遇到了那戴着帷帽的黑衣男子。

那人独自占了一桌，就在离我们不远处，不时地转头向我们看过来，明摆着是在打量我们几个。

柳少君瞧了瞧那男子，低声与我商量道："公主，此人瞧着有些古怪，似是有意在跟踪我们，属下想过去打探一番，探一探他的来路。"

我闻言忙一把拉住他，低声道："这人一看就是来跟咱们找碴的，你凑过去，反倒中了他的心意。敌不动，我不动，不如就晾着他，先气他个半死再说。"

正说着，那黑衣男子竟起身向我们这桌走了过来，就在我对面大喇喇地坐下了。

柳少君面色微变，手一撑桌面就要站起，不料却似有无形的压力重压在他肩头，生生地将他压坐回长凳上。与此同时，坐在柳少君对面的织娘也似受到了什么禁锢，僵在那里动弹不得，只面上露出了惊怒之色。

我心中一惊，面上却还镇定着，与那黑衣男子客气说道："阁下，有话好好说，别动手，伤了和气怪不好的。"

黑衣男子冷哼一声，却是问道："你在校场上看了这半日，可是挑到自己满意的了？"

这话问得古怪，竟像是已经知道我的身份。

我看他两眼，故意答道："倒是有那么几个，瞧着人还不错。"

"是吗？"他问，声音更冷，"是哪几个？"

"这个……貌似和阁下没什么关系吧？"我笑了一笑，不慌不忙地给他倒了杯茶递过去，忽地换了话题，关切地问他道，"嗓子怎么哑了？可有请郎中瞧过没有？多久能好？"

他没有答我，只又冷哼了一声，端起那杯茶慢慢喝了起来。

也正是这一声冷哼，叫我终于能确定他的身份。我看着他，突然问道："阿元和阿月他们两个现在可还好？"

"还好。"他下意识地答我，待话出口，才似察觉到不对，又猛地住了口。

我讥道："真是稀奇！奎宿怎的忽然下凡了？难不成是来微服私访，体验民情的？"

旁边柳少君与织娘两个闻言俱是一脸惊愕，转头看看我，又去看对面的奎木狼，柳少君更是失声叫道："大王？"

奎木狼没理会他们两个，只看着我，问道："你真要再嫁？"

从去年初秋到眼下暮春，我与他分离已是半年有余，当中又经历了那许多的变故，此刻相见，他不问一句我过得好不好，又是如何熬过这些时日，却来质问我是不是真的要再嫁！

我这还都没问他当时为何失信不归，那醉宿银安殿又是怎么回事呢！

我不由得冷笑，反问他道："星君这话问得好生奇怪，我不再嫁，难不成还要为你守寡？"

奎木狼不说话，那放在桌面上的手却紧握成了拳。

生气了？生气就对了，今儿不气你个半死，我就改跟你姓！

我又开口，不急不忙、和和气气地说道："再者说了，星君若真是身死，我忍一忍，给你守上几十年寡也便罢了。可你明明是回归神位，活得可是好好的，我若再为你守寡，岂不是成了咒你？不管怎样，好歹也是做了十几年夫妻的，就算没得恩爱，也有些面子情分，我又怎能咒星君你呢，你说是不是？"

奎木狼听着听着，猛地站起身来，拂袖便走。

织娘欲哭无泪地看着我，小声道："公主……"

柳少君也劝我："大王好不容易回来一趟，公主该忍一忍性子，与他好生说一说话，看之前是否有什么误会，何必急着把他气走？"

正说着，另有个男子从外匆匆而入，却是那换了装束的司命星君，急声问我道："如何？聊得如何？怎么看奎星怒气冲冲地走了？"

我笑了一笑，答道："被我气走了。"

司命星君愣了一愣，不由得气急败坏，叫道："哎呀！你这丫头！我这里给太上老君说了无数好话，又应了给他烧那炉子，这才换了奎星出来，你怎就把人给气走了？"

"烧什么炉子？"我奇道。

"就是老君用来炼丹的炉子！你瞧瞧奎星，才不过给老君烧了半天的炉子，嗓子就熏成了那般模样！苏合啊苏合，我若不是为你，打死了都不会给老君烧那炉子去！"

奎木狼那嗓子，不是故意装的，而是被炉烟熏哑的？

我听得奇怪，不禁又问道："奎星竟给老君烧炉子去了？"

"不能不去啊！不管怎么说，奎星也是私自下界，事情又闹到了玉帝面前，不惩罚一番，孙悟空那里也应付不过去嘛！正好金角、银角那两个小子还没回来，老君那里没得人烧火，玉帝就叫奎星过去了。"

司命星君说话向来絮叨，说着说着屁股一沉，便坐到了我对面，自顾自地倒了杯茶水，待喝到一半，却忽地停了下来，怒道："问你怎么把人气走了呢，你问什么炉子？"

"别恼，别恼！随口问问而已。"我忙劝他，又客气地问道，"星君，不知您和那月老熟不熟啊？"

司命那厮被我问得一愣，"干吗？"

我笑笑，答他道："星君若是与月老相熟，还请帮我走个后门，去求个好姻缘来。我这里虽是再嫁，可也想着能寻个如意郎君，夫妻恩爱，白头到老呢！"

司命那厮愣怔了片刻，这才反应过来，于是就步了奎木狼的后尘，也被我气走了。

瞧着他两个前后拂袖而去，我心情竟甚是舒爽，又提起兴趣来去校场转了一圈，这才辞了柳少君与织娘，高高兴兴地回了宫。

此后一连数日，奎木狼再未出现。

校场上的比武进行得有条不紊，最终从三百多参赛者中选了二十七名选手出来，进入了第三轮。

北疆那边捷报频传，白珂屡获战功，成为军中新秀，海棠在京中也跟着水涨船高，越发得意。她人本就长得美貌，又一直未婚，此刻更成了各世家子弟争相追逐的对象，一时间将我那比武招亲的热闹都压了下去。

王后生怕我沉不住气，每每见了我都要开导，道："冷静！千万要冷静！就先容她蹦跶着，待大军班师回朝，咱们除了白妖，就去剥那妖女的画皮，也叫那帮子有眼无珠的男人看看，他们是有多眼瞎！"

她说是劝我，可说到后来，却总是把自己劝得义愤填膺，愤愤不平。

没办法，我只得再回头劝她，道："何必去在意那帮子权贵？反正女儿择婿也不从他们当中挑选。"

王后听得点头，应和："对！这些子靠着祖荫的世家子弟，如何比得上咱们层层筛选出来的那些才俊！不说别人，只说那萧山，论人品，论本领，就没一个世家子能比得上！那妖女眼瞎，才会把目光只放在那些世家子弟身上！"

就在王后说了这话的第二天，义安公主驾车上街时不知怎的就惊了马，恰巧被萧山遇到，于危急关头果断出手，将义安公主从马车中救出，并亲自把公主送回了府。

事实证明，人家海棠姑娘眼睛可一点都不瞎。

事实还证明，海棠姑娘一向喜欢兵行险招，不光对着别人狠，对着自己更是能下狠手。十三年前，她为陷害我，自己从那崖上滚下，骨头都断了几根。十三年后，她为了抢一个萧山，又玩起了当街惊马，差点香消玉殒。

也真是个敢赌敢拼的奇女子！

幸亏萧侍卫立场极其坚定，未被美色所惑，立刻将此事上报给了王后，又私下里寻了我解释，道："大街之上，臣既遇到了，不好不救。送她回府，也是因为公主府的马车损坏，并无其他原因。"

他说这话时，很是有些不好意思，而我听着，也甚觉尴尬，却又不好不回应，于是只能硬着头皮说道："萧侍卫的品行，母后那里一向是信得过的。"

萧山看我两眼，却是低声问道："那公主呢？"

"我？"我干笑两声，瞧着实在躲不过去，只得应他道，"自然也信得过。"

萧山淡淡一笑，这才走了。

经由此事，王后对萧山这人更是满意，只等着第三轮测试过后，就定他个第一，然后赶紧往北疆战场上一送，乘着大军近来连打胜仗的东风，叫他也挣些军功在身上，待日后大军班师回朝，得了封赏，风风光光与我成亲。

王后想法自然是很好的，只可惜，计划赶不上变化。就在这驸马选拔赛进入第三轮，二十七名候选者经过"酒色财气"的考验，眼看着就要决出个第一的时候，北疆战场上却是风云突变。

本来，朝廷大军一路高歌猛进，已是胜利在望。不料，叛军中却突然冒出来个厉害人物，准确抓住了朝廷大军求胜心切的心理，先一路示弱引得朝廷大军轻敌冒进，然后又设伏围歼，大败朝廷军。

北疆战局瞬时扭转。

这还不算完。叛军大胜之后，不给朝廷大军丝毫喘息机会，迅速南下，不仅一举夺下了边城重塞，还出兵数万，直指宝象国都城。

京都危急，宝象国危急！

战报传回，举朝震惊，国王与王后再也没有闲心给我选什么驸马了。

朝廷紧着调集大军北上迎敌，护卫京畿。好多来京参加比武招亲的，还未来得及返乡便又参了军，就连那进入了第三轮比试的二十七名"才俊"，也都被编入了军中，指望着他们能为国效力。

那萧山更是得了重任，被委任为一路先锋，领军出征。

从二月里便开始，搞得轰轰烈烈的驸马选拔赛，终于因为不可抗力而中止了。

我不由得大大地松了一口气。

与之前的北疆之战不同，此刻战场就离着家门不远，京中气氛十分紧张。有些豪门世家怕京都失守，已是暗暗往南运送子弟财物，还有那更过分的，据说竟然已经派人私底下去联络叛军，想着左右逢源。

国王头发本就已经白了大半，得了这些消息，又开始变秃了。

四月里，朝廷与叛军在京都之北进行几次大战，双方互有胜负，战局一时僵持不下，朝中就有人提出了和谈的建议，倒不如许叛军以重利，哄他们返回北疆，先解了京都之困，再从长计议。

国王几日思量，头发又不知掉了几何，这才应了和谈，派使臣前往敌营进行谈判。叛军首领倒是个干脆人，听闻使臣来意，当下就说道："和谈不是不行，要应我方三个条件。"

使臣一听和谈有望，忙就问道："什么条件？"

叛军首领淡淡答道："第一，许北疆自治；第二，重金抚恤死亡将士；第三，朝廷遣公主和亲北疆，两家结姻亲之好。"

实话说，这前两个条件，那使臣是早有准备的，唯独这第三个，却是有些出乎意料，那使臣不敢应下，只得回来报与国王知晓。

消息很快就在京中传开，人人都知道了叛军要讨个公主回去才肯撤兵。织娘与柳少君得了消息，赶紧入宫打听情况，织娘那里更是忧心忡忡，问我道："难不成还要送公主去北疆和亲？"

"怎么可能要我去？"我笑笑，宽慰她道，"也不想想我已多大年纪，就是陛下肯送，人家叛军首领也不肯要呢！再者说了，公主不过是个封号，皇族里漂亮姑娘有的是，寻个美貌的出来封个公主，遣去北疆和亲就是了。放心，这都是套路。"

织娘这才放下心来，道："这般就好！"

不料我才说了这话没几天，叛军那边就派人送了消息过来，这和亲的公主须得是国王亲生的公主，不要那新封的宗室女。

宝象国国王与王后就生了三个女儿，这是天下尽知的事情。大公主与二公主早已出嫁多年，别说儿子女儿，连孙子都快有了，自然是不能再嫁，宫中仅存的公主只我一个，却年过三十，已是再嫁之身。

国王那里愁得一夜白头，无奈之下，只得把我叫了过去。

王后一见面就抱着我放声大哭，道："我儿命苦，婚姻不顺啊！前头被那魔头偷抢了去，一留十三年。现如今好容易回来了，却又要被人硬夺了去，嫁什么逆臣贼子！"

我一时也惊得怔怔的，好半晌才回过神来，问那国王道："父王，可是使臣传错了消息？对方真的是要我去和亲么？"

国王闻言抹泪，道："虽未点名要你，可符合条件的，只你一个。"

我忙又问道："父王可曾与对方说明我的情况？"

"说过了，都说过了，不顶事。"国王摇头。

我不死心，强调道："我已年过三十，又已生育过两子，日后怕是不能再生。"

国王无辜地眨了眨眼睛，道："那叛军使者说这样正正好，简直是天赐的良缘！他们这首领也三十多了，妻子年前刚跟着野男人跑了，只留下两个孩子给他，娶你这样的填房，最是合适，也省得日后亏待那两个孩儿。"

吓！好一个，好一个……无法用言辞形容的叛军首领！

我半张着嘴，再说不出什么话来。

回到自己宫里，柳少君与织娘夫妻两个还在等我消息，听闻那叛军首领真的要我去和亲，柳少君顿时变了颜色，道："纵是没有大王在，也不能叫公主去受此羞辱！属下这就潜入敌营，先杀了那叛军首领再说！"

织娘也应和道："我也去！"

他夫妻两个说着就要走，我忙一把拉住了，道："也不想想，若那首领真那么好杀，白珂为何不去杀了他来夺头功？他可是就在军中的，还不是被叛军打得一路而逃？你两个加起来，比那白珂本领如何？"

这样一盆凉水兜头泼下去，他两人都沉默下来。好一会儿，织娘才忽又发声，道："公主！要不，咱们再烧封信给大王吧，求他出手杀了那叛军首领，可好？"

奎木狼？奎木狼这会儿正给太上老君烧炉子呢，哪里有空下来管这闲事。

再者说，我这里刚把他气走，若是再去求他，那多没面子！

"不去，不去！"我忙摆手，坚决说道，"我早已是跟他恩断义绝，没得半点关系，宁肯死了，也不去求他。"

柳少君与织娘对望一眼，都甚是为难，道："若不能去求大王，还有什么法子可以救公主？"

这事的确有些难办。

若是别人逼嫁，我大不了一走了之，反正天大地大，不愁那容身之所。可眼下情况不同，对方是叛军首领，和亲又是和谈条件之一，我若任性走掉，就算不讲什么家国大义，也对不起那国王与王后的养育之情。

身为公主，既享了公主的荣耀，就要承担公主的责任。这是很久以前，我就懂得了的道理。

这般想来，和亲之事，只能智取。

我想了一想，忽地心中一动，问柳少君道："你说我若一心想嫁那叛军首领，依海棠的脾气，她会不会与我争？"

就萧山那里，我不过才略略表示了些好感，海棠都要去抢，若她知道我又瞧中了英雄了得的叛军首领，难道就能无动于衷了？

果然，柳少君略一思量后，答道："依属下看，凡是公主看上的东西，海棠怕是都要来争一争的。"

我又问："那如果我与海棠两个相争，那叛军首领会看上哪个？"

柳少君微愣，一时未答，瞧着那神情颇有些矛盾，仿佛回答海棠吧，有点对不起我，而回答我则有些对不起自己的良心。

"这……"柳少君迟疑着开口。

我忙抬手止住他，很是善解人意地说道："算了，不用说了，我明白。"

柳少君果真没再说，只向着我感激地笑了笑。

织娘那里还有些糊涂，瞧了瞧柳少君，又来瞧我，问道："公主可是已经有了什么办法？"

我答道："算不得有，不过倒是有个法子可以去试一试。你两个附耳过来，且听我说一说。"

我这般那般地交代了一番，他两个听得连连点头，忙领命出了宫。第二日，京中就开始有了关于那叛军首领的传说。

传说，那叛军首领也是世家出身，只因家道中落，又受了当地豪强欺压，这才落草为寇，却是从不滥杀，乃是个有情有义之人。

又传说，那叛军首领文武双全，且相貌英俊，卓尔不群。

还传说，那叛军首领洁身自好，不仅是个坐怀不乱的真君子，更是个痴情人，曾一心一意对待前妻，身边连个侍妾都不曾有过。

更传说……

这传说多了，难免会有一些传进某些人的心里去。

大公主入宫来把这些传说都讲了一遍，又道："如此听来，那人倒也算是不错，虽还配不上咱们百花羞，但总比一个粗鄙野人强了许多。"

王后听了却是不信，撇嘴道："若真有说的这般好，他老婆为何还会跟着别人跑了？"

只这一句话就把大公主问住了。

吓！姜果然还是老的辣！

王后又来看我，问道："你怎么看？"

我怎么看不要紧，关键是海棠姑娘怎么看才重要。

我闻言低头，略一思量后，垂目道："女儿觉得这些话不论真假，对咱们总是没有坏处。不管他是真好还是假好，有个好名声总比坏名声强，反正无论如何，女儿也是要嫁的。"

王后听了这话，顿又悲伤起来，搂着我哭道："我可怜的百花羞！母后生了三个女儿，不怕你大姐二姐说母后偏心，独你是母后最心疼的。不能替你选个可心的驸马也就罢了，还要委屈你去和亲。母后对不起你啊！"

她搂着我又哭了一场，直哭过了瘾，这才放我回去。

柳少君与织娘那里还等着我反馈意见，以便进行接下来的安排。我把那王后的话与他两个一说，柳少君忙自责道："此事是属下考虑不周，只为着给那首领造势，却忘记了先黑一黑他的前妻。公主莫急，待明日属下就叫他们传一些那前妻的坏话出来。"

还是快算了吧，一个女子敢弃夫私奔，没准就是有着什么说不得的隐情，何苦再去坏人家的名声！

我忙摆手，道："算了，算了。不去管他前妻如何了，只按照咱们的计划，进行下一步吧！"

舆论已经造成，按照计划，接下来，就该是百花羞公主对那叛军首领也心生好感了。

这事不能指望柳少君与织娘两个，得靠我自己亲自出马来演了！

没过两日，我就特意出了趟京城，好巧不巧的，在回城的时候遇到了义安公主海棠。

不管在私底下关系如何，在人前，两人该走的场面还是要走的。我停下车来与她寒暄，待要分开时，却有个青衣小厮从后面策马追了过来，叫我道："请公主留步。"

那小厮长得眉清目秀，急匆匆下马跑到我的车前，从怀里掏出一封信来递交给我，道："这是我们首领——"

不等他话说完，我赶紧咳嗽了一声。

那小厮甚是机灵，闻声立刻就闭了嘴，偷偷瞥了一眼旁边车上的海棠，这便改了话风，又与我说道："我家主子请公主收下此信，说他所思所想，尽在信中，望公主珍之重之。"

我忙把那信接了过来，匆匆塞入袖中，与那小厮说道："你快些回去吧。"

小厮却是不动，只又问我道："公主可有什么话要捎给我家主子的？"

　　我先心虚地瞥了瞥不远处的海棠，这才低声与他说道："回去告诉你家主子，他的心意，我知道了。"

　　小厮点头应诺，打马回转。

　　海棠车驾一直就停在不远处，此时才又靠上前来，车窗帘子一掀，露出海棠一张俏面。她向着我微微冷笑，讥诮道："三姐姐果然是个识时务的人呢，这是又忘了那位萧侍卫，改投他人怀抱了？"

　　这话着实难听，我不由得拉下脸来冷哼了一声，呛她道："你也别说酸话，又没人拦着你怎样。"说着又故意凑近她，压低声音说道，"不过，说来也是奇怪呢，你虽样样都比我好，可那些男人们却是个个眼瞎。天上的那位自不必说，宁肯受天雷之罚也不肯要你。萧山那里对我是痴心一片，你以身犯险都诱他不动。眼下，就连这北边来的这位，都点名要我这个再嫁的公主，瞧不上你这位假冒的呢！你再好又能怎样？有本事把这首领抢了去啊！"

　　这般处处都往人痛脚上踩，果然是最招人恨的。

　　海棠那里面色骤变，咬了银牙，恶狠狠地瞪着我，眼中似要能喷出火来。很好，只瞧她这个要吃人的模样，十有八九定是要上钩了！

　　我心中暗惊，面上却只做出得意模样，又冷笑了两声，这才命车夫驾车离开。

　　直走出去老远，后面海棠的车驾都瞧不到了，扮成车夫的织娘才敢回头，低声感叹道："公主娘娘，您这气人的本事，也真是到了炉火纯青的地步了。"

　　我打了个哈哈，谦虚道："过奖，过奖了。"

　　又过片刻，那变幻成送信小厮的柳少君从后追了上来，瞧着四下里无人，跳上车来，问道："怎样？那海棠可有上当？"

织娘抢着答道："绝对要上当！你是没看到，咱们公主只说了几句话，就把海棠气得面色都变了，恨不能当街就扑过来咬人呢！"

我抬手止住了织娘的话，又问柳少君道："白珂那里情况如何，可有消息？"

柳少君答道："他眼下正随朝廷大军驻扎在城北，不见有什么异动。"

我想了一想，吩咐道："先不要惊动他，暂看海棠行事，一旦她私下里与那叛军首领有了勾连，咱们便诱杀白珂，再嫁祸到那首领头上，叫海棠与那首领回北疆相爱相杀去吧！"

这个计划如若真能顺利得行，我既可以不用去做什么和亲公主，又可以报了红袖与一撮毛的仇，真正的一举两得！

柳少君与织娘两个齐齐点头应是。

织娘又问："那还要不要再接着传那首领的好话？"

"快别传了，已经是有些过了！"我忙摆手，再传下去，那首领都要成了话本子里才存在的完美人物了。我又不觉有些担心，问柳少君道，"你可知那叛军首领是个什么人物？他长得相貌如何？万一是个五大三粗的丑陋大汉，海棠一眼瞧见就先烦了，咱们就算设计得再好，也没用啊！"

柳少君闻言也是微微皱眉，道："听说，还从未有人见过那首领的相貌。"

我听得一怔，奇道："没人见过？"

"是。"柳少君点头，认真说道，"传闻他自出现便戴着面具，从不曾以真面目示人。关于他的相貌，也有两种说法，一说是俊美如天神，另一说法却是丑陋胜鬼怪。"

咦？好一个神秘的叛军首领！

最好是俊美如天神，实在不俊，有个好身条也行，这样戴着面具，多少也能唬一唬人。我正暗自念叨着，就听得身边织娘十分肯定地说道："一定是后者，要不，他老婆怎么会和别人私奔呢？"

吓！你个织娘，你嘴巴什么时候也变得这样了，是被红袖上身了么？

我不禁横她一眼，赶紧双手合十连连拜天，道："童言无忌，童言无忌！"

织娘这才察觉自己失言，吓得赶紧用手掩住了口，然后又想起了什么来，不等我吩咐，自己就先冲着一旁呸了两声。

柳少君那里很是无语地看着我与织娘，出言问道："接下来要做些什么？"

接下来，除了继续做些与那首领有所往来的假象，就是再传一传什么郎才配女貌、英雄爱美人的话本子了！我与他两个交代了一番，最后又不忘嘱咐："这一回，千万要适度，别再说过了火！"

瞧着柳少君与织娘两个都郑重点头表示明了，我这才回了皇宫，只一心等着海棠那边的反应。

不料，海棠那边却是一直平静，没得反应！她这一次像是突然改了性，只安心待在自己府中，连门都极少出。

事出反常必为妖！

果然，没过两日，海棠突然就放了一个大雷出来，炸在众人头顶，简直震耳欲聋！

她，竟然怀孕了！

这，这也太不按照套路出牌了！

我从王后那里听到这个消息时，半天都没能合上嘴，"怀怀……怀孕了？谁的？"

"神将的。"王后答道。

我仍是有些不敢相信，直怀疑是自己听错了话，"神，神将？"

"是啊，神将。"王后点头，面色倒是平静，只眼角眉梢处露出些许不屑出来，又道，"她说是有个金甲神将入了她的梦，赐她一粒朱果，说送位护国安民的神将与她，以保宝象国江山。她梦中吃了那果，醒来后没两日便觉身体异样，请了郎中入府一看，竟已是身怀六甲。"

只曾在古书上看到的传说故事，不想就在自己身边发生了！

"呃……您信吗？"我问王后。

王后嘲弄一笑，道："不知从哪里得来的野种，竟敢冒神将之名，还保宝象国江山，哼，真当大伙是那没见识的乡野村夫么？"

我不由得默了一默，心道既然有那下凡强抢公主的星宿，没准就有那好管闲事，下凡给人送子的神将！不过这事发生在海棠身上，总叫人觉得有那么几分不对劲。最为重要的一点，不管海棠这孕是真是假，到底是神种还是野种，她都不可能再去嫁那叛军首领了。

哎呀呀，那我岂不是白忙活了一场？而且，接下来的和亲怎么办？难不成真的要我去？

我满脑子都是烦忧，不想回了住所，还有更恼人的事在等着我！

刚一进宫门，身后跟随的小宫女便轻扯我的衣角，不停地给我使眼色，低声叫道："公主！公主！"

我循着小宫女的提示看过去，一眼就看到了立在院中的海棠。

她那面色比前几日在城门看到时又苍白了几分，对上我的目光，唇边不出意外地泛出几分嘲弄，甩开身后跟随的宫女，径直往我这边走了过来。

瞧那来势汹汹的模样，这是上门来找我掐架么？

　　我忙挺直了脊背，正准备严阵以待呢，不想她走到我面前却又忽地停下了，只立在那里抬眼瞧我，片刻后才忽地露齿一笑，问道："三姐姐这是去给母后问安了？可有听说妹妹有孕之事？"

　　她这般开门见山，倒是叫我有些措手不及，我不觉愣了一愣，才应道："刚刚听说，还未来得及去给你贺喜。"

　　海棠抿嘴微笑，客气道："自家姐妹，讲那么多虚礼做什么？这不，妹妹跟姐姐也不客气，有事就直接来寻姐姐了呢！"

　　她竟然找我有事？我不觉皱眉，问道："什么事？"

　　"哦，也不是什么大事，姐姐莫怕。"海棠笑道，看我一眼，有意停了一停，才又继续说道："妹妹这次登门，只是想寻姐姐问一问这怀孕的事情。"

　　问我？我惊得瞪大了眼睛，一时猜不到她这话是什么意思。

　　海棠看着我，又笑了笑，道："姐姐可也是给天上神将生育过子女的人，想必应该有几分心得，不知这神将的子嗣，孕期几何啊？妹妹才这样大的肚子，那郎中却说足有九个月了，你说怪是不怪？"

　　她说着，特意往后顺了顺衣服，给我看她那微微隆起的小腹，又笑道："若真有九个月，那岂不是都快要生了？"

　　九个月，九个月……眼下不过四月中，若真的是九个月，那就该是去年中秋前后怀上的了。

　　我怔了一怔，顿时明白过来她为何要强调这月份！

　　那个时候，唐僧给宝象国国王捎了封信，国王央了他两个徒弟去碗子山救我回朝。黄袍怪捉了那沙和尚，打跑了猪八戒，为了免除后患，特意变了模样前来皇宫认亲。他明明应了我当夜就回，却不知为何醉宿银安殿，彻夜未回。

海棠仍在微笑着看我，眼中的恶意却昭然若揭。

原来神将送子，竟然是这么个意思！这么说来，那银安殿里，奎木狼与她不只是聊天叙旧，盖着棉被纯聊天了？

母亲曾和我说过：千万要控制住你的情绪，尤其是在你的敌人面前，不论是愤怒还是软弱，都不要显露出来。敌人正等着看到这些，等着欣赏你的眼泪或怒火，并因之受到欢欣与鼓舞。

我仍站在那里，腰背挺得越发笔直，面上却露出微笑来，答她道："若真是神将的种，九个月怕是生不了的。"

"哦？"海棠柳眉轻挑，唇角勾笑，"是吗？那得多久？"

我掰着手指头算了一算，认真道："我生阿元的时候，怀了足足有十二个月，而阿月更是懒怠，在我肚子里待了十五个月才肯出来！"说着又去打量海棠的肚子，忍不住伸手出去摸了一摸，"就瞧你这模样，这孕期尚未过半，估摸着怎么也得再怀个一年半载的，也不知是男是女，若是个女儿就好了。你是不知道，他有多喜欢女儿！"

可能我态度太过热情，海棠一时似是有些惊住了，瞪大了眼睛，看怪物一般地看着我。

我又赶紧安慰她道："莫急，莫怕，回头找几个好稳婆，安心待产就是。"

海棠好一会儿才缓过神来，忙往后退了一步，用手虚虚护住腹部，垂了眼帘，问我道："姐姐不怨我？"

"怨你？"我忙摆手，笑道，"不怨不怨，怨你也怨不着啊！"

海棠默了一默，幽幽说道："妹妹之前却是一直怨着姐姐的，怨你占了我的公主之位，怨你抢了我的奎郎，怨你……颇多，直至后来，苦求奎郎夜宿银安殿，以一夜换一世……"

我生怕她再说下去，就要说出些"不可描述之事"来，忙就出声打断了她，"理解，理解！"

海棠笑笑，方又说道："直到我知道自己有孕，知道奎郎也留了个孩子给我，这许多的心结，突然间就解了。姐姐，以前都是海棠的不是，做了那许多的糊涂事，还望姐姐大人不计小人过，原谅了海棠。"

呸！我若信你，才真成了个棒槌！

你怀孕可不是今日才怀的，怎么偏偏就今天解了心结呢？你解开心结第一件事，就上门来给我细讲如何在银安殿内与那奎木狼苟且的么？

我心中暗自冷笑，面上的表情却又真诚了几分，"有什么原谅不原谅的！我早就说过，这所有一切，不过都是造化弄人罢了！再说了，我与那奎木狼也早就和离，再无关系，眼下又另寻了良人佳偶，更不会记着你之前的事了。"

不就是睁眼说瞎话吗？谁还不会啊！

海棠眨巴着眼睛看我，一时很是有些反应不过来。

我又道："我多说一句话，妹妹你莫要怪我多事。你既然都有了那奎木狼的孩子，又与他有前世之约，何必还在这人间苦熬，怎不去天庭寻他去？不说别的，便是看在孩子面上，他也会心软的。"

海棠目露狐疑，神色变幻不定，迟疑着问："此话怎讲？"

我笑了一笑，抬手指了指院角那棵老树，"瞧见那横出来的粗枝没有？我若是妹妹，早就一根绳搭上去吊死在那里，带着孩子上天寻那奎木狼去了。你既是天女苏合转世，还怕什么生死啊！"

海棠僵了一僵，面色骤变，全无刚才的柔弱之态。

"怎么？你是怕死，还是怕自己压根就不是苏合转世，死了也是白死？"我又问。

海棠咬牙不答，恨恨地瞪我两眼，怒而转身离去。

"慢着点！小心孩子！"我在后面紧着嘱咐，又道，"他日若是真生了女儿，千万别忘了烧封信给那奎宿神将，他一高兴，没准就下凡接你们母女上天去了！"

就瞧着海棠脚下似是被什么绊了下，多亏被身边的侍女扶住了，这才没栽倒在地上。我不觉失笑，忙又叫道："哎呀！叫你小心点呢！"

不说这话还好，一说这个，海棠的步子就更显踉跄了些。

我就这般笑看着海棠狼狈而走，直待她出了宫门，这才敛了面上笑意，又在原处站了片刻，方转身往殿内走。不想刚一回身，却见织娘不知什么时候到了我身后。

我被她吓了一跳，惊道："你什么时候来的？怎也没个动静？"

织娘不答，只抬眼默默看我，面上难掩怜悯之色，柔声道："公主莫要强撑了，奴婢知道您心里苦。"

我颇有些哭笑不得，笑着问道："这都哪跟哪啊？"

织娘却是红了眼圈，一副"你别装了，我什么都知道"的神情，又道："奴婢之前虽未说过，可心里也是有些埋怨您对大王太过绝情。现在想来，却是奴婢错怪您了。可奴婢实在想不明白，大王那样的人，为什么也会背着您做出这样的事来？这世上的男人，果然是没一个可靠的！"

她这话不大对，这种思想更是要不得。这天底下的男人多了，总不能因为有那么几个坏的，就一竿子撂倒满船的人。我忙正色纠正她："还是有可靠的！而且这人可靠不可靠，和性别也没什么关系。骂人可以，地图炮就不大好了嘛！"

织娘眨着大眼睛，一时似是不能理解我的话。

我不想跟她再在此事上纠缠不清，忙就又问她道："你怎忽地入宫来了？有什么事？"

织娘愣了一愣，这才似是忽地想起了来意，叫道："哎呀，差点忘记要紧事了，少君要奴婢来通知您，萧侍卫，哦不，是萧将军那里出事了！"

第十四章

我偏要逆天而行

萧山出事？

我听得一怔，不由得奇道："他不是正在军营中待命吗，出什么事了？"

织娘忙答道："萧将军暗中去敌营刺杀那叛军首领，不想却失手被捉，他身边心腹不敢将此事报与军中，私自按下了，偷偷给少君送来了消息。"

"他去刺杀叛军首领？"我一时都怀疑自己耳朵出了问题，未受军令便私自去刺杀敌军首领？"为什么？"

这话问出，我却忽然想到了缘由，萧山私自去刺杀叛军首领，十有八九是为了我的。

果然，织娘的神色略显古怪，犹豫了一下，答道："应是为了公主您的。"

此事颇为棘手，我一时甚感头大。萧山为了我去刺杀那叛军首领，却失手被困，生死难料，你说我若不救吧，未免显得太过无情，可我若相救吧，我又能拿什么去救啊？

哎呀！这个萧山，真是帮不上忙还要添乱！

织娘那里小心看我，道："萧将军现在是宝象国的第一高手，只论武艺，少君都有所不及，他都杀不了那叛军首领，谁又能有本事救他出来？要不，要不，咱们……"

她说话吞吞吐吐，半天也没能说出"咱们"到底怎样来。

我无奈看她，道："织娘，你有话就直说。"

织娘又瞥我两眼，这才试探道："要不，咱们看能不能请大王下凡来帮个忙？"

我听得一愣，"请奎木狼下凡来帮忙？"

"只是请他下凡帮个忙，奴婢绝不是想要劝您和他复合！"织娘紧着表明立场，就差拍着胸脯子向我表忠心了，"他既然已经负了公主，就该对您有所补偿，咱没必要和他赌气，不用白不用啊！"

我怔怔看着织娘，半晌说不出话来。

不得不说，她这想法的初衷是好的。只是，奎木狼乃是我的前夫，萧山这里虽算不上我的情人，却也多少有些暧昧，勉强算是个蓝颜吧，而那叛军首领，马上就要成为朝廷钦定的我的未婚夫。

要前夫去现任未婚夫那里救自己的蓝颜……呃，但凡脑子正常点的人，都不敢这么想。且不说那奎木狼本是个心胸狭小睚眦必报的人物，纵然他心胸宽广似海，怕也是不能应下这事吧？

织娘怯怯看我，小声问道："奴婢可是说错话了？"

我默默看她，好一会儿才感叹道："以前总是不能明白你为何会与红袖她们那样交好，明明性格脾气完全不同的人。现在，我终于算是明白了。你们啊，追到根上，其实是差不多的。"

"差不多……怎样？"织娘又问。

差不多一样脑子里少了根筋！果然是妖以类聚！

这话却不好说，我只咧嘴笑了一笑，忙摆手道："不说这个，不说这个，先来说如何去救萧山的事，这事最为要紧！"

想救萧山，经公是不可能了。眼下朝廷正在与叛军和谈呢，自家的将领却又去刺杀人家老大，这到底是个什么意思？朝廷若是知道萧山被俘，怕是非但不会出面去救，还要治萧山一个违抗军令的大罪。

既经不得公，那就只能经私了！

织娘那里苦思，发愁道："不好救啊，要不，奴婢与少君两个先去试试？"

"可别！"我忙否定了这个提议，眼下一个萧山陷在敌营已是够了，若是再把柳少君与织娘两个搭进去，我可真成了叫天天不应，叫地地不灵了！

我思量片刻，问织娘道："少君呢？怎没随你一同来？"

织娘答道："那报信人只说萧侍卫被捉，也说不清什么情况，少君就先行往敌营探听消息去了。"

事已至此，再着急也是没用，只能先等柳少君的消息了。

待到夜间，柳少君便从敌营回来了，也如同织娘一般，潜入了我的宫中，细说探听来的消息。萧山确是被俘，眼下倒还活着，就捆缚在叛军首领大帐外示众，一是羞辱，二是示威。

柳少君道："那大帐外守卫严密，属下变作叛军模样也不敢太过上前，只远远地扫了几眼。萧侍卫就被缚在帐外木桩上，怕是稍有动静，就会惊动那帐内的叛军首领，莫说强行去救，便是想要假传军令都不可能。"

织娘闻言皱眉，道："那首领捉住了萧山，却又不杀，而只是绑在帐外，明摆着就是要以此作饵，引人去救。"

柳少君应道："应是此意。"

"不止。"我缓缓摇头，瞧他两个不解，又解释道，"朝中将于三日后与叛军正式和谈，到时，会有使臣前往敌营谈判。那首领估计已是猜到萧山绝非普通的游侠刺客，故意要把他绑在帐外示众，给朝中使臣难看。"

萧山既然被俘，免不得要受伤，再这般捆在木桩上暴晒三日，纵是铁人怕是也要脱了形。

柳少君担心更多，忧道："若是被朝中使臣看到萧山，那萧山私自刺杀叛军首领之事就再也瞒不住了。日后纵是救回他，也要受到朝中严惩。"

所以，要救萧山，必须在这三日之内！

可这救人如同去虎嘴里拔牙，谈何容易！我苦思半晌，也寻不得什么好办法，只得先打发柳少君与织娘两个回去，道："待明日我去寻王后商量一下，看她有没有什么别的法子。"

柳少君与织娘两个点头应下，施展了法术偷偷离宫。

我又叫了别的宫女进来，伺候着自己洗漱更衣，上床休息。可心中有事，又哪里能够睡得着？我在床上翻来覆去好久，非但毫无睡意，反倒越来越精神了。就在我又一次翻身时，忽听得身后有人幽幽问道："你到底是睡，还是不睡？"

我惊了一跳，猛地坐起身来，回头一看，就瞧着司命星君那厮坐在床前的地板上，正哀怨看我呢。

自上次一别，他已是很久没有入过我梦。

我习惯性地弯腰去脚榻上捞鞋，向他身上砸过去，口中骂道："我还没睡着呢，怎么就见到你了！"

司命星君忙闪身避过我砸过去的鞋子，压低了声音叫道："嘘！嘘！这可不是梦境，你闹这么大动静出来，可是会惊动外面值夜的宫女的！"

果然，此话刚落，就听得外面有宫女询问道："公主，公主？可是有事？"

我闻声一怔，司命那里却是紧着向我挤眉弄眼，低声道："快打发了，打发了！"

外面宫女听不到我的回答，眼瞅着就要进来查看。我听到门响，这才回神，忙道："没事，刚才有老鼠跑过，我打老鼠呢！"

就听得门口静了一静，然后小宫女抖着嗓子问道："那……奴婢去找人进来捉老鼠？"

司命那厮又忙向我摆手示意。

我清了下嗓子，回那小宫女道："不用了，老鼠已经跑了，等明日再说吧。"

小宫女巴不得这般，闻言忙应了一声，给我带上门出去了。

等了片刻，待外面又安静了，司命那厮这才长松了口气，从地上爬起来，轻手轻脚走到我床前来，抱怨道："你这年纪也不大啊，怎的睡眠就不好了？我这里等了好半晌都等不到你睡，只能现了真身了。"

我不理会他的唠叨，只冷眼打量他，问道："你这回找我有什么事？又是来劝我自尽的？"

司命讪讪而笑，道："瞧瞧你这话说的，太难听，怎么能叫劝你自尽呢？本君那是劝你早日跳出轮回，荣归仙位。"

我冷笑，道："谢了，我不稀罕。我就想着这辈子活到七老八十，寿终正寝。"

"你这丫头也真是倔！"司命直咂嘴，瞧我两眼，又道，"唉！再考虑考虑，怎么样？你本就是天女苏合，何必管这些世间俗事呢？走吧！跟着本君回天上，继续做你的苏合，多好！"

"顺天命？"我问。

司命那厮忙点头，"对对对！顺应天命！"

我笑了一笑，回他道："真是对不住，我偏偏不想顺这天命。"

司命那厮愣了一愣，颇有些气急败坏，叫道："哎呀，你一个不想顺天命，可知搅乱了多少人的运道？宝象国本来国运已尽，该着亡国灭种的！可眼下全乱套了！"

我闻言不由得皱眉，奇道："此话怎讲？"

司命那厮话篓子又倒了，一时倒也忘记了生气，只与我白话起那天命来。

按照天命，宝象国国王此生无子，为江山不稳埋下隐患。北疆之乱后，那领兵平叛的大元帅龙啸北得了兵权，没几年便权倾朝野。又两年，老国王身死，其子侄为争王位自相残杀，引得朝中动荡，各地战乱频发，民不聊生。

那龙啸北抓住机会，先扶持了个傀儡登上王位，待将各方势力逐一击败之后，便毒杀了那傀儡国王，又屠尽皇室成员，自己取而代之，另立新朝！

司命那厮说书定是把好手，待说到最后，啪地一合折扇，意气激昂地总结道："这便是秉受天命，改朝换代！"

我听得缓缓点头，问他道："然后呢？现在顺不下去了？"

"顺不下去了！"司命那张脸顿时苦了下来，"这北疆之乱非但没平，还叫那叛军一路打到了京城之外。那带兵平叛的龙啸北被人打得屁滚尿流，成了败军之将，还如何权倾朝野？如何改朝换代？哎呀呀！可是愁死本君了！"

我却是有些不解，奇道："这天命改就改了，话本子不对劲了还能回炉修一修呢，你又愁什么？"

司命抬眼幽怨看我，道："你是不知道，那龙啸北不是旁人，而是北海龙王敖顺的小儿子。敖顺上上下下各处打点，不知送了多少奇珍异宝出来，这才给儿子谋了这么个好出路，就是想着做上一任开国君主，出些成绩，日后也好得些封赏，谋个神位。可这眼瞧着就要不成了，他怎肯罢休？他是日日去我府里磨叨啊！"

"哦——"我恍然大悟，"原来还有这么个隐情！你收了人家多少好处？"

司命那厮露出些尴尬之色，忙解释道："我哪里有收什么好处？不过就是之前欠了人情，有机会就还回去罢了。"

我笑了一笑，道："你以前欠的人情可真不少。"

司命咧嘴干巴巴地笑了一笑，"这过日子嘛，不就是过个人情往来么？"

我点头，想了一想，又问道："你说了这半晌天命，可你这天命和我有什么关系？我又未去那北疆打仗，龙啸北是输是赢都和我无关啊！"

司命面色就有些复杂，"有关系。"

我不由奇道："什么关系？"

司命一时却是答不出来，吭哧半晌后，才道："此乃天机，不可泄露。"

看着他那张脸，我是真想打他一顿啊。

他许是瞧出我几分心思，下意识地往后缩了缩身子，又小心问道："咱再商量商量，你就顺应了天命吧，成不？"

"不成。"我干脆答他，又道，"你那天命可是要宝象国亡国灭种的，我好歹是宝象国的公主，人那国王和王后对我又有养育之恩，若什么都不知道也就罢了，可眼下我既知道了，岂能看着他们遭难不管？"

司命愣了一愣，恨得直拍自己大腿，"哎呀！早知道就不与你说了！这才是搬起石头砸了自己的脚！"

我被他那模样逗得失笑，过得片刻，却又敛了笑，正色道："星君，你是天上的神仙，这凡世芸芸众生在你眼中不过蝼蚁一般的存在，他们是生是死，是欢喜还是悲伤，都上不了你的心。"

司命听得一时怔住，抬眼诧异地看我。

我平静说道："我与你们不同。虽然你说我是天女苏合，可我没那苏合的记忆，只知道自己是宝象国的三公主百花羞，得父母疼爱，受百姓供养，喜他们之所喜，悲他们之所悲。我已在轮回之中，实做不到星君这般袖手旁观，置身事外。若说之前不肯顺应天命还有几分赌气的意思，而此刻，却绝非只是赌气了。"

司命星君静静看我，好一会儿才轻声叹道："你这个脾气呀！罢了罢了，你想怎样便怎样吧，本君是服了，不会再劝你了。"

我笑了笑，又故意激他道："星君若是实在瞧着我碍事，大不了偷偷使些手段，要了我的性命嘛！"

"吓！快拉倒吧！"司命星君表情夸张，"你是不记得自己以前什么脾气了，你和你们王母一样霸道，我可惹不起你们！"他说着，便起身要走，又自言自语道，"天命，天命，谁知天命到底是个啥玩意？天命更改，没准也是天命呢！"

我却忽想起一事来，忙叫住了他，"星君，莫急着走，有件事情想请你帮个忙呢！"

"叫我帮忙？"司命那厢面露惊讶，"你竟然还有要我帮忙的事？"

我忙点头，笑道："有个熟人陷在了叛军营中，不知星君有没有门路救他回来？"

司命那厢闻言挑眉，似笑非笑地问道："就那个叫作萧山的侍卫吧？"

他竟然也知道这事？

我颇有些意外，应道："不错，就是他。星君帮我寻个门路，回头我好好谢你。"

司命星君忙摆手道："没门路，没门路，就是有那门路，也不敢给你用。"

"为何？"我奇道。

司命星君扯着嘴角，古怪地笑了一笑，"就是惹得起你，也惹不起旁人呢！你若想救萧山，不如亲自去吧，必救得回的！"

我怔了一怔，还未反应过来，司命星君身影已经是隐没在门口。

"哎？"我忙叫了一声，光着脚追了过去，待再拉开房门，哪里还能见到他的身影，倒是在外值夜的小宫女迎了过来，奇道："公主有事吩咐奴婢？"

我又往左右瞅了瞅，这才死心，打发了那小宫女，自己回了殿内睡觉。

第二日一早，我这里去寻王后，不料她却是先派了人来叫我，过去一听，竟也是为着萧山之事。

王后说话很是开门见山，直接问我道："你可知萧山被抓了？"

这事没必要瞒她，我便老实答道："昨日里刚听说了，正想着过来寻母后讨个主意。"

王后蛾眉紧皱，道："这事麻烦了。当初比武招亲，萧山可是最热门的驸马人选，这是朝廷内外多少人都知道的。一旦萧山去刺杀那叛军首领的事情败露，不管他是不是为你，这事也都要落到你身上，还不知要传出什么闲话来！我一直觉得萧山是个明白孩子，不想竟也做出这样糊涂的事来！"

我倒不怕什么闲话，只是可惜萧山性命，想了一想，便替萧山开脱道："萧侍卫去刺杀叛军首领，未必是因为私情，也许只是不忿那厮欺人太甚，又要割地又要赔偿，分明是欺我朝中无人。"

"唉！"王后嗟叹，"不管是为着什么，总之是闯了大祸！"

我悄悄打量王后神色，试探着问道："母后的意思，咱们是救，还是不救？"

"必须得救，还要尽快去救！"王后态度倒是异常坚决，她抬眼看了看我，解释道，"百花羞，若萧山只是母后一个心腹，就是牺牲了他也无所谓。可这回不同，一旦他身份暴露，受牵连最多的会是你！事到如今，和亲一事已无法避免，你是要嫁去北疆的人，万一那首领疑你与萧山有私，日后将会如何待你？"

王后想得显然比我更多一些。

我不由得问道："要如何去救？"

王后凝眉思量，过得片刻，道："听闻只是那首领武功高强，无人可敌。怕也正是这个原因，他才将萧山捆在自己帐外，方便看管。最好的办法，是先将那首领诱出，然后再派人乘虚而入，救出萧山。"

这想法倒是与我不谋而合，先调虎离山，再乘机救人！问题是，要拿什么出去才能调虎离山？

我想了片刻，忽想起司命那厮的话来，心中一动，与王后说道："过不几日便是端午佳节，母后可以此为由，遣人送些礼品过去，引那首领出营受赏，不知是否可行？"

王后闻言却是连连摇头，"那厮挟军威而来，兵临城下，猖狂至极，便是你父王下旨赐物都劳动他不得，又怎会因我的一道懿旨出那营门？此法不得行，不得行。"

"自然不只是母后的懿旨。"我抬眼看向王后，将自己计划说与她听，"女儿将隐瞒身份随同前往，约那首领出来相见。他既然有心娶我，听闻我到，许是就会出营来见。到时，我们便可趁机偷偷救出萧山。"

"不可！"王后仍是摇头，又道，"我的傻女儿，若是这般行事，就算救出萧山，那首领也必然疑心到你身上！"

若是普通人冲进营内强行救人，结果怕是会如王后所说一般，可若换成柳少君与织娘，却未必见得。

柳少君法术虽然不算高强，可变个假的萧山出来却是可以的。到那时，叛军首领不在营内，他帐外守卫必然松懈，柳少君乘虚而入，用个假人去换个真人出来，并不难办。

王后听得将信将疑，"此法可行？"

"可行！"我点头，又道，"那幻术可持续多日，待到那首领知晓，早已不知过了几日几夜，他又如何会疑到我身上来？"

王后那里仍是犹疑不定。

我只得又说道："事已至此，只能冒险一试，不然待萧山身份暴露，咱们才是真的没了退路。"

王后又思量片刻，这才咬牙点了点头，"就依你的法子。"

既定了计策，接下来便是分头行动，王后自去安排赏赐的物品，而我则寻了柳少君与织娘入宫，与他们商量具体的行动安排。

次日，王后便颁了懿旨，打着过端午的旗号，遣人给城北的叛军送去了大量赏赐，有吃有喝，甚是丰富。我扮成宫中女官随同前往，待到军营之外，这才给那叛军首领送了封信，以公主之名约他营外相见。

不料，那首领竟是不肯出来，只捎了口信给我，说什么遵着礼法不好相见，还请公主回去。

织娘就陪在我的身侧，不由得愁道："这可怎么办？"

事到如今，绝不能半途而废。

我咬了咬牙，"他既然不肯出来，那咱们就找进去。走，咱们去他军营里走一趟！"

织娘闻言大惊，忙一把拉住了我，"使不得。这军营里都是些粗糙莽汉，万一冲撞了您，如何是好？"

她这担心却是有些多余。只从营外守卫来看，这叛军军纪甚是严明，行动之间颇有章法，绝非任意妄为的山匪盲流之辈。而我又是王后亲派女官，受命进入军营宣旨，想来安全不成问题。

我轻拍了拍织娘手臂以示安抚，上前几步，与那送信出来的将领说道："既然这般，还劳烦将军带我进营，我家公主还有要紧物品赠予大将军，须得我亲自转交。"

"这……"那将领却是有些为难。

我笑了一笑，又道："想必将军也知道，日后你我两家是要结亲的，我家公主眼下虽还是旁人，可过不多久，就是将军的主母了。还请行个方便吧，待我回宫，必会如实禀报公主，记将军几分情。"

那将领略一迟疑，应道："请随我来。"

当下，他在前领路，带着我与织娘进了那军营大门。营内秩序更是井然，兵士往来行走皆成行成伍，排列整齐，比那朝中军队更多几分气势。不过片刻，那将领便将我与织娘带到了中军大帐之外，回身与我说道："请上使在此稍等片刻，末将进去禀报大将军。"

我点头应下，笑道："好。"

那将领留我与织娘在帐外，独自进了大帐。

织娘忙趁机偷偷扯我衣襟，对我使了个眼色，低声道："公主快看那边！"

我顺着她的视线看过去，就见离着大帐不远之处，竖着几根环抱粗的木桩，其中一根桩上缚了一人，双臂被高高吊起，双脚已是离地，脑袋无力地低垂着，生死难知，不是萧山是谁？

若要救走萧山，就必须引开这叛军首领，然后再由柳少君偷偷潜入，施法刮一阵狂风，趁着四周守卫不得睁眼的工夫，救走萧山，然后再留个假的下来，遮人耳目。

这么一会儿的工夫，那刚才进帐通禀的将领已经出来，道："大将军有令，请上使进去。"

我忙回神，深吸了口气，提步走向那大帐。

织娘跟在后面想要陪我进去，不料却被那将领拦下，织娘欲急，我忙回头看她一眼，镇定吩咐道："你就等在外面吧。"

织娘目露不安，却也无可奈何，只得点头应道："好。"

那将领将我送到帐门之外，自己却并未进去，只替我掀开帐帘，恭声说了一个"请"字。

我隐约觉得哪里有些不对劲，可此刻万没有再退的道理，只得咬了咬牙，心一横，迈步进了那大帐。其内光线要比外面稍暗，乍一进去，眼睛难免有些不适，须臾之后，这才瞧清了帐内情景，却是一时怔住。

帐内并无他人，只正中桌案后坐了一个黑袍将领，头戴银色面具，遮了大半容颜，仅露了一双利目与棱角分明的薄唇在外。他也正抬眼瞧我，目光沉沉，喜怒难辨。

"竟然是你？！"我先惊后怒。

换作旁人也便算了，我与你可是一起过了一十三年，就这么一个面具遮掩，想来糊弄傻子吗？难怪说什么前妻丢下两个孩子不管，跟着别人私奔了，原来竟是绕着圈子在骂我！

好一个反咬一口的奎宿星君！

奎木狼竟是缓缓点头，沉声应道："不错，是我。"

我怒极而笑，望着他嘿嘿冷笑两声，才又问道："星君这是不用给人烧火了，闲得无聊所以要下凡来耍一耍么？怎么，这一回不去碗子山做妖怪，要去北疆割地称王了吗？"

奎木狼不理会我的怒火，默默看我片刻，忽问道："你是来救那男人的？"

我被他问得一怔，这才猛地想起自己的来意。若是旁人，我许是还要装上一装，可眼前这人既是奎木狼，我也懒得再与他周旋，索性实话实说，冷笑道："不错，就是来救人的。"

奎木狼勾了勾唇角，却道："你若不来，许是我还会饶他一命。可你既来了，他也就死定了。"

他眼中已现杀意，绝非在吓我。我惊怒之余，头脑却也渐渐冷静下来，不禁暗暗骂了自己一句"愚蠢"。奎木狼是个吃软不吃硬的人，眼下萧山又在他的手上，与他硬顶，毫无益处。

我深吸了几口气，尽量使自己平静下来，道："你身为星君，法术无边，欺负个凡人，算什么本事？"

奎木狼似笑非笑，"我此刻可不是什么星君，而是北疆义军的首领。那萧山自己没那本事还要行刺杀之事，失手被俘怨不得别人，又怎能算是我欺负他？"

不是星君，却用着那星君的法术，有本事先封了自己法力，再与萧山斗上一场，你未必会是他的对手！

我暗自腹诽，却不敢将这些话说出口来。

不料奎木狼似听到了我的心声，冷冷一笑，道："纵是只比武艺，你那萧山也未必是我的对手！"

我那萧山？我咂摸了一咂摸，从他那话里咂摸出几分不对劲来，不禁多看了他两眼，道："你误会了，我与萧山并无私情，前来救他，只因他之前对我有恩，我不能见死不救。"

奎木狼却是低低地冷哼了一声，"你对他并无私情，可他对你呢？"

这厮太不讲理！

我那好脾气眼瞅着就要耗尽，干脆在他对面坐了下来，道："奎木狼，咱们有话都敞开说吧。不论咱们两个前世纠葛如何，这一世，我同你在碗子山过了十三年，没什么对不住你的地方吧？没有吧？"

奎木狼默然看我，抿唇不语。

我又继续说道："好，你恼我是苏合转世，自觉受我戏弄欺骗，所以你弃我而去，不管我的死活，所以你抢了阿元与阿月两个上天，不许我们母子相见。这一切我都不与你计较！你既无情我便休，我与你和离便是，你自去天上做你的奎宿神将，我留在凡间渡我的人生劫难，我们早已是两不相干。你为何又放着好好的星君不做，却来做什么义军首领？"

"我没有弃你而去。"他忽说道。

"你没弃我而去？"我愣了一愣，不觉冷笑，"那请你说上一说，你为何醉宿银安殿，彻夜不归？你为何上了天庭之后就一去不回，再无消息？"

"我……"他张了张口，却是答不上话来。

我瞧入眼中，心中更添几分悲愤凄凉，嘲道："是啊，你没有弃我而去，你只是见着旧好，与之叙了叙旧。你只是上了趟天庭，给人烧了半日的炉子。你只是接了阿元与阿月上天，却忘了要知会我一声！"

他抿了抿唇角，道："天上一日，地上一年，许多事不是我不想做，而是来不及做。"

"好一个'天上一日，地上一年'。"我涩然而笑，轻声说道，"我日夜煎熬的数月时光，于你不过是短短半日。所以，你不会知道我在波月洞中盼你归来时是何种心情，不会知道我身困皇宫，为着孩子牵肠挂肚时又是何种心情！"

他哑口无言，只是沉默看我，好一会儿才哑声说道："百花羞——"

我抬手，止住他的话，笑了一笑，道："事到如今，说什么也已是无用，不如省了那些口水，来谈些正经事。"

谁知话音未落，帐外却是忽地狂风大作，霎时间飞沙走石，一片昏暗。

我怔了一怔，不由得暗道一声"坏了"，这准是柳少君他们久不见我出去，生怕我有个闪失，提前在外发难了。

那疾风把帐帘一把掀开，呼啸着猛灌进来，竟似长了眼睛一般，打着旋往我这边卷了过来。奎木狼眼疾手快，急忙隔着桌案探身过来，一把握住我的手腕，另一只手却是从案边抽了宝剑出来，扬手就往门口掷了过去。

"不要！"我忙大呼。

待话出口已是晚了，就见那宝剑化作一道亮光，如箭一般，斜着从我头侧飞了过去。紧接着，听得身后传来柳少君"嗷"的一声惨叫，待我再看清楚，他已现了原形，化作一条青蛇，本能地把自己盘到了那剑身上。

外面狂风顿止，我忙起身跑去看柳少君，就见那剑尖不偏不倚，正正地钉在他尾巴梢上，只要再稍稍深上两分，那尾巴就能分叉了。

我忙上前去拔那剑，不想使了吃奶的力气出来，却也无法撼动那宝剑，气急之下，只得回头向着奎木狼叫道："还愣着做什么？快过来救人啊！"

奎木狼那里却是不慌不忙，淡淡说道："他死不了。"

正说着，织娘与萧山一前一后地从外闯入。织娘急声叫了我一声"公主"，手执双剑，不管不顾地冲上前来，闪身挡在我之前，厉声叫道："公主快跟萧将军走，这里由我来挡！"

那边萧山也来拉我的手，急声道："快走！"

走个毛的走啊！奎木狼眼皮子底下，怎么可能走得脱？我不仅没动，还赶紧甩脱了萧山的手，道："不用走了。"

萧山与织娘两个闻言俱是一愣，转头诧异地看我。

我却抬眼去看奎木狼，他仍安坐在桌案之后，也正冷眼瞧着我们几个，漠然不语。

织娘愣了一愣，看两眼奎木狼，又回过头来看我，然后再回过头去看奎木狼，试探着叫道："大，大，大王？"

奎木狼冷哼了一声，没有回应。

织娘结巴得就更厉害了些，"您，您，您……"

她"您"了半天，愣是没能说出第二个字来。

这么片刻的工夫，外面又呼啦啦涌进来许多士兵进来，将我与织娘及萧山三个尽数围在了中间。那之前领我进营的将领上前与奎木狼单膝跪下，恭声道："禀大将军，刚才外面忽起狂风，有刺客同党前来营救刺客，属下无能，未能及时拦下，这才叫他们冲入了大帐，请大将军责罚！"

奎木狼薄唇微勾，向着织娘他们抬了抬下巴，问道："可是他们？"

那将领回身仔细看了看织娘与萧山，这才答道："正是他们，不过还少了一个青衣男子。"

听他这话，我下意识地转头去找那被钉在地上，现了原形的柳少君，织娘顺着我的视线看过去，这才瞧见了自己夫君，愣怔过后，忙就扑了过去，带着哭腔叫道："少君！少君！"

一时间，大帐中除了我与奎木狼，其他人都露出一副见了鬼的表情。

我轻咳了两声，走过去拍了拍织娘肩膀，提醒她道："少君没事，他……他把剑丢在这里，人先走了。"

织娘一时反应不过来，回头傻愣愣地看看我，又去看仍缠在剑身上的柳少君，"这，这是少君……"

"没错，这是少君的剑！近来天气潮湿，有蛇出没也是寻常，没得什么大惊小怪的。"我继续睁着眼说瞎话，又抬头去看奎木狼，问道，"是吧，大将军？"

奎木狼低低地哼了一声，没理会我，只吩咐那将领道："这里没事，你带着人出去吧。"

那将领瞧着心里是有些奇怪的，却也没敢多问，只应了一声，领着士兵退到了帐外。大帐内很快就又剩下了我们几个，我这才又赶紧去看柳少君，与织娘说道："你拔一拔这剑试试。"

织娘试了一试，也是无法将那剑拔出，苦着脸向我摇头，"拔不出。"

我只得又回头去看奎木狼，道："有什么事咱们两个说，别牵扯到旁人。你先把柳少君放了，他好歹也跟了你那么久，没得功劳也有苦劳。更别说当初在碗子山，阿元与阿月两个的性命还是他救下的！"

奎木狼目光微沉，展开手掌向上虚抬了抬，那牢牢钉在地上的宝剑便自己拔了出来，凌空飞回到桌案边上，哐当一声，落入剑鞘。

那边柳少君脱了禁锢，原身在地上打了个滚，这才恢复成了人形，拖着一双受伤的脚，伏在地上给奎木狼连连磕头，道："谢大王不杀之恩，谢大王不杀之恩。"

谢他个屁！他一剑差点把你尾巴钉开了叉，你倒跪下来谢他！我瞧得生气，忍不住走过去伸脚踢了踢柳少君，喝道："起来！要谢也该是他谢你，他在夜宿银安殿、醉卧美人怀的时候，可是你冒死救下了他两个儿子！"

"公主！"

"公主！"

柳少君与织娘两个惊得齐齐呼出声来。

我却只是冷笑，瞅一眼那边默然不语的奎木狼，又吩咐他两个道："你们起来，先带着萧侍卫回宫向王后复命，我这里与奎宿星君还有些话要说。"

奎木狼没有发话，柳少君那里就有些迟疑。要说还是织娘对我更忠心一些，不仅自己从地上爬了起来，又顺道拽了一把身边的柳少君，低声道："咱们出去吧，留大王与公主两个也好方便说话。"说完，路过帐门口时，还不忘拉上了一直傻愣愣站在那里的萧山。

奎木狼一直没说什么。

直待织娘把柳少君与萧山两个拽出去，我心里这才暗暗松了口气，回身坐到奎木狼对面，道："言归正传，咱们接着说刚才的，刚说到哪里了？对了，说到省些口水说正经事了！"

奎木狼抬眼看我，忽地打断道："那夜我没能及时回去，确是我的不对。"

我愣了一愣，这才反应过来他说的是自己夜宿银安殿之事，不由得轻轻一哂，道："都说了省些口水了，怎还要说这些废话？"

奎木狼抿唇，并不理会我的嘲讽，默了一默，只又说道："事到如今，我不想瞒你。当夜留在银安殿，的确是因着海棠的缘故。当时你父王安排我在银安殿住下，我本想入夜之后便偷偷出来，回碗子山的，不想海棠却找了去……"

"打住！"我忙抬了手，示意他不要再说下去。

当初，海棠也是给我细讲银安殿之事，我尚能回房去端盘子瓜子出来，当作戏本子来听。而现如今，相同的话从眼前这人嘴里说出来，却如同刀子一般，刀刀落在我的心上，虽未见血，却是痛彻心扉。

我尽量做出风轻云淡的模样，与他笑道："都过去的事了，提起来也是无趣，何必呢？咱们不说那个了，只说现在。"

奎木狼凝目看我，坚持说道："我承认，当时自己是有了怯懦之心。"

怯懦之心？这词用得可不大对，准确来说，难道不是起了色心么？

我咧嘴笑笑，懒得去纠正他的用词，只胡乱应道："人之常情。"

他看我两眼，又问道："当初你我曾说好，我们只活这一世。这一世后，你去喝那孟婆汤，入你的轮回，而我失信于人，自去领我的惩罚，可还记得？"

记得，自然记得！这样动听的话，谁又能忘记？当初若不是这些话，我又怎会下决心留在那碗子山中，死心塌地地与他过这一世？

可纵是记得又如何？此刻再提起，这所谓一世，不过是笑话一场。

我淡淡一笑，没有答他。

奎木狼眼中颇多迟疑，似是下了很大决心，这才又说道："百花羞，我之前一直觉得自己无所畏惧，可在与你生活了十三年后，在你给我生下两个孩子之后，我才突然发现，自己也是会害怕的。我怕这一世过得太快，怕这一世后，我魂飞魄散，而你将再记不得我。"

我一时怔住，抬眼静静看他。

"佛说'心无挂碍，无有恐怖'，我心既有挂碍，顿生恐怖、怯懦。那夜，海棠前去寻我，我便生了别的心思，想着，想着……"他垂了眼帘，唇边泛出些许苦笑来，停顿了片刻，方又继续说下去，"若是能哄她一哄，不负那'一世之约'，便不用魂飞魄散，而你我的姻缘，也不用一世而尽。下一世，无论你去了哪里，我都可以寻到你。"

我再听不下去，猛地起身站起，向外走去。

"百花羞！"他在身后唤我。

我脚下顿了顿，却是没有回头，只道："有些事，不论是出于什么目的，做了就是做了，再无法挽回。"说完，也不等他回应，径直走了出去。

帐外，柳少君与织娘他们竟然都还没走，那叛军将领也未离去，带着人马守住几处要道，一脸警惕地盯着众人。我深吸了口气，提了提精神走上前去，问柳少君道："不是叫你们先行回去吗？怎么还在这里？"

织娘抢着答道："这人不肯放我们走。"

我转头看一眼那将领，沉声与他说道："你家大将军已经应了放人，你如若不信，可以进帐去问。"

那将领没有说话，只给身边副手做了个眼色，独自转身进了大帐。片刻后，他再出来，便挥手放行，命那队士兵护卫我们离开。

柳少君双脚受伤，行动很是不便，全靠了织娘扶持才能行走。萧山被俘时本就受了内伤，后又被吊在木桩上晒了两日，状态也极为不好。一行人拖拖拉拉走了好半晌，这才出了军营。

幸好王后派来的人还等在营外，见状忙牵了几匹坐骑上前。我先看着他们把萧山扶到马上，这才又回身过去看柳少君，瞧了瞧他那还冒着血的两只脚，不由得奇道："这是怎么扎的？怎么还出了两个血窟窿？"

柳少君面上很是有些尴尬，瞧了我一眼，低声道："属下这双脚乃是一条蛇尾所化，只要伤到了蛇尾，两只脚便会出现同样的伤痛。"

我默了一默，忍不住又问道："那伤到胳膊呢？"

柳少君也跟着默了一默，这才答道："一个道理。"

我不禁感叹道："也是不容易。"

柳少君又默了默，这次却没能接上话来。

织娘那里还有些眼泪汪汪的，向我抱怨道："大王也真是心狠，那剑钉得只要再深上两分，我们少君这双脚也就废了。"

"织娘！"柳少君忙喝住织娘，又转头来看我，解释道，"公主千万莫听织娘胡说。大王心慈，这才只用剑钉了我的脚，以示警戒。若换作旁人，那剑怕是会直冲属下心口而来。"

这个时候讨论奎木狼心慈还是心狠，真没什么意义。

我笑了笑，道："不管怎样，也是受了伤，你回去好好歇着，待伤好了，我再好好谢你。"

柳少君那里看了看我，欲言又止。

我能猜到他几分心思，无非是要再说几句奎木狼的好话。我又笑笑，并不给他机会开口，只转身走到旁边翻身上马，双腿一夹马腹，率先策马奔驰了出去。

跑不一会儿，萧山从后赶上，叫道："公主。"

自从叛军营中见面，这是他跟我说的第二句话。我忙收了收缰绳，放缓速度，转头问他道："萧将军有何事？"

萧山看我两眼，答道："臣需要先回军营。"

他是从军营里偷偷跑去刺杀奎木狼的。他身为一营主将，一连三天不曾露面，纵是安排了心腹在营中主持事务，怕也是要出诸多状况。

我闻言点头，又问他道："你身体可还撑得住？"

萧山简单答道："身体无碍。"

以目前的情况来看，两军暂时是不会开战的，只要他自己身体能撑得住，确实应该先回营内主持大局，以防军中生变。不过有些话，我还须得赶紧跟他说开了，免得日后再出状况。

我略一思量，与他坦言道："萧山，你曾救过我性命，这个恩情我一直记着。这次前去敌营救你，也只是想还你这份情，别无他意。"

萧山沉默片刻，忽地问我道："那人是谁？真的是天上的奎星下凡么？"

"不错。"我点头。

他迟疑了一下，又问答："他就是十四年前……"

"是。"我没等他把话问完，直接截断了他的话，"他就是十四年前化作妖魔，掳我去了碗子山的奎星。"

柳少君与织娘并随行的护卫等人皆停留在不远处，显然是有意避讳。

我想了一想，沉声与萧山说道："萧将军，想必你之前也听说过我与奎星的那段姻缘传说，那其中虽有不实，却也不是全部为假。实不相瞒，我确为天女，投生于此历一世之劫。按照天命，奎星回退天庭之后，我应是自尽以顺天命的，只是我不甘心，这才强留在这人世间，逆天而行。"

萧山面上露出诧异之色，"逆天而行？"

"不错，就是逆天而行。"我笑了笑，又道，"你看过戏本子么？所有角色的生死存活、喜怒哀乐皆是被那写本子的人定好了的，要你怎样你就得怎样。我本来是被人安排来跑个龙套，不想却入戏太深，有了自己的喜怒哀乐，就不肯依照那戏本子的安排从事了。"

萧山听得似懂非懂，寻思了片刻，道："我们都是那戏本子里的角色？"

照司命那厮的话，他这样理解也不算错。

我闻言点头，用手指了指天，笑道："照上面那些人的想法，是这样的。"

"那谁又是写这戏本子的人？也是上天那些人？"他又问。

我想了想，道："上天那些人，也多半是看戏的，有那么一些是跟着写戏本子的，自己却从不肯承认，只冒那上天之名。可到底何为上天，谁又能说个清楚？天命，天命，谁又知那天命何来？凭什么他们说那是天命就是天命了？"

许是这些话太过饶舌，萧山听得眉头紧皱，好一会儿才说道："公主说的这些话，臣得回去好好思量。"

我看他两眼，又笑道："我与萧将军说这些，只是想让你明白，我活于世已是逆天存在，不知何时便被人强行抹去。萧侍卫是青年才俊，国之栋梁，不该再与我牵扯不清。这世间好女子无数，总有一个是你的良缘佳偶。"

萧山默了片刻，才道："臣自会思考此事。"

他忽又笑笑，振奋精神拱手与我道别，一抖缰绳，策马离去。

后面众人这才赶上前来，织娘看一眼萧山离去的方向，不禁叹道："公主，奴婢觉得萧将军也算是一位奇男子，并不比大王差了几分。"

这话一出，她就得了柳少君一记眼刀。织娘并不服气，恶狠狠地白了回去，问道："怎么？我说的不对么？"

柳少君似是颇为无奈，"大王乃是天上的星宿神将，岂是区区萧山可比的？"

织娘反驳道："天上神将怎么了？不一样受人管制，身不由己么？我瞧着也没比萧侍卫好到哪里去！"

他两个谁也不肯相让，你一言我一语，竟就吵起了嘴！

我不禁失笑，摇了摇头，策马甩开了众人，独自往前跑了过去。

待回到宫中，王后那里早已是急得团团转了，得知萧山已经被救出回营，忙双手合十谢天谢地，又与我说道："自你走了，母后便心神不定，既怕你有个什么闪失，又怕你身份暴露，给日后和亲埋下祸根。"

我犹豫了一下，还是与她说道："母后猜那叛军首领是谁？"

王后很是配合，立刻问道："是谁？"

"奎木狼。"我答。

"奎木狼？"王后一时没能反应过来，下意识地问道，"奎木狼又是个什么人物？"

我向她解释道："奎木狼便是天上的奎星，也就是之前把女儿掳去碗子山的那位。"

"哎呀！"王后掩口惊呼，面色大变，"那妖怪又来了？"

我不由得默了一默，道："他不是妖怪，乃是天上的奎星。"

"什么奎星？那分明就是个妖怪！"王后仍有些转不过弯来，惊怒道，"之前他偷偷将你掳走，一去十三年，眼下，又成了什么叛军首领，来求什么和亲，这不就是明抢来了么？这也欺人太甚！不行！得赶紧去把唐朝长老再请回来，替咱们彻底铲除了这妖怪！"

王后眼瞅着就要坐不住，我忙一把摁住了她，"母后，您听我说。首先，那唐朝长老之前走了才半月都不肯回转，到此刻已是半年多了，又怎会再回转？其次，这奎木狼真的不是妖怪，他的确是奎星下界。"

王后狐疑看我，明摆着不怎么相信我。

我叹一口气，"女儿没必要欺骗母后。"

王后瞧我片刻，这才似信了几分，却又忍不住撇了撇嘴，道："哦，他说是奎星，便真的是奎星了么？这神仙与妖怪除了名声不同，又有个什么区别？也没见着他这神仙比妖怪多做了什么好事！"

呃，仔细想想，这妖怪与神仙区别还真是不大。妖怪们修炼好了，上了天就成了这仙那仙，而神仙们哪天凡心动了，下界来也会为妖作怪地过过瘾头。

这天地间，既有那悲天悯人、行善吃素的妖怪，也有那凶神恶煞、睚眦必报的神仙。

我思量了一思量，道："许是原籍有些不同？这天上来的便是神仙，这野地里长的就是妖怪？"

除此之外，我还真分不出他们有什么不同了。

王后是个精明人，过了最初的惊愕之后，很快就又想到了别处，又问我道："你确定他真的是奎星下界？"

我点头，"确定。"

"那可是坏了！"王后蛾眉紧皱，又忧虑道，"这人若只是个妖怪也就罢了，咱们宣扬出去，不仅能占了正名，还能动摇叛军军心。可他既是奎星下界，一旦被人得知身份，那叛军岂不成了替天行道的正义之师？你父王的江山不稳啊！"

说到江山，我却想起司命那厮所说的天命来，忍不住说道："母后，我朝江山的头号敌人不是这奎木狼，而是那领军平叛的龙大元帅！"

"龙大元帅？"王后一时愕然，"龙啸北？"

"不错，就是他。"我答。

我将司命那厮的话尽数转述给王后听，又道："这便是所谓天命，女儿不服，这才强留世间，就是想着与那天命抗上一抗。那奎木狼眼下虽是朝中大敌，可也正是他的出现，才叫天命出了转机。"

王后沉默不语，良久之后，方道："龙啸北乃为朝廷栋梁，对你父王更是忠心耿耿，怎会是那逆臣贼子，起那谋逆之心？"

"眼下不会，可能保证日后也不会吗？纵然他无谋逆之心，他的属下也没么？他日一旦大权在握，而君主却年幼势微，这般情形，有谁肯甘居人下？"我反问王后，停了一停，又道，"母后，此事关系宝象国江山社稷，不得不防。"

王后紧盯着我，问道："如何防？"

我正要回答，却突然在王后眼中发现了戒备之色，微愣过后，顿时意识到自己犯了个严重错误。

奎木狼眼下是那叛军首领，率大军而来，迫朝中割让北疆，许他自立为王。而龙大元帅则是带兵抵抗叛军，保家卫国的大将，国之栋梁。我一个跟奎木狼撇不清关系的人，上来就说人龙大元帅的坏话，也不怪王后疑我。

凡事涉及皇权，就再讲不得半点亲情。国王与王后那样疼爱我，当叛军兵临城下，以势相逼，他们还不是应了以公主和亲？

可以理解，真的可以理解。

这个时候，绝不能再说那龙大元帅的半点不好了。

我想了想，道："龙啸北此刻并无反心，咱们不能，也不该把他怎样。而且，未来皆不是定数，若是咱们江山稳固，他许是就能做一辈子忠臣良将。女儿不懂朝政，也出不得什么主意，只是寻思着父王那里春秋渐长，也该定下后继之人，以安朝臣之心。"

宝象国国王今年都五十好几了，只与王后生了三个女儿，除此之外，后宫再无所出。国王很不服气，一直想再生个儿子继承王位，近年来没少纳新的嫔妃进宫，而东宫一直空悬，没有储君。

也正是因此，才有了后来的王位之争，为江山不稳埋下了祸根。

我瞧了瞧四周，见并无一人在侧，便又压低声音劝王后道："母后想想，纵是父王得了亲子又能怎样？若不是母后生的，怕是还不如旁人！还不如劝着父王在宗室子侄里选个贤良孝顺的入主东宫，这样日后新君继位，也能念母亲的好呢！"

王后沉吟不语，好一会儿方道："此事还要细细思量。"她又抬眼看我，"你既然已知奎木狼就是那叛军首领，可还要再嫁他，续那前缘？"

这话却一时把我问住。

嫁吧，我心里埋着那样的刺，见一面都觉心痛，又如何朝夕相处？不嫁吧，他此刻乃是叛军首领的身份，这和亲之事如何能了？

我略一寻思便觉头疼，不由得苦苦一笑，反问王后道："母后，眼下情形，嫁与不嫁可能由我做主？"

王后微微一怔，红了眼圈，感叹道："我儿命苦。"

我摇了摇头，反过来又安慰了王后几句，道："奎木狼是那叛军首领，倒也有几分好处，起码他是天上神将，不能久留人间，待日后我朝江山稳固，兵强马壮，还能再将那北疆收入版图。"

王后缓缓点头，却又道："若你和亲北疆，给那奎木狼生儿育女，日后北疆也算落到了自家人手里，便是收不回来，也没什么。"

她虽这样说，我却不敢这样听，忙就表白道："还是收回来的好，再说女儿也没打算再给那奎木狼生儿育女。"

王后微讶，奇道："为何？"

我稍一犹豫，决定还是把海棠那事说出来，"母后可还记得当日奎木狼入朝认亲，父王命他留宿银安殿之事么？"

"记得！"王后忙点头，又抱怨道，"说起来，他还吃了咱们一个宫女呢，要不说这神仙也没瞧出来比妖怪好到哪去，还不是一样要吃人的！"

奎木狼吃人是不大可能的，他在碗子山中十三年都没吃过人，不会突然到了宫中就换了口味。倒是那海棠，深夜潜去银安殿，必然少不了有内应接引，事后又不想叫人知道，多半会行这"杀人灭口，毁尸灭迹"之事。

我道："那夜，海棠曾去了银安殿与奎木狼幽会。"

王后杏眼圆瞪，惊得说不出话来，好半晌才怒道："好一对狗男女！"

我又添了把火，"那海棠腹中的孩子也不是旁人的，正是这奎木狼的。"

这下子王后是真的怒了，柳眉倒竖，满脸杀意，直道："欺人太甚，真是欺人太甚！"

"所以，女儿从未想过再与那奎木狼重续前缘。"我趁机表白心迹，又道，"纵是因着和亲不得不再嫁他，也没打算与他真心过下去。只是想着先稳住他，待北疆平稳，朝中安定，就想个法子把这奎木狼私逃下界之事告上天庭，叫那天兵神将收他上界。到时，父王便可派遣兵将，趁机收回北疆。"

王后听得动容，深深看我两眼，真心实意地说道："我的百花羞，只是苦了你。"

谈话进行到这个时候，基本上也该结束了。

我又表了表忠心，便辞了王后，回去自己住处。

柳少君与织娘还等在我的宫中，柳少君两只伤脚都已用白绫包好，一圈圈甚是严密，裹得跟粽子一般。我一瞧不由得乐了，问道："这是谁给包扎的？包粽子必然是把好手！"

织娘那里就红了脸，小声道："是奴婢。"

我又笑了笑，道："少君负伤，你们两个今日不要出宫了，就留在这里吧，咱们也好有个照应。"

柳少君迟疑了一下，试探着问道："大王那里……"

"先不提他。"我忙摆手，道，"他就算是私自下界的，一时半会儿也走不了。我们先说那白珂与海棠的事。之前一直想着杀了他两个给红袖和一撮毛报仇，却总是因这因那耽误，不得实现。眼下白珂就在城外大营，机会难得，我想先把他诱出除去，再谋海棠。你们觉得如何？"

柳少君闻言沉默不语，织娘却是痛快应道："好！早就该这样！"

我看向柳少君，又问他道："少君呢？你怎么看？"

织娘已是忍不住去掐他，恨恨道："说话！公主问你呢！你若舍不得你的兄弟情分，趁早讲明白，就是没了你，咱们也一样能杀那白珂！"

柳少君抿了抿唇角，这才应道："属下听从公主吩咐。"

我本想着叫他出面诱白珂出营，可瞧他这般情形，只怕到时非但不能帮忙，还要坏事的，于是只笑了笑，道："此事心急不得，还需周密计划，仔细安排。少君先把伤脚养好，然后去那义安公主府探一探海棠的情况，她这两日如此安分，倒叫我心生不安。"

柳少君道："属下这点伤不碍事。"

"哦？"我心思转了一转，又道，"若是真不碍事，那更要劳少君去监视海棠两日，瞧一瞧她的情形，我们也好对那白珂下手。"

柳少君不疑有他，扶着桌案站起身来，"属下这就去。"

　　"不着急！"我忙拦下他，又道，"先缓一缓，明日再去也不迟。"
说完，便叫织娘带他下去休息。

第十五章

大仇，终于得报

待他夫妻两个走了，我这才去内殿换了日常的衣裳，坐在窗前暗暗合算接下来的行事。柳少君那里是指望不上了，而织娘分量又不够，看来，只有我出面去诱白珂出营了。还有那百年老獾，还要提前安排好才行，绝不能走漏了风声，叫那白珂有了防备。

就这般寻思了大半夜，直到天快明时我才睡下，不想才一闭眼，就又见着了司命那厮。

我颇有些无奈，问他道："你怎么又来了？不都说好不再来劝我了么？"

司命那厮就往床前地板上一坐，抬头苦哈哈地看我，道："那北海龙王又去找我了。这事眼瞅着就要乱套，你说我能怎么办？"

"为着那龙啸北的事情？"我问。

司命点头，"人家好好一个开国君主，眼瞅着就要被你折腾没了，怎肯罢休？"

"就是不罢休又能怎样？"我反问他，"你们也是瞎子吃柿子——专拣那软的捏。你们去找奎木狼啊，若不是他突然冒出来，那龙大元帅又怎么会兵败北疆？我给你指条道，你领着那北海龙王去玉帝那里告御状去吧。奎木狼可是私自下界，这回又是干涉人间运道，可比上次抢个公主的罪过大多了。这一告就准，罚他给老君烧半年火都是轻的！"

司命那厮却是连连摇头，"不行不行，眼下这事全靠捂着呢，一旦揭开了，谁也讨不得好去。"

我一时不解，奇道："此话怎讲？"

司命苦着脸说道："奎木狼虽是私自下界，可北海龙王那里也不干净，走了无数后门，弄了许多手段，把人正主都挤掉了，这才把儿子送来此处。这官司一打起来就是两败俱伤，谁都落不得好。那奎木狼也是个狡猾的，就是看透了这些，才敢如此肆意行事。"

我听出几分端倪，不由得冷笑着问道："不只是他们两个，真闹起来，星君你这里怕是也要吃些挂落吧？"

司命那厮面上露出几分尴尬，干笑两声，"我吃些挂落不要紧，我是为你着急。你想啊，你这般逆天而行，必然要得罪北海龙王敖顺的，那四海龙王可是一家，得罪一个北海，另外三个也便都得罪了。"

这厮是个话匣子，说起话来没完没了。他又往前凑了凑，低声道："那一大家子可不是好惹的，惯会当面一套背后一套。往远处说，知道托塔天王李靖的小儿子吧？那哪吒就挨过他们坑，差点连小命都丢了。再往近处说，孙悟空还记得吧？当初他跟东海龙王做邻居，去东海寻兵器，那金箍棒明明是敖广送的，可转过身去，敖广这厮就把孙猴子告上了天庭，诬人家抢了他家镇海之宝！"

"还有这等事？"我奇道。

"有有有！若不是这一出，还引不出后面那许多的事呢！我和你说，苏合丫头，那家子人你惹不得。莫说你现在只是个凡人，纵是天女苏合，有王母与你撑腰，也不见得能受住他们算计！"司命那厮苦口婆心，又问我道，"为了个宝象国，为了这些个凡夫俗子，划算么？"

在他们这些神仙看来，自然是不划算的。可惜我此刻不是什么神仙，只是这宝象国的三公主，自然不能看着家国消亡，亲人罹难，百姓受苦。

我向他咧嘴笑笑，应道："划算！"

司命那厮噎了一噎，一口气憋在胸口，瞅着差点没仰倒过去。他又看我半晌，这才从地上爬了起来，叹道："我是真服了你，你就等着撞南墙吧，我再也不管你了！"说完，甩了甩袖子，便往外走。

我忙叫了他一声，又笑道："多谢星君前来报信，这份情我记下了，待日后回了天庭，再好好谢你。"

司命那厮脚下踉跄了一下，又回过身来看我，用手指点了我半天，也没能说出什么来，最后只连叹了三声，道："罢了，罢了！"

我笑着向他挥手，"快走，快走，我这里还能再睡一会儿。"

他又跺跺脚，这才转身走了。

我重又躺下身去，迷迷瞪瞪睡了一会儿，再一睁眼，外面天色已是大亮。我脑子还有些昏沉，强撑着起了床，刚刚收拾利索，织娘就来了，说柳少君已是出官，前去义安公主府监视海棠去了。

这个柳少君，脚都伤成那样了，竟还这么勤快，倒是难得！

我想了想，把织娘叫到近前，低声道："昨日情形你也见了，少君明显还顾及与白珂的兄弟情分，虽应了咱们，待见了白珂怕是也要手软。不如趁着他不在，咱们偷偷出城，用计杀了那白珂。"

织娘与红袖他们最是交好，是恨死了白珂与海棠的，闻言重重点头，应道："奴婢听公主吩咐！"

我便交代她道："你先去营中，寻萧山问一问白珂现状，他们同在一军，许是知道一些。我另派人去城外别院看那百年老獾，待明日一早，少君再去公主府后，我们便动手！"

织娘应下出官，不到中午，便从萧山那里回来了，也捎来了白珂的消息。

"那白珂之前曾做大军先锋，在北疆打过几场胜仗，很得龙大元帅欣赏，后来大军败退，他便也一同退了回来，眼下正待在龙大将军帐下。

因着朝中正与叛军和谈，大军平日并无什么要紧事务，白珂便也赋闲了下来。"

赋闲最好，这样才方便把他骗出营外。

翌日一早，待柳少君那里又去了海棠的公主府，我便带着织娘也随后换了装束，偷偷出了官城。城外别院那里提前就打好了招呼，等我们到时，百年老獴已经装上了车，只不想在车边等着的，却是做了普通武士打扮的萧山。

我看萧山两眼，颇有些无奈，道："萧将军不该再掺和此事。"

"此事太过凶险，臣既知道了，不能不来。"萧山笑了笑，又道，"再说这獴是臣从山里捉来的，其性情习性臣最是了解，有臣跟着也更稳妥些。"

他话说到此处，我也不好再赶他回去，只得客气道："那就有劳萧将军了。"

萧山又笑笑，没说什么。

一行人离了别院，径直往北而去。那大军营地离着京都不远，待翻过两座山头，便已能远远瞧到那连绵不绝的军营。萧山勒停了马，指着山脚下那间茶水棚子，问我道："就在此处行事？"

"就在此处。"我答。

此处是我之前便看好的地方，距军营不过七八里路程，虽在路边，却因战事行人稀少，作为诱杀白珂的地点，最是合适不过。

萧山四下里看了一看，又抬手指向茶水棚后面的山林，"可以先把马车藏在那里，以免白珂发现了百年老獴，有所防备。"

这想法倒是与我不谋而合，我不禁笑了笑，道："不错，那边树密林深，正好安排伏兵。萧将军就带着那獴藏在那里吧，我们以烟火为号，待我这边事成，萧将军就带老獾过来，杀那白珂。"

萧山看了看我，却是说道："臣还是跟在公主身边更为妥当一些。"

我笑着摇头，"不用，我这里只需斗智，用不着武力，有你在侧反倒不便行事。"

织娘从一旁过来，道："萧将军请放心吧，奴婢会一直跟在公主身边。"

萧山想了想，仍似有些不放心，又问我道："如何诱那白珂出营，又如何将其灌醉，公主可是都有谋划？"

"放心，都算计好了。"我笑了笑，又宽慰他道，"白珂眼下对我没有杀心，大不了，我放他归营，不会与他正面冲突的。"

萧山这才点了点头，应道："那好，臣就等公主信号。"

当下，他带着人赶了马车往山林中藏去，而我与织娘则策马直奔那茶棚而去。因着近来叛军压境，战局紧张，那茶棚已是没什么人光顾，只一个白发老汉守在那里，瞧着我们上前，忙就出来招呼道："两位可是要饮茶？"

我摆手，又掏了一锭银子出来递给那老汉，道："我们想借贵处一用，会一会旧友，这银子便是酬金，还请老伯暂时避开。"

那老汉一时有些糊涂，低头看了看那银锭，又抬头看我，"借小老儿这铺子会友？"

织娘那里已是将马上驮的酒坛搬了下来，寻了张干净些的桌子放下，回身与那老汉说道："不错，就是借你这地方用一用，不喝你的茶水，也不用你伺候，你先走吧，待明日再来卖茶。"

老汉那里还有些迟疑，"明日再来，那我这些东西……"

"少不了你的！"织娘口舌利索，又道，"再说这些东西又不值几个钱，就是全弄坏了，我们给你的银子也足够赔的了。"

我又取了一锭银子给那老汉，解释道："我那旧友不喜见人，瞧见有外人在场，会恼怒的，所以还请老伯暂避。"

那老汉这才听明白了，忙就把银子揣进怀里，连声道："这就走，这就走！"说着，像是生怕我反悔一般，连茶棚子都顾不上收拾，紧着就走了。

织娘那边已经把几坛子酒按照次序摆好，瞧那老汉走得远了，这才与我说道："公主把信交给奴婢吧，奴婢去给那白珂送过去。"

我将提前写好的书信从怀中掏出递给织娘，又交代她道："你送到了信就赶紧离开，也无须再回来这里。尽量不要与那白珂打照面，以免他认出了你，心生戒备。"

织娘愣了一愣，迟疑道："公主只一个人在这里？"

"我一个人就可以。"我回道。

万一事败，死我一个也就算了，无须再添上任何人，不论是织娘还是萧山。

织娘忙叫道："那怎么行？实在太危险了！"

我反问她："若白珂真对我起了杀心，纵是你在我身边，便能拦得住他么？"

织娘辩道："奴婢虽不是他的敌手，可哪怕只拦个一时半刻，也能等萧将军赶来！"

"萧山来了又能如何？他就敌得过那白珂了？若他能打得过白珂，我们何必还费这般力气，叫他直接去军营刺杀白珂也就够了。"

织娘被我驳得无话，"这，这……"

我笑了一笑，又从怀里掏出个物件来，问她道："你可还认得此物？"

织娘看了一眼，立刻大喜，"这是大王给公主的那个荷包！"

没错，这就是奎木狼给我的那个荷包，其上附了法力，与奎木狼自身的强弱息息相关。自上次从碗子山回来之后，我便将它扔进了柜底，直到昨天才又重新把它刨了出来，带在了身上。

有这个东西保护，白珂就会心存忌惮，哪怕有心杀我，也要费些力气。

织娘那里小心看我，小声道："原来公主还带了这个宝物，奴婢还以为，以为……"

"以为什么？"我笑问，"以为我已与奎木狼决裂，就再不会用他的东西，借他的威风？有志气自然是好的，可有时候，能屈能伸才是真的大丈夫。织娘，你放心，我没那么僵直死板。"

织娘那里还有疑虑，"白珂法术高强，非一般小妖能比，若这荷包护不住公主怎么办？"

我只得又哄她道："你只知这荷包是个法宝，有护身之效。你可知它还有另外一个用处？"

"什么用处？"织娘问道。

说瞎话，我向来是不惧的，几乎不用思量，张口便可得来："它还能做通讯之用。只要我的血沾上这荷包，奎木狼就会立刻知道我有危险。他眼下就在叛军营中，离此地也没多远，得知我有危险，必会赶来相救。"

织娘闻言大喜，"真的？"

"真的。"我点头，又道，"我事事已安排妥当，你无须再担心，赶紧去送信吧。"

织娘这才放心，上马去那军营给白珂送信。

我便独自坐在那茶铺之中，等着白珂的到来。

时值仲夏，天气已是有些炎热，幸亏这茶棚位于山道风口，又有树木遮阴，山风阵阵袭来，吹散了不少热意。我想，白珂见到信后，应是会来的，那信上我表明了身份，并说清邀他见面是为海棠。

事关海棠，他一定是会来的。

果不其然，没过多大一会儿，便远远瞧到有人从军营那边策马飞驰而来，由远及近，不过眨眼工夫就到了近前。那人一身行伍打扮，纵马直到茶棚之外才停下，下马后径直往里而来，正是白珂。

他抬眼看我，目中带有疑色，向着我拱手行礼，问候道："公主安好。"

我点点头，示意他坐下，"白将军请坐吧。"

白珂却没坐下，仍站在那里，问我道："不知公主唤白珂前来有何事吩咐？"

"的确有事，这才寻白将军。"我笑笑，抬脸看他，又道，"白将军既然来了，不如就坐下说吧。"

白珂迟疑了一下，这才在我对面坐下，张了张口，却是欲言又止。

我没说话，先倒了碗水酒，给他推上前去，"天气炎热，白将军远来辛苦，先饮碗水酒解解渴吧。"

白珂低头看了看那酒，却没动作。

我又笑笑，将那碗水酒端了过来，仰头一饮而尽。

"公主——"白珂忙叫道。

我抬手止住他下面的话，待缓过了那口气，这才又从旁侧另外取了新碗过来，重又倒了酒水给他，笑道："只是解渴之物，白将军这回可能放心了？"

白珂面露尴尬之色，忙端起那酒来喝了下去，讪讪道："谢公主。"

我摇头笑笑，又给他满上了一碗，开门见山地说道："这次冒昧邀白将军出来，是为海棠之事。"

白珂动作稍顿，僵了一僵之后，方轻声说道："自我随军出了京城，就再未与她联系过。"

这么说来，竟这么久都没联系？难不成两人之间发生了什么事情？我颇有些意外，却不敢在面上显露出来，只借着饮酒低下头来，略一思量后，这才又抬头看白珂，道："海棠有孕之事，白将军可已知道？"

白珂一时愣住，"有孕？"

看他这反应，那就是不知道了。

我心里略略有数，不急不忙地给他添上了酒，这才又继续说道："就前些日子，海棠说自己身怀有孕，乃是神将梦中送子，为保宝象国江山而来。"

白珂仍似有些反应不过来，表情呆滞，怔怔道："神将梦中送子？"

"不错，神将梦中送子，吞朱果而孕。"我笑笑，举起酒碗来示意白珂同饮，眼瞅着他喝净之后，方又说道，"对于此事，朝中议论颇多，毕竟事情罕见，非常人所能理解。"

白珂闻言，神色一时颇为复杂，瞧我一眼，忙就垂了眼帘。

我又与他倒酒，轻笑道："按说她怀孕也与我毫无干系，更不必因此前来寻白将军。不过，就在三日前，海棠深夜去到我处，称自己腹中胎儿并非什么神将送子，而是……"

说到此处，我有意停顿一下，就见白珂明显紧张了起来，抓着酒碗的那手颇为用力，指节已是有些泛白。我笑了一笑，忽地换了话头，道："喝酒！"

白珂愣怔一下，竟是反应不过来，"嗯？"

"我叫白将军喝酒。"我笑笑，举起自己的酒碗来看了看，低头抿了一口，与他叹道，"酒是好东西，可以解忧。不论是心烦还是气躁，一口下去，便解了大半。"

白珂没有接话，默了一默，将自己碗中水酒一饮而尽，然后主动自觉地把手边的一坛新酒拎了过去，拍开封口给自己满上了。

白珂好酒，一旦喝开了头，必醉无疑。这是柳少君曾经说过的话。

我笑了笑，将原来的那坛水酒往自己怀里拉了拉，用手虚虚抱住，另一只手指向白珂新开的那坛酒，坦然笑道："那酒可烈，白将军小心喝醉。"

白珂明显在等着我接之前的话茬，已是颇有些不耐，勉强扯了扯嘴角，应道："无妨。"

"我没得本事，只能用水酒作陪了。"我说完，又向白珂举了酒碗。

白珂并未推辞，干脆利落地将酒饮尽，这才又看向我，犹豫了一下，提醒我道："公主刚才那话还未说完。"

"那孩子？"我讥诮地笑了一笑，"海棠说那孩子是……奎木狼的。"

白珂愣了一下，竟想也不想地否定道："不可能！"

我挑眉，诧异地看他。

白珂也似觉得自己失言，忙又解释道："大王早已上了天庭，位列神位，怎又会私自下凡与她相会？他两个连见面都不可能，又怎么会有孩子？海棠那般说，定是故意去气公主的。"

他反应很是有些不对，我看他一眼，试探着说道："去年九月，奎木狼夜宿银安殿，海棠曾去寻他……"

白珂不等我说完便打断了我的话，"那夜海棠并未与大王发生什么！当时是我送海棠进去，她虽在殿内停留时间不短，却是面带怒色而出，显然两人未能谈到一处。"

竟然还有这事？

我不由得暗暗奇怪，奎木狼自己都承认当时动了旁的心思，海棠又是那般言之凿凿，为何偏白珂会有这般说辞？难不成当时奎木狼醉得太过厉害，竟没能与那海棠成就好事，这才惹得海棠不悦而走？

若真是这般，那海棠腹中的孩子到底是谁的？

一时间，我心中已是转过无数想法，可很快便又被一个念头压了下去。我来此处，不是为了搞清那孩子到底是谁的，而是来杀这白珂，为红袖与一撮毛两个报仇！那夜海棠与奎木狼到底做没做成好事，那孩子到底是谁的，这些与我有何干系？

我看向白珂，忽然问道："你可知那领着北疆叛军大败我军的将领是谁？"

白珂一时被我问住，"是谁？"

"就是那本应上了天庭，位列神位的奎宿，奎木狼。"我答道，"他早已私自下凡，曾去皇宫寻过我，也与海棠见过面。"

白珂愣愣地说不出话来，好一会儿才迟疑着问我道："真的？"

我嘲弄地笑了笑，反问他道："若不是真的，难不成是我闲着没事做，特意过来哄你么？"

白珂缓缓低下头去，默然饮酒。

我心中暗暗算了一下时间，弃了之前备好的谎话，临时发挥道："正月里，奎木狼曾下凡前来寻我，我因他之前醉宿银安殿与海棠有私，又误了碗子山那许多的性命，赌气不肯理他，还将他赶出了门去。本来以为他是回了天庭，不想他却是去了义安公主府，在那里留宿了一夜。白将军若不相信，回头去寻海棠问上一问，正月二十一晚上，她与谁在一起。"

白珂不说话，只那酒喝得更勤快些，不过一会儿工夫，他突然扯了扯嘴角，自嘲地笑笑，问我道："公主特意来军营寻我，只是为了告诉我这些事情么？想我白珂不过一介妖物，修炼千年方得一个人形，就是知道了又能怎样？"

我摇头，"自然不是。"

"那为了什么？"白珂又问。

这话却是不能立刻答他，否则，这酒还怎么喝下去？我笑笑不语，只又向他举起酒碗来，他又是一饮而尽，我却只装模作样地湿了湿嘴唇，叹息一声，这才说道："叛军要朝中出公主和亲，你可知道？"

白珂点头，"知道。"

"我和亲已成定局，不论怎样，都是要再嫁奎木狼的。更别说，我与他还生育了两个孩子，有这个牵绊，不论以前多恼多恨，总有一天会忘记。"我慢慢说道，看着白珂的酒坛渐空，又不露痕迹地推了另一坛更烈的酒过去，换下了他手边那坛，"可你也知晓，海棠偏执成狂，此刻又有了孩子，绝不会就此放手。我来寻你，便是想与你商量个解决之法。"

白珂苦笑，"我又能怎样？我守了她十四年，都守不到她回心转意，仅有的一次亲近，还是她喝醉了酒。"

他们竟然有过亲近？我听得竟起了八卦之心，差点想去问上两句，忍了忍，这才咽下了那到了嘴边的话，只又向白珂举了举空酒碗，装模作样地感叹道："唉，问世间情为何物，直教生死相许。"

白珂喃喃重复了一遍这话，似是更苦闷了几分，一连喝了两碗酒下去。

后面那坛酒比之前的两坛都要烈了许多，才两三碗下肚，白珂脸上已是带出醉态来。他放下酒碗，醉醺醺看我，问道："你要与我商量什么解决之法？"

"奎木狼并不喜海棠，从前不喜，现在仍是不喜。"我说道。

白珂笑笑，"有眼的人都能看到，只可惜她从来都不肯接受这个现实，死抱着所谓的前世不放，却不肯回头看一看今世之人。"

瞧他这般苦情模样，倒是也有几分可怜，可一想起惨死的红袖与一撮毛来，我那心便又重新冷硬下来，与他说道："这世上有一法，可以使人失去记忆，莫说前世，就连今世的事也都记不得了。"

白珂闻言精神一振，抬眼看我，"你的意思是……"

"奎木狼便会此法。当初我被摄到碗子山，成亲之日我父王母后曾出席婚礼，可事后却半点不记得此事，便是奎木狼对他两个施了此法。当时你也在谷中，想必应该知道此事。"

白珂点头，应道："知道。"

我瞅着白珂，面不改色地说着瞎话："海棠身怀有孕，奎木狼虽然不喜她，但对于子嗣，却不会不要。而我，却是再不想见海棠。留子去母之事，自来便有，但是此事太过阴毒，我不愿为之。因此，我特来问白将军一句，若是海棠产子之后，忘却一切，你可愿带她离开，再不回来？"

白珂几乎想也不想地就答道："我愿意。"

我笑笑，弃了那酒碗，直接提起那酒坛来，对着白珂说道："那就以此酒立誓。"

"好！"白珂也忙把自己面前的酒坛拎了起来，"以此酒立誓，我白珂愿带海棠离开，再不回来！"说完，他便仰起头来，将那大半坛酒一饮而尽，然后把酒坛奋力往地上摔去，只闻啪的一声，酒坛已是粉身碎骨。

我坐在那里，冷冷地看着这一切，心中才默数到五，白珂那里已是摇摇晃晃地坐倒在凳上，醉死了过去。

果然是一坛烈得不能再烈的好酒！

"白将军？白将军？"我轻声唤他，又伸出手去推了推他，瞧他仍是动也不动，这才站起身来走向棚外，从衣袋里取了一只小巧的烟花出来，打开了机关。尖利的啸声随之响起，片刻之后，萧山与织娘便从后面山林飞掠而来。

织娘空手，先到了我的面前，紧张地问道："成事了？"

我顾不上搭话，只看向后面赶来的萧山，见他手中提着那只黑布罩着的大铁笼，心中不觉稍定，道："白珂就在棚内，已是醉倒了。"

萧山点头，不等我吩咐，便提着那铁笼走向茶棚，又沉声说道："织娘先避开。"

织娘乃是山雀成精，对百年老獾这种东西也是颇为畏惧的，闻言赶紧往后避了避，飞身上了树梢。那铁笼外罩着黑布，看不清里面情形，只见铁笼不停晃动，显然里面的老獾已是嗅到了什么，很是兴奋。

萧山又回头看了我一眼，"公主也避一避吧。"

我便也往远处走了走，吩咐道："放吧。"

萧山这才掀开了那罩布，开了笼门。那老獾如同闪电一般蹿了出去，直扑向茶棚内的白珂。就听得里面忽地传来白珂几声惊呼，夹杂在老獾的咆哮声中，声声刺耳。

纵我早有准备，听到也不觉打了个冷战。

"公主小心！"萧山手持宝剑，挡在我的身前，警惕地望着那茶水棚子。

不想那话音刚落，一道人影就从茶棚内踉踉跄跄奔出，正是白珂，那老獴紧随其后，一个飞扑落到白珂肩头，张开利嘴一口咬住他的后颈。白珂又出一声惨叫，反手去打那老獴，却是无济于事，反被那老獴扑倒在地上。

只片刻工夫，白珂已是现了原形，被那老獴摁在地上撕咬。

我看得心惊肉跳，手上紧紧抓住萧山衣角，下意识地往后退去。就在这时，忽有破空声从后响起，我尚未反应过来，身前萧山却已是猛然转身向我扑来，就见一支羽箭紧擦萧山后背飞过，哪怕他再迟一步，那箭必要穿透我的胸膛。

后面又有羽箭呼啸而至，精准地射中那老獴脖颈，将其死死地钉在了地上。白珂顿时得以挣脱，在地上滚了一滚，恢复了人形，却已满身满脸的血，其形甚是可怖。

远处，就瞧见有几骑从军营方向飞驰而来，当首一人手挽长弓，正是那射箭之人。

事情突然生变，萧山最为迅速，一把将我从地上拉起，直往不远处的坐骑处跑。那边织娘也飞身从树上下来，一把扯断坐骑缰绳，牵着马迎上前来，"公主快走！"

萧山双手钳住我的腰，将我一把举到马上，又嘱咐织娘道："你护送公主回城，这里有我来挡。"

这个时候再相互谦让推辞不过是耽误时间，我反手将织娘拉上马来，急匆匆交代萧山："不要恋战，尽快走脱。"说完，便拨转了马头欲走，不料还未驰出，就见对面又有一队人马气势汹汹地驰来，将本就不宽的道路堵了个严实。

这还走毛走啊！这分明是被人前后截击，包了饺子。

真真一个螳螂捕蝉，黄雀在后！

眨眼工夫，那两队人马便都到了跟前，十分默契地合成了一队，将我们三人团团围在中央。之前射箭那人策马越众而出，先扫了一眼那边地上半死不活的白珂，又转头来看我们，冷声道："萧山，你刺杀同僚，是何居心？"

萧山将我与织娘掩于身后，回那人道："元帅误会，是白珂先对公主不敬，末将这才不得不出手阻拦。"

元帅？这么说此人竟是那龙啸北了？他怎会知道了消息，竟亲自出营来救白珂？我心生诧异，抬眼暗暗打量那人，许是因为也是转世投胎的缘故，虽说是北海龙王敖顺之子，倒是瞧不出半点水族的特征。

龙啸北也正往我这里看来，问道："这位就是公主？哪位公主？"

萧山回道："当朝三公主。"

龙啸北冷冷一笑，"三公主居于深宫，怎会私自到此？你说此女便是三公主，有何凭证？"

萧山神色从容，不卑不亢，道："元帅与末将送三公主一同回宫，到时自知真假。"

龙啸北却道："本帅奉君命戍守京畿，无令怎能随意进京？且大军正与叛军对阵，形势瞬息万变，若敌军忽有异动，而我身为元帅却不在营中，出了什么纰漏，谁人负责？"

趁着他两个对峙，我偷偷侧脸，压低声音问身旁的织娘道："你可会驾云？"

织娘极为紧张，连声音都僵硬了，"奴婢不会驾云，奴婢只会飞。"

我愣了一愣，正诧异会飞和驾云有什么区别呢，就又听得织娘解释道："得变回原形，变回原形才会飞！"

她是只山雀精，变回原形可不就会飞了么？

我颇为无语，低声交代她道："一会儿打起来后，你谁也不用管，只往后面山林里跑，待到无人处再变回原形逃走。这姓龙的箭术高超，切莫着了他的道！"

织娘不停摇头，"奴婢不走，奴婢护着公主。"

"回去报信！请王后派兵来救！"我道。

织娘紧张地问我："要打起来了吗？"

我轻轻点头，只听龙啸北那话里的意思，是既不打算承认我，又不肯放我走，十有八九怕是要对我们下黑手了。

身前，萧山声音已冷了下来，喝问那龙啸北道："元帅既不肯信末将所言，又不肯同末将回城确认公主身份，意欲何为？难不成也要对公主不敬么？纵是萧某无能，护不得公主周全，却也能拼死回京报信，到时陛下震怒，雷霆之威，怕是元帅也担不起的。"

龙啸北一时不答，只阴沉着脸看着我们，喜怒难辨。

萧山态度又软了几分，道："事出突然，元帅怀疑末将也是正常。此处距京中不过三十余里，快马加鞭，个把时辰便可来回。元帅自己不便入京，却可派人随公主的侍女入宫面见王后娘娘，到时公主是真是假，自然可知。"

萧山此人倒是有些头脑！

我暗中掐了掐织娘，织娘忙就从后探出身来，叫道："请元帅派个人跟奴婢回宫面见王后娘娘，以辨公主真假吧！"

那龙啸北虽未说话，可看神色已是有些动摇，不像之前那般强硬。

　　我刚要松一口气时，却有一辆马车从京城方向疾驰而来，直到近前才猛地停下。车门打开，一名侍女先跳下了车来，随即又回身扶了一位衣着华贵的女子下车，不是旁人，正是已经身怀六甲的海棠！

　　海棠面露焦急，下得车来便四处寻找着什么，待看到受伤倒地的白珂，面色顿时大变，甩开了侍女的扶持，疾步赶了过去，蹲下身去扶白珂，急声问道："你怎样？"

　　白珂受伤不轻，一直不得起身，此时面上却露出了淡淡笑意，答海棠道："我没事，你不要担心。"

　　事情发展太快，我颇有些跟不上进度，一时看得目瞪口呆，就听得身前织娘低声骂道："要瞎眼了！柳少君这个没用的也不知道死哪里去了，怎就放了这妖女出来？"

　　呃，山雀精骂个凡人是妖女，这画风也是清奇……

　　那边海棠瞧过了白珂，这才来起身看我，冷冷扫我一眼后，又转向马上的龙啸北，行了一礼后，说道："多谢龙元帅及时出手相救，我表兄才得免遭奸人残害，此恩此情，义安没齿难忘。"

　　这龙啸北虽不认识我，却像是认识海棠这义安公主的，闻言客气地抱拳回礼，道："公主客气了。"他停得一停，扫了我一眼，又问海棠道，"此女自称是当朝三公主，可臣并未见过三公主，不知是真是假，还请义安公主帮忙辨认。"

　　此话一出，我不禁暗道一声"坏了"，这龙啸北也是不安好心，去问海棠我是真是假，这才真是问"对"人了！

　　果然就听海棠冷笑了两声，不屑道："此女相貌虽与我三姐姐有些相似，但三姐姐性情温和，端庄娴静，又岂是这贱人可以学的？此人乃是叛军奸细，与萧山暗中勾结，冒公主之名骗白珂出营，不过是想杀了他，报那北疆之仇。"

我听得怔住，心道这可真是人外有人天外有天，只这睁眼说瞎话的本领，她比我可要强上许多！

也不知是何处出了纰漏，竟走漏了消息，这一次怕是非但杀不了白珂，还要被他们给害了。

萧山手中的剑又握紧了几分，我暗暗拉了拉织娘，低声道："记着我之前说的话！"

话音未落，就见那龙啸北打了个手势，那些武士竟就持着刀剑，缓缓围将上来。

萧山见状，厉声喝问："龙啸北，你敢以下犯上？"

"怎是以下犯上？"龙啸北冷笑，道，"我这是清除叛逆！"

海棠在一旁紧着叫道："元帅莫与他们废话，有什么事，本公主担着便是！"

有了她这句话，那龙啸北再无顾忌，立刻吩咐道："捉拿叛逆，死伤不论！"

眼前顿时满是刀光剑影。萧山一马当先在前开道，试图冲破众人阻拦，往外突围。织娘也未逃走，只挥剑护住我身后。我见他们两个这般护我，也没说什么废话，只策马紧跟在萧山身后，想着趁机突围出去，不料却几次都被拦下，险象环生。

以寡敌众，纵是萧山武功高强，一时也是左支右绌。很快，便有人寻到了空当，突破萧山防御，挥剑直往马上砍了过来。"公主！"身后织娘惊呼失声，忙挥剑来挡，却已是晚了一步，只能眼睁睁地看着那剑往我身上落下。

不料，就在那剑锋快要触及我时，我腰间佩戴的荷包却忽地迸射出金光，团团将我罩住，不仅替我挡下了那剑锋，还将那持剑的人反弹了出去，狠狠摔向远处，当场气绝。

众人一时惊住，吓得不敢上前。

织娘怔了一怔，忙叫道："是妖！这人是妖！"

荷包乃是奎木狼所给，不仅能驱狼避虎，更重要的是能震慑妖邪，只可惜对凡人功效不大，全因当时谷中除了虎狼便是妖怪，凡人实在稀少，所以也就用不着去防。那武士既能被这荷包反伤，可见并不是什么寻常凡人！

海棠与那龙啸北勾上也便罢了，身边什么时候又添了妖怪？这些妖怪又是从何而来？

萧山奋力击退两名敌手，高声喝问道："龙啸北，你身为大军元帅，却与妖类为伍，又作何解释？"

那龙啸北还未答话，躲在后面的海棠却是叫道："莫听他们胡言乱语，是那妖女身上佩着妖物！那妖物只对会法术的有用，其他人不要害怕，杀了这妖女，夺下妖物！"

这话一出，那本已有些畏惧的众人重又聚拢了过来。这真是逃都没法逃，只能拼个你死我活了。我从马上探下身来，低声问萧山道："擒贼先擒王，你可是那龙啸北的敌手？"

萧山微微侧头，答我道："捉龙啸北问题不大，不过，敌人太多，我一走，公主这里怎么办？"

我？我只能现时求神拜佛，求那刀剑开眼，在萧山擒住龙啸北之前不落到我身上了。我哄萧山道："我身上有法宝护身，这些人伤我不得，你放心去抓龙啸北，只有擒住了他，咱们才有生机。"

萧山回头看我，眼中仍有迟疑，"你呢？"

"别耽搁了！"我用力推了萧山一把，"快去！"

萧山暴喝一声，骤然跃起，执剑直往龙啸北那里扑了过去。而那些武士也自动分成了两拨，一拨人去挡萧山，另一拨人却冲我来了。可见不论敌我，这人的思维大抵相同，都知道擒贼先擒王。

这奔我来的估计都是凡人，武功虽不如那些妖类，可扛不住人多啊，只织娘一个人哪里护得住我？不过片刻工夫，两人便被逼滚下马来，也是万幸，没摔断脖子。

织娘手舞双剑，死死挡在我的面前，忙乱之中回头叫道："奴婢挡不住了，公主快向大王求救！"

这傻孩子，还真信了我之前的话，以为我能用荷包向奎木狼求救呢。

"你那大王不会来的！"我扯下腰间荷包，强行塞入织娘怀里，叫道，"你快逃吧，不用管我！"

织娘抬脚将面前的一个武士踹飞，寻了个空当，将那荷包从怀里掏出，又一把拽过我的手，道："得罪了！"

我这里还没有反应过来，就瞧着眼前剑光一闪，紧接着掌心一痛，已是被织娘用剑割破了手掌。她将那荷包一把摁在我手上，眼睛里炯炯放光，道："公主放心，大王马上就到了！"

我一怔，差点没吐了口鲜血出来！这才是自作自受，我之前糊弄织娘说只要我的血沾上荷包，奎木狼那里就会立刻知道我有难，这回可好，织娘真信了，还不忘用此法替我向奎木狼求救！

我手握荷包，囧得几乎说不出话来，"织娘……"

就在这时，却有几个武士同时偷袭织娘身后，我心中大惊，想也不想就把织娘拽了过来，闪身挡上前去……红袖与一撮毛已经为我而死，我绝不能再叫织娘同她们一样。

刀剑袭来之际，眼前的一切仿佛都慢了下来。

我看到那剑尖先至，眼看着就要碰到我的胸膛时，却不知从哪里射来一道金光，正正地击中剑尖，那剑尖顿时化作一缕青烟，剑身也随之碎裂，化为粉末，飞散开来。

那执剑的武士面上先是惊讶，随即露出了恐惧，极力地控制向前的力道，试图后退，可惜为时已晚，又一道光芒闪过，他那执剑的手臂竟被从根斩断，断臂横飞，血液四溅。

与此同时，另有一股力量把我往后推去。

我顿时站立不住，仰身摔倒下去，虽是砸在了织娘身上，仍是被摔得晕头转向，眼前阵阵发黑。好一会儿，那天地才停了旋转，就见织娘已是把我护在了怀里，惊喜交加地看着我，叫道："大王来了！大王来得真快！"

我忙撑起身去看，那奎木狼竟真的到了，穿一身黑衣亮甲，舞一把钢刀，打得那些人毫无回手之力，只眨眼工夫便扭转了形势。萧山那里压力顿减，直扑龙啸北，也是发了狠，三五招之间就拿住了龙啸北要害，厉声喝道："停手！不然立刻杀了你们元帅！"

龙啸北的手下顿时都停了手，奎木狼那里却是不肯罢休，对萧山的话更是置若罔闻，刀刀要人性命。众人一看这个，好吧，哪怕是为了保命，也只能接着打了。萧山擒着龙啸北，是杀也不是，放也不是，一时进退两难。

不远处，海棠已是扶着白珂站起身来，瞧着情形是想溜走，织娘眼尖，一眼看到了，忙向奎木狼喊道："大王！海棠和白珂要跑！刚才就是他们差点杀了公主！"

此言一出，众人视线都往海棠与白珂两个身上聚了过去。海棠怔了一怔，立刻挺身挡在了白珂之前，极有气势地大声叫道："奎木狼，你若要杀他，就先杀了我！"

我不禁暗叫了一声"糟糕"！

这海棠对白珂倒是有几分义气，只可惜她太不了解奎木狼了。奎木狼此人从来不肯受人威胁，更不懂什么叫怜香惜玉，想当年胡念念小姑娘不过就是爬了爬他的床，他就能狠心把人扔水里淹死，现如今对海棠怕是也不会手软。

果然，就见奎木狼连犹豫都不曾犹豫半点，直接抬起了手来。

"慢着！"我忙大喊，可惜仍还是晚了一步，奎木狼手中钢刀已是脱手，化作一道白光直直射向海棠。

白珂面色大变，急忙反手把海棠拨向一旁，以身为她挡住了那柄钢刀。刀尖从他胸膛而入，直没到刀柄，那劲道犹未减弱，又带着他往后飞去，直钉到后面树身上这才停了下来。

"白珂！"海棠喊得撕心裂肺，踉跄着扑了过去，抱着他放声大哭，"白珂，白珂，你别吓我，你应了我要一直陪着我的，不能说话不算数！"

奎木狼那里面色不变，只回头看我，冷声问道："怎么了？你拦什么？"

我有些呆愣，怔怔答他道："海棠怀着孩子呢。"

奎木狼微微冷笑，问："你的孩子？"

我被他问得一愣，下意识地摇了摇头，"不是。"

"既不是你的孩子，那你拦什么？"奎木狼又问。

我脑袋还有点晕，总觉得他这话哪里有些不对，可一时又说不出什么来，怔怔看他半晌，这才说道："可海棠说那是你的孩子。"

奎木狼冷冷一笑，反问我道："她说是，便是了么？"

这话真是把我问住了，寻思了一寻思，回他道："当然，还得你承认。"

话刚说完，就听得海棠那边突然发出一声凄厉长号，我忙转头看去，就见白珂已是垂下头来，气绝身亡。我心中虽恨白珂与海棠至极，可看到这一幕，心中仍不觉有些恻然。

海棠猛地回过身来，怨恨地盯着奎木狼，道："奎郎，你的心真是好狠啊。纵是不念前世的情分，难道也忘了我们在银安殿的恩爱了么？"

奎木狼皱眉，没有理会她，只抬起手隔空将那钢刀又收了回来，又一次把刀尖对准了海棠。我愣了一愣，吓得忙从后面抱住了他的手臂，好声劝道："冷静！冷静！她还怀着孩子，不管怎样，那孩子总是无辜的！"

奎木狼回头看我，淡淡说道："那孩子不是我的。"

"我信！我信！"我忙道，从白珂那些话里，我已是猜到了几分实情，海棠腹中这孩子十有八九不是奎木狼的，而是白珂的。

奎木狼又道："我与她在银安殿也没什么恩爱。"

"我信，我信！"我忙又点头。

不料海棠那里却是放声冷笑，"好一个薄情寡义的奎星神君！做过的事情，就想不认了吗？"她说着又来看我，激道，"百花羞，你可知道，你在波月洞苦等他不到时，他正与我在银安殿里做些什么？"

哎呀，这都什么时候了，她竟然还敢激怒奎木狼，这可真是老寿星上吊，自己活腻歪了！

我一时颇为无语，真心实意地劝她道："闭嘴吧，你便是不怕死，也该为肚子里的孩子想一想。"

海棠怔了一怔，低下头去，双手抚上自己腹部，喃喃道："孩子，我的孩子。"她念着念着，也不知又想到了什么，表情忽又狰狞起来，抬头看奎木狼，"我既然活不了，你们也都不要想活！奎木狼，你此世既然负我，那就受那天雷之罚去吧！"

她说完，不知从哪里抓了把短刀过来，直直刺进了自己心口。

事出突然，谁也想不到她会突然自尽，纵是想救都叫人来不及。我怔了好一会儿，都有些回不过神来，就听得织娘在一旁低声感叹道："她是真的认为自己就是苏合转世。"

是啊，她是真的认定自己就是苏合转世，认定奎木狼对她不起，认定是我抢了她的一世姻缘……

我侧过脸去，不忍再看。

白珂与海棠接连身死，又均是这般惨烈模样，不论敌我，众人瞧得都有些怔忪，过了好一会儿，这才猛地醒过神来。萧山手上还擒着那龙啸北，立刻又高声喝道："谁也别动！"

我忙也一把抓住奎木狼，道："你也先停一停！"

奎木狼冷哼一声，却也没有再动。

双方一时僵持下来，萧山挟持着龙啸北，出声询问道："公主，怎么办？"

怎么办？很难办！且不说龙啸北那龙王幼子的身份，只说他现在，那可是朝廷大军的元帅，一旦被杀，大军必乱。我身为宝象国公主，却在叛军首领的帮助下杀了自家元帅，回去后该怎么向国王与王后交代？

可就这样把他放了，且不说后患无穷，也真是憋气。

我一时甚是头大，正发愁怎么解决眼前难题，就听得奎木狼又低低冷哼一声，道："杀了也就杀了，哪来这么多顾忌？"

龙啸北闻言面色一变，忙大声叫道："三公主！我乃大军元帅，领兵与叛军相抗，你身为我朝公主，万不能做这自毁长城之事！"

我默了一默，抬眼看他，问道："你现在认我是公主了？"

"认！认！认！"龙啸北一转之前的倨傲，很是痛快地点头，又道，"臣之前受妖女蛊惑，这才对公主不敬，现在已是知错了！"

这倒是个活络人！

我犹豫了一下，吩咐萧山道："还是带他回京，由陛下处置吧。"说完，又转头去看奎木狼，道："今日还要多谢你前来相救，这救命之恩，他日再报吧。"

奎木狼冷哼了一声，眼睛却盯在我握着荷包的那只手上，寒声问道："手怎么受伤了？谁伤的？"

我愣了一愣，这才觉出掌心的疼来，忍不住吸了口凉气。

奎木狼一把抓起我手腕，将荷包从我手中扯出，皱着眉头，低头细看掌心伤口。织娘当时慌乱，这一刀割得颇深，之前一直被荷包压着倒还不觉得如何，此刻一摊开掌心，那鲜血顿时又涌了出来。

"没事，没事。"我忙道，生怕奎木狼瞧出什么来，紧着往回缩手，"是我自己刚才不小心划破的。"

奎木狼却是冷笑，"你自己能划成这般模样？"

"是奴婢。"织娘从我身后带着哭腔说道。我转头，就见她已是举了一只手出来，怯怯地看着奎木狼，"刚才形势凶险，奴婢想要给大王传信求救，这才用剑割破了公主掌心。"

奎木狼眉头紧皱，"传信求救，你割她手掌做什么？"

这一回，我老老实实地举起了另一只手，承认道："怨不得织娘，是我之前糊弄她说只要这荷包沾上我的血，你那里就会知道。"

奎木狼瞪着我，气得半晌说不出话来。

我却忍不住问他道："你如何知道我遇到危险了？难不成那荷包真有传信之用？"

奎木狼沉着脸给我包扎手上伤口，冷声答道："柳少君给我送的信。"

柳少君？我这才想起那原本该监视着海棠的柳少君来。海棠突然带人出京，柳少君那里却没有传出任何消息，十有八九是受了海棠暗算。

我忙问道："少君现在怎样？"

奎木狼淡淡答道："在我营中。"

身后织娘也慌了，急声问道："他受伤了？很严重吗？"

按理说柳少君给奎木狼送信后，自己也该跟来的，既然没有前来，可见受伤不轻。果然，就听得奎木狼说道："放心，死不了。"

我松一口气，"死不了就好，死不了就好。"

那边，萧山正挟持着龙啸北，喝令龙啸北那些手下之间相互捆绑。我看了两眼，叫织娘过去帮忙，待她走了，这才低声与奎木狼说道："龙啸北乃是北海龙王敖顺幼子，是顺应天命来颠覆这宝象国江山的。我不杀他，并非妇人之仁，而是还未到时机。"

奎木狼抬眼瞥了瞥我，面色不见丝毫波澜，只淡淡说道："我知道。"

我却是不由得惊讶，奇道："你知道？"

他嘲弄地一笑，反问我道："不然你以为我为什么要去做那叛军首领？难不成还真的是想割据北疆，自立为王？若只是为抢你回去，我自可去宫中去抢，谁还能拦得住我不成？说到底，不过就是想压下这龙啸北的运道，叫他成不了气候罢了！"

我倒是没想过他入那叛军竟是存着这样的目的，一时不觉愣住，怔怔问他道："为什么？"

"为什么？"奎木狼又抬眼看我，扯了扯唇角，道，"就你这性子，别人对你稍好，你就要对人家掏心掏肺，这宝象国国王与王后对你有生养之恩，你又怎肯眼睁睁看着宝象国亡国？既然你要逆天，那我便助你逆天而行。"

这话着实感人，我听得不由得眼圈一红，却又怕被他笑话，忙就掩饰地笑了一笑，道："你这人讲话向来好听，想当初你还曾经说过我既无法长生，你便陪我终老呢！可结果这样，还不是……"

"百花羞。"他忽地打断我，垂了眼帘，轻声说道，"当时在银安殿，我确实起了逢场作戏的心思，想借机免了那天雷之罚，能与你生生世世相伴下去。可我最终什么也没做，因为不想愧对于你，犹豫过后，就把那海棠赶了出去。再后来，又有一条白龙变作宫女前去刺杀我，我与他打了一架，他逃进了御河，我返回银安殿，因着酒意上头，昏睡了过去。"

后面这些事情，我却是不知道的。

他又抬眼看我，"那白龙乃是唐僧所骑的白马，你若不信，待日后他们取经回来，问一问便知真假。"

我觉得他不会在此事上骗我，可心里多少还是有些芥蒂，一时间颇为杂乱，想了想，与他说道："以前的事先不要说了，我先押送龙啸北回京，把眼前的事解决了再说。"

刚说完这话，就听得织娘从远处大声叫道："公主，人都捆好了！"

我抬眼看去，就见龙啸北与剩下的七八个武士都已被捆缚结实，又像串蚂蚱一般，用一根粗绳串在了一起。萧山走上前来，瞧了我一眼，禀报道："这些人中，怕是还有妖类，臣不知该如何分辨。"

这事把我也问住了，不由得转头看向奎木狼，问道："怎么分辨？"

奎木狼冷冷一笑，道："这些妖都是来自水中，是人是妖，你晒上几日便知道了。"

我一怔，"这样就可以？"

奎木狼瞥一眼萧山，面色不善，冷声道："你以为我帐外竖的那几根木桩是做何用的？就是为了晒些虾兵蟹将。"

这话猛一听像是在骂萧山，可再一琢磨，又好像并不是光骂他。

我看奎木狼，问道："有北海的人前去刺杀你？"

奎木狼扯了扯唇角，道："我打败了这龙啸北，截断了他的运道，北海的人自然不会善罢甘休。"

如此听来，这北海应是没少派人去刺杀他。

我忽明白了一件事情，难怪我要逆天而行，拦下那龙啸北的帝王运势，却没什么北海的人来寻我麻烦，原来竟都是奎木狼替我拦下来了。因为明面上来看，这逆天的可不是我这位公主，而是那打败了龙啸北、迫他一路北退的叛军首领。

我不禁又问奎木狼道："他们不知你真实身份？"

奎木狼说道："之前并不知道，不过眼下来看，应是知道我是为你而来了，所以这才去寻了海棠，与之勾结，不过是想借她的手杀了你。毕竟你与我不同，你是为着历劫，名正言顺地转世投胎，身后又有王母撑腰，直接派人杀你不但会惹人诟病，还没法向王母交代。"

难怪司命那厮几次劝我自尽以顺天命，却不敢动手杀我，原来竟还有着这般缘故。

我点了点头，又道："既然如此，你自己多加小心，听司命那厮的话，北海的人不会善罢甘休。"

奎木狼笑笑，"惧他们什么？"

说话间，织娘也走了过来，问我道："白珂与海棠的尸首怎么办？"

我转头瞧了一眼，心中也不觉恻然，道："人死灯灭，再大的仇也结了，都带着吧，待回去给王后看过之后，再寻个地方将他们两个安葬。"

海棠来时所乘的马车还停在不远处，织娘与萧山一商量，不仅把白珂与海棠的尸身搬了进去，连那些死伤的武士也都装上了车。待一点数，人头却还对不上，在草丛里寻了一寻，竟又找出来两条死鱼并一只大螃蟹来。

"这可是抹不了的罪证。"萧山笑了一笑，又去问龙啸北，"大元帅，你帐下怎还有这些人物？"

龙啸北面色难看，道："这个我实在不知，他们来我帐下投军，是人是妖，我如何得知？"

瞧那模样，却也不像是说假话。

待一切都收拾利索，日头已经偏西，众人忙急匆匆往京城方向而去，可紧赶慢赶，却仍是误了时辰，被关在了城门之外。萧山上前去叫那城门，奎木狼抬眼扫了扫他的背影，交代我道："这人也算有些本事，你先不要放他回营，暂时留在身边做个侍卫。"

他嘴里说出这话，真比那太阳从西边出来还要稀奇！

我怔了一怔，奇道："你不吃醋？"

奎木狼冷哼了一声，"吃醋也要看个时候。龙啸北一倒，难保那北海的人不狗急跳墙，我在军中暂脱不开身，有他在你身边保护，还能稍稍放心些。"他说着，又把那荷包掏了出来扔给我，又道，"这东西你不要离身，有它在，一般妖物伤不得你。"

那荷包上本沾了我不少血，也不知他使了什么手段，竟将那血污都除去了，瞧着比之前还要光鲜几分。我没与他客气，将那荷包往怀里一揣，稍一犹豫，又问他道："万一遇到紧急情况，如何通知你？"

说白了，就是如果再有今天这般的危急关头，如何能向他求救。

他许是听出了我的话外之音，唇角上隐隐勾起些笑意，答道："用不着再割手，我已在这荷包上加了新的法术，有人欲要伤你，我自会知道。"

那边，萧山已经叫开了城门，向我打着手势示意一起进城。

我又看奎木狼一眼，低声道："你自己多保重。"

奎木狼点了点头，"走吧。"

我这才策马，带着织娘一同进了城门。

第十六章

好啊，我等着你

　　皇城也已是闭了宫门，又是一番折腾，这才入得宫去。正好国王今夜就歇在王后宫中，倒是省了些麻烦，一同就见着了。那国王睡得还有些迷糊，听完萧山奏事，好一会儿才反应过来，惊道："龙元帅竟与妖邪勾连？"

　　萧山点头，把今日发生的事概略讲了一遍，又隐去了奎木狼的身份，说道："危急关头，幸得世外高人出手相救，公主才得平安，臣方能擒下龙啸北及一众党羽。"

　　龙啸北及其手下就押在殿外，连带着那两只死鱼与螃蟹也丢在一旁，其体型之庞大，一瞧便知不是普通水族。

　　国王与王后没敢上前近看，只站在台阶上远远地瞄了一眼，便吓得赶紧回了殿内。国王向王后感叹道："寡人活着这许多年，今天也算是开了眼，这地上跑的、水里游的妖怪都看到了，也就差天上飞的还没见着。"

　　织娘就在我旁边站着呢，一听这话，不免有些紧张。

　　王后那里也忍不住先瞥了一眼织娘，这才问国王道："陛下，那妖女与白妖两个死了正好，也算是除了祸害。这龙啸北却是大军元帅，又该如何处置？"

　　国王苦恼地挠了挠头，道："眼下两军对阵，大军突然易帅已是不好，万不可再说他与妖邪勾连之事了。不如就先对外宣称他得了病，暗中把他关押下来，待日后北疆叛军离去，再作处置。"

　　王后听得点头，犹豫了一下，又道："昨日臣妾与您说的那些话，您可须得仔细考量。国有储君，后继有人，才可江山稳固啊。"

"东宫之事，确是早该定下了。"国王应道，又不由得叹了口气，抬眼去看那王后，"这些年来，寡人钻了牛角尖，一心想要生个儿子出来继承王位，却是委屈了你。"

王后忙就红了眼圈，口里却是说道："臣妾不委屈……"

眼瞅着人家夫妻就要进入煽情模式，我们再留在这里就有些碍事了。我与萧山对视一眼，忙就悄悄地退了出去。

第二日，国王就下了旨意，大概意思是说平北大元帅龙啸北于军中忽生重病，情况凶险，朝中为了表示重视，立刻派人接他回京诊治休养，同时，另派人前去接管他军中事务。

此外，也不知王后是怎么操作的，义安公主府那边就给海棠报了个暴病而亡。

接到这些消息时，我仍在床上趴窝，动一动都觉得四肢酸痛，不禁向织娘诉苦道："老了，果然是老了，昨儿不过才忙活了一天，今儿就觉得身体都不是自己的了。"

织娘那里倒是活力十足，一面给我准备着起身要穿的衣裳，一面笑道："公主才多大，竟然也敢说老。奴婢今年都小三百岁了呢！"

我看向织娘，认真说道："织娘，咱们两个不能比好吗？你是妖，我是人。"

织娘捂着嘴笑了一笑，"那公主还是天女转世呢。"

我现在一听"天女转世"四个字便觉头大，这名头除了好听，半点用处没有，倒是害我吃亏不少。我颇为懊恼地摆手，道："莫提这个，一点便宜没占着，这半辈子光挨坑了。"

正说着，外面有宫女禀报说柳少君回来了。我听得一怔，忙就从床上爬了起来，忙喊织娘给我穿衣，不想话还没落地，就瞧着眼前人影一晃，再定睛看去，眼前哪里还有织娘的影子？

"衣裳！把衣裳给我留下！"我忙大喊。

等得片刻也不见织娘回应，我只得认命地叹了口气，忍着腰酸腿痛爬下了床，自己又从衣柜里翻了身衣裳出来，胡乱地套在身上，也赶紧往前殿而去。

柳少君身上又添了几处伤，不仅头上绑了绷带，就连两只膀子也都被吊了起来，模样甚是狼狈，可见昨日也经历了颇多凶险。

我到门口的时候，织娘正对着他抹眼泪，低声埋怨道："我还以为你有多机灵，不想却也笨成这样，一瞅人多就不该和他们打，早早跑回来送信多好，也省得我们遭那凶险。"

柳少君想去给织娘拭泪，可惜两只手都不方便，摆弄半天都没碰到织娘脸颊，只能哄她道："事发突然，我被他们发现了行踪，想走已是来不及，只得硬着头皮和他们打了。你莫哭，我这不是好好的么？"

"这也叫好好的？本就没个胳膊腿脚，好容易修出几个能用的，还都被人家打断了。"织娘气道，还欲再训，一抬眼却看到了门口的我，忙就停住了嘴，只低下头去抹泪。

我忙就轻咳了两声。

柳少君听到动静回头，瞧见是我，忙挣扎着要起身行礼，"公主。"

我赶紧止住了他，道："不用多礼，你坐好便是。"

柳少君这才又小心坐下了，很是有些愧疚地说道："都是属下无能，害公主昨日遇险。"

"不说那些，反正我现在也好好的。"我摆手，又问他道，"倒是你，怎么伤成了这般模样？前一日不是还好好的，并未发现海棠有何异动么？怎么昨日忽然就出现了这许多北海的人？"

柳少君默了一默，道："唉，都是属下大意了。其实前一日，海棠就已经发现属下监视她了。"

"她怎么发现的？"我奇道。

柳少君没有回答，却是先问我道："公主可还记得，十四年前的除夕之夜，海棠在谷内失足落崖，大伙怎么寻她都不见，直到大王亲自去找，这才在崖底寻到她的事么？"

虽过了许多年，那事我却还记得清楚，当时海棠有意陷害我，哄一撮毛带她去什么观景亭，然后便失踪了，最后被人从崖底寻到时，身上各处是伤，简直惨不忍睹。也正是因着那事，她惹急了我，我这才赌气决定也要恶心恶心她，就是走也要睡了黄袍怪再走。

我点头，"记得。"

柳少君又问："那公主可还记得她有一块护身玉佩？"

玉佩我也记得，那是素衣赠予她防身的，当时若不是那玉佩庇护，海棠早在崖底被野兽啃食干净了。

"你被她发现行踪，与那玉佩有关？"我问道。

柳少君答道："那玉佩有示警之能，只要我等带有妖气之人靠近，玉佩便会示警。想必也正是这个缘故，当年白珂带人百般寻她不到。属下疏忽，忘了此事，瞧着海棠表现无异，还当她不曾察觉被人监视。谁想她却只是假作不知，暗中却通知那北海的人，这才有了昨日之险。"

"难怪，难怪，若是这般，之前的事倒也都解释得通了。"瞧着柳少君与织娘两个都面露不解，我又与他们解释道，"海棠可不是前日才发现柳少君，怕是再早之前便知道了。"

"再早？"织娘奇道，"什么时候？"

我笑了笑，问她道："还记得之前咱们在城中造势，说那叛军首领如何如何好，就想着引海棠上钩去抢。为着这事，还特意在城门口演了一场戏给她看，不料事后她却是毫无动静。现在想来，她那时应该就知道你们两个在我身边，开始心生警觉了，怕也是从那时开始与那北海的人勾连上的。"

一事通，便事事通了。难怪我这里刚要诱杀白珂，海棠那里便知道了，不仅向龙啸北求救，还亲自跟着北海的人赶了过去。

织娘那里也不由得叹道："海棠这人实在狡猾，得亏她自尽了，不然还不知道要作什么妖呢！"

柳少君认同地点了点头，许是怕我恼他去找奎木狼，又解释道："属下昨日被北海的人所伤，勉强逃出命来，待回到宫里才知您已带着织娘出宫，料着是去杀白珂了，慌乱之下只得去了军营向大王求救。"

"你没做错，也多亏了你，咱们这些人才得活命。"我停了一停，又道，"事已经过去，白珂与海棠也已身死，什么仇也该消了。你与白珂兄弟一场，寻个日子，把他们两个安葬了吧。"

柳少君默得片刻，低声应道："好。"

可不想这事却不是那么好办。

海棠乃是国王亲封的义安公主，那丧事怎么办都有讲究，不是谁都可以插手的。柳少君为着圆白珂的心愿，一心想将他两个葬在一起，无奈之下，只得趁着月黑风高夜去了趟公主府，偷偷撬开海棠的棺木，将白珂尸首悄悄放了进去，这才算了事。

朝中与北疆叛军议和之事进行得颇为顺利，没多久便签订了和约，朝廷许北疆自治，并派公主和亲，而北疆叛军则答应退兵，并承认与宝象国的宗藩关系，每年按时朝贡进献。

以目前的形势，能签下这份和约，宝象国上下都大喜过望，简直恨不得立刻就把我这位和亲公主送出城去，好敲锣打鼓地送叛军离开。就连王后那里，也变了口风，私底下与我感叹道："只看这份和约，奎木狼对你许是也有几分真心。"

这话没什么好反驳的，我闻言也只是点头，又忍不住问王后道："龙啸北那里可有什么动静？"

"没有，老实得很。许是认了命吧。"王后停了一停，又道，"你父王已是决定从皇室子弟里选个贤良的出来入主东宫，人选都差不多要定下了，那天命，看来是要改一改了。"

我松一口气，道："希望如此。"

没过两日，国王便下旨立了东宫太子。那倒是个有志青年，也颇懂人情世故，先去拜谢了王后，又来见我，说过了一番客套话，临出门时，又十分恳切地与我说道："三姐姐为国这般牺牲，臣弟绝不敢忘，他日定会率领大军踏平北疆，迎三姐姐还朝。"

我先是一怔，随即大惊，忙就说道："不用，真不用。"

太子殿下不解地看我，目闪诧异。

我没法和他说我与奎木狼之间的恩恩怨怨，只能举高那为国为民的大旗，道："北疆地处荒僻，严寒贫苦，民众野蛮，不知礼仪，为这样一块地方大动干戈，得不偿失。殿下无须为我兴兵动武，只要我朝江山稳固，国泰民安，我纵是老死在北疆，也是愿意的。"

太子殿下听得很是感动，红着眼圈出了我的宫门。

织娘跟在我身后，忍不住拍了拍胸口，小声道："真是吓死奴婢了，大王与公主好容易解开了误会，破镜重圆，只盼着日后能恩恩爱爱，白头到老，可千万别再生事了。"

我听了这话却是有些惘然，我与黄袍怪，真的要破镜重圆了吗？

按理说所有的误会都已解开，他当时未能及时赶回是事出有因，与那海棠也并未怎样，我不该再计较什么，可不知为何，心里就总有些说不清道不明的芥蒂，梗在那里，叫人难受。

不管怎样，在我最需要他的时候，他没能回去，留我一人孤苦无助，面对绝望。

那印象太深刻，以至于叫我无法忘怀。

奎木狼一直没有再露面，却派人给我送了一个琉璃宝瓶来，很是小心地装在匣子里，还特意嘱咐我要小心轻放。东西送过来的时候，王后正好在我宫中闲坐，瞧见了难免有些不悦，抱怨道："这人是不错，就是小气了点，就这么个破瓶子，咱们宫里不知有多少，他也至于紧张成这个样子！"

我心中也觉得奇怪，取了那瓶子出来，觉得手感颇有些沉重，忍不住就顺手晃了一晃。就听得里面惊呼连连，似是有人从瓶中叫道："哎哟，可别晃了，再晃就要吐了！"

我吓得一跳，差点就把那瓶子扔了出去，亏得织娘就在我身旁，扑过来双手抱住了那瓶子，又惊又喜地叫道："是红袖，是红袖的声音！"

我一怔，赶紧又摇了摇那瓶子。

里面传来"哇"的一声，似是有人吐了，紧接着又听得一撮毛惊声叫道："哎呀，红袖姐姐，你怎么真的吐了？"

"一撮毛！还有一撮毛！"我也不由得大喜，忙就拔开了那瓶塞，努力往里面看去，问道，"红袖？一撮毛？是你们两个吗？"

就见那瓶底有两个透明小人，一蹲一站，不是红袖与一撮毛是谁？她两个也仰头看我，红袖向我挥了挥帕子，娇笑着叫道："哎呀，公主娘娘，真是好久不见了，您这脸瞧着，像是又有些发福了呢！"

一听这话，就知道定是红袖没跑了。

织娘那里喜得又哭又笑，我眼里也不觉蕴了泪，只有王后那里还糊涂着，也凑过来想看一看瓶内的情况，奇道："这里面怎么还养着小人呢？"

红袖忙又挥帕子，道："公主把宝瓶放倒了，咱们趴到瓶口来说话，这么总仰着脸，脖子生疼。"

我忙就把那瓶放倒在桌上，她两个很快就扒着瓶口探出个头来，笑嘻嘻地看看我，又去看织娘，道："猜不着我俩在里面吧？奴婢就说公主一定想不到。哎呀，织娘你可别哭了，一会儿哭肿了眼，你家柳少君又该不愿意了。"

"不哭，不哭。"织娘紧着抹泪，又问道，"你俩怎么会在这里？咱们都以为你们已经，已经……"她话说到一半，就又忍不住捂着脸大哭了起来，哭着埋怨道，"哪有这样的？明明活着也不给咱们个信，害咱们这般为你们伤心！公主为着给你俩报仇，差点连命都丢了。"

我拍拍她的肩，示意她先往旁边哭一会儿，也顾不上王后还在一旁，只问红袖道："说说吧，这到底是怎么回事？"

红袖急忙说道："不是咱们要瞒着公主，咱们是真的死了。"

"死得透透的，魂都到了阴曹地府了。"一撮毛也忙着补充。

我身旁的王后骇了一跳，赶紧就往我身后躲了去。

红袖又道："是大王追去地府，将咱们两个的魂魄抢了回来，养在了这琉璃宝瓶里！"

一撮毛不甘示弱，紧着说道："这宝瓶可是太上老君炼出来的，只要我们两个在里面养上几年就全了魂魄，到时再附到莲藕身里去，就跟常人无异啦！而且，还能一直水灵，不会变老呢！"

她不仅腿脚利索，嘴巴也利索，噼里啪啦一顿说完，待红袖再抢到张嘴的机会，却已是没话可说。红袖气得扬手就给她后脑勺一巴掌，恨恨说道："你嘴巴怎恁快！"

"莲藕身？"我奇道。

一撮毛张了嘴刚要回答，却又想到身边的红袖，忙就闭了嘴，讪讪笑道："红袖姐姐说。"

红袖先白了她一眼，这才笑着答我道："就是用莲藕造的身躯，好用着呢，大王说那哪吒三太子也是用的莲藕身！"

我一直因着红袖与一撮毛的事情怨恨奎木狼，却不知他暗中竟是做了这许多的事情。"大王是什么时候把你们两个救回来的？"

红袖眼睛望天，掰着手指头数了好半天，很是不好意思地笑了笑，"公主知道奴婢算术不大好，到底是什么时候救回来的真算不清了，反正得有些日子了。"

一撮毛小心地看了红袖一眼，这才敢补充道："两个多月前！"

这般说来，竟是我这里还在选驸马的时候？他那时倒是曾来寻过我一次，只不过说了没两句话便被我气走了，半点没提红袖与一撮毛的事情。

这可真是闷到了极致的人。

王后那听得还有些糊里糊涂，将我扯到一旁，小声问道："这瓶子里养的到底是什么东西？是人是鬼？"

非人非鬼，却是两个妖怪。

我想了一想，含蓄地答王后道："是之前伺候女儿的两个侍女，曾被海棠所害，现如今又被奎木狼救了回来，养在了宝瓶里。"

"不害人？"王后又问。

我拍着胸脯向她保证："绝对人畜无害！"

王后这才算是放了心，又不忘嘱咐我道："把瓶子放好，千万别吓着人了。"

"明白，明白。"我忙点头，回身叫织娘赶紧把那瓶子收好，千万小心别磕了碰了。

红袖那里也紧着在瓶子里喊道："稳当点，可别再摇晃了！"

织娘应了一声，抱着瓶子回了自己房间。我估计着，今天晚上柳少君就要被赶出来睡了。

王后那里犹豫了一下，又说道："母后本是想多留你一段日子，可朝中却说此去北疆路途遥远，单独送嫁反而不便，不如就叫你随着那叛军一同走，起码落得个安全。你……意下如何？"

朝中哪里是怕送嫁不便，分明是怕夜长梦多，那叛军首领再一个反悔，不要我这个二婚公主了！俗话说公主下嫁、公主下嫁，不想到了我这里，却就成了公主上嫁，哦不，简直就是巴结嫁！他们恨不能赶紧把我塞给那奎木狼，好叫他痛快退兵。

我点了点头，应道："一切都听父王母后安排。"

王后那里明显着松了口气，又伸手来拍了拍手臂，低声叹道："只是委屈你了。"

当天夜里，许久没见的奎木狼突然来了我宫里。

人都说小别胜新婚，我与他许是别得久了一点，一下子又回到了成亲前了。两人相对而坐，一时间谁都没有开口。

很久以前，母亲曾经教导我人情世故，说若是与人无话可聊，那就试着问问人家孩子，大多时候，这个话题还是比较保险的。我稍一迟疑，问奎木狼道："阿元和阿月现在在做什么？"

奎木狼看我一眼，答道："应是在睡觉。"

我闻言一愣，"睡觉？"

他淡淡答道："地上一年，天上一日，我来时，他两个刚刚入睡，想来这会儿还未醒。"

我这里憋了许久的煽情话一下子就被他砸实在肚子里，半点也倒不出来了。

亏我对那两个小崽子日日挂怀，生怕他们两个见不着母亲会哭闹不休，却忘了我们之间有着偌大的时间差，那两个又正是没心没肺的年纪，估计这会子刚上天庭的新鲜劲还没过去呢，待要再想起我这个母亲来，怎么也得十天半个月之后了。

奎木狼又瞥了瞥我，说道："他们在我府里有得力的近侍照料，不用担心。"

我闻言点头，应道："嗯，不担心。"

反正离得远，见不着也摸不着，担心也没什么用。

奎木狼又道："待过上一段时日，我想送阿元与阿月出去学艺。"

他两个年岁已经不小，总这样散养着不是办法，是得找个厉害的师父好好管教管教。

我仍是点头，"好。"

奎木狼看了看，沉默下来，过了好一会儿，才忽又说道："这一次，我亲自来京中迎娶你。"

"好。"我这里还是习惯性地点头，待话出了口，才觉得有些不对，"你亲自来京中迎娶？"

他抬眼看我，应道："是。十四年前，我将你从这宫中掳走，虽在谷里举行了婚礼,可毕竟不被世人所知,害你遭人非议,声名受损。这一次,我光明正大地前来娶你,给你一场盛大的婚礼。"

这话太过好听,我这少女心都死了多少年了,竟也听得十分感动。

我想了想,劝他道:"你现在身份非同一般,实在用不着亲自入城来迎我,不如就留在军中,派使臣前来代你迎娶,这样还稳妥些。"

他问道:"你不想我来?"

"什么想不想的。"我笑了笑,又道,"又不是那十五六岁的小姑娘,凡事都要个排场,讲究个好看。你我也算是十几年的老夫老妻了,哪里用得到讲究这些虚礼?还是怎么问题……"

"你什么也不用考虑!"他忽打断我的话,问道,"我只问你,你心里想不想我来?"

想自然是想的,不过经历了这许多事,纵然之前我们曾做了十多年恩爱夫妻,有些话,还是早些说开的好。我默了一默,忽然说道:"奎木狼,我是个不肯信命的人。"

奎木狼轻扬扬眉梢,"嗯?"

我笑笑,又道:"早前被你掳去谷中,我一心想逃,哪怕已是与你拜了天地,有了夫妻之名,我也没有认命过。我母亲曾经说过,什么是命?命就是你的人生轨迹,是你自己一步一步走出来的路,不论是走过去的,还是未来将要走的,都是你的选择,谁也无法替你决定。"

他缓缓点头,"你母亲绝非一般俗世女子。"

母亲是不是俗世女子我不知道,但她真的非同一般,否则,父亲也不会为了她一人散尽后宫,退位相陪。

"我说这些是想告诉你,我后来愿意留在谷中,愿意与你为妻,只是因为喜欢上了你,而非认命。"我慢慢说道,并不因吐露心思而不好意思。

奎木狼微微翘了唇角，轻声道："我知道。"

我抬眼看他，又道："后来，我恼你恨你，也并非只因着你未能及时赶回相救，而是更恨你忘却誓言，认了那劳什子天命，舍我去了天庭。"

他张了张口，欲言又止。

我不觉失笑，坦然承认道："当然，也硌硬你与海棠在银安殿那档子事，还有你后来派人接了阿元与阿月回去，却不肯叫那人给我送个口信。"

"我叫了！"他打断我，停了一停，又低声道，"当时我实在脱不开身，只能叫心腹近侍前来寻你们。他来时却看到你在选驸马，便以为你变了心，没有露面就又回去了。"

我不觉一怔，竟还有这事？

他那里还要再解释，我忙抬手止住了他的话，笑道："都过去的事了，又已知道是误会，没必要再提了。"

他抿了抿唇角，闭上了嘴。

我思量了一思量，觉得差不多把话都说清了，便又总结道："说了这许多，只是想说……"

"只是想说我没必要冒着风险，亲自来城中迎娶你，可对？"他问。

我点头，郑重答道："之前有误会，说开了便是，我不会揪着那些误会不放，更不会因为自己爬得太高，非要你搭着台阶才肯下来。我不是那小姑娘，得要你来哄。你肯为我逆天而行，我已是很感动。"

"你的意思我已明白。"他盯着我，又道，"现在，你什么也不用管，不用考虑，只要答我，你心里可是愿意让我进京来娶你？说实话。"

说实话么？说实话自然是想！这世间哪个女人不想自己嫁得风风光光，世人羡慕？

我咬了咬牙，答道："想。"

他静静看我，看着看着忽地笑了，站起身来，与我说道："那你等我。"

他说完便走了。

翌日，叛军那边便正式向朝中提了出来，说自家首领要亲自来京中迎娶公主。

消息一出来，不只朝廷，连京中都快要炸了。这次婚姻，可和两家子欢欢喜喜结亲家不一样，甚至与以往的公主和亲也有不同，乃是叛军兵临城下以势相迫的结果，你却要亲自来京中迎娶，这是来示威呢，还是来示好？

当下，朝中便分成了两派。

一派说士可杀不可辱，叛军这般行事分明就是欺我朝中无人，堂而皇之地跑来示威来了。他来正好，到时咱们把城门一闭，给他来个有来无回，然后趁着叛军群龙无首，大举反攻，再给他们来个一网打尽。

另一派看法却是正好相反，人首领肯亲自来京中迎娶公主，这说明了人家重视公主，重视这门婚事啊！人家重视公主，重视这门婚事就是重视朝廷啊！这是大好事啊！咱们应该投桃报李，把这婚事办得风风光光，好叫首领赶紧娶了公主走人。从此两家交好，天下太平！

这两派天天在朝会上吵架，眼看着就要从文斗发展成武斗，搞得国王与王后很是苦恼。

王后娘娘特意来寻我，偷偷问道："这人到底非要亲自来迎亲，到底是个什么意思？"

"没别的意思，就是想补给我一个婚礼。"我答。

"真的？"王后又问。

我点头，"真的。"

"咱们用不用做些防备，以免他再……"王后迟疑着问。

我十分真诚地看王后，问道："咱们能防备他什么？又能防备得了么？"

王后愣了愣，讪讪一笑，"是哈，咱们打不过他。"她拍了拍大腿，终于做了决定，道，"行了，母后这就去和你父王说，叫他好好给你准备婚礼，送你风风光光地出嫁！"

她说完便风风火火地走了。

织娘那里端着药盘子来给我手上的伤口换药，换着换着，忽就红了眼圈，抹起了眼泪来。

我奇道："柳少君欺负你了？"

这些时日，织娘一直守着那琉璃宝瓶睡觉，害得柳少君很是不满，争了几次争不过后，索性自己抱着铺盖卷去了别处睡。这两口子眼下正冷战着，见面都不说话的。

织娘闻言摇头，忙擦了擦眼泪，"奴婢是为您高兴。"她一面给我包扎着伤口，又一面感叹道，"想当初您和大王那样恩爱，不知羡煞了多少人，咱们都觉得能有这样一段姻缘，成不成仙也不打紧。成仙又图什么？一个人孤孤单单的，就是能长生不老，也是无趣。"

我纠正她道："这仙能成还是要成的，身为妖精，总要有点追求的嘛！"

织娘低着头给我缠绷带，没理会我的话茬，"后来，那几个和尚一来，闹得咱们谷里天翻地覆，您与大王也……也成了那般模样。您不知道，奴婢都有多替您难过，又觉得这天道不公，竟将好好一段姻缘拆成了这般模样，真怕您与大王就此两断。您两个这般恩爱的人都会这样，那我与柳少君这样的俗物，岂不是……"她声音渐渐低下去，最后停了一停，才又道，"奴婢真怕，真怕这世间根本就没什么生死相守、至死不渝，只要大难临头，再恩爱的夫妻也是要各自飞的。"

"织娘。"我轻声唤她，伸出另一只手轻抚她的发顶。

织娘抬头看我，眼里还带着泪，面上却是露出明朗的笑容来，"这下好了，您和大王虽经历波折，却又破镜重圆，可见，这世上还是有生死相守、至死不渝这回事的。"

我良久无言，好一会儿才举起那只伤手来给她看。

织娘瞪大了眼，不解地看我。

我叹道："织娘，你把我的手都绑成了熊掌了。"

织娘愣了一愣，不好意思地笑了。

我不由得也跟着笑了起来，待停了笑，才与她说道："织娘，'至死不渝'这词，不到生命的最后一刻，谁都没有资格说。别执着于这些誓言，更不要去看别人怎样，只问自己的心，走自己的路，做到无怨无悔，这就足够了。"

织娘那里听得似懂非懂，慢慢地点了点头。

朝中与叛军几次商量，终于择了个黄道吉日，定下了婚期。宫里越发忙碌起来，王后一心要把我风光嫁出，只怕那嫁妆备得不够丰厚，天天亲自跑内库，恨不得把里面所有好东西都挑了出来给我。

我那脾气直爽的大姐姐难免有些拈酸，故意当着众人的面，与我那位温柔和顺的二姐姐叹道："这才是远香近臭，瞅瞅母后这心偏的，想当初咱们两个出嫁的时候，母后可没这么大方。"

二公主很是有些尴尬，一时不知该如何接这个话。

王后眼睛看着嫁妆单子，坦荡荡地承认道："我就是偏心眼，偏你们三妹妹。她以前吃了太多的苦，这一次又是为国和亲，去那北疆荒蛮之地，嫁那野蛮粗人，我这做亲娘的不疼她，还指着谁去疼她？"

"哎哟哟！"大公主直撇嘴，笑道，"为国和亲是真的，可人家那首领可不是什么野蛮粗人。京中早就传开了，人那叛军首领也是世家出身，文武双全，相貌英俊，只因家道中落，又受了当地豪强欺压，这才落草为寇，却是从不滥杀，乃是个有情有义之人。而且，人家洁身自好，不仅是个坐怀不乱的真君子，更是个痴情人，曾一心一意对待前妻，身边连个侍妾都不曾有过……"

"前妻？"王后奇道。

"不错，是有过前妻。"大公主点头，身体向王后那边凑了一凑，压低声音说道，"听说早就跟人私奔了的，碍不着咱们百花羞的事。"

我听着听着，忽觉得这些话有些耳熟。

织娘在身后偷偷扯我，低声道："好像是咱们以前传出去的那些……"

我这才恍然大悟，难怪难怪，这话本子还是我按照套路编出来的呢。

王后那里转过头来看我，目露疑惑，问道："这跟人私奔的前妻是怎么回事？"

我清了清嗓子，从容答道："都是些民间传言，不可信的。"

"瞧瞧，这人还没嫁过去，就先为人家说上好话了。"大公主笑道，开始做最后的总结陈述，"行啦，知道你那首领是个好的。我呀，也就是早生了几年，不然，也真想着寻这么个人物做驸马呢！"

"呸！"王后笑着啐大公主，"都是要做祖母的人了，还这么满嘴浑说，也不知道个害臊！"

殿内的人都跟着哄笑起来，就连内向的二公主也不禁抿了嘴。

大公主虽然嘴上闹得凶，可回头自己也给我送了许多好东西添妆，又掏心掏肺地叮嘱我道："你嫁得远，又是这么个情况，家里不可能时刻照应着，且记住，无论到了什么时候，遇到了什么事，都要以自己为重，万事大不过自己去！"

她说得恳切，我听得感动，点头应道："大姐姐放心，我记住了。"

大公主又看看我，叹一口气，这才走了。

我琢磨着，她应是不太信京中那些传说的。

婚礼一天天临近，京中也一天天喜庆热闹起来。据说，临着城门大街的酒楼铺子早早就被人定满了，那视线最好的宝丰楼，二楼的雅座都炒到了数百两银子的高价！大伙只为着一个目的，就是能一睹那叛军首领的风采。

就在这万众期盼之中，那婚礼之日，终于到了。

宫中上一次嫁公主还是在十几年前，这一次再嫁公主，诸人难免有些兴奋过度，早早地就开始折腾起来。我被吵得几乎一夜未睡，天还没亮就被织娘从床上拽了起来，还没来得及穿衣，王后那里已是急匆匆进了门。

她瞧了我一眼，急得直跺脚，叫道："哎呀呀，也不看看是什么日子，怎么就还睡得着！"说着又去催织娘她们，"快点快点，赶紧给你们主子梳洗装扮，千万别误了时辰！"

被王后这样一催，织娘她们在我眼前转得就更快了些。我脑袋阵阵发昏，只得木头人一般由着她们捯饬，也不知过了多久，忽觉得脑袋一沉，这才发现那沉甸甸的凤冠已是上了头。

"这……戴得有点早吧？"我试探着问道。

王后忙摆手，"不早，不早，总不能听到礼炮响了，再来手忙脚乱！"

那前朝礼炮一响，就表示迎亲的新郎到了。

外面不时有人来报，都是什么"这里准备好了""那里准备好了"之类的，待听到说太子殿下也已到了我宫外，只等着遵礼送我出嫁时，王后终于满意地点了点头，道："好，万事俱备，只等新郎了。"

不想，这一等，直等到太阳过了头顶，那新郎竟也没来。

礼炮一直没有响起，王后面上也现了焦急之色，派了人去前朝询问消息。不一会儿，那人就传回话来，说陛下那里也不知新郎为何没来，已是派人前去军营打探消息，这就快回了。

王后犹豫了一下，过来安慰我道："莫急，许是有什么事一时绊住了脚。"

奎木狼不能按时前来，自然是发生了什么事情，只是不知是什么事情，才能够绊住他的脚。我心中也是诧异，叫过织娘来，低声吩咐道："你叫少君过去看看，到底发生了什么事情。"

织娘点点头，忙就去了。

满殿的人都小心翼翼地瞥我，目光各异。

我身穿嫁衣，头顶凤冠，安坐在那里，表现得气定神闲。她们不知道，这不是我第一次等奎木狼。上一次是在波月洞中，我没能等到他，悲痛欲绝。而这一次，不论他来与不来，我都不至于像上次那般了。

母亲说得果然没错，不论是什么事情，只要经历得多了，也就不那么在意了。

又等了一会儿，柳少君还未回来，前朝的消息却先传了进来。那前去军营的信使已经回来，言对方营门紧闭，不许任何人出入。信使询问再三，对方这才答复说早些时候有上天差来的天使传旨，自家大将军已是跟着那天使驾云上界了。

大公主听了这话，顿时就急了，怒道："这是把大伙当傻子糊弄呢！还驾云上界？他咋不驾鹤西游呢？他家大将军是什么非凡人物，还会有那天差天使前来传旨？那天使带他上天又去做什么？"

众人中，唯独王后是知道奎木狼真实身份的，她略一迟疑，问我道："这真的是又上天了？"

奎木狼乃是私自下凡，一旦被人发现了，免不得要再收他上界。

"许是真的。"我点头，又觉头上凤冠实在是重，索性自己抬手摘了下来，笑与王后说道，"大伙都歇歇吧，天上一日，地上一年，今儿这婚礼是成不了了，不如就此散了吧！"

王后等人被我这话惊得目瞪口呆。

织娘那里却不禁红了眼圈，"可是公主，大王明明说了今日来迎娶您的，他怎能又失信于您呢？"

"没事，没事。"我忙安慰她，又道，"反正也不是第一次了。"

不想这话音未落，却忽听得外面礼炮轰鸣，殿内中人还未回过神来，就有小内侍跑进来传信，叫道："来了！来了！新驸马已经进了宫门，前来迎娶三公主了！"

还是织娘最先反应过来，喜道："大王来了！公主，大王这一回没对您失信呢！"

王后二话没说，把凤冠给我重新扣头上了。她又与大公主交代了两句，便先行赶去了金銮殿。

外面礼炮响个不停，待那炮声刚一停下，大公主与二公主就从两旁架起了我，直接往殿外走。那新封了没多久的太子殿下正在外面等着，扶着我上了轿子，再接着往金銮殿上送。

奎木狼就等在殿前，身着红衣外罩玄甲，面容英俊，身姿笔直，恍惚间看去，真如战神一般。我抬眼看他，一时也不觉有些愣神，他那里却是弯唇轻笑，从太子手上接过我去，引我一步步上殿，拜别父母。

我忍不住低声问他："发生什么事了？"

他轻声答我："无事。"

无事不会晚来这许久，瞧样子是不想跟我说了。我并未追问，停了一停，又不禁瞥了他一眼，"今儿怎么把面具摘了？"

而且还穿得如此风骚……

他目不斜视，淡淡答道："不摘面具，他们怎么知道我长得好？"

我愣了一愣，真个是无言以对。

这会子的工夫，他已是牵着我走到了殿上。御座上，国王与王后并肩坐在一起，都眼中含泪地看向我。我循礼向他两位跪拜辞别，奎木狼却只是向他们拱手行礼。

殿上众人俱是一愣，那司仪正要出声呵斥，不想国王却赶紧开口拦下了，"无妨，无妨。"

王后也忙着打圆场道："不跪就不跪吧，十里不同俗，人家北疆不兴这个。"

说完了，老两口下意识地对视了一眼，都似有些诧异，好像自己也不知道为何会说出那话来。不过，他两个既然都不介意，别人就更没什么理好挑了，仪式又顺顺当当地进行下去，直到奎木狼重又牵起我的手，带着我离开大殿。

我突然发现，他那指尖似是比刚才凉了不少。

不知怎的，我忽想起很久以前，也是他牵着我的手，沿着那盘旋的台阶，一步步地往下走，那时，他的手似乎就是这般冰凉。

我步子不由得顿了顿，再一次低声问他道："到底发生了什么事情？那天差天使是怎么回事？"

他把我的手握得更紧了些，浅浅一笑，仍是答道："没事。"

"真的没事？"我又问。

"没事。"他答，停了一停，又解释道，"是我府中的侍者，下来给我传些消息，一时忘记了隐身，被人瞧到了。"

他答得合情合理，叫人一时寻不到破绽，可不知为何，我心中却隐隐生出不安来。就在迈下最后一级台阶时，我明显感觉他脚下似是跟跄了一下，身形晃了一晃。

我心中一惊，下意识地伸手扶住了他，"怎么了？"

他一时没有答我，身体却缓缓向我这边靠了过来，全凭我拼力支撑，才能勉强站住。他面色苍白，却仍是微笑，淡淡答我道："没事，只是有些累，你等我稍缓一缓，我再迎你出城。"

骗人！他这分明是与上次一样，受了极重的伤！

我不禁又气又急，"都这样了你还瞒我！到底是谁伤了你？"

奎木狼笑笑，轻描淡写地答我道："龙啸北被囚，北海的人狗急跳墙，假传玉帝旨意骗我出营，我与他们打了一架，这才误了时辰。没事，我虽受了点伤，可北海的人也没讨了好去，那老龙被我打断了筋骨，没个几十年是养不好的了。"

"你这是受了点伤吗？"我听得越发恼怒，"既受了伤，那还不赶紧去疗伤，强撑着来这里做什么？"

他却望着我笑，"因为你在这里等我。"

我喉间微哽，好半晌才能发出声来，"笨蛋。"

他垂眸看我，轻声道："我已是叫你等过两次。第一次是在奈何桥上，我应了你一同投胎，却因身负重伤而无法前去，害你等我三日不至，怒而投胎他处。第二次是在碗子山波月洞，我又应你当夜即归，却又被海棠哄骗，醉宿在银安殿，害你独自面对强敌，无援无助。凡事有一有二，却无再三再四。这一次，我又怎能叫你身穿嫁衣，却等我不到？"

我只觉眼中湿热，脸颊上已是有泪滑落，却不知该说些什么，只喃喃道："真是个笨蛋。"

他抬手给我擦泪，低声调笑道："再笨也比你聪明。"

我们两个忽停在那里说话，不免引得众人瞩目，那随行在后的太子殿下走上前来，先打量了一下奎木狼，这才又来看我，迟疑着问我道："三姐姐，这是怎么了？可是……身体不适？"

我抬眼看他，替奎木狼遮掩道："我昨夜一宿没睡，今天又一直不曾进食，刚才忽觉得脑子有些昏沉，没什么大事，稍站一站就好了。"

太子殿下目光有些复杂，缓步向后退去，口中却是说道："时辰已是晚了，不可再耽误下去，臣弟命人过来扶三姐姐吧。"

"不用。"我忙道。

那太子已是扬起手臂，勾了勾手示意来人，立刻就见有三四个内侍疾步上前，直往我与奎木狼围了过来。

我隐隐觉出不对，连忙大声喝道："停下！"

那几个内侍却是置若罔闻，仍直奔而来，行进间，已有人从衣袖中抽出了匕首来。奎木狼急忙伸手将我掩向身后，顺势抬脚踹向那人，却因着伤重无力，只将其踹得后退了几步，自己却差点砸倒在我的身上。

那太子已经退到了人后，高声呼喝道："贼首身有重伤，不足为惧，诸位快快上去，斩杀贼首，为国立功！"

我万万想不到这太子竟然会在婚礼上突然发难，不觉又惊又怒，急忙把奎木狼护在怀中，厉声喝道："谁敢？"

众人被我喝得脚下一顿，那太子却又叫道："三姐还不快些回来，怎能与那贼首为伍？他领兵犯我国境，又陷害我龙大元帅，乃是国之仇敌，绝非三姐姐良配！"

织娘就跟在后面不远处，这个时候也已冲了过来，祭出双剑挡在我与奎木狼之前，怒声斥责那太子道："放屁！那龙啸北才是窃国累民的奸贼，你这有眼无珠的蠢货，我家大王助你锄奸，你却恩将仇报！"

我顾不上理会那些人，只低头去看奎木狼，见他嘴角已是溢出鲜血来，心中不觉更是惊慌，忙低声问道："你现在怎样，可还能驾云？若是能，你就自己先走，不用管我。"

他望着我微笑，"走不了，也不想走，你我在一起吧。"

我咬了咬牙，摘下头上那沉重的凤冠，奋力地摔了出去，回头向着金銮殿内嘶声叫道："父王！母后！救命！"

那国王与王后听到动静已是赶了出来，见此情景也是一惊，忙问道："好好的，这是怎么了？"

我与奎木狼被那些内侍团团围住，不得上前，那太子却疾步跑到国王那里，禀报道："父王，这贼首乃是我国的心腹大患，龙元帅暗中联络了许多能人异士，这才将他刺伤。我们好容易有机会除去此贼，绝不能再放走他，纵虎归山。"

国王还未说话，王后那里却已是怒道："你什么时候和那龙啸北混在了一起？真是糊涂！还不快叫那些人赶紧退下，给你三姐夫赔罪！"

那太子却是梗着脖子叫道："他不过是一介流民，叛军贼首，算我什么三姐夫？母后，你被奸人蒙蔽了！"说完，也不顾王后愤怒，只冲着殿下众武士吩咐道，"诸男儿听令，拿下贼首，生死不论！"

那些人本就是他布署的，自然听他号令，闻言立刻便围将上来，想要斩杀奎木狼。织娘挥舞双剑，拼命抵挡，却也是左支右绌，危险频出。危急时刻，幸得柳少君及时赶到，卷起一阵风沙，趁着众人闭眼，扶了奎木狼叫道："快走！"

织娘执剑在前开路，我架着奎木狼紧紧跟在后面，柳少君则在后掩护，一行人直往那宫门冲了过去。柳少君旧伤未好，法力自然受损，那狂风卷了不过片刻便没了劲道，风沙稍歇，身后追兵就又汹汹而来。

幸好宫门就在眼前，眼看着就要能冲出去的时候，萧山却又从天而降，手执弓箭，正正地挡在了道路中央。

后面，太子带兵已是追近，高声叫道："拦下贼首！"

奎木狼重伤，使不得半点力气，而柳少君与织娘两个加起来，也未必是这萧山的对手，而追兵又紧紧跟在身后，我们只要在这里稍作耽搁，就再也逃不出这宫城了。

我抬头看向萧山，沉声问他道："你也要来拦我吗？"

萧山不语，漠然看我。

我又道："龙啸北到底是什么货色，你应该清楚，太子愚蠢被其利用，你呢？是否也要甘为爪牙，为虎作伥？"

萧山微微抿唇，仍是毫不犹豫地引弓向我们射来。我心中一凛，急忙转身去护奎木狼，不想那羽箭却是贴着我们身侧擦过，直直射入后面的追兵胸膛。我惊得一愣，下意识地回首去看萧山。

"走！"萧山冷喝，再一次抽箭搭弓，对准后面追来的武士。

没有时间可以耽搁，我架着奎木狼从萧山身边跑过，待出那宫门时，却又不禁回头与萧山喊道："你也跟来！"

奎木狼带来迎亲的队伍就候在宫城之外，见我们狼狈逃出，那带队的副将慌忙迎上前来，急声问道："这是怎么了？"

"不要问了！"柳少君顾不上解释，只道，"快些出城，以防城门关闭！"

大家忙都上马，我与奎木狼共乘一骑，临行前，又忍不住回头看了一眼那宫门，见萧山也从后追来，心中不觉一松，忙就吩咐那副将道："给后面的人留一匹马！"说完，再顾不上许多，忙就策马冲了出去，直奔北城门而走。

大街上很是热闹，百姓们都挤在道边等着看公主出嫁，等我们这一众人疾驰而来，大伙瞧得都有些傻。很快，就有那自作聪明的人高声叫道："抢亲！这是抢亲！这是人家北疆的风俗！新郎要抢了新娘跑呢！"

柳少君极聪明，见状忙就趁机呼喝道："闪开！闪开！娘家人要追上来了！"

此话一出，街面上顿时又欢腾起来，还有那热心的高声给我们鼓劲，"快快快！娘家人已经从后面追来啦！"

就在这欢呼声中，一行人奋力策马，直往前去，眼看着城门渐近时，后面追兵却又追近，听得有人高声呼道："关闭城门！关闭城门！"

可这声音很快就淹没在百姓们的欢呼声中，那守门的将领略一迟疑，我方人马已是冲至，趁其反应不及，终于赶在城门关闭之前冲到了城外。

又往前疾驰一阵，瞧着身后暂时不见追兵身影，大伙这才松了口气，那副将拨马贴过来，看向我身后的奎木狼，问道："大将军这是怎么了？到底在宫中出了何事？"

奎木狼伤势虽重，神志却还清醒，冷静说道："你带人回营，紧固营防，做出欲要与敌军决战之态。敌军此刻势弱，必然胆怯，定会派使者前去和谈。你先不必理会，只作势打造攻城器械，待对方再三来求，你方能答应退兵，却要提出两个条件。第一，拿龙啸北的人头来；第二，朝廷废黜太子，另立储君。"

"末将明白。"那副将一一点头应下，却又问道，"大将军您呢？"

奎木狼答道："我有伤在身，需往别处疗伤。"他说着，又唤柳少君上前，吩咐道，"你变作我的模样，跟他回营主持大局，待大军退回北疆后，再来碗子山寻我。"

柳少君却道："属下若走，谁人保护大王？"

奎木狼要去碗子山涧底疗伤，自然是不能带普通兵士前去，柳少君若走，他身边就只剩下了我和织娘，万一有个什么事情，连个得力的帮手都寻不到。我正欲劝奎木狼把柳少君留下，却忽听得有人出声道："我来。"

众人循声望去，见一直跟在最后的萧山策马上前，沉声说道："我来保护吧。"

奎木狼微微眯眼，打量那萧山。

萧山就端坐在马上，神色镇定，容他打量。

我这里正觉得有些不自在呢，奎木狼已是点头，淡淡应道："好。"

当下，众人兵分两路，柳少君随那副将赶往军营，而萧山则护着我与奎木狼折向东方，掩了行踪，往碗子山而去。三百里道路，日夜奔驰，马不停蹄，待到第二日上午时刻，这才进了黑松林。

山路难行，幸亏我与萧山都曾来过，织娘又是自小在这里长大，一路走来，倒也算是顺利。那棵歪脖山枣树还长在洞口，织娘先跃了下去，又来接我，最后是萧山扶着奎木狼一同跃下。

柳少君与织娘曾在这里住过一段时间，对涧底石室略有改造，增添了不少生活用品，唯独奎木狼之前使用的那间主室无人敢动，石床上仍是干净无物，触手冰寒。

我扶奎木狼进去，问道："可要铺些被褥给你？"

他摇头，"这样就好，这石床材质特殊，有助于我疗伤。"

本就重伤，再加上这一日一夜的折腾，他脸上已是现出灰白之色，瞧情形极为不好。我心中暗惊，问他道："你与我说实话，你伤势到底严重到什么地步？可需要去寻什么灵丹妙药来？"

他笑笑，"我没事，你什么也不用去寻。"

"你若没事，能是现在这般模样么？"我不禁垂泪，质问道，"黄袍怪，你就不能和我说句实话么？我是你的妻子，不是旁人！你为何不把实情都告诉我，偏要我自己去胡乱猜疑？"

他垂了眼眸，不肯说话。

我心中又痛又气，一时口不择言，便说道："好，你不说。我眼下是肉眼凡胎，傻子一样被你糊弄，那我现在就去自尽，待死了就可以变回天女苏合，再不用你说，我自己就能看出来了！"

"百花羞！"他急声唤我，情急之下，忙伸出手来紧紧握住我的手腕，"你别走，陪一陪我。"

"没事，待我变回苏合，再回来陪你！"我冷声说道。

他却是微微苦笑，"你是转世投胎，一旦身死，魂魄必要先归阴司地府，待走过了那一遭再回来，还不知道要什么时候，到时只怕……"

"怕什么？"我颤声问道。

他却是轻轻笑了一笑，伸手抚我鬓边发丝，轻声道："怕我已经身亡，魂飞魄散，再也见不到了。"

我料他这次伤情严重，却不想竟是重成这般模样，听了他这话，只觉心头猛地一空，整个人却隐隐战栗起来。

"你又哄我！"我反手抓住他的手臂，齿关抖得快要说不出话来，只又质问道，"黄袍怪，你又故意吓我，是不是？你是天上神将，奎宿星君，怎这般容易就魂飞魄散？"

奎木狼缓缓敛了笑，沉静地看我，过得一会儿，才轻声说道："我内丹已被那孙悟空拿走了。"

我愣得一愣，猛地站起身来，"我去找他要！"

他拉住我不肯放手，向着我缓缓摇头，"没用，也来不及。"

"这也没用，那也来不及，那到底要怎样？"我忍不住失声痛哭，颓然地坐倒下来，双手捂面哭出声来，"我到底要怎么办，才能救你？"

他没说什么，只伸臂将我揽入怀中，好一会儿，才轻笑着说道："哭什么？虽然没什么灵丹妙药可以救我，但我也不一定就死。我只想你现在陪着我，纵然我死，也能死在你的身边。"

我哭得说不出话来，只把头埋在他的身前，喃喃自责道："都怪我，都怪我。"

是我不甘心十三年情爱一朝缘尽，拧着性子与那天命相抗，这才害他不得不私自下界来寻我。又是我为着赌气，非要逆天而行，保那宝象国的江山，这才叫他与整个北海为敌，身受重伤，生死难料。

早知如此，我就该一早自尽，顺着那天命回归天庭，做回那苏合的！

"怪你做什么？"他低声反问，"所有一切，不过皆因我愿意。"

他停了一停，又道："百花羞，你听我说。我在此疗伤，你在外面陪我，若我能渡过此劫，一切不必再说，若是我……"

我忙伸手去捂他的嘴，"你一定要渡过此劫！"

他无声笑笑，把我的手拉了下来，握在掌心，又垂目静静看我，神色渐渐转为凝重，道："若是我有什么三长两短，你就回归仙位，去寻阿元与阿月两个，好生将他们养大。记着，绝不许去给我报仇！不论是你，还是两个孩子，都不许去！那四海一家，势力庞大，我打断那敖顺筋骨，已是踩了他们底线，只我自己身受重伤，他们也就勉强忍了。"

"不要说了！"我哭道。

他盯着我不放，道："你应我。"

我咬紧了牙关，应他道："好，我应你。"

他这才又笑了，深深看我两眼，"那好，你出去等我，就像上次那般，你在外面等我。听话，再耽搁一会儿，我可真成伤重不治了。"

我点头，擦干了泪，起身往外走，却又在门口处停下来，回首看他，"我能在这陪着你吗？"

"你在这里，会扰我心神。"他微笑摇头，抬手指我腰间佩的荷包，又道，"你看着它，只要它还色泽亮丽，就说明我还活着。"

我低头看看那荷包，又抬头看他，"好，我在外面等你。不论多久，我都等你。"

他弯唇笑笑，挥手示意我离去。

我咬了咬牙，快步冲出了门外。待石门哐的一声在我身后落下，这才觉得脚下一软，人再也站立不住，一下子就坐倒在了地上。

萧山与织娘就等在外面，见状忙就抢上前来，急声问道："怎么了？"

我好半晌说不出话来，只呆呆地坐在地上，过得许久，才轻声说道："他叫我在外面等他。"

他既然叫我等他，无论如何，我等便是。

涧底清幽，再无旁事，我每日只守在奎木狼的石室外面，望着那荷包出神。也不知是我的错觉，还是我太过忧心，瞧着瞧着，就觉得那荷包颜色似是一天天暗淡了下去。

织娘生而为妖，虽然法术低微，却也比我这肉体凡胎敏感许多。她说："公主您放心，这荷包上附着大王法力，此刻虽然微弱，却还仍存，可见大王无事。"

她这话给了我很大安慰，我忙问她："真的？"

织娘点头，又劝我道："您整日在这里闷着可不行，须得时不时地往外面走一走，活泛一下身骨才好。别待日后大王出来瞧见您这模样，再不敢认您了。"

我这模样定然不好看，本就已是年过三十的人，再这般不知珍惜，不免老得更快些。我忙叫织娘去拿菱花镜给我，望着镜子里那个面色苍白憔悴的自己，也不由得叹道："是老了不少，哈？"

织娘红了眼圈，哽着嗓子答我道："公主不老，公主跟奴婢刚见您时一个样子，半点没变。"

这便是睁眼说瞎话了。

"老了就是老了。"我笑笑，停了一停，却又轻声说道，"可他不会嫌我老的。"

话虽这样说，可为了避免日后与奎木狼成为老妻少夫，从那日起，我每日都会走出石室，往那涧底去走一走，有时，还会来回跑上两圈，剩下的时间，就再回到奎木狼门外，守着他。

日升日落，云卷云舒，日子一天天过去。

两个月后，柳少君从北疆赶回，来了涧底与我们会合，说一切如奎木狼安排，朝廷为着求和，不仅斩了龙啸北的人头，还废了那刚愎自用的太子，另立了新储。北疆军这才退兵，由那副将带领着，安全回到了北疆。

柳少君回来，织娘这才敢离开。她偷空去了趟宝象国，夜入皇宫把奎木狼赠我的琉璃宝瓶偷了回来。那宝瓶本是要随我一同出嫁的，那场变故之后，便随着我那些陪嫁一同锁进了皇宫库房。

红袖与一撮毛倒还安好，只红袖晕车的毛病又犯了，在瓶底又吐了个昏天暗地，惹得一撮毛惊叫连连，直喊着要与她分家。

又过几日，萧山便向我们辞行，说柳少君既回来，他留在这里也无什么必要了，不如离去。

对于萧山，我万分感激。

我亲自送了他去崖顶，问他道："要去哪里？"

当日他助我们出城，曾亲手射杀了不少皇宫侍卫，那其中有不少是有头有脸的官宦子弟，所以，宝象国他是再回不去了。

萧山面容倒是风轻云淡，道："臣久闻上邦大唐之名，一直想去那里游历一番，只是不得机会。眼下既有时间，正好去走一趟。至于再以后，那等以后再说。"

我点头，只道："一路保重！"

萧山翻身上马，临行前又回身来看我，却是再没说什么，只向我拱手作别，便策马而去了。

我沿着原路返回涧底，手扶着石壁下那台阶时，却不由得想起很多年前，奎木狼牵着我的手从这里走过的情景。我忍不住停下了脚步，将那荷包小心翼翼地从怀里掏出，握在手中摩挲了许久，这才重新揣了回去。

回到涧底，织娘已是备好了饭食，正与柳少君等着我开饭。

我如往常一般，先端了一碗白饭过去放在奎木狼门口，侧耳听了听里面动静，又把那荷包拿出来看。不想只一眼，却是瞧得心惊肉跳，只觉腿一软，人差点瘫倒在地上。

那荷包色泽十分暗淡，竟像是被抹脏了一般。

奎木狼说，只要这荷包色泽亮丽，就说明他还活着，可若是荷包脏了呢？他又怎样？

我想喊柳少君与织娘过来，可嗓子里却像是梗住了东西，喊不出一个字来，只低低地呜咽着，抖着手去推那石门。

石门沉重，纵我使尽了力气，却也无法撼动它半分。

不知不觉中，眼泪已是满面，我推不开那石门，便握拳死命捶它，不知捶到第几下时，那石门却忽地打开了。我头脑慌乱，又没防备，整个人顿时往前扑了过去，直直地砸到一个温暖的怀抱里。

我抬头，不敢置信地看着奎木狼那张面庞，一时间痴痴呆呆，连话都说不出来。

他低头看我，双手握着我的肩，面上却尽是无奈，"好好的，这是怎么了？"

我忙把手中的荷包拿给他看，慌乱地说道："脏了，荷包脏了！"

他轻轻挑眉，看了看那荷包，又拉起我的手掌来看，看得两眼，却是勾起唇角，发出一声低低的嗤笑，轻声道："难怪，就这一手的灰土，再干净亮丽的荷包，怕是也得被你揉脏了。"

我仍有些反应不过来，抬眼看看他，又低头去看那荷包。

他却只是轻笑，伸臂揽我入怀，低头轻吻我的发顶，"我没事了。"

番外

来自北海的复仇者

七月初七，天阴有雨。

红袖和一撮毛一早就跑去葡萄架底下偷听织女与牛郎说悄悄话，我身边难得地清静。奎木狼立在案前临窗作画，我手里握着一卷杂书，斜靠在美人榻上昏昏欲睡。正迷瞪间，就听得奎木狼淡淡说道："要睡就回床上去睡。"

我懒得挪动地方，随口哄他："不，人家想在这看着你。"

这人果然最吃这一套，闻言没再说什么，过了片刻，却忽扔了手中画笔，走上前来给我身上搭了条薄毯，唇边上撒出几分嫌弃，"多大的人了，还和人撒娇，也不知羞。"

我不以为意，只又往毯子里缩了缩，"我愿意。"

奎木狼弯了弯唇角，侧身在我榻边坐了下来，手掌抚上我的头，不轻不重地揉了揉，"不知羞。"

我睡意被他搅散，不禁横他一眼，歪头躲过他手，说道："我想阿元和阿月两个了，什么时候才能给我领回来住几日？"

奎木狼脸上露出颇多无奈，"他两个都是才刚拜入师门，正是约束性子的时候，怎好三天两头跑回家来？"

"怎么算是三天两头呢？这都快小一年没回来了！"我高声辩驳，见奎木狼在那里苦笑不语，忽地明白过来，忍不住捶了捶床板，恨恨说道，"我恨这时间差！"

这天上一日，地上一年，真是能活气死凡人。

奎木狼又笑笑，有意另换了个话题，问我道："那牛郎织女的故事，你从何处听来的？”

我不想他会突然问起这个，愣了一愣，才答道：“我母亲啊。怎么了？”

“又是你母亲？”他微微挑眉。

我点头，“对啊，又是我母亲。”

说起我母亲来，那也算是位世间奇人。她出自门阀世家，本该是个琴棋书画样样精通的大家闺秀，却不知是哪里出了岔子，叫她与那琴棋书画全无缘分，吃喝玩乐倒是个个在行。

除此之外，她唯独可算擅长的就是给我们讲些杂七杂八的小故事了。

什么草根逆袭放牛郎迎娶白富美啊，什么雌雄莫辨梁山伯痴恋祝英台啊，还有什么不畏世俗潘金莲爱上西门庆啊……

哦，潘金莲与西门庆的故事本是母亲私底下讲给赵王妃听的，却不知从谁嘴里漏了出去，传啊传的就传得宫廷内外都知道了，后来还被宫外的穷书生写成了话本子，一时风靡整个盛都。

奎木狼还坐在那里看我。

我半撑起身体看他，问：“怎么了？”

奎木狼答道：“日后这样的故事不要乱讲，都是没影的事情。你说的那牵牛、织女二星乃是北方牛宿手下星官，其中织女更是天帝之孙，身份非同小可，你这般传他二人的闲话，一旦传入天庭，怕是就要招惹是非。”

我只是应景讲了个故事哄红袖她们，却不想还有这般隐患，听了也是有些意外，忍不住问道：“他二人真的全无半点关系？”

奎木狼闻言微笑，“他两个同处当值，共事多年，关系自然要比旁人亲密些吧，不过，却也绝非像你讲的那般。而且，牵牛星又名河鼓，乃天军之鼓，可不是什么放牛的穷小子。"

当初母亲也曾说过，这故事八成就是穷书生胡扯出来哄大伙开心的，想那织女贵为天帝之孙，又怎会看上一个放牛的穷小子？不过是广大劳动人民的美好愿望罢了。

我缓缓点头，应和道："我还说呢，织女下凡洗个澡，怎还把脑子洗进水了？原来还真都是胡编乱造啊！"

奎木狼又笑道："还有这七月七鹊桥相会，更是无稽之谈。也不想想，天上一日乃人间一年，若真的许他们夫妻每年相会，于天上便是可天天见面，又与寻常夫妻何异？"

道理确是这么讲，不过好好一个感人的爱情故事，从他嘴里过一遍就全变了味道。我不禁伸手拍他，嘲笑道："不过是个民间故事，这么较真干吗？你啊，真是不解风情！"

不想他却一把抓住了我手，轻笑着问我道："那你说什么才叫解风情？"

我脸皮一向是厚，故意向他眨了眨眼睛，反问道："你说呢？"

他不说话，唇角上带着笑，只缓缓向我俯身过来，越压越近……

就在我也要闭上眼睛时，门帘却突然被人从外面撩开，一撮毛趿溜一下钻进屋来，口中一迭声地叫道："哎哟哎哟哎哟，我的亲娘，这入了秋的蚊子可真厉害，都要咬死——"

她话说到一半，声音戛然而止，停了一停，二话不说转身就又往外溜。

"站住！"奎木狼冷喝。

我瞧他那脸色不大好看，像是要寻一撮毛的麻烦，忙就把话接了过来，训一撮毛道："你说说你，整天跟耗子一样趿溜趿溜乱窜，也老大不小了，怎么还没半点稳重劲？我也不求你能跟织娘一样，可你起码得向红袖看齐吧？"

一撮毛双手揉着衣角，看都不敢看奎木狼，只拿眼瞄我，委委屈屈地说道："公主，人家本来就是只耗子嘛。"

我一口气噎在嗓子眼，竟是有些无言以对。

许是看到我吃瘪，奎木狼心情好了不少，脸色也有些缓和，先瞥了我一眼，这才出言问一撮毛道："急匆匆进来，有什么事？"

一撮毛呆了一呆，忙答道："找红袖姐姐。"

我听了不觉奇怪，"她不是和你一起去葡萄架下面听墙根了吗？"

一撮毛答道："本来是在一起的！可红袖姐姐嫌弃奴婢聒噪，害她听不到那牛郎织女的悄悄话，就自己另找地方去听了。奴婢刚被蚊子咬得受不住了，想叫上红袖姐姐一起回来，可谁知翻遍了葡萄架底下也没能寻到她，就寻思着她准是自己偷偷回来了。"

原来，竟是红袖不见了？

"各处都找遍了？"我又问。

"都找遍了，找不到呢。"一撮毛说着又小心地去瞥奎木狼，怯怯说道，"奴婢这才会误以为她是在公主这里。"

一个大活人，好生生地怎么就会不见了？这崖底不比外面山谷，统共就这么大的地方，最阔处不足百丈，房舍也造得有数几间，存心要找一个人，不会找不到。我转头去看奎木狼，担心道："不会出什么事情吧？"

"红袖自幼长在山野，能出什么事情？"奎木狼却是不大在意，又道，"许是偷偷跑到外面去玩了，明日自己就会回来。"

我听得将信将疑，可红袖那丫头的确是一贯的不靠谱，还没准真的是甩开一撮毛，独自跑去外面玩耍去了。

"那咱们就再等等，看看你红袖姐姐明天回不回来？"我试探着问一撮毛。

一撮毛一向心大，闻言很是爽快地应道："行！"

第二日，第三日……红袖一直没有回来。一撮毛和织娘把崖底各处重又找了一遍，柳少君则带了人去崖上寻找，一伙子人快把碗子山都翻了个遍，愣是寻不到红袖留下的半点痕迹。

到了第四日头上，我就有些沉不住气了，惶惶然问奎木狼道："不会出了什么事吧？怎的半点消息也没有？纵是贪玩跑去哪里耍了，也该给我们留下个口信啊。"

奎木狼脸色也稍显凝重，却安慰我道："你别着急，许是一时玩过了头，忘记了时间。"

正说着，旁边一撮毛忽地失声"哎呀"一声。

我忙转头看她，急声问道："怎么？可是想起了什么来？"

一撮毛向我重重点头，似是有了什么重大发现，叫道："公主！红袖姐姐不会是跟后坡的梅花精一样，跟人私奔了吧？"

我一口气提在嗓子眼没能喘上来，差点把自己憋倒过去，恨不能上前去掐着这丫头的脖子摇上一摇，问一句："脑子呢？姑娘，你的脑子呢？"

就算跟人私奔，也得有个男人叫她跟才行，是吧？人呢？男人呢？那个男人是谁？自我们重返碗子山在崖底落户之后，就没见着红袖和什么男人有过来往，她就是奔也得自个儿狂奔啊！

还是织娘那里明白一些，听一撮毛这样说，忙就斥责道："快别胡说！红袖可不是那样的人！"我这里正要夸织娘一句，就听得她又继续说道，"红袖早就说过了，与公主比起来男人就是浮云，她这辈子要终身不嫁，与公主白头到老呢！"

我赞许地点头，却又觉得好像有哪里不大对劲，再转头去看奎木狼，就见他嘴唇微抿，脸色已是黑了下来。

"哎？哎？"我忽反应过来，伸手去拍织娘肩膀，提醒她道，"织娘，你词用得不对吧？"

"不对吗？"织娘一脸诧异，反问，"哪个用得不对？"

正说着，柳少君手里拿着一封信从外面急匆匆进来，"有消息了！"

众人听得都是精神一振，一撮毛更是想也不想地问道："红袖姐姐真的是留书私奔了啦？那个男人是谁？竟能叫红袖姐姐弃公主而去！"

此话一出，就眼瞧着奎木狼的脸色更黑了三分。

柳少君没理会一撮毛，只把一封写了"奎木狼亲启"的信件呈交给奎木狼，同时解释道："是涧中的王九送过来的，属下问他是何人着他送信，他却什么都不肯说。"

"王九？"我不由得奇道，"哪个王九？"

"就是以前谷中王八精的弟弟呀。"一撮毛给我解释，撂下爪就忘了红袖"私奔"的事情，只凑过来和我八卦，"公主您不知道，当初他们兄弟俩打家产官司那叫一个热闹！这王九资质本就不及王八精，偏他爹娘就偏心眼，把全部家财都给了王八精，半点没有他的。王九一气之下就与父母兄长断绝了关系，自己搬去了那幽冷的深涧，连名字都改了，再不叫王八，改叫王九了。"

她这里说得兴致勃勃，奎木狼那里只皱着眉拆那封信，待抽了信纸出来抖开，才看一眼，表情就明显着一怔。

我心下奇怪，忙把一撮毛往旁边一推，凑到奎木狼身边去看，就见那信上只写了八个大字：尊夫人在深涧水底。

我瞧得一愣，抬眼去看奎木狼，不想他也正在看我，眼中尽是莫名其妙之意。

我试探着问道："你这是……在别处又另藏了小老婆？"

"胡说八道！"奎木狼沉着脸斥道。

我也觉得这不大可能，想了一想，又道："如此看来，就是有人把红袖误当成我给绑走了？"

这倒是眼下最最合理的一个解释。

众人听得俱都点头，柳少君那里应和道："应是这般。"

织娘又接道："这人是谁呀？眼神可够不好的。"

能把红袖误当作我，想来那人便是眼神没问题，脑子怕也是有毛病的。我又去看奎木狼，正经问道："可能猜到此人是谁？"

好端端，谁会来这崖底绑架我？

奎木狼用指尖捻了捻那信纸，淡淡答道："能来这崖底的，不会是凡间人，且又能驱使王九送信，十有八九是那水里的物件了。"

"水里的？"我不觉皱眉，"难不成是北海来的？"

除了北海龙王敖顺那里，实在找不出与我们有仇的了。

想当年，北海龙王敖顺为给小儿子夺权扫清障碍，不惜铤而走险，亲自出马刺杀偷袭奎木狼。彼时，奎木狼内丹已被那孙悟空骗走，功力大不如前，虽击败敖顺并将其筋骨打断，自己却也身受重伤，九死一生。

这两年来，我们一直居住崖底，一是图此地清静，再者也是为着躲避仇敌。不想，竟还是被北海的人找到了此处。

奎木狼缓缓点头，手掌翻转间忽地从掌心腾起一团火苗，将那薄薄的信纸瞬间烧了个干净。我看得一怔，很快也猜出几分他的心思，不禁问道："你打算置之不理？"

奎木狼神色轻松，微笑着反问："理他做甚？"

"红袖在他手上啊！"我道。

"那就劳他先养着好了。"奎木狼淡淡一笑，许是见我脸上还有犹疑之色，又出言解释道，"红袖已是莲藕之身，惧火不惧水，那人掳她去水中，并不能把她怎样。"

他说得很是风轻云淡，我心里就有点不大舒坦。

奎木狼又看我，道："也并非置红袖于不顾，而是对方既然送这信来，怕就是为了故意引我们去救，早已布好陷阱等待。既然如此，就绝不能如他所愿，不如以静制动，且看他还有什么后招。"

柳少君从一旁应和道："大王所言极是。"

理智上来考虑此事，奎木狼如此处理确无错处，可事关自己亲友，若还能做到这般冷静理智，不免会叫人觉得太过无情。

我不禁问他："如果真的是我被掳，你也会这般处理吗？"

奎木狼闻言微微皱眉，抿唇不语。

我又转头去看一旁的柳少君，问道："少君呢？如果是织娘被抓，你也要安坐不动，静候那人施展后招吗？"

柳少君面上有些讪讪的，瞄了身侧织娘一眼，讷讷道："这……"

"这又怎样？"织娘盯着他追问道。

柳少君突然转过头来看我，正色道："公主，并非大王不肯去救红袖，而是仇敌藏匿水中已是占据地利之便，我等若是贸然前去，又都不善水性，非但无法救出红袖，恐还会折损自己。再者说，谁人又能确定那人掳走红袖不是将错就错，欲要行那调虎离山之计呢？"

他说得也句句在理。

奎木狼内丹已失，又是重伤初愈，功力却远不及从前。而柳少君则不过是条草里生的青蛇，下了水也翻不起什么风浪，至于织娘与一撮毛，她两个道行低微，其战斗力更是可以忽略不计。

这般想来，红袖那里的确不该贸然去救。

可理智是一回事，感情却往往会与其背道而驰。就如我问的那般，如果此刻身陷水底的是我，奎木狼绝不能做到如此风轻云淡，而若织娘被掳，柳少君那里怕是也无法讲得这般头头是道。

我不是那笨嘴拙舌之人，但此处与他们争执毫无意义，就如母亲曾说过的一般，要么自己去做，要么就闭嘴。我自己没有那下水去救红袖的本事，万万没有去指责他人不救的资格。

正犹疑矛盾着，一撮毛凑了过来，小声说道："公主莫要太担心，当初大王从地府将我与红袖姐姐两个带回，生死簿上已经除了名的，除非是用三昧真火煅烧，否则便是一时死了，也不过是脱了那具莲藕身，魂魄无碍。"

柳少君又忙从一旁补充道："对方既然是来自北海，自然是善水不善火，不能把红袖怎样的。"

听他两个这样说，我才觉稍稍安心，略一思量后说道："道理虽是这样，可也不能放着红袖不理，反倒会叫对方起疑。依我看，不如也派人去给那人送封信回去，问一问他想要如何。若是能引他出来，那是最好。"

这算是理智与感情两相妥协的办法，奎木狼自也知道，闻言点了点头，应我道："好。"

他走去书案之前，提笔写了封信，回身交给柳少君，又叮嘱道："此信交由王九带回去，你自己莫要下水犯险。"

柳少君应下了，带着信匆匆出门。

许是王九的腿脚有些慢，此一去又是三四天没得消息。直待第五天头上，王九才又送了封信回来。那信封上仍是只写着"奎木狼亲启"几个大字，看笔迹，与之前那封信出自同一人之手。

奎木狼展开了信纸，看过之后，表情竟比上一次看信时还要古怪几分。

我心中诧异，从他手中抢了信纸过去看，却也不由得愣住了。信的内容依旧简单，不过寥寥数字，笔迹稍显凌乱无力，却是写道：快把你老婆领回去！

这信叫人看得着实摸不到头脑。

我与奎木狼面面相觑，片刻后，两人几乎是同时转头看向柳少君，异口同声地问道："那王九呢？"

柳少君答道："就在院外候着。"

那王九这次送完信后竟然没走，显然是有意等着我们传唤。奎木狼微微皱眉，略一沉吟，吩咐道："带他进来。"

柳少君领命而去，过了好半天才又回来，身后却是不见什么人跟来。

我已与一撮毛她们避到了屏风之后，特意探身出来瞧了一瞧，不由得奇道："人呢？"

话音未落，就听得有人在门外应声道："王九在此。"此话过后，又足足等了半刻钟的工夫，这才见一五大三粗的中年汉子从门外慢悠悠蹭进来，道，"劳黄袍大王久等了。"

"咦？"我瞧得奇怪，侧过头去偷偷问一撮毛道，"这王九怎么瞧着比其兄还要苍老了许多？"

"是长得有点着急。"一撮毛小声回答，"又有一副阔肚肠，贼能吃，因着这个，父母都不喜他，偏老大偏得厉害。"

屏风外，奎木狼冷声问那王九："你我比邻而居，虽无往来，却也没有什么仇怨，你为何要助他人行这等卑劣之事？"

王九神态倒是从容，不卑不亢地回道："小人久居深涧，不涉世事，只因那北海七太子乃是我水族之首，这才不得不受其驱遣，前来与黄袍大王送信。"

果然是来自北海之人。

我忍不住又问一撮毛道："不知这北海七太子是个什么样的人？"

"都说龙生九子各有不同，老大是贔屃，老二螭吻，老三、老三……是哪个来着？"一撮毛歪头思量，掰着手指头开始数龙子，才刚数到老三就记不清了，"狴犴？还是饕餮？哎呀，公主，奴婢还真不知这老七是哪个！"

"睚眦。"我打断她的话，"老七铁定是睚眦。"

一撮毛不解，"为什么？"

我低声答道："睚眦必报嘛！龙生九子，那几个货不是贪吃就是爱玩，只有这睚眦是个暴脾气，好勇善斗，喜欢争杀。若来寻仇，他最合适。"

就听得屏风外奎木狼低声冷笑，抖了抖那信纸，又问道："只是前来送信？"

王九答道："还得七太子吩咐，领黄袍大王前去涧底，将尊夫人接回来。"

这事可就古怪了。掳走了人既不说要求也不提条件，只过了三五天，竟又叫我们去把人接回来。难不成是瞧着这边没什么动静，故意想了这个法子引奎木狼去那涧底？

奎木狼许是也想到了此处，淡淡问道："领我去涧底接人？"

"正是。"王九应道。

奎木狼轻轻嗤笑一声，"他算何人，竟敢如此指使我奎木狼？回去告诉你那七太子，人既是他掳走的，自当再由他亲自送回来。"

那王九默了一默，才道："七太子本是要亲自送出来的，只是他略有不便，这才想请黄袍大王前去接人。"

柳少君马上问道："有何不便？"

王九面露迟疑，一时未答。

柳少君心思活络，瞧他这般，就又追问道："纵是不便亲自送出来，也可使人送回，又或是干脆就直接放了红……夫人出来，为何偏要我们大王亲自去接？难不成是有什么阴谋？"

"绝无阴谋。"王九马上说道。

柳少君问出所有人的疑问，"那是为何？"

王九不答，只是偷偷去瞥奎木狼，欲言又止。

奎木狼面色微沉，冷冷说道："有话直说。"

那王九吞了吞吐沫，小心说道："尊夫人自己不肯回来。"

"不肯回来？"纵是奎木狼也不由得露出惊讶之色，似是怀疑自己听错了话，再次向王九确认道，"她自己不肯回来？"

"是！"王九深吸一口气，攒足了胆子，这才继续说下去，"九日前，七太子将夫人带去涧底，暂居小人水府，并派小人前来给大王送信。不想小人这里刚送信返回，七太子就又命小人把夫人也送来，谁知夫人竟然不肯跟小人回来。七太子赶不走她，只得派小人再来送信，请大王把自家夫人接回去。"

他口舌罕见地利索，说得噼里啪啦，竹筒倒豆子一般，只把众人听了个傻愣。

屋内好一会儿都是寂静无声，倒是我身边的一撮毛最先反应过来，把嘴凑到我耳边，兴奋说道："公主，公主，红袖姐姐一准是瞧上那七太子了！"

我愣了一愣，竟觉得一撮毛言之有理！

一撮毛又鼓动道："不信咱们问问王九，那七太子一定是长得极好！"

我索性从那屏风后转了出来，不理会屋中众人目光，径直走到王九身前，问道："你们那七太子长得什么模样？"

王九瞅瞅我，又去瞧奎木狼，见奎木狼面无表情，就又去看柳少君，那目光转了一圈，最终又落回到我脸上，这才答道："七太子长得和黄袍怪大王差不多，也人模人样的，两条腿，两只胳膊，一个脑袋……"

他表情真挚，语言朴实，实不像是在有意戏谑。

"打住！"我忙喝住他的表述，偷偷瞄一眼身旁的奎木狼，以手遮口，小声问王九道，"七太子他……他长得好看吗？"

王九先是点头又是摇头，很是认真地答道："得看参照什么标准。我水族种类众多，审美各异，这喜好也各有不同，所以……"

我伸手止住他话，无奈说道："够了，我明白了，不用再说了。"

那王九却是个犟种，非要坚持着把话说完，"所以说七太子好看也不好看，全看你把他当作什么看了。他的本相小人不曾见过，不知美丑，化成人的相貌倒是和黄袍大王有着几分相似。"

竟然和奎木狼有几分相似？

我不觉有些惊讶，可转念一想就又明白过来。传说睚眦是龙身豺首，模样就像长了龙角的豺狼，与奎木狼的本相自然会有几分相似之处，待变成人形，估计也会有些相仿。

这般想来，那七太子应该也是极为俊美了。

我回头看向奎木狼，诚恳说道："也许，真的不是什么阴谋，确是红袖不肯回来。她当初对你便是一见倾心，满心爱慕的。"

奎木狼脸上几分尴尬，几分恼火，低低冷哼一声，道："既不肯回来，那便叫她留在涧底吧！"

气话，都是气话。

我伸手去拽奎木狼衣袖，柔声哄道："这事哪能赌气？"

他回头瞥我，神色略略缓和了些，想了一想，说道："我就去那深涧走一趟，不论怎样，把红袖给你带回来便是。"

"大王不可。"柳少君立刻阻拦，又分析道，"万一此事又是那七太子的圈套怎么办？先是掳走红袖引我们去救，现瞧我们不上当，又换了法子来哄着我们，目的无非一个，就是骗大王去那涧底。"说罢，他停了一停，再一次肯定道，"不错，就是骗大王去涧底！"

像是验证他这话，这声音刚落，就听得外面有人厉声喝道："奎木狼，你出来！"

屋中众人闻声俱都一愣。

不论是谷中还是崖底，敢这般称呼奎木狼的，除了我，再无旁人。

我转头去看那王九，"这是……你家七太子？"

王九却也是目露惊讶，口里喃喃道："不该来啊，他身上有伤，出不得水面。"

有伤？难怪王九之前说他不便送红袖回来，原来竟是有伤。不过，这报仇的仇还没报，怎么自己倒先伤了呢？是出师未捷身先伤，还是说身残志坚，带着伤来寻仇？

奎木狼上前一步，将我护在了身后。

我悄悄踮起脚来，顺着那大敞的屋门看出去，远远瞧见院门口多了一个年轻男子，头勒白绫，全身缟素，脚踏虚波，迎风而来，看身形竟真与奎木狼有几分相似之处。

"坏了！"我不禁低呼一声，"这都戴上孝了，不会是那敖顺被你打死了吧？"

奎木狼回头看我，眼神很是无奈，"他没戴孝。"

我愣了一愣，再次踮脚往外看去，这才看清来人只不过是身着白衣，并非丧服，头上那白绫也只是用来覆眼，不是戴孝。

"瞎子？北海龙王七太子是个瞎子么？"我奇道。

奎木狼微微摇头，轻声道："不曾听说过。"

说话间，那七太子已是来到了房前，凌空停在那里，高声喝道："奎木狼，你避而不见，是要做那缩头乌龟吗？"

奎木狼闻言面色微沉，提步走向门口，吓得我忙在后扯住了他的衣袖，低声嘱咐道："小心，莫要中了他的激将之计。"

他扫我一眼，轻轻挥开我的手，走到屋檐之下，扬颔看那来人，凛然喝问道："来者何人，报上名来！"

那白衣男子朗声答道："我乃北海龙王七太子敖威，你害我兄弟，伤我父王，我今日来就是要为父报仇，拿你狗——"

奎木狼未容他把话说完，直接扬臂挥剑，斩出一道金光，挟着雷霆之威，径直向那敖威劈落下去。敖威眼上虽蒙着白绫，却似目能视物，见状急忙闪身躲避，将将避过要害，宽大的衣袖被那金光削落了大半截，飘飘摇摇的，被风送出去老远。

我与一撮毛被柳少君与织娘护在了屋内，只能通过缝隙往外巴望。

"打起来了！打起来了！"一撮毛不知是兴奋还是紧张，眼睛紧盯着外面，手上却过来扒拉我，急声问道，"公主公主！您押谁赢？"

"我押——"我下意识去做选择，待话一出口，这才忽地反应过来，恨恨骂道，"我押个毛啊！这又不是赌钱，外面正在打架的那个是我男人，你说我能赌谁赢？"

一撮毛闻言愣了一愣，还真的想了一想，答道："奴婢觉得您该押七太子赢。"

我气得头顶冒火，却仍忍不住问她道："为什么？为什么不押你们大王？"

"押大王风险太大，不如稳妥些，押七太子赢。"一撮毛一本正经地回答，又解释道，"这样能风险对冲，不管大王和七太子谁赢了，您要么得人，要么得财，不至于人财两空。"

她说得好有道理，竟叫我一时无言以对。

我噎了一噎，有些恼羞成怒，恨恨地把她凑过来的脑袋推开，怒道："滚一边去，你且等着，回头我就把你跟排骨一锅炖了！"

门外，奎木狼一击过后执剑而立，冷笑道："你既来报仇，就该堂堂正正来寻我，为何却要掳我侍女，行那要挟之事？"

"所谓兵不厌诈，掳你侍女又怎样？侍……侍女？"那敖威张口结舌，不敢置信地看着奎木狼，问道，"她不是你老婆？"

奎木狼冷笑不语，挽剑又要出招。

"刀下留人——"院门外忽传来一声疾呼，就见红袖踉踉跄跄从外跑了进来，边跑边大声喊叫，待到近前看到奎木狼手中握的是剑，又急忙改口道，"剑下留人啊！"

众人一时均是愣住，眼睁睁地看着红袖扑倒在奎木狼身前，伸出双手抱住他的腿，放开了嗓子，甩着花腔地哭求道："大王啊，求您饶过他吧，他若有事，奴婢也活不了了啊。"

那七太子敖威身体明显着晃了一晃，脸色一时煞白。

红袖见状，神色更显焦急，瞧着奎木狼没什么反应，忙又向我膝行而来，口中唱戏一般长呼道："公主啊！"

一众人等瞧得目瞪口呆，旁边一撮毛再次凑到我身边，低声惊叹，"红袖姐姐这叫青衣还是花旦呀？"

我恼火地一把推开她，斥道："闭嘴吧你！"

那边红袖一路顺畅地挪到了门口，却被半尺高的门槛挡了一挡，差点栽了个狗啃屎，连滚带爬地翻过来，双手抱住我的腿，闭着眼睛干号道："公主啊，求您发发慈悲，让大王饶过他性命吧！"

我瞥一眼院中的敖威，瞧着他脸色又白了三分，忙就悄悄捅了捅红袖，压低声音说道："演技太浮夸了！"

红袖一愣，偷偷睁开了眼睛瞄我。

我忙又小声提醒道："要温柔，要凄婉，不要撒泼打滚！"

要说红袖就是比一撮毛多了几分灵气，只微微怔了一怔，立刻就换了坐姿与动作，不知从哪里摸了条手绢出来，半掩着口，呜呜咽咽地抽泣道："公主，您大人大量，就饶恕了七太子吧。"

我装模作样地咳嗽了两声，沉吟道："这个……"

"他若有个三长两短，奴家也活不了啊！"红袖说着说着，却忽害羞起来，双手掩住粉面，又道，"奴家，奴家，已经是他的人了……"

这才是真正的语不惊人死不休。

此话一出，时间如同瞬间停止，四下里顿时一片静滞。我嘴巴张了几张，竟是一个字也没能说出来。

身旁一撮毛忽地惊呼道："哎呀！吐血了，吐血了！"

我抬眼看去，就见那敖威面白如纸，唯有唇边鲜血殷红，一眼瞧去，简直触目惊心。"哎，哎？先别忙着害臊，"我伸手去杵红袖，怔怔问道，"真的？还是……假的？"

红袖却回头看那敖威，见他口吐鲜血也有些慌神，忙向着奎木狼大声喊道："大王，大王手下留情啊！奴婢已是有了他的骨肉了，您若打杀了他，奴婢就只能做寡妇了啊！"

"啊！又吐血了，又吐了一口大的！"一撮毛忙着又叫。

这哪里是吐血，分明是喷血啊！

奎木狼之前只向敖威挥出了一剑，不过才斩落他半截衣袖，并未重创他。而自红袖来了，奎木狼就站在那里再没动手，更谈不上"打杀"二字。如不出我所料，敖威这两口鲜血怕都是被红袖气出来的了。

我颇有些无语，双手捧着红袖的脸庞把她脑袋掰过来，"过了啊，演太过了。"

红袖一怔，问我："真过了？"

岂止真过了，简直是过大发了！这才失踪了几天，失身也就罢了，连身孕都有了，谁肯信啊！

我这里还未回答，旁边的一撮毛便抢着答道："真过了！红袖姐姐，咱们是莲藕身，怀不上身孕啊！"

红袖愣住，无辜地眨了眨眼睛，"哎呀，一时情急，忘记了。"

远处，敖威的身体前后左右晃了一晃，然后就在红袖的惊呼声中倒了下去。一撮毛张了嘴刚要惊呼，还未开口就被我喝住了，"闭嘴！再多嘴就叫织娘把你的嘴给缝上！"

红袖返身又向那敖威冲了过去，这一次腿脚利索无比。

奎木狼略迟疑了一下，上前去看敖威，柳少君见状忙也在后跟了上去，口中不忘提醒道："大王，小心有诈。"

我与一撮毛等人挤在门口巴巴地等着消息，一撮毛想要发问，却忽又紧紧地闭上了嘴，只伸手去捅旁边的织娘，竭力绷着嘴巴不动，从喉咙里发出模糊不清的嘀咕声，"你问，你问问。"

我横了她一眼，自己却也忍不住好奇，出声问奎木狼道："怎样？情况怎样？"

片刻后，奎木狼向我轻轻摇了摇头。

我心中一惊，不禁失声道："真死啦？"

"我是说他没事，死不了。"奎木狼面露无语，"不过是一时气血攻心，昏死过去了。"

哎哟，这还真是被红袖气的？

红袖本跪坐在敖威身边干号，闻言先是一怔，随即又惊又喜，"没事？真的没事？"

我挤开一撮毛与织娘两个，走到近前仔细看了看这龙王七太子，心中不觉也是诧异，奇道："不至于吧？两句话就能气成这样？我这都被红袖气了十好几年了，也没像他这样口吐鲜血啊！"

红袖听了颇有些不好意思，讪讪道："公主，您看看您说的这叫什么话呀。"

奎木狼又伸出手去摸了摸敖威的脉门，淡淡说道："他本就有重伤在身，情绪再一激动，难免吐血。"

"重伤在身？"我更是奇怪，不由得低头问红袖，"这人受伤了？从哪里受的伤？"

许是听到奎木狼说敖威死不了，红袖那里顿时轻松了许多，先把脸上的眼泪抹干净了，这才答我，"奴婢可不知道他怎么受的伤，我见到他的时候，他就已经是这样了。"

我更是奇怪，"他受这般重的伤，怎么还能把你掳走了？"

"把我掳走？"红袖面露惊讶，"没有啊，他没掳我啊。他突然从天上掉下来，摔得半死不活的，嘴里一个劲地嘟囔'水水水'，还是我发善心把他拖河水里去的呢！"

这回答实在是出人意料。我与奎木狼面面相觑，半晌都说不出话来。

柳少君追问道："他是从天上掉下来的？掉下来的时候就受了伤？"

"嗯。"红袖点头，用帕子十分温柔地拭去敖威唇角上的血迹，"我们这才是从天上掉下来的缘分，世界那么大，他偏偏掉到了我的面前，而会飞的那么多，偏偏是他从天上掉了下来。"

我听着这话就觉得有些牙酸，忍不住低声问身边的一撮毛："这阵子你红袖姐姐在看什么书？"

一撮毛想了想，回答道："老厚的一本，还是红袖姐姐托人从宝象国都城里捎回来的，名字也老长了，叫什么来着？这世上……世上……哦，想起来了！是《这世上人有千千万，却唯有你值得我真心以待》，听说是个落榜的秀才写的，卖得老火了！"

宝象国竟然还有这样的人才？

我忍不住问红袖道："那书写得怎样？好看吗？"

"好看！"红袖回过头来认真答我，"太叫人感动了，哎哟喂，把我看得呀，足足哭了一宿，眼睛都哭肿了。"

旁边织娘似乎也十分意动，"真这么好看？那借我看看啊。"

红袖答得爽快，道："行！那书就压我枕头底下呢，回头就拿给你。我跟你说，这书真是感人，尤其是那小姐千里迢迢去寻那书生，一路上受尽磨难，好容易寻到了心上人，不想却被他冤枉，哎哟哟……"

"怎么样？后来怎么样？"一撮毛问道。

"去去去！你小孩子一边待着去，这不是你该看的书！"红袖挥手轰开一撮毛，又去和织娘热烈讨论，"织娘，我跟你说，你看了那书，才知道自己这辈子若是遇不到那样一个人，才是真的白活了！对了，公主，你也该看看那书！那男主比咱们大王还要好呢！"

我刚想要问一问那男主到底是怎么个好法，却无意间瞥到奎木狼的脸色，吓得忙就换了话语，义正词严地指责红袖道："红袖！这都什么时候了，还有心思谈论这个！先别说书，先说这七太子怎么处理。"

地上，那敖威的脸色已是白过了头，隐隐在往青里发展。

这会儿的工夫，那王九终于从门内挪了出来，见到敖威模样，急声道："哎呀，须得赶紧把七太子放在水里才行，我们水族和你们陆上的可不大一样，我们得泡进水里去养伤。"

崖底不比谷中，屋前房后的还有个池塘、荷花池什么的，这里宅院都是后起的，又受地方所限，大都简陋狭小，便是我这主院，也不过是在廊外放了两个大缸养金鱼。

奎木狼半点没犹豫，直接提起那敖威丢进了金鱼缸里。

好歹也是北海龙太子，身材又高大，就这么蜷缩在一个大缸里，怎么看都有点丢面子。

"要不？先把这人送回深涧里去？"我迟疑着问道。

"绝对不可！"柳少君抢着答道，"放龙入水就如同纵虎归山，再抓可就难了。"

他说得十分有道理，我也只能点头应道："也是。"

我又回头去看那敖威，很是有些忧心，"他伤势这样重，不会现了本相吧？这缸怕是装不下他。"

织娘是个过日子的人，一听这话顿时有点着急，"撑坏了咱们这水缸可怎么办？"

一撮毛抢着答道："叫他赔！"

我抬手扶额，另一只手却赶紧去压奎木狼的胳膊，昧着良心劝他道："冷静，千万冷静。她们也不过是天真可爱。不如先问一问红袖，这事到底是个什么情况。既是红袖救了敖威，为何敖威却叫王九送信来要挟，还把红袖当成了我？"

奎木狼脸色虽有些难看，可理智却在，闻言略略点头，冷眼看向红袖，漠然问道："说吧，你怎么和此人混到了一起？"

面对奎木狼，红袖可不敢有半点放肆，忙答道："这人真是从天上掉到奴婢面前的。"

原来，七夕那天晚上红袖嫌一撮毛聒噪，便甩开了她独自寻了个靠近水边的僻静地方猫着，她这里刚许了个愿望想得一人心，不料天上就给她掉下个大活人来，而且还是个面貌俊美的年轻男子。

"奴婢开始可不知道他是什么人，本想把他带回来的，瞧着他身受重伤，这才依他所言拖去了水边。"红袖说道，停了一停，颇有些不好意思，"又一时心软，跟去了水里照顾。"

我越发奇怪，转头去看奎木狼，"这么说不是来找咱们寻仇的？"

若是来寻仇，必然不会带着伤来，否则，就不该叫寻仇，叫寻死还差不多。

奎木狼却是缓缓摇头，道："他是来寻仇的，怕是不知这深涧的厉害，想要从上直接飞下，这才被涧中结界所伤。也幸亏他乃龙王之子，天生半副仙骨，方侥幸留下一条命来。"

这深涧极为古怪，不知被何处高人设置了十分厉害的结界，便是奎木狼寻常上下都要走那石阶，更别提这只是龙子的敖威，若他是从上直接飞下，难免要身受重伤。

这"天上掉下的姻缘"已是有解，可他把红袖误认为我却又如何解释？

再一问红袖，不想她竟是摇头，道："这奴婢可就不知道了。奴婢在水底照顾了他一天一夜，他才转醒，刚开始对奴婢还千恩万谢、情意绵绵的，又问奴婢是什么人。奴婢想着做人尽量少说瞎话，就告诉他我是只狐狸精。不想他听了突然就变了态度，先是对奴婢不理不睬，后来竟还要赶奴婢走。"

"要赶你走？"我奇道。

"是呢，凶巴巴的要赶奴婢走呢。"红袖点头，面上露出几分委屈，"可奴婢想着这做人得知道感恩图报，对不对？我既费力救了他，他就该对我以身相许，公主，您说是这么个理吧？"

她说的句句都是道理，可我却又觉得好像有哪里不大对劲，"话是这么说，不过……"

"不过怎样？"红袖追问。

我被她问住，只得求救般地看向奎木狼。

要说奎木狼行事还是有些简单粗暴，他二话没说，直接抬手施了个法术叫红袖闭上了嘴。

奎木狼又招王九过来审问，所答倒是与红袖的话接上了茬。

那敖威醒来后曾把王九叫过去问话，除了确认奎木狼是居住在崖底之外，只问了王九一件事，这崖底是不是只有红袖一只狐狸精。王九答了个"是"，那敖威的神情很是有些失落，挥手斥退了王九，独自坐了许久，这才重又唤了他进去，交了一封信给他，命其送到奎木狼手中。

这就该是王九送来的第一封信了，其上只写了几个字：尊夫人在深涧水底。

"那第二封信是怎么回事？"柳少君又问王九。

王九答道："小人也不知晓，小人送信后刚返回去，七太子就又交了第二封信给小人，小人只好再火急火燎地往回赶。"

"等等！"我忙打断王九的话，"你刚回去就又要你送信？"

"是。"王九应道。

我又问道："你什么时候回到水府的？"

王九掐着手指算了一算，答道："两日前。"

"你火急火燎的赶了两日，这才把信送到？"我忍不住问道。

王九却是点头，"是啊。"

身旁的一撮毛许是猜到我的心思，小声替王九解释道："他是乌龟嘛，出了水面自然会走得慢些。"

许是和红袖她们在一起生活太久，我竟觉得她说得很有道理，转头与奎木狼说道："也是，哈？"

奎木狼淡淡瞥我一眼，没搭理我。

我不觉有些讪讪，又道："想来是红袖缠人功夫太过厉害，这敖威实在等不及王九再捎信回去，只得强撑病体，亲自前来寻你报仇了。"

奎木狼点头表示认同，"与其受红袖折磨而死，还不如死在我的剑下，好歹落个痛快。"

审到现在，事情已经大概清楚，就只有一个问题还有些不大明白，这敖威为何会把红袖当作了我。

"此事怕是要等敖威醒来再行审问了。"我道。

旁边柳少君本来一直沉默，此时似是有话要说，却又不知顾虑些什么，张了张嘴，欲言又止。

我便问道："少君有什么话说？"

柳少君瞄了一眼奎木狼，迟疑道："属下许是知道这敖威为何会认错了人。"

这话引得众人齐齐都看向他，织娘那里更是有些不耐，道："知道还不赶紧说！"

柳少君不说话，这一次却来瞥我。

"不管什么原因，少君但说无妨。"我忙说道。

柳少君这才小心说道："属下也是上次去宝象国都城办事，无意间听到的。民间都在传说，说……说公主您乃是狐狸精所变，所以才能貌美如花青春不老，以三十岁高龄迷倒了北疆首领，令其昏了头脑，不爱江山，只爱美人。"

民间还有这种传说？我竟然都有了"狐狸精"的美名？我听得惊愕无比，一时竟觉得悲喜交加，忙以手抚面，回过头去问奎木狼："真的是貌美如花，青春不老吗？"

奎木狼冷冷瞥我一眼，没搭理我。

柳少君又道："这敖威想是从宝象国而来，误信了那传说，所以才会问红袖咱们这里是否只有她一只狐狸精，得到肯定答复后，便把她误认作了公主您，于是借机要挟大王。"

此种推论听起来倒是合情合理，只不过到底正确与否，还需等敖威那里醒来再问。

敖威仍蜷缩在水缸之中昏迷不醒，我瞧着心中便有些没底，忧心道："他不会死在咱们这里吧？那样可真是有嘴都说不清，怕要和北海，甚至四海结成死仇了。"

之前龙啸天那里只是转世投胎，纵是被朝廷斩了也没关系，不过是脱去凡胎，再去接着做他的北海龙王太子。可这敖威不同，他若这么死了，可就是真完蛋了。

奎木狼面容倒是平淡，漠然道："死仇便死仇，他敖顺有四海亲故，我奎木狼也有二十八宿兄弟，他能奈我何？大不了再闹去玉帝面前，各打五十大板罢了。"

"话虽是这么说，不过冤家宜解不宜结，这敖威最好还是别死，至少不要死在咱们手上。"我说完，又去问王九，"确定是在水中养伤？"

"确定。"王九答我。

我去看奎木狼，迟疑道："会不会是咱们这水不行？他可是海里生的，许是要用海水？"

红袖那里还被禁言，听了我这话立刻转身便往后院跑去，眨眼工夫就抱了老大一罐子咸盐出来，二话没说，全都倒进了敖威泡身的水缸之中。一撮毛在旁边直拍手，赞道："红袖姐姐好聪明，水里混上盐，可不就变得跟海水一样一样的了？"

我瞧得目瞪口呆。这哪是变海水，这是腌咸菜啊！

许是实在瞧不下去她们这般胡闹，奎木狼再没说话，拂袖进了屋内。柳少君瞧瞧红袖与一撮毛，又来看我，道："公主也先回去休息吧，这里由属下和织娘守着就好，待敖威醒来，再去禀报您和大王。"

我点头，想了一想，交代柳少君道："你辛苦一下，带人把这水缸移到别处去，找个清幽的地方，既方便他养伤，也不会扰到别人。"

柳少君口中应是，转头就把这水缸搬去了红袖房中，美其名曰"方便照顾"。我就想着，这柳少君也只是看着良善罢了，实则不是个好人。

这七太子敖威足足昏迷了一天一夜，直到第二天傍晚时分才醒了过来，奎木狼刚想着人提他过来审问，一撮毛就又跑了回来送信，语带兴奋地说道："昏过去了，又昏过去了。红袖姐姐才刚跟他说了几句话，七太子就又昏过去了。"

我不禁有些同情这敖威，遇见红袖并得她所救，对他来说真不知是幸还是不幸。

就这样昏昏醒醒，足足过了大半个月，敖威才勉强从那水缸里爬了出来，第一件事便是要见奎木狼，道："红袖姑娘是我无意遇到，并非有意掳走，错认她身份之后送信与你，也绝非要行那要挟之事，不过是想邀你见面比试，堂堂正正报仇。"

奎木狼略略点头，沉声问道："然后呢？"

敖威昂首挺胸，神色傲然，"我运道不济，坠崖受伤，既落于你手，要杀要剐悉听尊便，绝无二话。"

"那好。"奎木狼倒也干脆利落，直接吩咐柳少君道："宰了他，炖锅汤给大伙补一补身子吧。"

敖威面色微微一变，红袖那里已是哀号出声，扑通一声跪倒在地上，哭求道："大王莫跟他一般见识，且饶过他吧。"

敖威面色更加难看，冷声斥红袖道："你起来！我敖威与你非亲非故，是生是死与你何干？用不着你求他。"

柳少君没去捉那敖威，只先去扶红袖，好声劝道："你赶紧起来，惹恼了大王，你也没有好果子吃。"他停了一停，瞥敖威一眼，又低声与红袖说道，"你不知晓，这龙肉最是补人，比那地精功效还好。"

红袖一怔，下意识地问道："真的？"

"千真万确！"柳少君答她，又说道，"没听说过吗？龙肝凤髓，那都是至高美味，王母娘娘蟠桃盛会上才有的东西，咱们这些凡物，寻常别说吃，就连见都见不到！"

红袖听得将信将疑，回过头来看我，"公主，这可是真的？王母娘娘蟠桃会上才能吃到龙肝凤髓？"

我一时被她问住，瞥一眼敖威难看的面色，讪讪笑道："这……这我记不大清了，毕竟是上辈子的事。"

柳少君憋着坏笑，与红袖说道："你瞧这七太子这般不领你情，你何苦再对他掏心掏肺？不如就听从大王命令，和咱们一起将这七太子吃了。这样一来，你虽不能得到这七太子的心，却也能吃了他的肝，岂不是好？"

"这……"红袖迟疑，被柳少君劝得有些动摇，一时很是犹豫不定。

敖威就站在那里，面上仍带着病色的苍白，神色却是淡漠，微微低着头，默然不语，也不知心中在想些什么。不知怎的，我突然觉得在他心中，对红袖也许并非全是厌恶。

"怎样？想好了没有？到底是吃还是不吃？"我出声问红袖。

奎木狼最懂我的心思，似笑非笑地瞥一眼那敖威，又与红袖说道："看在你跟从公主多年，又一直忠心耿耿的分上，这条小龙的生死就由你决定。你可要想好了，吃还是不吃，一旦决定就不可反悔。"

一撮毛紧跟着凑热闹，"吃吧，吃吧！男人算什么啊，要好看的宝象国里多的是，什么类型的没有？别说瞎的，就是那聋的哑的也不少见，你若喜欢，回头叫柳少君给你捎几个回来就是了！这一个不如叫咱们先吃了，能吃回龙肝，这辈子也算不亏了。"

唯独织娘那里最是心软，忙就来扯我衣袖，小声道："公主公主，这敖威好歹也是龙王之子，哪里是能胡乱吃的？再说，再说……您不是一直不许咱们吃人的吗？"

"他可不算是人。"柳少君笑笑，又道，"待打死了他，现了本相，与咱们寻常吃的飞禽走兽并无区别，不论是清蒸还是红烧，味道都是绝佳。"

红袖似是正在经历天人交战，看看柳少君，又去看敖威。

敖威却只是微微低头，白绫缚着眼睛，叫人看不出喜怒，唯有那微微抿紧的唇角泄露出少许心事。

红袖咬了咬唇瓣，露出几分少女的倔强，问敖威道："你真的不肯对我以身相报？"

敖威沉默，片刻后才平静答道："你曾对我有恩，我敖威不敢忘，如若不死，早晚会还你这份恩情，想叫我以身相报，却是不能。"

红袖又问道："你今天若从了我，我就求大王和公主放你一条生路，你若不从，他们可就要吃你。"

敖威抿了抿唇角，冷然道："我已说过，既落敌手，要杀要剐悉听尊便。"

红袖盯着那敖威，眼圈有些泛红，慢慢地，就有眼泪缓缓流了下来。这个时候，倒知道不哭出声来了。我偷偷塞给她一方帕子，提醒道："心里要难受就痛快地哭出来，别强忍着，憋坏了身子。"

红袖手上不停地抹着泪，口中却是强笑道："奴婢心里不难受，只是发愁这人之前被我用盐腌了那么久，会不会变了味。"

"没事，没事，腌久了更入味呢！"一撮毛安慰红袖道。

红袖笑中带泪，点头应道："嗯，想来清蒸比红烧更好。"

"那就听红袖的，咱们把他洗涮干净了，上笼屉清蒸。"柳少君笑着接口，押了那敖威就往外走。红袖直愣愣地看着他两人身影，就在他们快要出门时，却忽又大声叫道："慢着！"

她回过身来时已是泪流满面，扑通一声就给我跪下了，央求道："公主，求您救他一救。奴婢不想要吃他的心肝，也不要他以身相许，奴婢只想他活着，好好活着就成。"

好一番感人肺腑的话语。

我抬头去看那门口的敖威，果然见他也微微动容，默默停在那里，侧耳倾听。我又低头，沉声问红袖道："你可想好了，门口那人，你一旦放走了他，他便再与你没有任何关系。他纵是会记你些许恩情，也早晚都会淡忘，会喜欢上别的姑娘，娶妻生子，喜怒哀乐都与你无关。"

红袖流泪，轻声道："奴婢知道。"

我又问："那你还愿意放他离开？"

红袖一时未答，只回头去看敖威，好一会儿后，这才涩声答我道："奴婢愿意。只要他平安喜乐，哪怕距我万里之遥，奴婢只能远远听个消息，心里也是欢喜的。"

我低低地叹了口气，回过身去问奎木狼道："大王，您看……要不就放了这敖威吧，也算圆了红袖的心愿。"

奎木狼面色微沉，抿唇不语。

柳少君那里却是急声说道："大王，绝不可放走此人！这人已知我等藏身之地，若就此放走，必成后患。"他又转头去看红袖，斥道，"红袖，你这是被情迷了心窍，怎这么糊涂？"

红袖用帕子掩住脸，泣不成声。

奎木狼扫一眼红袖，这才抬头淡淡看向敖威，道："我与你父王同朝为官，虽多有龃龉，却与你等小辈无关，我若就此杀了你，难免会落得个欺凌子侄的名声。也罢，今天就看在红袖面上，放你离开。"

柳少君似是仍有些不甘心，"大王——"

奎木狼抬手止住柳少君后面的话，只吩咐道："放他入那深涧，由水道离开吧。"

柳少君不敢违背他的命令，只得恼火地瞪了红袖一眼，这才转回身去，没好气地与敖威说道："走吧！"

敖威一时未动，默默看向红袖方向，片刻之后，终究是什么话也没有说，只转身往外走去。眼瞧着敖威身影已经消失在院门之外，我伸出脚尖轻轻去踢红袖，"起来吧，人已经走了。"

红袖立时就停下了哭泣，惊愕地问道："真的走了？"

"真的走了。"我点头。

红袖愣了一愣，很是利索地从地上爬了起来，把手帕往地上重重一砸，恨恨骂道："这个没良心的，竟然就这么走了！"

"放长线才能钓大鱼嘛！欲擒故纵，也得先松线才好收网！"我劝她，又好心提点，"这男女之事里面最怕掺进去恩情，不纯。知恩图报对不对？对啊！以身相许行不行？行啊！但这得是人家受恩者自己提出来，你要说，那就是挟恩图报。这瓜不熟不能强扭，强扭的不甜，你得浇水施肥，等着那瓜自己熟！"

红袖歪着头思考，显然是把我这话听进去了，又把那手帕从地上拾了起来，在手里慢慢揉着，认真问道："就像您和大王一样？"

我一愣，"嗯？什么？"

红袖很是天真烂漫地说道："您看您上世救过大王，对他有恩，可您挟恩图报的时候，大王心里就有芥蒂，虽然人来了，心却没在。还是您后来欲擒故纵，先装作不喜欢他……"

"等等，等等！"我紧着打断红袖，瞥一眼旁边沉默不语的奎木狼，又问红袖道，"我什么时候对你们大王欲擒故纵了？这饭可以多吃，话不好乱讲的，是吧？"

红袖看看我，又看看奎木狼，突然间恍然大悟一般，"哦，没有，没有，公主对大王可没有欲擒故纵。"

我松一口气，"就是嘛！"

"公主只是放了长线，钓到了大王这条大鱼！"红袖又道。

话音未落，织娘与一撮毛她们已是扑哧一声笑出声来。我又转头去瞅奎木狼，就见他面上虽还绷着，可那唇角却已经有了隐隐上翘的趋势，似笑非笑地说道："原来如此……"

我愣了一愣，顿时有些恼羞成怒，恨恨地将红袖手中帕子夺了过来，"滚滚滚，钓你的鱼去吧！"

许是红袖这根线放得太长，又或是北海龙太子这条鱼有点太大，那敖威自走后就再无动静。

初时，红袖每天都要念上几句，待到后来，提起来的频率便越来越低，等寒冬来临，天上飞下来第一片雪，她终于死了心，懊恼道："这哪里是放长线钓大鱼？这分明是肉包子打狗，有去无回！"

我问她："后悔了？"

红袖想了一想，重重点头，"早知道还不如蒸吧蒸吧吃了呢！"

哪里能真吃，他好歹是北海龙王的儿子，别说吃，便是打杀了，也要和他们结成死仇。何必呢？大家好歹也是同朝为官的人，私底下掐吧掐吧也就算了，真搞出人命来，谁也不好交代。

思来想去，还不如帮红袖卖个好，将那敖威放走了事。

我点着她的脑门教育，"瞅瞅你这觉悟！爱一个人最高的境界是奉献，懂不懂？是不管你怎么样，只要他开心就好。"

"我是要奉献来着啊,我都向他献身了,可他不要啊。"红袖委屈地揉帕子,又道,"再说了,我若能和他在一起,自然是盼着他开心。可我若不能和他在一起,他开不开心还关我屁事!"

我想了一想,觉得红袖这话竟也有几分道理。

二月里,奎木狼上天点卯,一去便是月余,直到天气转暖才回来,崖壁上的山花都尽数开了。我不免有些悲春伤秋,夜里与奎木狼独对时,手抚上他的脸,幽幽说道:"一走就是这么多天,瞧瞧,人都瘦了。"

他颇有些哭笑不得,无语道:"我就是去点了卯,来去不过一个时辰。"

我一怔,这才想起来天上一日,地上一年,脸上顿时有些挂不住,恼火地将他推下床,赶去书房睡了三天。第四天上,我这里刚要寻个台阶下坡,许他把被卷搬回卧房,不料却又有侍者匆匆从天上赶来。

来人是奎木狼在天庭的心腹,见面急声禀道:"主公,玉帝宣召,差二十八宿星辰前往小雷音寺释厄降妖,请主公速速前往斗牛宫与其他星君会合。"

"小雷音寺?"我闻言一怔,"只听说过雷音寺,哪里又来了个小雷音寺?这是去降什么妖?"

到底是什么厉害妖怪,需得二十八星宿一同前往?

那侍者却是一问三不知,只道:"听说是金头揭谛径往凌霄宝殿奏请玉帝派兵降妖,玉帝便差了二十八宿星辰。属下得到消息后只顾着前来报信,未曾打探到底是何方妖魔作怪。"

奎木狼乃是私自下界,不敢耽搁,当即便要起身赶往天庭。

我心中发慌,忙又一把拉住了他,千言万语压在舌尖,到最后也只能轻声嘱咐他道:"多加小心,你现在可是有家室的人了,万一再受了什么伤，又被哪个神女妖精的救了，事情就不好办了。"

他向我笑笑，又伸过手来揉了揉我的发顶，柔声道："放心，在家等我。"说完便随着那侍者疾步离开了。

这一去，就是一连几日毫无消息。我日夜担心，茶饭不思，红袖瞧了便来劝我，道："公主才是白担心，又不是大王一个人去降妖，这二十八星宿都去，能有什么事啊？"

我道："就是这二十八宿星辰同去才叫人担心，足可见那妖怪厉害。"

"快拉倒吧！公主此话差了。"红袖嗤之以鼻，"俗话说得好，这人多不干事，鸡多不下蛋。咱们为妖的，最怕的就是'一物降一物'。真有心降妖，就该问清楚了来由，择一两个精干的前去降服，这样呼啦啦去一帮的，只能凑热闹，反倒不能成事。"

"真的？"我问。

"真的！"红袖点头，又分析道，"依奴婢看啊，那玉帝明摆着就是懒得费心，这才打发了二十八宿星辰同往，也不管他能不能降，应付事呗！公主且放宽心等着，过不几日大王就该回来了。"

红袖虽不靠谱，不想这事上却是没有料错，只过了五六日，奎木狼便平安回转，非但毫发无损，气色瞧着竟比走之前还好了许多。

我这才放下心来，又忍不住好奇，问他道："到底是何方妖怪，你们降服它没有？"

奎木狼刚刚洗浴出来，头发还有些潮湿，闻言淡淡一笑，"先别急着问那妖怪，你猜这被妖怪捉住，向玉帝求救的是谁？"

"是谁？"我奇道。

奎木狼笑了一笑，答道："那唐僧师徒。"

"孙悟空？他竟然也被妖怪捉住了？"我吃了一大惊，若说唐僧与那猪八戒、沙和尚那几个尿包被妖怪捉住也就罢了，怎么那神通广大的齐天大圣竟也打不过那妖怪，需得向玉帝求救？

"不错。"奎木狼点头，又道，"孙悟空被一副金铙扣住，进退无门，那金头揭谛这才上天奏请玉帝，差了我等二十八星宿前去。"

一副金铙竟能把孙悟空扣住，可见是件了不得的法宝了。

"然后呢？"我顺手把奎木狼手中布巾接了过来，一面帮他擦着头发，一面又问道，"你们就把他救出来了？怎么救出来的？"

奎木狼笑道："那孙悟空叫大家把那金铙打破，好放他出来。可那金铙一看便是佛门之器，还不知是哪个菩萨的物件呢，打破了岂非要得罪人？咱们前去也不过是应付差事，想着胡乱用兵器撬撬，弄不开也就罢了。只那亢金龙是个实心的，之前又与那孙悟空有旧，生生用角尖拱进金铙，带了孙悟空出来。"

我对那孙悟空颇有几分记恨，听了不觉有些失望，"就这般救了他们师徒出来，倒是便宜他了。"

"倒是也没那么顺利，否则也不会耽误这几天。先不说这降妖的经历，只说这妖怪的出身。"奎木狼微微勾唇，噙着些许冷笑，又问道，"你猜，这又是哪里来的妖怪？"

那妖怪手上有佛门之器做法宝，可见也不是什么野生野长的妖怪，十有八九与那平顶山的金角、银角两位大王差不多，不知是哪方神仙或是菩萨手下的侍者、小童之类的。

"哪个菩萨座下的？"我问。

奎木狼笑道："东方佛祖座下的一个司磬的黄眉童儿，偷了佛祖几件物件下界来为妖，专为那唐僧师徒设障而来。"

果然如此。

我叹口气，也有些同情那唐僧师徒，"他们也真挺不容易的，这一路行来真是处处挨坑。你说佛祖心思也是难猜，若真有心宣扬佛法，直接派人前往那东土大唐传经就是。何苦非要唐僧前往西天取经，又一路上设置了这许多灾灾难难，搅和得各处不安。"

奎木狼闻言只是笑，道："这自己送去的真经，哪里比得上千辛万苦求来的珍贵？再者说，他师徒四个一路西去，各路妖怪该收的收，该灭的灭，又在民间造成了多大影响，传了多大名声？岂不是都为佛法之功？"

我点头，叹道："这些神佛啊，个顶个的精明，从不做那无用之功。"

"我们既已避世在此，就莫管闲事了。"奎木狼笑着摇了摇头，又道，"这次出去倒也不算白费功夫，那孙悟空把内丹还了我。"

"真的？"我不觉大喜，"他怎这样好心？快拿来给我看看。"

奎木狼竟真从口中吐了一颗光芒四射的珠子出来，递交给我。我拿在手中把玩了好久才又还他，笑道："想当年你还哄我说取出内丹你会现了本相，原来却是骗我。"

他闻言微微而笑，"倒不是现本相，而是无法维持那丑陋嘴脸，怕你见我的真实面目就会倾心于我，纠缠不清。"

我不由得啐了他一口，"好不要脸。"

不管怎样，他能平安归来，内丹又失而复得，这总算是件天大的好事，又想着红袖这半年来都因那北海七太子之事不得展颜，不如就借此庆祝一下，邀些旧友过来，好好热闹一番。

这般和奎木狼一提，他倒是也不反对，只道："物是人非，怕是你邀不来几个，到时不要失望才是。"

他这番话，顿时把我那热情浇了个干净。

　　白骨夫人现如今还在白虎山的坑里埋着，枣树精陪着桃花仙于南坡养伤，当年那三十六洞洞主，更是走的走，散的散，剩下的没有几个，就连那曾经痴恋柳少君的黑熊洞主也嫁去了远方，伊人不在。唯有河溪里的王八精一家还人丁兴旺，偏又和深涧里的王九老死不相往来。

　　和红袖说起王八精，她却是连连摆手，道："就是那王八精肯来，咱们也别邀他，奴婢现在见着水里的物件就烦，生怕一个忍不住再把他们给打了。"

　　"你还惦记着那龙太子呢？"我问她。

　　"惦记有什么用？白费心思罢了。"红袖倒是看得开，又道，"奴婢也算是想明白了，这男人啊，都靠不住，与其指望他们，还不如一心一意跟着公主您，终身不嫁呢。"

　　年轻小姑娘，这样愤世嫉俗总是不对的。

　　我轻咳两声，劝红袖道："这好男人还是有的，总不能一竿子撂倒一船的人。"

　　红袖撇了撇嘴，"反正奴婢这颗心啊，是被伤得透透的，已经看破红尘了……"

　　谁知她这话还未说完，一撮毛就从外跑了进来，气喘吁吁地叫道："公主，公主，那王九又来了，说说说……北海龙王七太子他，他，他……来了。"

　　我闻言一愣，红袖却已是蹦了起来，"敖威来了？在哪儿呢？"

　　"来了！"一撮毛回答，又道，"就在深涧水底。"

　　红袖二话不说，转身就要往外跑。

　　我忙一把拉住她，问道："你刚还说要一心一意跟着我，终身不嫁呢！"

"哎呀，公主，拍马屁表忠心的话您听听也就算了，哪能当真呢？"红袖讪讪而笑，又急声道，"公主快松手，可别耽误了我的好姻缘。"

她说完便甩开我的手，一溜小跑地走了。

我生怕其中有诈，忙就叫一撮毛去书房找了奎木狼过来，把这事一说，奎木狼也是觉得奇怪，"他竟来了？前几日去那小雷音寺救唐僧师徒，我曾遇到武当山荡魔天尊之前的五位龙神，还聊了几句闲话，听说那北海正准备要办喜事，给那七太子娶亲，他怎么忽又跑这里来了？"

"竟还有这事？怎的没听你提起？"我奇道。

奎木狼却道："碍着红袖，我和你们说那个做什么？"

红袖对那七太子还余情未了，他若回来说了此事，传到红袖耳朵里，空惹她伤心气恼。我不觉点头，"是不该说。不过，那敖威既然都要娶亲了，更不该回来寻咱们红袖啊。"

奎木狼想了想，也是不得其解，便道："莫瞎猜了，待我遣人去北海打探一下，看看有什么消息。"

他暗派了心腹前去北海打探，不过几日便传回信来。

据说，七太子年前不知从何处受了重伤，在龙宫养了小半年。待七太子伤好，北海龙王便给他定下了一门亲事，想着叫他早早成家立业。不料，七太子却抗婚不从，声称自己早已心有所属，放着好好的龙女不娶，非要闹着娶个不能生养的狐狸精进门。北海龙王气得差点吐血，先痛打了儿子一顿，然后就把他赶出了家门。

红袖听说了这事，又是感动又是心疼，每日里只猫在涧底水府守着那敖威，连水面都不出了。

自我来这碗子山，她便一直在我身边陪伴，现如今却因着个男人把我抛到了九霄云外，我不免有些难受。一撮毛见了，便劝慰我道："公主放心，奴婢绝不会像红袖姐姐那么没良心，奴婢陪您一辈子。"

说完这话没几天，一撮毛便跟着一只不知从哪里来的蝙蝠精跑了。

果然，女大都是不中留的。

崖底不知岁月，眨眼间，又一年七月初七来到，奎木狼依旧临窗作画，我也还是歪在美人榻上看我的话本子。正昏昏欲睡间，忽听得奎木狼说道："百花羞，咱们再生个女儿吧，等她长大了，一定要给她选一个最可意的夫君。"

这话怎么听都觉得耳熟。我心中莫名一惊，手一抖，书卷啪的一声就落到了地上。

（完）

图书在版编目（CIP）数据

太子妃升职记 . 2, 公主上嫁记 / 鲜橙著 . -- 北京：
作家出版社, 2017.2（2017.5重印）
ISBN 978-7-5063-9357-7

Ⅰ . ①太… Ⅱ . ①鲜… Ⅲ . ①长篇小说－中国－当代
Ⅳ . ① I247.5

中国版本图书馆 CIP 数据核字 (2017) 第 031917 号

太子妃升职记 . 2, 公主上嫁记

作　　者：	鲜橙
出 品 人：	高路　华婧
责任编辑：	丁文梅
特约策划：	谭飞
特约编辑：	谭飞
封面设计：	郑力珲
封面绘图：	ENO
内文装帧：	阿墨
书名书法支持：	黄金亮
运营统筹：	张曈
出 品 方：	北京中作华文数字传媒股份有限公司
出版发行：	作家出版社
社　　址：	北京农展馆南里 10 号　　邮编：100125
电话传真：	86-10-65930756（出版发行部）
	86-10-65004079（总编室）
	86-10-65015116（邮购部）
E-mail：	zuojia@zuojia.net.cn
http://www.haozuojia.com（作家在线）	
印　　刷：	中煤（北京）印务有限公司
成品尺寸：	145mm×210mm
字　　数：	420 千字
印　　张：	18.75
版　　次：	2017 年 4 月第 1 版
印　　次：	2017 年 5 月第 2 次印刷
ISBN 978-7-5063-9357-7	
定　　价：	55.00 元